明人別集叢編

鄭利華 陳廣宏 錢振民 主編

皇甫汸集

【上册】

龔宗傑 點校

復旦大學出版社

本書爲二〇二一—二〇三五年國家古籍工作規劃重點出版項目，
并獲國家古籍整理出版專項經費資助

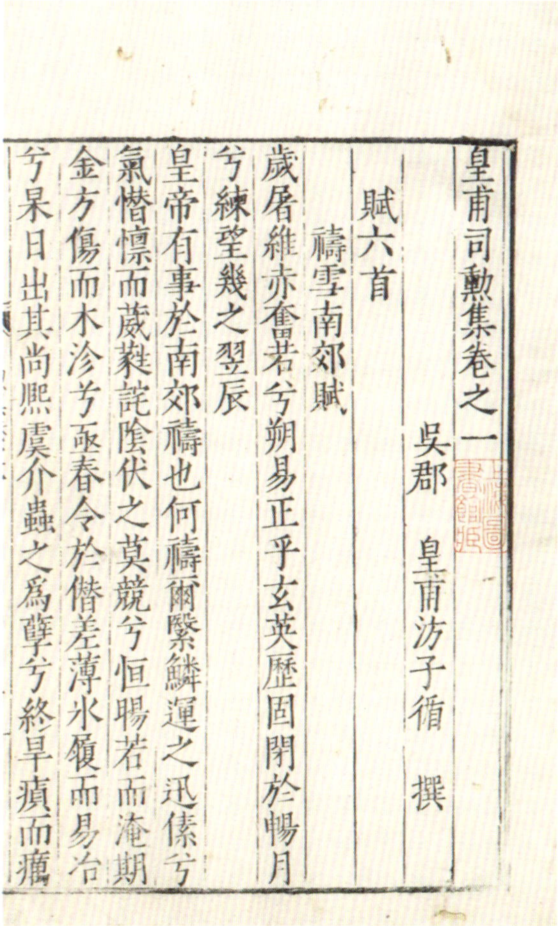

皇甫司勳集卷之一

吳郡　皇甫汸子循　撰

賦六首

禱雪南郊賦

歲屠維赤奮若兮朔易正乎玄英歷固閉於暢月兮練望幾之翌辰

皇帝有事於南郊禱也何禱爾繄鱗運之迅儵兮氣憯懍而葳蕤詑陰伏之莫競兮恒暘若而淹期金方傷而木沴兮亟春令於僭差薄氷履而易冶兮杲日出其尚熈虞介蟲之爲孽兮終旱瘨而癘

《皇甫司勳集》卷首，明萬曆三年刻本

（上海圖書館藏）

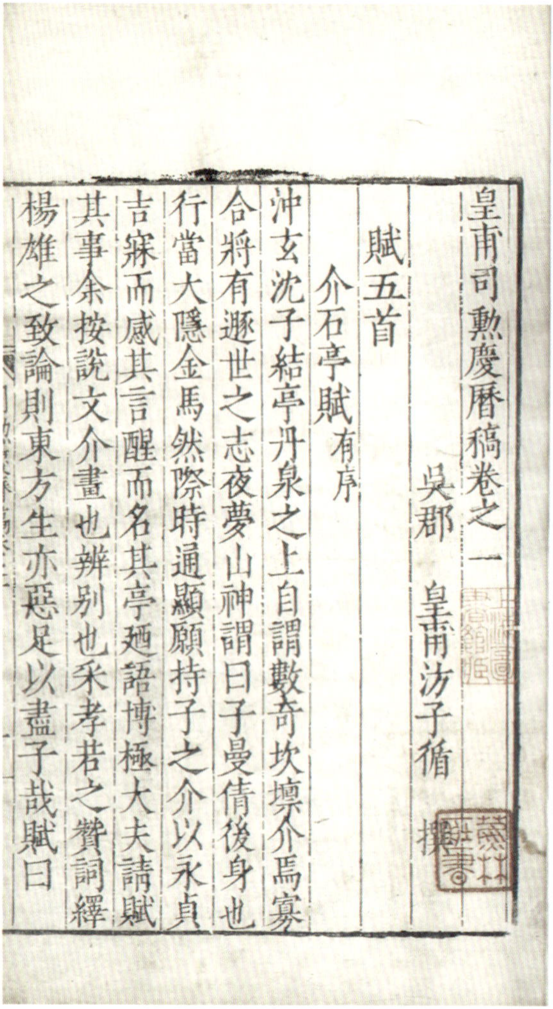

皇甫司勳慶曆稿卷之一

吴郡 皇甫汸子循 撰

賦五首

介石亭賦有序

沖玄沈子結亭丹泉之上自謂數奇坎壈介焉寡合將有遯世之志夜夢山神謂曰子曼倩後身也行當大隱金馬然際時通顯願持子之介以永貞吉寐而感其言醒而名其亭廼語博極大夫請賦其事余按說文介畫也辨别也采孝君之贊詞繹楊雄之致論則東方生亦惡足以盡子哉賦曰

《皇甫司勳慶曆稿》卷首，明萬曆刻本

（上海圖書館藏）

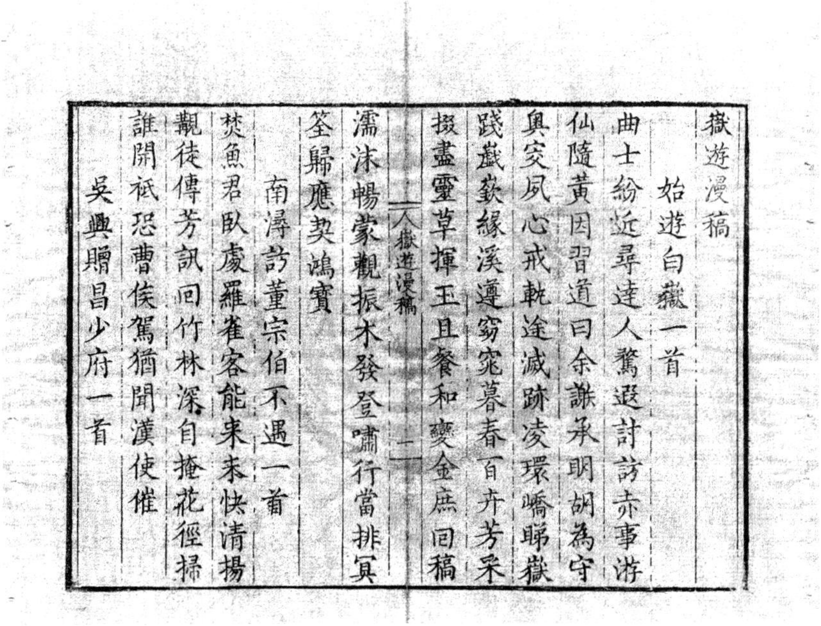

嶽遊漫稿

始遊白嶽一首

曲士紛近尋達人騖遐討訪赤事游
仙隨黃因習道曰余謙承明胡為守
輿突夙心戒軌途滅跡凌環嶠聯嶽
踐嶽嶔緣溪遵窈窕暮春百卉芳采
掇盡靈草揮玉且餐和羹金庶同稿

嶽遊漫稿　一

濡沫暢蒙觀振木發登嘯行當排冥
筌歸應契鴻寶

南潯訪董宗伯不遇一首

焚魚君卧處羅雀客能來未快清揚
覿徒傳芳訊回竹林深自掩花徑掃
誰開祇恐曹侯駕猶聞漢使催

吳興贈昌少府一首

《嶽遊漫稿》卷首，明刻本

（天一閣博物院藏）

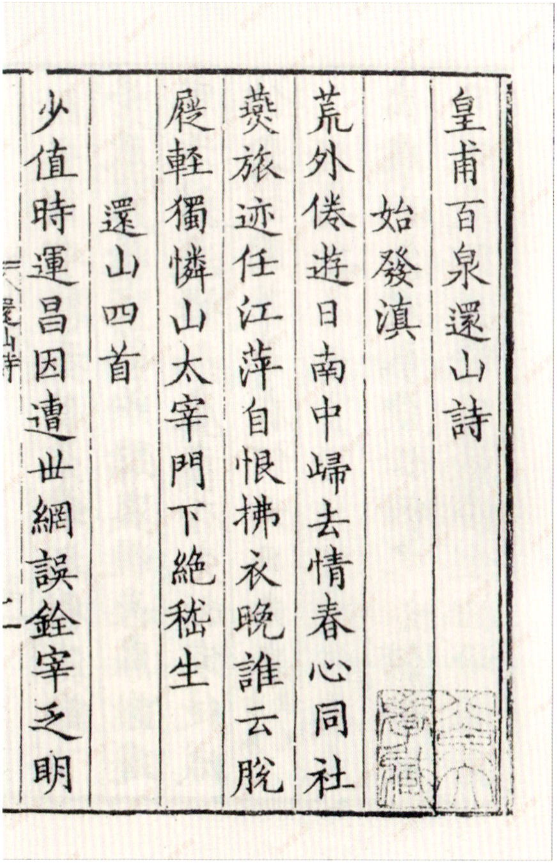
皇甫百泉還山詩
始發滇
荒外倦遊日南中帰去情春心同社
煢旅迹任江萍自恨拂衣晚誰云脱
屐輕獨憐山太宰門下絶嵇生
還山四首
少值時運昌因遭世網誤銓宰之明
還山詩　二

《皇甫百泉還山詩》卷首，明刻本

（北京大學圖書館藏）

總序

中國的古籍文獻浩如煙海，這是先人留給我們的寶貴的文化資源和精神財富。明代是中國歷史發展演變的一個重要時期，成爲中國社會處於近世而具標誌性意義的一個時代。明代的文化不僅積累豐厚，重視與歷史傳統相對接，同時又善於創新立異，呈現時代異動的一系列特徵。而作爲這種文化積累與變異相交織的具體表徵之一，它也突出地反映在明代的著述領域。總體來看，明人撰作浩繁，論説紛出，由此構成一筆蔚爲可觀的文化思想之資産。與前代相比，其不但反映在文獻種類上的擴充，而且出現了一批卷帙龐大的著作。以後者而言，最爲典型的莫過於明代中後期文壇巨擘王世貞，他生平筆耕不輟，著述極爲繁富，僅其詩文别集弇州山人四部稿、弇州山人續稿及讀書後，加起來就將近四百卷，四庫館臣曾稱：「考自古文集之富，未有過於世貞者。」（四庫全書總目卷一百七十二集部弇州山人四部稿、續稿提要）儘管個人著述數量龐大的情況在有明一代不能説很普遍，但也並非絶無僅有。可以説，凡此自是明代學術和文化趨於繁盛的一個明顯標誌，而這一時期汗牛充棟的各類著述，也成爲後人研究明人思想形態和創作實踐的重要資源。

鑒於有明一代文人的著述數量繁夥，其中不乏富有文獻和研究之價值者，尤其是它們作爲中國近世文獻典籍的重要組成部分而流傳至今，這也受到學術界和出版界的關注和重視，相應的文獻整理和出版工作爲之展開，並有一批成果問世。首先是明人文集的影印。這其中始自二十世紀九十年代的四庫系列影印叢書的編纂出版，如四庫全書存目叢書（齊魯書社）、續修四庫全書（上海古籍出版社）、四庫禁燬書叢刊（北京出版社）、四庫未收書輯刊（北京出版社），就包括了相當數量的明集。除此之外，尚有明人文集的專題影印叢書，如明人文集叢刊（臺灣文海出版社）、明代論著叢刊（臺灣偉文圖書出版社）、四庫明人文集叢刊（上海古籍出版社）、明別集叢刊（黄山書社）、明人别集稿鈔本叢刊（國家圖書館出版社）、明代詩文集珍本叢刊（國家圖書館出版社）、日本所藏稀見明人别集彙刊（廣西師範大學出版社）等。這些影印叢書特别是明人文集專題影印叢書的相繼問世，爲明代文學、史學、哲學等不同領域研究工作的開展，提供了一批重要的文獻資源。其次是明人文集的點校。除了一些零散的點校本之外，叢書系列較有代表性的，如中國古典文學叢書（上海古籍出版社）、中國古典文學基本叢書（中華書局）、明清别集叢刊（人民文學出版社），包括了若干種類的明集；又具地方文獻性質的，如蘇州文獻叢書（上海古籍出版社）、浙江文叢（浙江古籍出版社）、湖湘文庫（岳麓書社）、陝西古代文獻集成（陝西人民出版社）等等，各自也收入了數種明集。這自然也爲學人的閲讀和研究提供了一定的便利。

衆所周知，作爲古籍整理的兩種重要形式，影印和點校具有彼此不同的功能和作用，如果説前者主要在於呈現文本的原始形態，這也是傳統保存和傳遞文獻資源所採取的一項有效措施，那麽後者則屬於針對文獻所進行的一種深度整理，其功能和作用並非影印所能代替。按照傳統的工序，點校整理需要經過底本的遴選、文本的標點，以及利用不同版本和相關文獻進行校勘及輯佚等過程，原則上要求形成相對完善和便於利用的新的版本，如此，當然也相應增加了此項工作的難度和强度。從這個意義上來説，開展明人文集的整理工作，借助影印的便捷手段，爲保存和利用古籍文獻創造條件，固然十分必要，而與此同時，通過點校這種深度整理的方式，爲學人提供較爲完善的文集版本，也是不可或缺的。從明人文集影印整理的情况來看，迄今爲止，特别是隨着若干大型明集影印叢書的出版，種類數量上已形成一定的規模。比較而言，明集的點校整理則相對滯後，尤其表現在文集覆蓋的範圍有限。一些零散的點校本，大多選擇整理的是明代若干代表人物之文集。即使是數部規格較大的點校整理叢書，或限於叢書的通代體例，或限於選録範圍的要求，其中明代部分所收録的，主要爲活躍在當時文壇的數位重要人物之文集。至於一些地方性的文獻整理叢書，自然要以人物的地域身份作爲選録的主要標準，所以選目的覆蓋面相當有限。這樣的情形，實與明人文集大量留傳的存書現狀和學人閱讀及研究的廣泛需求形成某種反差。以明集點校整理的質量而言，其中在標點、校勘、輯佚等方面，固然不乏質量上乘者，但在另一層面，受制於整理者自身的學術資質、工作態度以及各種客觀條件，整理質量有待於進一步提升者，亦並非偶見。應當説，有關明人文集的點校整理，既有擴大整理範圍的必要，又有提升質量的空間，需要做的工作還有很多。

有鑒於此，經過充分的醖釀和準備，我們現著手編纂這套大型文獻整理叢書明人别集叢編，以期能對學人的相關閱讀和研究發揮重要的裨助作用。該整理項目得到了復旦大學出版社的大力支持，從而也使得這套叢書的編纂和出版工作有了切實有力的保障。根據所制定的編纂總例以及相應的編纂宗旨，本編主要選取有明一代不同時期特别在文學乃至史學和哲學等領域較有代表性、尤其在上述領域有着獨特業績或顯著影響而鮮少受到學人充分關注或重視的文人之詩文别集，通過精選底本和校本、精審標點和校勘，爲學界提供一套較爲完善的明人詩文别集整理本。具體來説，一是選目要求具有較爲廣泛的覆蓋面，以體現文獻整理種類較强的系統性，並重點選取一批前人未曾點校整理的明人詩文别集，而這些别集作者又大多在明代不同時期文壇表現相對突出或較有影響，我們的目的是力圖通過對這些作者别集的整理，彌補明集整理上存在的空闕，凸顯本編的原創性之編纂特色。二是針對若干種已有整理本問世的明人詩文别集進行重新整理，因爲前人整理本的情況比較複雜，有的整理質量相對較高，也有的則仍存在很大的修正和補闕的空間。特别是有些早期的整理本，除了受制於整理者的主觀因素，也或多或少爲其時文獻查閲和檢索等條件不如現今便利的客觀因素所限制，出現這樣或那樣的問題在所難免。故而從糾補闕失、後出轉精的角度來説，有選擇性地開展重新整理工作又是非常必要的。但重新整理並不意味着重複整理，它的價值意義更多指向優於前人整理成果的彌補性和超越性，當然也要求整理者爲之付出更多的心力。三是在標點和校勘上盡力做到謹慎細緻、精益求精。底本方面，原則上要求選擇刊印較早、較全或經名家精校的善本；校本方面，原則上要求在充分理清版本源流的基礎上，重點選擇具有代表性及校勘價值的版本作爲主要校本。通過精校，存真復原，形成接近作者原本的新善本。四是在文本的輯佚上儘可能利用相關的資源拾遺補闕，即要求通過對作者詩文集各版本的細緻查閲和對相關文集、史志等各類文獻資料的廣泛搜羅，補録本集未收的詩文，同時爲避免誤收，要求對所輯篇翰嚴格加以辨察。

作爲古籍整理的一個大型學術工程，本編選録的明人别集數量和卷帙繁富，整理工作面臨的難度和强度不言而喻，特别是爲了充分保證整理的質量，需要我們秉持格外嚴謹的態度和付出十分艱巨的勞動，唯有全力以赴，一絲不苟，毫不懈怠，才能實現理想的目標。衷心期望這套大型文獻整理叢書的編纂和出版，能爲明代文獻的整理和研究盡一份綿薄之力。

鄭利華　陳廣宏　錢振民

二〇二一年五月

總例

一、宗旨

明人別集叢編係選編整理有明一代文人詩文集的大型叢書、古籍整理研究的一大工程。該叢書主要選擇明代不同時期特别在文學乃至史學、哲學等領域較有代表性，尤其在上述領域具有獨特業績或顯著影響而鮮少受人充分關注或重視的文人之詩文别集，通過精選底本、校本，精審標點、校勘，爲學界提供一套相對完善的明人詩文别集整理本。

二、版本

（一）底本，原則上以刊印較早、較全或經名家精校的善本作爲底本。

（二）校本，原則上在理清版本源流的基礎上，對於有多種版本系統者，選擇具有代表性的版本作爲主要校本，并參校他本及各類相關文獻資料。

各集采用的底本、校本及參校的相關文獻資料，均須在整理「前言」中加以説明。

三、校勘

通過精校，存真復原，即綜合運用對校、他校、本校、理校等方法進行校勘，提供接近作者原本的新善本。

四、標點

本編各集以國家新近頒布的標點符號使用法爲依據，同時參照國務院古籍整理規劃小組制定的古籍點校通例進行標點整理，并按原書文意析分段落。

五、體例

（一）本編所收各集，其編排體例原則上不作改動，以存其原貌。

（二）依照原書正文篇名重新編製全集目録。

（三）文集前後序跋、傳記、軼事等文字，作爲附録置於全集之後。

（四）作者撰寫的已經單獨刊行并且前人未曾編入其詩文集中的學術類文字，一般不收入新整理本中。

（五）在完成點校整理的基礎上，各集整理者分别撰寫前言一篇，簡介作者生平、文集構成，説明版本概況、點校體例等。

六、輯佚

（一）通過作者詩文集各版本及有關文集、史志等文獻資料，搜羅集中未收之詩文，但爲避免誤收，補入時須注意對所輯佚文的作者歸屬或真僞情況加以仔細辨察。

（二）佚文不多者，直接補於相應體裁或文集正文之後；數量較多者，按體裁編爲若干卷，列於文集之正文各卷之後。佚文來源均須加以注明。

各集整理者根據本編上述總例之要求，分别製訂文集點校具體之體例。

皇甫汸集總目

前言

一

皇甫汸，字子循，號百泉山人。長洲（今江蘇蘇州）人。其先自宋南渡，徙居吴中，後世遂爲吴人。曾祖通，號一善，從織工起家，有惠鄉里，贈朝議大夫。祖父信，字成之，號韋菴，弘治元年（一四八八）貢入太學，工詩能文，尤善書法，有韋菴集二卷。父録，字世庸，號近峰，弘治九年（一四九六）進士，授工部主事，官至順慶府知府，有皇明記略、近峰聞略等。録有沖、涍、汸、濂四子，女三人。皇甫汸生於弘治十七年（一五〇四），少穎悟過人，七歲能詩，其父曾對客課之，輒得奇句。及長，博覽群籍，與伯仲及中表黄魯曾、省曾競爲詩，詩藝日進。嘉靖四年（一五二五），鄉試中舉。八年（一五二九），中進士，初除嵊令，不拜，改授國子監博士。後知曲周，再拜水曹。十七年（一五三八），遷工部虞衡司員外郎，巡視畿道，因執法忤武定侯郭勛而下獄，貶爲黄州推官。十九年（一五四〇），遷南京比部郎，因父喪歸吴丁憂。二十二年

（一五四三），免喪赴京，出補南水部，後任南京吏部稽勳司郎中。二十五年（一五四六），因母喪居家丁憂，爲御史王言構罪下獄，寄居南京長干寺，後謫澶州。三十二年（一五五三），貶爲開州同知，移處州同知，後擢雲南按察使僉事。三十五年（一五五六），因大計罷官歸吴，不復出仕，以詩文自娱，行游湖山間。萬曆十一年（一五八三）卒，年八十，爲四兄弟中最壽考者。有棶、琳、穀三子，女一人。

皇甫汸秉性和易，喜結交，好狎遊。自登第後，宦遊兩京，交遊日廣，聲望漸隆。其在闕下，與張詩、鄒守愚、王慎中、周祚、胡堯時、李宗樞交，又與同年吴子孝、唐順之、任瀚、楊祐、陳束、李開先、吕高、栗應麟等遊，互相酬唱，一時名動京師。後貶官出京至黄州，則與王廷陳、廖道南、馮世雍交。免父喪任官南京期間，又與許穀、蔡汝楠、施峻、王廷幹、侯一元以詩交。免母喪赴京補闕，結識王世貞、李攀龍、謝榛，且與王世貞多有詩文、書信往來，交往尤密。謫官雲南，則交楊慎、李元陽、張含。所結交者，咸相與詩賦酬和，揚搉探討。皇甫汸詩藝日進，才名益重，時人推爲「藝苑宗望」（顧起綸國雅品）。馮時可亦稱其詩名可與王世貞相埒，所謂「吴下能詩者，朝子循而夕元美」（雨航雜録），人有「子循如齊、魯，變可至道；元美若秦、楚，强遂稱王」之語。王士禛香祖筆記稱引此語，以爲確論。

皇甫汸與沖、涍、濂諸兄弟並好學而工詩，吴中人稱「皇甫四傑」。爲黄魯曾所撰墓志銘中，皇甫汸自稱其兄弟與魯曾、省曾因中表而過從尤密，魯曾又結交王守、王寵，一時間「八子齊名」，吳門有「黃家二龍，王氏雙璧，皇甫四傑，鳳毛鸞翼」（黃先生墓志銘）之説。伯兄沖（一四九〇—一五五八），字子浚，號華陽山人，嘉靖七年（一五二八）舉人，後屢上春官不第，淹通群籍，好騎射，通音樂、博弈，有皇甫華陽集。仲兄涍（一四九七—一五四六），字子安，號少玄子，嘉靖七年（一五二八）舉人，十一年（一五三二）進士，授工部虞衡主事，歷官至浙江按察使僉事，貫綜群書而酷喜左氏，爲文師古，詩尤沉蔚偉麗，有皇甫少玄集。弟濂（一五〇八—一五六四），字子約，一字道隆，嘉靖二十三年（一五四四）進士，除工部都水主事，歷任河南布政司理問、興化府同知，晚歸吳中，杜門却掃，皈心釋氏，有皇甫水部集。四兄弟學問源流約略一致，詩歌聲調仿佛相近，咸以博雅著稱，並負才名，唯沖僅登鄉薦，而其餘三子皆中進士，因以科第、文名享譽江左，一度主盟吳中。沈德潛明詩別裁集即評曰：「吳中詩品，自高季迪、徐昌穀後，應推皇甫兄弟，以造詣古澹，無一點穠纖之習。時二黃、三張，空存名目耳。」後人亦稱吳中風雅，于斯爲盛。

四傑聲噪文壇，又以皇甫汸詩名最盛。王世貞皇甫百泉三州集序曰：「吾郡以詩名天下，至嘉靖間最。嘉靖中諸名能詩者，獨皇甫氏最。皇甫氏昆季四人，獨子循先生最。」俞憲編盛明百家詩，題續皇甫百泉集亦云：「吾吳有皇甫昆季，猶昔稱雲間二陸，而數倍之者也。然四子之中，百泉爲最。」范惟一皇甫司勳集序則曰：「司勳昆弟四人，並以詞筆顯名江左，列作者之林，而司勳尤盛。方之二陸、三楊、僧彌、法護，益有光烈哉！司勳文故是名家，而尤覃精於詩，故詩尤爲海内所宗。」又稱其之於詩「可謂集成衆音，而融通八方之氣，是以其盛若是」。

二

皇甫汸雖早負詩名，科場登第，但仕途多舛，屢貶外任。錢謙益列朝詩集言汸「不能通知户外事，以故數困」，正因數次遠謫，皇甫汸得以遊歷四方，廣博聞見，結交海内名士，浸潤八方之音。司勳集卷首集原中，皇甫汸自述其詩歌創作隨地而遷，音凡四變：自登第遊宦京師，與高叔嗣、王慎中、唐順之、陳束互相酬和，於是始爲關、洛之音；出貶黄州，與王廷陳等楚人遊，因而一變爲楚音；起補南署，與許穀、蔡汝楠等競相爲詩，又一變而爲江左之音；再赴闕下補職，則交王世貞、李攀龍諸進士及山人謝榛，又一變而爲燕、趙之音；後遷雲南，與楊慎、李元陽等結交而再變爲蜀音。以故皇甫汸晚年删訂詩稿曾自歎云：「嗟乎！余殆東西南北之人也。本之二京，參之列國，變亦盡矣，心良苦矣，非一朝一夕也。」宦遊數十年間，皇甫汸撰述甚富，據四庫全書總目卷一百七十二皇甫司勳集提要，其詩文集有政學、還山、奉使、寓黄、家居、南都、禪栖、澶州、栝州、南中、山居、副京、來皃、司勳、北征、南署、赴京、浩歌亭、安雅齋諸集。晚年手自删訂，合爲皇甫司勳集六十卷，上述諸集之名仍分注各卷之末，皆繫以年，因此大略可考知其各集之創作時間。如嘉靖八年（一五二九）北上登第後，撰有政學集；十一年

（一五三二）任曲周令，建浩歌亭，乃有浩歌集；十五年（一五三六）奉使還吳，有奉使集；十七年（一五三八）貶爲黄州理官，後有寓黄集；十九年（一五四〇）因父喪歸吳丁憂，家居三歲，所撰詩文爲安雅集、家居集；二十二年（一五四三）赴南京任官，逾三載，乃有南都集；二十六年（一五四七）寄居南京長干寺，作詩爲禪栖集；二十九年（一五五〇）赴京，後數年出貶澶州、處州、雲南三地，因而撰澶州、栝州、南中三稿；三十五年（一五五六）返歸吳中，不復出仕，十年間遊宴自娱，擷芳采和，作山居集、還山集。

皇甫司勳集所收詩作，始於嘉靖八年（一五二九），迄於嘉靖末年。據生平經歷，其創作大致可分如下幾個時期。初登進士，北遊燕中期間，筆下多寫北地風物、帝闕氣象，故詞氣多慷慨雄闊，如「地擬龍山勝，天開鳳野雄」（九日同省僚歐陽清陳乙俞咨伯登慈仁寺閣值雨二首其二）、「北風辭薊曉，西月向關秋」（關西壯遊贈張子）。又因初入仕途而多發壯懷激切之辭：「浩嘯提金錯，長驅控玉騮。龍庭期報主，麟閣佇封侯。」（同前）亦有「漢室名儒今侍從，好陳清論答君王」（簡周給事祚）、「北極朝廷終右命，西湖山水莫長遊」（陳憲使察入賀萬壽節還浙中）等語，足以見其心懷北闕而欲一展平生抱負之志。

嘉靖十七年（一五三八），因得罪郭勛而下獄，皇甫汸在燕地十年的仕宦生涯突遭變故。其間作獄館書情，已吐露其胸中不平：「棘館坐如焚，蓬心詎可云。腸非一夕逝，情是百憂紛。直道難容世，孤操每離群。從來汲長孺，曾揖衛將軍。」是年秋，貶謫黄州，「十年爲漢吏，一朝從楚臣」（得黄州命有作二首其一）。諸寮友賦詩送行，集爲懷慰編。薛應旂記之曰：「百泉皇甫子循曩官工曹，以抗直忤郭氏，謫楚黄理官，置諸員外。維時公卿大夫暨百執事以及友朋昆弟，咸贈之言，編曰懷慰編。」（懷慰編序）皇甫汸自此仕途蹭蹬，宦跡轉蓬，燕中成爲傷心地。至三十年（一五五一），皇甫汸自吴中赴京補闕，仍感歎「十年違冀北，一壑卧江東」（初至京同諸進士集羅山人館探韻各賦得東字）；三十九年（一五六〇），王世貞因父難歸吴，皇甫汸已解官居家，寄元美詩中也有「一掬燕城淚，聞君返故鄉」（寄東王一元美二首其一）之語。在此之前，皇甫汸又曾先後貶謫澶州、處州，因編三州集以紀宦迹，並自述其間詩風履變曰：

> 嗟乎！坎軻屢遭，未嘗損其烈節；訟牒旁午，不少輟其篇章。黄蓋楚疆，屈、賈放逐之區也。諒而見疑，忠而被謗，憂心辟摽，故多怨誹之辭。澶蓋魏境，蒙莊寄傲之地也。虚憍疾視，猶有鬬心，故多忿激之辭。括蒼越稱嘉麗，康樂娱遊之所經也。時余安常委順，若將終身焉，既和且平，故多暢達之辭。當是時倦宦而并滅文情，避人而間出累句，亦足以興慨矣。緬自弱冠起家，解褐登仕，躬際聖明，孰不欲出入禁闥，優游以致卿貳？然才滋衆嫉，命與時違，退而立言，豈余素志乎？（三州集序）

自登第而遊公卿之間，至貶謫楚地而涉江湖之遠，其間憂憤苦痛之情自不待言。因此，皇甫汸在黃州作詩常懷屈原，以抒發其忠而被謗、懷才不遇之苦怨，如云「采蘭貽所思，無媒將焉託。投賦弔湘纍，長揖返丘壑」（黃州郡齋作），「絳侯不肯容才子，漁父無勞問大夫」（郡齋秋思）。至澶州，此種憤懣之情並未稍減，仍慨歎「塌翼懷奮飛，低眉就羈束」（始至澶州作）。至處州，時已年屆知命，厭倦仕宦而有悠遊山林之心：「雅志懷山棲，復得理山郡。蒼岫入南楹，白雲帶西徑。」（郡齋作）對所見景象的描摹也趨於清越自然。此後再謫滇中，雖關山遠隔，却已能平和處之，詩作如温泉、曹溪寺、宿太華山寺、太華寺詠落花諸作，亦多紀遊而寫滇中風物。訪周子籲小酌水木軒詩云：「愛爾官寨裏，居然隱者同。遠山當户入，瀑水隔溪通。蔓草牽風碧，薇花墜雨紅。故園經亂後，翻不似南中。」再次訴説其身在官寨而「志懷山棲」的歸隱心緒。

嘉靖三十五年（一五五六），皇甫汸自雲南返歸吴中，從此解官歸養，「無復四方之志」（南中集序），作還山詩四首以述懷，中有「申椒詎見芳，娥眉衹成妒」（其一）、「昔聞車馬喧，盈門結如綺。今來雀可羅，蓬蒿但荒里」（其三）、「哲士希昭曠，愚者溘埃塵」（其四）等句，既有對仕途蹇促、今昔異時的無奈，又懷有棲隱丘壑、閒遊塵外的思緒。在贈答諸兄弟的詩中，皇甫汸一再表露自己已無宦情而心慕箕潁，如解官歸奉答子浚兄「故園華萼在，何必日南春」、答子約弟「宦情潘生拙，歸嫌陶令遲」、冬宵柬子約「曼容歸念早，逸少宦情闌」。此後二十餘載，皇甫汸或居家養性，或訪友攜遊，以老壽終其天年。晚年所撰詩稿收於嶽遊漫稿、皇甫司勳慶曆稿，多紀遊、贈答、酬和之作，以寫「琴樽坐處同陶令」（歲暮簡何元朗）、「蕭疏亦自醉東籬」

（吴參軍宅菊譙）之閒隱意趣。

三

皇甫汸宦遊四方，詩風多變，然統而觀之，其詩注重歌詠性情而興寄深微，體格雅飭而辭藻清麗。皇甫汸論詩頗重情感抒發，如所撰詩學論著解頤新語曰：「詩序：『情動於中而形於言。言之不足，故嗟歎之；嗟歎之不足，故詠歌之。』故曰：詩者持也，持人性情。」（解頤新語卷一）又云：「感人心者，莫先乎情。」（解頤新語卷八）在衆多抒情篇章中，遠遊思鄉、寄贈兄弟諸作往往深摯動人。如舟中對月書情：「不識別家久，但看明月輝。關山一以鑒，驛路遠相違。影落吴雲盡，涼生楚樹微。天邊有烏鵲，思與共南飛。」九日寄子約：「漫有登高處，兼當望遠何。對花驚白髮，見雁憶黄河。亂後書來少，霜前木落多。不堪羈宦日，同是阻干戈。」描寫關山遠隔，羈宦離索以凸顯其思鄉懷人之切，即景抒情，詩風悲涼沉鬱，興寄亦復深遠。又如對月答子浚兄見懷諸弟之作：「南北何如漢二京，迢迢吴越兩鄉情。謝家樓上清秋月，分作關山幾處明。」此詩當作於嘉靖二十三年（一五四四）秋，時沖落第居吴，涍調任浙江按察使僉事，汸任官南京，濂於北京會試登第，故詩中有南北二京、吴越兩鄉之語，四兄弟天各一方，長兄寄詩抒懷，汸作詩答之，辭清氣朗，語簡情深。另如故園對子安兄相與談及竄逐事悵然作詩、春日感懷因柬子安、雪日感舊因柬長兄季弟、午日獻子安兄諸作，亦皆情感豐沛，足可見四兄弟手足之情深，這始終是皇甫汸宦遊生涯的一大慰藉。

多年羈宦，四方遊歷，還使皇甫汸詩歌多得江山之助，而鑄就其興寄深遥之詩風。皇甫汸認爲作詩貴「恒發於羈旅草野」，以求其多變，故其序白悦文集指出「山川信美，盡發之於詩」，「兼以丁辰中否，動忍既深，牽世播遷，牢愁彌結，由此其工也」（白洛原遺稿序）。王世貞三州集序評皇甫汸詩以窮而後工曰：

先生亦不以謫故，遂厭薄其吏道。其爲吏，亦竟不肯緣飾時好而詘其詩。其詩之工不待言。然要之，志有所微動，則必引分以通其狹，氣有所微阻，則必廣譬以宏其尚。其山川風日、物候民俗，偶得其境以接吾意，而不爲意于其境。蓋先生之詩之工，取工於窮者也。

皇甫汸一生漂泊轉蓬，作詩多寄慨於山川風日，興懷於物候民俗，赴黄州道中，作夜泊江州而藉「司馬衣」以抒懷；謫守雲南，賦馬跑泉而托「耿恭泉」以言志。覽赤壁之跡，則寄慨於周郎；遊永嘉之區，又興詠於靈運。錢謙益因此稱汸雖屢遭蹇促，「然信心而行，不爲深中多數」（列朝詩集小傳丁集上）。

就體裁而論，皇甫汸詩古體清俊而時見六朝風神，近體雅飭而多得中唐聲調，尤以五言見長，七言則稍弱。五言律如諸君乘月攜酒見過遲謝山人不至席上作、永嘉登江心寺、與鄭司士夜話諸作，屬對整麗，並富藻思。五言古如春日書抱束當道諸君子二首（其一）「牽世詎嬰網，司晨猶在籠」，張仲讀書吴山「幽谷聞鳥鳴，澄湖眺魚樂」，奉答子安兄「柔條始發林，芳草漸紆砌」，春夜遊西園同諸兄弟作「跡非三徑荒，情是一丘足」等，或寫幽景，或言素心，辭藻清麗，頗得齊梁詩之風致。如陳子龍評皇甫汸冬日往虞山作即曰：「本於康樂，而不如其老。」（皇明詩選卷四）朱彝尊亦稱其詩「清音藻思，五言整於小謝，五律雋於中唐，惟七言葸弱」（静志居詩話卷十三），沈德潛亦云「子循古體出入於二謝，五言律亦在錢、劉之間，與兄子安可云敵手」（明詩別裁集卷七），論者多認爲皇甫汸詩清新遒麗，而有六朝風味。胡應麟評皇甫汸、楊慎二人詩歌曾言：「皇甫子循以六朝語入中唐調，而清空無跡；楊用修以六朝語作初唐調，而雕績滿前。故知詩有別才，學貴善用。」（詩藪續編卷二）

皇甫汸不僅詩擬二謝，文亦尚六朝，講求儷辭華藻。解頤新語卷八曰：「六朝不獨詩尚綺靡，文亦藻黼，中有抑揚頓挫。語雖合璧，意若貫珠，非書窮五車，筆含萬化，未足云也。」足可見其對六朝駢儷文風的推崇。因此皇甫汸所撰序、記、傳、誌諸作，亦多運用駢儷語句，以追求文辭流麗、對偶精巧。如錢侍御集序中云：「製錦之鄉，鳴琴而流詠；避驄之地，緩轡以成章。故潘岳河陽之什，頓掩前輝；堯藩江南之篇，無慚後躅。」數語儷對，極力推揚錢籍之文。另如清舉樓記：「朗月初升，暢庾亮之悰；清風徐來，發劉鯤之嘯。」新建憲濟橋記：「鏡光練素，延眺於澄流；錦纜牙檣，騰歡於清泛。」亦皆以駢語鋪陳。在文選雙字類要後序中，皇甫汸又以華藻鋪排申説其推尊六朝文「踵其事而增華，緣諸情以綺靡」的文章觀：

> 夫比屬義意，則漢儁非工；弋釣篇章，則左奇爲劣。由是精義者，沿洪波以討源；綴辭者，茹蘭芬而吐秀。庶幾錯綜斯文，不徒鼓吹小説而已。或謂雕琢瓊瑶，遺恨抱璞，刻削杞梓，取譏不材。嗟乎！寸珪尺璧，咸足云寶；製錦裂績，奚病爲華？此固玩物者之致曲，而非忘筌者之通津也。

從中也可看出，皇甫汸對復古派追摹秦漢之文頗有微詞，而體現其與注重情辭靡麗的吴中文學傳統步調一致。王世貞梳理明文之演變，曾言「獻吉三變之，復古矣，其流弊蹈而使人厭；勉之諸公四變而六朝，其情辭麗矣，其失靡而浮」（弇州山人四部稿卷一百二十七答王貢士文禄），指出黄省曾等吴中文士以六朝文風救復古流弊，各有得失。故世貞評皇甫汸亦有「文慕稱六朝，然時時失步」（弇州山人續稿卷一百四十九像贊）之語。四庫館臣承弇州之説，而評皇甫汸所撰諸論「文多駢偶，往往以辭累氣，此又王世貞所謂學六朝而時時失步者也」（四庫全書總目卷一百二十四百泉子緒論提要）。明末張燮書皇甫子循書後則云：「子循文原本六朝，而又以己體出之。六朝織散文爲儷語者也，故綺組成其經緯；子循就儷語作散文者也，故流奕濟其峻峭。」所言「就儷語作散文」者，頗中肯綮，概括出皇甫汸寓駢於散的爲文旨趣。

四

皇甫汸生平著述頗豐，詩文創作甚富，晚年手自删訂爲皇甫司勳集，另有皇甫司勳慶曆稿、嶽遊漫稿、百泉子緒論等，又有詩學論著解頤新語。其餘如澹生堂書目著録之左氏摘奇、天一閣書目著録之擬古樂府等，均已不存。

皇甫司勳集六十卷，爲皇甫汸二十八歲至六十三歲所作詩文合集，凡賦一卷，詩三十二卷，文二十七卷。書前冠以集原一篇，撰於萬曆二年（一五七四）冬，略述編纂緣由，自言詩删之而十存其七，文删之而十存其五。是集當刻成於萬曆三年（一五七五），前有此年郡人顧存仁、范惟一，徐州劉鳳所撰諸序，並附全集目録。各卷末皆注該卷取録之原稿、創作年份及校者，由其子枺、琳、縠與侄槃、秦等參與校訂。清乾隆間編四庫全書，即以此本爲底本。

皇甫司勳慶曆稿二十一卷，有明萬曆刻本。前有王世貞皇甫司勳慶曆詩集序，署「後學陸士謙書」。所收作品後亦有紀年，起於隆慶元年（一五六七），迄於萬曆五年（一五七七），可知是集收録皇甫汸六十四至七十四歲之作。其中卷一賦五首，卷二五言古詩十一首附四言古詩一首，卷三樂府十一首，卷四至卷六爲歌行二十八首，卷七至卷十二爲五言律詩二百五十六首，卷十三五言排律十九首，卷十四至卷十九爲七言律詩一百三十八首，卷二十、卷二十一爲七言絶句八十五首。

嶽遊漫稿一卷，有明刻本。據卷首自序，此集收録皇甫汸於隆慶六年（一五七二）春三月遊徽州白嶽時所撰詩作，時年六十九歲。各體詩作共二十九首，除休邑弔蘇生若川一首、抵山雨一首等七首外，其餘諸詩均見收於皇甫司勳慶曆稿。卷末刻「門人新都黄極、越郡黄廷卿校刊」。後附贈言一卷，收録顧存仁、張勉學、王延陵、劉鳳、黄姬水、黄河水、王穉登、周時復、黄魯曾、杜瓚、毛文焕、周天球諸友贈詩十二首。

百泉子緒論一卷，有明嘉靖間刻本。前無序，有目，收録原墨、罪言、非俗、詭士、刺飲、慨禮、詒戚、知難八論。卷末署「琳、穀同校」，有子琳撰於嘉靖四十二年（一五六三）跋文，略云：「辛、壬二載撰緒論八篇，琳手書一册，爲友人借志得無恙，兹取歸，登梓以傳。」可知諸論作於嘉靖四十年（一五六一）、四十一年（一五六二）兩年間，時汸已解官居家。四庫館臣稱此八論「皆爲時弊而發，譏切甚至」（四庫全書總目卷一百二十四百泉子緒論提要）。

另有皇甫百泉還山詩一卷，明刻本。無序跋，收皇甫汸詩二十五首，除長兄招讌觀蘭、答黄子一之二首外，其餘諸作均見收於皇甫司勳集。是集皆皇甫汸嘉靖三十五年（一五五六）解官歸吴後所作，後附昆弟及友人所撰還山贈答諸詩。又有皇甫昆季集二卷、續皇甫百泉集一卷，見收於俞憲編盛明百家詩，有明嘉靖至萬曆刻本，收入四庫全書存目叢書。二集合收詩作約四百五十首，其中有近六十首詩作未見於皇甫司勳集，可作補遺。

本書對皇甫汸現存詩文作品進行全面搜集整理。皇甫司勳集以明萬曆三年刻本爲底本，以文淵閣四庫全書本爲校本，參校明刻本皇甫百泉還山詩、明刻本嶽遊謾稿、明嘉靖至萬曆刻盛明百家詩本皇甫昆季集、續皇甫百泉集等。皇甫司勳集外詩文收録皇甫司勳慶曆稿、百泉子緒論二種。上述三集外所輯録之詩文附於後，皆注明出處。書後附録四種，分别輯録皇甫汸傳記、皇甫汸詩文集各版本之序跋、還山贈答諸詩、嶽遊稿附。

目録

皇甫司勳集卷之七……五三

皇甫司勳集卷之八……六〇

皇甫司勳集卷之九……七〇

皇甫司勳集卷之十……七九

皇甫司勳集卷之十一

皇甫司勳集卷之十二……一〇一

皇甫司勳集卷之十三 一一三

皇甫司勳集卷之十四 一二四

皇甫司勳集卷之十五……一三四

皇甫司勳集卷之十七

皇甫司勳集卷之十八……二〇三

皇甫司勳集卷之二十一 …… 二八五

皇甫司勳集卷之二十五……三七二

皇甫司勳集卷之二十六……三九〇

皇甫司勳集卷之二十九

皇甫司勳集卷之三十一

皇甫司勳慶曆稿卷之三 ……八七一

皇甫司勳慶曆稿卷之四 ……八七六

皇甫司勳慶曆稿卷之十二……九七七

皇甫司勳慶曆稿卷之十六 …………一〇二〇

皇甫司勳慶曆稿卷之二十一……一〇五九

皇甫司勳集

集原

余七齡而能詩，中憲公課之輒得奇句，父友訝而傳之，以大父祠部公治詩，亦治詩。時伯氏、仲氏與中表黄魯曾、省曾，洞庭徐缮，秦人孫一元，越人方太古談詩。余髫而旁侍，竊耳之，腹私誹焉。一日，中憲公召問易，茫不知對，怒曰：「小子欲述祖業，殆所謂糟粕也，汝父兄咸治易，猶有佔畢存，取法孰近乎？」余退而學易，期月徑以易舉于鄉，迺心未嘗忘三百篇也。

及登進士，遊京師，山人張詩爲語，孝武朝長沙有開闔之風，海内群彦雲集，爲拊髀焉。時方推轂李、何、徐、邊、熊、薛，皆其選也。一日早朝，夏給事言偕比部李遂、江以達物色，余得之班聯中，握手談藝，出而定交焉。因與諸曹郎吴檄、田頊、高叔嗣、兄仲嗣、鄒守愚、王慎中、周給事祚、胡給事堯時、李侍御宗樞競爲詩。由外至者，方憲副豪、鄺參知灝、弟汴、李别駕士允、閩山人傅汝舟、高瀫、同年吴子孝、唐順之、任瀚、楊祜、陳束、李開先、吕高、栗應麟、弟虹談，未嘗不少讓我也。于是爲關、洛之音。

浸淫上逮諸曹卿，嚴公嵩、李公廷相、霍公韜、陸公深、馬公汝驥、大中丞王公廷相、劉公訒、許太僕宗魯、鄭光禄憲、黄學士佐、房考李公默，引爲忘年友，互相酬和焉。顧文康曰：「子晚進，奈何與先達並列？」余曰：「列詩非列官也，彼索之而我應之，奚僭乎？」竟以才見忌，于是乎承譴齊安矣。至則與王子廷陳、廖子道南、馮子世雍傾蓋如故。此三人者，咸楚材也，間爲楚音，此其一變也。居中憲公憂，起補南署。時與許子穀、蔡子汝南、施子峻、王子廷幹、侯子一元、中山徐京競爲詩，多江左之音，此又一變也。後免太夫人喪，赴闕補職。時比部郎王世貞、李攀龍及諸進士、謝山人並辱造余，其言與關、洛稍異，乃獨爲燕、趙之音，又其一變也。自澶州移栝，遷滇臬，遐陬罕晤，僅得張子含、李子元陽，若楊太史慎先已徙瀘，數移書相詔示，而觀察周滿、貴州學憲謝東山亦以詩交，有淵雲之餘風焉，則又間爲蜀音。嗟乎！余殆東西南北之人也，本之二京，參之列國，變亦盡矣，心良苦矣，非一朝一夕也。程材效伎，折衷於作者，亦多矣。

解官歸，則返吾初服，從吾所好耳。乃盡取篋中稿檢閲之，詩如辭極綺靡，而興寄未深，删之。格或不古，調或不高，删之。或齟齬不當，踸踔無常，删之。語非絶俗，句非神來，删之。十存其七。文非由衷，應物而作，乖於名理，乏於諷喻，删之。十存其五。嗟乎！余有志慕古而力不逮，心恥時尚而薄不爲。文如馬遷，高矣美矣，余懼畫虎之誚而不敢爲，胡魏、晉而下無二史公也？詩如杜甫，美矣善矣，余懼折洗者易流於宋而不欲爲，胡唐諸名家不皆少陵也？斷可識矣。吾與我周旋久，自成一家言，愧不足以傳諸後。然漚心裂肝，雖腐穢，惡忍棄哉？姑存之，以考見歲月云。總得賦六首、四言騷體十首、五言古詩一百二十三首、樂府四十一首、七言古詩五十九首、七言歌行十六首、五言律詩六百四十六首、排律六十七首、七言一首、七言律詩二百九十七首、五言絶句五十一首、六言一首、七言二百五十九首，凡三十三卷。頌贊銘十首、序集四十首、讌贈三十三首、碑版四首、書牘十九首、記十首、雜著五首、傳三首、誌銘十三首、碑表五首、家誌五首、哀誄六首、告祭十六首、跋語文疏十一首，凡二十七卷。總六十卷云。

萬曆甲戌閏臘既望，汸識。

皇甫司勳集卷之一

賦六首

禱雪南郊賦

歲屠維赤奮若兮，朔易正乎玄英。歷固閉於暢月兮，綀望幾之翌辰。皇帝有事於南郊，禱也何禱爾？緊鱗運之迅傃兮，氣憯懍而葳蕤。詫陰伏之莫競兮，恒暘若而淹期。金方傷而木沴兮，亟春令於僭差。薄冰履而易冶兮，杲日出其尚熙。虞介蟲之爲孽兮，終旱瘨而癘滋。豈嘉承之弗嗣兮，胡元元之逢此罹也。先是，天子祇袚宗伯，崇禋野廬，清術司，烜綷旻，氈邸閲掌次之則，旌門詰羽林之兵。是旦也，昒霍蒙合，爛粲星陳；望舒先抶，飛廉後奔。張急繕以按招摇之隊，振殷轔而走夔魖之神。天子乃離齋宫，辭静室，侑方祇，款太一，馳道既警，乘輿乃出，雲引縣常，飆分列戟。駟文螭之襂纚兮，六素虬之絡繹。翳端路之翠華兮，旅中庭以蒼璧。樹羽崇牙，執紱秉翟。鼉鼓金鏞，雞竿玉戚。雖九奏之樂未宣，而萬舞之佾咸集。

少焉，清塵起而烟煴於屬車，紫熏飈而苾芬乎越席。紛總總其將狃兮，班峨峨之入覲。帷弸環其在宥兮，衣綷縩其歛敬。玉佩鋗而陸離兮，金鋪鬱其晻映。天子于是乎奏芝檢而遵壝，屏華蓋之承宸。俄改步於靈陛兮，緬稽首乎帝閽。肆普淖之充篚兮，縮嘉栗之盈樽。既而皇命祝史爲我陳詞，愬睿圖於憑翼兮，庶明徵其鑒之。怳陟降之弗爽兮，豈須摇而逖斯。

禱曰：髮雲爲我輿[一]，連氛爲我積。噫不周其惠來，影扶桑其暫暱。闢西域，啓東國。剪瓊蕊之六霙，染瑶壇之一色。燔柴焰而霰燼兮，醴酒凝而冰瀝。拂旋途兮絜爲旂，擁回鑾兮玉爲軾。藹藹浮浮，漉漉奕奕，普潤中田，偃液上陌。夐白眚之袤丈兮，兆豐年於盈尺。率土播謡乎兩岐兮，踰沙受獻於三脊。斯萬姓洽其懽心，而百神歆其明德者也。有若酣璇臺，舞瑶室，端皮弁，曳豹舄。將獵之岍山，騖於萍澤。則非所以掩身安形，而亦亡禆於昭假焉矣。迺有新進小臣，叨扈從觀，盛節第嘉，頌揚休烈。

辭曰：禋粥粥其帝軫維兮，維匪卹胤恫吾黎兮。帝赫延佇神宴娭兮，登我百穀戎叔爲兮。課功減五三與偕兮，菟園者誰負薪咨兮，工賡黄竹帝考祺兮。

【校勘記】

〔一〕「髮尝」，四庫本作「同」。

陽湖草堂賦

王子庭濱於陽湖，遂肯堂焉。以藏以修，乃自謂陽湖子，而人亦曰陽湖先生云。嘉靖上章攝提格玄月既望，爰自國子博士拜陪都之祠曹，臨觴愴别，抽筆而爲之賦。其辭曰：

若夫揚州之大澤、吴郡之具區，有五湖焉，是亦天下之至水也。胥貢注其上善，洮滆瀉其玄靈。别有一派，匯爲陽城。表淞潴之神委，混崐沫之巨津。光涵金鼎，波撼洞庭。奔溜則三方灌溉，吹澇則百川沸騰。漫減瀍涓，漩澴湖湃。瀺潤疊躍，潏湟砰磕。涓網澮絡，嵒襟嶸帶。駭浪雲間，驚濤天外。

爾乃呴雷激電，泐霧蒸烟。洸洸汩汩，汗汗沺沺。粲若錦濯，浄若練懸。蘋藻擾溺，茨蓼新鮮。翹莖濮葉，翠翳穎潛。魚龍出没，鷗鷺聯翩。豈返歷陽於一夕，盡底定宸澤而偕之千年矣。宛中央之美人兮，紛綽約而鑒德。敞茗亭之邃構兮，臨清沚而嘉客。此亦足以大觀，寧必彼焉是適。

爾乃褰荷裳兮曳蘭佩，櫂桂楫兮方松舟。既將進而容與，復欲去而淹留。望洋向以增歎，溯洄從而莫逑。于是幽壑斂霏，他山吐月。采芙蕖，雜杜若，喁赤鱗，狎玄鶚。動咏歎以興思，怳乘虚而超忽。若石雁杳冥，金牛怪誕。孫啼或神，徐酣終幻爾。若澄江對謝，炎海浮張。匪智斯樂，亦情相忘。若夫釣渭之叟，飢泌之士。服在王官，媚于天子。極北九重，江南萬里。俟濟川以歌説，將歸湖而覓蠡。

瑞爵軒賦

癸巳玄月之吉，曲梁令式燕于堂，凡我僚友暨幕屬若而人，咸預下陳觴一行。有黄雀集于堂隅，少則搶揄而起，騰躍而上，北向雲霄，莫知所止。邑氓請曰：瑞哉，瑞哉！雀爵之義也，黄中之色也。君侯握爵中朝，殆不遠矣。在昔董仲令不其雀乳，廳事前桑，民爲歌頌。吾儕小人，敢效兹爲？皇甫子讓之再，乃題軒之楹曰

「瑞爵」，而爲之賦。辭曰：

繄式燕之自公兮，實撰吉於兹辰。敞初筵之秩秩兮，藹來止之薰薰。被宮商於雅奏兮，薦脾臄之雜陳。賓酬主而百拜兮，觴引滿於一行。乃有黄雀，止于華軒。若鼓若舞，載翻載翩。暫窺檐於下集兮，終軼漢而遐騫。僉馳目於罕覯兮，倏矯首而去旃。嗟伊鳥之弱羽兮，粲瑶光之景星。飾元吉以爲裳兮，錫憑霄之令名。於時也，仰無茂樹，俯無白糧。豈綴綵之汝求兮，遂避珠而我翔。儼依人而呴呴兮，儷嘉賓之在堂。孰爲來哉？氓曰君侯之慶也。若夫潘氏徵肩，魏生占手。性狎陳前，聲蜚崔後。諒昭德而匪愆，謂報恩乎奚有。又若獻自西域，集彼東園。出貝多而迅翮，望舍章而奮翰。非鴛非鷺，非鶚非鷗。同海燕之呈瑞，並谷鶯以遷喬。物雖細而表大兮，福無門惟自召。紛吾扈此南金兮，世方慕乎孔翠。展好爵之爾縻兮，願乘軒而列位。流清音於以侑兮，酡赭顔而既醉。瑕時潛之方翕兮，亦利賓其用舉。晞上林之寵珍兮，巢桂實而容與。傷世網之我嬰兮，聊斂翼乎兹處。苟一枝足依兮，又焉假夫全樹。爾乃揖上客，感微禽，命芳酌，揮瑶琴。爰紀其事，以慰我心。

亂曰：園有矰繳，鴻則罹兮。野有枳棘，鸞則栖兮。劇途黯黑，鳴梟鴟兮。割鮮鼎俎，委衆雛兮。鳳翔千仞，盍攬輝兮。鵬絶雲氣，鷃見嗤兮。嗟嗟黄鵠，志安知兮。相彼鳥矣，將皃飛兮。

義鴿賦

余客居陪京，嘗養鴿十餘。尋被流言，將圖歸計，乃命童子悉放之。一鴿夜去晨來，徘徊瞻顧，意若戀戀，因感而作賦焉。詞曰：

何斯禽之靈哲兮，乃戀主而踟蹰。若含意兮未展，猶弔影以相於。遶空梁以託宿兮，慨故棲之在除。方其馴擾晨軒，和鳴夕砌。飲啄閒暇，毛羽鮮麗。或命侶以將雛，奉清光以娱稚。顧以鳥而養鳥，胡觀仁而取義。逮其主人不樂，群鴿已辭。翼將翔而復止，聲暫背而仍依。豈無匹而守獨，舍寥廓而安卑。似楚姬之怨别，類田客之相隨。痛雞鶩之騫舞兮，俾鸞鳳爲之摧頹。乏冥鴻之遐舉兮，悼鸚鵡之罹災。衆方嫉余之脩能兮，鳥何意而憐才。

若夫雀處堂而孔懼兮，鵬止舍而賈悲。翳鴿非野鳥兮，奚昭慝而示危。又若海鷗不驚，庭爵斯集。愧未盡乎塵機，亦何徵於報德。若其張仲之廬乍偃，翟公之門尚開。朱生絶謁以謝往，敬通却掃而杜來。世之喪道，人亦何心？昔時結駟，今日遺簪。請息交於良友，恐負誚於微禽。

感別賦

戊申之秋，八月初吉，季弟水部郎子約以制滿還闕，而余羈紲都亭，移書告別。發函披誦，悲不能勝。嗟乎！丈夫之生，自懸弧矢以來，孰不有志於四方？故曰人豈鹿豕也，而可常聚乎？此光禄之賦，惜其淵雲詞靡，而病於兒女情多。蓋别不足以興悲，而情有所感，於別則悲可知矣。因撰兹賦，以代餞云爾。辭曰：

別方異緒，離狀殊端。在有情而必款，豈同氣而能堪？軺車陳於坰側，舟楫戒於江干。或感慨於川逝，或行嗟乎路難。涕臨觴而共收心，執袂而俱酸。善哉，江生之言曰：黯然以銷魂。值我愛弟，遄往帝閽。愧雙鵠之並舉兮，矯乘雁而孤騫。

若夫未嘗四方，聊事一室。侍讌庭闈，聯經几席。辯索研墳，遊璣討曆。繹孟氏之有三，詠詩人之既翕。至其恭承嘉惠，忝竊龍光。仲兮叔兮，乃以軒而以翥。伯也季也，復載翱而載翔。或鬖纓於建禮，或結綬於文昌。或馳麾於趙魏，或沿牒於楚湘。乍乖雲雨，少別關山。旌指洛而將赴，裘滯秦而未還。行行路何極，去去情不忍。寄芳草於春池，攬素毛於秋省。夏暑溽而扇違，冬飆厲而衾冷。顧奚别而非悲，抑奚悲而云甚。

迨夫丁辰荼酷，軫患纏緜。乾覆奄奪，慈景俄殲。悼金昆之脆質，凋玉樹於華年。同朝露之溘盡，展夜壑之已遷。繄慶往而弔來，亮福倚而禍伏。豺狼逞兇，蜂蠆隱毒。構曾參爲殺人，收張儉而屬吏。謂死灰其不燃，詫凝脂之可畏。投清流使合汙，惡獨醒而强醉。胡人心之險巇兮，亦天道之冥昧。賂苟輸而在宥兮，囊無金之可致。鄒投珠而遭眄兮，和抱璧而蒙冤。乏文姬以請駟兮，望融弟爲急原。得與喪其齊塞兮，退未遂而觸藩。肆蒼鷹之亂紀兮，寔桀犬之餘孽。隕東晉之玄風兮，黜西州之英烈。誰百口其相明兮，空撫鏡而存舌。中郎奮於鉗徒兮，應相起於溺摺。尚録過於代門兮，布揚芬於漢闕。將逆施於末路兮，終雪恥於前哲。

斯時也，雖具邇其含悁，矧駕言以遠别。遵首路之逶遲兮，睇蕭晨之悽緊。憑江閣之交疏兮，見中洲之帆影。淮水落而彭城荒，燕雲飛而冀門近。想天上之仙班，恍夢中之幻境。粲西笑而心摇，託南棲而跡警。追二陸於疇昔兮，緬兩到之徂征。置美酒以高會兮，列祖讌於華楹。徵綺羅之妙舞兮，被絲竹以新聲。懼堂中之蠟燼，忘户外之驪鳴。雖擬跡而同别，亦原悲而異情。憤世道之黮黯兮，請以余爲殷監。衆女嫉兹蛾眉兮，均自沉於明豔。客方誡乎用光兮，嵇弗戢而罹患。雲賦就而晚疲，賈書上而早譴。齒何貴而象焚，鞹乃災於豹變。庶養德於木雞，毋處才於能雁。辟涉海而獲濟兮，諳風波之苦辛。傷虎口而幸脱兮，猶心悸而告人。疢已痼而復初兮，舉藥石以具陳。羽有落於虚彈兮，砉無蹈於震鄰。紛余季之玉秀兮，又襲之以蘭芳。振逸響於寥漢兮，赫掞藻於明光。恩被命而攸渥兮，德潤身而彌彰。渺岐分於川岳兮，瞀星散於參商。季昔時兮送余，余今日兮送子。若迭代於天運，匪往復於人事。喜何劇而無悲，悲何窮而無喜。情生文以敘離，詞因情而斂思。膓屢絶於停毫，泣欲盡而盈紙。願行者其勉旃，惋居者之已矣。

弔言子祠賦

循故阤以延眄兮，儼初地之猶存。風蕭蕭而塵㸃兮，日慘慘而霧昏。但見荒榛蔓草，斷礎頹垣。狐鼠夕走，鳥雀晨喧。並咨嗟於行道，每邅迴而過門。若夫四禪經始，二梵肇基。既流銀以僝殿，亦布金而墄坻。力窮土木之麗，工竭雕鏤之奇。疏寮綺綴，櫨栱丹施。睹莊嚴而恐怖，示寂滅於慈悲。由是息心之侶仰止，銷跡之衆皈依。研經味品，擁錫蒙緇。信毗邪之勝境，而迦葉之宏規者也。

詎知道有隆替，業有興亡。恒河瀉於金谷，祇園表爲戟閌。鴿散林遠之舍，燕巢王謝之堂。寢唄響於鐘磬，奏豔曲於笙簧。誰其慨歎，良二千石。侵者八九，餘者十一。乃建學道之宫，爰邃精華之室。禋祀言公，肅瞻像飾。斯文在兹，嘉名允錫。絳帳霞披，青衿雲集。洙泗翔風，絃歌振邑。教思無窮，胡侯之澤。迺有中丞，因之開府。鈐閣崇威，旌門耀武。衛士操戈，縣令負弩。内有靖柝之廬，外設嚴更之署。一旦市兒弄兵，博徒構釁。崑燎方揚，驪灰倏燼。遺簪履於東墻，弛扃鑰於北闥。民之無良，德則不競。森柏將雙樹俱凋，甘露與稜霜共盡。烏繞枝而倦棲，馬號塔而却引。

嗟乎！經云火宅，律曰化城。浩創靡爽，幻理有徵。胡然而釋，胡然而儒。胡然而堂，胡然而墟。法淪於空，孽罹其害。測平陂於前因，垂傾覆於後誡。

皇甫司勳集卷之二

四言騷體十首

相彼古泉 贈吴公也

相彼古泉，湜湜其清。君子汲之，顯允王明。曰既受福，群小是愠。肅肅嘉征，彌邵彌濬。峨山兩峙，泉俟深矣。懿彼泉源，胡自今矣。之子有懷，慨其臨矣。泉之混混，睇彼高岡。伊誰命之，我思隴鄉。于以瑩心，亦異之覯。于以逮下，亦孔之厚。兹其方可，胡鞫焉疚。

民之繹思，侯泉浩幽。彼其之子，莫匪令猷。不瑕自天，裒澤方州。

相彼古泉六章：三章，章四句；三章，章六句。

潏彼上善　賦也君子濱於水南遡洄而從者賦焉

潏彼上善，匯厥靈長。滔滔其逝，在河之陽。彼美人兮，于焉遨翔。

潏彼上善，匯厥漣漪。滔滔其逝，在離之湄。彼君子兮，于焉委蛇。

潏彼上善二章，章六句。

歷田歌題張兵憲卷

我所思兮在歷山，山闃寂兮水潺湲。徂畛學稼慕有鰥，希世謝茲桑者閑。龍翔鳳舉鵷鷺班，深山鹿豕安可攀。承麾東邁齊魯間，側身西望阻蒲關。欲往從之虞坂艱。悵隔歲兮草空緑，渺佳期兮桂屢丹。美人貽我明月環，思公子兮何時還。大隱在朝不在野，田園荒蕪，何爲懷憂摧心顔。

夜泊魯橋胡中丞馳翰至披襟起坐秉燭讀之渢渢樂章聲中金石口占奉謝

見君晴，別君雨，人向巫陽去。別君雲作雨，思君月出雲。疑是湘江上，猿啼不可聞。河水瀰瀰，獲此雙鯉。贈比琅玕，報匪瓊玖。夜中不能寐，起坐理金聲。山月爲我明，河水爲我清。思君不見那爲情。

題施比部四號詩

苕水匯兮霅水長，美人容與兮在中央。翠竿嫋嫋思得璜，藏以巾笥貢明堂。烹鮮守鮒兮屯以康，功成綱弛兮筌盡忘，從任公兮憺方羊。右苕霅漁長。

窪尊兮玄鬯，玉瓚兮黃流。羌器用兮各有適，行潦之水可以羞。美人既醉朱顏柔，身後榮名焉足求。屈平獨醒兮衆方忌，善乎劉生之沉飲兮，細萬物以輕世。右窪尊醉客。

峴山高兮苕水深，陟窈窕兮眺嶇嶔。朝騁駕兮東麓，夕弭節兮西岑。啓玉齒兮坐芳林，横鐵笛兮吹龍吟。洪濤震兮玄雲陰，參差管籥難爲音。右峴山鐵笛。

桂爲楫兮蘭爲舟，揚擢歌兮泛中流。滄波興兮碧雲合，佳人不來兮心夷猶。溟溟商川待汝濟，迢迢天漢從君遊。攬春芳兮屢歇，眇秋水兮含愁。右碧浪蘭舟。

春江詞贈諸比部

越鄉兮深處，姚江兮攸注。將考築於盤渦，遂逸釣於幽渚。春日兮載陽，桂楫兮蘭槳。泛中流兮容與，榜人歌兮慨慷。攬物華之駘蕩，鑒水德之靈長。朝騁鶩兮天姥，夕弭節兮雷門。臨禹穴以探秘，遡耶溪而討源。起渭濱兮捐吾土，濟商川兮排帝閽。滄波悵公子，芳草憶王孫。春來脉脉，江注悠悠。河清不可俟，胡爲久淹留。羌銘功於石室，終畢願乎丹丘。

蠢爾海氓一首贈中丞平寇也中丞孰謂謂夏公邦謨也

蠢爾海氓，憑險搆患。聚徒寔繁，飆起滋蔓。法網凝脂，因緣反汗。伊誰之愆，階之爲亂。亂既不逞，歲亦薦飢。脱耒爲挺，裂裳爲旗。焚廬揭篋，沉艎奪輸。盤污窟據，消浀魁棲。鯨氛方煽，羽檄來聞。皇赫斯怒，迺命中丞。秉鉞之帥，執憲之鄰。司疆之彦，扞圉之英。寵靈是藉，嘉謀僉同。顯允元老，時維夏公。建牙賈勇，開府臨戎。在帷運算，對俎折衝。肅肅中丞，申命有赫。革政以仁，授師以律。厥角先崩，回面内逸。一鼓作氣，曾不終日。於廓青海，丹艦宵濟。止必鳴桴，動必舉旝。天吴效順，雲祲斂翳。渠魁斯獲，脅從罔治。佳兵載戢，爰居載寧。商無弛市，農無輟耕。旋凱奏膚，于周之京。皇心既懌，慶賞攸行。桓桓中丞，致天之屆。德威溥將，神風潛駭。共帝波臣，易我鱗介。化衍遐圻，聲流海外。皇眷東顧，視民如傷。中丞法令，皎如秋霜。治絲去棼，更絃解張。若降時雨，若熙春陽。鉗徒殊劉，甲士振旅。燕樂承休，式歌且舞。稽首萬年，受天之祜。小子作頌，嗣美吉甫。

送憲使蔡公督晉學政十二解

維揚肇域，泰伯始都。因江爲浸，藪曰具區。列國秦并，置郡首蘇。海凌壯麗，眕曖膏腴。其一。

劇矣兹邦，艱哉惟守。漢簡二千，虞稽三九。績以政成，官由德懋。寵以緹輜，華以章綬。其二。

桓桓蔡侯，産自昴精。誕嶽之秀，挺國之楨。爲民司牧，與士作程。南參馮翊，東寄專城。其三。

勸課農桑，發擿姦宄。被以仁風，臻于化理。河内同聲，潁川共美。匪直望舒，逮及朞已。其四。

暫去留思，再來快睹。弦誦千家，菽粟萬户。爭勞以迎，式歌且舞。嗟爾群黎，咸侯昔撫。其五。

載遷楚憲，俾飭吴戎。郵無傳箭，幕有懸弓。折衝俎上，制算帷中。娱枰謝傳，緩帶羊公。其六。

奚奪之吴，遄臻于晉。戢武崇文，敘倫興行。甫憲斯兼，契敷在敬。下民疇援，天子有命。其七。

鍾姚哲吏，韋白詞流。懷貞陋邵，砥節方攸。瞠乎後躅，邁種前修。恩隆父母，令譽君侯。其八。

今之士子，咸詭於藝。或失則浮，或失則靡。通闡其微，瑄揚其旨。侯執厥中，務納於軌。其九。

今之使者，怙勢作威。民不見德，惟辟是貽。罹以密網，構以厲階。公聽惟平，和易以綏。其十。

遐攬堯墟，顧瞻舜澤。迭紹迭興，復禹之跡。水遡汾漳，山探姑射。考俗辨疆，典學之職。其十一。

奕奕蔡侯，秉粹履醇。允文允武，惟清惟寅。志舉三代，用弼一人。鼎鉉鴻烈，社稷藎臣。司勳作頌，耀世弗湮。其十二。

贈周侍御

東南之美，産於會稽。竹箭有筠，珪璋與齊。一解。

爰挺霜稜，來耀法星。洪濤允戢，瀚海底寧。二解。

辟彼巨川，用汝作楫。亦曰砥柱，中流是揭。三解。

帝閽雖邃，宸聽實卑。封章朝抗，聖慮夕移。四解。

軍旅妨農，旱魃爲虐。民乃洊飢，賜租蒙澤。五解。

殿中簪筆，都下埋輪。貴戚斂手，威憺披鱗。六解。

既稱臣直，亦昭主聖。元氣以調，壽國之命。七解。

奉揚天憲，出納王言。紀綱攸賴，朝廷以尊。八解。

文武周君，爲古柱史。五教敬敷，譽髦多士。九解。
三吴振德，稽首興歌。小子作頌，刊石弗磨。十解。

嘉靖己丑至丙寅作，見政學、還山集。

皇甫司勳集卷之三

五言古詩二十六首

議獄詩

敘曰：臣汸始第，覩政廷尉右署，日取古刑書繹之，以究夫君子盡心焉者。繹而有所感，輒發爲詩，爰得二十六篇紀之，名曰議獄云。或曰：「獄可議乎？」曰：「可。」「疇克議之？」曰：「士師克議之。」「然則作是詩者奈何？」「夫詩非議夫今之獄也，議夫古以諷今焉爾。君子謂是詩也，與政通矣。」

洪鈞宰玄化，大塊敷至仁。哲王播彝憲，顓蒙葆和真。淳風無世下，明德有時湮。折民紹虞典，儆位麗湯刑。堯服詎可象，姬臬聊具陳。斯功匪徒懋，休命隆所遵。

昊天運休命，哲王繹玄理。春生有載陽，秋殺無停晷。大坊嗟久踰，湛恩難獨恃。豈不戒棼絲，奈此回溢水。獄吏苛盈門，圄豻遂成市。攟摭熾章程，奇請繁法比。明允願時忱，遏揚躋世美。

士師昉自昔，建官表惟能。周方位司寇，秦亦置廷平。夏謨紀大理，漢景崇令名。正監列群辟，勾檢革咸寧。御世若御勒，佐王詰茲民。

惟天齊于民，含靈在寰宇。流矢悲影風，忍與金石伍。網密或易罹，文深翻見舞。凝脂已爲疏，刺爇末云苦。奔馬匪善馳，我索先自腐。

天王位正月，飭吏布祥刑。昭如日星鑒，浩若江河行。軌迹既夷易，辭驗亦平亭。執秩遂爲愆，僕區終自傾。玉條有三尺，金科無十程。懸衡乃國法，在鼎非吾民。

協民本中則，折獄尚慈良。稽古列嘉師，利見休無彊。聖化孚九服，帝德光四方。頹風距澆季，俗吏等尋常。衛顗惜懸命，博士奏施行。皋陶惟邁種，千載揚芬芳。

末路速多訟，民生滋不辰。菲屨豈徒象，赭衣應勿純。誰謂九人髽，勝彼一人巾。史遷懋文學，鬻拳濟忠欽。嗟哉方下吏，司嗚遂無晨。潔身寶琬琰，慎俾就煨塵。

南睢重骨立，太甲本思庸。孟明豈不念，秦穆霸西戎。井田與封建，赫赫垂鎬豐。唐明失懿矩，效此肉刑同。安得緹縈氏，千載鼓芳風。應有雞鳴調，垂仁漢牘中。

從橋犯玉輅，入廟竊珍環。釋之自守法，抗節為平反。匪無尚方劍，三尺授奚愆。張湯視意旨，何啻鸞與鸇。矯矯安陵柏，異代同勉旃。

嗣君邁陽九，豔妻煽方處。商辛慘炮烙，曠世繩其武。丕丕李唐祚，不絕亦如縷。火原伊向邇，持平藉徐杜。區區麟趾格，何以飭斯蠹。

酬知儷白璧，聽訟得黃金。豈不黷爾賄，道邇理可諶。古人戒威富，象齒能毀身。何以讞天子，惟有至公心。

奇衺效嚚訟，律案日以繁。遂逮見知法，復啓告密門。大臣不釋滯，主者胡守文。君子高五聽，臚情或見原。匪貴發摘神，要使民無冤。

設網本為魚，冥冥鴻罹之。刑以威小人，君子亦嬰徽。膏火徒自煎，蘭芳有時萋。隆隆翻見絶，皎皎易成緇。蒙莊戒崇潁，願處才不才。鄒生下梁獄，三嘆攄幽辭。

眚災願惟恤，泣罪矜不雠。迨德暌明慎，凝科肆虔劉。踊貴屨自賤，崇朝聞燠休。列星爛若數，逸軫惜方遒。遺亡及三宥，孔邇起宗周。

古人重向隅，何以久坐石。安得秦庭中，而乃無夜泣。苦此秋荼繁，畏彼夏日赫。三刺不及訊，兩造未遑繹。宣公寶明恕，相將止刑辟。

機辟徇多變，畢弋列重圍。終朝不及掩，誰謂烏無知。前方增擊去，後已搶揄飛。聞幽良殺草，懲纖應棄灰。我行石阜中，下懸千仞谿。豈憚行者苦，要俾犯者稀。

服駑不若驢，藝禾在去秕。膴膴原田中，無使滋蔓起。文情及武赦，管仲摧其理。君恩自照微，偏枯非令美。大賂重南金，願遇陶朱子。

偶語蒙極刑，妖言著爲令。殺人如薙草，我生謂有命。區區鄉校情，防川導其性。鷇卵無毀傷，鳳儀德斯盛。

文皇軫民瘼，愴念明堂圖。遂令五覆奏，獄犴有完膚。漢庭致刑措，縱囚風不殊。後方殘刑逞，謂鵲安巢乎。

法令惜滋章，刑書違啓明。崎嶇難自列，川險本人情。哲王允欽恤，君子利艱貞。盜金匪鄰子，時亦致山鳴。

明條在議故，茂典亦原親。法行自近始，安得庇兹人。居方陪華屋，出乃列朱輪。朝等盤石固，暮爲屠戮身。鴻恩本浩蕩，觸德甘主臣。

寬身久無仁，報怨寧有德。匹婦襲不忘，何況武夫力。矢勿共戴天，安肯同中國。先王以民成，乃謹調人職。書之未可訓，推刃豈遑息。春秋大九世，卧薪甘膽食。

大夫刑弗上，北面聊寵珍。一德豈不麗，四維良可敦。造室引自裁，徒宫非等論。盤水無劍辱，朝堂有杖冤。死灰未及焰，獄吏從此尊。吁嗟洛陽淚，漢文猶寡恩。

鱗運各有適，後天奉玄理。表正謹三微，求端戒五始。物肅不可羸，道成良自此。徹縣日勿舉，王者本重死。昭昭象魏間，安得干其紀。

春秋旨數千，裁自聖人心。善善豈不懷，惡惡良獨深。欲蓋罪彌彰，辭繁法以森。誰當折漢獄，淑問宣至今。

嘉靖己丑作，見政學集。

皇甫司勳集卷之四

五言古詩一十八首

送楊子祐知興國

尋役謝皇畿，遄征辭帝闕。朱明垂方隆，修景迎未歇。晨旌抗欲徂，午馬哮不發。且覆天末觴，暫緩星前轍。攄情諒子衷，執手信我説。丕休蒙嘉運，利用賓時哲。彈冠捐族閭，緤組躋朝列。玄士守深湛，謁帝生激烈。稽首金馬榮，澡身玉壺潔。平江波濤興，昊穹垢氣結。一麾竟出守，三命聊所竊。行行邁楚荆，漭漭遵吴浙。旆指衡服雲，帆掛湘干月。遐想百代雄，浩嘆一時没。願葆幽谷資，毋俾蘭芳滅。炯介投處言，慷慨起長别。袂連汗並揮，心與飆俱熱。洞庭秋水清，擊子中流楫。

甘泉先生宴別席上賦三首

天王肇郊儀，宗伯不皇暇。隆禮樂殷周，躋世登虞夏。忽半冬簷規，爰返春曹駕。進我青衿士，坐之絳帳下。無譁啓初筵，有蕆振餘斝。豈徒良宴會，眷此遠行者。奉義各于邁，黷懽亦聊且。顧愴留滯身，側想寅恭化。

愚也逢樞士，少嗜綴文辭。柔翰弄綃縠，懿矩躡塤篪。旁覽周秦典，三復齊梁詩。榮華既已隱，喫詬竟何施。迺慕夫子學，毋俾後辰迷。授我合一編，啓我深湛思。循循兩言誘，卓哉百世師。呼寐成然覺，道腴良在兹。

晤言聊一室，尋役頓千里。緬違梁木仰，況謝蓬蔴起。擊筑興長謡，臨觴熱雙耳。匪嗟行路難，寔感年華駛。樹勳幸及時，息學恐虚此。無由慰孔説，何以徵孟喜。金臒戒遐心，瓊枝葆令美。作頌幾永懷，敢告同門子。

春日書抱柬當道諸君子二首

鱗次歲方獻，駘蕩化攸同。凍樹荷靈曜，潛穎熙朝融。乘木政且平，升階澤斯豐。奉三超神理，吹萬等玄功。既漸八埏外，復被九垠中。泰來有疇祉，時往無再逢。牽世詎嬰網，司晨猶在籠。效知匪患位，處才俾休躬。誰謂一羽弱，飈之戾層空。懼貽搶揄笑，願託扶搖風。

璿機斡迴運，寶曆啓東節。載陽薄曾暉，改陰謝凝結。條風衍遐圻，飛澤振窮穴。昔感百卉腓，今睹群芳悦。皇仁美無遺，物化滋未歇。恫予秉國楨，利賓晞朝列。命邑奚獨愆，愬闇良自拙。天高赤墀塗，雲暗黄金闕。區區誰見知，怛怛難具説。所藉揚末光，終然照孱劣。

送袁永之戍越

晨風戒商序，佇立野蕭條。念茲帝京別，軌路修且遥。遥遥子何之，將予情内勞。在昔蒙嘉運，與子厠王僚。愧匪通時哲，而俾世網遭。人事若浮雲，聚散仍一朝。子勤越鄉戍，予掌畿輔徭。行當慎舟楫，平江有波濤。吴越古戰場，故鬼日夜號。子其感興廢，毋用徒忉忉。

出京鄭張王三子觴予祠亭作四首

良時不易遇，散吏竟難容。稽首辭帝闕，出自都門東。都門倏萬里，雲霧迷九重。睠茲同心友，結駟遠相從。從予感行邁，置酒賢哲宮。旭日麗皋薄，迴飆振林坰。蘭芷猶未歇，葹菉亦已茸。淚爲岐路滋，志兼物化恫。臨流復徙倚，聊以寫情衷。

憐君昔抱痾，甘此武夷卧。寧期時網牽，復枉金門步。命駕輕千里，傾蓋在一顧。並匪希世姿，遂與驚年暮。天道邈難諶，人事艱多迕。緬然異得喪，已矣各去住。聚既同朝雲，散亦等晨霧。幸有盈尊酒，綢繆抒情愫。行予身實遼，願子心相故。謂鄭憲。

昔與君交者，乃自吴趨見。一朝越江潯，千里返燕甸。謁帝承明廬，伊予蒙嘉薦。已傾金臒心，復接瓊枝面。憂或枉惠勞，樂亦同酣宴。投分踰三載，恩愛兩無變。寧期謝朝寺，重與異鄉縣。臨觴心若焚，把袂淚如霰。努力崇令德，毋謂名可賤。謂張詩。

義心輕遠别，相送勞密親。密親等肉骨，倏若商與參。置酒臨河梁，飲馬越城闉。城闉睇黄屋，樓觀杳清旻。崇高望弗及，疏遠難爲陳。桑梓懷故墟，軒冕絆我身。歲月復行役，山川多苦辛。凛秋换物色，首路愴風塵。淚下不可揮，日暮沾人巾。謂王俞〔一〕。

【校勘記】

〔一〕「王」，原本作「曰」，據四庫本改。

過武城謁言子祠作

遡風枉輕帆，戴星理扁櫂。超忽之武城，有蕩瞻魯道。古邑一何卑，令猷久彌劭。弦歌謝清響，精華契深造。曰余厠文儒，眈寂違時好。剖符辭帝京，腰章宰名趙。諒乏操刀資，懼貽製錦誚。經過緬遐矚，神對宣幽抱。言采江上蘩，薦此廟中貌。誰謂殊千載，可以同高調。

經始浩歌亭

希世無妍姿，守道有睽忞。上書謝巖邑，移署賁文園。多士日在門，聖猷邈相宣。夙心亦云已，時好良不然。再麾宰畿甸，驅役赴漳川。昔感玄陰徂，今睇朱明旋。亭宇粲崇構，桃李紛廣阡。偃息寡民務，迂拙聊自便。密邇被王化，幸與樂豐年。河陽匪殊調，單父庶玆弦。

秋日詠懷

緬昔承嘉惠，來斯歲方朞。虚薄宰民社，周爰歷皇圻。簿牒苦相迫，化理猶未綏。幽亭有遐託，晏坐俾心夷。惟時值蕭序，孤英被芳畦。窗岫列紫峰，滏水夾緑池。陶生稱達士，王令乃仙姿。飛舄謝當路，反服歸東菑。

自中山别陳子良會之無極作

閉户理案牘，尊酒日慇懃。出郊覽物色，桃李花繽紛。游子感行役，因君念離群。況起嚶鳴鳥，悵然不可聞。回首中山道，傷心隔暮雲。

登挂劍臺

臺在張秋，東有徐君墓，草似劍形，能治心疾云。

徐君美初覯，季子意方敦。上國游纔返，斯人痛不存。脱劍帶嘉樹，揮涕向高原。

攜手無由贈，馳目遂爲愆。寸心良自許，千金寧足論。徒聞化靈草，憂來欲代萱。

胥江泛月旋舸登城歸詠

江寒湛澄澈，華月輝相鮮。乘流載尊俎，瀉影發樓船。翠巘合杳靄，蘭皋帶長煙。萬艘雜燈火，千門紛管絃。飛蓋攬崇堞，輟棹迴前川。曾經故宫裏，爲照荒臺邊。情非烏棲夜，跡是鹿游年。登高與臨水，行樂併悽然。

黄州郡齋作

少年不知諱，攄衷懷謇諤。在宥蒙至仁，承嘉譴猶薄。員外置爲理，齋中但掩閣。輟藻事刑書，懸蒲代敲朴。株染得自明，逮者盡釋縛。雖乏廣漢神，庶幾仲由諾。兩聞春鳥鳴，再見秋英落。笑悟孺子歌，間從漁父謔。采蘭貽所思，無媒將焉託。投賦弔湘纍，長揖返丘壑。

嘉靖己丑、庚寅、辛卯、壬辰、癸巳、甲午、乙未、丙申、丁酉、戊戌、己亥作，見政學、浩歌、奉使、寓黄集。

皇甫司勳集卷之五

五言古詩二十首

春夜遊西園同諸兄弟作

佳節值瑶燈，清夜遊金谷。良友披蘭襟，懿親儷芳躅。經過敞榭邊，徙倚寒塘曲。遵渚雖近尋，翫峰生遐矚。軒冕幸暫違，簿領謝羈束。跡非三逕荒，情是一丘足。鏡裏髮始華，尊中酒初緑。及時不爲歡，坐遺春光促。

奉答子安兄

江郭改故陰，家園藹新霽。柔條始發林，芳草漸紆砌。潘居信爲閒，楊亭況重閉。曰余忝明時，與子承嘉惠。分省各有慫，佐郡慚所莅。暫就北山招，轉愜東田税。情忘桃李言，跡豈匏瓜繫。感遇興長謡，來章緬幽契。

春日遊西山作

吴鄉信云美，山水饒嘉麗。疊巘表參差，層巒隱虧蔽。時惟二月芳，雨散千門霽。蕙畹蕩雲滋，蘭皋屏氛翳。獨攜丘中琴，言鼓江上栧。結友遵巖阿，尋僧指林際。仰看衆鳥翔，俛悦儵魚逝。物理相因依，余蹤且留滯。

夏日來鳳亭小集各賦

首夏猶芳月，終宴就薰風。泛觴蘭水上，置座竹林中。飛花代舞似，鳴鳥當歌同。笑將愁暫破，醉遣累俱空。更待西園景，留賞北山叢。

寄懷王道思三首

姱行每招慫，榮名乃爲累。弱冠懷夙齡，登廟成華器。寧知洛陽才，祇取漢庭忌。願因天際歸，及此河干伺。

忽散遊梁客，來作過吳人。朝發胥江汭，夕濟蠡湖津。還山一何迅，行路多苦辛。臨水欲相送，停雲庶可因。本乏晞世姿，翻爲逢時誤。良友豈不懷，遄征詎遑顧。日暮勞所思，凌風未成晤。將從夢寐求，緬邈山川路。

陸士衡墓

平原秉秀質，吳趨蔚清芬。邁德自軒裔，夙齡非世群。珪璋既特達，華萼復輝紛。運謝金陵氣，銘晞石室勳。砥節在繩祖，奉義乃從軍。寧知懷慷慨，從茲嬰垢氛。旗掩朝歌月，劍起夜臺雲。李廣忌爲將，楊雄恥綴文。鹿苑成單露，狐丘迷曠芸。吁嗟千載鶴，何處一來聞。《晉書》：機始臨戎而牙旗折，意甚惡之。鹿苑，機敗軍處。

秋夜把酒對月

宋生陳九辨，陸機歌百年。悵茲清秋日，聊使幽懷宣。矯矯歸雲雁，嘒嘒含風蟬。摧芳委朝露，俄景流夕川。鱗運有代謝，蕣榮無常妍。始知行樂貴，何用居情牽。長夜思秉燭，新月正登筵。金尊泛緑醑，寶瑟絙朱絃。商歌當棗下，楚舞出花前。餘名焉足藉，達生乃爲賢。

仲秋之月諸帛燕私風月雖佳雲雨或間五首

奉義遊京邑，數載違親宴。迢迢明月光，照我越江漢。何如故鄉夜，及此清秋翫。鏡彩攬未盈，璧景委纔半。桂樹敷丹英，華萼紛相焕。雖謝西園悰，庶附南枝翰。十三夜。

良辰信具美，清夜永爲歡。明月已幾望，華彩流雲端。廣庭置芳座，高會列盤餐。但云杯行緩，不惜露下寒。情來感今易，跡往戀昔難。一聞關山曲，猶似别長安。十四夜。

敦賞每卜夜，行樂聊及時。秉燭且不寐，待月豈云罷。鱗鱗玉葉薄，皦皦金波遲。高臺臨窈窕，迴塘生漣漪。載歌蟋蟀唱，復詠鶺鴒詩。清輝一以鑒，素心同所期。十五夜。

嘉月有餘照，歡晤無限情。寵弟載旨酒，要我坐華楹。蓂齊莢復委，桂蒲輪乍傾。忽忽愁霖至，瀏瀏悲風鳴。圓缺遞相運，明晦焉足驚。太康靖往訓，知止崇令名。十六夜。

素。肅肅斂朝雲，娟娟收夕霧。江上珠始來，天際鏡方露。列宿齊掩縟，凝霜共呈素。嘉肴尚堪薦，美酒猶足具。良友且無歸，劇飲酬兹遇。所願揚末光，何辭照遲莫。十七夜。

秋宵酬子安兄作

清夜遊家園，眷言懷丘壑。素月升圓靈，千里共寥廓。始出東南樓，俄頃西北郭。華燭滅蘭堂，金波蕩羅幙。雖過二八時，光彩紛綽約。商歌正流響，魯酒亦未薄。人生貴適意，胡爲坐羈縛。結髮從至今，朱顏悵非昨。治服豈常翫，榮名焉足託。良會聊具陳，麗藻復間作。穆如揚清風，粲若敷春蕚。申章忝惠連，何以獻康樂。

柬吴吏部純叔

冉冉清秋末，戚戚幽懷始。借問所懷誰，翩翩佳公子。從告返家園，薄言戀桑梓。豈乏晞世符，緬契齊物旨。嬰情匪軒服，委志在文史。馳翰揚英芬，敷藻爛成綺。爲道日方損，修能時見忌。屢偃東郭扉，果愜南山屺。酒德參浮萍，琴心間流水。迴飆謝囂塵，何能渝令美。

秋日往梅林莊居

疏公守舊業，班生慕常廬。薄遊千里外，一出十載餘。偶與密親邇，愗焉懷所居。東林扉尚偃，北郭逕始除。青山藹盈户，緑水湛通渠。流眄悉成往，眷言思遂初。將從古人學，乞歸事畊畬。顧驚年跡乖，坐使情興紆。

奉答子安兄歲暮見貽

在昔參英寮，俱承明主顧。被服紛妍姿，彯纓儷芳步。悲哉遊子情，徒以潛郎故。一爲衝飆激，遂使佳期誤。入魏悵無奇，浮湘眷有慕。揚旌指漱廬，千里同歸路。再聞蟋蟀唱，兩見兼葭露。耀靈本易傾，馳運豈難度。端居懷苦心，苦心誰與晤。但感時不然，何嗟歲云暮。

冬日往虞山作

故鄉誰不懷，名山矧余慕。一爲塵跡牽，遂闊賞心晤。偶值芳歲闌，遥泛滄洲趣。澄江帶餘霞，丹壑收殘霧。嚴霜委野草，寒飆振皋樹。指途尋舊蹤，流盻成新寓。魚樂愧淵沉，鴻冥羡雲騖。歸來徒是今，履往悵非素。

贈范子

在昔紀高士，遐哉舉逸民。始知弓旌代，迺有巖壑人。范子秉兹尚，非病自云貧。結廬靈山曲，垂竿胥水濱。緒年習道論，遊方狎隱淪。披裘忽過夏，采藥已載春。雨漂庭下麥，風落甑中塵。爲頌幽貞吉，庶宣皇化淳。

嘉靖庚子、辛丑、壬寅家居作，見安雅集。

皇甫司勳集卷之六

五言古詩二十首

初發京口

少年慕攀鱗，千里輕徒步。愧匪登廟姿，亦謬臨軒顧。朝躋赤墀塗，夕騁青門路。寧知世網嬰，遂爲儒冠誤。昨浮湘江還，願守箕山卧。不勝戰者勞，心跡兩乖忤。解纜指廣陵，眷戀未能渡。興歌矚流波，庶幾照情素。

贈黄子先皇甫氏也因避地隱姓云

范雎入秦庭，梅福游吴市。隱姓干相君，逃名類僊吏。客逢江夏生，自謂西州裔。叔運遭崩亂，遠跡甘留滯。家本秦川人，身從越鄉寄。披霧清明朝，利見飛龍位。論難登石渠〔一〕，煙熅吐經笥。述德誕吾宗，濟美光遹世。並載發江都，方舟涉淮泗。聊宣敦賞情，一慰羈離思。

【校勘記】

〔一〕「渠」，續皇甫百泉集作「築」。

桃源遇風追子安兄舟不及

干禄非夙心，行役苦相迫。仗策隨平原，揚舲共羈客。空水閱桃花，深山眺桐柏。終風暴且來，奔湍溯方逆。臨津引不前，天際孤帆隔。馳情東望時，何異西陵夕。停橈既無悰，對酒亦未懌。眷眷勞歌興，戚戚煩憂積。

張水部招登戊巳山兼覽徐武功所撰河功碑

劉向莅都水，張騫窮河源。哲人播嘉績，上善迴狂奔。土阜等岏𡻕，延眺曠周爰。魯道蕩遺軌，蒙山隱華軒。化因子奇著，信以季札敦。武功吾鄉彥，烈烈豐碑存。辛勤宣防事，慷慨昏墊言。之子守畫一，何異雙璵璠。往跡隨清沚，興情寄緑尊。

天界寺贈半峰上人

顧省紛俗嬰，尋山愜幽趣。秋水浄金河，寒雲翳珠樹。了看花落時，莫辨鳥還處。休公別來詩，江生擬將賦。

雨過高座寺

積雨黯花丘，緣雲入香界。修策振林間，疏鐘落峰外。康樂誦阿含，陳思演清唄。欲除常戀牽，惟是逃虛快。

奉謝王司馭惠方〔一〕

與君闕下逢，恍記壺中別。高駕淩雲煙，芳姿若冰雪。狂走衆方驚，心醉自相悦。安知問馬言，獨守養雞説。金丹何日成，瑶草終歲掇。倘承清燕餘，無輕鴻寶訣。

【校勘記】

〔一〕續皇甫百泉集題作「奉謝王中白司馭惠方」。

雪日寄王户曹湖上官舍

初雪度江城，殘雲來省閣。覽物嗟歲殫，懷人悵居索。擇木本同棲，傾枝猶異託。維舟安可從，開尊自成酌。

同蔡中郎過王員外宅懷子安兄〔一〕

委巷駐高車，清溪夾幽宅。細雨急逝年，凝燈照寒夕。依同南樹情，飛異西陵跡。爲假雲中翰，一寄天台客。

【校勘記】

〔一〕「子安兄」，續皇甫百泉集作「少玄家兄」。

往視城南别業

夙齡不事産，落魄懷英風。抗志雲霄外，絶戀蓬蒿中。避世豈在遠，漢廷聊見容。未識山川險，安知途路窮。兩自違京輦，久欲返臨邛。疏公有遺業，精舍開墻東。命策值蕭序，覽物感情悰。逕密多陳莽，林荒非故叢。昔往候門稚，今歸成塞翁。鳴蜩若騰笑，馴麏儼相從。搏飛乏高翼，何爲苦微躬。吾廬倘可適，税駕幸來同。

奉和子安春日軒中讀丹經之作

徵君抱沉瘵，平子起憂端。測化芳春日，歎逝清河瀾。同心開寶帙，託慕在金丹。將從餐霞似，共舉乘雲翰。寓言不可究，玄理何能殫。探崖石髓秘，采嶽玉芝殘。朝嗟祇用老，暮笑且爲歡。緑尊命高酌，朱弦被雅彈。但遺物累盡，豈辭人益難。頹齡勿謂促，達生庶自寬。

余棲病經年刀圭未效季弟示我以沙門之偈伯兄廣我以大道之篇伏枕奉酬并用逐瘧云爾

本懷蒲柳資，兼落風塵穽。顧影蛇屢驚，看心猿靡定。憂生苦多戚，好道晚彌甚。浮淮喪其珠，還藥未有鏡。晨誦披雙玄，夕覽流三乘。親親敦友于，各各惠嘉訊。空詮寄深藻，妙理發高詠。因君念處才，無令伐真性。

子約北歸對酒奉答

三載遊京輦，一朝旋故疆。豈不眷華省，惻愴在帷堂。未習舟塗險，安知軌路長。宵征無淹泊，晨發懷不遑。辭燕獻芳歲，踰楚變青陽。入門問家難，奚止庭逕荒。置酒相慰勞，臨食增慨慷。已謝子輿樂，徒緬孝標傷。諒乏緩齡藥，胡取駐顔漿。風河有至誠，雲壑且高翔。

四月仙誕日友人昆弟集我蕭齋琴酒間作有倡斯和

桃核訪初辰，蓬山佇靈跡。命駕紛行游，披帷猶屏息。敦余值二難，結客枉三益。雨館靄餘清，雲軒坐生白。丘琴發雅彈，鄰酒瀉芳液。泠然御鯤響，恍若驂鸞翼。吾意眷山水，何事餌金石。方達無生旨，安知有生懌。

端午邀過叟以視藥不至

天中紀令辰，塵外遲嘉客。將同嵇阮悰，未枉求羊跡。側聞採三秀，獨坐煉五石。犬護青泥函，蛾飛白雲室。丹玄豈易成，髓凝何由食。不如持美酒，酣飲恣所適。緬余遺綵繒，期君報金粒。

送沈二仲文游浙中因寄田叔禾

昔與田叔別，乃自漢東都。英髦值嘉運，晞翼荷天衢。軒纓無榮戀，竹帛有良圖。玄疲子雲草，書削路生蒲。撝旃辭京輦，紆駕領藩符。響臻傾四座，猋散各一隅。冉冉流歲月，騂騂奉馳驅。時違事既異，跡舛情復殊。冶容嫉衆女，姱行嗤淺夫。敬通方見抵，仲翔亦被誣。杜門著越絶，倚市歌吴趨。願因晨風想，共保朝露軀。之子羨黄鵠，西飛訪白駒。氣合雙神劍，光儷兩明珠。雄談秋水至，藻思春葩敷。虹霓遲心賞，山水焉足娱。申緘緬恝闊，撫己愧槍榆。

秋日寺眺

西錫混緇流，南冠類囚客。昨戾青陽徂，今來素秋迫。炎序俄戒涼，華滋互凋實。前因感六迷，後果證三惑。欲消塵世牽，聊晦空山跡。夙夜緬畏行，明朝露方白。

盛二仲交示廣志賦因贈

江左本多奇，盛生稱獨秀。速化有性靈〔一〕，棲玄謝塵垢。披帙十行俱，擁衾萬言就。揖手青門東，醉心在良覯。廣志擬彫蟲，纖書臻古籀。情同呼霓餘，興是凌雲後。愧匪辨璧資，相邀出金奏。

【校勘記】

〔一〕「有」，皇甫昆季集作「由」。

雨懷盛二時在清聽齋中

支齋營八關，陶情緬三逕。嗟我裘羊徒，悵此琴尊興。室邇心獨遐，城嚴跡難并。卮言誰與談，籥理自相證。細雨忽戒寒，輕霏坐生暝。天風迴海潮，秋聲送清聽。

璇上人院菊

灼彼東籬花，眷茲西土見。青蓮同浄姿，金粟等明蒨。色普象王供，香堪鹿女薦。何異休公枝，一令鮑生羨。榮悴各有因，開落互相禪。我本解宦人，歸情胡能遣。鮑明遠集有休上人贈菊云：「玳枝兮金英。」

嘉靖癸卯、甲辰、乙巳、丙午、丁未、戊申、己酉、庚戌作，見家居、南都、禪棲集。

皇甫司勳集卷之七

五言古詩一十六首

補官澶州行經曲梁作

弱冠陟明廬，腰章宰芳甸。方齒莅阿奇，晞聲治單賤。愧乏操刀長，懼遺製錦譴。桐絃坐屢鳴，桃花歷三見。北闕忝嘉招，東省參群彦。牽世值衝飆，徂年倏奔電。驅駕邁新邦，褰帷經故縣。悲哉丘隴非，悵矣閭井變。猶煩父老迎，争識使君面。德汝匪惠心，式歌詎成抃。

始至澶州作

自我謝郎曹，竭來守吏局。塌翼懷奮飛，低眉就羈束。驅役遵旄丘，興歌睇淇澳。愧乏沂海謡，何以佐明牧。幸寡宣城辭，間可理尺牘。升既等陵喬，沉亦悟陂復。芳草合江程，清猿佇旋轂。衛水日東流，因之鑒心曲。

廣平郡觀蓮寄翁守舊南比部郎

留京白雲司，原廟青山路。眷此湖上芳，期之省中顧。俄承畿輔麾，遂抗邯鄲步。遶郭帶澄溪，朱華湛秋露。燕寢晝亦閒，穤歌夜安作，徒爾奉清香，無由展良晤。

移官越中初返家園奉答伯兄虞山見寄

薄遊逗京邑，獨往眷長林。始奉越鄉役，因愜故山尋。曠兹二載别，良晤展斯今。誰謂百里間，猶自邈徽音。未結丘中賞，先枉池上吟。睇燕悲稍戢，懷荆慨以深。花源迴俗轍，蘿逕斷塵簪。且駐稽東駕，雲扉期此心。

役行至槜李值親故作

放舟窮越水，息駕見吴山。山近殊易即，室遠竟難攀。徒以大夫守，悵兹遊子顔。密親載尊酒，晤面語鄉關。歎逝歲不待，思存淚已潸。春來芳草際，魂去白雲間。無勞猿獻誚，會見鴻飛還。

于役吴鄉值伯兄下第來集

余來自越郡，君至由燕京。解裘洛塵積，對酒鄉思生。爲語北征事，猶多西笑情。紫塞方傳箭，潢池復弄兵。受釐在宣室，遣使出蓬瀛。上書或不御，投筆竟誰成。防秋胡騎入，何日海波平。年已非軒冕，志豈眷綏纓。願守箕潁節，還就河陽耕。聞斯倚增歎，從此欲遺榮。

謁劉文成祠

璿機既舛運，寶鼎亦乖移。椎辮穢玉藻，左衽黷綃衣。謾吕憤后恥，誚田懟宰嗤。猾夏蕩無象，誕聖鬱有期。陽九值傾否，明兩邁重離。俟清乃契渭，顯允聿興姬。探符洞赤伏，懷韜卧青溪。居擬王佐匹，起爲帝者師。群策參多士，獨算莫與偕。禹志晚晞帛，良謨日陳帷。立談不解褐，肆伐竟承麾。么麽井蛙器，妄干神龍姿。一舉已就殄，崇朝遂于夷。摧漢若電掃，卷吳類風馳。功成奉身退，書上賜骸歸。且棄人間世，帝鄉寧久羈。貪天自貽戚，震主或見疑。伊人信大雅，榮名安可追。報享式嘉薦，像寢示崇規。蹇劣淹末宦，竦踊企前徽。稽首曷容贊，撫心投此辭。

郡齋作

雅志懷山棲，復得理山郡。蒼岫入南楹，白雲帶西徑。雖事簿領勞，時與煙霞并。心曠眺既遐，跡沉尋亦近。下車芳載徂，牽牒明兩迅。仁静樂有餘，拙遲澮無競。命藻酬清暉，濡毫愧靈運。

得月亭

清溪一何湛，源深白雲曲。望舒忽東昇，浮光漸西陸。蕪趾匪舊存，芳亭焕新築。碎璧時復沉，散金如可掬。雖乏謝監悰，聊寄庾公矚。誰謂曠音塵，古來共幽獨。

遊仙都同樊侍御

寡諍謝晝牘，懷仙抗晨旌。怪石儼壁立，危峰類削成。陽火伏未息，陰湖鑒以清。下有干霄木，上有承露莖。漢武建柏寢，秦皇慕蓬瀛。惜哉無靈氣，安得遂沖昇。軒后獨不朽，鼎實垂鴻名。柱史良地主，邀我鈞天行。黄金九奏發，白玉雙童迎。聊從避驄路，一展攀髯情。

養痾江寺招長公不至

理人愧無術，攝己徒嬰患。假息贊公舍，披味醫王觀。逃虚行滅跡，執熱坐揮汗。空桑豈常廬，聊得慰懷安。美酒非上藥，亦足寄情歡。鷲峰斂夕霄，鶯湖迴清瀾。心將碧雲合，目隨弦月殫。所期殊未至，還寢獨長歎。

二郎回溪詞 事載青田邑誌

謝公永嘉守，在郡宥無爲。敦賞值令弟，華萼每相攜。躋險既山頓，窮源亦水嬉。溪名沐鶴是，人睹游龍非。駕言輟棹際，並影浣紗時。凌波餐秀色，拾翠逗芳儀。援琴挑未就，解佩贈猶疑。高唐侈宋玉，洛浦悵陳思。抒章但脣動，締心空目馳。來同湫風止，去作飄雲辭。停聲三婦豔，嗣響二郎回。

樂清登簫臺訪浴簫泉

仙蹤詎可攀，荒臺尚堪訪。簫弄清泉中，舄振紫巖上。波動若鸞沉，雲飄似鳧往。浮筠本無垢，托心在塵想〔一〕。花溪如有靈，應流蓋山響。

【校勘記】

〔一〕此句，續皇甫百泉集作「滌心謝塵想」。

從軍行二首寄贈楊用修

鴻運纂丕基，龍飛起潛邸。聖孝亶淵衷，徽猷邁前軌。聚訟紛盈庭，批鱗抗群議。徒逞折角雄，猶取越樽忌。在宥蒙至仁，承嘉遠投裔。稽首金馬門，傷心碧雞戍。幕府雅好賢，辟君掌書記。三紀踰瓜期，數口尚匏繫。朅來秉憲章，欲往問奇字。爲賦從軍行，聊展懷人思。子雲侍承明，胡爲去荒域。被命事犀渠，差勝下蠶室。憤志酬八書，榮名重三策。丁年子卿嗟，皓首仲昇泣。看鳶窮瘴煙，放雞定何日。業既違操觚，勳還期裹革。五月行渡瀘，千里望巴國。瀘水向東流，巴雲忽西匿。相思持寸心，願附雙飛翼。

滇省述懷

承嘉理齊安，幸校長沙近。秉憲按滇中，始覺在遐境。譙相反見嗔，揖侯乃成釁。喻夷辭豈繁，威棘法當峻。昆明鳶作池，太華雞爲鎮。遲夜召賈生，經年淹許靖。霞難駐令顏，霜易改衰鬢。故人滿清班，誰其枉芳訊。龍性未可馴，鳳翼胡由奮。聊從達士觀，無嗟小人愠。

嘉靖庚戌、辛亥、壬子、癸丑、甲寅、乙卯作，見澶州、栝蒼、南中集。

皇甫司勳集卷之八

五言古詩二十三首

還山詩四首〔一〕

少值時運昌，因遭世網誤。銓宰乏明藻，官邪以彰賂。申椒詎見芳，娥眉祇成妒。高揖聊遂初，幽貞履吾素。狺犬方吠人，站鳶復邅路。破甑苟不完，奚取孟生顧。虚舟自相觸，安得蒙莊怒。歸休眷長林，途窮日云暮。

炫服恥遊越，朱弦謬入齊。木彊闕文理，君房特妙詞。一丁且未解，子雲翻好奇。登乘多擁腫，徒以先容貲。列肆争售碈，抱璞或致疑。蘇糞充華綃，芳蘭委幽畦。鉛刀俾操割，安用鏌邪爲。駿足泛清駕，寧肯受鞿羈。願爲鴻鵠舉，寥天戾羽儀。

竭予歸頗怡，室人交不喜。童子前致辭，主人何爲爾。昔聞車馬喧，盈門結如綺。今來雀可羅，蓬蒿但荒里。朱幡引鄙夫，金章粲誰子。百卉榮悴遷，四運代成紀。太宰填闤扉，中丞棄東市。羲旨示凶終，道家明殆止。傖奴慎勿言，嗟哉吾已矣。

饕富易決性，縻爵豈知身。舉國將嚇鳥，矜位乃驕人。清廟懼爲犧，緑波思縱鱗。陳王蔚文藻，憂生慕仙真。江淹摹別狀，遨遊窮八垠。哲士希昭曠，愚者溘埃塵。恩往若遺槁，寵來類積薪。請從不材壽，長守非病貧。

【校勘記】

〔一〕皇甫百泉還山詩題作「還山四首」。

悼亡友周詩二首〔一〕

昔我求友生，周郎早投分。藻綴攄玄思，雄談發孤憤。壁立常晏如，崖檢若乖性。落魄懷英風，晤言每祛吝。歲中從薄遊，時復惠芳訊。謝秩始歸田，延益擬開逕。詎意雲靡依，忽隨露先盡。登座揮素琴，巡檐度哀磬。遺令眎約終，裂書寄遐殯。

陶令棄官日，徵君寢瘵時。巨卿宵夢愕，元伯晨計馳。申緘五情塞，撫膺雙涕垂。既捐韓康肆，復捲嚴平帷。冥數豈無驗，良藥寧自醫。夙昔重季諾，感激平原知。雖乏擔石蓄，能薄千金施。游魂眷仲里，託體虞山隈。死生交已謝，留恨翟門題。

【校勘記】

〔一〕皇甫百泉還山詩題作「悼周子以言二首」。

聞郡檄至簡子約

同時參外庭，一朝謝朝列。鎩羽非難馴，所驚峻網設。逸足晞高驤，聊以就羈紲。予季廟廊姿，爲邦茂時哲。及朞宣令猷，何暮佇來轍。承檄懼有愆，趨裝悵無悅。曾是東山情，薄兹西河烈。芳歲若電馳，隆休亦飆瞥。翹首關路長，寸心念將別。

送陸宜甫還洞庭

烈士睎康衢，逸人緬幽壑。矯翼鮮寧棲，潛鱗有深託。陸君箕潁流，雅志甘埸藿。被褐自行吟，持經事耕作。别來歲屢遒，念往迹猶邈。避亂辭東山，韜光翳南郭。聿暮促歸心，申章敘離索。雪積湖上居，雲停林間閣。挂席迴青陽，援琴遲芳酌。願保黄髪期，無渝素心諾。

秋夜偶作

晚歲絶外牽，懽悰寄所適。皓齒發新聲，蛾眉矜故色。變態逐情生，羽商隨意易。冶豔詎有央，靡曼信無極。歌方一再聽，行期三五夕。淫雨忽東來，素輝乍西匿。金尊悵屢空，玉趾邈難即。露砌寒蛩鳴，風窗起嘆息。

送兒楙北征四首

竭余解宦日，及爾承歡時。開室茂林下，灌園清溪湄。豈不眷明發，胡爲遠别離。别離情所難，況乃去庭闈。榮名會須早，玉體愛無虧。夙奉垂堂誡，聊以贈臨岐。

岐路邈山川，行行感疇昔。束髮升華階，策足踐文石。多士參嘉招，入朝懷盛飾。思作淩霄翰，忽爲衝飆激。從事逾三紀，歸來徒四壁。逢人惠問稀，無嗟不相悉。

少乏理人術，辭邑願遺榮。仰荷王明眷，移署厠儒英。崇文闢東序，延胄昉西京。禮樂千載會，冠蓋四門并。鴻都掌故存，鳳闕睹新成。惟有青緗業，庶可紹家聲。

家慶辭南陔，江程引西渡。稍聞長淮流，遥見廣陵樹。從親三入都，皆子舊諳路。抗志慕遠遊，焉得勞内顧。别筵謝蘭芳，歸舟理金素。曾是桑榆年，牽情日云暮。

謁伍相祠

按志，城西南三十里胥山上有胥王廟，漢以來咸秩祀，宋元嘉中始徙城内，後屢新之。廟貌猶冕服九章，襲王封之舊云。

功。志士謝明哲，胥君懷謇忠。覆郢既云烈，强吴亦稱雄。遑怨匪報德，交亂詎圖功。貫矢麾使却，脱劍閔途窮。鞭平良已酷，陷嚭竟奚恫。載革浮江上，抉目窺城東。踟躕顧玄寢，惻愴歷朱宫。冠旒覘生貌，服衮乖吾衷。一聞歌小海，流思託回風。

題歙蘇氏四賢樓

四賢者何？漢關内侯武，唐許國公頲，宋參知政事易簡、歙州守壽也。武以烈節顯，壽以循良稱，頲與易簡並擅文苑，咸宜秩祀，胡久忽諸？兹幾世孫明太學生蘇若川追念爾祖，建樓以妥靈，卜地於弘曠，爲樓壯麗，勝甲歙中。嘗遊於余門，請題以識。若蘇生者，可謂昭德揚芬，而四賢者亦可以不死矣。

倬彼司寇裔，誕自昆吾封。桓桓起代郡，奕奕遷武功。子卿奉漢使，亮節匈奴中。龍庭歸皓首，麟閣展芳容。許公際時昌，遂爲唐主佐。摛藻埒張燕，陳謨贊機務。皇宋舉參知，承明奏辭賦。厥胤守歙州，斯民覃慈慕。曾是懷土思，何如眷仁里。歙既蒙守恩，蘇乃家於此。述德發幽潛，登禋昭令美。拓地構崇基，飛甍列疏綺。綺樓一何峻，迥接巖雲浮。玉几挹群岫，蘿軒俯雙流。佳氣靄日夕，靈貺惠春秋。子孫引勿替，復始宜公侯。玉几，山名。

臘月十五翫月答子約

圓景攬兔升，馳光感駒隙。西園將密親，南樓遲嘉客。生無百年期，能幾三五夕。旨酒盈罇罍，高堂聞琴瑟。請誦唐風詩，胡爲坐拘迫。棣華眷季方，摛藻凌希逸。往晤迹易陳，來悰會難逆。再滿清夜輝，寧知芳歲隔。

夏至病遣

倏感青陽徂，俄值朱明届。有渰散朝霖，輕寒凝暮靄。如何芳菲日，猶是凄其態。情闌花鳥餘，興遶雲林外。未悟衛生因，徒寢謝侯瘵。搔首倦簪裏，循腰緩衣帶。風河易招損，塵網難祛礙。玄思誰與宣，勞歌示兹慨。

酬劉侍御見訊

李生嗟大雅，魏主惜通才。王風邈已矣，斯人安在哉？劉郎挺國秀，束髮晞天階。彯纓隱柱下，攬轡歷南臺。姱行末俗詆，恩寵中道乖。游梁倦棲翼，入洛傷羈懷。遂解東都綬，聊翦北山萊。却掃百慮捐，流覽群言該。縱盼躡霞壑，抗跡凌囂埃。春往童冠集，夜坐樽罍開。趙瑟既以越，秦箏一何哀。棣華慚二俊，藻詠蒙雙裁。世苦隆暑煩，惠然清風來。比聲麗金臒，炫目皆瓊瑰。中章詎成報，抽思屢遲迴。幸值賞心晤，無使榮名隳。

題王元美離薋園

傲吏緬開徑，隱侯始卜郊。翔圃從藝術，抱甕至終朝。荷鍤帶緗帙，流觀詠楚騷。充庭緝蕭艾，偃户翳蓬蒿。薋菉一何穢，毋俾溷申椒。芟蘊不及根，滋蔓將盈條。弱齡砥姱行，束髮就嘉招。紉佩躋蘭省，炫服立熙朝。君子節彌亮，小人道自消。搴芳命良友，抒藻振長謡。

答盧式

王風寢失古，頹波蕩自今。李生陳大雅，劉子抱文心。弱余振鴻藻，高議抗詞林。歸田守玄默，閉關謝沉吟。江左鬱華彦，歲暮得盧諶。騄驥思長奮，良樂此相尋。中章粲如玉，感贈重兼金。徒然奉清奏，何由酬賞音。

張仲讀書吳山

輟養辭南陔，駕言邁西郭。問子將何之，避喧謝羈縛。堂間豈不懷，雲林諒有託。風吅支關清，月鑒董帷薄。披帙就長明，静夜靈花落。羊亡屏意筌，猿定啓心籥。幽谷聞鳥鳴，澄湖眺魚樂。霞綺雜煙絲，桃柳互紛灼。時枉塘上篇，日積丘中作。焉得奮羽翰，因君適寥廓。

高樓一何峻贈劉侍御

高樓一何峻，迢迢峻而都。百尺懸飛陛，八窗列交疏。璇題像刻鳳，遊極類翔烏。信兹蓬萊境，曠哉仙人居。夙齡茂文藻，委志諷詩書。臺端既肅軌，河内亦承符。解纓謝神武，税駕凌清虚。炎曦戒末垂，涼飆被廣除。徵聲理絲竹，張讌集簪裾。嘉賓傾四座，豐膳出中廚。靈妃遞楚舞，雙童揚吳歈。容成獻瓊醴，長房啓玉壺。一飲粲顏色，再飲葆令軀。願言享黄髮，榮名千載俱。

寄題宗室芙蓉園

忘憂楊柳館，逍遥芙蓉園。粲粲朱華冒，田田緑葉繁。日涉宛成趣，朅來殊避喧。心將隱淪逸，跡謝帝子尊。瑶琴既以御，緗帙亦間翻。采賦等梁孝，敦詩從楚元。美人隔千里，幽芳誰爲搴。輕舟越江渚，欲往執孤鴛。無媒焉所託，有懷何由宣。中章聊代訊，寤歌在弗諼。

嘉靖丙辰、丁巳、戊午、己未、庚申、辛酉、壬戌、癸亥、甲子、乙丑、丙寅作，見山居集。

皇甫司勳集卷之九

樂府十二首

乘法駕

乘法駕者，正德壬午，武宗晏駕，大宗伯毛澄奉昭聖皇太后懿旨，恭迎興王繼序，即天子位也。當漢朱鷺。

乘法駕，出潛邸。辭蘭坂，臻楓陛。握乾符，奉慈旨。橋中傾，碣呈字。從臣觀，稽首喜。應帝期，稱天子。泰階升，更化始。陋代來，劣春起。

乘法駕曲，凡十六句，句三字。

釐廟制

釐廟制者，嘉靖甲申，追封皇考獻皇帝，越數歲，九廟成也。當漢思悲翁。

典禮成，四海謐。享祀禋，九廟翼。考明堂，筵太室。獻皇躋，烈祖匹。故鬼小，幽靈假。詠孝思，歆明德。

釐廟制曲，凡十二句，句三字。

秩郊禋

秩郊禋者，歲庚寅，上可給事中夏言議創建四郊，是歲日南至，肇祀圜丘也。當漢艾如張。

壇畤準圓方，神祇奠南北。夕郎奏既俞，春卿議僉集。睿想孚筮從，鴻圖表景測。脊燎迎初陽，寅威練嘉日。祼獻戾上公，參乘簡元戚。八駿夾雷馳，六龍戴星出。天路抗旌旄，雲門間琴瑟。殷薦升紫煙，告成瘞蒼璧。齊幄肅華班，旋塗厲清蹕。靈貺展斯今，仁孝光自昔。

秩郊禋曲，凡二十句，句五字。

宬皇史

宬皇史者，歲乙未，上命考古金匱石室之制，以藏書寶祖訓也。當漢上之回。

宬皇史，函帝籍。金爲匱，石爲室。籤彙綈緗部甲乙。邇文華，充武庫。簡鴻儒，讎豕誤。於萬斯年守之錮。

宬皇史曲，凡十句：其八句，句三字；二句，句七字。

展陵

展陵者，歲丙申，上以壽陵之役巡遊昌平，臣爲都水使者除道西山也。當漢翁離。

帝眷園寢，謁款丘陵。馳道旦築，行殿宵營。亘帷成屋，列幔爲城。般雲謝巧，周日非靈。乾行玉輦，坤御金輿。六宮婉從，萬國賓趨。鑾鈴響遞，環珮聲徐。五臣供帳，百辟燕酺。朱明司辰，清和肇節。草樹蒙恩，禽魚騰悦。周歷皇畿，軫兹民業。遐攬邊關，洪思祖烈。去遵鸞輅，歸泛龍舟。山開陽翠，嶺名。川效安流。源出固安。柔情並暢，睿藻揚休。枚朔第頌，翊贊王猷。

展陵曲，凡三十二句，句四字。

思舊邦

思舊邦者，歲己亥，上以章聖皇太后喪，卜宅原陵，駕幸承天。臣左遷黃州，獲預從事也。當漢戰城南。

南巡紀臚岳，東幸緬懷豐。白水循往轍，丹陵訪故宮。江漢眺吾楚，霜露愴宸衷。電奔翼八駿，雲興扈六龍。不有居者誰監國，皇儲旦截馳道出。翟相行邊細柳中，顧公鎖鑰青門北。晝發邯鄲道，夜渡黃河湄。軍容肅肅問官儀，豹尾後載班姬隨。衛火弗戢，漳流半湮。憲臣褫爵服，邦侯械以徇。旌旗蔽日指樊城，簫管具舉疊金鉦。父老稽首遮道迎，椎牛置酒宴鎬京。山川遍喜色，禽鳥遞歡聲。闢朱閣，掃青室。思履綦，存衽席。齋心望祀純德山名。間，周爰園寢悽天顔。詔發郢門邁燕關，格祖特告鑾輿還。

思舊邦曲，凡三十二句：其十四句，句五字；十二句，句七字；二句，句四字；四句，句三字。

管背漢

管背漢者，歲乙巳，吉囊犯邊，中國王三導之入，京師震恐。帝禱于上玄，兵未交刃，賊就擒，虜乃退也。臣在南司勳，代太宰草賀章云。當漢巫山高。

羯虜驕驁惟吉囊，自稱華裔衄先皇。長伎一逞百不當，誰爲諜者傖子王。憯威藉寵祈上玄，有征無戰神武宣，班師振旅歌凱旋。

管背漢曲，凡七句，句七字。

寢盟

寢盟者，歲庚戌，虜擁衆大入，胡馬屯於轂下。帝赫斯怒，集群臣庭議，采司業趙貞吉言，飭兵振旅，虜乃退也。當漢上陵。

庚戌之秋虜大入，渡桑越碣踰古北。烽火夜照甘泉宫，旌竿晝蔽長安陌。驅我士女蒙毳衣，屠我牛羊爲湩食。鎮臣氣喪，邊將兵弛。侵職濫官，勤王者死。決勝豈有帷中謀，主和遂貽城下恥。天子旦集廷臣議，日中不決猶素紙。蜀郡才華久稱趙，慷慨挺身言致討。書生由來劍術疏，往繫單于惟餌表。議上始覺龍顔開。司馬授策，宗伯舉杯。登陴一呼，疾聲震雷。胡兒躍馬趨風回，群工獻壽咏康哉。

寢盟曲，凡二十五句：其十七句，句七字；八句，句四字。

海波平

海波平者，倭夷間釁，辛、壬、癸、甲，殆無寧歲。越丙辰，司馬胡宗憲受命與司空趙文華盪平之，縶王直，俘麻、徐等，奏功太廟也。當漢將進酒。

島夷日本稱最雄，髡首駢拇炯兩瞳。乘舟截險洪濤中，跳梁若蝶聚若蜂。揭竿烈炬耀日紅，攻城掠邑誰嬰鋒。紅女休織田無農。帝命祀海惟司空，授脤秉鉞有胡公。狼兵苗卒集江東，夜縱巨艦突蒙衝。俘海繫直奏膚功，兔窮鳥盡艱厥終。

海波平曲，凡十三句，句七字。

更極

更極者，歲戊午，三殿災，帝命新之，更奉天爲皇極，華蓋爲中極，謹身爲建極也。當漢有所思。

三殿災，雙闕燎。天子避寢，厭勝以禱。朝右个，御西清。玉食有減，金懸無聲。誰其梓慎窺大庭，流烏化雀將焉徵。除舊布新承天意，司空飭材俾壯麗。宅中建極，欽哉從事。

更極曲，凡十三句：其四句，句三字；六句，句四字；四句，七字。

遣仙使

遣仙使者，歲癸亥，上慕神仙之術，遣御史王大任、姜儆分道采訪，冀遇異人授秘書，求長生不死也。當漢邕熙。

周穆窮寰宇，漢武慕蓬壺。東生遊調笑，西母譙懽愉。顛既㕓纏幣，丰亦枉蒲車。緩齡韜上藥，御氣秘真符。臺端兩侍御，將命發天都。齊梁歷南楚，甌越盡東吳。姓名河上隱，物色市中趨。金簡探緑籍，瓊笈訪朱書。曾未三載還，幸與百年俱。築館禮上士，授粲出中廚。行聞避驄馬，歸見綰銀魚。稽首願玉體，壽考永無虞。

遣仙使曲，凡二十四句，句五字。

考芝宮

考芝宮者，歲乙丑，獻廟産芝，瑶光映室，乃建玉芝宫，以時致享，昭孝感也。當漢太和。

河清社鳴誕聖人，握符纘曆，靡瑞不臻。天垂卿雲景星現，地出醴泉澤曼衍。導禾六穗麥兩岐，嘉瓜並連帶理枝。三足軒翥肉角嬉，龜鹿雀兔咸素姿。包匭驛貢賷四馳，芝草凝祥處處生。獻廟忽産屋之楹，瑶光瑩潔秀九莖，銅池芝房惡足稱。帝命作宫，時享以報，子孫千億昌胤允紹。

考芝宫曲，凡十八句：其十二句，句七字；六句，句四字。

嘉靖丙寅作。

皇甫司勳集卷之十

樂府廿九首

芳樹

芳樹九華邊，春風一度妍。飄香承輦路，弄影向甘泉。綴葉紛千種，濯枝幸萬年。不作淮南桂，空山徒棄捐。

臨高臺

高臺望不極，臨佇意何窮。茂苑花爲苑，吴宫錦作宫。管絃虚夜月，羅綺罷春風。獨惜烏啼處，猶聞曲怨中。

有所思

春風吹繡户，明月鑒羅幃。同心阻芳訊，千里悵清暉。歌絃塵屢積，舞衣香漸微。别有關情處，梁間雙燕飛。

巫山高

蜀道連巴水，巫山接楚陽。情來爲雲雨，愁起見瀟湘。楓葉吟秋早，猿聲入夜長。何能降神女，髣髴夢襄王。

隴頭水

隴坂去何長，隴水復湯湯。咽處堪啼淚，流時更斷腸。三秋邊草白，萬里戍雲黄。辛苦交河使，西來憶故鄉。

折楊柳

不見隋堤柳，長條大道間。絲陰流水去，帶影逐春還。妒眉銷翠黛，聽笛損朱顔。日暮行人盡，思君可重攀。

梅花落

早見梅花落，江南春未遲。如何上苑葉，不似故園枝。影怯臨妝夜，香憐逐吹時。無人問消息，獨自寄相思。

關山月

故園千里月，流照入秦關。弓影同看曲，刀頭未卜還。迷雲度容與，映水咽潺湲。莫遣青樓去，摧殘少婦顔。

邯鄲行

寶馬邯鄲道，金裝遊俠過。一朝罷歌舞，千秋傷綺羅。臺榭風花盡，郊原煙草多。客心將夜月，滚滚向漳河。

昭君怨

含悲辭鳳掖，結束事龍庭。環珮從兹遠，琵琶詎忍聽。泣將蛾眉恨，仰視旄頭星。獨有長門草，猶向夜臺青。

長門怨

長門永夜幽，團扇早迎秋。望幸非同輦，含情是倚樓。容華翻易歇，恩寵最難收。君自觀魚樂，寧知妾淚流。

冬霄引

冬霄不易曙，耿耿朔風淒。沙雁寒猶起，城烏半未棲。孤舟泊江上，征馬渡遼西。豈但金閨裏，能添玉筯啼。

烏夜啼

長樂宮中秋夜長，美人新得幸君王。别館不愁金作屋，曲池無羡玉爲梁。門前數報公車過，樓下時聞脂粉香。總是啼烏聲轉切，歡娱那解曲淒涼。

江南曲

錦帆西去遶横塘，畫舸攜來悉粉妝。旭日籠光流彩豔，晚雲停雨浄蘭芳。飛絲帶蝶粘羅幌，吹浪遊魚戲羽觴。自是江南好行樂，採蓮到處棹歌長。

春江花月夜

空負芳樓約，愁逢江上春。月華天外潔，花影浪中新。詎是沉珠浦，將非濯錦津。争言蘭作舫，復擬桂爲輪。圓缺同今夕，飄零異昔辰。關山猶自隔，攀折贈何因。

擬中婦織流黄

金閨方永夜，翠袖理殘機。燈花斜落鏡，月光低鑒幃。寸心共絲斷，雙淚與梭揮。作伴除蛩響，驚眠惟雁飛。織就當窗素，裁爲遠道衣。徒令芳訊達，不及早旋歸。

擬伯勞東飛歌二首

蛺蝶雙飛燕並棲，秦樓燕市花成溪。誰家玉人當户窺，含羞斂笑横波馳。寶髻珠鈿明月光，羅幃翠帳秋夜長。秀顔皓齒纔十五，時向芳筵作歌舞。雀臺露寢生暮雲，空留可憐猶爲君。

夜烏悲啼朝雉鳴，青琴絳樹無限情。誰家臨鏡總新妝，雲鬟刻飾出意長。翠屏錦帳花連理，洞房仙居暗香起。年幾二七奉下陳，光彩流盼姿絶倫。春風東來吹落花，緑窗可憐虚歲華。

自君之出矣二首

自君之出矣，坐令衣帶緩。思君如懸蘿，纏綿不能斷。
自君之出矣，何處不相思。在物願爲筯，君前無隻時。

岸花臨水發三首

止水如瑶鏡，繁花似寶妝。爲憐影相照，詎是意相忘。
江疑濯錦處，花似浣沙人。莫逐東流去，還待上陽春。
名園紛幾許，臨水獨如何。所思迷望石，欲往會凌波。

賦得處處春雲生

春色藹無際，朝雲最可憐。金枝紛映帶，玉葉綴聯翩。弄影交疏裏，含情飛蓋邊。長安遥向日，何處奉非烟。

烏散餘花落

春來啼鳥伴，相逐百花中。棲處迷深緑，飛時帶淺紅。祇惜香霑羽，非關嬌惹風。回看意不盡，猶自戀芳叢。

空梁落燕泥

金閨春色早，玉關芳信賒。人歸翻後燕，淚盡每先花。户暗香泥積，梁低舞影斜。不作雙飛去，東鄰王謝家。

邊馬有歸心〔一〕

應瑞來宛國，銜恩入漢家。胡兵犯燕塞，驃騎出龍沙。爲報千金顧，寧辭萬里賒。蹄穿朝踏雪，聲斷夜嘶笳。逐北名空在，征南賞未加。詎隨班定遠，生作玉門嗟。

【校勘記】

〔一〕續皇甫百泉集題作「王元美席上賦得邊馬歸心」。

夏日湖泛作採蓮曲

雀舫疑杯度，虹橋似帶縈。湖光湛處全無暑，雲氣浮時半有晴。此時流水歌聲起，此日採蓮殊未已。帆迴櫓轉逐橋斜，樹裏溪邊是妾家。翠裙忌殺風前葉，紅粉嬌於水上花。花開花落獨含愁，人去人來不斷遊。玉斝醉霞何惜晚，瑶華零露易驚秋。秋露蒹葭没，秋水芙蓉歇。菱鏡年年非故顔，荷衣夜夜空明月。

門有車馬客行贈李少卿

驅車吴趨市，被服一何妍。叩閽懷敝刺，云是李青蓮。家住齊東里，裔自隴西傳。觀道汶泗上，探奇泰岱間。舉手捫星漢，躡足凌雲煙。昔拜符璽郎，侍從清華班。姱行遭時妒，修名爲世牽。一麾佐宣守，理案有餘閑。試問長江練，日對謝公懸。傾蓋惠良覿，振袖發瑶編。瑩如夜光儷，粲若春葩鮮。且勿出關去，邀君著五千。

嘉靖己丑以後作。

皇甫司勳集卷之十一

七言古詩二十四首

桐君山題贈盧職方江右典試

朝登桐君山，下有澄江四遶流潺湲。暮謁桐君祠，上有古木一望懸參差。昔人採秀山之巔，桐蔭未徙凌雲仙。瓊漿石髓世不識，丹崖翠壑空年年。越鄉自古窮嘉麗，弭節停軺幾留滯。嚴陵瀨静秋漲沉，香鑪峰寒暝煙翳。盧君揮斤宇内游，昨來奉使潯陽舟。直躡廬峰探蕒服，又從瀑布挹飛流。江山能使才華盛，況接朱繩與青鏡。登覽何如司馬雄，文章自是歐陽正。君鳴玉珮上金鑾，桐葉聲銷日已殘。鍾鼎山林緣底事，不須回首憶江干。

送尚醫陳通政南還

東風吹花駐芳甸，都門此日開郊宴。車馬争來四岸聞，冠裳自結傾城餞。借問餞者云是誰，爲儒十載方爲醫。逃名未得潛廬嶽，授訣應曾飲上池。少年寵食王官禄，白首歸田嘆知足。磬折非辭彭澤腰，倦飛欲振祁奚躅。由來出處本難同，珮玉鐶金仕已雄。君不見男兒讀書破萬卷，至今落落猶泥中。

夢二生行 陳與言、周詩。

憶昔同心友，陳生爲之首。更憶投分交，周子逸且豪。陳生奇余言在耳，青雲置身果如此。惜爾早世不憖遺，九淵慰爾應無悲。周子知我雖相新，膠漆不異我與陳。睥睨一世爾自許，落落誰忘竹亭語。吁嗟二子來夢中，鬢毛不改容顔同。風塵慘愴旅服改，燈火蕩漾芳尊空。綈袍猶戀當年别，覺後使我心悲咽。二子一死嗟一生，我欲於子知交情。

長沙行送胡子

胡子堯時以給事謫長沙簿，同事者劉安也。

賈生昔被長沙謫，湘水千年動顔色。弔古空勞憶芷蘭，世途久已生荆棘。當今天子稱聖君，論恩豈復如漢文。垂裳穆穆日南向，鋭情稽古非謙讓。直氣常懸青瑣間，愁雲更鬱烏臺上。胡郎胸中書萬言，夕方拜官朝叩閽。劉向況有五行傳，挺身悟主争繩愆。即今亦有長沙行，此去應知聖主情。早晚定膺宣室召，肯使人徒説賈生。

長安十六夜歌

長安十六夜如洗，千門萬户煙花裏。閨中少婦夜出遊，陌上行人忽成市。粲粲珠鈿映月來，翩翩翠袖摶風起。風前月下逞嬌姿，愛惜春花能幾時。無那蓂莖先落莢，只愁楊柳漸飛絲。遊絲飛入黄金地，撲牖穿簾果何意。鳳甸常懸禱雪憂，鼇山久罷觀燈戲。燈光却照五侯家，列炬然膏滿絳紗。豈謂鋪金能作埒，亦知剪綵易爲花。銀花火樹開佳節，遂令觀者相環列。霍氏門墻有後塵，魏其池館空前轍。凄凉往事已爲陳，恨殺懷春似玉人。莫賤蘭房今夜女，故多椒掖舊時親。明璫盡結瓊瑶麗，袨服争看錦繡新。襦曳茵時香散靄，襪移蓮處暗生塵。香塵冉冉隨芳步，共道非煙亦非霧。馳目還憐梁下期，冶容又爲桑間誤。闉闍今已羨如雲，夙夜誰當畏行露。鐵鎖遥開天上橋，漸臺何必待符招。二南倘被翹薪化，四海應回廣髻謡。

長安行贈陳子克脩

長安昔日花如綺，走馬看花事已矣。吁嗟歲月無停晷，回首又值春風起。陳生久客長安裏，按劍誓將歸故里。嗚呼陳生歸且止，古來晚暮多豪士。桑弧蓬矢志四方，區區肯效兒女子。君不見今燕臺，樂劇不賓胡爲哉？他年自識公孫對，暫時豈爲劉蕢哀。駟馬車，黄金印，他時乘此佩之去，花柳迎人故山處。

憶昨行贈夏都諫

憶昨天王下手敕，辨方經野開蠶室。稽古真卑漢未遑，鋭情直所周無逸。王假還宜照日中，聖作何須守明述。君不見洄沿川水映柔桑，窈窕郊宫護棘墻。玄黄欲獻夫人繭，朱緑聊爲公子裳。又不見青壇翠幙藹中田，縹駕新從此上旋。遂使鰩魚呈瑞象，頓令銅雀頌豐年。嗚呼！天子勸耕后勸織，王業艱難果誰測。七月重歌姬旦詩，一朝實賴黄門力。嗚呼！今之黄門古遺直，抗言朝宁生顔色。馬客逢君時已來，豈俟吹噓到上台。北郊更起匡衡論，前席遥憐賈誼才。男兒志於立功慎自擅，掀天揭日奔雷電。退食方依青瑣闈，傳宣直至黄金殿。稽首親承玉語温，威顔咫尺君王面。書錫絲綸龍鳳蟠，幣頒錦繡雲霞炫。紆紫圍金未足榮，致君堯舜應争羡。嗚呼！致君堯舜應争羡。

玉河怨

玉河西堤柳青色，含煙弄霧金門側。水接昆池波欲流，日升翰苑光先得。日光照耀九龍開，萬騎千官天上回。仗影迴迷飛絮去，珮聲遥雜囀鶯來。鶯囀皇州春漸暮，曳珮鳴珂漫如故。物態那禁鱗運催，人情總爲繁華誤。一夜秋風歇衆芳，萍水悠悠枉斷腸。不見曲眉顰舊黛，祇聞羌笛怨斜陽。

題魏時苗返犢圖

宋趙子昂所繪，評事應果所藏。

君不見盜泉水，不飲長行寧渴死。夷齊共餓魯連恥，古來達節皆如此。漢室猶能重禮教，茫茫海内徵廉士。火德下衰風斯靡，昊穹垢氛蔽邐迤。魏亦有賢曰時子，激揚異代仍興起。憶昔乘車令壽春，牝牛自足隨吾貧。車來既空去何有，迢迢不染民間塵。犢非爾騂育爾土，安用汗我車傍輪。褰裳扶杖走相送，提兒媚婦多苦辛。趙公本是清白者，睠此丹青爲誰寫。應子收藏今幾年，拂拭素練生雲煙。操持豈羡鬱林石，慷慨不但山陰錢。賦魚毀象爾何者，常使冰壺照眼前。

青州行送褚寶令臨朐

君不見茫茫青州本東土，吕公封齊姬封魯。海岱何如四塞雄，萊夷自是千年撫。方輿星粲子雲箴，大國風存史遷語。五月報政齊何神，古來平易俱近民。天子上嘉更下樂，先王之道非沉淪。褚子夙著三都賦，昨奏明堂比韶護。天子勞賢眷爾才，暫試臨朐豈遲暮。芳桃不羡河陽花，甘棠欲滿營丘樹。挽今之齊仍爲周，異代弦歌盡如故。烏臺仙吏青瑣郎，有時待爾鳴朝陽。隴上曾經笑鷃雀，棘林豈足棲鸞凰。迢迢東征出霄漢，相送且覆清秋觴。

天風行

有客騎驢何處來，高巾短褐俱塵埃。自言今晨萬乘出，道傍親睹鑾輿迴。龍斿遠拂瑶壇降，鳳扇徐承金殿開。文工武僚皆肅穆，秉笏鳴珮趨蓬萊。先生落落何爲者，抱書獨卧蓬蒿下。長卿猶陪上林從，子雲亦扈甘泉駕。君不見邇來白晝天風高，沙飛礫走人叫號。出門舉步動齟齬，何如閉門與子且覆杯中醪。

明禋歌送朱子隆禧捧詔南邦

天王玉詔宣金鑾，黄章粲爛龍麟蟠。行人之官捧之出，輶軒直下青雲端。惟時朱子意氣盛，昨方拜職今拜命。長卿能無諭蜀文，仲宣亦有浮淮詠。君不見帝王龍飛今九年，夢寐堯舜遑遑焉。稽古真卑漢文讓，陳疏更遇匡衡賢。聖謨豈俟卿士協，況爾龜筮開其先。遂使北郊祀地南祀天，朝日夕月東西偏。儀文匪徒守宋末，制作直欲凌周前。辨方晝野此經始，勿亟還應庶民子。圓丘峨峨睿想建，帷城日射瑶壇紫。君行要俾萬姓知，王者明禋本爲爾。

長安二月雪後歌

二月欲破春過半，六霙猶自飛零亂。塵氛四野鬱昏霾，瓊瑶一夜堆璀璨。沙柳含煙未吐絲，宫花壓雪空成幔。甘澤應懸畎畝思，凝寒更起衣裳嘆。天意從來未可諶，物華奈爾無由翫。君不見寳露新傳楚國來，銅盤捧出龍顔開。齋心萬乘躬郊祀，稽首千官進壽杯。嗚呼古有災祥説，昨冬胡露今胡雪。博極真憐劉向才，條陳詎職匡衡訣。尚賴金門爕理臣，好調玉燭太平春。朝中自是咨虞嶽，海内何須憂杞人。

塞下曲壬辰仲冬許中丞略地紫荆賦此寄之

旆旌悠悠班馬鳴，中丞十月行紫荆。易水冰堅夜可渡，陰山雪積雲爲平。毳幕遥懸徼外落，烽火直接單于城。候城獵獵天風高，墮指裂面吹如刀。草宿寒侵壯士鐵，露下霑濕將軍袍。袍袖音書字不滅，蘭閨玉筯空啼血。朝廷本望樹功勳，關塞那應怨離别。天子臨軒試三輔，中丞秉鉞巡行伍。落日籌邊上封事，衝霜與卒同甘苦。男兒龍額志封侯，勒石須盡燕然頭。羽書瀚海昨猶急，金繒和戎非遠猷。

玄冬願挾諸士纊，紫貂肯獨蒙輕裘。君不見在廷頗牧文臣擅，一范能令虜心戰。別墅或校謝安棋，理案常披左氏傳。鎖鑰由來重北門，衣裳自是垂南面。此時月向隴頭明，蘆聲吹入漢家營。昭王臺上中丞帳，可使門無孺子纓。

秋風嘆

秋風淅瀝秋露微，爲君今夜擣征衣。花從金素變，雁向玉關飛。驕虜尚未破，征夫何時歸。總使君身貴，寧知妾顔非。忍爲麒麟閣，棄捐鴛鳳幃。

南粤行

南粤由來本受降，置亭列障賜稱王。丹砂歲歲通勾漏，白雉年年獻越裳。曾是金繒忘漢德，也因玉帛阻炎荒。炎荒迢遥限疆土，君王中葉恢英武。校獵誰云漢武雄，安民不讓周文怒。昆明習兵深鑿池，細柳行營遠勞師。羽檄流星飛甲冑，樓船横海蔽旌旗。樓船羽檄下繽紛，刁斗銜枚處處聞。甲冑夜開魚麗陣，旌旗朝合虎賁軍。神謨不戰已威加，陀王納款遂踰沙。指顧泰山盟作礪，并吞瀚海化爲家。馬援功期勒銅柱，捐之議寢棄珠崖。珠崖銅柱古如此，瘴癘氛祲萬餘里。奮身欲屠象郡城，膏血直濺龍門水。始知陸賈善行成，肯學張騫虚奉使。留滯周南望九重，請纓天北恨無從。六月凱旋歌薄伐，一朝書奏願登封。

淮陰行

君不見王孫未遇釣淮陰，相留一飯是恩深。知己此心懸白璧，封侯他日報黄金。黄金匪爲薄，聊自意所託。咄嗟蓐食兒，椰榆覆羹鑊。韓生將略本多奇，可憐猶受婦人知。若非仗劍從英主，徒然執戟老明時。

採蓮曲秋日經濟寧萬水曹招讌池亭作

朱英翠葉儼仙葩，繡浦金塘特著花。漣漪江畔明秋水，的皪城邊綴晚霞。晚霞秋水正芳時，桂楫蘭舟處處移。舟移菡萏波間動，楫遶芙蕖鏡裏披。本緣傾蓋追歡宴，翻作搴裳送别離。夫君自是軒冕客，不惜瑶尊永今夕。試問看花限北津，何如折柳停南陌。折柳思應長，看花愁更積。醉君羅綺筵，爲君歌採蓮。蓮花萬種出吴閶，歲歲年年狎景光。此日荷風迎素扇，此時蘿月照新妝。可憐共蒂邀同伴，勿願飄蓬在異鄉。濟上相逢華已暮，菱歌一曲斷人腸。

秋雁篇寄故園兄弟

虬分銀箭夜，雁度玉關秋。隨陽向蘭時，依暖背蘆洲。蘆洲蘭時總堪棲，霧裏霜前陣不迷。避繳空聞來塞北，傳書幾見下遼西。西去南來鳴嗷嗷，顧侶攜群更多少。也思映月集通宵，也怕因風失清曉。風飄析羽遂分行，不及迴翔在故鄉。一枝自合同荆樹，萬里徒嗟愧稻粱。

使回歌

詔命因山啓地藏，珠丘卜在翠微陽。黄圖翼翼千峰拱，玄灞悠悠一水長。聖世有爲昭有象，王情無逸恤無疆。惟王制作紛何已，土木之功從兹始。别館離宫相蔽虧，複道迴軒亘迤邐。獻節乘軺遣使臣，徵材取木下江津。吴越錦帆懸子夜，秦淮寶馬繫青春。也知桐梓生南土，也知松柏稱嘉樹。一朝際遇棟梁成，萬年封植煙霞扈。自甘瓠落本無庸，肯隨輪囷託先容。夕向綺樓瞻五鳳，曉叩朱閶排九龍。九龍金鎖玉關開，芙蓉新殿儼蓬萊。横汾初返巡遊駕，宴鎬方行慶壽杯。共言帝幸多仙從，漢武應憐臣朔來。

早朝獻儀曹家兄

南去北來年屢换，側望長安倚增嘆。五雲還詔入金門，八月乘槎渡銀漢。銀漢迢遥秋夜長，玉河清淺映明光。却看濟濟夔龍會，争羨雙雙鴻雁翔。

結交篇贈張兵憲

昔奉輶軒使，因參幕府前。今承江海謫，持贈結交篇。交情安可見，翟門署貴賤。金蘭更結此時心，瓊枝豈異當年面。旅迹徒嗟兩度來，世事那知一朝變。也悲昏夜盼明珠，却向西風泣團扇。相逢岐路已堪哀，況復相思隔楚臺。試問張華敬愛客，何如李白獨憐才。河干輟棹多容與，城隅張組屢徘徊。徘徊南浦意何長，見説東山召繡裳。却羨雙凫入霄漢，爲傳尺鯉到瀟湘。

送張子還廣陵

張子别我黄鶴樓，飄然騎鶴歸揚州。駕言返吾初服去，安得爲此斗粟留。君不見嵇生疏散長卿慢，不善希世稱巧宦。獻玉明時祇自悲，投珠昏夜遭人盼。聞説淮南桂樹芳，澄湖一曲似滄浪。莫須北闕徵書下，自許東山隱興長。

張明府送吳釀戲作短歌

君不見閶闔朱樓十二開，酒旗高結綵雲隈。誰家寶馬非留住，若箇金貂不換來。吏部甕邊狂亦甚，文君鑪前嬌可哀〔一〕。此時新釀勞相贈，此夕鄉心醉裏迴。

【校勘記】

〔一〕「君」，續皇甫百泉集作「姬」。

嘉靖己丑、庚寅、辛卯、壬辰、癸巳、甲午、乙未、丙申、丁酉、戊戌、己亥作，見政學、浩歌、副京、寓黄集。

皇甫司勳集卷之十二

七言古詩十八首

化蜀行送周子籲提學

使君結駟引華軒，抗旌西指靈關門。衆賓引餞且莫起，聽我揚推巴蜀始。黄苗帝裔蔓本支，蠶叢魚鳧爰肇基。儀兮城太啓都會，冰也疆理饒沃滋。叔世漸革密促政，晚莅乃被中和詩。置酒宴樂從禽荒，郤卓餘風稱難治。銅梁玉壘靈氣開，碧雞金馬神降來。貝錦黄潤産奇貨，木蘭丹青紛美材。靈氣日以宣，哲士日以繁。相如作賦準騷經，君平著書道德鄰。楊子深湛秘玄旨，王生暐曄流英聲。使君夙齡瞻斧藻，含章下帷劇幽討。恭承嘉命辭天庭，奉揚文思振南表。鑄人自有尼父術，化俗更似文翁造。雅儒濟濟升君堂，齊魯斷斷茲足紹。錦官城外錦江流，浣花溪邊花可遊。高樓結綺宛然在，琴臺卜肆今尚留。馬蹄豈憚劍閣險，猿聲忽報瞿塘秋。瞿塘秋已晚，思君路方遠。敷教向岷峨，探奇到處過。萬里欲識凌雲思，三峽遥聞流水歌。

廣思行

長兄造思舊賦，乃歌以廣之。

美人奄忽委明豔，冰心悦記芙蓉面。麗魄香魂何所棲，婉態柔情獨不見。青樓朱户生網絲，文軒綺窗虚履綦。誰家窈窕出新妝，當筵一顧情内傷。名姝絶代本無二，玉顔祇訝前身是。歡笑千金歌舞場，欷歔萬種悲悽地。冶容髣髴已驚眄，新聲靡曼復增嘆。陳思總謂洛神奇，漢武翻疑少君幻。多情宋玉起獨立，衆賓無言主嗚邑。翠袖全迴燈下羞，青衫半沾座中泣。門前柳色慘江煙，檻外飛花隔楚天。請看今日勞相憶，莫向他年留可憐。

昔日行贈許應元使君

昔日與君相別處，越江一夜秋濤去。今日與君相見時，吴宫三月春風吹。人生聚散何草草，春來秋逝傷懷抱。轉盼流光安可知，策足要津苦不早。少年避世漢廷中，俛首潛郎晝省東。不事簿書羞問馬，空將詞賦擅雕蟲。賈生果遭絳侯妒，汲孺亦被公孫怒。謫去魂銷湘水濱，歸來淚盡燕城墓。敝廬蕭蕭落日曛，高車門外過繽紛。已掃松蘿謝逋客，猶隨軒冕對夫君。夫君倜儻青雲器，奉節聊爲蒼水使。酌酒何關世上情，論文且發囊中秘。白首相期在令猷，榮名莫遣爲身累。君從北闕謁丹墀，余守南山偃桂枝。詎堪玄度孤明月，却照楊朱兩路岐。

夏時對酒歌

春光奄忽朱明移，華丹委謝柔緑滋。白日幸長走苦熱，清夜雖短坐忘疲。美人邀我入蘭室，臨池伏檻待月出。左宦空嗟軒冕年，閒居忍負琴尊日。萬物萍浮無定蹤，一身瓠落竟難容。江邊冉冉老將至，世上悠悠時未逢。文章自古俱寂寞，富貴何如且行樂。雲夢徒誇獻賦田，天禄終慚校書閣。黄金爲罍白玉漿，朱紘錦瑟泛清商。若爲歡飲須酩酊，我爲高歌生慨慷。明月漸昇燭方滅，涼飇徐來纓欲絶。莫愁殘夜已栖烏，但恐先秋早鳴鴃。

今辰行五月十二日先君忌辰作

今辰何辰心煩傷，無言佇立涕霑裳。悠悠蒼天安可問，肅肅玄寢神如將。憶昔承恩拜家慶，初筵白髮雙相映。採蘭不顧尚書期，及瓜每後君王命。此時嘉賓四座傾，滿堂宴笑春風生。繁絃促柱發雅奏，白華朱萼敷鮮英。人事分明有代謝，慶者在門弔在舍。申伯虚傳崧嶽靈，方朔奄隨歲星化。高臺垂雲爲我陰，密室含霜詎知夏。昔日千金獻壽人，今翻上食繐帷陳。悲風南來少寧樹，頹波東逝不迴津。以此思哀哀更泣，亦知予告何嗟及。豈復殷勤杯酒歡，空餘髣髴畫圖看。黄門且念奉母去，清河欲誄痛才難。

閶闔行贈朱大理

少年爲儒不習吏，天子試政謁廷尉。耳剽刑書非所堪，手持法律了莫謂。是時朱博材過人，平反輕重稱絶倫。讞常八九中意指，談每一二相開陳。冉冉府中趨獨久，迢迢忽拜遐邦守。萬里驅車仗此身，一朝投劾遭多口。世事升沉安可知，人生聚散更難期。海内萍蹤各飄轉，天涯柳色幾相思。我本與君同里閈，十年不寄雲中翰。閶闔門前會面時，把臂道故兩增歎。自言彭澤早歸來，却笑平原尚羈宦。看君遺世有高情，失路何曾氣不平。薄暮乘舟入湖去，似聞撫缶作秦聲。

答周山人惠鏡囊歌

山人以寶刀持贈司直，家兄乃製古歌訓之。奇鋒厲鍔，雖價重三鄉；續句雕章，亦氣雄百代。所謂金錯英瑶，報施亦稱矣。間以鏡囊一枚餉僕，僕戲曰：物則細耳，才復劣焉，是故短歌微吟，不能長也。

我有古鏡字明月，愛惜相持走燕闕。少年被服方冶容，矯首勝冠正玄髮。此時明鏡炯無塵，一片銀華四座春。青鸞每開寶臺曙，丹鳳雙盤玉匣春。山精辟易不得近，嫫母羞窺何敢嗔。願葆明光虚室裏，絶勝冰壺與止水。察見淵魚似不祥，況復蛾眉最相忌。周郎解贈錦綺囊，繩窮緎發迴龍光。誰家窈窕濯素手，當窗刺繡結衷腸。規形恰與美璧合，藻黼巧奪菱花妝。由來尚象乃成器，拜君佳貺感君意。

姱行驚時亦易汙，神物深藏豈輕示。守黑須從老氏謨，用光却笑嵇生累。與君結交肝膽見，世上紛紛盡如面。一朝慷慨愛已捐，萬金揮斥心能賤。皇生佩囊如佩韋，韜精埋照承餘輝。

觀唐太史吴門射歌

君從弱冠起明經，文藻争先掞漢庭。蘭臺給劄因成草，石室紬書屢殺青。此日公車承寵渥，詎言金馬棲方朔。昨來上疏批龍鱗，不獨談經折人角。翻疑君厭承明廬，詔令歸就碧山居。減盡瘦㘝憐沈約，病多消渴類相如。隱姓潛行吴市東，却求劍術想英風。擊筑夜宿專諸館，袖錐朝過闔閭宫。清秋獵騎平原上，白日張侯矍圃中。左肘能教置杯水，右手引弓輕發矢。風前報道百葉穿，雲際驚看兩鴻死。是時觀者愕相嚮，我亦心雄氣增壯。灞亭醉尉苦莫嗔，漁陽老將嗟推讓。聖主同時最好文，諸賢幸厠從官群。那知好惡多更易，況兼蹤跡有離分。公孫客館丘墟甚，鄭莊推轂遂無聞。但云海外求方士，更傳天上出將軍。勿向長門奏辭賦，請從遐塞勒功勳。

林酒仙歌

君不見昔日林師東習禪，常時乞食闔城邊。牀前不學維摩坐，甕下翻同吏部眠。從此市人皆識姓，醉呼酒仙師每應。通好何須法器貽，相逢但遣香醪贈。飲者家遭雷電來，延師秘咒不爲災。驅石遥從洞門至，返風曾渡太湖迴。梅侯爲郡有賢聲，雲漢勞思濟衆生。鉢内龍鳴晨作雨，錫邊虹見晚移晴。君不見自古異人多變幻，葛陂神應偏能慣。左慈却被世主嗔，長房亦受諸魔患。弟子傳燈生道晤，歷歷猶能語平素。已知前是辟支身，安用親承刺史顧。我歌酒仙爾試聽，處世由來忌獨醒。爲問六牙求證果，因看萬物若浮萍。嘯别虎溪攜策去，莫向羅天苦誦經。

壬寅歲除歌

端居冉冉速流光，往事悠悠耿不忘。擊劍總爲行樂地，鬬雞曾結少年場。晚慕詩書才十五，因耽文史三冬苦。夜見螢飛車氏囊，朝看魚出萊蕪釜。從此家園懶不窺，長無鄉曲譽相推。且甘寂寂龍蛇卧，安用區區燕雀知。一朝謁帝承明上，不慣隨人走俗狀。言將調笑恐侏儒，謂可優游取卿相。轉盼今經二十年，循跡誰知事不然。由來直道時方忌，重以修能世豈憐。浮湘賈誼空投賦，執戟楊雄獨守玄。君不見朱雲四十始改節，遠從博士受易説。逢時吐膽漢廷中，遶陛争呼丹檻折。又不見山公四十起郡吏，投傳羞爲部從事。遇主遂厠三公間，總揆還稱百官治。我却無聞强度春，宦游減産久沉淪。未果官階能復祖，非關郎署可潛身。坐驚芳歲明朝過，爛醉香醪勿重陳。

送顧子懋涵應貢北上 尚書璘子

古來江左多英烈，顧榮人望尤超絶。班生豈好紈袴間，公子能持布衣節。早年作賦思凌雲，同時幸遇聖明君。未果先容因狗監，徒然落魄在雞群。一朝起就賢良薦，却向金門請褐見。横經論難諸儒前，夾陛惟聞帝稱善。此時折角動朝紳，還須吐膽奏天人。爲語洛陽新進者，更誰得似晚平津。

天津答子安兄

別家五月渡江水，棹拂炎雲入淮汜。行殘六月臻衛流，涼飆一夕秋聲起。眼中金闕已在望，手持玉杯喜相向。聞道長安有狹斜，明朝走馬踏晴沙。莫將潞水橋邊柳，看作玄都觀裏花。

天津對月歌

天津城外海潮生，楊柳隄邊月正明。岐路終朝堪下淚，關山此夜倍含情。昨見光流金闕裏，分明影傍瑶臺起。懷璧虚從上國來，投珠莫向都門倚。迢遥蘭槳旅人舟，寂寞羅幃思婦樓。失寵翻憐圓似扇，和光祗恨曲如鈎。自同烏鵲枝間戀，那知蟾兔須臾變。秉燭南皮尚雅游，飛蓋西園憶芳宴。幾許清暉三五期，争得朱顔二八時。且共高陽縱飲去，安用成都訪卜爲。

太平隄行〔一〕

余兄子安並友蔡子木皆南移法曹，而余亦淹水部，往省家兄，時一至焉。既而出補越憲，間因蔡子往者月僅再至耳。蔡復考績，北征經月，不一至也。偶過兹地，山色湖光，宛然在目，雁行鳳侶，悵爾離群，延佇久之，賦詩展意。

太平門外古崇隄，嘉樹扶疏夾路垂。負郭盡爲芳草地，沿湖直遶白雲司。當時王貢總儒才，況是承恩北闕來。御史府中烏半宿〔二〕，尚書門下騎雙回。青山幾度朝陵節，玄水曾流祓洛杯。鳴珂再過平沙道〔三〕，問舍多爲後來少。已看奏賦甘泉宮，每憶傳詩臨海嶠。驚心歲序易經春，舉目湖山宛自新。含香不睹遊蘭客，息影徒逢愛樹人。由來聚散皆無定，欲寄相思那可因。

【校勘記】

〔一〕皇甫昆季集題作「太平隄行追感少玄兄并蔡子白石舊遊而作」。

〔二〕「宿」，皇甫昆季集作「集」。

〔三〕「再」，皇甫昆季集作「載」。

送駕部王子督楚學〔一〕

中興文運應圖開，聲教遥知薄海迴。共看濟濟多周士，更道彬彬悉楚材。楚鄉今上龍飛地，代來總是攀鱗起。里社鳴時河正清，鑾輿幸後雲常紫。騷壇屈宋本稱雄，誰爲操斤向郢中。明堂豈羨菁茅貢，江漢先歌棫樸風。奉揚德化勞宸眷，蜀郡王褒被嘉薦。藻鑑曾推吏部郎，才華況屬瀛洲彦。君不見伯樂不生良驥缺，鍾期死後朱絃絶。曲學翻爲弟子嘲，離經徒守迂儒説。作範如君夐出倫，文從三變一朝新。道傍散木猶蒙顧，徑裏幽蘭併沐春。寄言和氏私相喜，千載今逢辨玉人。

【校勘記】

〔一〕續皇甫百泉集題作「送相山王君督楚學」。

佩蘭引謝友人惠香

星漢沉兮月華没，寂寞玄亭夜無色。海上仙槎去不歸，夢中迷路常相憶。美人尺素遠寄將，玉函未啓先生香。謝家羅囊豈郁烈，楚臣紉佩空流芳。蘭麝何須煉寶鼎，芰荷早已凋金塘。思昔吴宫爛如綺，璇館娥媌鬥妍美。鑪内常燒百和花，腰間不斷三薰茝。芙蓉帳暖籠芮光，薔薇樓高棄脂水。裊裊輕烟飛四時，藹藹香風度十里。那知麋鹿臺畔遊，尚愛驪龍沫中死。芝室蘅途化有因，願把清香託君子。

七夕嘆

朱明早謝清商變，衡紀年華遞如箭。新月初懸天上鈎，寒濤欲湧江間練。玉井輕銷桐葉聲，金塘細委蓮花片。嗚嗚不斷緑陰蟬，去去誰留紫泥燕。沙塞音書催擣衣，綵樓風物羞穿線。鏡中潘鬢飛素絲，篋内班腸裂紈扇。撫幙空房妾更悲，驅鞍遠道君應戀。試看星牛夜度緣，可怪人情重相見。

陪都行 以上三首幼時作

陪都八月夜氤氳，名姬結伴遊繽紛。明珠爲珮曳綵裙，臨風百和蘭茝薰。箜篌輕調聲遏雲，當筵嬌舞歌向君。君不見朝霞難挹日易曛，三五月缺江水分。何如金尊美酒常在手，與君及時聊樂員。

嘉靖庚子、辛丑、壬寅、癸卯、甲辰作，見安雅、司勳集。

皇甫司勳集卷之十三

七言古詩十七首

憶昔行寄徐公子

憶昔金陵高會時，東南玉樹滿留司。淮水橋邊看飲馬，石城門外待張帷。白日陰霾不常好，銜飆激霧移蒼昊。自信蛾眉肯讓人，誰知豺口横當道。黜陟徒聞吏部尊，模稜頗笑尚書耄。六七豪貴皆無恙，二三賢雋翻凋喪。張翰歸來減宦情，謂張衮。顧榮死後嗟人望。謂顧璘。此時意氣不能平，慷慨先懷撲被情。北海羞稱男子輩，西州寧避黨人名。一朝聚散胡容易，眼前得失須臾事。酣飲莫問黃公壚，悲歌猶記荆卿市。從來勢利不相和，輸心安用結交多。牛首山中空歲月，燕磯石上幾風波。寄語翩翩魏公子，侯生别去奈愁何。

金陵還客歌贈周以言

有客近自金陵還，啥余特造竹林間。别日無多江上夢，秋風忽改鏡中顔。彈鋏悲歌横義氣，班荆坐語都門事。翻覆人情谿壑同，榮枯世態晨昏異。悠悠誰復爲憐才，落落何須久懷刺。君不見昔時江左重名流，一朝燼滅隨荒丘。徒令户外容雙戟，安用車前引八騶。青溪遥接烏衣口，舊宅垂楊幾存否。陳遵那顧尚書期，阮籍惟耽步兵酒。白首猶逢梁國人，傾心詎信平原友。歸去何如謝世牽，六關不入最稱賢。莫將一掬羊曇淚，灑向西州岐路邊。

河湟行 傷曾公銑也

君不見高帝除兇浄朔方，我文親亦御戎行。徵兵盡選三河少，校士争收六郡良。萬騎旌旂紛蔽日，千群組練凜凝霜。平胡破虜號將軍，耀武宣威志立勳。陣前殺氣驕難近，幄内奇謀秘莫聞。一朝受脤指烏丸，百戰長驅事馬鞍。雪晦陰山乘夜襲，天横北斗向南看。按轡俄傳勞細柳，飛書已報下臯蘭。君王神武由天錫，都護材雄總無敵。膏劍朝屠老上庭，銜枚晝奪匈奴壁。鑿空開域路應賒，置亭列障遂踰沙。博望從來能許國，嫖姚自誓不言家。奏凱班師截海外，共賀黄圖亘地界。銘功刊石紀龍飛，解辮蒙氈羅虎拜。此時高會坐明堂，登歌獻壽樂無疆。越雋探輸陳異物，巴俞角抵視夷王。世變堪嗟已巳間，白登愁睹翠華還。不聞更上金城略，但教常閉玉門關。王者之寶在土地，辛苦成功可輕棄。先皇遺却平城憂，謀臣徒守珠崖議。百年慷慨有書生，每過湟中氣不平。非求燕頷封侯易，翻思馬革裹尸輕。不識忌諱爾何戇，可憐身死名俱喪。朱生肯訟伏波冤，魏文猶寢中山謗。只今邊徼有煙塵，寄言韓相好和親。縱使分麾思命將，不知投筆竟何人。

石河將軍歌 蜀人王户部詢乃翁

將軍書劍學俱成，百戰長驅亦慣經。羽角時時持候月，旄頭夜夜起看星。曾宣威武懾巴檄，欲樹功名向虜庭。一朝解甲承平後，萬事投壺飲美酒。但教開逕撫孤松，誰復行營勞細柳。道家多忌古來知，隴西難封數本奇。爲問藍田屏居日，何如錦里賦歸時。石河遥通古城北，少陵草堂猶自識。舊説雄稱白馬間，今來翻卧青羊側。郎君文藻子淵流，恥居紈袴漢廷遊。丹鳳俄傳貤寵詔，貂蟬還見出兜鍪。

銜恩正值古稀年，稱觴獻壽石河邊。河水長流石長在，無須辟穀訪神仙。

時錢謡

丁戊間，吴中好行腐錢，乃采民謡而諷之。

先王通貨興民利，遂令圜法相更制。周室曾聞九府開，漢京盡是三官隸。小大品隨壯幼差，輕重權兼子母倍。從兹鼓鑄何代無，五銖半兩肉好殊。不言改撰堪稱馬，却道能飛始號鳧。我明稽古誇周漢，上林往往緡朽貫。銅山禁弛盜詎亡，殺雜愈多法滋玩。爾來民風日偷薄，罔市吴趨行濫惡。形如榆莢僅有文，堵中綖環已無郭。三五持來乃當一，百可僅寸萬盈索。博徒争取擲地殘，鬻夫手汙因風落。纖巧輕生可使治神可通，赤仄奇文空罷閣。官視民姦聽之便，但遺黄金入私橐。纖巧輕剽時共珍，木疆厚重將焉託。君不見珠玉沉埋瓦礫全，鏌鋣爲鈍鉛刀銛。申椒久剽時共珍，木彊厚重將焉託。古來棄置人同此，何訝區區物亦然。謝充幃後，蟠木翻容萬乘先。

還硯歌爲長兄賦

長公甲誕歲逢酉，嘉賓四座稱觴後。周郎手持一片石，殷勤爲獻千金壽。玉質温瑩眼復明，霞彩爛燿鏗然聲。主人拜受比瓊玩，置之几案煙霏生。科斗古籀鐫虬形，色絲妙句如盤銘。客從遠方羅雀至，呼兒取出題鳳字。寶硯凋磨多苦辛，銀杯羽化須臾事。主方懊怏客不歡，墨卿寂寞潁人棄。神物豈無呵護靈，依然得自吴趨市。君不見明珠合浦有時還，楚弓知在郢門間。由來喪馬何須問，且更籠鵝一解顔。

秋日周山人見訪醉酒歌

自余還北山，惟堪卧南牖。掃軌何須長者通，著書已擬潛夫就。門題貴賤感交情，不逢親舊話平生。秋水聞君艤舟楫，荒園一爲款柴荆。此夕涼風度虚幌，少焉微月湛華楹。開顔命醇酒，潤耳發哀筝。人世難并易别離，試從今日憶當時。座上應劉成異物，林中嵇阮邈幽期。末路冥鴻翻折羽，臨風華萼詎同枝。清尊夜飲如辭醉，明鏡朝來視鬢絲。

昔時行贈王亮卿下第之松江謁劉侯

昔時邂逅長安道，下馬通名何草草。今來會晤闔城傍，把劍語故俱茫茫。問君何來西出秦，拂君衣上洛陽塵。顔凋但使友人識，金盡徒令妻嫂嗔。君不見吴王宫闕荒蕪久，世事何如飲醇酒。新月正照鹿臺花，離心欲贈華亭柳。男兒快意須目前，安用餘名潤身後。蒲鞭爲郡有劉君，驄馬風流迥不群。江上鱸魚逢正美，客中鶴唳更堪聞。莫嗟失路無知己，行見張華薦陸雲。

出門行

君不見李生出門仰天笑，仗劍直走長安道。又不見蘇季還家人盡輕，敝裘再入咸陽城。丈夫義氣横雲海，踊躍寧爲轅下態。白璧凋磨美益光，黄金百鍊精還在。身若藩羊觸未安，心同塞馬達能觀。人情谿壑非云險，世路風塵本自難。魏尚朝聞起代門，夕看持節擁朱軒。解道聖明能使過，須知感激爲銜恩。

俠客行席上贈吴子

臘月金陵有俠客，雪中訪我長干陌。雙樹初彫惠遠林，六花正覆袁安宅。杯酒相逢總夙緣，江山轉盻空陳跡。聞君明發廣陵遊，淮水孤帆重倚樓。二十四橋何處是，思心隨夢到揚州。

壯歌行

君不見男兒生年二十好任俠，落魄何曾問家業。暫從喪舍給吹簫，肯向侯門坐彈鋏。相逢寒士解金裝，悲歌同醉酒壚傍。上蔡總爲牽犬地，平津俱是鬬雞場。一朝折節誦詩書，三冬已足五車餘。落筆言詞妙天下，拔劍義氣薄雲衢〔一〕。歲中超致大夫位，才高奈取公卿忌。報主寧須顧一身，使我但不登三事。世情翻覆有波瀾，崎嶇蜀道未云難。讒言興處憎蠅口，峻法持來笑豸冠。誤染凝脂身遂枉，徒抱憂心誰爲諒。摺溺猶可干秦君，髡鉗却是中郎將。自古成功四序遷，詎知倚伏有時旋。仲文枯樹非全死，長孺寒灰亦復燃。可憐禍福遞相因，堪嗟貧賤不相親。安用先銜灞陵尉，祇應長謝翟門人。

【校勘記】

〔一〕「義」，皇甫昆季集作「意」。

酬孫子貽古鏡歌

美人貽我古明鏡，月可擬形冰擬瑩。拜受何如懷璧歸，相盼豈異投珠贈。面拭銀華若發型，背錯雕文恍難認。蟲蟠蚓結秀色斑，博物云自開元間。繩窮緘啓四座朗，整冠省帶愁人顔。少年被服多冶豔，盛飾入朝觀者羨。蛾眉詎知衆女嫉，纖腰翻承後宫譴。世途黮黯不堪陳，魑魅縱横晝向人。却詆林宗虚秉鑒，争言杜下只同塵。從此年華顛頷盡，經月忘沐恥榮進。映玉都非裴楷容，素毛漸改潘仁鬢。君不見徐卿持節邁湘潯，李生一鏡價千金。嘉惠慷慨情猶古，短歌流傳稱至今。愧我微才響誰嗣，荷君末光良自欽。世交紛紛總如面，何以報之惟此心。

觀拜月舞詞

金尊酒半銀燭低，玉容二七始勝笄。樂府翻成拜新月，當筵試爲舞前溪。麗從洛浦逢應駭，嫣使陽城笑定迷。纖腰乍動衣聊整，巫女行雲暗窺影。垂手却立身稍斜，西子臨江照浣沙。香袖輕迴若飛雪，石樓欲墜蘭芳折。紫毹滿地塵詎揚，華簪四座纓俱絶。同時女伴争學舞，綽約妍姿誰獨數。束素曾令餓楚宫，裙皺偏能驕漢主。蓮花旋處婉龍游，目馳㫚藻夜淹留。若教嫁作盧家婦，快意今生莫解愁。

虎丘贈别朱督學之閩 朱君衡，先兄同年。

五鹿談經謂絶群，一朝折角有朱雲。紲組儀曹咨典禮，承符閩越佇敷文。路出汀漳百川會，水從星漢九溪分。遥辭燕闕過江來，暫駐吴門訪鹿臺。祇樹秋紆使君節，慈燈夜引故人杯。昔君召對承明殿，平原曾亦參嘉薦。班荆舊事那可論，宿草交情今始見。人生塵跡本無常，一嬰世網更堪傷。試問前因并後果，何言雌伏與雄翔。君不見生公説法超玄晤，石壁猶聞鬼神護。况是章縫洙泗徒，坐使弦歌遍儒素。又不見吴國干將十户珍，靈池千載淬猶新。爲向洪鑪探劍術，何似菁莪廣鑄人。

貴竹道中贈别汪光禄 尚寧

憶昔走馬長安道，與君看花並年少。别來歲月那可留，老至風波已難料。君銜新詔謁明光，余始驅車入瘴鄉。曾記碧雞揮手處，願爲黄鵠共高翔。

默遊園歌贈李侍御

漢武雄圖歌底定，西京得人號全盛。蕭朱結綬羨同升，王貢彈冠許相慶。建安才子數應徐，陳阮同時託後車。清秋飛蓋追隨夜，良燕哀箏潤耳餘。我明中興逢聖主，海内賢豪盡羅取。尚書門下期不來，宰相閣東延始聚。共知舊事已更新，誰謂今人莫如古。李君文藻玉堂才，晚乘驄馬入蘭臺。忽看西狩從遊日，正值南閩奉使回。止輦故鄉宸眷久，召君立拜荆門守。後宫慣是妒蛾眉，滿朝況易傾蠅口。拂衣一朝辭楚闕，思君萬里望蒼山。可憐素髮俱凋盡，且喜清揚得再攀。柱下園居守淵默，邀我開尊坐泉石。屈指交遊半不存，灰心勳業都堪釋。愧我蓬飄空歲年，微官瓠落尚風煙。因君欲謁多羅偈，出却人間煩惱緣。

雙劍歌題贈應二 中丞弟也，相者云：再獲寶劍則貴矣。果連得之。

建安才子稱二應，干將鏌耶雙發硎。一朝操割登天府，萬里揮鋒靖炎土。季也韜精意氣雄，自同飛景處囊中。每夜拂霓看北斗，有時彈鋏向秋風。憶昨工書謁金馬，裘敝歸來客東野。道逢異士笑且驚，知君豈是悠悠者。古來神物遇亦鮮，龍光再合猶堪羨。函谷終符唐舉言，豐城却訝張華辨。即今邊徼有妖氛，好提三尺立奇勳。贈語王郎須感激，功成爲報吕生聞。

嘉靖丙午、丁未、戊申、己酉、庚戌、辛亥、壬子、癸丑、甲寅、乙卯作，見山居、禪棲、栝州、南中集。

皇甫司勳集卷之十四

七言歌行一十六首

丁巳上元後二日吴純叔見訪留讌劇歡賦將進酒屬余占和聊以嗣響

皇帝垂衣越三紀，璇衡迴春履端始。羽檄初停瀚海東，旄頭乍落吴宫裏。三五才過明月期，燈懸九華光陸離。延陵季子玉堂彦，高乘駟馬黄金羈。羅雀來尋玄晏宅，卜晝苦短繼之夕。趙琴且莫彈，秦缶亦暫息。聽爾持觴歌進酒，主人起前爲客壽。憶昔召對天人書，同時謁帝承明廬。弱冠自矜齊賈誼，揮毫衆擬似相如。眼中卿相可立取，海内賢豪無足數。豈知世事有波瀾，白首空嗟行路難。撲被東歸偃荒徑，仰天西笑當長安。君不見蘭膏易銷圓景缺，春光幾何芳草歇。會須快意恣遊盤，寧復低眉受羈紲。閉關頌酒託沉冥，經月雖酣勝却醒。封侯未就填幽户，辟穀誰能謝漢庭。

鄰湖

君向明時學爲圃，不獨操嬴稱善賈。魚鳥相忘但一丘，江山信美非吾土。分畦插槿引清渠，燕坐應憐抱甕餘。開尊自喜烹葵薦，堆几聊看種樹書。古來知有蒙莊叟，漆園似接芳鄰後。花時欲訪隱人居，春水桃源迷渡口。

贈章憲副之楚

滇池特秀五華山，曾記南征萬里還。江入嶍峨天作塹，地經笮箐石爲關。肯憚風塵違壯志，每談瘴癘一摧顔。當時六詔多賢守，聲名無出臨安右。郡中夷落半雕題，部下僰氓盡稽首。君本甘泉奏賦才，早從畫省擁麾來。高卧夜聞桴鼓息，燕坐朝看晝戟開。漢家佐理重循吏，遐徼迴翔占利器。伏波慷慨讋百蠻，潁川超忽登三事。今移憲節武昌西，鸚鵡洲前芳草萋。爲傳崔顥題黄鶴，絶勝王褒訪碧雞。

上壽歌

憲使安子静者，余同榜友也。今歲壬戌，六旬始週，七月初度，方期稱賀，季氏上舍君貽書徵詩爲贈，能敦愛矣。遂擬古上壽歌一章，奏諸樂府，登之壽域云。

今皇纂曆稱元后，坐令一世躋仁壽。滿朝上公多耄年，在野逸人半皤首。寶籙家聞東海謡，金樽户獻南山酒。君侯誕自惠陽神，遥同崧嶽擬生申。百年甲子纔週日，七月清秋初度辰。燕開河朔全消暑，社結香山迥絶塵。簪綏履綦四座合，管絃絲竹兩階陳。炰鼈胹熊盤饌玉，沉瓜剥棗案羅珍。攬衣更起前爲祝，盡道君侯備五福。不見闕下東方生，但招海上安期屬。衆賓就位余致詞，憶昔與君年少時。運逢文教興弘館，詔對賢良踐赤墀。仙班喜接彈冠盛，郎署何嫌執戟疲。英雄奮翼幸遭際，卿相策足可超致。祇知忠藎早垂勳，豈料才華翻取忌。三命争看獬豸尊，萬里同爲碧雞使。人生行樂歸去來，富貴榮名安在哉？借問衡星朝待漏，何如邀月夜銜杯。韋氏遺經堪嗣業，姜家大被況追陪。兄酬弟勸自年年，爾賞余敦池草前。既醉欲賡松柏詠，多情爲賦棣華篇。

五臺行贈陸儀曹

昔辛亥之歲，余謫澶州，時陸子光祖令濬，任子環令滑，迄今辛酉十年矣。陸以太夫人憂居，偶過吴門見訪，命余作歌，因賦。

駐馬且勿辭，問君何所之？開樽永今夕，傾蓋憶當時。忘年北海非文舉，爲政東阿似子奇。官遷典禮朝趨省，職守文園夜侍祠。君方用世晞時哲，我已還山謝朝列。覽鬢不覺二毛侵，彈指那禁十年別。君家門閥人盡聞，況復兄弟邁機雲。棲迹人間世，游心物外群。山向五臺開嶽色，水從三晉引河汾。昔時尚有任安在，揮麈談兵氣慷慨。敢犯風波屢阽危，寧知歲月不相待。一朝功就身已亡，空留廟寢閭閻鄉。陣望海營猶立幟，碑存峴首但霑裳。男兒及時策足據要路，如君高才豈同瓠。會須施澤濟蒼生，安事呼雷守墟墓。何顒貪佛宦情迂，五峰深處謁文殊。鴻濛相見曾無語，象罔歸來自得珠。

河間二僧善笙管之伎寄居虎丘獲聞妙響子約贈詩余遂同賦

山中面壁不知年，江上乘杯共渡禪。學得吹笙并弄管，隨時乞食了塵緣。雙吹行過吴門市，一聞清響驚人耳。急節繁絃不敢彈，短簫長笛何能起。單鳴散落雨花頻，合奏菩提别放春。只疑給苑爲邊塞，却道祇洹是洛濱。生公石上千人坐，慣愛新聲盡忘卧。支籥希音豈易通，般遮瑞梵應難和。由來絶伎世無倫，誰當識曲聽其真。不逢妙解陳思輩，幾作尋常捧鉢人。

進酒詞

君不見北海尊罍夜不空，能令千載懷英風。又不見東山聲妓日攜往，曾是當年稱雅尚。落魄余思同古人，折腰非願乞閒身。清流奈取庸流笑，傲吏翻遭俗吏嗔。當筵漉酒巾嫌濕，隔箔傳歌衣畏貧。酒酣耳熱起擊缶，富貴須時果何有。呼盧一擲輕千金，滅燭兩歡過五斗。紅顔成寵亦成妒，白首相新詎相故。莫作梁園苦上書，安用長門要買賦。舊事寥寥空美談，眼前齪齪更誰堪。若但低眉死牖下，徒然生長在江南。

送陸尚寶之京

昔日大廷召對策，獨草萬言吐胸臆。相君手捧頻歎嗟，天子親披動顔色。御墨題名置上第，賜秩蒙恩官建禮。秋風憶食故鄉蓴，乞歸恥給長安米。十年不調笑爲儒，一歲超遷拜大夫。朝持符璽趨雙闕，夜整衣冠别五湖。隋隄柳暗落花稀，淮浦潮生舟似飛。誰將筆硯先燒却，可使才華讓陸機。

太行道贈汪子之并州

君不見太行之阻當重關，孟門中豁不可攀。虬峰千仞跨海外，鳥道百折盤雲間。神功尚識五丁力，穆幸猶聞八駿還。巉巉兹地危哉艱，古來行者摧心顔。子獨何爲昧垂堂，杖劍驅車走太行。非因捧檄快毛義，何莫迴馭從王陽。吁嗟乎人情丘壑未云險，世事風波在轉眼。李陵臺上望鄉處，襄子橋邊感恩去。丈夫棄繻歸有期，安用牽衣苦留住。

吴趨行

吴趨自昔稱嘉麗，畫棟雕楹傾甲第。陳粟流衍充海陵，雜賄筒韜溢廛肆。兩塘游舫載笙歌，十里娼樓結羅綺。津亭偃鼓晝不鳴，城門弛鑰夜無閉。刺繡非關卹緯憂，呼盧豈解談兵事。共道繁華景運開，寧知氛祲遞爲災。矛鋋突入長洲苑，烽火燎起姑蘇臺。擊鐘連騎十萬户，一夕化作咸陽灰。青眸没虜冢安在，白骨横野江吞哀。命將出師聞受脤，可憐名隳身亦殞。桓桓司馬功最高，烏盡弓藏翻構釁。吁嗟往事勿重陳，徙者稍復困稍振。島夷舉酒相慶飲，眼輕中國爲無人。旃蒙夏五旄頭現，御史臺中傳羽箭。風帆習險乘波濤，霜簡宣威疾雷電。材官騶發彀秉麾，甲士先登汗交練。我軍遇寇屯三沙，背水列陣聊一戰。提壺挈簞争餉師，農不易耕市不變。夷奴倒戈遂折北，斬首千級日未昃。血染鯨鯢海水腥，氣鬬彪虎郊雲黑。飛書奏凱獻明堂，天子爲進萬年觴。金繒大賚頒内府，竹帛垂聲紀太常。司勳作頌鐫貞石，豐碑峨峨海壖立。父老覽之皆感泣，舉頭但見長安日。欲往叩閽控天子，借君持斧坐鎮此。功成麟閣圖爾形，御史封侯自温始。

送吴尚朴北上拜官

黄河冰開柳青色，翩翩意氣辭鄉國。玄成業本傳父經，靈運才堪述祖德。男兒會須致身早，鳴珂走馬長安道。彈冠憶昔多故人，聽履今存幾元老。莫因門第恥言勳，知有山公能薦君。捧檄喜趨東省拜，題書先報北堂聞。

送李太僕還朝

余聞國君之富在數馬，露臺雲錦何爲者。昔從周穆起長鳴，今逢伯樂因增價。龍駒驃騎滿天閑，苜蓿初肥漢使還。誰向王猷聊借問，莫須拄笏看西山。

梁園行送范學憲移官河藩

昔日梁王最好文，别館多招作賦群。授簡花時進枚叟，含毫雪夜召鄒君。竹下從遊聊戲水，柳邊抽思總凌雲。一旦榮名安在哉，後來特數鄴中才。魏陵西望空陳迹，漳水東流可重迴。使君本出文正裔，繩祖常懷憂世志。慷慨欲勒燕然勳，深湛豈尚雕蟲技。武林桃李半在門，會稽竹箭皆搜致。移藩遥指伊澗瀍，停驂訪我吴趨市。閉關棲病謝通賓，伏枕題詩贈遠人。君不見菟園銅雀盡蕭條，藻繢雄圖共寂寥。相如倦作遊梁客，定自銜恩入漢朝。

子約庭中賞紫牡丹作進酒歌悼張子

人逢花下偏宜酒，況復名花世罕有。魏公園中擅品奇，貴妃宫内傳名久。此種云自洛陽來，江左移將不易開。纖纖映日新妝麗，裊裊臨風舞袖迴。珍重祇憐傾國色，沉淪肯惜少年才。密友看花記昔時，張仲當筵亦太痴。一曲强簪花調笑，百杯猶訴酒行遲。但見芳菲花不改，空思雞黍人何在。春風解道有時還，朝露寧知莫相待。可因白髮恥看花，若箇朱顔得駐霞。兄弟謝庭多樂事，世人徒數季倫家。

長干行送陸儀曹重補南署

長干里，金鋪夾蘭阯，陵樹蒼蒼控石城，淮流湜湜通江水。廿年高卧東山廬，一朝更踏西京市。馬上耽遊期不顧，緩轡微吟日將暮。都人觀者語道傍，白頭何自始爲郎。莫恨漢家今用少，須看止輦拜馮唐。

送阮將軍北上

阮侯才氣何翩翩，少年志欲圖淩烟。屏居一自藍田後，緑沉久卧蒼苔前。祇知屈宋工題賦，翻笑孫吴用兵誤。種瓜聊傍東陵門，射虎忘却南山路。君不見老驥雖伏櫪，長懷千里途。李陵不歸豈國士，魏尚復起誠丈夫。我有美酒傾玉壺，飲君願奮千金軀，功名會可收桑榆。

嘉靖丁巳、戊午、己未、庚申、辛酉、壬戌、癸亥、甲子、乙丑、丙寅作，見還山集。

皇甫司勳集卷之十五

五言律詩四十六首

結客過吉祥寺

落日帝城隈，摩霄梵宇開。黄金留福地，白玉接僊臺。共有參禪意，能無並馬來。坐令虚室裏，會見吉祥回。

偶懷虞山之遊因柬張比部寰

我昔虞山泛，登臨暮景斜。雨迷當岸柳，風度隔巖花。奈此淹京邑，傷哉歷歲華。張騫高興在，早晚待星槎。

送郲薦和同年奉使山東爲劉閣老營葬

新裁緑袍使，遥捧紫書行。北闕方同侍，東山感獨征。詩書瞻孔邑，旌節啓王程。耆德思元老，玄廬在速成。

鴻臚主人索詩因綴贈篇

鳳闕芳年步，鴻臚舊藉傳。觀臣誰是主，卜地爾爲賢。榻借朱明過，杯停素節旋。相逢即相識，傾蓋故人憐。

關西壯遊贈張子

名振唐藩裔，英傳漢尉流。北風辭薊曉，西月向關秋。浩嘯提金錯，長驅控玉騮。龍庭期報主，麟閣佇封侯。

送陸給事燦謫都匀驛

國論何年定，鄉心此夕摇。雁飛天畔驛，龍隱日南橋。謫宦恩非薄，之夷路詎遥。誰憐梁傳淚，曾灑漢文朝。

過張士弘登樓

苒苒過佳節，蕭蕭屬暮秋。愧題王粲賦，空上庾公樓。黄菊杯仍把，青天月欲留。共君懷土夢，終夜繞長洲。

瑞雪識喜

臺雲書乍歇，澤雪禱還來。蕭芮薰猶焰，瓊瑶花已開。禮同郊外卜，歌待郢中催。穡事先春望，嵩呼振地回。

蠶室成

蠶館開周典，鸞輿扈漢儀。棘墻春窈窕，桑沼晝漣漪。蠒獻夫人日，衣明上帝時。娥媌御王母，玉珮降瑶池。

雪中攜酒訪胡子限韻作同張山人

乘雪緣尋子，春寒晚不嚴。片雲徐出岫，斜日半窺檐。辭漢君恩切，浮湘吏隱兼。别懷聊仗酒，花下惜頻添。

懷程惟光大興隆寺

之子棲蘭若，飄飄塵外仙。自應甘沈病，誰解守楊玄？雨過金蓮浄，風迴玉樹偏。有懷頻落日，無暇訪諸天。

棘寺燕居

退食依西省，閒庭坐轉深。一天流麥雨，斜日散槐陰。每抱文園病，難忘故國心。自非干禄學，實恐負朝簪。

九日柬張子醇

早就淵明里，年年九日杯。竹深聊自徑，花發復誰臺。避世陰陽逼，懷人木葉哀。餐英應不老，但遺白衣來。

望皇陵作

皋路千官入，山庭一徑斜。先皇曾卜宅，禋祀已年華。玉椀留常在，金英掩獨賒。瞑來凝望處，松柏有煙霞。

歲暮與何通政棟

忽憶秦川彦，因懷水部何。銀臺宵秉燭，金闕曉鳴珂。物態春應逼，年華暗已過。觀梅詩興在，誰和郢中歌。

夏日訪高子業大慈仁寺因登毗盧閣

福地摽崇閣，仙郎習静棲。只疑人世外，渾傍帝城西。雲漢身俱上，河山眼共迷。不知玄晤久，斜日在招提。

領邑入舟作

一自違鄉邑，三年復此舟。乍登傷夙昔，欲濟且淹留。雨浪晴還捲，風帆暝不收。無勞悲去國，但遣得安流。

雨夜邀唐兵曹滏河舟泛同寇廣平

滏流春滚滚，與子暮乘槎。解纜生風雨，停杯感歲華。河陽聊種樹，上苑憶看花。他日相思淚，題書寄省鴉。

懷胡長沙

長安飛雪夜，載酒送君行。見雁愁無那，聽猿淚實傾。楚雲頻入夢，湘水遠含情。日暮江頭望，何時召賈生。

十六日賞菊浩歌亭

已謝登高節，仍追九日筵。花開當月下，雁起是霜前。物色聊尊酒，鄉心隔歲年。過時吾更采，遲暮爾何憐。

秋日之真定謁許中丞

淒涼仍逆旅，奔走亦王臣。花發寧辭縣，蓬飄數問津。經春違燕子，常晝憶雞人。北闕休回首，停舟易損神。

七日恒山道中

天上仍今夕，人間奈別何。晚雲迷晉趙，秋水漲滹沱。舊事流光轉，勞生岐路多。星辰看不没，耿耿向銀河。

以公事至廣平訪同年寇子不遇顧司寇嘗令兹邑

昔棲仙令地，今訪故人來。忽見彈琴處，真同製錦才。縣花憐自把，尊酒好誰開。他日萊公竹，相思到魏臺。

冬日宿彌陀寺覽沙河令方豪題壁有感

古殿諸天近，空門半月懸。佛身金作粟，燈火玉生蓮。潘岳當年詠，王維此地禪。微吟重懷往，愁絶不成眠。

春日奉懷諸兄弟因各成篇子浚

自忝皇畿宰，那銷故國思。夢違龍卧處，書斷雁來時。涕淚慚青鬢，飛騰望白眉。爲傳芳草色，應滿謝家池。

子安

恭承東省拜，悵望北辰遥。香寢分宵直，花天散早朝。吏情春更逸，詩興日應饒。空有雙鳧舄，無因渡玉橋。

子約

相思南望盡，問訊北來稀。潘縣花仍發，吴門燕幾飛。談經伯氏被，獻壽老親闈。知爾鴒原上，春風自詠歸。

送廣平令寇同年應召時尊翁方拜司馬先後北上

漢庭今有召，茂宰被弓旌。飛舄辭花縣，鳴珂上玉京。人悲父母去，余祖友生行。獨憶河陽樹，能含別後情。

再送

嚴君司馬貴，仙令履舄新。自忝彈冠客，相看結綬人。庭趨萊服曉，朝接笋班春。萬里天門遠，何由借寇恂。

十四夜吴子至自邑

忽聞吴季子，繫馬縣門前。記别纔經夏，相逢似隔年。思親雙白髮，羈宦一青氈。爲問中秋月，誰令遲汝圓。

中秋

馬上度中秋，娟娟照客愁。光涵金鏡出，色傍玉珂流。病骨思靈藥，羈棲嘆敝裘。關山無限意，悵望隴西頭。

中山登塔

縹緲中山塔，今登絶頂歸。憑虚凌佛界，攬勝俯皇畿。梵樂雲流響，天花雨迸飛。暝來風氣入，灑灑逼人衣。

得仲兄書兼示暮春寄故鄉兄弟之作悵然成篇

江南一回首，極北重懷君。奈此雲山繫，徒然花鳥紛。省中鴉易曙，天外雁難群。寄我思歸引，憂來不可聞。

過楚王店謁羽祠虞姬配焉

蓋世雄圖歇，千秋遺像存。雲屯原此地，日暮已荒村。龍戰曾無敵，天亡未可論。獨憐丈夫恨，旁傍美人魂。

渡衛

問水知臻衛，揚帆此渡河。清秋常細雨，落日更蒼波。言采芙蓉佩，情忘鷗鳥過。江干有舟楫，歸興獨如何。

留侯墓 在喉音寺道傍

古寺臨郊外，殘碑倚道周。赤松人已化，青冢世仍留。觀迹俱成幻，銘功本棄侯。還疑灞陵上，魂去奉冠遊。

東昌寄包理官節

雪載東昌道，停舟重憶君。地猶齊望蹟，城是魯連勳。年少能爲政，風流妙屬文。郡齋開岱嶽，終日對氤氳。

縣齋席上別張山人

燕趙憐羈旅，河陽愧宦游。客懷俱滚滚，别思各悠悠。縞帶應須贈，金裝不可留。行期雙劍合，天際五雲流。

東隱篇

吴子家於韭溪之上，自西徂東，遂棄其先人之廬，乃卜居焉，因謂東隱君云。

避地新郊外，移家故水濱。晴窗先見曙，虚館易生春。叢桂青山卧，扶桑碧海鄰。登皋一舒笑，浩曠得吾真。

再贈

投隱何勞卜，遊方即是棲。幸開青帝谷，因渡野人溪。竹逕情同逸，花源問不迷。那堪一水曲，猶遣寸心西。

吴子新館讌别

竹下開親讌，花前倒客觴。酒憐春夜促，淚與别情長。鷁首浮江路，鶯聲遶帝鄉。新詞休唱盡，渾欲斷人腸。

同陳給事林尚寶遊毗陵胡舍人園

並是仙舟下，因成金谷遊。亭開一水曲，山隱百花幽。繁圃春常駐，晴尊雨更留。那知龍卧意，猶繞鳳池頭。

親友道余至京口擬登金山餞别值雨不果

雲將孤島翳，雨阻一江分。竟日嵐猶濕，終宵汐迸聞。遊心飛浩渺，望眼入氤氲。莫恨登臨晚，晴時是别君。

泊維揚

地是南來域，江分北望賒。空餘前代宇，不放昔年花。物色圖丹壁，春風想翠華。誰憐歌舞處，日暮有啼鴉。

阻舟彭城再赴高地官雲龍山宴

蘭渚淹仙棹，蓮宫接梵筵。江山曾用武，人世合逃禪。緣是三生得，遊應兩度還。詠歸無待月，虛寂扈彌天。

哀鄺太史子元

别我燕臺上，思君湘水邊。那知歸卧病，忽爾復經年。常建違行藥，楊雄罷草玄。碧山應不遠，立馬淚潸然。

嘉靖己丑、庚寅、辛卯、壬辰、癸巳、甲午作，見政學、浩歌亭、來凫集。

皇甫司勳集卷之十六

五言律詩七十首

西禁值雨

油雲翳百常，興雨及群方。灑殿黄金濕，添池白玉涼。柳邊迷晚翠，花際擬新妝。頓使煩囂息，從霑聖澤長。

秋夜

夏晦秋俄代，星虚夜忽分。鑒帷微露月，臨檻浄披雲。旅思隨桐葉，鄉心及雁群。蟬聲雜砧響，併是不堪聞。

月下柬子安兄奉使將歸

纖月吐簾帷，清光到酒巵。似分奩鏡影，已卜佩刀期。桂惜飛花蕚，荆憐别樹枝。預愁江上夜，千里共相思。

正陽城樓西角二鷺巢焉

並負青雲翼，來耽紫閣棲。攀龍窺殿北，隨雉卧城西。顧影依霜潔，鳴儔候月迷。振雝殊可詠，聊此謝塵泥。

問熊叔仁疾

聞有悲秋客，秋來屬病身。還丹思海嶽，行藥傍城闉。休沐違朝謁，焚香了性真。欲知消渴處，惟是著書頻。

九日同省僚歐陽清陳乙俞咨伯登慈仁寺閣值雨作二首

寶地蟠香閣，金天軼化城。慈雲當牖綴，定水過軒明。座演沙尼梵，杯餐楚客英。玄探兼節賞，併與暢高情。

地擬龍山勝，天開鳳野雄。玉移蘭省散，金泛菊尊空。雁度憑高外，猿參習静中。忽聞飛法雨，真欲御歸風。

九月晦日

雁序逢秋杪，鵬霄睇日斜。帝階蓂罷葉，客館菊猶花。信美非吾土，紛迴是物華。詎堪霜露變，臨水悵蒹葭。

送段水曹奔母喪

百年慈景秘，萬里訃音傳。遠道風霜改，輕旗涕淚懸。婺星從夜隕，萱草罷春妍。無復閒居賦，空過題柱邊。

臘月十五夜

坐惜青天月，能餘此度圓。乍來梅蕊下，猶滿桂叢前。江浦潮難落，關山思可憐。催人三五夜，含照入新年。

發京

仲甫將周命，相如出漢廷。一朝看改服，千里去揚舲。鳥亦思南樹，鯤方起北溟。鍾山佳氣裏，遥見使臣星。

過東昌訪包子不遇

王事勞明府，侯邦擁使車。嘉聲閭里頌，芳草郡齋虚。過客慚題鳳，懷人爲贈魚。清揚不可見，臨水意何如。

清源逢子安兄

鷁首聚江瀆，鴻飛得雁群。萍同岐路轉，萼共異鄉分。漢殿行看近，吳門念獨紛。忍隨東逝水，遽散北來雲。

再過徐君墓

季子秉高誼，徐君欽所思。吁嗟去住別，遽作死生期。地失藏舟處，林餘帶劍枝。非關一諾重，要自兩心知。

晚征

落日啓王程，涼飈拂使旌。六朝嘉麗地，千里壯遊情。鳥影山前月，江流樹裏聲。重來棄繻處，關吏詎知名。

感舊

玉節將新命，金陵覽舊遊。秦宮雲似葉，漢苑月如鈎。萍跡山重陟，蓬心水並流。感時叢桂發，攀折昔年秋。

絡緯吟

卧病聞蟲聲作

漢宮秋夜静，别院錦機張。斷續隨砧響，凄清雜漏長。隱憂遑恤緯，圖報未成章。但遣迴文就，邊庭遠寄將。

贈徐使君

丹地開麟閣，朱門接鳳城。如何金谷裏，别有漆園情。叢桂當窗馥，長松蔭户清。解鞍輕射獵，披卷學儒生。

中秋日遊靈應觀值雨

紫館凌虛入，玄宫泝水開。池經龍濯後，壇記鶴飛迴。雨即真人洞，雲疑神女臺。爲燃芝炬引，不假桂輪來。

同鄉諸彦邀遊朝天宫

帝京饒麗地，神府出叢霄。虛牖金枝綴，層壇寶樹影。龍經逢散帙，鶴馭待吹簫。仙跡俱成幻，鄉心徒自遥。

東麓亭候月

人世應難會，天都豈易遊。蘭尊煩載酒，竹徑共登樓。雲抱山河壯，霞藏洞壑幽。最憐今夜月，翻似勝中秋。

春日偕程趙二子集霍宗伯園亭覽所註周頌因賦二首

第列鳳城中，園開虎觀東。山光懸日近，潭水映雲空。絳帳承歡洽，清尊命賞同。將因二三子，歸詠舞雩風。

壝圃崇新構，台園麗舊京。寧知典禮暇，別有説詩情。竹下披圖坐，花間載筆行。一聞頤爲解，徒此謝匡衡。

冬日同宜甫子新游惠山寺濕雲亭

厭世思遐托，尋山得再過。葉經霜稍薄，花散雨全多。定水分泉竇，慈雲濕薜蘿。攜尊藉朋好，捨筏坐嵓阿。

金山

百折迴孤島，中流起四禪。花臺承寶霧，香澗瀉珠泉。鼉解迎僧梵，獅嘗護佛筵。寧知潮與月，併可悟慈緣。

焦山

長江流福地，結宇聚僧家。窗拂城頭曙，峰迴海上霞。榛披非世界，萍轉是天涯。何日逢招隱，隨緣了法華。

九日扶侍桂塢登高

桂嶺茱萸節，蘭軺綵服遊。涼生青女月，花滿翠微秋。帽似登龍興，尊疑戲馬留。晚來香近酒，勝採落英浮。

冬日寄唐應德因懷横山之遊二首

山館同君别，江城歲載陰。簪情期更盍，屐興憶重臨。月掛松臺寂，雲盤竹徑深。唯餘流水曲，終夜待鳴琴。

聞君慕陽羡，歲晚竟移家。有興堪乘雪，忘言學卧霞。臨江攬蕙草，迷洞問桃花。肯向金門裏，微官忝物華。

贈思隱傅醫士

投隱藉醫方，逃名惠嶺陽。書探五色秘，藥售萬金良。多病時從問，高情久不忘。柴車東市裏，誰識有韓康。

江上夜帆

江水浩無涯，乘流拾月華。兔來驚鵲渚，鵁去泝龍沙。遠岸微分樹，歸帆悉帶霞。寧知避暑宴，今日在星槎。

奉太夫人夜汎揚子

蘿月映芳洲，蘭輿在桂舟。萬山雲入夜，一水鏡爲秋。惜别渾忘渡，承懽强作遊。明朝斷腸處，不與共東流。

真州送客東歸

孤舟泊江渚，萬里眺心長。月吐山頭白，雲披水面涼。海門潮汎汎，吴苑樹蒼蒼。爲有雙魚贈，因君達故鄉。

丁酉夏值邵伯河決舟幾衝溺適涂郡侯治水隄上爰藉神威遂獲利涉因賦短律用代晤言涂蓋侍御左遷今官也

掛帆憐水使，飛蓋阻陽侯。玉祀堪沈馬，金隄豈辨牛。伏靈徽上善，習險渡中流。自慚非謝傅，安能不解愁。

雨次沛上

帝昔歌風處，人今聽雨來。寒催豐戉早，聲咽楚江迴。野鳥啼荒壘，浮雲翳暮臺。徒令過周客，一灑廢宫哀。

秋日二首

玉露零清夜，金風戒早秋。不堪人北去，已是火西流。月皎如迎扇，星低似犯舟。鄉心軫兹序，起坐爲悠悠。

關山迴素節，水月湛清虚。暑氣銷蘭酌，涼飔襲桂裾。露疑仙掌後，葉似洞庭初。願得逢南雁，他鄉一寓書。

獄館書情

棘館坐如焚，蓬心詎可云。賜非一夕逝，情是百憂紛。直道難容世，孤操每離群。從來汲長孺，曾揖衛將軍。

得黄州命有作二首〔二〕

十年爲漢吏，一朝從楚臣。感兹承嘉惠，況乃及蕭晨。情同哀郢客，迹似弔湘人。極目衡陽雁，相將辭密親。

竄跡未云遠，離憂遂不堪。從兹謝朝市〔二〕，言往涉江潭。斯地有餘慨，昔賢良所諳。自應齊塞北，詎敢薄淮南。

【校勘記】

〔一〕續皇甫百泉集題作「黄州命下感述」，僅收第二首。

〔二〕「市」，續皇甫百泉集作「寺」。

過虎丘訪雲上人兼懷釋秀

僧居苦空寂，人世與相違。自拂鉢衣去，誰傳燈梵歸。覺花飄處盡，慧草藉來稀。獨有聽經鳥，依然繞座飛。

過半塘寺登閣

寶閣開星劫，珠宫擅水鄉。入林飄法雨，繞陛落天香。山逕尋方近，雲霄眺更長。窗前金塔影，時現玉毫光。

殊勝寺留別舍弟

野寺隨林建，幽扉面水開。上方今夜月，千里故鄉臺。酒爲聞雞散，帆應逐雁迴。佳期迷後會，含意問如來。

釣臺

自學堯年隱，羞稱帝者師。虛聞前席待，不遣後車隨。灘是垂綸處，星非犯座時。祇應鷗與鷺，猶此伴荒祠。

途中遇周舍人因寄天保給事

時奉皇太后哀詔

含悲辭玉几，將命發瑶京。鳳藻銜春思，龍江事遠行。無由躡仙駕，猶自阻王程。會向天台去，傳書與步兵。

滕王閣遇王道思飲餞

清章流勝跡，丹閣儼宏規。雲雨知何處，江山見往時。芳筵難再合，萍水易相思。王勃君身是，才華復在兹。

桃花嶺

曉度桃花嶺，花枝併作春。源深迷去馬，谷暖佇來鶯。石壁生霞早，澄江濯錦新。傍巖誰獨住，曾是避秦人。

東林寺

遠公禪誦處，精舍宛然開。廬嶽當窗見，溪流涌杖迴。玄風真可挹，幽興渺難裁。尚愧浮湘去，何年入社來。

夜泊江州

潯陽江上夜，春月映殘輝。風静微聞柝，潮迴悉露磯。夢隨吴地盡，魂向楚鄉飛。豈但琵琶曲，能沾司馬衣。

承天候駕四首〔一〕

東幸方過沛，南巡乃至衡〔二〕。翠華臨楚地，黄屋駐樊城。雲以朝歌白，河因夜渡清。寧知天子貴，别有故鄉情。

金輿移舊邸，玉輦出離宫。侍從多方朔，參乘即衛公。禊堂逢德水，獵館報春風。猶指邯鄲路，分明愴帝衷。

兹地承嘉惠，仙班喜復從。天行傳駐蹕，月出候鳴鐘。禮樂河間事，山川灞上容。由來江漢水，何處不朝宗。

周王初宴鎬，漢武更之回。柳向帷城繞，花隨帳殿開。復憐豐邑賜，功悉代時來。尚説恩波在，何曾慰郢哀。

【校勘記】

〔一〕續皇甫百泉集題作「承天候駕恭述四首」。

〔二〕「至」，續皇甫百泉集作「近」。

宿黄陂縣鄉人宋司士攜酒過話

花縣停驂處，芹齋送酒來。客身俱是寄，鄉思若爲裁。夜静月當户，秋深露泫臺。無言一官冷，猶自樂群材。

送劉明府還浙中二首 時因母罷官

江郡勞承檄，都門報罷官。雲歸越嶠外，雨散楚臺端。黑髪還家早，清時行路難。誰憐湘水上，一夕有波瀾。

棄置本非罪，看君翻晏如。拂衣從此去，反服遂吾初。松識歸田徑，花攀别駕輿。故鄉佳麗地，隨意賦閒居。

孝感道中託宿觀音菴

爲客倦秋暮，投僧忽夜深。臺雲藉草色，簷月徙松陰。過去空陳跡，歸來違素心。此時猿與雁，併是助霑襟。

九月廿五日郢中遇雪

歲閏生寒早，秋深遂雪飛。雲連荆樹密，日遶漢江微。園或疑梁是，溪將作剡非。但令聞妙曲，詎惜和人稀。

閏月十五送客

清光將閏月，併是惜流年。蓂枝承處盡，桂蕊映來偏。賞異西園後，情同南浦前。無言一夕阻，翻得兩重妍。

過古城寄憶熊郡長二首 時以父喪還豫章

空山嗟獨往，古寺惜重來。花暗清宵榻〔一〕，藤交隔歲臺〔二〕。春風難遣駐，夜壑易成哀。此地王揚馭〔三〕，兹時可復迴。

巡岳方南狩，朝宗盡北流。同來預從事，俱幸奉宸遊。山水依然在，庭闈不可留。惟餘幾馴鳥，相伴一荒丘。

【校勘記】

〔一〕「清宵」，續皇甫百泉集作「曾分」。

〔二〕「隔歲」，續皇甫百泉集作「交舊」。

〔三〕「馭」，續皇甫百泉集作「驂」。

浮湘作

行役本非意，達情聊自諳。波濤眇天末，風景别江南。衡岳雲爲柱，湘流鏡作潭。徒然表靈異，世遠詎能探。

雪夜訪王稚欽投贈二首〔一〕

清時不善宦，幽谷遂遺材。秖自焚魚卧，從人結駟來〔二〕。漆園寒罷灌，竹逕晚猶開〔三〕。更有相忘樂，何言興盡迴。

倦遊東觀後，招隱北山前。不與公卿事，翻多農圃緣。臨池宜有翰，掛壁但無絃。余亦懷歸思，誰能更待年。

【校勘記】

〔一〕「王稚欽」，續皇甫百泉集作「夢澤子」。

〔二〕「結駟」，續皇甫百泉集作「羅雀」。

〔三〕「猶」，續皇甫百泉集作「須」。

閏七夕

情是經年約，歡逢閏月催。臨妝憐窈窕，欲渡思徘徊。烏訝香車轉，鸞驚繡閣開。今宵絳河上，應不厭重來。

寄贈馮子二首 時移守敘州〔一〕

無雙江夏士，海内自來聞。釣倚磯頭月，門連漢口雲。乞歸非薄守，招隱似離群。莫漫題鸚鵡，曹家最忌君。

自君歌出守，相與别長安。還楚因求艾，浮湘爲紉蘭〔二〕。交情空歲月，世事但波瀾。誰惜馮唐晚，猶嗟蜀道難。

【校勘記】

〔一〕「移守」，續皇甫百泉集作「補」。

〔二〕「紉」，續皇甫百泉集作「采」。

過東山寺訪王岳州 名柄

聞有蓬萊處，因棲鸞鶴群。坐溪看定水，登閣藉慈雲。清浄生秋色，明光隔世氛。從來摩詰興，偏解誦靈文。

秋思

羈客本多憂，江城況屬秋。折腰緣斗粟，浪跡任孤舟。遇竹啼湘淚，逢蘭握楚幽。鄉心將逝水，日夜只東流。

九日聶尉邀余江遊至定光巖登高

鳳刹元侵漢，龍宫況倚臺。慈燈乘月起，福酒薦花開。雲氣空中現，江光定裏來。還將吹帽興，併作泛槎迴。

由定光巖歷西竺寺登閣

江上茱萸節，山中祇樹林。攀巖披霧密，登閣倚雲深。歸駕因風御，當杯待月臨。自傷摇落候，空有佩蘭心。

嘉靖乙未、丙申、丁酉、戊戌、己亥作，見副京、奉使、寓黄集。

皇甫司勳集卷之十七

五言律詩九十五首

憂居張叟攜琴過訪

謝客卧山林，煩君遠見尋。年華驚會面，雲海結交心。流水夜方静，迅商秋已深。霑襟自有淚，無俟更聞琴。

早春野步奉答子安

蘭皋迴淑氣，蕙圃攬晴芳。鮮雲藹户牖，春水生池塘。新望盈新抱，流思逐流光。徒忻陪玉趾，終愧報瑶章。

訪終南穆山人隱居

雌守出人間，冥棲不可攀。噏日憑晞髪，餐霞許駐顔。檢方因閉户，采秀遂登山。借問壺中秘，丹砂定幾還。

春霽和子安

東墅春雲斂，西巖霽景賒。因風疑拂柳，着雨似催花。潭皎銜微月，江酣帶落霞。陶芳非仗酒，何以度年華。

集子約園亭看梅

幽徑此新除，荒亭自可居。開窗散花竹，列座藹琴書。夕景移蒼岫，春流引緑渠。梅芳未忍折，揮軫待游魚。

春雨

金谷寒難破，瑶臺雨易滋。籠花纖似霧，着柳亂成絲。香氣微霑徑，泉聲暗落池。定愁今夜月，不遣鑒羅帷。

花朝

虞廷殷仲月，吴苑表芳晨。故事聊成俗，風光半入春。無言桃李色，一倍柳條新。但恐繁華歇，何辭竹葉頻。

春日往吴山

塵跡一相謝，閒情從此多。雲山時自往，春水日堪過。問谷迷桃李，尋谿遶薜蘿。東林倘可借，投老亦如何。

遊穹窿諸山

楊柳緑初齊，桃花紅滿溪。風光亂山裹，雲日太湖西。何藻非魚戲，無林不鳥啼。逢津須解問，莫遣路相迷。

晚泊虎山橋

獨宿山中夜，還憐湖上春。桃花霞似浪，楊柳霧疑塵。寺秘禪棲寂，橋迴禊水新。明朝觴泛處，是否在天津。

探歷北峰諸山

春色駐深山，年芳十里間。松林隨意入，花塢恣情攀。定水空思住，迷雲不記還。物華何以眷，幽興自相關。

雨齋偶成

幽壑生春色，空庭帶雨聲。閉門誰與晤，獨坐自爲情。入洛書難上，還邛賦易成。無令悲日暮，猶欲俟河清。

三月十五夜月

南國催春暮，西園候月遊。似珠沉曲浦，如鏡掛層樓。影逐桃花落，香兼桂子浮。芳輝併可翫，詎是減清秋。

病中承諸兄弟問訊奉答二首

子浚

花月坐傷春，蓬心屬病身。閒來看鶴舞，静裏學熊伸。采藥懷三秀，逃虚愧六塵。猶聞枉芳訊，何以報情親？

子約

藥石未相安，春芳忽復闌。銷魂驚別易，却老覓方難。曲是琴宜弄，顔非鏡懶看。一承華萼詠，眉宇坐來寬。

病中子浚兄招賞牡丹

花徑許相攀，繁芳逼座間。爲君扶病骨，來此破愁顔。適性寧非達，忘機即是閒。醇醪未可謝，判飲送春還。

奉訊子安

聞爾巖棲處，乘雲且弄霞。緑勻臨檻竹，紅減過墻花。觀妙從無欲，全生出有涯。因聲寄同病，何日遇丹砂？

憶遊虎山寺

自識溪橋路，常懷釋道林。水流精舍曲，門閉洞湖陰。日向芙蓉度，春從楊柳深。未消遊後興，還似欲相尋。芙蓉測日，見高僧傳。

新霽

澤國偏宜雨，山齋復喜晴。雲依飛蓋散，日吐半規明。蘿逕何嫌密，花溪稍覺平。還知滄海上，今夜月初生。

子安自常熟歸道虞山之勝因贈

雅興尋丹壑，幽探歷翠微。觀泉鑒水德，攀石落巖暉。靈梵將塵遠，仙源與世違。自驚南郭卧，言訪北山歸。

夏日遊中峰寺二首

向子懷名嶽，孫生慕福庭。何時將陟遠，兹地迺探靈。寒落巖前瀑，晴披嶂外屏。非因塵是染，誰識累爲冥。

牽世將奚適，耽山聊近尋。千林夏木秀，一徑晚雲深。給苑時游鹿，香牀或戲禽。言思辭苦熱，來此息慈陰。

贈王使君健

之子東南美，人稱廊廟姿。早膺多士選，遂承明主私。珥筆趨仙室，彯纓入禁墀。長卿常侍從，摛藻奉如絲。

秋原晚眺和子安

林壑本余情，歸來趣自生。空山迎氣肅，槭木帶雲輕。坐惜流芳歇，行驚旅雁鳴。還聞歌歲暮，聊以寄秋聲。

吴溪夜泛

湖山西郭外，一往一爲情。日夕看佳氣，雲霞不斷生。野煙隨徑合，漁火隔溪明。渡口迎歸處，猶能認棹聲。

謝子約弟惠菊

嘉惠分秋色，芳心共歲闌。纖英承露潔，疏蕊帶雲寒。對酒浮金易，興謡報玉難。秖應芝室裏，長作棣華看。

子安兄入虞山因寄

問水乘源去，看山入畫遊。披衣巖霧積，飛蓋洞雲流。塵鞅從兹謝，冥筌不外求。瑶壇有嘉樹，莫作桂叢留。

虞山遇陸一宜俯吴二子新同泛因登絶頂作

共愜山中想，俱來水上逢。尋溪迷萬轉，攀壑隱千重。雲氣流巖竹，泉聲落磵松。窮探不惜暝，還陟最高峰。

詠虞山倒影

今夜看山色，翻從一水中。溪嵐乘月吐，巖翠合雲空。波浄明葭菼，沙寒落雁鴻。臨杯挹仙檜，星影亂芳叢。

夕讌孫氏園亭

金谷猶良夜，花源即往時。承君開别館，道客向前池。歌散雲輕駐，杯長月暗移。莫持無限興，留作去來思。

送吴進士辭縣就教三衢

愧我耽山卧，憐君辭邑過。共看雙舄舉，無奈一氈何。旅跡薊門遠，離懷漳水多。從來化蜀者，豈是讓絃歌。

冬夜對月聞虜退

木落但疏林，蕭然月色深。無愁蟾兔缺，祇惜歲華侵。霜露流寒影，關山戀故陰。漢家新罷戰，萬里照歸心。

熊叔抑同唐應德入四明弔陳約之憮然作詩二首

憐君提寶劍，東去覓徐君。可惜看花伴，翻同落葉分。淚傾鄞海月，心斷剡溪雲。篋内收遺草，傳來不可聞。

已作浮湘去，因爲弔屈行。風霜萬里客，生死一交情。白馬夢中路，青松涕外城。逢人問勞苦，何得不言名。

冬日晴眺

江國開晴久，風煙逐望匀。寒陰漸改故，陽氣欲乘新。犬馬驚余齒，龍蛇任此身。悠然北窗下，何意得先春。

早春寄台州王維禎

不見天台吏，題書問赤城。時違花過眼，春入鳥關情。雅興看霞起，離憂向水生。爲邦年最少，莫惜宦無成。

寄唐應德

南國逢新歲，東山懷故人。棄官如脱屣，輕世學垂綸。象外能齊物，尊中却累身。不知芳草色，何似茂陵春。

寄王稚卿

一自楚鄉别，再逢吴苑春。風塵愁作吏，江漢遠懷人。驛路梅花發，祠堂柳色新。將從漁父問，湘水隔迷津。

早春雪後看雨

雪消逢雨至，并是弄春情。潤物知何處，隨風散滿城。園林無積素，山壑有餘清。見説花溪裏，朝來新水生。

雪後山行

寒雲春不散，積雪曉來迷。山氣涵湖影，風光近鳥啼。杖藜行郭外，鼓棹入塘西。日暮歸何事，逢人愧剡溪。

山行值雨

茂苑多春雨，花源信水鄉。端居移物候，静悟得年芳。山合松雲亂，湖消蕙雪長。思爲拙者政，耕牧向河陽。

十九日雨夜子約卷燈重宴

良夜應難再，歡悰詎有央。一燈憐棣蕚，終宴眷蘭芳。細雨頻吹座，輕寒半入觴。自驚時已過，何惜借餘光。

上方山樓春眺

翠竹圍香閣，金沙引覺途。春光臨檻發，塵事入門無。雲氣常飛雨，山形半折湖。衆巖迴合處，天外接浮圖。

塘上夜泊與吴子新

停舟對親暱，把酒話平生。花鳥非春事，湖山即旅情。寒煙下漁火，流水出鍾聲。年跡驚心裏，能亡念合并。

春雨書齋

細雨來春色，高雲起夕寒。閉門閑有卧，牽世苦無懽。舊業依松菊，光風轉蕙蘭。委懷聊散帙，山海得流觀。

春日從支山入天平

郭外青山路，雲深定幾重。桃花流一澗，竹樹隱千峰。塵世遥相隔，仙源信可逢。春風變芳草，何惜駐游蹤。

憩白雲泉亭

巖穴非無構，山茨亦有名。行看松色染，坐愛石泉清。雲去空僧影，春來覺鳥情。潺湲一此鑒，徒自愧塵纓。

春溪晚興

別業懷東墅，名山倚北岑。川原澄夕霽，雲水亂春陰。看竹門從閉，迷花路轉尋。歸心不及鳥，隨意向幽林。

上巳日遊楞伽寺

春風祇苑上，今日禊堂開。駐蓋松陰合，張帷柳色來。閒雲忘宴坐，定水送流杯。向晚溪橋渡，何言洛飲迴。

過泉上人竹所尋王履吉讀書處

素業依香積，芳林託化城。偶來乘逸興，何處不春情〔一〕。載酒鶯花下〔二〕，談經象馬鳴。王猷安可見，空自竹叢生。

【校勘記】

〔一〕「何處不」，皇甫昆季集作「聊用遣」。

〔二〕「下」，皇甫昆季集作「落」。

崑山道中清明

芳辰郊外度，煙火曉來微。蘿磴通樵徑，花洲出釣磯。且因乘月往，更得詠風歸。莫戀明時去，空慚吏隱非。

修和觀登彌羅閣

竹院開仙閣，花源邇郡城。齋心坐來白，春色眺餘清。不過雲中駕，如聞空外笙。逃虛自有地，何必訪蓬瀛。

登城西南樓

巨麗表茲地，登高懷故都。湖山紛若帶，樓館綴成圖。寫月猶張樂，飛花未泊艫。從來歌舞處，愁殺夜啼烏。

徐子九見訪得聞迪功遺事

昔賢今異物，述德最憐君。書著人持去，言忘世莫聞。空庭吴苑月，流寓漢江雲。豈學河東婦，徒能誦父文。

聞蔡比部上書改南署寄憶

卧病貽同好，因書報故人。悠然芳草意，堪老白雲身。金馬西京道，瑶華江左春。知君方盛飾，何以厭緇塵。

雨夕重悼張子同子安子約作〔一〕

細雨空堂暮，孤雲冉冉陰。逢誰話山水，兹夕痛人琴。南國梅花落，西原芳草深〔二〕。何須聞楚奏，始有淚霑襟。

【校勘記】

〔一〕皇甫昆季集題作「雨夕重悼張子同少玄理山作」。

〔二〕「原」，皇甫昆季集作「園」。

初夏積雨

春去思何如，愁霖伴病居。未經芳草歇，空數落花餘。檐霧難開嶂，溪流易合渠。杜門誰與晤，惟有樂琴書。

雨過子約齋中聽琴同子安作

取適家園近，來忘風雨中。幽窗荆樹引，别館竹林通。寂寞身俱是，沉冥意頗同。雅琴何以託，流水正無窮。

得張士弘書寄憶

坐憶襄陽守，音書漢口來。遥心憑夢達，愁緒與緘開。草緑燕公署，花飛山簡杯。更聞風景日，騎馬峴山回。

夏日遊虎丘

投跡期方外，名山羡水西。坐忘因竹逕，歸晚失花谿。覆殿炎雲薄，移階净日低。深公莫相笑，將買一丘棲。

虎丘過陳可與故隱居有題壁〔一〕

憶爾逃禪日，冥棲託講臺。寧知投跡處，竟作捨身回。泉壑人長閟，山房僧獨開。空廊留畫壁，歲久半莓苔〔二〕。

【校勘記】

〔一〕皇甫昆季集題作「虎丘過陳可與故隱居覽壁間山水」。

〔二〕「莓」，皇甫昆季集作「蕪」。

欲遊虎山橋值雨不果

湖山寄情處，心往跡仍留。風雨連兹夕，蒹葭生遠秋。雲中珠樹見，天外石梁浮。何日逢僧語，隨緣老一丘。

和子安兄夜坐感秋

北户鳴蛩集，西堂落葉過。自驚秋興發，并入夜情多。芳草萋零露，青溪急逝波。此時勞憶處，萬里見明河。

唐子應德自震澤返棹邀余夜晤

吴門煙渚夜，來泊泛湖船。秋水生衣上，巖雲落酒邊。遠遊多世憤，小隱謝時牽。莫問空山葉，相逢悲長年。

靈巖

棟宇開靈嶽，池臺隱廢宫。已看塵劫遠，猶想霸圖雄。野霽呈秋色，濤喧見晚風。從知掛帆意，遥在五湖東。

入陽抱山訪朱大理

憐君謝朝寺，歸守舊林丘。芳樹當軒植，清泉入户流。焚車長自暇，學圃最宜秋。却笑題門者，何須羅雀求。

朱大理邀遊大石

振策凌霄上，留筵拂石開。峰懸疑削出，崖斷似飛來。雲氣晴交雨，濤聲晝引雷。危梁倘可度，扶醉隔溪回。

贈程子

一泛梁溪棹，飄飄不係心。雲山家尚隔，湖海歲空深。叔夜何忘鍛，榮期豈廢琴。淮南書總秘，莫學試黄金。

訪吴隱君

君家湖水上，行樹晚成村。雲石常垂釣，軒車寡候門。别來驚白髮，話久費清尊。笑我爲官傲，何如守漆園。

除服後九日花下答子安

對酒一以適，聞君歌慨慷。市朝身欲隱，林薄意猶長。撫己疏成慢，逢人醒或狂。從知頭白者，何自晚爲郎。

錫山訪傅程二隱君

並是逃名侣，林居各晏然。人稱南郭隱，自喜北窗眠。放棹非乘雪，停車似飲泉。今朝逢二仲，何惜醉花前。

十月十五夜月

清漢月仍滿，空山歲欲闌。入林無葉礙，映水覺池寒。遠道心千里，高樓思萬端。誰能三五夜，長及盛年看。

正覺寺訪大林和尚

何處堪消世，支公可晤言。談經傳慧印，作禮在祇洹。蘿月閒中磬，松風定後幡。詎辭雙樹下，夜久駐歸軒。

坐憶

坐憶唐人唱，還驚歲載陰。寒雲下幽徑，落日到荒林。遣興劉伶酒，宣情叔夜琴。湘江歸臥處，冉冉亦何心。

冬日陸宜甫黄聖長見過

翟家杜門處，歲晚益沉淪。自貴無知我，非關學避人。偶來共言笑，宴坐狎情親。幾許能相見，江城復入春。

酬子安迫歲將事行役書情

聞君歌赴洛，而我歎遊秦。一出江湖遠，頻驚歲月新。閒雲歸後意，芳草客中春。不及嵇生懶，長辭當路人。

山行

市朝非隱地，山水戀吾城。霜後楓林改，雲邊雁影明。五湖沿泛意，三畝卜居情。豈學平原宦，徒爲世網嬰。

過白鶴觀陳錬師房

青谿即此路，宛與世相違。桂樹叢生處，桃花幾度飛。雲來石牀浄，月到洞門微。但醉容成醴，何須學幻歸。

至後

故國一陽後，幽棲三載餘。尊前鱗運改，鏡裏宦情疏。榮達隨賓戲，文章愧子虚。河陽惟有拙，豈敢歎閒居。

杜二挽詞

學道慕長生，將留不死名。奄隨朝露變，愁見夜臺成。闢令收遺草，園公罷采榮。猶言尸解去，臨穴覺棺輕。

子安新構虎丘山庄題贈

河陽新別業，松逕宛然存。流水才周舍，青山正在門。彈琴忘物累，拄杖聽禽言。豈必長安道，棲遲可避喧。

湖上雪後

長湖延眺處，掛席隱情遥。洞口雲常結，崖陰雪未消。身慚從宦侶，跡喜混漁樵。別後春蘿月，山阿易寂寥。

東郭山庄

爲訪東臯上，荒蕪素業存。引湖供灌溉，葺竹遶籬垣。望歲逢春及，移舟到夜昏。歸田倘可遂，輸税奉明恩。

歲除前一日過竹堂寺

塵世徂年易，空門駐日閒。看銘支遁座，味品釋龍團。淑氣諸天外，流芳雙樹間。未能除累劫，回首愧春還。

病中聞子約過修和觀

坐憶仙源裏，春風爾獨尋。桃花別後路，芳草到時心。迎杖聞山犬，驚帆見野禽。養生如可問，念我病方侵。

贈金氏

賣卜吴門市，餘錢作酒資。身同日者隱，年忽老誰知。簾下經探秘，著中語入微。多慚大夫後，從子欲稽疑。

内弟談氏園亭飲餞

昔共懽遊地，今成惜别筵。關河尊酒外，京國日華邊。拙宦非吾願，榮名祇自牽。含情對花鳥，去住易經年。

二月十四日金子以余將北征攜酒言别懷往賦詩

江郭攜尊酒，花天贈遠行。琴宜謝邛邑，裘愧入秦京。暫寄西園賞，終多南浦情。離懷何以喻，絃管厲清聲。

天池山泉上飲眺

勝地探難極，深山到是緣。沉灰迷故劫，空水寄流泉。坐石情宜竹，看峰影入蓮。杯乾還更酌，不醉爲澄鮮。

覺海寺晚登石壁絶頂

荒臺布金處，殘宇在雲峰。徑以檀欒入，丘因窈窕逢。桃花春磵酒，蘿月慧門鍾。歸路無愁失，樵人許客從。

清明日再過上方寺留别山僧

蘭若諸天外，桃花二月深。攜尊初就竹，饋食正聞禽。落景銜空水，寒煙凈法林。休公方怨别，愧我去何心。

重過天平寺尋僧不遇

空山重到處，雙樹隔年芬。飛錫遊方去，餘香坐自焚。窗通鄰寺塔，巖落别峰雲。何物堪留晤，清泉竟日聞。

郡守王公廷招遊大雲菴同用春字

謝守屏紛務，韋公訪浄因。石門紆畫戟，雲逕擁朱輪。伐木聽鶯罷，銜花愛鹿馴。從兹雙樹下，掃榻待行春。

同友人徐紹卿集黄淳甫棲霞館言别

偶偕東海士，來款北山居。霞館重分榻，江門欲戒車。情勞具雞黍，坐喜弄琴書。别思何由遣，清風奉穆如。

和徐子過祇園廢寺有感

伊昔東林近，曾逢白社開。祇今茂草處，猶是散花臺。鳥罷聽經至，人無講德來。寧知慈苑内，亦起雍門哀。

嘉靖庚辛、壬癸家居作，見安雅齋集。

皇甫司勳集卷之十八

五言律詩八十首

登北固晚眺

林壑卧已久，江門望始遥。諸天横落日，五月度涼飆。焦樹當窗綴，金雲接檻飄。離心何處達，東逝有歸潮。

舟中對月書情

不識别家久，但看明月暉。關山一以鑒，驛路遠相違。影落吴雲盡，涼生楚樹微。天邊有烏鵲，思與共南飛。

張秋哭李植卿因寄伯華

零落悲良友，天涯重哭君。家臨穀城道，門閉劍臺雲。一散登龍客，誰知國士群。徒聞孔北海，曾有薦衡文。

初入京

子牟懷魏闕，張敞戀都門。竄逐一何久，交游半不存。雲山到如夢，桃李對無言。誰識傷弓者，明珠欲報恩。

補官南都述懷

北闕承嘉命，南邦事遠遊。舊京鄉夢路，新水客程秋。得喪心同馬，行藏跡似鷗。一官聊避世，何處不堪留。

同年燕會作

四海論交客，同時獻賦群。相逢悵疇昔，留賞醉斜曛。蘭契應難合，萍蹤最易分。南飛嗟弱羽，何以附青雲？

過祐民觀二首

仙家閒白日，邀我坐青谿。花下逢調鹿，林中問養雞。秋聲聞地籟，玄覽出天倪。何事勞形役，年年使路迷。

商山紫芝路，穀縣赤松期。自愧無媒客，將從有道師。隨煙遊曠瀁，乘月弄參差。未得雄飛去，何如但守雌。

天津訪王在叔

要地煩開府，征途幾泊船。濤因枚叔至，月就庾公圓。清嘯樓中發，仁風海外宣。懽承樽俎上，聽子細籌邊。

積善寺訪唐侍御謫居

羅含厭官舍，摩詰愛禪林。空水澄秋處，滄洲寄興深。封章違攬轡，交契在鳴琴。要識窮通理，惟餘寂滅心。

懷楚中舊僚張子時遷東昌尉

牢落同爲郡，翻飛最憶君。離尊郢門雪，歸馬漢城雲。道路情難極，星霜歲易分。心如洞庭葉，秋晚只紛紛。

東昌道中九日

客路登高處，荒臺引望遥。雁聞淮海盡，花見魯門飄。市酒無遺贈，村居但採樵。離魂歸未得，應待楚人招。

騎省

騎省慚三入，鶯花過十春。心徒懷許靖，鬢已似安仁。香草思公子，明珠報美人。那堪秋水上，猶此隔迷津。

贈高郵守陳光哲

王祥佩刀日，謝朓下車辰。坐見望舒改，行歌沂海春。淹留倚淮樹，遲暮對江蘋。宣室多祠事，猶憐未召人。

道中寄憶四首

陸子宜俯

良友一相失，殊方誰見求。湖雲歸去夜，壇月別來秋。夢裏青山路，吟邊芳草洲。何由遲歡晤，天外是南樓。

周子以言

從宦非吾願，歸心奈爾何。關河秋雁少，驛路暮雲多。懷壑空騰笑，棲林獨寤歌。向來遊賞地，芳草詎堪過。

黄子淳甫

以我淹留歎，思君棄置情。朱絃齊俗忌，白璧楚人輕。澤國楓初落，江天雁獨鳴。將袪勞與吝，何日見黄生？

衲子大林

歲晚東林樹，淮南落木同。齋虛玄度月，江倚惠連風。塵劫看爲累，榮名悟是空。歸期殊未得，持此報休公。

雨登金山

客渡臨滄渚，迴橈訪碧岑。暮潮風外落，寒樹雨中深。巖色殊陰霽，江流共古今。憑高展遐眺，猶得緩歸心。

送故友之子陳生入京

長安羈宦地，送爾遠行遊。沙路雲迎馬，寒關雪滿裘。銷魂新別感，把臂故情留。萬里贏糧意，無因少婦憂。

初至南都訪蔡比部〔一〕

東土風流地，西京故事存。重聯晝省騎，來醉斗城尊〔二〕。歲逐滄江盡〔三〕，心將落葉繁。未能辭世網，猶傍舊青門。

【校勘記】

〔一〕皇甫昆季集題作「初至南都訪蔡白石作」。續皇甫百泉集存二首。

〔二〕「醉斗城」，皇甫昆季集作「共冶城」。

〔三〕「江」，皇甫昆季集作「波」。

歲首過清涼寺 陳時避暑處

地共乘春入，臺經避暑過。離宫開梵宇，曲沼出洹河。斜日啼鴉遍，寒煙蔓草多。滄江西嶺外，含思矚迴波。

病屬徐公子攜具過訪

端居抱憂疾，自愧損春心。絶客來相問，勞君獨見尋。酒肴逢好事，山水待知音。爲駐王孫駕，門前芳草深。

元夕熊子叔抑過集時謫常州

竄後相逢地，那知在舊京。旅顔燈下改，心事酒中傾。沙柳非吴苑，江花是晉城。夫君懷古意，一爲駐行旌。

吴子充留宿靈谷寺〔一〕

共是攀遊地，俄看去住心。分途松徑暝，下榻草堂深。雨送靈花氣，泉流廣樂音。一燈誰與晤，知爾對支林。

【校勘記】

〔一〕「充」，續皇甫百泉集作「之山」。

送陳敬輿知廣州〔一〕

横金初出守，剖竹勝爲郎。楚水看鄉盡，炎雲度嶺長。翠禽疑異雀，椰樹即甘棠。南海逢廉吏，知無一物將。

【校勘記】

〔一〕「敬輿」，續皇甫百泉集作「黄潭」。

送陳子知杭州〔一〕

東省含香吏，南邦佩印臣。離心冶城月，別路武林春。碧水移蘭舸，青山擁畫輪。岳王遺寢在，拜手薦江蘋。

【校勘記】

〔一〕「子」，續皇甫百泉集作「五山」。

送曹子出守彰德〔一〕

風流漢京兆，之子見徽音。剖竹當名郡，辭蘭出上林。淮陽資卧理，漳水寄離心。何處堪懷古，銅臺芳草深。

【校勘記】

〔一〕「子」，續皇甫百泉集作「似泉」。

同半峰和尚訪釋雲谷

法侶逢羅什，冥心契遠公。持經自葱外，結宇共林中。石壁初經面，溪泉近始通。坐來花落後，何物解論空。

觀音閣同比部諸君餞别家兄

躋險因慈閣，憑虚託化城。江山一以眺，雲樹總含情。鍾外潮聲盡，尊前花雨輕。迴波去無限，應是旅愁生。

燕子磯答蔡子木同用雲字

何處堪張組，江亭一爲君。岸迴淮望樹，帆帶楚來雲。浮跡滄波逝，同心芳草芬。臨流無惜醉，此地易離群。

登燕磯後仍過清江道院答蔡子〔一〕

別有清谿勝，迴探思不窮。鳥鳴殘雨歇，帆落暮潮通。關路逢桃徑，江花引桂叢。還聞歌水調，流響步虛中。

【校勘記】

〔一〕「子」，續皇甫百泉集作「白石」。

武備廳詠弓餞子安〔一〕

隨處是離筵，戎亭征馬翩。那知四方志，猶黯一尊前。候吏先驅弩，儒臣始佩弦。緘愁對新月，寒雁落江天。

【校勘記】

〔一〕續皇甫百泉集題作「武備廳邀諸君奉餞少玄家兄詠物贈別初得弓再得甲二首」。

子安館中言别遲蔡子不至〔一〕

今夕西堂燕，明朝南浦人。雨滋將别淚，花黯欲離神。燭下停杯久，門前嘶馬頻。所期殊未至，含意獨誰申。

【校勘記】

〔一〕「子安」，續皇甫百泉集作「少玄」。

送家兄赴浙三首

岐路易爲情，那兼骨肉行。同兹戀南樹，忽是餞西京。碧水通吴苑，青山帶越城。無因鄉國近，遂使别離輕。

東南山水地，謝客去相安。霞氣窗中岫，濤聲郭外灘。風因越絶訪，法向吕刑看。況是多文藻，誰云飾吏難。

託跡似孤雲，含悲一送君。良時共羈宦，中道獨離群。花萼隨萍轉，驪駒逐雁分。定知臨海夜，詩報惠連聞。

聞王維禎移官民部〔一〕

傳爾天台日，移官地省時。拂琴停水調，掃榻及花期。越嶠耽康樂，吴都遲左思。無言相見喜，懷舊恐興悲。

【校勘記】

〔一〕「維禎」，續皇甫百泉集作「巖潭」。

夏日登牛首山徐公子席上賦二首

愛客謝王孫，相邀款法門。林間皆幻境，花裏即迷源。萬壑江流轉，雙峰雲氣繁。寄言河朔興，兹夕在祇洹。

出郭紆京覽，尋山隔世緣。雁垂珠户塔，龍起石巖泉。法雨穿花外，慈陰憩樹前。寧知禪寂處，曾是聖游年。

晚造祖堂山

別島通幽徑，叢林隱法堂。逢僧龍樹後，攜客虎溪旁。帆影帶江盡，鍾聲過嶺長。從知探賞累，一遣坐來忘。

宿幽棲寺贈海天上人

投跡空山夜，皈心此問禪。錫飛辭嶽後，杯棄渡江年。花落仙巖近，松深浄榻懸。融師雙樹下，見爾一燈傳。

曉至獻花巖

斷壑牛山轉，層巖鹿苑通。天花僧供裏，江鳥梵音中。禪坐彯香氣，玄言悟色空。晨扉初地在，回戀意無窮。

山中贈蔡子木〔一〕

華省非常翫，青山聊對君。心將守空寂，跡許謝塵氛。竹磵晴鳴雨，松關晝偃雲。倘逢名嶽去，禽向得同群。

【校勘記】

〔一〕「蔡子木」，續皇甫百泉集作「白石蔡子」。

柬約遊不至諸君

共有看山約，重違入社時。去緣俱是染，來果未除思。叢桂招難及，停雲望屢馳。還將塵外意，一笑省中期。

宿祖堂寄子安兄

洛並機雲入，山違求典尋。散花迷棣蕚，聽鳥悵鴒心。吴越人天渺，齊梁歲月深。西堂何處夢，遥夜寄東林。

秋日思牛首諸山因寄海天上人

坐憶空山路，青林去不遥。齋關閉秋雨，寒磬落江潮。雅自依龍藏，憑誰問虎橋。塵心報支遁，何日晤言消。

秋日懷王維禎

京國歲華晚，江城風雨秋。疏聲兼葉度，寒色帶雲流。羈宦潘生省，懷人謝監樓。如何潮落盡，猶未下仙舟。

柬王職方

北闕辭榮宦，南邦戀薄遊。月臨騎省夜，霜冷鳳臺秋。幕下時揮檄，帷中數進籌。平生憂國意，感激一登樓。

聞王維禎赴都寓居天界寺

一謝天台郡，還來入帝京。如何逢下榻，猶自隔重城。客路聞鍾意，空門駐馬情。遠公應與晤，靜裏話平生。

九月十日同薛考功蔡比部王户曹游東園作二首

西京從宦侶，一過五侯家。門閉聊看竹，林深自落花。池通淮水曲，亭帶治城斜。坐得忘歸趣，何因戀物華。

別業青門側，幽居紫禁鄰。臺餘九日讌，林駐四時春。聽鳥閑情適，看花逸興新。會宜容傲吏，長作灌園人。

瀨源阡二首

平生懷隱德，奄忽委容儀。壑記藏舟後，齋經撤瑟時。芻聞徐孺奠，碑見蔡邕辭。贈秩兼名里，哀榮并在斯。

別有棲靈處，應多歎逝情。門猶表東海，世已謝南榮。飛憶烏隨冢，迴看馬戀城。悲心何以託，日夜壟泉鳴。

洋門阡二首

孟氏推賢母，梁家得令妻。人疑隨去鳳，誰爲語鳴雞。晞露逢蒿唱，驚雷遶樹啼。蒼梧雖未從，還見墓田西。

慈景隨朝露，芳流引夕源。幽冥從子貴，生死是君恩。鏡惜鸞臺掩，衣憐翟茀存。清河遺寵謝，今日在洋門。四首爲少司寇郭公題。

挽顧公子二首

束髮多推望，臨尸詎可言。空牀素琴在，遺篋舊經存。奄速曾占鵬，扶摇未化鯤。因公俱抱痛，忍自學東門。

勞生歸是息，委化壽非材。未果山公識，翻同鯉也災。螢飛無散帙，麥盡有空臺。歎惜靈光賦，將誰屬草來。

留省早春奉懷諸兄弟三首

故園君卧處，帷裏閲年芳。微雨高城霽，寒冰春水長。黄鸝啼漢署，白馬見吴鄉。幾許勞相憶，書來問景光。

君行知歲隔，已是别離深。獨作留秦客，淒其動越吟。雲天連海嶠，雪路暗山陰。日暮臨湖望，誰傳芳草心。

江門身自寄，雲路爾方招。馬齒隨愁長，鴒心積望遥。花間趨左掖，柳外候東朝。爲説淮隄上，風光異洛橋。

早春奉東王駕部時聞上書乞歸未得

耽寂懷摩詰，辭榮學右軍。鄉心隨梗泛，春思藉蘭薰。巴水初消雪，巫山尚掩雲。漢家頻遣祀，留待碧雞文。

早春雪後同諸君集孔比部寓

殘雪春城外，寒雲客館中。會多新歲感，交與故情同。夜色疑梁入，湖流似剡通。由來北海座，尊酒未言空。

送蔡法曹考績北上四首〔一〕

何事移官後，嗟君獨未遷。才高獻最日，秩滿拜真年。客路吴關外，鄉心越水前。帝城能自入，無藉子公先。

帳飲臨南浦，驪歌動北轅。如何聊執手，已自黯銷魂。問樹知温室，看花認省門。向來同侍從，枚朔幾人存。

同作周南滯，還嗟此路分。棄符關吏識，持法國人聞。天際長安日，江邊建業雲。莫令明主見，猶恨不如君。

無言騎省少，忽訝鬢初斑。世事忘江上，朝儀想殿間。鶯啼新歲月，柳暗舊關山。相府知名久，中郎定不還。

【校勘記】

〔一〕續皇甫百泉集題作「送白石蔡法曹考績北上三首」。

喜王子至自浙中追餞蔡子〔一〕

聚散非常跡，憂歡可具陳。忽聞剡水棹，來送秣陵人。尺素鄉中信，鶯花客裏春。從今張敏夢，無夜不迷津。

【校勘記】

〔一〕續皇甫百泉集題作「喜王巖潭至自浙中追餞蔡白石」。

寄廖鳴吾學士〔一〕

一自辭供奉，憑誰問卜居？朝園藝槿後，夕浦采蘭初。宋玉工題賦，任安待報書。莫將憔悴色，空對楚江漁。

【校勘記】

〔一〕「鳴吾」，續皇甫百泉集作「洞野」。

寄馮守

解章辭劇郡，初服返長林。五馬一相別，雙魚杳復沉。晴洲芳草合，幽谷白雲深。祇羨機心息，年年入漢陰。

送鄭水部擢楚臬便道覲母

蘭省爲郎久，荊藩拜憲初。憑將舊經術，自可飾刑書。問俗從江漢，寧親過里閭。須知陶母意，莫獻武昌魚。

徐公子見訪對月有作〔一〕

憐余杜門日，眷爾駐車情。世事杯中盡，浮名物外輕。女墻淮月上，客坐楚雲生。爲語高林鵲，相依且莫驚。

【校勘記】

〔一〕「徐公子」，續皇甫百泉集作「居雲」。

四美亭詩爲大司成程舜敷作四首〔一〕

傍舍通幽逕，爲園愜近尋。花間餘講席，墻際藹儒林。後乘參多士，前賢契夙心。無言戀芳樹，桃李自成陰。

地爲崇文辟，齋因講德開。草深知秘殿，松杪見靈臺。映户群峰入，環橋一水迴。但能留問字，不假酒肴來。

炎夏相過地，清幽絶世氛。人從金馬至，客向絳帷分。璧水窗中月，雞山檻外雲。定多觀物趣，何止坐論文。

周家重雝館，漢室儼陪京。清曠多新苑，繁華總舊城。山疑瞻岱意，臺即舞雩情。别有群英樂，非關勝美并。

【校勘記】

〔一〕續皇甫百泉集題作「四美詩爲大司成松溪程公賦三首」。

宿玄真觀

暫謝直城中，因棲羽士宫。秋聲上苑别，芳樹小山同。玄覽何能遣，幽思或未通。祇餘懸解意，可以息微躬。

茅山道中

猶是皇畿内，迢迢赤縣分。勞生空害道，薄命豈關文。源水渾迷路，深山迴隔雲。金丹如可就，留此問茅君。

泊丹陽

日暮丹陽郭，維舟旅思違。蟬隨江柳報，螢帶野煙飛。練水乘秋滿，吴關入望微。寧知垂翼鳥，猶畏弋人機。

爲許氏贈妾

許東谷索詩貽其細君，余初未許。因思二陸藻績，爲彦先以贈婦；小庾風流，因永豐而詠内。自是貴主芳筵，每歌麗曲；太妃禁地，猶製清平。矧細君者，蘭姿絶代，蕙質驚人，雅耽藝文，妙解音律。緑珠秀媛，慣承寵於石卿；紫玉名姬，堪締緣於韓重。不有賦其彼美，何以傳之來淑乎？

窈窕一佳人，鉛華世絶倫。花因解語豔，山入畫眉顰。實髻隨時廣，羅衣逐態新。坐令幽谷裏，無夜不生春。

嘉靖癸卯、甲辰、乙巳作，見北征、南署稿。

皇甫司勳集卷之十九

五言律詩八十五首

岳東伯遊天台歸贈

平生山水興，聊作越鄉遊。海嶠千盤路，江城九月秋。雲中訪精舍，花裏下輕舟。何事懷婚嫁，經年獨滯留。

歲暮園亭對菊寄子約弟

不緣歸卧久，那復歲將陰。策足嗟行路，驚翰屢遶林。雁來吴地少，雪到薊門深。獨有荒臺菊，能關池草心。

將入魯奉東諸兄

故國人初返，長林意頗同。念離驚歲暮，從宦愧途窮。楚水寒潮外，江城細雨中。愁看佩刀去，遥向海沂東。

子安初製巾服履贈之

何事平原服，翻同楚客衣。將從東洛隱，寧羨尚方歸。雲卧輕偏適，山居懶不違。因聲報王貢，情已昔年非。

紫霄峰莊道士房

仙館夕陽際，吴宫荒草餘。路迷花發後，雲白鶴來初。醉客壺中酒，謀生柱下書。坐深寒月在，歸駕欲凌虚。

月下念別答子安

歲暮寥天月，清輝亦未闌。關山無限思，尊酒暫爲歡。乍缺潮聲落，驚飛鵲影寒。江程雖易隔，莫謂不同看。

大石答子安

祖筵臨水後，征馬到山時。非自耽遊賞，其誰奈別離。雲封泉逕杳，霜染石苔滋。莫道空門樹，攀來不係思。

滸墅逢岳東伯出山相送

煙水維舟處，偏傷首路神。却憐乘雪興，來送渡江人。落葉催年盡，寒尊遺夜頻。知君入山後，相憶在風塵。

贈茅丹徒

晉室皇畿宰，風流絶見君。鳴弦宓生化，飾吏子游文。山色齋中入，潮聲政裏聞。江干漂泊羽，猶得接鸞群。

淮陰至日

過江芳草地，晏歲小山游。莊叟身同瓠，張融宅是舟。空山聞葉下，寒水見冰流。莫謂窮愁日，他鄉祇益愁。

江上曉發

霽曉臨江渡，微茫寒霧多。無由辨深樹，祇自見滄波。岸覺帆前是，山知磬裏過。平生壯遊地，今往奈愁何。

送子安之太倉

明發辭林卧，遐心眷海東。荒城春雨外，孤棹暮潮中。歲月重來異，雲山舊眺同。如逢垂釣者，一爲訪任公。

寄王維禎地曹

並是銜新命，俱來守舊京。時違空往跡，事在每關情。草緑長干里，江清建業城。寄君須自愛，已矣負平生。

四思詩

余山居寡悰，偶思白下之遊，因賦四詩。

靈谷寺　與子安兄施蔡二子嘗同游

昔日同嘉侶，靈山訪梵宗。雨餘頽寢畫，泉遞暝谿鍾。迷路隨群鹿，歸途出萬松。遥知草堂月，别後笑周顒。

燕子磯　群公於此餞别子安入越

祖帳都門道，離筵江館時。花飛知孟夏，燕起計歸期。良友同飆散，韶年與電馳。滄波流恨處，東望幾愁思。

牛首山　徐公子招遊

公子招歡地，牛山勝事存。心期惠遠社，跡感孟嘗門。竹院留宵榻，花巖駐午軒。臨溪一相送，今日獨誰言？

天界寺　半峰上人禪誦處

城南多古寺，争得道林居。馬過談經後，烏來施食餘。人天長示滅，花月幾淪虚。飛錫何時晤，東山欲致書。

送王良醫之武岡

白髮微官在，滄江别路長。看星趨翼軫，問水過沅湘。採藥身千里，聞猿淚幾行。惟應鴻寶訣，猶得事淮王。

哭子安兄四首

拙宦空牽世，沉憂易損年。攀荆餘敝宅，讓果薦靈筵。物化成千古，人亡隔九淵。平生佩刀在，感贈獨潸然。

昔侍尚書省，同趨建禮門。一朝隨往化，何日更飛翻。淚盡堪流血，情來詎返魂。君苗徒毁筆，那復睹平原。

同枝憐四鳥，析羽在兹辰。埋玉開前兆，探鐶驗後身。奠芻南國士，留樹越鄉人。無復池塘夢，空餘芳草春。

生年同過隙，何悟早藏舟。喪事門人給，遺文使者求。山川俱感涕，花月總關愁。尚説烏衣勝，傷心不忍遊。

張公洞二首

兹山靈氣在，復以至人傳。石壁晴飛雨，松門晝鎖煙。萬形疑海市，一線引壺天。爲問蒼苔蹟，青騾去幾年。

羽客還丹地，花丘閲世殊。危梁疑漢鑿，疊石類秦驅。披霧看衣濕，攀巖藉策扶。不知斜日在，燃燭送歸途。

玉泉亭

怪石隨崖豁，靈泉出澗幽。灌園雙瓮在，掛壁一瓢留。氣積金扉影，涼生玉樹秋。塵纓猶未謝，延佇愧清流。

謁周孝侯墓

地是先朝賜，橋猶異代存。枯枝交隴樹，流水到祠門。落日瞻遺像，英風想逝魂。蹉跎余亦晚，愁向陸生論。

董太史過吴門見訪

予告賦閒居，多情訪敝廬。交因忘世減，禮覺候門疏。酒伴芳林下，琴心若水餘。還邛寧久滯，明主待相如。

陪讌董太史於徐少宰碧山故居

北闕高軒下，東山别墅開。焚魚人已謝，羅雀客能來。花竹荒新逕，琴尊儼舊臺。從知徐董輩，同是漢廷才。

伯兄季弟往虎丘山莊爲仲氏卜葬地

青山舊别業，兹地欲藏舟。罷旦荒臺在，辭春暗水流。開阡異京兆，託體共林丘。總識溪橋路，傷哉可重遊。

病中答子約弟覽毗曇之作

生年何自苦，棲病每經時。高院聞蟬早，幽窗度日遲。僧彌諳妙典，法護愧玄思。欲遣迷方累，因君問藥師。

寄答華子潛學士〔一〕

自余辭漢省，君亦解文園。雁信猶能達，魚梵可重言。風塵江上淚，花月夢中魂。不及秦淮水，西流向國門。

【校勘記】

〔一〕皇甫昆季集題作「寄答鴻山華學士」。

人日訪過叟

獻歲逢人日，攜群訪客居。葺茅依舊逕，灌藥引新渠。簾下君平易，帷中叔夜書。春風何意早，一奉坐談餘。

徐公子徙宅秦淮寄贈

榛隱移新宅，桑情託舊溪。水聲喧户近，山色入檐低。地僻心從遠，觀幽物自齊。思君夢中路，猶識五陵西。

送子約弟訪董太史於苕溪因懷殊勝寺舊遊

越國青山外，吴江芳草前。夜帆看獨往，春水悵悠然。過寺迷初地，逢橋記昔年。還聞倒屣處，應得蔡邕憐。

題長干主人壁

歲月幾相謝，江山重此行。青雲違壯志，白首歎交情。埋姓非張禄，投人似馬卿。空令同舍賤，争席在都城。

託宿報恩寺

平野新秋入，長干舊寺存。青蓮非世界，緑竹是山門。塔火看生滅，鍾聲悟静喧。迷方欲有問，慚對遠公言。

寄故園兄弟

旅跡原無定，塵躬且未寧。心將齊塞馬，夢屢到原鴒。世事吳宫草，年華楚水萍。從來堪灑淚，郭外是新亭。

安隱寺

人天即此路，花雨見空臺。刹盡南朝建，經多西土來。碑荒殘蘚合，僧定野棠開。了悟身如幻，何須訪劫灰。

寶光寺

四山棲梵處，一徑杳然深〔一〕。歲久惟看樹，臺荒半宿禽。遠江橫落日，寒殿下秋陰。獨坐觀冥理，寧知静者心。

【校勘記】

〔一〕「徑」，皇甫昆季集作「境」。

訪孫孝子永壽兼問養生

爲訪幽棲宅，因過孝里門。支離如有託，塞兑已無言。掃榻依松寢，安橋接笋垣。惟餘枯樹下，日夜義烏喧。

崇明寺至日答舍弟

僧臘逢長至，征途感故陰。茆峰帶郭近，花井入溪深。睎世無靈氣，違時滅道心。徒煩訪丹藥，何日變黄金。

長干寺除夕

客歲因僧臘，人天感物華。繙經迷貝葉，頌酒愧椒花。裘敝長干里，心飛故國涯。隨緣聊住世，豈是樂無家。

雨

積雨縈情懶，長雲引望迷。蓋停千嶂外，絲散五湖西。戲藻看魚動，還林羨鳥棲。朝來理輕棹，將欲訪花溪。

秋日偶成

無那文園病，秋來獨未蘇。江風驚木落，簷日惜陰徂。拙宦同門限，勞生學户樞。憤憂何以託，惟是著潛夫。

送沈二遊越中

提琴謝氛俗，抗策訪名山。世事興亡後，秋心詞賦閒。石潭沿月弄，天目倚雲攀。别有觀濤興，枚生定未還。

過長兄寓所寄憶

客路嗟相失，鄉雲限幾重。蘿軒虚夜月，竹院换春風。净理同因果，浮生任轉蓬。題書遲玄度，勞憶在支公。

除夕

異鄉逢歲盡，一倍旅愁增。車從來三署，衣香過五陵。春晴傳法鼓，夜色引慈燈。誰識朝元侣，禪棲學老僧。

禹量席上追憶牛首之遊

坐憶雙峰賞，神鶩五載還。林猶青嶂外，路即白雲間。舊客皆凋喪，佳期可重攀。空餘風景在，感泣似牛山。

早春德恩寺

福地回春早，名山俯勝多。水邊疑見性，塵外可除魔。徑反緣蘿入，林深礙竹過。從知功德遠，無量是恩波。

惠應寺胡秀才讀書處

支公禪誦處，却有董生帷。地僻聞鍾遠，林荒下鳥遲。持經殘雪映，閉户白雲垂。辛苦精儒行，還應静者知。

酬周公瑕七夕見贈

京國俱流寓，禪堂獨病棲。徒懷七襄詠，猶戀六塵迷。金鎖秋聲颯，銀河夜色低。不堪摇落意，脉脉鳳城西。

昔訪雲谷於天界兹復會於三藏寺

何顒貪佛日，惠遠説經年。是果西林徒，非離初地禪。一燈銷永夜，萬籟浄諸天。自惜迷途晚，猶思出世緣。

章祠部見訪

落落題門後，悠悠行路難。非君念傾蓋，誰此問南冠。秋水同禪寂，浮雲任達觀。驚飛雙樹下，幸有一枝安。

柬黄生志淳

作賦渾遊洛〔一〕，持書似謁秦。長干連大道，淮水是通津。月下花愁客，霜前雁報人。爲君題贈婦，惟有素衣塵。

【校勘記】

〔一〕「渾」，皇甫昆季集作「頻」。

贈張子棨〔一〕

相見但云晚，知君意氣同。道能窺一馬，文不尚雕蟲。定水忘言外，迷方獨醒中。清齋聞磬後，時復想高風。

【校勘記】

〔一〕皇甫昆季集題作「贈張子」。

觀堂

秘閣何年化，餘基尚可尋。辨灰應悟劫，投石不知心。挂衲惟枯樹，聽經有舊禽。那堪荒草處，曾是布黄金。

送王子亮卿真州訪蔣憲使〔一〕

歲暮三山路，江通一水津。舟寒初載雪，榻暗舊生塵。静夜聞潮慣，荒城落葉頻。懸知蔣詡宅，開逕遲幽人。

【校勘記】

〔一〕「憲使」，皇甫昆季集作「南泠」。

余叔二人歲方再稔相繼辭代遠承凶問泣賦此篇

兩年悲骨肉，奄忽委荒丘。共盡臺空夜，先零樹已秋。山經薤草宿，人罷竹林遊。獨惜平原淚，多因歎逝流。

余將之白下而黄子言往浙中賦別

探會重遊越，于秦再入都。花天散雲雨，萍跡限江湖。牛渚心千里，虹橋酒一壺。無言馬首異，同是阮生途。

木末亭送談二秀才還吴

驅馬憐同役，乘舟念獨歸。孤亭一眺望，千里思翻飛。螢火車生帳，秋聲樂子機。坐來雙樹下，那得繫殘暉。

答子約弟七夕見懷

天上歡逢夕，人間重別時。忽聞牛女詠，并入鶺鴒詩。悟辱因超忍，牽情未遣思。乘杯倘有驗，一水乞歸期。

過顧司寇息園

華屋生年異，平泉死日荒。懷人嗟逝水，立馬弔斜陽。後進推師表，先朝寄典章。猶聞江左士，揮涕説長康。

訪徐公子新居病起慰款追昔作

第宅逢新徙，琴書儼舊存。鍾山遥入户，淮水正當門。隱几枚乘發，窮途阮籍樽。誰憐衆賓客，今日散平原。

同盛二過永福寺

偶然同素侶，來此訪緇流。古寺鳴鍾處，空山落木秋。跡隨青嶂滅，心共白雲留。祇隔秦淮水，寧知是沃洲。

贈汪子嘗從空同遊梁者也〔一〕

卜宅近仙源，晴沙别有村。花時游洛水，雪後訪梁園。買笑黄金盡，耽詩白髮繁。李膺門下客，歎息幾人存。

【校勘記】

〔一〕皇甫昆季集題作「古沙汪君嘗遠謁崆峒子詩以贈之」。

虎丘經司直兄墓

昔是青山路，今成白馬泉。松塵餘涕後，樽酒若生前。過客瞻新表，鄰僧守舊田。祇嗟春草宿，非復夢池年。

同年姜禮曹擕酒見過

愧我逃禪日，煩君載酒情。感時驚落葉，復故語班荆。龍鮓登奇饌，鸞笙度梵聲。醉來瞻化塔，猶記舊題名。

吴純叔解官初還投贈二首

張邴意何如，還山喜遂初。相邀具尊俎，更得耦琴書。花下聊争席，林中任借車。幽懷寧用問，爲謝楚江魚。

世網已能辭，雲山從所思。那知投劾日，正及閔耕時。海近群鷗下，庭閒百草滋。看君無愠色，猶自恨歸遲。歸田賦：「百草滋榮。」

哭隱君陳善二首

楓江西郭路，來哭竹林人。繐帳空凄雨，靈床但黯塵。交疏誰把臂，妻老獨傷神。詎是於陵後，猶嗟仲子貧。

嗜酒同劉伯，沉江異屈平。祇疑中聖去，那解汨羅情。蔓草縈虚室，行楸偃敝城。最能明易理，何苦不謀生。

題不菴贈長兄

本期行附翼，何事早歸驂。失路能齊北，棲枝已戀南。三同古來惑，七異昔人堪。羨此聊書座，因之遂揭菴。

蕉上月

鏡彩看初滿，墻陰稍覺稀。飄香桂子異，拂翠柳條非。班女秋迎扇，秦王夜卷衣。音書欲有寄，題處鑒清輝。

聞子約有荊州之役

傳爾銜新命，令余緬舊思。猿清啼楚夜，草緑弔湘時。匭入周官貢，香分漢吏司。江山遲文藻，行擬二騷詞。

詠美人花燭次韻

含羞辭柳户，承寵侍蘭床。玉以經磨潤，花因乍折香。住歌雲動綵，戀舞月留光。夏夜誰云促，春心自許長。

荊州六詠送子約

苞匭通周貢，輶軒問楚程。巉崖天外斷，積水霧中明。磵道懸蘿密，衙齋對竹清。君行非習險，心計在持平。

右荊門山

雷送江流駛，雲迴石勢重。那知百折處，别是一提封。估客魚間市，鄉書雁外峰。遥心若漢水，無夜不朝宗。

右鎮流砥

峽勢環如月，清光掛碧巒。猿應啼淚易，蟾似照離難。江漢明河影，關山楚塞寒。誰云千里共，曾是兩鄉看。

右明月峽

七澤疏雲夢，三湘匯洞庭。路隨芳草緑，窗入遠峰青。神館朝蒸霧，仙槎夜犯星。懸知賜田者，詞賦擬騷經。

右雲亭澤

舊井荒城外，清流定幾年。名應同讓水，澤許並寒泉。雀乳桐陰覆，禽來機事捐。使君將比德，一飲輒投錢。

右廉泉井

南楚風流地，名賢昔寓居。水花猶泛墨，臺草尚留書。難字逢能識，遺編校未疏。委懷從灑翰，公事日常餘。

右洗墨池

贈陳鳴野二首

謝客杜門久，因君掃榻頻。金裝遊俠後，縞帶結交新。倚馬知才子，籠鵝愧主人。若非驚座語，何自識陳遵。

吴市新逢面，稽山舊隱名。思玄題賦就，觀舞學書成。門有高陽侣，家多燕趙聲。更憐仲子意，辭爵一何輕。

題淮上周將軍園亭二首

風景駐淮東，將軍別業雄。小山初卜隱，大樹不言功。架上披緗帙，床頭掛角弓。那知金谷夢，猶遶玉關中。

東陵不好武，西第自堪娱。香氣多成桂，芳陰半是榆。散軍聊蹴踘，讌客每投壺。莫學藍田卧，雲中待亞夫。

嘉靖乙巳、丙午、丁未、戊申、己酉、庚戌作，見山居、禪棲、赴京集。

皇甫司勳集卷之二十

五言律詩八十二首

初至京同諸進士集羅山人館探韻各賦得東字

十年違冀北，一壑卧江東。歸去同元亮，重來藉子公。鶯花新漢月，燕麥舊春風。祇自持團扇，慚恩女伴中。

諸君乘月攜酒見過遲謝山人不至席上作

芳樹長安道，春宵動旅愁。一尊良讌會，四海盡交遊。玉漏寒頻度，金河静不流[一]。清輝憐謝監，何事隔南樓。

【校勘記】

〔一〕「静」，續皇甫百泉集作「浄」。

經司直兄故居

平原寓東洛，參佐接西鄰。履跡都埋草，琴臺尚網塵。徂年同過客，華屋屬何人。獨有空梁燕，飛來攪暮春。

題張子言故居〔一〕

未果逃人世，居然託帝城。一區留敝宅，千古謝浮名。枯樹昏鴉集，頹墻蔓草生。空餘四愁在，誰復擬張平。

【校勘記】

〔一〕「子言」，續皇甫百泉集作「崑崙」。

見月懷鄉

巖居遥對月，時復望長安。一作西京客，翻憐故國看。關山經戰後，烏鵲遶枝殘。多少幽閨恨，刀頭欲問難。

子約弟調官因寄

同是冥飛羽，俱爲世網牽。金無漢廷譽，玉有楚人憐。興滅彈冠日，情違襆被年。何如賦歸去，偕隱密山前。

上巳日同友人集大寧寺得幽字

帝里冠裳集，禪堂禊事修。人天春駐景，花竹暝通幽。香積開芳宴，金河引曲流。誰云王逸少，陳迹獨千秋。

首夏集姚令園亭分得君字

會有幽棲地，能招好事群。草芳殊未歇，鳥語更相聞。掃徑花飛雨，留關竹護雲。無須謝車騎，心遠爲徵君。

過廣平懷吴二純叔

爾昔承麾日，余兹趨府情。棠陰覆廳事，苔石見題名。夢裏叢臺月，愁中漳水聲。何如窗岫色，能憶謝宣城。

登廣平借寇樓寄體乾於浙省〔一〕

同是皇畿宰，回驚二十秋。人隨台嶽迴，年逐滏河流。月黯琴疑在，花深舄詎留。寇恂那可借〔二〕，日暮倚高樓。

【校勘記】

〔一〕續皇甫百泉集題作「登廣平借寇樓寄寇體乾同年」。

〔二〕「恂」，續皇甫百泉集作「公」。

贈晁翰檢在告

金馬沉方朔，文園卧長卿。何如狎鷗鳥，暫此返柴荆。草就編年目，花餘愛日情。庭闈自可戀，詎是厭承明。

寄子約弟

兩地承嚴竄，同時罷省郎。因書問舟楫，何日下沅湘。客夢頻棲月，征途欲戒霜。平生題賦意，那得倦遊梁。

秋夜集李守脩齋

政閒庭每寂，吏散日猶曛。下榻生秋思，傳杯語夜分。暗花微泫露，纖月浄開雲。失路聊相倚，何期御李君。

生朝寄兄弟

白髮逢初度，清尊思惘然。鶺鴒原上夢，犬馬客中年。眉宇將雲結，心旌共月懸。朝來淇水望，時問渡淮船。

從事河上〔一〕

昔官淹水部，兹役愧飄蓬。散帙觀周傳，尋源念禹功。荒城下寒日，落葉送秋風。獨有逍遥意，將從河上公。

【校勘記】

〔一〕續皇甫百泉集題作「從事南河」。

簡長垣劉尹

獨坐臨流處，彈琴最憶君。降霜花發候，落日雁來群。縣外夷門路，齋中少室雲。裁詩寄劉尹，佳政欲相聞。

訪同年葉給舍〔一〕

北闕因言政〔二〕，東莊早拂衣。人從泗水別，書到廣川稀。素業存荒徑，清宵夢瑣闈。相逢惟勸飲，世事已俱非。

【校勘記】

〔一〕續皇甫百泉集題作「訪葉給舍」。

〔二〕「政」，續皇甫百泉集作「事」。

邯鄲道

邯鄲臨古道，車馬此通津。錦瑟空埋恨〔一〕，緇衣易染塵。王昌非蕩子，趙女是才人。併逐漳流盡，荒臺蔓草春〔二〕。

【校勘記】

〔一〕「埋」，續皇甫百泉集作「遺」。

〔二〕「荒」，續皇甫百泉集作「叢」。

吕公祠

金榜標新界，琳宫接舊城。暮扉煙樹紫，春水石橋清。遺寢仙翁蹟，崇祠聖主情。塵勞俱夢客，非止一盧生。

懷沈二儀曹

地重留司後，官清建禮初。江間堪吏隱，天外惜離居。草合春迴騎，冰開日望魚。西京訪遺事，還擬賦憑虚。

永嘉登江心寺

雙塔峙琳宫，諸天一水中。迴看雲島合，直與海門通。荒寢憐文相，高樓憶謝公。潮聲無日夜，流悵古今同。

題却金館

兹山有崇構，本自薄黄金。荒草空成昔，清風猶在今。鋤揮曾不顧，裘敝亦何心。願得無相贈，逃名寄已深。

臘月晦日酌酒贈王生一龍

湖海逢除夕，衙齋戀故陰。感時行路歎，落日倚門心。竹葉傾難盡，椒花坐已深。南州留榻在，且莫賦歸吟。

訪周氏舊司勳〔一〕

隱居南郭裏，秋色越江前。道訪鴻蒙後，名聞畫省先。示人惟杜德，守己只雙玄。一謝金門路，寧知玉蕊年。

【校勘記】

〔一〕續皇甫百泉集題作「訪周江瑯」，題下有注：「昔爲司勳。」

天寧寺遷内柩

翠翣辭官舍，靈筵啓梵宫。香銷灰劫後〔一〕，淚盡雨花中。棲處知魂寂，歸時悟色空。一從羅帳冷，不敢問春風。

【校勘記】

〔一〕「劫」，原本作「刼」，據續皇甫百泉集、四庫本改。

方山人别我栝蒼今會於殊勝寺〔一〕

官舍春懸榻，僧齋夜落帷。暫來休汝日，一爲訪君時。望裏分鄉樹，愁中惜鬢絲。不知何戒律，可以斷歸思。

【校勘記】

〔一〕續皇甫百泉集題作「方山人别我栝蒼兹會於吴江殊勝寺」。

早春寄子約弟余方有悼亡之戚

獻歲思吾弟，何時報徙官。夢勞池上積，書到洛中看。太史身猶滯，潘生淚未乾。梁園飛雪盡，欲下剡溪難。

子陵祠

問水下桐津，看山入富春。花源別是路，魚鳥自爲鄰。獨作垂竿客〔一〕，多慚薦藻人。滄波流不盡，何以遡芳塵。

【校勘記】

〔一〕「客」，續皇甫百泉集作「叟」。

崇道觀登試劍石同龔温州

采秀臨丹壑，攀蘿踐白雲。仙源那可測，巨石已中分。劍化靈猶在，爐寒火自焚。今宵看斗氣，一爲問夫君。

晚登棲霞寺 在青田縣南

野寺投鍾暮，禪燈隔水明。來尋種芝處，但見桃花生。絶頂圍青嶂，瀰天遍赤城。坐談空色理，徒有駐顔情。

馮公嶺經桃花隘

辨壤猶通會，分途稍入甌。凌空惟仄徑，界道有飛流。山鳥看明滅，關雞問阻修。因懷簡書畏，曾是不遑留。

石門

洞門紆逕引，飛瀑半空聞。掛壁常看雪，開窗但弄雲。帆輕過鳥疾，衣冷落花紛。何事淹歸馭，清暉戀謝君。

白雲山

青山行處盡，始覺白雲深。錫化無僧在，鍾鳴有客尋。花溪遥隱壑，蘿逕曲通林。坐得浮生理，悠然忘我心。

三巖洞

峭石何年斷，飛泉竟日聞。虚堂秋易入，晴樹雨難分。夜似觀廬瀑，朝疑帶楚雲。坐深羅袖冷，猶自戀氤氲。

送王亮卿遊天台

嶽路從兹始，仙源信可求。客情臨海嶠，鄉語永嘉舟。天外看霞起，林間聽瀑流。無能解纓去，送子欲神遊。

答吴二純叔

江城一别後，已是隔年春。棄置同遺跡，相逢但愴神。産因淹宦減，鬢以悼亡新。徒奉平原藻，嗟無可贈人。

五日松江道中〔一〕

積水雲間杳，輕帆雨後孤。紅巾横道路〔二〕，白髪滞江湖。客夢遥驚鶴，鄉心欲問鱸。干戈正滿眼，空對辟兵符。

【校勘記】

〔一〕續皇甫百泉集題作「五日松江道」。

〔二〕「紅」，續皇甫百泉集作「黄」。

秦駐山

萬乘留秦蹕，千秋紀越山。水從溟海外，雲自會稽間。草樹迴窮髮，魚龍候聖顔。不知徐市去，靈藥幾時還。

海鹽勘事訪王世廉不值

荒城罷兵火，溟海尚波瀾。詎意徵君里，俱爲暴客殘。短書無自達，長鋏倚誰彈。始悟平吴易，空嗟得俊難。

萬象山崇福寺

蓮城最高處，蘭若此中開。水見東溪去，僧聞西域來。啼烏喧梵座，花雨浄經臺。觀萬俱空境，何須得象回。

縉雲尋唐陽冰吏隱山贈李方伯

隱吏久不作，青山名已虚。窪尊花下蹟，科斗竹間書。沉飲非妨政，耽遊爲惜餘。藩侯寔宗彦，曠代此懸車。

東溪寺 源自大盤山

東溪斜帶郭，數里接仙源。嵐氣迴盤嶺，灘聲到石門。僧開翠微舍，客造白雲軒。訝可無機事，看鷗代晤言。

九日寄子約 時海寇甫戢，聞河中盜起。

漫有登高處，兼當望遠何。對花驚白髮，見雁憶黄河。亂後書來少，霜前木落多。不堪羈宦日，同是阻干戈。

送客之濟上訪金君舊吴守〔一〕

臨淄路何許，之子謁賢侯。昔受千金顧，今懷一飯酬。刺修緣北海，榻解爲南州。若問長洲苑，傷心荒草秋。

【校勘記】

〔一〕續皇甫百泉集題作「送莫子濟上訪金守」。

贈王生　維禎仲子

世業本青箱，詵詵後益昌。談應呼小友，書已授中郎。鵬路瞻霄近，雞窗惜晝長。阿翁雖善賦，輟草待靈光。

訪萬師寺居〔一〕

行營辭細柳，開府寄東林。對塔占雲氣，安禪就樹陰。輕身驅白馬，收士散黄金。何自除煩惱，澄公誦法深。

【校勘記】

〔一〕續皇甫百泉集題作「簡萬鹿園寺居」。

别我兄弟之滇中

少年迷善宦，中歲尚投荒。同氣分花萼，驚飛折雁行。蒼山官舍近，炎海客途長。莫漫愁烽火，音書早寄將。

贈黄梅令張九一新蔡人也

解褐趨朝日，腰章宰邑年。人同潘岳少，政並子奇賢。楚地從兹始，梁園若箇邊。更聞兩峰勝，政暇一逃禪。邑有四祖、五祖山。

登赤壁

萬古滄江上，清秋赤壁開。浴凫知舊渚，横鶴見新臺。妙齒瑜非昔，雄心操已灰。愧無題賦手，猶欲記重來。己亥歲，余謫黄理官，嘗遊赤壁，擬蘇長公製賦一首。越甲寅，余有滇南之役，道復經此，欲撰後賦，征途未暇，聊占短律。

巢縣

昔覽先公傳，常懷高士名。今來洗耳處，益感讓皇情。郭外箕山色，林間潁水聲。能令車馬客，延佇愧塵纓。

重經四祖五祖山

慧宇接巖阿，塵鑣惜再過。鄉書吳雁盡，客淚楚猿多。鍾梵凝青靄，銖衣掛碧蘿。那堪彈指後，年鬢已蹉跎。

清平九日

重陽頻作客，萬里動離思。況此牂牁路，兼之風雨時。孟生高興盡，陶令去來遲。霜後猶無雁，攀花欲寄誰？

寄所親

故國吳關外，遥心楚水東。九秋日易盡，萬壑路難窮。民俗非夷舊，人言與蜀通。因書報親串，行始達黔中。

關索嶺

斲石微通路，攢峰儼作關。雲中馬嘶去，天上鳥飛還。水向盤江匯，坡從香樹攀。平生慣履險，於此亦摧顏。香樹，坡名。

顧參軍於板橋驛贈別寄憶

昔感驪駒賦，辭君金馬關。河橋相送處，猿月共荒山。烽火猶傳警，田園未遂還。梁溪如借問，芳草夢魂間。

早春五華寺

淑氣南中早，春遊上界清。寺緣雙樹建，山識五華名。積霧鄰滄海，餘霞似赤城。沉灰如可辨，浩劫在昆明。

圓通寺

緇流棲梵處，不與俗情諧。花雨藏春逕，松風掃夜階。欲觀一切法，來叩八關齋。漸覺忘言好，探遊愧詠懷。

馬跑泉

漢將長驅日，黔關夜度年。千盤雞背險，百折馬蹄穿。梅盡難銷渴，河乾不受錢。從來疏勒外，知有耿恭泉。

温泉

靈泉瀉温液，灼水沸華池。煦沫看流處，涼風來浣時。花凝百和氣，樹偃萬年枝。詎説驪山上，痾銷神女祠。泉上有無名樹，四時不凋，升菴詩云「瑶草蟠千歲」是也。

曹溪寺 寺有泉源，一日三至，名聖水云。

鷲嶺知何處，螳川去不遥。仙巖鍾夜月，聖水梵時潮。浴罷衣聊振，風停幡屢飄。遠公一相謝，乘醉下溪橋。

邀李憲長同李侍御登海上浩然閣夕泛建閣賦詩者吴姜公龍也閣與詩皆無恙而姜爲異物矣因次其韻繼之以慨焉

高閣與雲浮，平看洱水流。相邀二嘉客，來泛一仙舟。烽火堪愁思，煙波幾浪遊。望鄉因歎逝，陳跡已先秋。

宿太華山寺

昆明積水上，特秀太華峰。寺遠雲間塔，山深午後鍾。庭花閒自落，海鳥偶相從。一就松齋宿，晨鬬報已慵。

宿太華寄答周子〔一〕

移文謝周子，余在草堂眠。竹徑雲初合，薇軒月自懸。秋光涵一水，夜雨浄諸天。即境雖云異，看心共是禪〔二〕。

【校勘記】

〔一〕「周子」，續皇甫百泉集作「周子籲」。

〔二〕「共」，續皇甫百泉集作「並」。

訪周子籲小酌水木軒

愛爾官齋裏，居然隱者同。遠山當户入，瀑水隔溪通。蔓草牽風碧，薇花墜雨紅。故園經亂後，翻不似南中。

夢子安兄作〔一〕

一爲生死别，獨宦尚飄蓬。白首行荒外，青山值亂中。九原人豈作，萬里夢猶通。今夜看青草，池塘思不同。

【校勘記】

〔一〕「子安」，續皇甫百泉集作「少玄」。

九日寄子約〔一〕

三吴猶轉戰，萬里共含愁。苡薏蠻中老，茱萸海上秋。懷仙入靈境，爲政見風流。自愧投荒者，何時逐少游。

【校勘記】

〔一〕續皇甫百泉集題作「九日寄子約於興化」。

得王南安書并詩因寄

越鳥一相失，同時别會稽。忽傳千里札，因奉八行題。庾嶺看天末，章江帶郡西。新詩仍自好，名愧四生齊。

滇省監試武士

鎖院此重開，登壇屬異才。花非桂子落，月似柳營來。漢業銅標在，胡塵鐵騎催。行看投筆去，佇爾勒銘回。

送陳水部還朝

奉使來金馬，徵錢助水衡。歸程望閶闔，别酒餞昆明。歲序看湘雁，春心報省鶯。因君問鄉土，何日海波平？

滇南雪後

閏月凝寒早，炎方見雪稀。六花金馬上，一似玉關飛。素積昆池練，晴連華岳暉。吴兵猶挾纊，末報解征衣。

送董道夫還大梁

歸心年不待，高蹈古來聞。牽世俱爲客，辭官獨見君。到家春草合，度嶺瘴煙分。去去嵩山迴，何由係白雲。

萬憲使招遊龍華寺寺臨交水而萬江州人也〔一〕

城陰尋古寺，日午報鍾聲。豸服防僧避，龍華護法明。雪殘雙樹冷，溪抱二流清。爲問廬山客，何如入社情。

【校勘記】

〔一〕「使」，續皇甫百泉集作「長」。

遊清溪洞

洞壑何年闢，緣溪五里間。探奇披瘴入，眺險拂雲攀。泉暗惟聞響，化深不記還。始知窮海外，別自有名山。

青華洞

暫輟臺中鞅，來尋洞口春。壑幽經窈窕，石怪訝嶙峋。氣潤常含雨，明通不受塵。鑿空非漢使，到此定迷人。

歲暮齋中作

一作南荒客，常懷東海思。流芳忽改歲，尸素已多時。薄俸僧堪施，閒心吏豈知。朝來華山爽，聊復對支頤。

爲張含追悼少君二首聞遺孩孝慧云

舊事徵彤管，新詩哭繐帷。一朝謝膏沐，誰復嗣音徽？入室看遺挂，臨堂問卷衣。世人無李少，空望彩雲飛。

埋玉嗟之子，凝馨有令兒。多應憐鳳羽，非止爲蛾眉。夜壑長留恨，春風祇益悲。名香産西域，不驗返魂時。

始發滇中〔一〕

荒外倦遊日，南中歸去情。春心同社燕，旅迹任江萍。自恨拂衣晚，誰云脱屣輕。獨憐山太宰，門下絶嵇生。

【校勘記】

〔一〕皇甫百泉還山詩、皇甫昆季集題作「始發滇」。

貴陽阻雨

農家正喜雨，客路不堪愁。白馬吴門遠，商羊楚水流。眉隨朝靄結，心待夕雲收。余亦歸田者，山中幸有秋。

郝憲使招宴岳陽樓

高閣倚清虚，長川落照餘。從來風景處，能使興情舒。垂翼同歸鳥，冥心不羡魚。因君念傾蓋，聊此駐征車。

過蒲圻弔廖學士

碧山成葬地，華屋但荒居。衆女争相妒，明君恨不如。甘泉無獻賦，鄴架有藏書。獨惜招魂處，湘江夜月虚。

灊山五日卜尹惠酒

故國兵戈日，長途風雨時。忽驚芳草歇，猶恨及瓜遲。仙令迴雙舄，良辰贈五絲。朝來皖山樹，渾繫隔江思。

嘉靖辛亥、壬子、癸丑、甲寅、乙卯作，見澶州、栝州、南中集。

皇甫司勳集卷之二十一

五言律詩九十四首

解官歸奉答子浚兄〔一〕

早歲從羈宦，終年辭密親。長蘿謝逋客，芳草遲歸人。廬幸存先敝，家徒減仲貧。故園華萼在，何必日南春。

【校勘記】

〔一〕以下三首，皇甫百泉還山詩合題作「解官歸奉答暴弟友人三首」。

答子約弟

出處本無定，分飛任所之。如何掛冠日，況是阻兵時。宦惜潘生拙，歸嫌陶令遲。北風待高翼，莫學守南枝。

答陸子

投劾謝當路，因書報隱君。從兹返初服，聊得慰離群。棹處汀洲月，耕時洞口雲。北山期共入，那復待移文。

過張子新居〔一〕

早學樊生圃，初歸平子田。蕉陰清簟上，花氣緑窗前。客每攜樽往，予思借榻眠。墻東喜相接，無用買鄰錢。

【校勘記】

〔一〕皇甫百泉還山詩、皇甫昆季集題作「過張子聚之新居」。

酬子約秋日齋中讌集〔一〕

憐君暫休汝，留客賦郊居。琴興聞蟬後，秋聲落木初。白雲閒北牖，芳草歇前除。即序方盈念，貧交已漸疏。

【校勘記】

〔一〕皇甫百泉還山詩題作「酬子約秋日讌集」。

重挽周以言二首

委化同桑户，嗟來弔寢門。迷途非敏夢，顧影似嵇魂。繐帳風偏瑟，松丘日易昏。平生金藥秘，無復枕中存。

把臂成淹忽，傷心每泫然。笛聞堪有賦，琴在已亡絃。訪宅爲幽里，尋溪是夜川。襄陽多棄草，何處購遺篇。

答黄志淳〔一〕

憶爾因兵火，攜家住石城。嗟余解纓絡，税駕返柴荆。夢裏秦淮遠，愁中歲月更。如何書寄語，猶是未歸情。

【校勘記】

〔一〕皇甫百泉還山詩題作「答黄志淳金陵惠訊」。

送唐應德遊武夷〔一〕

那堪逢亂後，重此對離群。歲晚崇江道，天長幔嶺雲。靈魚尋漢祀，仙掌謁夷君。獨往清溪夜，啼猿幾處聞。

【校勘記】

〔一〕「應德」，皇甫百泉還山詩、皇甫昆季集作「荆川」。

題屈氏廢居

海上逢殘寇，山中憶敝廬。可憐虞仲里，誰卜屈平居。棟没秦灰後，臺傾蔓草餘。秋螢飛不散，猶似照遺書。

送陸子還西山〔一〕

湖山招隱地，歲晚獨歸人。寇亂惟衰鬢，途窮共此身。門閑嵇散釣，甑滿范生塵。别後毛壇路，花溪夢裏春。

【校勘記】

〔一〕皇甫昆季集題作「送陸子還洞庭西山」。

冬宵柬子約

曼容歸念早，逸少宦情闌。詎是淮陽薄，其如蜀道難。長林扉獨掩，永夜榻同寒。爲謝閩中使，江皋歲已殫。

哭姪阿乘三首

生期嗣芳軌，奄忽撫靈車。竹下銜杯盡，苔前望履虚。膏帷初息照，塵榻尚留書。魂去依長夜，心傷十起餘。

風齡稱獨秀，弱質竟罹災。一旦隨朝露，千秋閟夜臺。爲山成復止，逝水去無回。始悟蘭芳促，何應壽不材。

長魚疲侍疾，季琰妙通禪。毁性安疏節，無生得大年。松丘成異代，花徑隔重泉。一見西河泣，誰能不泫然！

登天平廢寺

古寺空山裏，重來感廢興。尋谿迷蔓草，攀壑籍危藤。遶樹多寒鵲，燃燈止病僧。獨憐青嶂外，猶見白雲層。

錢侍御傅亡友周子僊於虞山感賦

嗟君成物化，何事得仙游。術向青華秘，名從緑簡收。空棺存敝杖，藥市即丹丘。柱史生前契，靈筵永夜留。

四月八日讚佛

四禪開孟月，八解應芳辰。香梵迎祥蓋，燈筵候法輪。觀空成彼岸，戒寂示來津。髣髴金光裏，如來此現身。

四月十四仙誕日因憶以言

令節啓朱明，群仙降太清。蓂猶虧一葉，芝已秀三莖。磨鏡非凡迹，懸壺豈世情。不知塵市裏，何處覓周生。

頌藥師燈

洹碣留真諦，維摩習病禪。欲除諸障染，聊示一燈燃。生滅俱成幻，光明即是緣。蓮花如有悟，何必待薪傳。

詠扇

吳繭新傳製，齊紈舊得名。塵來聊障面，歌罷尚持情。學月何曾滿，懷風不奈輕。莫須逢內史，價始重稽城。

坐忽春暮擬結山遊簡我兄弟二首

春芳餘復幾，塵戀苦相仍。負杖才堪起，單衣已自勝。溪留花共入，山待月同登。欲往招公子，無言病未能。長兄病初愈。

聞君閉關處，趺坐學維摩。春色遥相待，流芳惜易過。逢鷗機事少，攀樹隱情多。不稅東山駕，投簪意若何。

姪秦宅觀玉蘭

玉樹傳吴産，幽枝異楚叢。競芳春色裏，留賞夕陽中。弱質全矜素，繁妝最妒紅。況逢佳子姪，不忝謝家風。

子約日耽内典因贈

積雨淹幽徑，高雲翳遠峰。披經詮范績，就佛禮何顒。華悴觀朝槿，清虚鳴夜蛩。非緣禪悟早，那使宦情慵。

寄雲谷上人

棲霞信靈境，滅跡企前規。松覆梁王宇，苔荒江總碑。鱸歸秋興後，猿定夜禪時。怨别心千里，惟應江水知。

夏日吴橋見訪

逃暑掩柴關，清風喜乍攀。嘻歌出嵩洛，招隱入湖山。離亂空凋鬢，窮愁爲損顔。梁王方好客，何事倦遊還。

悼甥吴彦先家在吴江曾隨余括州别後竟逝云

獨行嗟難合，玄思惜未成。泉幽流壑恨，楓冷咽江聲。鶵結那堪襝，螢飛更不明。向來臨渚淚，何自對韓生。

賦得郊臺送張子讀書楞枷寺

高臺臨水曲，吴國此郊禋。輦路名猶在，壇柴事已塵。那知薦璧處，空對下帷人。欲賦興亡恨，愁看芳草春。

哭兄詩四首

阮籍生前慟，黔婁死日貧。素書遺稚子，今事問何人？泉閟臺空夜，阡開路豈春。緇衣一以斂，爲謝洛陽塵。

物化居然盡，吾生詎有涯。援琴堪灑泣，展卷但興嗟。大被虚姜寢，烏衣減謝家。一乖棠棣詠，幾欲罷看花。

才高翻見伐，曾是貴無能。滿座思文舉，同時惜彦升。門庭猶置筆，帷榻尚懸燈。祇自留遺草，將誰訪茂陵。

昔共懽娱地，今來倍愴然。隙駒驚電後，行雁斷霜前。易悴同朝槿，難回似夜川。愧非摩詰弟，含涕輯遺篇。

送吴山人之洛川訪弟兼謁西亭王孫

聚糧何所適，遠與故山違。客路猶吟草，王門欲曳衣。行攀楊柳别，思逐鶺鴒飛。莫作梁園賦，淹留待雪歸。

贈嚴叟

聞有君平隱，湖山不易逢。溪藏幽處塢，雲合曉來峰。啼鳥閑中興，馴鷗物外踪。尋君迷九曲，花樹一重重。

偶過長兄故齋作

一自空堂掩，傷心今幾回。故琴流水盡，散帙任風開。物有先秋恨，人同急景催。徒看芳草合，那復履綦來。

吳吏部館聞陳氏洞簫

雅樂初調夏，賓筵颯已秋。將聲傳鳳翼，合曲度鶯喉。咽處非關怨，危時似寄愁。翩翩公子宅，直擬接秦樓。

偶述

抗世跡長屏，端居心自遐。檢方尋五石，行藥問三花。歲逝同流水，顏衰欲駐霞。不知車馬客，何事滯京華。

寄憶盛二仲交

與君何地別，遥自舊京歸。日日寒潮落，年年旅雁飛。山川白雲間，烽火素書稀。莫問平原宦，幽情已拂衣。

七月十五日頌盂蘭佛會

蕭晨淩上界，孟月會中元。綺供千花綴，芳筵百果繁。流悲咽笙磬，佇想現燈幡。解脱徵冥理，俱來聽法言。

九日觀騎射同子約作

江東少年子，結束逞雄材。夜宿歌姬館，朝登選將臺。輕飆連騎發，彎月抱弓開。二謝登高處，聊同戲馬回。

題山泉卷贈蒙侍御

雩水原標勝，分泉更有名。乘流逢世泰，用汲荷王明。蘿月琴中調，松風枕上聲。夫君驄馬客，三輔佇揚清。

九日登半塘寺閣

舊識諸天界，今爲九日遊。寒塘但蒼靄，何處訪緇流？鍾帶西林寺，帆通近郭舟。憑高攬風物，摇落不勝秋。

寄題沈儀曹虞山別業

虞山白雲際，梁日樹長秋。爲託煙霞好，因辭軒冕遊。荒臺仍舊葺，涸井詫新流。不作郊居賦，猶言似隱侯。

哭洞庭友人陸梓二首

蒙叟能齊喪，榮期了悟終。一朝奄委化，萬事若淪空。問字奇偏識，臨書法最工。今來隱几處，長夜起松風。

老就青山隱，驚聞白日開。貧交復存幾，死友重嗟來。僧舍依爲寢，仙壇閟作臺。臨流送歸處，逝水竟無回。

崑山道中延福寺逢琴僧

維舟探野寺，取逕度溪橋。宿雨鳴才歇，寒雲濕未消。琴聲入林細，幡影隔花遥。流水原無着，歸心緩落潮。

寄宋大理

三輔平反久，無冤定有謡。年隨芳草換，山間白雲遥。花色留潘縣，鶯聲憶漢朝。莫因辭賦苦，宋玉鬢先凋。

寄何白二儀制

帝里承恩日，仙曹典禮時。共趨門下省，同草殿中儀。文藻推西蜀，才華重左司。鶯花春色遠，何處寄相思？

送徐紹卿還洞庭兼訊方子

臨水朝來望，還山西渡人。柳情非遠道，花恨是殘春。槁澤聊吟楚，尋源若避秦。祇應方處士，白首共垂綸。

題息機館

改館託幽居，寧知即敝廬。塵清新解榻，芸覆舊藏書。跡遠冥鷗外，心閒賀雀餘。何因機事少，惟是抱玄虚。

題項二秀才半華書屋

永嘉古名郡，山水勝嘗聞。幽館逢初構，華峰已半分。亭虚堪聽雨，逕密若迷雲。康樂娱情處，清輝直待君。

送章參岳之蜀兼訊楊太史

移藩因重寄，倚棹惜離群。路向巫山去，江從巴水分。鄉書秋雁達，客夢夜猿聞。聖代文誰似，行當薦子雲。

七月六日張幼于館燕別將赴豫章

祖席叨君燕，蕭齋與客過。旱雲涼思少，江月旅情多。著作慚金馬，遲迴戀薜蘿。欲知臨別恨，來日視星河。

富春道中范憲副舟讌〔一〕

已謝塵中鞅，猶同使者舟。清尊聊卜夜〔二〕，白髮幾悲秋。山色分杳靄〔三〕，灘深遞急流。獨憐垂釣處，閱水自悠悠。

【校勘記】

〔一〕皇甫昆季集題作「富春道中與范憲副舟讌」。

〔二〕「夜」，皇甫昆季集作「晝」。

〔三〕「杳」，皇甫昆季集作「香」，四庫本作「蒼」。

鄱陽

鄱口曉來望，潯陽路此通。頮波銷霸業，蔓草没王官。霧色香罏上，秋聲瀑布中。禪心與遊思，并落楓林東。

贈既白宗藩

昔從開邸第，常此集簪裾。月似西園夜，雲疑南浦初。遊梁先已倦，入魏左頻虛。別建藏書閣，銜恩賜秘餘。

贈龍沙宗藩父子

偶作洪都客，因承清燕私。秋風蘭被坂，夜雪竹交池。授簡何能賦，吹竽謝所知。傳家自有學，並善楚元詩。

匡南宗藩別館

不識王孫貴，翻同隱者流。池開半畝曲，地即小山幽。霜冷兼葭夕，天長雁鶩秋。何須章水上，懷眺倚空樓。

寄羅達夫於雪浪閣二首

一自看花罷，俱爲泛梗人。余棲吴苑月，君卧洞門春。道在惟宗魯，文成欲過秦。關山戎馬後，何處嗣音塵。

抗疏辭金馬，談經就碧山。閲川嗟浪逝，忘世覺雲閒。即了期言下，相逢恐夢間。兹遊非泛雪，詎作剡溪還。

袁州九日

信美登高日，宜春有舊臺。花非吴地發，雁是楚天來。郭外千家盡，窗中萬壑開。此鄉多旨酒，聊覆使君杯。

與鄭司士夜話

故國經年别，他鄉會面難。人疑天外至，花似夢中看。山瘴侵氈濕，江流遶舍寒。不知臺省客，誰念一儒官。

寄鄒謙之祭酒 予先子與其父爲同年

曾覽先朝籍，君家名與通。著書稱馬走，問道得鴻蒙。歲月別來久，雲山歸去同。幽居應不遠，負郭即墻東。渠稱東郭君。

答張聚之惠問

六橋花下酒，送子返柴居。爲別清秋暮，相思章水餘。塵驅慚駟馬，道遠望雙魚。何處詢流寓，匡山欲著書。

寄子約桃塢別業

隱居思令弟，行役愧予昆。花隔南州榻，蓬深北郭門。委懷惟素帙，寄興有清尊。鄉夢因之望，時能到陸渾。宋之問弟。

三衢道中

山居無別業〔一〕，民俗半爲農。樹杪開山閣，溪灣置水舂。採薪朝候艇，乞火夜聞鐘。歲晏收廬橘，猶堪比户封。

【校勘記】

〔一〕「山」，皇甫昆季集作「村」。

庚申元日立春

常年同正旦，今歲獨兼春。蓂砌才抽莢，椒盤併具辛。不知頒曆後，遇此幾何人。拂曙蒼旂轉，風光一倍新。

虎丘北院

只疑山路盡，别自隱叢林。草緑知春半，花飛覺雨深。到門餘野色，燕坐得禪心。一悟生公法，傳燈直至今。

送叔氏遊齊雲

新安春水緑，乘興謁名山。石磴和雲踐，金庭就日攀。暫來辭竹下，獨往出花間。若遇壺中客，應知得道還。

送金憲使之蜀少隨父經此

蜀道遥天末，巴江春水分。嗟余遊少小，送客想氤氳。沈雲卿小度巫峽後有「一想一氤氳」之句。燕坐琴臺月，褰帷劍閣雲。知君能諭俗，無待長卿文。

送孫生北上拜爵

生子當如仲，孫郎更少年。丹書藏秘府，兵法守遺篇。仗劍都門外，揚帆春水前。銘勳會須早，塞上正烽烟。

吴山遇張幼于讀書僧舍

棲寺猶言近，尋山入更深。拂帷花作雨，喧坐樹鳴禽。乍可辭塵鞅，無須滅照心。西河索居意，今日在東林。

送宗兄擢憲之嶺南

南顧勞宸眷，西曹特簡良。行爲持節使，暫解尚書郎。華蕚離筵散，瓊崖别路長。莫令庾嶺外，音斷雁來翔。

王舍人邀遊故相文恪公園亭二首

東閣輕簪組，西園盛履綦。石聞窮海至，花記洛陽移。柳色縈城合，槐陰夾路垂。吴宫清蹕水，留作養鵝池。

疏傳遺金少，爲園不買田。樓臺卑緑野，花石減平泉。逕草萋春雨，城烏起暮烟。臨池俱欲賦，誰在鳳毛先。

悼釋宗衍并示懋公

竹房一夕掩，蓮宇幾時開。乍禮新封塔，空餘舊講臺。香飄林木變，月落水禽哀。爲問傳心偈，誰應更悟來。

虎丘如公關齋寄贈

行苦能違俗，心空尚閉關。有時花自落，何處鳥飛還。觀止風幡後，禪參水月間。城居愧張祐，春事隔青山。

唐應德輓詩二首 卒于揚州

矢心懷北闕，扶病起東山。迢遞胡關外，驅馳戎馬間。龍韜聊自試，鶴馭竟無還。落盡淮南桂，悲來誰爲攀〔一〕？

奄棄人間世，空留海上營。三軍齊灑泣，一市罷言征。凱樂成蒿唱，牙旗表素旌。更聞遺草在，猶是出師情。

【校勘記】

〔一〕「誰爲攀」，皇甫昆季集作「可重攀」。

由罨畫溪登玉陽山院

溪水鏡中渡，風帆畫裏看。潭猶名玉女，地即訪銅官〔一〕。向夕山常雨〔二〕，先秋樹已寒。洞宵供奉日，歸隱聖恩寬。

【校勘記】

〔一〕此句，皇甫昆季集作「地欲訪銅棺」。

〔二〕「夕」，皇甫昆季集作「午」。

惠山簡汪沛

閉户沉冥久，尋山感慨生。靈泉常浄色，空梵亦秋聲。花雨行間濕，松陰坐處清。不逢雷處士，臨眺獨含情。

端威道院悼莊羽士素善琴

偶來芳草地，更上紫霄峰。出岫知今是，尋源感舊蹤。故宫啼鳥雀，落日下杉松。一自琴亡後，壺中遂不逢。

送叔氏入京

客思輕千里，官儀望五雲。林間傾別酒，菊下贈餘芬。北雪衣先授，南鴻信早聞。倘逢相識薦，無忝晉徵君。

赴崑山悼顧武祥

東山辭滿日，北郭送歸年。駐馬旌方舉，鳴笳座已遷。傷心宿草地，灑涕菊花天。賴有徐卿子，寧云似舅賢。

悼過叟二首

吾友嗟凋喪，斯人歎屢空。高情非俗物，隱跡是園公。客散茶烟冷，丹銷藥火紅。祇餘花徑在，誰爲掃春風。

詎有容成術，能躋衛武年。春山聊別後，朝露忽驚先。櫬向梁溪返，旌從虞海懸。平生竹林飲，流涕酒壚前。

送侯憲使之滇因悼楊太史

站嶺炎雲路，盤江毒水津。君方遥奉使，余是倦遊人。鄉淚猿聲夜，離心柳色春。揚雄今物化，芭也欲誰論？

過張子

愁思何自遣，寂寞訪張平。雪後持經坐，花間抱甕行。感時聊復隱，翫世已能輕。終日蓬門掩，那知春草生。

挽張允清二首

尚説遊名嶽，寧期作逝川。銀臺非舊署，石槨是新阡。花恨纔經月，松悲似隔年。夢迷元伯路，驅馬詎能前。

奄忽成捐館，平生不問家。旌書卿士貴，簀稱大夫華。草聖留山寺，萍踪斷海涯。藏舟向何處，那復是乘槎。

送槃姪讀書竹堂寺

不遠違親舍，尋幽就法堂。夜禪寧避虎，晨誦忽亡羊。寂滅銷塵想，常明引隙光。無令竹林賞，春草遂荒凉。

簡釋懋

齋關何日閉，燕坐罷春風。五蘊方持戒，諸緣頓悟空。禪參花雨後，法喻鳥聲中。自笑無安着，將心問遠公。

寶林寺訪徐紹卿疾不遇

客思因秋極，禪心獨夜持。乍來行藥處，曾是散花時。空梵留支座，殘經罷董帷。東林但聞鳥，日暮悵何之。

寄項生校書

一自開東觀，經年滯北畿。再逢芳草合，兩見朔鴻飛。積雪應穿履，緇塵定化衣。高樓如借問，夫壻未言歸。

嘉靖丙辰、丁巳、戊午、己未、庚申、辛酉作。

皇甫司勳集卷之二十二

五言律詩九十四首

送蔡中丞之大梁二首

聞君歌赴洛，暫此駐熊軒。昔羨年方少，今看位已尊。叢臺連魏寢，戚邸半梁園。不是夷門客，何由慰贈言。

臺端勞簡命，河内佇宣風。置坐同周處，名亭次召公。鄭饑行盡給，梁獄到應空。可是工詩者，誰云宦並窮。

寄東王一元美二首

一掬燕城淚，聞君返故鄉。草間逢鹿擾，松際有烏翔。宦憶中郎省，辭當七子場。名成身見累，渾欲棄青箱。

聞爾閒居日，悲來賦未成。候門無雜弔，西坐有餘情。淮水流難涸，虞丘樹易驚。上書恩不貸，感泣謝緹縈。

余有二鶴忽失其一林伯寅得之慨然見還賦此以謝

一謝乘軒寵，棲田意頗同。雄飛忽沖漢，孤響但悲風。翫目慚支遁，冥心託塞翁。非君仗高義，誰念楚人弓？

孫生讀書道院兼示新詩因答

挾策青谿上，垂帷晝不開。雨忘流麥去，霞記種桃來。變幻雲仙宅，荒涼僞主臺。興公奮嘉藻，何異詠天台。

送祖叟隨姚太史遊京

爲重一言諾，因輕千里心。青門贈柳色，白首念桑陰。旅跡蠅同附，鄉書雁莫沉。平生抱琴德，行矣惠知音。

久雨

政虎聞由昔，民魚驗自今。五湖成大侵，累月示恒陰。避世甘淪棄，全身但陸沉。何能上封事，徒爲賦愁霖。

景王之藩恭述二首

帝胤宜承序，賢王遂啓封。珪分勞睿眷，笙別愴慈容。地接荆衡勝，人多宋景從。行看江漢水，何處不朝宗。

綺歲占淵識，冠年仰令儀。邑鄰豐起處，路即代來時。桂樹新開逕，芙蓉舊作池。寧知飛蓋賞，别有望陵思。

送文司教北上

當宁崇儒教，持經謁聖君。伏生猶未老，揚子最能文。帳已同南郡，書堪逼右軍。還憐竹林後，見爾出雞群。

至後徐子見過

户外久羅雀，山中來故人。歸田嗟失稔，避世笑同塵。榻解南州夜，尊浮北海春。相看歲云暮，坐惜物華新。

送項生入京

爲問西陵客，何時發永嘉。路隨天外雁，舟泛雪中花。帝典虞堪並，皇圖漢未加。行瞻天禄閣，載筆振瑶華。

春日訪大林和尚

投跡入空境，看心愧此身。緡巾蒙示結，執鏡爲宣因。石壁初消雪，筠關久滅塵。坐來花落盡，猶自不知春。

黄氏中表邀余兄弟展其先塋

歲久川原改，春深雨露思。亂杉迷故道，荒草没殘碑。往化成千古，榮名自一時。寧知渭陽水，流恨大夫池。

經石湖登治平僧舍

野興臨湖上，春光到寺中。曲房巖際掩，幽徑竹間通。閲水知流止，看花悟色空。同遊數王謝，曾爲訪支公。

四黄子賦詩送釋印受戒之武林屬余奉同

幻跡無安着，禪心任去留。杯從一夕渡，律向五時修。上竺多精舍，西陵近沃洲。題詩羨諸謝，惜别爲湯休。

四月十四日

仙家無甲子，吴俗紀生辰。首夏蓬山會，終宵脯棗陳。蓂猶未滿莢，月已漸成輪。不見懸壺客，何由覓異人。

齒歎

齒録非余望，形衰祇自傷。未須論舌在，詎是爲脣亡。守默渾無語，歡歌漸有妨。閨中罕靈藥，何得似張蒼。

雨省家園

梅雨淹時久，桑陰拂夏長。乍窺黄鳥换，斷掃緑苔荒。幻跡非園客，齊心似藥王。朝來觀物後，失養悟嵇康。

悼懋上人

一自過春院，鶯花悵別離。寧知入定後，忽是下生時。懷草人間帖，支銘座右辭。總諳無盡理，那遣有情悲。

汪子每書來言還齊雲未果賦此寄之

聞有歸與興，如何久滯淫。白雲遥引目，芳草自知心。客鬢風霜改，生涯歲月深。移文謝猿鶴，早晚北山岑。

感事三首同子約作

寵易移宸眷，言難悟聖聰。幸逢止輦日，真見引裾風。開閤人何在，題門客已空。徒聞賜歸傳，詎比餞疏公。

長夜猶酣飲，平明已見收。鷹鸇懷雅志，魑魅幸生投。勢殆冰消日，恩疏葉向秋。成功自有序，不去笑穰侯。

妨賢應取咎，履滿竟成灾。書上批鱗切，辭陳舐犢哀。瘴烟蒙萬里，風采動三臺。獨惜平津館，他時但草萊。

題徐氏雲林草堂

選勝辭金谷，探幽慕輞川。近郊聊可卜，初地不離禪。風景原塵外，雲山即眼前。徐陵多藻思，來草玉臺編。

張幼于廬墓

哀壑甘孜守，荒庭罷鯉趨。涕禽還自擾，淚樹已全枯。孝里人題未，安車使到無。寥寥松際月，弔影夜空徂。

答陳司教

仲舉多推望，吾門早有聲。一氈從薄宦，六籍引諸生。芳訊銜蘆達，新詩掞藻成。春風隔相與，遥憶咏歸情。

天池舊寺

不盡青山路，行來豈畏深。花間惜春暮，雲際愜幽尋。峭石迴巒秀，長松夾陛陰。金河流梵處，非復屬支林。

春日虎丘遇何子

江上昔歸去，山中今始逢。花天重會面，萍水舊行蹤。幽意關春鳥，禪心報午鐘。閒來貪禮佛，更喜得何顒。

原明菴

猶厭東林擾，重開西土幽。山光分慧照，溪水合慈流。塔影過松院，鐘聲下竹樓。從兹竟禪理，爰淨更何求。

悼黄得之

早共聞江夏，今誰謁漢京。未攄三策對，曾草萬言成。考謚由賢媛，留喪遲友生。頹齡奚恨促，不死是榮名。

示内弟沈子

沈約郊居興，今來吴市中。移家因亂日，懷土復春風。坦腹床何在，齊眉案已空。憑將雍門慨，一爲寄江東。

黄清甫之洞庭訪徐紹卿

湖上乘春棹，山中問隱居。病閒行藥後，興減落花餘。客舍停雲久，僧窗鑒月虚。向來誰把臂，應歎故交疏。

悼汪子二首

尚記看花别，俄隨落葉傾。計疑千里夢，交愴百年情。鄉國無重返，泉臺豈再明。張堪妻子在，誰爲託朱生？

懷歸曾未得，委化竟何言。城罷燕人泣，江迷楚客魂。繐帷非故榻，絮酒異歡樽。肯惜黄金盡，惟餘詩草存。

寄莫憲使

不睹魚中素，寧知隔歲情。一官聊自免，萬事若無營。髮爲辭劉白，書因去趙成。思君對烟草，江上唤愁生。

送吴子北上

顔訓家聲遠，韋經世業存。鳳毛新沐寵，豹尾舊承恩。視草供題翰，攀花戀别樽。秋風南雁起，書爲報青門。

送静公受戒還蜀

遊吴兼適越，了自得塵觀。劍閣千盤險，瞿塘五月寒。隨緣朝乞市，説法夜登壇。西去乘杯别，何曾蜀道難。

吴純叔挽詞二首

京兆新泉路，延陵舊世家。經廬聞訴笛，登壟起悲笳。素業空遺草，浮榮若夢華。同時裘馬客，淚盡曲江花。

年少推江左，才高忌洛陽。向晨星落落，歎逝水茫茫。座爲亡琴冷，苔因斷履荒。楚魂招不返，誰與擅詞場？

寄張幼于廬所

舊卜徵君冢，新題孝子鄉。入林逢鹿死，遶樹見烏翔。坐處無青草，攀時但白楊。知君廢莪久，揮涕不成章。

九日書懷

卧病謝塵事，堂陰感迅商。懶成中散慢，醒學次公狂。菊向籬堪采，松依徑久荒。不知吹帽客，何處醉重陽。

贈汪元蠡自虎丘攜茶香歸歙

盧郎今更見，荀令古來聞。茶向僧齋乞，香從佛供分。聊將白雲思，静對緑窗薰。多少囊金者，還家獨愧君。

仲冬對月數宴答子約

冬煖因恒霽，宵遊及望舒。弓形雲際引，桂魄露中疏。棲戀鵁鶄後，思深蟋蟀餘。清光能幾度，再滿歲將除。

送王子之太學

謁帝速征輪，知君久席珍。才華追大雅，文體起先秦。列館槐陰晝，圜橋藻水春。聖朝方養士，莫作上書人。

夜登靈巖

青山行處近，白社到來稀。城化途猶是，臺傾殿已非。香泉流壑冷，花雨入林微。何事烏棲盡，僧船載月歸。

始登玄墓

鄧尉開山久，輪王結宇深。湖光同練水，梅樹即珠林。客興乘春霽，僧齋過午陰。望中枝勿剪，無礙是禪心。

悼張聚之二首

憲也初非病，桑乎竟是災。梁空聞燕語，門掩見花開。繐帳春風冷，藜燈夜雨哀。從今斷雞黍，那復故人來。

居然花月在，良友竟無存。易下齊山泣，難招湘水魂。蓬蒿仍舊舍，松柏已新原。扶醉因埋骨，空思聽婦言。

子約患臂奉訊

靜攝應無恙，塵勞暫有虧。才非類擁腫，德或似支離。燕坐停琴後，朝霖罷灌時。向來觀化意，翻訝肘生枝。

送張幼于之南都應比

老至惜離群，時來此送君。三山吴地盡，一水楚江分。率敏工題賦，衡思善屬文。猶懷壯夫恥，直欲樹奇勳。

答徐紹卿見懷二首

停雲遥引望，良晤近何疏。以我丘中想，開君湖上書。花飛人别後，木落雁來初。祗爲懷徐孺，長令夜榻虚。

芳歲無淹晷，空山忽報秋。時危平子歎，日暮美人愁。尺素勞相憶，雲蹤莫可求。清輝惟共月，猶自遲南樓。

送清甫遊京師

少年輕遠别，相送欲牽衣。記室文章似，平原肝膽非。草芳過楚歇，花落渡淮稀。更有帷堂恨，霜時定憶歸。

秋日王舍人邀遊支硎山同陸儀曹

同舟叨二客，飛蓋此追隨。峭石攢雲際，疏林着雨時。山秋登更爽，寺寂坐相宜。何處堪禪悟，寒泉獨在斯。

哀弟子約四首

兩度悲兄淚，今爲痛弟流。棣華翻委露，池草竟成秋。襁内孤兒泣，帷中少婦愁。獨持遺草去，恐有茂陵求。

一官聊自免，萬事若無營。琴綜逍遥罷，書詮道德成。惠連嗟令弟，法護愧難兄。何悟桃園賞，重來異死生。

晞世才難合，憂時病易侵。形全應驗玉，藥誤爲投金。捫雀生前遝，啼狐死後林。却憐遺令日，指季獨傷心。

賓館綦方絶，靈筵繐忽張。臨池留翰在，撫座惜琴亡。花晝歡娱盡，燈宵涕淚長。猶言何水部，詩思滿江鄉。

季弟子約棄官東歸，杜門却掃，日延方士研味道家之旨，流覽衛生之經，綜琴書以自娱，或翰墨之間作，宜其享黄髮而躋上壽也。豈意今秋食鮮疾作，伏床第者七旬，捐賓客於一旦。廣陵絶響，玄草徒存。吁嗟！悲矣。藐兹遺孤，艱以投我，悲悼又安可勝痛耶？爰賦四詩，哀心感者，其辭悽以怨，但韻之而不能文之情也，因似良友密親，請各賦之，歌以永哀，聊以泄吾思爾。凡知子約者，必不能忘情，抑烏能忘言哉！

送王維禎還涇陽二首

王君與余爲藝苑之交，忝通家之誼。彈冠仕路，二紀彌殷；謝秩還山，十年成闊。雖音驛數聞，而光塵難即。每懷良覿，千里馳情。乙丑春正，上元節後，忽駕扁舟，蹈積雪，衰絰而來，以志銘見屬，乃知厥考青山公辭養久矣。相對於悒，留款浹旬，晤言申旦，是又悲中之一喜也。明將别去，聊賦二詩，遍眎諸友，凡在同盟，無忘占贈云爾。

蕭齋避客處，解榻遲君時。稍覺形容改，將無夢寐疑。酬心誰把劍，攬涕獨題碑。辭乏中郎妙，空慚有道知。宦跡一朝謝，離心十載還。旻天孝子恨，風雪旅人顔。夜壑青山裏，春帆越水間。王裒枯樹在，歸憶幾迴攀。

二月十三日與楊中丞王舍人陸儀郎姚茂宰集吳氏園亭

恒陰方浹月，寂寞過花辰。不造河陽館，安知別有春。池臺尚存故，畦徑稍更新。同是稽公客，當杯獨愴神。

雨後靈溵寺觀梅寺乃梁時古剎有銀杏一株歲久合抱矣

梁代叢林敞，齊關溵水賒。觀梅乘雨霽，問樹識年華。佛供移香淨，僧窗影月斜。夜深鐘梵起，飄處即靈花。

妙華菴登樓望太湖

野寺人天外，危樓烟雨中。三山憑檻接，一水挂帆通。浪跡俱成幻，浮生併悟空。壯遊渾已倦，徒自愧長風。

虎丘如公房追憶子約

重探支遁室，曾記惠連來。草色迷春夢，松聲起夜哀。居然隨物化，何自驗輪迴。獨惜題名處，殘碑半覆苔。

天池遇劉侍御張文學留宿僧房余先返棹

獨往因春興，相逢盡宿緣。散花初地雨，施食午時烟。山月分歸照，龕燈就卧懸。無言去與住，諦想不離禪。

贈陳子修道天池

塵累何能遣，空門忽遇君。皈心參繡佛，戴髮誦靈文。唄落漁山月，禪棲鷲嶺雲。誰憐叔玄婦，書去未相聞。

徐翰撰遊齊雲歸因贈

蓬闕雲中嶽，花源洞口春。幽探歷山水，玄覽出風塵。太史遊何壯，興公賦更新。寧知香案吏，今是玉堂賓。

春日同諸君虎丘餞别蔡司空分得可中亭

地選香臺勝，亭開劍水春。月華懸一鏡，海氣儼重輪。圓缺看成幻，升沉悟是因。帝京千里共，遥夜悵音塵。

奉送再賦

向來遊宦侶，試問幾人存。暫駐東林駕，因攜南浦尊。臨溪攀柳細，遶塔落花繁。訝得休公怨，誰能不黯魂？

顧姊挽詞二首

化俗推慈範，宜家著令猷。行齊淑女伴，才比丈夫流。白日開新兆，蒼梧從故丘。曾聞入朝語，悟主在無求。

褕翟生前寵，金蠶死後藏。絮風猶擬雪，薤露已晞陽。骨化同埋玉，魂銷詎返香。淚來開故篋，留取彥先章。

訪顧朗生不遇

爲訪山居勝，門前一水分。寧知牽世網，未果謝人群。滿徑翳秋草，虛窗閒白雲。非關乘雪興，了恨未逢君。

題鍾山送幼于之白下

夜壑鍾山裏，千秋劍舄存。烟霞餘王氣，霜露是深恩。鼎定周王業，冠遊漢主魂。相如從此去，投賦謁文園。

又賦雨花臺

多少南朝寺，長干覺路分。天花飛晝雨，江樹隔重雲。禮塔燈難滅，臨臺日易曛。莫因逢浄侶，開社欲留君。

燈夕答徐子

讌賞宵堪永，流芳歲復還。驪光疑泛海，鰲火若浮山。月滿金枝上，花生綺綴間。無嗟成白首，既醉總朱顔。

新建徐文敏公祠季子見招展謁各賦

經始南城地，恩開東海祠。公車收啓事，像寢儼容儀。蔓草成書帶，桃花即絳帷。將非過庭日，猶幸得聞詩。

重建雲隱菴

寶刹將傾日，琳宫再搆年。佛餘迦葉地，僧乏道林錢。遶塔徵前果，沉灰悟宿緣。願言功德就，來問廢興禪。

贈汪子

世事勿復説，與君聊自寬。感時蕭序改，行路太行難。明月流杯暢，清風拂劍寒。并州何處是，且當故鄉看。

送朗公講解還越 月溪施錢修塔

開教逢鳩什，談經得馬鳴。坐中窺有相，言下了無生。法雨和香氣，天花落梵聲。歸時多寶就，刊石爲垂名。

贈張二守

飾吏更兼文，關西迥不群。課登三輔最，名向兩州聞。慷慨心傾日，飛騰足致雲。古來歌政樂，今復見張君。

送劉守備兵維揚

爲邦有令名，開府向江城。鯨海無傳警，狼山佇偃兵。歌同五袴美，贈比一錢清。獨惜隋隄柳，春來綰别情。

朱生將子遊太學

世濟由三事，家傳自一經。帝京初受館，客舍尚趨庭。槐晝春飛雨，花天夜聚星。能令同學羨，太宰舊儀刑。

四周寺訪吴山人

徒步起江東，干時義氣雄。倚鞍聊作賦，投筆未銘功。客歲長途雪，禪宵静院風。征西旌節盡，門下泣何窮。

贈異僧如金

幻術傳僧吒，神光顯佛圖。阽危猶引足，冒險似忘軀。木末同猿挂，簷間學鳥趨。佇看多寶就，會有百靈扶。

黄清甫自京惠訊兼示新詩寄答

聞爾淹京國，將書達故園。式微聊永歎，長憶只空言。落木兼鄉淚，飛花共旅魂。可能懷筆札，更向五侯門。

立春日同劉侍御集張幼于赤城山房

荏苒驚時序，遲迴戀物華。隔宵林帶雨，拂曙海呈霞。隱跡原南郭，辭流屬大家。陽春何事早，先遣筆生花。

次劉守玄妙觀作

吏治聊乘暇，仙源此暫過。風光延眺迴，雲物寄情多。徑密全遮桂，谿深半繞蘿。陽春何意早，先入郢中歌。

讀劉侯至日玄妙觀之作因贈

緱嶺郡城隅，緣谿路稍迂。自公移後乘，攬勝駐前驅。氣動吹灰管，靈探禮斗符。興來聞夢得，留詠在玄都。

答章憲使

得罪因明主，蒙恩念逐臣。猿啼嶺表夜，花發日南春。共就青山卧，俱逢白髮新。裁詩渾欲報，往事不堪陳。

范參岳嘯園讌集寄賦二首

開閣懷先業，爲園慕隱居。官遷四岳後，情戀一丘餘。野鶴隨人鳥，江鱸饌客魚。由來聞嘯父，玩世欲凌虚。

沈約要題賦，王筠會賞心。徒然聞勝概，何自奉追尋。振策東皋遠，開尊北海深。祇應孫阮輩，林木響清音。

嘉靖壬戌、癸亥、甲子、乙丑、丙寅作。

皇甫司勳集卷之二十三

五言排律三十八首

奉和家兄山中喜雪十二韻

憶昨天門雪，飄飖下紫宸。計時方社享，協日已郊禋。聖主元無逸，齋心况有神。瑶花不隔夜，琪樹自先春。畯喜譁馳道，官儀儼從臣。幸祠卑視漢，登禪恥言秦。萍澤遊空豫，桑林禱獨真。叨陪扈蹕列，曾奉屬車塵。念子俱留滯，題詩更絶倫。洛中應減價，海内實遺珍。黄竹賡歌意，青霄感慨身。遥思文似者，誰是薦雄人？

夏至日天子有事于方丘小臣太學齋居作

鳳甸方丘峙，龍輿大駕來。赤斿承烈日，碧殿浄氛埃。天上帷城建，雲中幔屋開。喜瞻周祀典，忝竊漢英材。暑謝唐文避，薫應虞舜催。明禋宣室裏，徙倚泮宫限。繒燎光仍焰，咸池舞更迴。自非留滯客，徒愴失趨陪。

石崖讀書臺十韻爲林中丞作

崖爲高人峻，林因勝地開。逕迷春窈窕，臺倚日崔巍。傲吏園堪詠，愚公谷謾猜。齋同一舫建，峰並九華迴。緗帙雲常覆，牙籤月故來。壁非匡氏隙，帳擬馬融裁。奇問玄亭字，書藏柱史才。仲舒帷不卷，孟博轡仍催。海内饒桃李，窗前任草萊。無勞重懷土，自有柏爲臺。

冬日游虎丘

故國殘冬返，名山暇日遊。攀蘿尋舊徑，倚樹眺新樓。洞雪寒能積，巖泉浄不流。虎將金界湧，龍抱劍光浮。客向空門散，僧開慧室留。已堪招白社，何必訪丹丘。

題高行人使琉球卷

奉使彤庭上，頒封碧海隅。天池凌浩渺，星漢挂虚無。雲日龍宫幻，風霆蛟蜃呼。扶桑標外域，嘉樹在方壺。綏化遐難極，論恩蕩不殊。波臣承玉册，水伯護金符。采秀三山近，乘槎萬里孤。即思枚氏發，因頌禹王圖。

挽張兵憲父母

長夜已難晨，千秋痛二人。文翁辭化蜀，孟母罷遷鄰。鏡掩泉臺月，氈凋爨舍春。藏經空似昔，遺挂宛如新。蒿唱從兹就，莪篇遂不陳。高門容駟入，孝里見麇馴。北闕還堪戀，南陔竟莫循。餘榮與潛德，并可慰霑巾。

自曲梁移水部初入朝作

遄歸仙令舄，重謁漢朝儀。叨命分華省，銜恩踐赤墀。河陽三載卧，天闕九重思。禁漏和鐘盡，宫雲與仗移。城緣雙鳳轉，駕擁六龍隨。談樹仍今日，栽桃異昔時。笥斑新劍佩，蘭署舊纓緌。願並青霄侶，常沾湛露私。

五日集子安館中同賦

兄弟有輝光，翻飛在帝鄉。朝回趨建禮，節賞遇端陽。花綈金門䓪，鴻聯玉殿行。辟兵同係縷，竊命並含香。採艾懸郎署，分蒲引客觴。詩慚稱小謝，名忝繼元方。晞露湛恩渥，披雲藻思揚。常茲歡宴會，無復夢池塘。

北郊應制

坤紀德維貞，乾行禮告成。黄琮陳漢時，赤玉應虞衡。扈蹕傳中道，登禋望太清。百花迎鳳輦，萬柳駐龍旌。日向帷城遶，雲從帳殿生。薦圭祇旣假，端慰睿情營。

李伯華夜話有述

室邇更情親，相過不厭頻。月憐懽會夕，花憶別離春。得御叨逢李，交游幾託荀。履將舄在葉，書斷雁來秦。露裛仙人掌，丹銷勾令神。寧知龍劍合，復以鳳城鄰。蓬愧飄零轉，蘭堪把贈新。攄章徒欲報，含意詎能申。

詠司中蓮花

爾是天泉種，來紛水署芳。春花不競豔，秋影自含香。葉以凝珠潔，條堪攬翠長。行歌臨衛浦，言采憶吴鄉。懽賞從傾蓋，幽懷學製裳。將無託梅萼，同此照何郎。

送子安家兄遣告皇陵之中都

天授我高皇，龍飛自禹方。地曾留巨迹，雲每識神光。宅鎬謀應協，懷豐意詎忘。遂荒湯沐邑，因錮鼎湖藏。園縣祠官給，泉闈烈考襄。枌榆無馬鬛，松柏有烏翔。遹孝今王嗣，恢圖中葉昌。監周興禮樂，稽古備文章。觀德崇新廟，棲靈狹舊鄉。卜工維日吉，遐饋俟風將。東省推予仲，南宫曰爾良。春鄉遥獻節，秋水速征航。望氣荆塗上，登禋汝泗旁。御香陳玉椀，量幣發金箱。別淚紛鴻雁，來歆陟鳳凰。故都行欲賦，揚搉思何長。

衣裳篇

皇甫子補吏水曹，分署廊禁，掌天子衣裳之制。凡遠方來貢獻者，賜衣一襲。臣汸司之黄扉，直暇作衣裳篇。

在笥有衣裳，我后受言藏。來琛陳大輅，獻雉自遐荒。遂化文身陋，俱承黼領芳。懷柔知帝念，錫予見王章。學製微才忝，裁成聖澤長。象宜明敢作，被服願無疆。

秋日過慶陽伯宴樂園作

第是承恩賜，園因選勝開。像峭山並鑿，穿渭水縈迴。鳥接平津散，花移籞宿來。曲旃疏繡户，懸榜跨瑶臺。竇氏方通客，梁家更愛才。綺羅高宴會，珠履盡趨陪。今日懽猶續，當年寵易裁。從思漢城隱，詎遺雍門哀。

秋日寄憶子安兼懷子浚子約

漢殿祠官遣，吳門游子歸。壽觴逢菊酒，舞錦當萊衣。北闕情猶戀，南陔願詎違。橋迴司馬柱，庭偃樂羊機。玉季迎歌棣，金昆對采薇。自慚雞每聽，遙阻雁同飛。草夢生春色，星占聚夜輝。談應及省樹，勿與報芳菲。

秋暮述懷

坐使秋華歇，行歌思不窮。鬢髮看從變，緇塵笑屢蒙。興來言采杜，跡往類飄蓬。薄祿何須戀，微官亦未工。時方妒賈誼，俗或誚楊雄。解佩江堪涉，乘槎路詎通。矢心同喪馬，結意向冥鴻。用世甘瓠落，還山棲桂叢。

閱馬作

驃騎歸天育，龍駒服義臺。種多洼水產，獻或宛城來。轡以明珠飾，裝將瑞錦裁。摐金元逸足，噴玉豈凡材。弄影盤花曲，驕嘶繫柳隈。黃池飲初罷，御苑獵方迴。不數周王駿，何言衛國騋。北群從此富，西域未須開。

詠清虚殿水簾

巧落銀河上，輕垂玉檻前。瑩將珠比綴，湛與露争懸。晴作巫陽雨，寒分太液泉。詎殊銜鳳日，恍似濯龍年。影怯防鈎卷，聲長雜漏傳。夜來承睿盼，霑灑濕星筵。

廣寒宫登眺 即遼后洗妝處

寶閣淩霄建，珠窗映日開。月臨疑桂宇，露灑即銅臺。山悉圖峭入，池猶象漢迴。倚妝花屢發，窺舞鳥能來。傾國元因色，勞民豈但財。地隨胡運改，棟與美人摧。殷監良非遠，秦宫亦可哀。聖朝留故蹟，皇覽寔休哉。

早春送太常殷簿考績還南都

來獻虞庭最，歸典漢邦儀。玉帛神如在，旂常職所司。椒花餘别酒，楊柳贈離枝。新水浮征舸，鮮雲拂去帷。繁華六朝地，全盛兩都時。遥想汾陰上，猶憐太乙祠。

彭城

鹿失咸陽上，龍飛芒碭中。天亡猶引恨，地險竟成功。壯士歌方散，哀姬泣未終。一朝看蹙項，四海罷從戎。落日荒臺在，浮雲故壘空。獨有滄江水，流悲日夜東。

吕梁

蓬轉歷徐方，萍影過吕梁。奔濤朝浴景，流沫夜澄光。清濟疏源迴，黄河引派長。天吴雲際發，海若霧中翔。縈石神難鑿，襟山險易藏。乘槎疑上漢，捐佩似浮湘。未能觀不駭，但遺泳相忘。

永寧寺登木末亭

香刹侵丹漢，禪亭結翠微。芙蓉懸寶塔，鳷鵲影金扉。祇樹千雲覆，靈花萬雨飛。緑深全隱馭，紅密半遮衣。籟引秋聲入，鐙傳夜梵歸。憑高覽虛寂，真乘在芳菲。

詠牛女

針樓降靈妃，帳殿引仙娥。待月臨鸞鏡，行雲罷鳳梭。春心渺無限，秋水悵相過。廣樂陳銀漢，輕車駕玉珂。金飆迴粉席，珠露灑香羅。乍至羞開扇，將歸怯渡河。翻嫌歡晤促，詎減别愁多。花燭人間夜，新知展若何。

聞道

聞道柏梁災，君王避寢迴。金縣朝遂徹，玉饌晝仍裁。耀德千官警，明禋百辟陪。南師謨不戰，西域詔無開。堯覽留茨室，文心罷露臺。臣驀羞奉使，邛竹詎須來。

送大司馬唐公龍養母還山

司寇表陳情，君王詔許行。言歸拜家慶，從此謝台衡。後乘遵鴻渚，前旌舉鳳城。謝安卧東墅，疏廣餞西京。八座夫人寵，三遷令母名。有懷桑景暮，無恙板輿輕。偕隱文焉用，閒居賦早成。叢萱當户發，新筍傍船迎。贈是山公杖，貽非潁叔羹。壽觴歌白雪，扇枕及朱明。一奏循陔詠，都令鄉思生。朝來散孔席，余亦返柴荆。

九日紀勝上李夏二宰相五十韻 同王廷幹作

御氣肇重陽，徵期復際昌。百揆藉元老，一德頌明良。丙魏同興漢，皐夔乃佐唐。丹心熙帝載，黑髮掌皇綱。衮職期多補，台司表異常。入朝榮劍履，緯國粲珪璋。雅望威邊服，嘉謨積廟廊。泰階調玉燭，玄籥啓金方。颯颯輕飆舉，霏霏湛露瀼。虹文亦已戢，龍火遂司藏。寒謝庭梧色，叢飄苑桂香。人間逢九日，天上儷三光。晉接來樞掖，恩酺罷柏梁。龍山悵前跡，鳳甸眷時芳。赤舄辭東觀，華筵列北堂。言從戲馬路，遥指問牛鄉。麾協非熊兆，幡懸並鹿祥。青門遵窈窱，玄圃戾徜徉。長樂通侯第，平泉隱相莊。灌龍迴繡浦，鳴雁集瑤塘。飛陛連阿閣，交疏引洞房。章臺堪入畫，金谷宛成妝。西對燕山曲，南鄰潞水傍。芙蓉紛冉冉，苻蔕藹蒼蒼。逕轉疑彭澤，園開類辟疆。奇葩千品綴，珍果四時嘗。葉密無援李，林深有憩棠。靈魚窺豹飾，幽鳥避麟裳。假日登高會，需雲樂宴張。花從青女獻，酒訝白衣將。寵佩萸房紫，英餐菊蕊黃。烹葵充寶饌，蒸蕙錯瓊粻。禹膳傳頻錫，堯樽薦未央。仙肴飫腥臊，雅樂被宮商。趙舞超方逸，燕歌慨似慷。鯤絃泛清瑟，鳳吹度朱簧。攀石苔侵屐，穿雲竹碍璫。主前稱萬壽，賓起示周行。遇井防投轄，臨溪憶釣璜。紉蘭滋九畹，饁稼滌千場。鴻渚遊襟敞，鵬霄眺思颺。寧知升上宰，猶爾慕羲皇。張組移歌席，揮戈遞羽觴。沙堤微鑒月，烟術浄含霜。筌理冥都契，機心坐忽忘。悲秋感羈客，覽物倦潛郎。開閣登瀛晚，乘槎屬漢長。驪駒留既醉，蟋蟀戒無荒。玆會佳難再，斯遊盛必彰。誰能序終讌，徒自愧雕章。

詔獄二十句

一自嬰時網，終宵若觸藩。史遷幽請室，公冶繫圜門。果被儒冠誤，從知獄吏尊。夢多寧辨蝶，淚盡詎聞猿。易枉虞翻跡，難招宋玉魂。徒聞懷楚奏，未見理秦冤。市遠應投杼，天高奈覆盆。含酸對蛛户，急難望鴒原。良璞捐仍抱，明珠盼尚存。倘然蒙察識，猶可報君恩。

獄中聞齋居奉柬子安十六句

沉憂悵往迹，倚禍昧來端。晝地何期入，呼天獨未安。自憐收北海，誰念繫南冠？鳳或遭維縶，鴒方待急難。祇將形弔影，無由羽接翰。池非斷芳草，臺豈敗叢蘭。望日微須監，飛霜夏亦寒。徒懷宣室對，坐使夜空闌。

十一月十三日胥江汎月旋舸登城歸詠

寒江湛澄澈，華月輝相鮮。乘流載尊俎，瀉影發樓船。翠巘合杳靄，蘭皋帶長烟。萬艘雜燈火，千門紛管絃。飛蓋攬崇堞，輟棹迴前川。曾經故宫裏，爲照荒臺邊。情非烏棲夜，跡是鹿游年。登高與臨水，行樂併悽然。

哀張兩生

孝友悲張仲，才華伯氏先。憐兹雙白璧，同爾閟黄泉。薤草何曾宿，棠華遂不妍。雁飛春隴外，鴒斷夜臺邊。過客徒懸劍，生交或絶絃。臨喪獨無涕，齊物詎須年。

觀虎跑泉

自昔開僧舍，言疏禮佛泉。忽從衡岳外，幻涌越山前。金穴神龍吐，銀牀善虎眠。

響幽宜問竹，色瑞併成蓮。定識調心偈，流知出世緣。從茲功德水，常普法華筵。

廬山道中

漢江非遠竄，廬嶽此經行。陟險憑雲氣，尋幽認水聲。香爐時隱現，石鏡晝陰晴。綴壑青蓮浄，懸崖秀瀑明。烟霞一投跡，松桂乃遺榮。雅抱丘中想，猶迷物外情。將從逋客謝，徒愧昔賢名。今夜東林月，寥寥猿鶴驚。

明遠樓

嘉運開文囿，祥光引畫樓。星疑聚奎野，地似接瀛洲。鳳以飛甍起，龍將刻柱浮。梯雲遥入漢，窗月浄含秋。南嶽神攸降，長江藻並流。懸知堯室敞，應是楚材收。

遊四祖寺〔一〕

若夫嶽擅雙峰，師稱四祖，據蘄黄之上游，迄隋唐而獨盛。訟牒暇日，成服暮春，侶狎向、禽，禪參支、許。惟時兩税方嚴，衆僧莫聚。鳥耘非幻，鼠竄爲灾。龍聽法以猶來，鹿銜花而自獻。因探上乘，聊賦茲篇。

談經聞四祖，結宇在雙峰。玄籥留真偈，冥筌出慧宗。招提懸白馬，欄梘架青龍。泉落時浮鉢，山深午罷鐘。金河遥證果，石徑悉盤松。屐往香泥印，衣歸寶霧封。同茲探象教，一爲謝塵蹤。獨惜僧徒散，空堂客思慵。

【校勘記】

〔一〕續皇甫百泉集題作「遊四祖山寺」。

遊五祖寺〔一〕

別有高僧，因傳正印，禪宫並建，化域非遥。夫支遁愛山，託名都而寄跡；曇摩泛海，遡定水以調心。仁智互樂，彼我同情矣。嗟乎！余幼敦詩書，長叨軒冕。然潘令誠拙，崔宦奚二？隱朝市而莫容，謫江湖而獨遠。將欲入空門以投老，登覺路以啓迷。受想徒嬰，業緣未了，幸兹歷覽，安得亡言。

說法俱成道，尋山並起禪。言由六銖契，教以一燈傳。峻嶺標靈鷲，香池吐異蓮。金雲春不斂，寶月夜恒圓。檻涌湘江水，窗通廬嶽烟。凌虚情更逸，觀寂思愈玄。自忝黄州謫，將尋白社緣。寧知辭累劫，即是度迷川。

【校勘記】

〔一〕續皇甫百泉集題作「遊五祖山寺」。

觀音崖覽蔡子木題壁因賦〔一〕

斷壑疏靈竇，巉崖出異泉。標雲因建刹，閟水遂安禪〔二〕。琪樹春將夏，瑶花歲復年。迴風度緑竹，流沫綴青蓮。定處堪浮鉢，鳴時或詠絃。幽生香積裏，寒落鏡光前。客有同心彦，詩留寡和篇。經過悵往跡，歎逝在兹川。

【校勘記】

〔一〕「子木」，續皇甫百泉集作「行人」。

〔二〕「遂」，續皇甫百泉集作「自」。

嘉靖己丑至己亥十一年作，見政學、浩歌、副京、奉使、寓黄集。

皇甫司勳集卷之二十四

五言排律三十首 七言排律附

與學仙者談玄因諷以詩

秦王訪方士，漢武學神仙。安車來海上，蜚觀架雲邊。寶鼎藏靈藥，金箱出異編。日曾陪寢殿，時或幸甘泉。高掌朝承露，祥光夜亘天。從官數遺獻，中使每傳宣。巨跡逢難就，輕舟去不還。徒然聞望氣，詎可得延年。

閒居簡子安兄

自我謝煩郡，同君旋敝廬。草芳知歲改，花落見春餘。江漢遊來倦，雲山病未除。門違長者轍，驛枉故人書。旅跡從漂梗，微材類散樗。還邛未有賦，徒愧卧相如。

簡吴子二首

余昔與吴子純叔獻策遊燕，同作登臺之俊，分符仕趙，俱爲失路之人。坐論詩書，出驂輿馬，心乎愛矣，情豈忘焉？洒星流歲月，雨散山川。長卿還邛以何言，賈誼浮湘而再召。悵然懷往，率爾成篇。尚期子以嗣音，庶起予之寄慨。

少年干聖主，同日忝嘉招。走馬平津道，看花御水橋。屢移華省步，頻散紫宸朝。詎識山川險，何嗟歲月遥。臨淮因桂住，入楚似蓬飄。帝鄉倘可夢，天路許相邀。

憶昔邯鄲郡，同君作吏情。花疑在潘縣，月似對宣城。郭負恒山遠，門流滏水清。風塵一以謝，年跡兩相驚。舄向雲中舉，琴從天外鳴。惟餘趙兒女，歌裏報瑶聲。

九日吳山登眺作

昔數登高節，今當故國臺。遊龍孟生去，戲馬宋公來。信美吳山曲，摽奇茂苑隈。揚帆泛清淺，張組歷崔嵬。潭影涵空潔，巖霏雜翠迴。凌飆知氣肅，踐露覺年催。旅跡鴻初至，蓬心菊始開。誰能對舞袖，猶自惜行杯。

訪朱子謙諫議不遇

舊日雲霄侶，他鄉歲月深。轉蓬驚去住，鎩羽悵飛沉。不睹春風面，空餘流水心。言乘木蘭舫，來就玉山岑。避客高懸榻，逢人愧盍簪。徒令歸興盡，一謝掃芳林。

過何山懷梁二何高士同諸兄弟作

招隱推名嶽，棲靈儼故丘。人奄隨露盡，居尚有雲浮。月寂臺難旦，松深寺易秋。入林懷二鳳，遵渚愧雙鷗。嵇夜杯應化，徐君劍若留。還疑采薇路，魂魄一來遊。

濟上代柬寄李伯華十四韻

當時翟公客，争似李膺門。博涉稱該覽，高談析衆論。奕從王粲覆，碑就禰衡温。文藻平原在，人倫有道存。見知因筆札，交契託琴尊。宵館頻分榻，春城每駐軒。相期薄膠漆，何止儷璵璠。歲月嗟留滯，風塵阻奮翻。孔融歸魯國，賈誼起湘源。旅跡徒飄梗，憂心欲樹萱。山川邈良晤，雲雨斷離魂。鴻雁三秋盡，蒹葭一水繁。驅馳疲道路，蕭散慕田園。祇恐幽芳歇，思君未敢言。

南征道中書情二十韻

伊昔干明主，相期附俊臣。會逢興禮樂，詔許奏天人。要路方晞足，靈臺果致身。官嫌楚尹仕，業守魯儒貧。詎意違時好，從兹被世屯。懷芳嗟靡託，投璧忌無因。葉縣鳧將晚，河陽樹易春。省中疲執戟，都下欲埋輪。章甫空遊越，貂裘已敝秦。醒狂丞相笑，長揖列侯嗔。受辱先關木，圖功後徙薪。恩私蒙日月，旅竄困風塵。賈誼才猶遠，虞翻枉未伸。太行非險道，漢水是迷津。寵失朱顔盡，交移白首新。沉冥頌酒德，詠調論錢神。倦鳥惟垂翼，枯魚或縱鱗。自能存北叟，何必讓西賓。秋氣看蕭瑟，征途事苦辛。平生寸衷在，末俗向誰陳。

玄武湖供事三首

澄湖一濬後，千古見流長。映帶群峰秀，沿洄十里蒼。蓬瀛信有地，雲水自爲鄉。魚鑰傳中使，星槎倚夕郎。幕間存往蹟，鏡裏駐年芳。延眺非關戀，兹遊詎可常。

周王宏策府，漢祖重民圖。開館收秦日，爲樓託晉湖。輶軒萬國至，負版四方趨。户口今全盛，山川代不殊。地鄰東觀密，水遶北門紆。何幸披玄覽，從兹仰聖謨。

別島藏丹構，中州匯錦陂。臺猶習武處，苑即樂遊時。光禄陳詩罷，酇侯舊典垂。仙源看似練，睿牓奉如絲。覆檻多山靄，交窗悉樹枝。懸知皇業遠，應共水無涯。

送王兵曹使楚〔一〕

一尊吴苑酒，千里楚雲鄉。漢使新乘傳，周官舊職方。遥天廬嶽隱，春水洞湖長。嶺外聞猿泣，衡中見雁翔。荒祠猶傍竹，廢宅幾垂楊。弔古情難極，探奇興不忘。停舟驚草緑，解佩贈蘭芳。祇爲耽辭賦，知君滯郢陽。

【校勘記】

〔一〕續皇甫百泉集題作「送王仲山兵曹使楚」。

代柬因令弟參軍寄訊楊太史〔一〕

何事投荒久，猶聞賜召遲。伏波窮瘴癘，定遠老戎麾。卉服居將染，瓜期歲屢移。鄉心魑魅誚，客淚杜鵑知。跡學龍蛇隱，恩懷犬馬私。清明望京洛，晦日眺昆池。賦擬還邛後，書成去趙時。因聲傳棣萼，結想眷瓊枝。錦里家連郭，蒼山路斷岐。無由行載酒，一問子雲奇。

【校勘記】

〔一〕續皇甫百泉集題作「代柬因令弟參軍寄訊升菴太史二十句」。

諸比部大父出亡不知所終詩以哀之

何處求梅福，將誰畫蔡邕？遼陽迷返鶴，函谷逝猶龍。市上人應識，花間客詎逢。死生同委蜕，汗漫異行蹤。歌些招難及，興悲涕易從。惟餘述祖德，懷筆夢形容。

被彈

欒子初遭謗，雲卿始被彈。諒無曾母察，寧免鄭人看。積口銷金易，傷心辯玉難。傾危迷後誡，倚伏昧前端。自不干丞相，何曾拜美官。傳經翻取累，辭邑豈懷安。騎省淹三徙，鴒原慨獨歎。感時空歲月，行路屢波瀾。是木聊容散，非冰亦可寒。踏躬憐地厚，矯首望天寬。域内窮悲阮，河陽拙謝潘。從兹避機事，永託冥飛翰。

春日從叔招遊上方

共倦風塵役，俱懷山水遊。郊容争媚日，湖景獨澄秋。細草横塘路，輕帆茂苑舟。松深遥辨寺，花密屢經丘。禪定聞春鳥，機忘見暝鷗。省腰知病起，延步惜芳留。信有林中逸，何須物外求。多慚小阮醉，猶得預清流。

贈曾地師

早年精地術，終歲客江門。辨壤因知脉，窮河遂識源。珠丘虞塚秘，金盌漢陵存。訪古遊曾遍，通幽業自尊。邦君迎射覆，弟子竊書翻。豈是亡牛者，空思墜馬言。

題古沙贈汪氏

自得滄洲趣，應知投隱心。鷗群朝復暮，鴻跡古還今。聚散因風易，盈虛損日深。仙源隔水見，迷路倚花尋。觀化同河上，忘機類漢陰。從來謝塵垢，惟是託淵沉。

過朱義民里

衛兹懷國計，卜式上邊輸。表里施丹戟，題門賜寵符。淳風未凋謝，華屋漸榛蕪。就食無群犬，巢林有一烏。徒令下馬客，感事問田夫。

孫生芹談數學

童時聞學易，到處有賢名。北海聊相訪，中郎定早迎。人稱盲子夏，自笑隱君平。玄理知犧性，占書著鳥情。囊應百錢足，座可一言傾。戰勝能齊物，何煩問此生。

登泰山

虞后巡宗日，秦王幸岳年。金輿曾此駐，玉檢竟無傳。眺日臨滄海，憑虛挹紫煙。官松垂御幄，女井幻香泉。晴晝寒飛雪，陰崖下引天。神君迷七二，塵界渺三千。巨跡臺中見，空音時外宣。馬遷文已就，願奏聖明前。

月潭寺

瘴嶺鬱風煙，迢遥路八千。羅施稱鬼國，兜率見人天。幽洞穿雲際，危樓架水邊。澄鮮因悟寂，照朗自通圓。有客嗟行役，逢僧叩業緣。皈心無别旨，委順即安禪。

贈周如斗侍御〔一〕

聖世宜無外，夷方乍有征。臺端簡良史，江左寄巡行。每念臨軒顧，彌興攬轡情。封章成妙算，優詔許監兵。課罪風霆迅，酬功日月明。田租蒙半賜，閭井若更生。取笠猶殉法〔二〕，鳴絃悉勵精。留君同寇借，生子擬周名。隼擊魚龍避，驄遊士女迎〔三〕。帝將虛右席，誰復倚長城。膽落因彈劾，幾先絶請盟〔四〕。爲鐫秦望石，一頌海波平。

【校勘記】

〔一〕皇甫百泉還山詩題作「贈周觀所侍御監制戎務」。

〔二〕「殉」，皇甫百泉還山詩作「徇」。

〔三〕此二句，皇甫百泉還山詩作「膽落因彈劾，幾先絶請盟」。

〔四〕此二句，皇甫百泉還山詩作「隼擊魚龍避，驄遊士女迎」。

聞劉子威還自洛陽奉簡

別記殷秋日，歸當聿暮時。枚生遊似倦，陶令去嫌遲。試問山川勝，聊陳風土宜。銅臺經故寢，金谷展荒祠。潘縣猶花發，梁園但黍離。鬢先凋作素，衣盡化爲緇。余抱傷弓恨，君遭按劍疑。因聲附張邴，久宦欲何爲。

寄嚴相公

爲問東山傅，閒情近若何。漢京紅日遠，台嶺白雲多。高枕臨泉石，懸車在澗阿。歲遺中使出，日給縣官過。朝請辭雞唱，賓從斷雀羅。散金無隱賜，取酒似酬歌。却老身逾健，調元體自和。平津門下望，章水隔煙波。

題錢氏懸罄室

長卿嘗壁立，仲蔚亦蓬居。今日錢郎舍，清風每燕如。貧同懸罄後，隱似挂瓢餘。誤點屏間筆，閒翻案上書。客喧門結駟，婦歎釜生魚。但謝千鍾餽，何須擔石儲。

贈胡開府五十

早見成功日，仍聞介壽年。平津將拜閣，充國尚留邊。海外傳聲教，朝中佇凱旋。蘧齡躋半百，田客擁三千。有美堪垂後，無非可悟前。樂懸金石賜，侍從綺羅妍。令月逢青女，佳期會列仙。萸房重薦酒，桃核並登筵。戲馬餘風嗣，椎牛宴享偏。吴山頌維嶽，越水詠如川。鴻烈誰能紀，微才懼莫宣。清宵望南極，應喜麗台躔。

徐母秦夫人五十

笄字賢聲渥，褵歸禮數崇。鳴雞戒寢似，卜鳳兆占同。瑟徹夫君日，機存母氏風。承歡百歲半，抱恨一生中。書斷因山宰，香銷爲令公。惟餘蘭早秀，長得倚萱叢。

七言排律 附

寄題似樓贈房考李時言

建溪百折徑千重，上有精廬敞碧峰。盡訝樓臺開翡翠，多言閣道倚芙蓉。城名。

平臨島嶼偏宜月，俯瞰烟霏半在松。仙客好居時獨往，大夫能賦幾相從。静中名理虚爲指，物外行藏幻是蹤。舊日李膺門下士，閩雲南望憶登龍。

嘉靖庚子至丙寅十七年作，見安雅、南署、澶州、南中、還山集。

皇甫司勳集卷之二十五

七言律詩五十三首

曉出左掖贈吴純叔同年

珮聲初散紫宸朝，仙侣同攜數並轆。緲緲鳳凰迴日馭，翩翩鵷鵲隔雲霄。詩成賈至香猶在，文似相如渴未消。君署玉堂非忝竊，余從蘭省慰招邀。

簡周給事祚

東臺雲晝鬱微茫，獨立臨風寄夕郎。青鎖每移天上拜，黄門真接日邊光。漫將令色思瓊樹，會有新詩貯錦囊。漢室名儒今侍從，好陳清論答君王。

七夕飲張子言偶偕田希古

山館淒清城日闌，花開荏苒引杯盤。俄傳令節驚秋候，漫喜新逢得地官。烏鵲故飛霄漢迴，星辰不動露華寒。七襄僅有橋邊度，一笑應知人世難。

送吴二純叔便道省覲

玉堂仙客錦衣回，畫舫輕帆莫漫催。入里便趨嘉慶拜，隔江須惠好音來。落梅恨早聞吹笛，叢菊愁偏照別杯。自古越鄉形勝地，赤城霞起即天台。

穀日候旨左順門值雪

長安穀日仍逢雪，撲殿翻階竟日看。豈謂農祥先獻瑞，亦知郊祀近回鑾。爐煙細裊麒麟氣，扇影輕開孔雀寒。天上封章今更下，陽和早已被江干。

陳憲使察入賀萬壽節還浙中

使君來獻天王壽，親捧龍章拜袞旒。建節漫誇唐氣象，鳴騶曾識漢風流。謝安屐爲蒼生起，賈誼書應太史收。北極朝廷終右命，西湖山水莫長遊。

寄田希古江州

清秋閉户悲離索，京兆田郎望爾賒。憶昨獨趨江右命，只今誰對省中花？雨餘滕閣朝尋碣，月落潯陽夜泛槎。歲序驚心渾蟋蟀，煙波回首又兼葭。

九日酌鄭子館欲遊水頭不果

水上何言九日臺，城西草堂今好開。霜前醉倩茱萸把，雲外愁連鴻雁來。宋館凄涼無客賦，楚江遲暮有人哀。不堪殊土飛蓬鬢，那遣流光到菊杯。

謁悼陵作 庚寅冬十月作

萬山迴合引仙源，紫翠深沉鎖殿門。鸞掖昔憐人寂寞，蜃輿今閉日黄昏。豆籩更肅霜前禮，環珮難招月下魂。涕淚何須怨金屋，歲時不斷是君恩。

立冬日早朝值雪

摶風攪霧冬仍見，急霰翻霙曉未分。銀燭實增光照耀，玉鑪猶鬱氣氤氲。漫揮鳳藻酬黄竹，已辦龍裘想翠雲。安得向來詞賦客，揮毫常侍聖明君。

送李伯華使寧夏

年來念爾勞王事，塞役衝寒兩度違。雨露喜迎新使節，風塵愁見舊征衣。春先豳谷花應發，臘盡函關雁不飛。到日從容登華嶽，憑高一覽漢京畿。

庚寅至日飲鄭有度

昨年迎日開閶闔，今歲明禋出建章。留滯難陪天上從，氤氳真想殿中香。吹葭律琯朝浮氣，燔燎瑶壇晝閃光。萬乘郊回雲物異，子真谷口有和陽。

送程惟光之越

黄河冰開春水生，河上春風送遠行。薊北雲山堪墮淚，越南煙樹亦含情。牙檣自起中流鷺，粉署空啼二月鶯。到日西湖好吟眺，由來水部有詩名。

過大興隆寺訪酈子元

蕭寺尋君春獨過，移藩新拜楚江沱。千年閣眺題鸚鵡，五月湘行佩芰荷。有詔豈嫌宣室晚，著書曾比茂陵多。金雲寶露談玄地，他日相思當奈何。

同鄭子慈仁寺雨中登閣

寶閣蓮扶出上方，雨臺煙徑晚蒼蒼。雲霄步識争梯健，海嶽懷披倚檻涼。妝鏡鳳樓傷異代，戲湖龍舸憶先皇。迴簷忽射千門霽，浄對西山醉不妨。

雨朝周學録示宮詞六章戲答

臨風吟望憶周郎，對雨題詩傍苑墻。麗藻異時誇樂府，綺羅何事怨昭陽。愁來班女應能賦，老去明妃祇自傷。金谷寂寥人可在，彩毫拈弄意偏長。

過興濟寺作

璇宫玉宇先皇賜，福地名都淑女鄉。一自經營傳内使，至今供奉禮空王。論恩實冠昭陽裏，問水虚疑嬀汭傍。載過倚舟迴落日，暝煙行望柏蒼蒼。

定州過開元寺登塔壁間有武宗宸翰

貝殿花飛二月春，攀遊那負衆生身。翠華象輅來先帝，丹壁龍文護有神。塔倚雲霄非世界，蓮開燈火自星辰。不辭酩酊歸清夜，直擬扶摇向紫宸。

暮春雨後病遣

庭閒坐對日仍斜，邑小猶堪早放衙。已過一春纔見燕，乍來微雨亦驚花。桑麻自擬勞民事，桃李何緣競物華。正是茂陵多病骨，好從勾漏覓丹砂。

送李子植卿自圯縣遷和順

可憐潘岳仍懷縣，猶憶河陽桃李時。年少有才今共忌，風流爲政去多思。太行日暮凫堪遠，上黨雲迴雁獨遲。人世别筵那遽促，天涯後會渺難期。

過龍興寺登大悲閣

寶閣何年起法門，金身十丈佛爲尊。雲移祇樹看俱渺，天近曇花落更繁。檻外青蓮開北嶽，窗前赤日淨中原。憑高忽望長安路，即擬雙鳧此奮翻。

人日偕馬李二僚孟吴兩文學并張子過朱氏登樓

主家種竹開三逕，人日留賓擬七賢。潘縣桃花晴弄日，漳河柳色淨含煙。青春好趁登樓閣，深夜猶聞度管絃。自笑微官淹墨綬，幾時嘉會召金錢。

辭邑晚發

斜日揚帆衛水濱，長風吹浪下天津。心懸鳧舄辭花縣，夢入鱸魚憶釣綸。江畔白鷗晴對客，野田黄雀暖依人。疏狂自笑三年尹，漂泊猶爲萬里身。

夏日登廣平城樓贈寇體乾

城東樓閣排雲建，極北河山抱日浮。身上百層懷更放，眼當三輔望還收。愧無辭賦留王勃，幸有弦歌駐子游。爲問長安何處是，莫因殊土憶并州。

彭城逢王中舍捧敎皇后哀詔之南邦乍聚遂别

千里軺車天上來，百年鸞馭夢中迴。漫於萍水聯舟楫，更瀝蘭心向酒杯。春漲已平楊子渡，夏雲先引秣陵臺。相逢異地情難别，爲賦長門思可哀。

懷歸

故園獻壽親能健，春夜開筵興不違。兩地離懷人惜别，暫時歡賞客忘歸。醉聽錦瑟歌猶度，仰視銀河落漸微。今夕月明江上路，煙波回首淚沾衣。

西苑二首

瑶宫翠殿摽雲外，珠楝雕欄照水邊。花萼御樓唐詎數，露盤仙掌漢空傳。啼殘禦宿無凡鳥，長出昆明盡異蓮。共道靈臺成不日，寧知睿想自經年。

萬花遥引綠雲衢，一水迴沿紫禁隅。月向妝樓懸作鏡，星分太液瀉成珠。天門韶濩聞難識，海嶽蓬萊望不殊。見說君王頻幸此，夜來遊賞倍歡娱。

中秋篇

是日先雨後霽，孤坐對月，感時託興，漫爾成篇。

朝來細雨落繽紛，向晚清光散彩雲。自是廣寒貪皎潔，不隨巫峽傍氤氲。高樓張宴停杯待，别館吹簫度曲聞。玉筯深閨啼少婦，關山終夜望夫君。

送王少儀給事罷官還楚

憐君得罪出梧垣，最是難招楚客魂。匹馬鄉關從此别，一尊岐路復何言。未須操樂聆鍾子，便可爲文弔屈原。木落洞庭堪涕淚，月明湘浦況聞猿。

侍朝頒曆和吕兵曹

君王曆數與天長，正朔還宜奉萬方。馮相悉傳宣夜法，司分親掌授時章。年華預識乘春轉，火德從占應運昌。自是玉衡懸象緯，賜來金殿倍恩光。

册嬪恭賀

玉册金函降御墀，彩幢華扇引昭儀。賜着翟褕香未散，教乘龍輦寵新移。蘭宫夢月瑶光貫，桂殿占星紫氣披。正是君王延茂祉，會應仙媛助昌期。

大祀南郊

天子迎陽禮上玄，翠華深駐紫壇前。忻逢掃地觀周典，絶勝横汾幸漢年。帳殿旌旗寒映月，松門燔燎夜升煙。未奉神休陪扈從，羞將辭賦奏甘泉。

五日立春庭讌

青旂應律轉韶年，綵幄迎祥慶賜筵。五莢蓂敷堯砌日，千條柳拂漢宫煙。琱盤行菜春光泄，寶鼎調蘭淑氣傳。獻節已占陽令改，銜恩偏在物華先。

觀燈篇

華燈芳苡競時新，絢鳳蟠螭莫辨真。漢室明珠元不夜，秦宫青玉更宜春。三殿瑶光承素月，六街花氣藹香塵。懽娛何處非銜照，願借文園映字人。

春日宴夏宗伯第得嘗御賜長春酒兼聞忠禮書院之勝

學士留懽宴玉堂，書生何幸奉餘光。華燈不夜猶元夕，御酒長春出尚方。東觀雪殘融作瑞，南宫雲起結爲祥。更聞賜第銜天藻，豈數平泉李相莊。

馬暨有談武宗時事者感而賦詩

傳聞遺事詎堪悲，今日長秋異昔時。産出神駒官盡牧，獻來天馬帝親騎。千金購賞原非惜，萬里長驅爲不辭。一自攀龍留劍舄，何由陪駿向瑶池。

駕謁七陵

按謁陵之禮，昉於漢明帝，朝于原陵，如朝會儀云。

法駕琱輿出禁中，仙原黼帳結行宫。金支羽衛橋山駐，玉椀靈筵隧道通。漢主此時親上食，小臣何處泣遺弓。更聞雲起悲歌就，不是汾遊睿藻雄。

駕幸西山

先帝瑶宫起翠微，今皇玉輦歷朱扉。諸天香靄紛仙仗，百道祥雲繞御衣。花影數移幢扇過，簫聲遥雜珮環歸。靈池望幸魚龍躍，福地銜恩草樹輝。

春日聞怡山丈人治園因贈

爲園更喜逢春早，開逕還宜引興深。南國小山聊地隱，習池新水足淵沉。栽花種柳年年事，語燕鳴鳩處處音。自笑玉顔真忝竊，無緣金谷日相尋。

揚州

朝來投璧渡淮河，日暮江門感慨多。流水詎隨羅綺盡，春風無復翠華過。妝樓明月難留舞，楊柳長隄解贈歌。見説小山叢桂早，相招兹地隱如何。

答陳魯南太史入牛首山作

歸來學士隱城西，曠覽人間萬物齊。玉笈早探玄訣秘，銀魚已遂碧山棲。同僧蓮社經春入，與客花巖竟日躋。卧病檢方無上藥，倘逢石髓幸相攜。

簡蔡孔目羽

高帝投戈宅玉京，茲邦定鼎創金城。鍾山總是黄圖勝，江水流爲玄灞聲。隧道松杉原廟在，禁宫花草曲池平。欲向西賓訪遺事，共言平子賦方成。

諸同年邀遊徐氏東園

王家别業帝城隈，髣髴離宫天上開。仙榜曾看中賜出，名花多自遠移來。千山鑿石峭函似，百道疏泉太液迴。勝概不殊金谷裏，茲遊欲賦謝潘才。

顧公子邀遊清涼寺　陳後主避暑處

清涼静域遠煩囂，淅瀝天花散雨飄。笙磬雲間聞演梵，帆檣江畔見乘潮。瑶宫貝殿開三界，翠輦金輿駐六朝。更道上方堪避暑，一尊河朔正相招。

宿茅山道院

逶迤仙逕禮神君，縹緲三峰鎖白雲。丹洞桃花春正發，星壇瑶草歲常芬。山間鍊藥人難識，天上吹笙世詎聞。獨宿便思成道去，夜深鸞鶴幸來群。

發松至京口作

嘉樹言從南國移，君王方有灞陵思。根靈合遣烟霞鎖，蓋偃何妨雨露滋。聖壽長如千歲實，橋山虛扆萬年枝。此日使臣遥拜命，多慚草木被恩私。

立夏日至虎丘

郭外青山數里遥，扁舟探賞過溪橋。珠林樹色含雲綴，香磵泉聲雜雨飄。鳥狎春光啼處盡，僧逢塵想坐來銷。共言招隱堪開社，也學翻經懶入朝。

首夏偕張李二少府遊赤壁分得坡字

人留勝地臨江上，客有高軒得並過。雲起楚臺聯石壁，水從湘浦接烟波。漫因明月傷千里，更遣回風入九歌。自愧清時承遠譴，可無辭賦擬東坡。

憩四祖寺閱藏經

清涼蕭寺倚城西，避暑因來上界棲。爲乞經文開寶藏，遂探諦語照金篦。晨披貝葉生巖石，夜誦曇花落水泥。自是遠公容小謝，忘言終日對招提。

秋日奉謁太宰顧華玉〔一〕

司空無事晚開衙，叢柏霜寒半宿鴉。地向河間存禮樂，山從原廟見煙霞。閒披圖史常堆案，別起樓臺即寄家。流落陸雲方自笑，也容門外候張華。

【校勘記】

〔一〕續皇甫百泉集題作「奉謁東橋顧公」。

郡齋秋思

郡齋忽漫秋風入，芳樹先凋一葉梧。雲際早看衡雁起，月明愁聽峽猿呼。絳侯不肯容才子，漁父無勞問大夫。一自銜恩違省闥，何辭飄泊在江湖。

嘉靖己丑、庚寅、辛卯、壬辰、癸巳、甲午、乙未、丙申、丁酉、戊戌、己亥、庚子作，見政學、浩歌亭、來裊、副京、寓黄集。

皇甫司勳集卷之二十六

七言律詩五十八首

九日懷楚中舊僚

去年九日登高處，野寺深山歷楚臺。黄菊正堪攜酒過，青蓮却爲散花開。閣中雲氣千峰入，檻外江流萬里迴。欲問同遊今健否，衡陽不見雁飛來。

寄憶任黄州

漢室任延最有名，楚邦爲政盡稱平。相逢已覺新知樂，一顧翻將遠竄輕。雲淨滄江春與泛，月明赤壁夜同行。歸來故國愁無限，總是閒居賦不成。

故園對子安兄相與談及竄逐事悵然作詩

得罪同君承帝恩，爲邦兩地各飛翻。楚山正列窗中岫，衛水常流郭外門。静對棠陰思棣樹，遥憑雁序望鴒原。今日相逢倍相憶，此生堪歎不堪言。

春日感懷因柬子安

平居每憶在長安，却羨雲霄接羽翰。騎馬每從雙鳳出，逢人憑作二龍看。春遊西禁纔舒柳，夜直東曹併是蘭。轉盼不堪成往事，誤身翻自笑儒冠。

雪日感舊因柬長兄季弟

同君對雪題詩處，直是陽春屬和稀。滿泛金尊揮麗藻，頻燒銀燭送清輝。年來勝事應難再，歲首瑶花不耐飛。爲説袁安愁病在，只堪高卧掩柴扉。

午日獻子安兄

午日遥憐獻壽儀，省郎同記拜恩時。九華承出雙紈扇，五色頒來雜綵絲。見説賜筵臨浴殿，更傳競渡從昆池。不堪身事如蓬轉，强飲花前酒一巵。

閒居柬吴二純叔王二禄之

北山歸卧各風煙，西望長安思惘然。直散聞鶯蘭省畔，朝回飲馬玉河邊。府中盡道逢時少，闕下争看被服妍。爲憶同遊雙鳳侶，銜恩記否十年前。

送王維禎量移台州

使君仙棹且徐開，岐路離筵未忍回。乘月遥從石梁度，看霞幾過海門來。山名。郡中共識宣城藻，闕下誰憐賈傅才？吴越相望一水隔，思心日夜向天台。

晚興答子安

謝秩家園今幾時，病身丘壑轉相宜。坐憐落日閉門静，起看閒雲出岫遲。誰寄靈魚思遠道，自同烏鵲在南枝。楊雄寂寞何如此，白首談經世豈知。

琴友張子扶病還雲間久不相聞寄憶

歲晚蕭條最憶君，琴心一片向誰云。啼烏半落亭前月，征雁遥迷泖上雲。白首先驚垂老别，青山恐作斷腸分。廣陵仙曲從來秘，莫遣人間遂不聞。

辛丑至日

再從故國逢長至，始信幽居得自閒。旅跡祇驚江漢外，愁心翻寄酒杯間。雲依北郭浮難定，歲入東流去不還。莫向夜深懷往事，却隨清夢到朝班。

至後酬子安兄感遇見貽之作

朝來江郭已回陽，春近湖山興自長。寒日閉門聊謝客，晚年執戟笑爲郎。冥冥鴻雁棲雲徑，寂寂魚龍卧水鄉。聞道平原賦招隱，桂叢深處幸相將。

歐陽憲使過訪時在山居奉謝

卧病年來與世忘，故人何事到江鄉。新從北闕承恩下，遥指西湖去興長。鄭子隱居鄰谷口，石家别業在河陽。多慚門外堪羅雀，猶遣高車過草堂。

冬日郊原作

竹下翛然自掩扉，晚來西郭藹晴暉。江邊歲晏逢花落，天外雲寒見鳥飛。將欲乘春入山去，何妨終日灌園歸。閒居莫怪無相訊，漸覺人間知我稀。

鄒憲使見訪奉贈兼柬故舊

静數交游憐海内，半傷摇落在江南。一朝門巷煩迴轍，十載風塵愧盍簪。岐路青陽驚客夢，禁城芳樹與誰談。山公自昔能知我，可信嵇生有不堪。

送吴純叔北上 爲先大夫乞恩典

閶闔門前望淮水，漢京遥隔幾重雲。清尊斟酌人難别，白馬遲迴路忍分。秘器從來頒上相，敝帷何用乞明君。朝中故舊多相問，莫怪盧家獨未聞。

送吴長洲調官陽穀

看君移舄魯門東，莫向南枝歎轉蓬。邑是桑麻舊時地，民多絃誦古人風。城連黄石尋祠外，家隔青山望越中。却憶河陽春色裏，桃花欲寄恨無窮。

春日聞任黄守擢憲江州

年來芳草動離憂，别去湘潭今幾秋。已拜觀風辭郡邑，猶聞遮道借君侯。城連滕閣朝雲黯，門對章江春水流。總是公庭號煩劇，也應廬嶽暫攀遊。

冬日吴子新見過偶憶殊勝寺之别

逢君忽憶越江邊，正我辭鄉入楚年。野寺暮鍾留客棹，溪橋春酒醉離筵。歸來南國仍飛遥，悵望東林隔遠天。更欲相期訪幽社，此生猶未謝塵緣。

濟上謁周司空叨讌扶疏亭

漢室宣房久未安，以公爲楫濟無難。門墻爲許平原謁，尊酒翻承魯國歡。見説揚州通禹貢，憑將泗水作淇看。清風盡日芳林下，不待霜飛亦自寒。

出京

曉叩天闕别禁墀，秋深江路是歸期。談經王式重來誤，薄宦潘生屢出宜。漢室朱顔翻見嫉，梁園白首未相知。此身去就何曾繫，一似浮雲任所之。

顧武祥免官寄柬

聞子陳情聖主憐，一朝報許遂言還。長卿謝病非因慢，康樂懷歸不待年。松菊久荒彭澤里，煙波重泛太湖船。慚余亦有東山興，却戀南枝未忍宣。

南旺道中逢張水部

薄遊自苦爲形役，却笑深秋在異鄉。使者星槎逢造次，征夫岐路借輝光。相忘湖上同魚樂，遥指雲中羡雁翔。莫道佳期容易過，黄花留醉是重陽。

江都代柬寄親故

吴鄉遥接楚雲東，潮落寒江一水通。王粲經秋渡淮上，張融累月駐舟中。朝攀桂樹身將隱，夕眺蕪城思不窮。若問官家近時事，積薪惟説後來功。

送郡守王君廷入覲

看君鳴佩遠朝天，聖主方思良二千。轂下重過避驄路，殿中猶記上書年。潁川治行偏能最，蜀郡才華不啻先。總是吴公知賈誼，勿須言向漢文前。

早春柬蔡法曹

逢時總是翻飛侶，失路俱爲留滯人。白首何曾離畫省，素衣聊得謝緇塵。風光自向湖間轉，柳色先從郭外新。爲語麟臺暫相賞，勿因愁思厭看春。

盧龍觀和蔡法曹

芳辰締賞許心同，獨見玄暉擅藻雄。曾是江山開勝地，尚餘樓閣待春風。青谿水遶龍池匯，緱嶺雲來仙掌通。不信金門堪避世，花源何事帝城中。

送大司寇顧華玉獻績北上〔一〕

名疏玉扆已多年，身歷南臺未是遷。約法獨持三尺重，生民奚止數千全。袖中啓事人稀見，囊裏刑書手自編。聖主久懷求舊意，滿朝誰在絳侯先。

【校勘記】

〔一〕「顧華玉」，續皇甫百泉集作「東橋顧公」，存二首。

靈谷寺

寶公舊日安禪處，雙樹依然初地開。歲久丹青凋畫壁，春深花雨落經臺。招提境接橋山外，功德池分灞水來。聞説此中容吏隱，濫巾時向草堂回。

同省中諸僚餞别勞憲使於徐氏西園〔一〕

王家池館甲長安，許客相過更不難。花下候人思負弩，林間飛鳥避彈冠。綺筵却遣離觴入，金谷翻將岐路看。他日攜群能再至，坐無車胤未成歡。

【校勘記】

〔一〕「勞憲使」，續皇甫百泉集作「勞東泉憲使」。

春暮柬包孝侍御

一春離索意何如，獨坐懷君花鳥餘。都下相逢驄馬後，雲間争識士龍初。閒居數月能題賦，守藏千言解著書。總是漢家無事日，封章時見奏公車。

薛吏部見過

同時分省漢西京，得暇相過蓋屢傾。户外不知芳草歇，林間已是夏蟲鳴。爲耽玄理輕辭賦，因卧滄江减吏情。坐接高談心自醉，從君將欲棄平生。

南省齋居

漢家祀典盛如今，幾處郊宫駐輦深。燕月懸知臨太乙，淮流争得向汾陰。齋居宛記分蘭省，禁衛仍聞集羽林。静數從臣枚朔輩，同時零落忽傷心。

過馬光禄舊寓

一區西接禁城垣，大隱曾於此避喧。過客尚思文舉座，居人猶説李膺門。清泉自遶花間去，幽鳥如窺户裏言。家本秦川遥不見，重來翻謂是迷源。

歸自牛首同諸君攜酒訪徐公子

青山别後每思君，獨卧朱堂絶世氛。共載酒肴逢好事，淹留車馬爲論文。曲池新水鳴殘雨，隔院芳陰入暮雲。公子從來能愛客，無言不醉遂離群。

答蔡子木初秋約遊之作

官閒似與病相宜，朝謁俱無起獨遲。禁苑蟬聲移物候，空山木葉報君知。薄遊丘壑何嘗廢，雅興琴書每自隨。聞説潘生歸騎省，却因詞賦動秋思。

七月六日訪蔡比部作

中郎身寄白雲司，户近青山秋早知。樹下聞琴蟬噪後，花間倒屣客來時。迢迢榆漢雙星待，冉冉蘿陰滿徑垂。行樂漸宜清夜永，從君秉燭向南皮。

王地曹初至同蔡比部攜酒訪於徐氏園居

洛陽年少似君稀，誰道多才與世違。得罪一從燕市別，銜恩重向越鄉歸。無言契闊惟傾酒，到處風塵任滿衣。爲視園林今夜鵲，遶枝猶自共南飛。

同王子集蔡子館

相逢西府訝初筵，爲語當時一惘然。户下鳴蛩頻帶雨，湖邊落木似催年。人傳台嶽題詩後，客向長沙奉召還。機事對君渾遣盡，莫嫌争席主人前。

同省中諸僚遊徐公子鳳臺園

名園似與辟疆同，載酒時堪集上公。户裏群山能自入，林間三逕若爲通。穿池半引長淮水，種樹多移禁苑叢。不是策勳麟閣後，誰應開第鳳臺中。

送朱參軍入賀千秋令節

東朝初進九齡籌，南國懽逢拜舞秋。數報寢門迴鶴駕，新從馳道出龍樓。世家共羡韋賢後，記室争推阮瑀流。君去分明窺盛典，還將禮樂頌成周。

送太學王生還齊安

從知楚國多材地，況復韋家奕葉人。博士見時推講席，中郎迎後動儒紳。霜前雁起摇歸思，月下猿啼愴别神。若問長沙舊遷客，賈生今日尚沉淪。

贈太司馬張公邦奇〔一〕

清朝供奉早知名，黄石傳書解論兵。每奏軍機憂北闕，時揮麗藻動西京。營中校士輕裘坐，門下憐才倒屣迎。文武古來誰得似，留侯麟閣羡功成。

【校勘記】

〔一〕續皇甫百泉集題作「贈太司馬甬川張公」。

奉贈張補之學士同蔡比部作〔一〕

生逢明主幸同時，侍從常看列禁墀。賜出秘書延閣校，奏來辭賦掖庭知。西京舊史聊相訪，南國人倫正在兹。更道張華能愛士，席間荀陸最承私。

【校勘記】

〔一〕續皇甫百泉集題作「奉贈張水南學士同比部作」。

寄唐應德編修

避世曾看隱石渠，幽情終自反班廬。門前愛樹因栽柳，郭外疏泉學養魚。談笑每從林叟晤，浮沉翻混野人居。年來尺素長相憶，莫作嵇康不寄書。

寄許夔州

城開白帝錦江連，見説仙郎出守年。虎患已從鄰境去，猿聲偏近郡齋前。相如文藻流巴蜀，黄霸功名在潁川。應是漢庭求吏治，非關相府賤英賢。

寄王地曹湖上

禁湖秋盡渺芙蓉，憶爾幽居定幾重。掌賦久應知户口，披圖一爲辨提封。雲深自指橋陵樹，水静如聞閣道鍾。信是仙源人不到，惟餘明月得相從。

寄孔督學

憲府新開越水東，瀛洲似與海門通。談經直采先秦上，文學多陪後乘中。一自西京辭宿衛，遂令南國奉餘風。幾人修刺懷衣袖，猶恨無從謁孔融。

得稽勳報

漢廷不調已多年，中歲何期得再遷。薄禄秖緣貧仕累，非才幸取聖明憐。回看舊省真如傳，乍拜新銜豈是仙。裴楷清通方自愧，逢人莫訝玉山前。

募兵作

漢家西域有烽煙，列郡徵兵詔護邊。吴楚輕剽亡命起，幽并遊俠感恩先。身從都尉新承鉞，名係良家盡控紘。爲語鳳樓休借問，功成龍塞遂言還。

江山觀發兵用韻

江門選士擁旌旄，臨發猶聞贈寶刀。脱挽新承戲下命，吹簫曾授匣中韜。月明隴水鄉堪遠，雪度陰山路豈勞。鐵騎經年隨苜蓿，金盤何日薦葡萄。

靈應觀

長安西指望仙宫，蜚觀崇臺杳自通。候氣還如逢柱史，采芝一爲訪園公。澄潭盡是桃花路，幽徑俱成桂樹叢。欲棄人間渾未得，年年辟穀漢庭中。

得子約弟過海印廢寺之作因寄

先朝敕寺總知名，初地曾逢御輦行。寶閣近隨荒草没，金河翻共曲池平。鳥來尚識聽經處，馬過空聞遶塔鳴。獨往題詩憐小謝，了看塵劫得無生。

簡王户曹

少年君是馬遷才，何事周南未遣回。夜直每看趨騎省，春心幾許寄麟臺。官閑不羨緡能算，性懶翻嫌篆屢開。莫道舊宫風物異，年年柳色過墻來。

户曹席上贈王進士宗沐〔一〕

少年獻策承明後，遂見乘軺出漢關。司馬新爲巴蜀使，買臣初向會稽還。江邊路轉通吴苑，天外霞標指越山。不是絳紗門下客，何由瓊樹一相攀。

【校勘記】

〔一〕續皇甫百泉集題作「巖潭席上贈王進士」。

春日偶成

春光强半去清明，着處逢花併鳥聲。鮑照避人多累句，李聃貴我謝浮名。何須食禄過千石，便可持杯了一生。長日省回無俗事，城南惟是訪僧行。

次韻奉贈父友羅公八十自壽

年同渭叟罕能躋，況復功成謝釣溪。典郡昔聞人盡慕，歸田早與世相睽。輿間載酒稱元亮，座上談詩數稚圭。老眼平生書癖在，尚堪散帙對燃藜。

贈華子潛學士

暫辭供奉在西京，南國聯兼吏隱名。信美江山多勝事，更餘花鳥寄春情。校書芸閣編應就，給札蘭臺賦已成。聞道青宫開講幄，早陳車馬待桓卿。

嘉靖庚子、辛丑、壬寅、癸卯、甲辰、乙巳年作，見安雅齋、南署稿。

皇甫司勳集卷之二十七

七言律詩四十三首

予被論屏居侯子舜昭撰懷慰賦見寄奉答

世路風波不可聞，還山直欲避人群。素書遠謝雙魚贈，藻賦新傳九辯文。響振蕭齋聊擲地，思飛台岳會淩雲。明珠寄語須珍重，按劍相投恐未分。

念别再賦

征車欲戒且停鞍，把酒今翻别更難。雙鬢豈堪承再竄，一麾猶自戀微官。江楓落後淮城暮，沙雁飛時楚塞寒。遥憶吴門何處是，定因白馬向南看。

燈讌聞雨因懷子安同子浚子約作

金樽高讌競芳辰，玉律韶年應早春。火樹不須重待月，雨聲翻似爲留人。看來白髮皆非故，按出清歌總是新。花萼滿堂饒勝事，一枝先露獨傷神。

周以言黄聖長過余問疾

一丘棲病每經旬，二仲相過惜暮春。羅雀不知東郭騎，逢人初着北山巾。枝生肘上看非累，花落藩間悟是因。且覆清尊判盡醉，何曾靈藥駐芳辰。

吴子仁舟泛遣興

湖上扁舟興不違，春深何惜醉芳菲。寒生細雨花間濕，節近輕烟柳畔稀。散騎十年空未調，群鷗一夕已忘飛。溪邊漁父休相問，楚客歸來欲製衣。

周以言黄聖長過我先人城南故居賦詩見示悵然答此

疏公别業倚荒城，三逕蕭條蔓草生。薛邑臺池今日淚，平泉花石舊時盟。齋中歲序看駒隙，門外春風換鳥聲。不是裘羊同過客，題詩那得更傷情。

春暮索居

棲息無能出世塵，青山何處可藏身。還期向子招禽慶，爲報支公待許詢。静對鶯花思舊事，忽驚風雨送殘春。朝來閉户多相戲，猶自含毫擬答賓。

從子約弟借河上公道德經註披味

柱下金經秘五千，瑶函一謝棣華傳。言從關令初成帙，道自河公久棄筌。誦後香烟移座右，望中靈氣靄簷前。亦知無欲能觀妙，舌强何曾解悟玄。

文太史遊義興歸贈

早厭承明出漢京，却耽山水寄高情。藍輿行處門人從，竹徑穿來郡守驚。春盡玉潭乘雨泛，日長丹洞眺雲生。閑逢道士書經罷，何似籠鵝別會城。

追昔家居兄弟多燕會觴歌之樂特盛者如眺飛素於寒朝玩流光於清夜雪月二編華萼競美矣比承慈戚兼值仲徂無復懽悰聊申慨咏時丁未秋日

細雨吹寒入草堂，蕭蕭落葉間鳴螿。遊情病後知因減，嘉會年來信不常。東郭雪殘惟有卧，西園月在總堪傷。争酬麗藻誰能賦，空使詞林泣謝莊。

上夏左相

昔參多士謁平津，東閣開時奉後塵。門下憐才曾倒屣，車中容醉偶汙茵。謝公久係蒼生望，裴相猶懷緑野春。聞道金城圖未上，且須持議在和親。

麗春宫人詞次韻

漢宫初進美人歌，一日春暉到綺羅。漫向玉階啼粉淚，試開金篋理妝螺。從登豹輦銜恩甚，特賜鸞箋命藻多。總是相如能獻賦，文園歸後奈君何。

又麗春宫人詞

掖庭諸伴盡承私，猶是長門奉箒時。夜月羅幃空自照，春風玉輦不教隨。畫圖舊掩明君貌，團扇新傳班女詞。争得蛾眉無解妒，一開金屋寵全移。

别慶上人

仗劍噫歌出帝京，楚江東去是吾城。僧中浄理諳應久，物外浮名本自輕。阮籍易傾窮處淚，惠休難遣别時情。殷勤記取臨溪意，正及長干芳草生。

戊申除夕

帝京明旦憶朝天，客舍曾開守歲筵。一謝鵷鸞非道路，空將犬馬愧韶年。鐘聲逼曙傳花外，燈影分宵落酒前。擬向東皋理春事，張平今已賦歸田。

子約弟校書東閣

君從都水入讎書，何似更生在石渠。筆札尚方初賜後，綈緗中秘總頒餘。高才自合隨金馬，博物還應辯魯魚。長日遲回勞汗簡，芸香攜得滿簪裾。

劉向以都水使者校書石渠閣。

郡守金城見訪時方治水

自憐漢省爲郎久，一謝雲霄託薜蘿。散帙林中惟有卧，高軒門外枉相過。西臺攬轡清風在，南郡承麾惠政多。早晚白公隄已就，佇聽民唱兩岐歌。

韓司徒贈詩過奬鄙集次韻奉謝

萬事無心付寂觀，一燈遥夜坐忘寒。調卑豈合陽春和，形穢空將玉樹看。木落冶城迴客夢，鐘鳴香積倚僧餐。因公欲訪君平卜，可是人間蜀道難。

夏至日對雨簡子約弟

麥風吹雨夜蕭騷，詩興朝來似省曹。占日正逢南陸候，朝天應想北宸勞。祠臨泰畤陳琮璧，路出汾陰駐羽旄。莫以淹留虚從事，後車題賦待枚皋。

茅山道中寄徐公子聞其抱病

林開白石隱仙房，路指青門接帝鄉。六代總爲分鼎地，十年空作尚書郎。源迷桃水聊相訪，會憶蘭亭耿不忘。聞道徵君初養疾，將從海客寄丹方。

寄王維禎户曹

扶病尋真宿羽壇，塵蹤那識是秦官。山中瑶草傳情易，天上瓊枝會面難。華省久淹猶執戟，明時須愛但加餐。應徐零落元瑜逝，莫以風流憶建安。

謂亡兄及蔡子輩。

江上寄程祭酒

絳帷何處馬融庭，建業城西淮柳青。名重兩都看作賦，教分六館羨談經。漫因玉樹思今雨，共説金門隱歲星。爲問芙蓉池上客，可知江畔有飄萍。

報恩寺浮圖

明光九級盡瑠璃，爲答玄功詎惜貲。地是赤烏開教後，基同白馬賜名時。鷲峰直與諸天接，鳳闕翻從下界窺。登罷欲書多寳事，奈言江總善題碑。

金陵懷舊

平生踪跡半京畿，别去秦淮歲屢違。道上投珠多按劍，市中擊筑幾沾衣。寺尋白社僧猶在，宅訪青溪客已非。莫學隴西逢醉尉，夜深愁向灞亭歸。

天界寺訪半峰上人聞已入楚

松關静閉座凝塵，童子花間笑候賓。掛却袈裟看有相，持來如意贈無因。昭丘直指彌天路，湘水遥通慧海津。衡岳若逢飛錫後，不知留偈與何人。

普德寺

古寺城南訪六朝，高臺一望幾蕭條。門前黄葉催年暮，林外青山覺路遥。塔影常圓沙苑月，鐘聲静帶楚江潮。老僧宴坐耽禪定，送客何曾過虎橋。

溧陽旅興

小邑寒深歲復催，此身如寄未能回。主家負郭塵喧遠，客坐看山爽氣來。瀨水舊爲亡楚地，吴雲今是望鄉臺。欲知暮髮俱凋盡，爲説朝心總不開。

題史考功池亭 地即謝公堰

名園十畝與城鄰，日夕風烟逐眺新。山學翠屏開作畫，水從金谷瀉成春。憑軒不斷啼花鳥，閉户應逢看竹人。見説玄暉池尚在，知君前是謝家身。

先春一日金壇道中

窮途明日已逢春，殘夜題書報密親。吹笛曾爲行市客，解衣聊作刺船人。蒼蒼樹色雲連郭，寂寂江聲月滿津。不是才華應取忌〔一〕，肯令王粲在風塵。

【校勘記】

〔一〕「不」，皇甫昆季集作「豈」。

歲暮客居獻王水部

少年未與俗相親，慷慨猶爲國士身。阮籍能留青眼盻，鄒生長歎白頭新。客中歲序空催鬢，天上陽和易作春。一自誤遭懷璧罪，逢君應是泣珠人。

早春寄子約弟

舊京東望已春歸，禁苑城邊藹曙暉。名在郎曹皆是累，酒酣身世兩相違。還邛有賦推司馬，入洛無心愧陸機。淮柳青時江水闊，知君將欲理朝衣。

送王户曹擢九江守

甘泉獻賦早知名，才子爲郎在兩京。闕下承符初出守，郡中森戟已相迎〔一〕。空庭廬嶽晴雲色，燕坐潯陽江水聲。試覓古來循吏傳，幾人年少寄專城。

【校勘記】

〔一〕「森」，皇甫昆季集作「列」。

贈盛秀才

避喧因就辟支禪，江左玄風屬少年。數借慈燈揮藻賦，更從積雪照韋編。潮生静夜灘聲轉，月上空林塔影懸。愧我閒來尋白社，逢君却在虎溪邊。

赴丹陽廣福寺與弟言别

寺在練湖，傳爲日光佛靈異而建，上有陸羽第十一茶泉，名玉乳云。

古寺碑題西晉年，澄湖如練倚窗前。寒雲自覆金光殿，荒草猶埋玉乳泉。楓葉染霜秋後色，雨花和梵夜中禪。亦知閲水同觀世，不奈潮聲送客船。

寄贈吴純叔藩使督祀太和

玄宫勝地迥塵寰，先帝崇祠敕楚山。仙吏拜從香案後，衙齋寄在玉清間。瑶篇久秘逢誰識，桂樹叢生好自攀。更道襄陽風日近，乘閒一醉習池還。

將之南都別親舊因寄寺僧

秣陵城外長干寺，潮落滄江一水涯。客路欲隨南國雁，離筵先就故山花。因辭宦轍慵奔走，數過空門感歲華。朝省莫容鄉曲賤，此身端合住僧家。

送伯氏赴試北上

騕褭長嘶趁北風，黄金臺在古燕中。池塘草色春前思，禁苑花枝醉裏叢。馬援才成時未晚，公孫策就路應通。送君自愧冥飛雁，却笑當年誤入籠。

贈萬開府

看君被服似儒生，不獨能文慣論兵。三十擁麾當外閫，一朝開府在西京。雅歌樹下留賓醉，清嘯樓中料敵平。更道深山尋羽士，功成應有赤松情。

贈宗二伯昭

早聞名姓著江東，却恨相逢白首中。樓護不妨游五貴，阮瞻曾亦辟三公。代人屬草辭偏慣，分吏占書意盡通。春水片帆心萬里，看君猶欲破長風。

簡陸儀部

自甘寂寞解朝裾，何似承明厭直廬。謝病早歸年不待，避喧真與世常疏。筆留藩溷因題賦，墨變池塘爲學書。參佐廨西芳草遍，時聞人訪士衡居。

新昌吕生見訪

吕安命駕輕千里，來訪吴門何所聞。揮翰久應稱内史，請纓猶自慕終軍。朝探禹穴因懷古，夕泛娥江解辯文。衰病無能空倒屣，欲將書籍盡投君。

夏日過文太史問疾

長日因居訪碧山，清風如造竹林間。門前不斷軒車駐，庭下新滋帶草間。著作久探金匱秘，陸沉曾是玉堂還。從來妙説能除疾，可引枚乘一解顔。

寄談尹

看君白皙美修髯，早歲明經起孝廉。卜築近郊同沈約，上書辭邑似陶潛。梁溪夜静惟高枕，惠嶺朝來正在檐。幾欲懷人招隱去，尚慚爲吏未能兼。

嘉靖丙午、丁未、戊申、己酉、庚戌年作，見安雅齋、禪棲集。

皇甫司勳集卷之二十八

七言律詩四十九首

子約方有南役而余亦將北上作

自憐出處何嘗定，爲戀明時更起家。路指兩鄉紆宦轍，江分八月引仙槎。峰回雁信傳來易，歲晚蘭芳欲寄賒。到憶燕昭臺上望，楚天西盡是章華。

答子浚兄

客心半在去留間，忽漫稱詩慘別顏。淮海風生花落後，瀟湘秋冷雁飛還。貧因減産耽微禄，晚更趨朝愧末班。爲語白雲開逕處，此行那得負何山。

聞警

軍書插羽達齋宫,聖主停祠欲禦戎。燕地笳喧榆塞上,漢家月照柳營中。師從神武何曾久,運掃妖氛會自窮。慷慨即思投筆去,一朝開域佇銘功。

淮上謁何中丞

看公清嘯坐高樓,淮海風來滿院秋。地是桂叢淹客處,山非桐柏訪仙游。軍輸歲入多稱便,國計年來待運籌。總説西陲方有事,君王南顧已無憂。

早春下邳遇譚兵使夜讌驛樓作

君從西楚新開府,日對龍山坐擁麾。臺下曾過戲馬路,橋邊一遇訪書時。樓含柳色窺春早,盤剩椒花卜夜遲。聞道漢朝今好武,楊雄行欲謝文辭。

濟上訪汪中丞同年

看花同在曲江傍，一散天涯二十霜。禹貢導河由泗水，漢家歌瓠以宣房。才堪作楫川能濟，髮愧成絲路轉長。日暮樓前思貰酒，得逢任令更清狂。

淮北寄故園兄楚邦弟

晚從吏役自堪嗤，況是人情重別離。冰雪寒深南盡地，江山風似舊遊時。花知吴苑春回早，雁憶衡陽信到遲。爲説朝中方貴少，白頭郎署不相宜。

客京解嘲

承恩二十已餘年，薄命那知屢播遷。曾向郡齋吟處眺，亦從鄰客醉中眠。書藏名嶽翻嬰網，賦就長門未賣錢。裘馬五陵同伴少，白頭猶草子雲玄。

送吴子充遊北嶽兼赴塞上謁蘇司馬

玄宫高建曲陽隈，登嶽長謡亦壯哉。更爲邊關增感激，不因婚嫁重遲迴。軍中魯仲飛書去，馬上陳琳草檄來。談笑功名須自致，許公幕下最憐才。

柬白貞夫

十年蹤跡愧飄蓬，二陸聲名半已空。追憶子安。洛下曾收才子疏，江州猶繼古人風。鬢毛盡變兵戈後，心事都銷杯酒中。喜見謝家丹鳳羽，承恩同在省曹東。子啓京登進士。

寄許東侯中丞防禦昌平

東山歸卧久辭喧，北闕重來慰至尊。分閫正當三輔地，侍祠多在茂陵園。黄金盡散因收士，白馬長驅爲報恩。舊日忘年文酒客，帝鄉猶阻孔融門。

獻座主太宰李時言〔一〕

山公今受聖明知，典選勤勞退食遲。闕下每聞傳啓事，車前聊得奉光儀。慚持手版迎州使，懶束腰章拜里兒。爲問門墻春色道，幾多桃李沐榮枝〔二〕。

【校勘記】

〔一〕續皇甫百泉集題作「獻座主李太宰」。

〔二〕「沐榮」，續皇甫百泉集作「長新」。

謝嚴相公分惠大官攢品

幸逢開閣謁平津，忽拜堯餐及阮貧。漢主每聞推食暇，姬公仍見吐哺頻。函題黄紙頒從禁，饌出朱盤訝是珍。慚謝分甘無以報，衹知飽德荷陶鈞。

上李亞相汝立〔一〕

玉署仙班第一流，甘泉終日奉宸遊。填門賓御同元禮，滿架圖書似鄴侯。春色散朝揮麗藻，夜深當宁待嘉猷。車茵坐擁沙堤上，争羨台臣正黑頭。

【校勘記】

〔一〕續皇甫百泉集題作「上李亞相」。

送張尚寶謫淮南轉運〔一〕

繁華自昔數揚州，君去無嗟奪鳳遊。試訪名花弔隋苑，好攀叢桂對淮流。河橋月上開官舍，海縣潮迴放客舟。年少辟疆猶作吏，功成誰復念留侯。

【校勘記】

〔一〕續皇甫百泉集題下有注：「羅峰閣老子。」

送陳兵曹謫官興化 舊爲中舍

佐邑官閒莫厭卑，昭陽山下正花時。愁中撲被辭蘭省，夢裏揮毫憶鳳池。淮海潮聲流別恨，都門柳色贈離枝。漢庭才子多承譴，立馬須瞻董相祠。

闕下送王水部時獻軍器聞留省免官

君除戎器謁彤墀，檢閱忘勞匠氏推。南國鑒人非有道，西京憐士愧無知。傷心白璧那應棄，揮手青門從此辭。雁宕山前逢故老，少談邊事更憂時。

送尹兵曹擢河間守〔一〕

聞君初解尚書郎，出守雄邦邇帝鄉。命下不殊馮翊詔，腰間争似會稽章。食前借筯籌多中，地上成圖料已長。莫道宛王將獻馬，防秋日夜念遥疆。

【校勘記】

〔一〕續皇甫百泉集題作「送尹兵曹擢守河間」。

程孫二禮侍見訪

上公聯珮出西清，訪客城東爲掃荆。問樹不言温室秘，看花猶記曲江情。同承睿藻賡歌就，共草祠儀典禮成。早晚黄麻聞拜相，由來房杜得齊名。

白符卿免官〔一〕

文章憎命不堪論，留滯官階二十春。病裏金丹思服食，晚來銀艾笑垂身。明珠道上誰知己，紅粉宫中慣妒人。歸去名園多勝事，投書一爲謝平津。

【校勘記】

〔一〕「符卿」，續皇甫百泉集作「貞夫」。

送司寇顧公應祥調南省〔一〕

尚書門接古崇岡，信是人間吏隱鄉。檻外鍾山瞻王氣，鏡中湖水閲年芳。兩都去就原無係，三尺平反總舊章。聞道民窮輕犯法，願教刑措佐時康。

【校勘記】

〔一〕續皇甫百泉集題作「送顧司寇調南省」。

送郭侍御謫令閩中

閩中爲令似非輕，猶勝長沙逐賈生。花縣暫看飛舄去，柏臺争憶避驄行。山當劍浦雲常暖，溪帶樵川水最清。他日臨軒訪民瘼，封章留得直臣名。

應謝二兵曹見訪不值

城東聊寄逐臣居，何事頻迴長者車。南郡才華推謝脁，西園辭賦重應璩。朝聞散佩鑪香裏，時共談兵樽俎餘。却怪披帷人不見，壁間鳳字謾留書。

送王令重補武康 先宰仁和著稱

王喬仙令謁明光〔一〕，再見飛鳧指越鄉。莫謂勞人憎案牘，須知飾吏在文章。綬迎天目晴雲入，琴拂英溪流水長。借問政聲誰得似，試看懷縣與河陽〔二〕。

【校勘記】

〔一〕「王喬」，續皇甫百泉集作「漢家」。

〔二〕續皇甫百泉集詩末有注：「潘岳自懷縣補河陽。」

發京貽諸同好

朝攀瓊樹思依依，身似先秋一燕歸。失路豈能連羽翼，停雲惟有戀音徽。亦知手版迎人懶，無奈心旌去國飛。聞説漆園兹地近，將從傲吏息塵機。

贈譙司法

才華蜀郡古來聞，況是譙周更不群。早歲揮毫驚白雪，明時射策致青雲。衙開恒嶽鵬霄迥，家憶巴江雁字分。共道持平能讞獄，坐令三輔號神君。

得李伯華書期余往晤感今追昔詩答之

逢時四海羨彈冠，每過龍門卜夜闌。忽漫東歸依泰岱，幾憑西笑當長安。瓊枝願見何由得，尺素傳來亦自難。更道輞川多勝蹟，相邀裴迪共揮翰。

訪同年李伯華於章丘〔一〕

拂衣歸卧一丘安，命駕何辭千里難。書插高樓蟲蠹盡，棋抛别墅鳥汙殘。雄心每向詞中發，變態都將戲裏看。自愧交知成白首，猶持長劍倚人彈。新撰寶劍傳奇。

【校勘記】

〔一〕續皇甫百泉集題作「訪李伯華太常」。

訪谷繼宗識自丹陽令

疋馬茸裘下北平，亂山殘雪賦東征。清時解綬聞陶令，白首談經數伏生。載酒花間逢好事，結廬泉上不爲名。練湖舊遶丹陽郭，猶記鳴琴在水聲。

趙景仁讌贈〔一〕

童時名已動儒紳，曾是南宫第一人。痛哭上書思悟漢，從容辭秩遂歸秦。東朝再起銜佳命，北闕重分禦虜塵。雪後擁裘無所事，祇將壺矢漫留賓。

【校勘記】

〔一〕續皇甫百泉集題作「趙景仁憲使讌集」。

寄蔡衡州

一官報爾今河朔，千里懷人楚水長。花發幾迴思建業，雁飛何處是衡陽。訟庭不廢京華牘，燕寢其如留省香。日日江頭聞送客，空於詩卷恨錢郎。唐人贈送卷内以不得錢起、郎士元詩爲憾，予昔與子木在南省時頗類此〔一〕。

【校勘記】

〔一〕「子木」，續皇甫百泉集作「白石」，此句下多「而今不可得矣」一句。

子約弟使楚被譴會於澶淵

春風河上駐征驂，河柳初迴淑氣含。得罪十年辭漢省，采芳何日下湘潭。情憐棣萼來相倚，跡似浮雲去不堪。君到梁園好題賦，莫將留滯嘆周南。

始登南明山

名山終日俯南郊，出郭纔聞十里遥。直向千峰探化閣，暫依雙樹息塵鑣。梁横斷壑雲常覆，磵落疏泉雪未消。莫訝使君非好静，桓伊今受遠公招。

武林追憶子安〔一〕

曾見褰帷向越城，非關爲吏厭承明。身隨零露朝先盡，恨落江潮夜未平。芳草不傳池上夢，薇花猶繫省中情。湖心諸寺聞題遍，留取山僧護姓名。

【校勘記】

〔一〕「子安」，續皇甫百泉集作「少玄」。

椒山訪葉令

羡君辭邑賦歸田，信有椒園在輞川。松下持經閒相鶴，花間洗藥候鳴泉。支離自愧猶耽禄，邂逅何期一問玄。更道聖朝容傲吏，賜骸聊得樂餘年。

送金比部謫官北上

莫因得罪歎明時，君去應逢聖主知。坐對越山傾別酒，行攀淮樹寄離思。省中執法憑三尺，闕下銜恩戀一麾。予亦周南留滯者，春城揮手各淒其。

答王維禎

同是西京作賦群，省中年少特推君。早承恩寵遭時妒，悮落風波幾處分。白首相知那可説，紅顔薄命古來聞。越禽更接卑棲羽，猶恨南枝隔暮雲。

懷龔温州

江縣逢君春草生，禪林趺坐正啼鶯。離尊秉燭流連醉，歸棹乘潮信宿輕。閣内嘯聞劉越石，郡中吟憶謝宣城。相思忽漫秋風起，南雁來時一寄情。

浙闈中秋呈諸同事

鎖院深沉秋氣中，德星今夜聚群公。清憐月色能留鑒，香泄花枝欲待風。静覺濤生枚發就，回驚年少獵心雄。亦知龍頷先探取，不遺驪珠落海東。

聞警

漢將防秋力已殫，年年遣戍出長安。賓鴻聲斷傳書少，鐵騎蹄穿踐雪寒。止見亞夫屯細柳，不聞介子斬樓蘭。欲知塞外思鄉淚，爲賦軍中行路難。

雁宕

千山行入雁山中，猶道仙源路未通。鐘落風濤知近海，衣生雲霧若凌空。奇峰指點憑僧話，幽壑攀躋只鳥同。别向龍湫訪飛瀑，一林晴雨石梁東。

同周將軍入龍湫訪白雲與雲外二高僧不可得

雲林路斷信溪聲，天柱峰前落照明。刁斗響山泉盡沸，旌旗渡谷鳥還驚。却憐細柳營中騎，亦向蓮花社裏行。無着天親那可見，獨令摩詰坐含情。

發平陽王子追送飛雲渡感泣而别因寄

相逢忽漫路岐臨，相送停舟酒重斟。目引海雲飛處盡，心隨潮水渡時深。芳洲總惜人遲暮，花縣那堪歲載陰。李白從來稀下淚，問君何事獨沾襟。

老婦詞

香銷閨閣夜深沉，自恨無媒歲轉侵。女伴嫁衣頻與做，鄰家花燭幾迴禁。羞將玉鏡論前事，留取冰壺照此心。自分紅顔非舊日，承恩聊贈白頭吟。

送沈禹文還朝 時余將赴南都〔一〕

故鄉亂後惜離群，倚棹江邊一送君。咫尺龍顔行自愛，迢遥雁信數相聞。薇花漫對滇南日，瓊樹長懷冀北雲。海内兵戈須草檄，定知開府待參君〔二〕。

【校勘記】

〔一〕「都」，續皇甫百泉集作「中」。

〔二〕「君」，續皇甫百泉集作「軍」。

答吴純叔夏日即事

江城五月颯如秋，帶雨潮聲咽更流。塵滿空梁聞燕語，烟銷殘樹見花愁。登樓自可悲雙鬢，臨俎誰將獻一籌。却憶題詩李嘉祐，獨緣烽火歎長洲。

三塔寺〔一〕

唐朝敕寺蒼山裏，石壁晴嵐護法輪。樹冷陰崖常帶雪，花深幽徑不凋春。燈聯寶塔傳三昧，香拂銖衣斷六塵。西竺本來開教地，葉榆流處是洹津。

【校勘記】

〔一〕續皇甫百泉集題作「曹溪寺」。

太華寺詠落花

綴幌霑筵各有因，長安萬樹總辭春。殘妝帶雨猶含泣，薄質隨風易損神。信斷御溝爭似葉，香消清路不如塵。朝逢鹿女銜將獻，證却從前色誤身。

得報寄王維禎

君從闕下解龜還，余亦長辭金馬關。散職已除朝籍裏，虛名猶詿黨人間。才疏晞世應成拙，年少懷居未是閒。聞道陵陽多桂樹，相思何日得相攀。

嘉靖庚戌、辛亥、壬子、癸丑、甲寅、乙卯作，見客京、澶州、栝州、南中集。

皇甫司勳集卷之二十九

七言律詩四十二首

秋興

滇中别去二年多，海上歸來未息波。借箸何由聞妙算，輸金豈合許求和。不堪郊壘生荆棘，且喜山居有薜蘿。莫訝少陵秋易感，詩成底是詠兵戈。

簡文待詔〔一〕

寂寞山居興自寬，厭聞海上有波瀾。蛩鳴北户秋聲起，鵲守南枝夜影安。老至相如猶抱病，歸來陶令已辭官。點蒼山色渾能記，欲乞丹青作障看。

【校勘記】

〔一〕「待詔」，皇甫百泉還山詩作「衡山」。

虎丘送趙司空〔一〕

虎丘締賞逢初地，麟閣圖勳慶此筵。已見兵威銷草木，更看喜氣滿山川。諸天香梵留清嘯，子夜吴歌當凱旋。自愧陳琳老書記，欲從幕下賦燕然。

【校勘記】

〔一〕皇甫昆季集題作「郭兵曹邀登虎丘送趙司空獻捷北上同胡開府吕奉常周督學席間作」。

子約好談玄理嘗養一鶴每清宵唳徹余齋偶獲其匹賦詩識喜屬余和焉

蘇耽雅好應誰似，日對仙禽絶世氛。行傍瑶琴聊獨引，飛來緱嶺忽成群。雪中弄影時同舞，月下和鳴幾處聞。覽物與君渾念昔，乘軒曾亦濫機雲。

贈胡開府〔一〕

平戎今代推司馬，屢奏飛書達漢家。雪後三軍蒙挾纊，月明千里聽吹笳。周瑜旌節屯江左〔二〕，王濬樓船出海涯〔三〕。聞道西湖罷歌舞，春來依舊見繁華〔四〕。

【校勘記】

〔一〕皇甫昆季集題作「歲暮寄胡開府」。

〔二〕「周瑜」，皇甫昆季集作「盛張」。

〔三〕「王濬」，皇甫昆季集作「時泛」。

〔四〕「來」，皇甫昆季集作「風」。

送周子籲總憲入蜀昔督學兹省

巴江雪後迴春水，遥見揚帆逐楚雲。花發錦城多藻思，猿啼巫峽奈愁聞。節宣番部新持法，門引諸生舊論文。最是羲之心戀蜀，裁書時欲訪周君。

寄嚴左相

平津開閣直城東，門遠雲天豈易通。政治古來推魏相，文章今復見燕公。蒲車特賜因優老，彤矢先頒爲報功。聞説邊疆頻奏捷，也知神算自帷中。

寄許中丞

馬上相逢關右使，袖中因出隴頭書。功高自乞還私第，道遠猶煩問索居。涕淚吴臺仍走鹿，傳言秦地半爲魚。年來無限蒼生恨，總卧東山可晏如。

春暮

春盡餘寒衣尚重，朝陰黯黯戀芳叢。鳥聲渾隔雲山外，花事全銷風雨中。塵累未能遊五嶽，宦情曾是薄三公。年來防海催科横，浪説歸田賦最工。

送張中丞還蜀

防海年來力已殫，一朝談笑静波瀾。功成詎免中山謗，贈别應嗟蜀道難。叩闕請租回帝眷，磨崖留頌與民看。峨眉高處雖堪卧，祇恐徵書起謝安。

聞報紀事

五樓鍾鼓不聞揚，三殿同災特異常。憑玉須頒罪己詔，止車應受直臣章。堯心自是安茨室，漢祀何能救柏梁。遥想千官趨走地，却於西内拜君王。

送范于中楚憲移任東藩

新辭憲節荆襄上，更引藩旌齊魯間。基訪靈光題賦去，邑聞絃誦采風還。虚傳金藥生蓬海，無復泥函秘岱山。長白祠前頻駐馬，獨將憂樂係時艱。

簡王舍人

閑居爲語鳳池賓，曾共當年侍紫宸。五夜趨朝聯劍佩，一朝予告謝絲綸。湖山別業青箱在，兵火移家白髮新。獨憶題詩賈中舍，歸來誰復嗣陽春？

答董子元太學

山居寂寞誰相問，海内交遊半不通。雙鯉將心傳夜月，一帷垂老閉春風。新城聞鶴因兵後，往事看花若夢中。情忝通家生校晚，思君惜未見嵇公。

詠架上練

疋練高懸素影微，魯邦東望是耶非。漫因龜手求靈藥，欲趁纖腰製舞衣。浣處詎須悲墨翟，晴時長似對玄暉。秋風夜報碪聲起，誤落空房恨未歸。

寄呈孫宗伯於南都

陵山遥帶石城東，信是雲霄路莫通。紅葉畫題傳妙句，紫薇晴對憶高風。將移相印新提上，暫掌綸綍舊陛中。勿謂散曹忘夙夜，漢家典禮二京同。

寄劉諫議幾

經年尺素未曾題，長夏郊居懶自宜。北虜塵飛榆塞日，西京灰滿柏梁時。中朝望屬陽司諫，左掖吟憐杜拾遺。定有封章回聖主，莫須焚草避人知。

上巳日盧次柟讌集同周公瑕黄志淳伯氏季氏作

千里相逢在闔閭，坐彈長鋏氣淩虚。曹家見妒因題賦，梁獄傷心幾上書。白骨東連新戰地，黄河西遶故山居。古來俛仰俱陳跡，莫惜春風禊飲餘。

送淳甫之南都

憐君避難頻爲客，非是干時謁貴公。百畝已荒吴苑上，全家猶寄治城中。鶯啼驛路關春意，帆落津亭候曉風。年少相看頭易白，無言江夏是黄童。

江淹作恨賦李白擬之余因作恨詩

世事年來與願違，春深無語對花飛。曹王座上空陳伎，襄子橋邊但請衣。鏡裏顔銷恩寵薄，牀頭金盡結交稀。出師未報陰山捷，身没胡庭竟不歸。

吴純叔招遊天池聽講解今爲毛中丞墓

石徑緣源此共攀，香林深處迥塵寰。尋遊始訝春將盡，入室何知客到還。坐見雨花飛户外，時聞流水響松間。蓮峰祇合開僧社，却笑滕公浪卜山。

送陸子還洞庭

竭來城市不堪居，歸去湖山得自如。林屋樹深無暑到，石門雲偃覺塵疏。歡娱勝事還能幾，零落交知太半餘。借問風帆何日下，將因明月遲秋初。

答客問

客問當年作帝臣，朝儀曾睹内家真。佩隨鍾漏趨丹陛，衣染爐香散紫宸。一謝仙班那再得，將談盛事已難陳。容華未盡恩先盡，回首鶯花夢裏春。

秋日莫憲副以寄懷之作書扇見貽賦答

經年林卧無芳訊，一雁雲間每致書。禾黍總荒新戰地，蓬蒿猶滿舊幽居。瓊枝想見勞顔色，紈扇題將慰穆如。潘岳平生惟用拙，相知誰得似長輿。

答施平叔寄示詩刻

解官聊得遂吾初，華省榮名並是虛。遥憶峴山同調客，每從苕水悵離居。兵戈亂後音書少，零落平生故舊疏。展誦新編懷往事，萍踪一散十年餘。

寄寇體乾方伯

與君結綬分畿縣，並是看花年少時。闕下鳧迎仙令舃，省中鴉散尚書期。别來歲月空陳跡，悵望雲山幾夢思。何事越邦頻得借，西湖應起寇公祠。

哭趙司空

同時奏賦謁承明，中歲論交嘆死生。晞世有才非善用，道家爲將忌功成。忽看馬鬛新開冢，愁説燕然舊勒銘。烽火衹今東海上，幾多人哭趙營平。

送王甥受福重謁相府作

歸來貧賤幸相隨，何事韓生復別離。供奉憑將三世術，遨遊仍戀五陵私。慣諳客路如平地，祇恐人情異昔時。記得燕公曾誤采，省堂應見舊題詩。

贈黄侍御中北上

君王遥待侍臣回，況御陽春左个開。早爲乘驄仙闕去，猶煩羅雀翟門來。盤餐獻歲聊傳菜，驛路輕寒已見梅。一自南中持憲後，至今六詔想風裁。

贈蔡子木

林間車馬不相聞，説却長安隔世氛。何事故人成白首，猶看羈宦在青雲。重開火樹因留客，乍熟春醪若待君。莫問平生詩思苦，一從身隱更焉文。

送唐應德視軍海上

玉關此去朔風寒，瀚海東來血未乾。曾謂軍容非俎豆，憑將經術静波瀾。虜情已向帷中決，師過還如席上安。借問王章舊時友，幾人相慶貢公冠。

長兄祥日悲賦

歡娱舊事不堪論，細雨空堂倍愴神。三徑落花誰是主，一丘荒草已爲陳。因來上食登君座，索盡遺書斷客輪。愁見梁間新燕語，可能飛唤夜臺春？

將有章江之行書懷〔一〕

棄置何言宦不工，逍遥只合卧江東。仍遊遠道傷心外，却覽方輿指掌中。給札蘭臺存盛事，投書相府愧嵇公〔二〕。老年懶賦滕王閣，錯笑時來欲趁風。

【校勘記】

〔一〕皇甫昆季集題作「將有豫章之遊書懷以似親故」。

〔二〕「相」，皇甫昆季集作「政」。

一村叟

傍村新卜小齊成，坐對門前春水生。雨過西山多爽氣，日長高樹有啼鶯。香醪隨意遺鄰舍，車馬無喧遠市城。何事明時猶好隱，古來丘壑本同情。

尹山留别子約〔一〕

野寺維舟日未曛，越江從此路初分。酒酣南浦聞驪唱，夢遠西堂憶雁群。草閣呈秋來爽氣，石床過雨絶塵氛。青山堪卧那堪别，祇自將心愧白雲。

【校勘記】

〔一〕皇甫昆季集題作「尹山留别子約弟」。

重經西湖

西湖原是舊離宫，烽火那堪四望通。山邑重開圖畫裏，年華猶在夢魂中。沙門鷗鳥心相得，水冷芙蓉跡頗同。多少遊人争解説，歡歌留却使君功。

胡開府招讌太虚樓〔一〕

吴山高處靄氤氲，幽閣晴開一逕分。嘯倚樓臺逢越石，心懸廊廟見希文。湖中風景平堪攬，海上煙波静不聞。樽俎勝遊戎事簡，揮戈直欲駐斜曛。

【校勘記】

〔一〕皇甫昆季集題作「梅林開府招讌太虚樓」。

謁鈐麓書院

秀江東注遶鈐岡，曾是崧高生甫鄉。雕拱龍盤瞻賜閣，垂溪虹飲訝飛梁。年年身隔丹霄迥，日日門流慶澤長。總説平泉花石麗，何如此地沐恩光。

別何中丞遷〔一〕

獨攜書劒客南州，早見章江樹色秋。閣上題詩思帝子，門前修刺謁君侯。亦知地隔猶風馬，忽漫星分在斗牛。徐孺才名誰得似，無煩解榻欲相留。

【校勘記】

〔一〕皇甫昆季集題作「别何吉陽中丞」。

錢江夕泛舟人因指括蒼感賦

冬霄寒輕樹未凋，丹楓江岸似花饒。半帆布影懸初月，幾處漁燈點落潮。慢世不將辭賦賣，端居何用簡書招。白雲東望蒼山路，曾記當年誤折腰。

送日者朱氏

逢君布卦似公明，盡道朱家有建平。獨坐垂簾聊著易，人來叩户已知名。吴中再至還輕組，洛下相招果却兵。爲愛隱居何處是，澄江一曲對宣城。

寄吕光禄

聞買山莊天姥連，千峰紫翠一窗前。陪京散署聊堪寄，光禄司勳是右遷。勝事暫將圖畫檢，音徽近有尺書傳。年來太白東遊興，鄉夢時從剡水懸。

嘉靖丙辰、丁巳、戊午、己未、庚申、辛酉、癸亥、甲子、乙丑、丙寅年作，見還山稿。

皇甫司勳集卷之三十

七言律詩五十二首

苦熱行

西來赤坂途猶阻，南望炎州井尚融。水戲欲浮三翼舸，從遊曾侍九成宮。閒揮濁酒臨池上，仰視明星起夜中。惟有玄思除熱惱，美人何處惠清風？

訪史恭甫于銅官山中〔一〕

仙潭如鏡不飛塵，花逕深藏洞壑春〔二〕。靈運鑿山因作主，鄭莊置驛遠通賓。新題殿閣懸金額，舊倚窗扉化玉人。聞道太常方禁酒，步虛聲裏夜朝真。

【校勘記】

〔一〕此首與卷二十一由罨畫溪登玉陽山院，皇甫昆季集合題作「玉女潭二首」。

〔二〕「花逕」，皇甫昆季集作「琪樹」。

王守遊越

仙帆遥指武陵西，幕府年來静鼓鼙。行縣雙旌勞省斂，向山五馬任攀躋。湖波已覺秋風颯，烽火猶憐芳草萋。韋守郡齋多勝事，六橋何用羨蘇堤。

送范進士勞軍還朝

早從劍佩接仙班，遥捧絲綸出漢關。解橐盡頒兵士賞，棄繻争識使君還。鴻飛冀北春前信，桂發淮南别後攀。兄弟才名誰得似，古來二陸自雲間。

九日邀郡守吴山登高

西歷群峰到上頭，諸天下瞰五湖流。韋郎治郡多公暇，白傳耽山况屬秋。黄菊紫萸開勝會，朱幡皂蓋引仙騶。古來風景褰帷處，非是尋常落帽遊。

王禄之同年六十予少三歲而同産八月聊託青山之隱相要白首之期

同時謁帝起攀鱗，早見爲郎慶此身。介壽喜輪新甲子，養生剛遇是庚申。右丞覔句多超悟，内史攻書已逼真。秋入香山堪結社，幾迴花下特相親。

冬日邀蘇若川同黄張二子小集草堂

竹徑寒扉掩白雲，漫延三益啓斜曛。歸來海内空馳譽，相見江東好論文。酒惜公榮留獨醒，花憐陶令贈餘芬。眉山草木今何似，猶道凋零半爲君。

至後子約弟招燕作

同時辭宦伴閒居，却羨連枝鵲繞餘。隙裏年華那可駐，林間風物已堪書。東山絲竹何須廢，北海尊罍亦未疏。莫訝日長纔一線，春光漸喜到吾廬。

庚申除夕寄兒棶

雨堂燈火夜深時，試頌椒花更舉巵。陽氣漸迴知歲改，寒陰不散爲春遲。尚生婚嫁猶嬰念，平子愁吟未遣思。借問長安芳草色，遊人何事忘歸期。

虎丘

名山近接闔城西，春雨才收水滿溪。幾處笙歌成懺悔，一林桃柳當菩提。池邊試劍看虹起，石上談經聽鳥啼。莫道空門常習静，麗人無日不攀躋。

送張幼于北上

東京養士弘開館，西廨憐君别寓居。經析高談掌故後，詩成新體建安餘。暫修孔相門前刺，定得中郎座上書。獨有鄉心千里共，淮南秋水報雙魚。

聞報

已報旱雲連薊北，更看洪水漲江東。天高未鑒桑林禱，河決難成瓠子功。周制備荒儲九載，漢家聞異策三公。小臣亦願輸餘税，却奈歸田歲不豐。

送范觀察再入滇中

逢君造次將何適，猶指南雲戒使車。萬里盤江重到後，五華諸寺舊遊餘。玷鳶望處曾題字，候雁來時好寄書。若問當年同宦者，爲言辭賦老相如。

送王侹北上 將爲其先公請遺典

十年歸與白雲期，一棹重來問所之。物色定逢關吏識，姓名猶有侍臣知。花開可是揚州興，木落兼多秋水思。若説先朝舊供奉，君王應恨不同時。

無題

溪通茗水倩芙蓉，路似巫山定幾重。按出新聲鶯麗曲，妝成半額儼花容。庾公老興原非淺，籍孺柔情未是濃。底恨别離翻太促，願教魂夢得相從。

壬戌元日

律轉殘年已報春，開正倍覺物華新。門前楊柳同元亮，谷口鶯花待子真。容鬢祇應驚馬齒，夢魂誰復問雞人？古來但願生堯世，長守箕山幸此身。

春雪

春寒何自入羅帷，雪滿朝園起更遲。朱邸從遊衣濕夜，公車待詔履穿時。休論往事傷心素，祇爲流年惜鬢絲。最是謝家才善擬，將同柳絮恨風吹。

讀梁比部集寄悼

人生夢幻千年促，惜爾才華六代兼。曾是多愁吟宋玉，可勝長恨賦江淹。故居寂寂門應掩，新冢纍纍土乍添。不見茂陵求草去，名山空自閟遺籤。

燈夕試舞奉酬何孔目

如花檢得舞教成，乍遣春宵按曲聲。長袖翻嫌垂手捷，短簪猶怯貼腰輕。鮫人絲綴千燈豔，雲母屏遮四座傾。觀罷麗詞誰獨就，箇中何遜最知名。水部有詠舞詩。

五日書懷

麥風吹雨晝漫漫，信是江城五月寒。病起入山思採藥，客來開逕強簪冠。銷兵何用靈符厭，續命須縈臂縷寬。篋內舊蒙宮扇賜，祇應留作婕好看。

贈何侍御

古來崧嶽誕生申，西望雲巖信有神。暉映畫逢衣繡客，動揺時見避驄人。封章滿積臺中草，抗志深埋都下輪。吴國遺風將欲采，對君祇恐不堪陳。

嚴公解相還豫章追送淞陵作三首

古來開閣自平津，幾見功成得奉身。逸老特蒙優詔賜，乞骸何用屢書陳。東都飲餞辭供帳，南驛乘符速去輪。歸到宜春酒應熟，散金惟欲會鄉人。

明時扈聖廿年餘，始得銜恩謝直廬。秀水池臺非舊築，鈐岡花徑是新除。縣家歲給山公粟，門巷高懸薛氏車。舟泊吴江秋乍冷，野人聊爲獻鱸魚。

今時元相古疑丞，宿德朝中久見稱。暫免豈淹安石卧，再來應就潞公徵。艦陳兵衛遥張幟，邑奉郊勞夜舉燈。若訪西湖舊遊寺，休將玉帶棄山僧。

春日酬子約

喜看春日入新年，老大逢時倍自憐。綵筆頌椒傳勝事，彫盤行菜慶初筵。寒塘積雪消難盡，疏柳輕煙散未全。獨有審言詩早就，漫將愁思寄春先。

春日書懷

憶昔承恩遊宦時，上林春色總相宜。歸鴉已遂棲枝戀，老驥何因伏櫪悲。南國鶯花非壯日，東山尊酒是佳期。長安紙價今騰否，猶自人傳水部詩。

春杪期子約山遊

閉關棲病百無營，春暮惟兼風雨聲。抗世祗應稱傲吏，少年曾亦唤狂生。長辭爵服從吾好，静對鶯花見物情。兄弟古來成二隱，西山堪作採薇行。

答匡南王孫

虛左歸來歲月侵，侯嬴猶感結交心。洪都客散滕王閣，白社誰招慧遠林。樂善一春頤玉體，題詩千里惠瑶音。忘憂柳色今何似，攀折東風恨不禁。

送鄭比部文茂還朝 余場中所取士也

奉使遥看出漢庭，平反今已報無刑。冤銷旱海霑靈雨，恩到圜扉仰法星。雅志自應弘遠業，少年誰不羨明經。春風正好桃花發，奈贈離枝楊柳青。

余遭兵變諸君擕具慰勞小集園亭作

先人敝宅近成墟，别業猶存三畝餘。竹下酒肴勞客載，花間門徑擬親除。但令沉飲深衷見，莫遣交情病裏疏。減穀亡羊均是累，可須重問士安書。

癸亥除夕

生年六十經除夕，獻歲重逢甲子春。臺内昔叨清憲使，社中今數白頭人。競裁綵勝祈多福，早辦椒盤頌五辛。陶令還家無長物，門前惟見柳條新。

早春漫興

春遲今歲因逢閏，獨往尋春春望賒。日午陰崖初散雪，夜深微雨乍催花。星橋已見收燈市，山郭頻聞覓酒家。自是金閶嘉麗地，不緣兵火減繁華。

寄許仲貽同年

冰泮雙魚達帝鄉，題書一爲問行藏。山中歲月相思久，海上烽烟涕淚長。縱酒偶忘鄰媪舍，看花曾記少年場。五陵車馬多豪貴，每過城南避子將。

余昔作恨詩今復作別詩

蕩子年來輕遠行，河梁那復念閨情。月明夜識昭關戍，風急寒流易水聲。不見紫騮還玉塞，尚聞黄鵠餞金城。傷心獨有隋堤柳，折盡長條却更生。

答真陽周紹稷

楊太史門人也，枉訊兼視所刻楊子行戍稿。

滇徼辭官老更休，河陽試宰仕初優。春前剖鯉傳書至，天上乘鳧佇舃遊。想見儀容勞北海，猶聞涕淚灑西州。茂陵遺草君收取，他日應逢使者求。

追悼白貞甫索其遺文

主客風流數樂天，儀曹清暇儼如仙。彈冠共記趨朝日，撤瑟俄驚歎逝年。長吉囊詩空自秘，中郎抱論與誰傳。他時漢使如相訪，祗恐文姬誦未全。

史子示袁州詩亦賦

聞君獨抱感時心，説却袁州恨不禁。華屋春寒無處燕，沙隄日暮只啼禽。尚思禍起驂乘晚，猶道恩過賜劍深。詩報茂陵堪下淚，莫將吟入雍門琴。

劉守遊白嶽時傳婺源之警奉訊

山摽白嶽與雲齊，江抱新安一水西。獨往振衣朝閎闕，遥瞻飛蓋躡丹梯。情憐花鳥春堪賞，興發烟霞句每題。仙吏暫遊非避世，桃源何事使人迷。

送張給事濬府册封還朝

手持漢節奉恩輝，爲展周親出禁闈。向夕每思青瑣拜，乘春遥望赤墀歸。小山桂樹留難住，上黨楊花别易飛。總有封章焚草盡，醴筵休問諫書稀。

王百穀示余半偈齋詩因答

齋題半偈學維摩，榻對蕉陰勝碧蘿。已辦焚香耽寂坐，無煩載酒問奇過。啼殘好鳥春忘却，落盡靈花夜若何。爲訝右丞傳妙句，祇緣詩思入禪多。

送樊憲副之魯栝蒼人也余昔治其郡

杜門忘却人間世，掃徑重迴長者車。芳草客程聊信宿，白雲官舍近何如。觀風東去聞弦誦，報政南來待簡書。莫道外臺非禁地，霜威猶是避驄餘。

雨中書抱

一春風雨落花稠，長日園林坐自幽。北海以才蒙謗缺，東京何事恨清流。欲除煩惱空塵劫，并悟逍遥是浪遊。莫學虞卿頻著作，書成猶未解窮愁。

王元美讀張幼于紈綺集贈之以詩余亦嗣作

阿士題詩自綺年，新將珠玉綴成編。共言體出西京後，更道聲從大曆前。池上詠鵝思不假，席間賦犬句争傳。同心一見能嗟賞，可是王融得我先。

訪白儀曹夜遊園亭

當時移宅過江東，早歲爲園象洛中。歸謝玉階年不待，夢疑金谷路遥通。遊看花石存先業，坐偶琴書見父風。曾是竹林沉飲客，夜經壚下憶稽公。

無題

自昔仙姝誤落塵，愁中翻怯静中因。吟成桃葉空留恨，別去楊花可耐春。每過舊遊追以慨，憑誰顧曲聽其真。寄言宋玉非躭色，莫道猶多美婦人。

九日結客湖山登高悵無懽悰漫不成詠章憲副以詩惠訊賦此解嘲

湖山風景控長洲，不減龍山九日秋。香梵林中居士社，笙歌塘上美人舟。自憐白髮身猶健，欲詠黄花思未酬。羡爾閉門能覓句，卧遊玄想勝來遊。

王子往會稽展袁相公墓因有此贈

平津高閣已成丘，一道寒泉萬木秋。秘器盡頒遺寵在，樵蘇特禁故恩留。碑題黄絹門人撰，草積青箱漢使收。非是羊曇行暫誤，欲將雙涕灑西州。

送劉守備兵維揚

建牙吹角海門東，盡道劉琨節制雄。時聽高談樽俎上，夜聞清嘯戍樓中。已多遺愛留棠樹，别有幽情倚桂叢。咫尺江流纔一水，音徽猶得奉餘風。

莫憲使補官楚臬繼參梁岳奉贈

聞道除書下紫宸，滄江猿鶴戀征輪。共憐潘令閒居久，可訝山公薦啓頻。湘浦蘭芳違贈遠，河陽欲色待行春。漢廷典禮須君草，詎作梁園授簡人。

臘月十二日邀顧給舍張太史吴山人張孝廉小集張燈戲曰此隔歲元宵也山人賦詩余因奉答

今冬因閏得春先，已覺陽和入舊年。銀燭秉將消永夜，華燈試取照初筵。月乘珠彩疑争豔，雪映瑶暉似鬬妍。不是高才逢季重，南皮勝事與誰傳？

赤城山房諸子賞雪不赴

吴城無處不飛花，别有城南眺更賒。水遶横塘成素練，臺臨茂苑盡瑶華。殘暉似逐將軍騎，寒影猶棲御史鴉。可是梁園辭賦手，争言抱玉已家家。

宋憲使見訪之閩

曾記腰章宰邑年，忽看持節下江天。種成桃樹留遺澤，折取梅花贈别筵。横海樓船聊自泛，悲秋辭賦有人傳。閩中爲報烽烟息，前席行當賜召還。

嘉靖庚申、辛酉、壬戌、癸亥、甲子、乙丑、丙寅作，見還山集。

皇甫司勳集卷之三十一

五言絶句五十一首 六言附一首

四月晦同吴純叔憩劉氏園亭各賦以花下一壺酒爲韻五首

苒苒葵方朵，娟娟榴亦葩。不是河陽尹，那應縣有花。

簿領不知春，園亭忽驚夏。幸有盈尊酒，與君醉花下。

執熱就東皋，陶然坐西日。無言會不常，所願心相一。

林深堪駐馬，鳥宿不驚凫。坐遺花間月，慇懃上玉壺。

江南千里心，極北一回首。感兹水上萍，忍負杯中酒。

桃花塢三首 爲沈霍州瑩作

龍門萬年樹，潘縣一叢花。多少迷津客，皆因戀物華。
生長桃花塢，不識桃花樹。試問玄都人，已是春光暮。
卜地聊棲趾，成谿自不言。祇疑闤闠裏，遥接武陵源。

詠燕

來似隨鶯侶，歸應却雁行。爲問東鄰社，何如王謝堂。

有所思

魂去何須夢，情來即是思。非緣悵兹夜，翻似恨當時。

十六日對雨

夜月當空滿，朝雲送雨來。陰晴能復幾，并遣歲華催。

雨館鳴琴和子約

迴飆送雨來，歲暮寒雲起。鳴弦雜散絲，隔坐聞流水。

臘月十五夜月和子約

清光十五度，此度倍堪憐。再滿應同夜，重看却異年。

二月十五夜子浚兄燈讌再賦

再吐金枝焰，重開玉樹花。非關耽夜飲，直是眷年華。
彩縷交花豔，明珠滅月輝。君能留顧盼，時得奉芳菲。

送周以言再入越中二首

湖山重到日，風景悵當時。越客清江上，猶吟弔鄂詩。
日落西陵渡，秋來烟草萋。已無孔九在，誰問若耶溪？

賦得有所思

錦席承君讌，青樓寄妾家。無因挽紅袖，留恨與桃花。

謝璇公惠藥

文園多病日，蕭寺客居時。未得無生理，持方問藥師。

西天寺 傍即虢國墓

彌勒禪林雨，將軍隴樹烟。長安今罷笑，留恨向西天。

能仁廢寺

殘雨鳴秋殿，寒蕪翳夕廊。老僧諳寂滅，何處解荒凉？

過句曲劉生

家鄰西晉寺，門對大茅峰。劉向傳經處，空齋落夜鐘。

偶述

惴惴懷隱憂，咄咄嗟異事。端誦陽生言，千載同心契。陽尼云：「我昔未仕，不曾羨人。今日失官，與本何異？然非吾宿志，命也如何？」

張比部園翫仙掌蛺蝶花二首

碧葉仙人掌，清秋甘露擎。文園方病渴，願爾賜金莖。

蛺蝶幻花叢，因風自飛舞。移將漆園中，夢寐同栩栩。

題美人蕉

帶雨紅妝濕，迎風翠袖翻。欲知心不卷，遲暮獨無言。

寄侍二首

遇花思舞夜，睹柳憶顰時。可道錢江上，行雲有夢知。

家住吴趨市，書傳越踐城。病來因染色，魂去爲鍾情。

過潛山寄嘲卜令自無錫遷此

商也能爲政，明時尚棘棲。萬公窗岫色，何似對梁溪。

桃川宫

昔爲避世鄉，今是朝宗路。桃花春水間，猶自尋源誤。

蘇黄渡東坡山谷經行處

劉阮林中路，蘇黄渡口津。不知之楚客，何似避秦人。

響水關

飛泉來斷壑，聲咽不堪流。何似函關客，遥心寄隴頭。

友竹居

扶疏北窗下，坐處挹清芬。爲問延三益，何如對此君。

緑陰軒

嘉樹壓繁陰，流芳閲荏苒。念昔植者勞，願言留勿翦。

吕合驛 有仙人蜕骨

昔人自羽化，枯骨尚安存。青冢藏金藥，難招緱嶺魂。

郡學八景

地本宋相居，宫由素王闢。嘉樹既敷榮，澄流復凝碧。南園

仞由寸乃積，高以下爲基。攀躋一延眺，仰止良在斯。道山

璧水湛圜流，金波漾清沚。中有游魚戲，荷香隨風起。泮池

瑶壇茂文杏，得地歲華深。時有青衿子，横經坐晚陰。杏壇

託根上干霄，偃蓋久承露。不念植者勞，但知匠者顧。古檜

仙源渺何處，鏡接太湖長。奇峰七十二，隱隱在危梁。來秀橋

言采泮水芹，因登道山岸。斜日抱亭扉，春風集童冠。採芹亭

條風將化雨，一夕灑南園。門下多桃李，芳菲總不言。春雨亭

梅花水仙

弄影俱宜水，飄香不辨風。霓裳承舞處，長在月明中。

題桃花圖

粲粲先春綺，盈盈媚晚妝。回思少年日，騎馬出河陽。

題茉莉二首

蕚密聊承葉，藤輕易繞枝。素華堪飾鬘，争趁晚妝時。

香慣臨風細，花偏映日生。若將人試擬，小玉定齊名。

題牡丹

一種天香異，千株國色傾。應憐花似臉，半醉倚華清。

哀葛姬

姬號曉雲，本出教坊，雅善琵琶，兼通翰墨，尤工於寫蘭，一朝化去，遺蹟猶存。

忽聞藏夜壑，非復遶陽臺。何似行雲意，猶堪入夢來。

妙手能操管，芳心解贈蘭。香魂隨宿草，祇作斷腸看。

六言 附

泊江口

大別山前暮雨，漢陽江口孤舟。祇自臨流送酒，無因挽日登樓。

嘉靖壬辰起至辛酉作，見浩歌亭、安雅齋、禪棲、栝州、南中集。

皇甫司勳集卷之三十二

七言絶句一百六十首

塞上曲三首

山城落日照居庸，抗嶺迴巒紫翠重。十月羌胡塵不起，萬年陵寢霧常封。居庸關

復有黄花高插天，烽火不動龍庭烟。豈謂王公曾設險，亦知將士會憂邊。黄花鎮

峨嵋山寨倚雲霄，健馬彎弓虜莫驕。夜半忽聞擒克汗，軍中應識有嫖姚。峨嵋寨

郊上暖行

經旬病卧寒翻劇，忽漫郊行暖太舒。豈謂陽和猶擇地，容光不照子雲居。

寄王定州

秋日遥思春别君，花飛不見雁來群。風流刺史渾無事，坐對浮圖弄彩雲。

閨怨二首

妾自當年遠嫁君，相隨萬里莫離分。那能割斷東南水，化作同飛西北雲。
別時圓月照江天，不見人歸見月圓。那因得並清光轉，夜度梅花到爾邊。

五花殿

在邢州，寺僧云：先爲塔，後傾圮，餘趾作殿，形五角，故曰五花云。

浮圖曾記當年建，七級盤空標彩霞。金輪豈合爲傾圮，寶殿空餘散五花。

再宴徐公子第

花前月影摇雙闕，樓上香塵浄六街。公子金盤留客醉，夜深寶馬過秦淮。

晚經西湖

玉殿空山啼暮鴉，錦帆秋水悵蒹葭〔一〕。自是西湖好風月，無人道有洛陽花。

【校勘記】

〔一〕「悵」，續皇甫百泉集作「漲」。

江南曲

南國新聲妙入神，臨岐一曲可憐人。爲向四時歌子夜，也應白雪和陽春。

雨霽渡江

六月江門雨乍迴，孤帆帶雨晚微開。潮聲半逐雷聲去，山氣全銜雲氣來。

月下聞琵琶笙簫各賦一首

朱絃斜抱月明中，翠袖輕調半逐風。一曲關山無限恨，相思猶自到離宫。

月映霜華夜最清，鳳簫吹出斷腸聲。却憐楚客浮湘意，不似蕭郎弄玉情。
月落吴宫夜欲分，笙歌一曲不堪聞。凡心也解非仙首，漫説乘鸞向彩雲。

鄱陽湖三首

長湖落日起悲風，想像旌旗在眼中。自昔空流賈生涕，即今誰數亞夫功。
君王愛弟本難圖，夜半樓船直渡湖。金谷翻冤墜樓婦，銅山虚聚鑄錢徒。
書生曾未解談戎，帝子相招意氣雄。不見飛符來闕下，猶聞染翰在舟中。

寄蔡子木

越山高並吴山接，漢水流兼江水長。聞道衡陽有飛雁，將詩遥爲達中郎。

梅子鋪題壁

月明清露下荒臺，木落空山更可哀。夜壑常留金碗在，春風曾識翠華來。

羲之墨沼

芳沼清泉不斷流，右軍遺墨宛然留。何時得暇來臨帖，爲寫經文道士收。

陸羽泉茶

蓮宫幽處涌清泉，茶竈年深冷緑烟。香供尚存龍藏裏，試嘗何似虎丘前。

再過安國寺

古寺蘇君昔每臨，焚香端坐念何深。笑余經歲才重至，臺榭荒涼祇茂林。

留别定惠院僧

一自齊安遠寄家，不曾來賞海棠花。高軒落日聊孤坐，猶記山僧夜送茶。

留别赤壁山僧

赤壁磯頭月可哀，山僧常笑使君來。秣陵城外清秋夜，悵望江雲隔楚臺。

寄故園兄弟

春風茂苑棠花發，夜月湘江雁影迴。康樂題詩勞夢寐，平原羈宦不歸來。

寒夜曲四首和子安兄

風吹芳樹已凋殘，却放清暉入畫闌。莫道金閨常自煖，夜深翻似玉門寒。

淡烟和月出霜林，落盡寒花只素陰。別有蘭缸凝彩焰，鏡臺斜倚照冰心。

繡户深沉半掩門，玉窗愁對月黄昏。閒垂翠帳何曾寐，熏盡金籠總不温。

年隨流水去傷神，催入風光一度新。何事蛾眉顰不展，玉顔無伴怕逢春。

寄吴醫隱殊勝寺二首

聞爾禪房結隱居，齋心終日對真如。常明萬葉青蓮火，爲照窗前五色書。

宛轉金河接上池，祇園亦有杏花枝。門前自施迷方藥，何用長安市裏知。

吴鄉除夜歌三首

蘭燭流光照綺筵，椒盤傾酒度華年。漢庭白首何曾調，莫怪楊雄學草玄。
久宦空嗟江海身，故園今見歲華新。吴宫柳色寒烟裹，不及長安易作春。
荏苒流年去不迴，夜深鐘鼓莫相催。金樽放飲香醪盡，但遣春光醉裹來。

吴江夜泊有感

日落吴江霜氣清，越鄉烟樹眼中明。虚傳八月乘槎去，不似當年奉使情。
江上停舟繫水楊，伴人鷗鳥自成行。驚心一夕遥千里，不獨秋深恨漏長。

十四夜雪後對月

瓊枝斜掛玉輪秋，積素承暉浄不流。誰憐寂寞惟僵卧，猶自更深一倚樓。

冬日聞懋上人入西山寄贈

支遁西行欲買山，乘杯一去幾時還。禪心不係湖雲似，却戀晴峰縹緲間。

雪後書懷

西風吹雪滿柴門，坐對寒雲意泊如。自笑曾爲穿履客，長安愁説待公車。

病腹承子約弟以導引方見示

經笥深慚邊氏腹，文園空卧子雲身。秘方爲謝傳鴻苑，端坐寧辭學鳥申。

臘月十五夜待月

雪意含雲夜不分，桂華摇落在氤氲。羅帷歲晚無須鑒，獨有關山最憶君。
冬月沉輪空夜闌，綺窗華燭自凝寒。春來依舊清光滿，只恐催人不耐看。

聞蟬

衛水東馳疾似雲，水邊沙柳帶斜曛。最是蟬聲不堪聽，西來況是客中聞。

施子持册索書近體戲綴二首

漢庭儒術有施讎，終歲談經了不休。把手青門何以贈，但言筆札欲相留。

肺病無能藝頗耽，不辭留滯在周南。新聲近代多争長，怪向人間説沈三。

對月答子浚兄見懷諸弟之作

南北何如漢二京，迢迢吴越兩鄉情。謝家樓上清秋月，分作關山幾處明。

挽張秉道以入覲客死洪州

聞説朝天事已非，滕王閣畔淚沾衣。空江寂寞秋尊冷，張翰何由更憶歸。

子安席上漫賦

失路那堪事遠行，離筵愁殺起新聲。琵琶總是江州淚，羌笛都爲隴水情。

病中聞己兒遊張公洞占寄

名山探盡賦難成，卧病江淹減筆精。見説靈光將屬草，童心亦自有高情。

病中與賜兒骰子占戲

枕上煩心每自驚，祛除不盡苦還生。呼兒六博聊相遣，瓜葛須知莫浪争。

東禪寺題張琴師故居

遺民昔日寄東林，彈指韶年去復今。借問虎溪明月夜，幾多流水在琴心。

古意二首

承恩憐故亦憐新，落葉隨風笑此身。陌上相逢厮養婦，宫中曾是舊才人。

銅臺遺令不堪悲，玉座猶憐歌舞時。怪得無情王處仲，一朝開閣散蛾眉。

題董太史卷後

闔閭城外初傾蓋，苕霅溪前遠泛舲。題詩何日能相訪，消息應傳董五經。

中秋懷舊三首　懷乙酉年也

玉街芳樹奈清秋，明月高懸十二樓。猶記江淹題賦手，夜深操筆對淮流。子浚兄

寶馬垂鞭過狹斜，金尊不惜醉琵琶。五陵信是多年少，敦賞何能及謝家。有淮清秋月賦。

斗城風物最堪憐，一擲流光二十年。嵇阮同游無半在，可禁吹笛落花前。子安兄　與陳、徐二子皆已物化矣。

丙午生日漫賦二首

華省歸來歲復臨，金丹未就二毛侵。低眉慢憶從前事，幾許當杯得快心。

生朝不樂亦云痴，把酒持螯醉一時。王微也解名相累，抗世安須吏部爲。

饕史謡二首

金距雄冠唤德禽，區區哺卵亦何心。瑶盤一薦傾人市，郭外應愁斷曉音。

中官玉食四方來，酸笋香螺雜豹胎。駐馬一餐猶未饜，錦盤明旦候門開。

淫史謡二首

穿針少女貌如花，驄馬過時面半遮。何緣得赴秦樓約，試着青衣典絳紗。爲婦築樓行臺，每夜更男子衣混執燈者入。

暫收寶髻與羅裙，結束吴兒兩不分。夜夜臺中陪御史，朝朝門外候將軍。導之出入者，指揮張建節也。

春夢 二月十五夜

玉貌雙傾識未真，羅幃一夕偶相親。襄王覺後渾如幻，樂廣生前了是因。

詠贈髮二首

寶髻斜安墮馬妝，偷將鸞剪試分香。纏君玉腕勞相憶，底是春心如許長。
鴉鬢雙盤似楚雲，聊將一縷贈夫君。枕邊絲斷情猶係，鏡裏香銷恨豈聞。

春日許應亨比部見訪因憶應元夔府時有内子之戚二首

卧病江鄉世事非，門前車馬客來稀。相逢不解蒙莊笑，猶悼芳容淚滿衣。
建節當年入漢京，離筵子夜總新聲。扁舟再接清河使，一曲那傳白帝城。

長兄新買珠燈試讌二首

的皪明珠綴綵絲，芬葩華焰引金枝。争言南海流光夜，絶勝西園讓月時。
爲歡詎惜散黄金，訝向鮫人購遠琛。但遣履綦承夜色，不緣纓組照春心。

舅氏黃汝成悉出所藏秘畫眎余嗟賞久之因賦三首

寶軸流傳歲代深，購時不惜散黃金。長康好畫應成癖，玄晏耽書亦苦淫。

海内名山未盡遊，渭陽圖畫總能收。座間一夕窮千里，却笑張衡遣四愁。

管落雙枝並入神，手調花露染來真。寄語桓家須愛取，莫將寒具誤留賓。

子約弟過余書齋值余卧病對桃花賦詩而去作此奉解

羞將明豔媚芳辰，閉户桃花浪作春。獨立遲回君莫訝，此中多是解迷人。

別彥先甥

江上花飛三月時，暮雲孤棹欲何之？不堪相送韓甥意，猶自微吟顔遠詩。

豔珠

明豔今時第一流，新承恩寵石家樓。舞腰徑寸朝朝減，啼淚雙行夜夜愁。

聞報三首

太乙祠前禮玉清，爐烟燈火徹宵明。賜錦裁爲朝斗服，宫詞按出步虚聲。

玉輦離宫駐未回，金吾夜報柏梁灾。可憐粉黛成灰燼，錯指長門是化臺。

朝還玉座已生塵，夜隔紗帷獨黯神。可是少君憑幻術，望中猶得見夫人。

送汪子之錫山〔一〕

桃花落盡草萋萋〔二〕，歸去汪倫路不迷。天際孤帆誰與伴〔三〕，祇隨明月下梁溪。

【校勘記】

〔一〕皇甫昆季集題作「送汪古沙歸無錫」。

〔二〕「萋萋」，皇甫昆季集作「凄凄」。

〔三〕「際」，皇甫昆季集作「外」。

覽報二絶〔一〕

沙塞飛書達漢京，甘泉烽火徹宵明〔二〕。停鑾莫向馮唐問，頗牧何由得再生。

當時丞相稍嫌尊，詎是君王亦少恩。收骸那見東園器，泣血空思上蔡門。

【校勘記】

〔一〕皇甫昆季集題作「聞報」。

〔二〕「徹宵明」，皇甫昆季集作「晝還明」。

梁溪詞三首

舞似前溪歌似秦，綺羅秋夜不勝春。可憐明月能留客，却笑桃花解誤人。

黄金賣賦買歌聞，千載餘名一夕醺。恨殺玉顔逢洛水，幾憑香夢到巫雲。

少陵初過四娘家，香氣氤氳月色斜。别後青樓何處是，門前記取滿溪花。

王使君養晦郊居一鹿隨之游因寄

池上揮毫久不聞，避人獨與鹿爲群。乘車欲向空山去，何似王喬駕白雲。

過叟瓶蓮二頭

玉露兼葭秋已深，晚芳猶自媚幽林。何如仙子臨湘水，朱袖雙垂弱不禁。

贈楚湘王生

楚客乘舟秋入吴，貂裘龍劍一身孤。相逢解説齊安事，雪滿堂陰尚有無。

昔在乙酉歲余游二泉書院留題於壁邵文莊公誦而愛之即次答見寄自公下世逮今兩更酉矣再過錫山悵然賦此已酉九月二十三日也

二十年前少小時，仲宣曾受蔡邕知。松山寂寞泉臺冷，猶向東陵訪舊詩。

梁溪行樂詞二首

花滿梁溪月滿樓，客鄉兩度醉清秋。百年行樂争餘幾，一夕相思可奈愁。

曲按新腔詎似前，妝成雅態更堪憐。羅幃判醉從今夜，翠帶留題是隔年。

進酒詞

芳情慣向歌前結，鬱抱偏從醉後開。何事酒乾銜不放，杯香暗送口脂來。

贈金醫

少年學道出長桑，閉户時窺五色方。漢武甘泉初鑄鼎，好將靈藥獻君王。

以獨草一笏蘭蕊筆二枝贈别盛二

獨草新傳越國烟，雙蘭並結中山兔。此日臨岐特贈君，他時爲寫離思賦。

贈桂軒相者

心厭塵喧隱桂叢，猶將物色閲三公。長安總是攀花者，多少榮枯在眼中。

七夕二首

畫廊面面圖金粟，化塔層層現玉毫。舍利窗中看宿劫，旃壇林外聽江濤。
鵲橋宛映金河上，鷲嶺遥連銀漢迴。從思妙諦多慚拙，爲問天孫乞巧來。

釋弘伎自關中游蜀山

太華峰前西别秦，錦江持鉢度餘春。經冬不散峨嵋雪，一夕輕消面壁人。

句曲崇明寺寓眺四首

義和三十六禪林，處處香臺悉布金。歲久荒涼無半在，衹餘危閣鎖秋陰。千佛寺

化城東望接崙峰，九曲西流匯上容。洞口欲尋茅氏訣，丹書猶説石函封。妙雲院

七級蓮花插上清，靈光夜夜玉毫生。重簷綴鐸聲和梵，不爲風吹亦自鳴。四周塔

寶藏宏開自晉年，金河常見法輪旋。五千貝葉靈文盡，持得殘經不忍傳。藏經殿

題寺僧唐馬

騕褭曾空冀北群，燕臺買駿久無聞。長鳴且就支公櫪，非是聽經勝策勳。

過北川橋舊寓

客舍依然禁籞西，女墻淮月古青溪。春風爲笑堂前燕，門外何曾識馬蹄。

普照寺聽天曉禪師講解

少林飛錫渡江來，説法城南有舊臺。貝葉時時松下展，靈花夜夜雨中開。

永興寺散步

帝城西覓古叢林，萬木寒垂六月陰。庭下閒花齋後偈，門前空水定時心。

贈徐公子追悼其姪禹量

綺紈公子擁青衫，身在朱堂慕碧巖。竹林爲問風誰嗣，猶自傷心説阮咸。

贈資上人

白塔山前慧樹叢，紺樓初化影堂空。老僧相見諳吴語，夜就繩床問洽公。

贈慶上人

早年銷跡在空門，寺數南朝此最尊。莫以無爲成浄業，好將焚誦答明恩。

贈漁苕叟

聞君家住舊苕溪，春水桃花路欲迷。總爲南枝懷越鳥，此身猶在秣陵西。

送故友程水部之子下第往毗陵謁唐太史乞誌二首

落落雞群見爾時，河山猶邈故人思。叔敖死後空囊在，廉吏年來詎可爲。

鳳毛今日喜逢君，裘敝長安路忍分。最是中郎知有道，西行一爲訪碑文。

安平元夕對闔客作

邑少絃歌惟戍鼓，村無烟火只漁燈。吴趨綵豔闔珠燦，一樣思歸兩未能。

御堤柳

御堤新柳碧毵毵，裊霧垂烟總不堪。借問道傍車馬客，幾多離思在江南。

寓京感事五首〔一〕

亡命當年爲報讎，自矜驍勇蓦邊州。持刀白日横行市，縣令低眉不敢收。
圍城高築備遼西，夫壻蒙徵事鼓鼙。誰向月明啼玉筯，斷腸知是杞梁妻。
紅顔薄命古來聞，萬里辭鄉没虜群。不見黄金歸蔡琰，祇留青冢從明君。
海陵儲粟號常盈，一夕咸陽烽火驚。聞道催逋朝遣使，幾多民命在春耕。
甲第西衢曜日新，沙堤東巷已銷塵。門前行馬依然在，問姓多非舊主人。

【校勘記】

〔一〕續皇甫百泉集題作「感事五首」。

送僧之楚

千里雲隨一錫孤，楚山深處是荆巫。湘江秋盡多蘭芷，笑採幽芳當折蘆。

謝王子惠蓮房

金房出水訝分甘，玉沼清秋露半含〔一〕。雲樹幾重迷魏北，蓮歌一曲想江南。

【校勘記】

〔一〕「清秋」，續皇甫百泉集作「秋清」。

訪許子工部舊寮〔一〕

一别都城過十霜，相看俱是水曹郎。到門不敢驅車騎，羅雀應慚見子將。

【校勘記】

〔一〕續皇甫百泉集題作「訪許水部」。

謝惠涼巾

誰製雲巾蟬翼輕，況逢新沐晚涼生。北窗高枕承嘉惠，東省彈冠異昔情。

謝王比部惠珠枕〔一〕

雙蟠綵鳳結明珠，角枕從來粲不如。夢魂恍度鮫人室，願借餘光照寶書。

【校勘記】

〔一〕續皇甫百泉集題作「齊東道中謝王比部惠珠枕」。詩末有注：「鴻寶，枕中書也。」

戲調李子喪内三首

君家賢内友人知，自是蘭芳不待時。莫訝潘生頭白盡，祇緣新草悼亡辭。

月冷妝臺翠冷鈿，花銷紅粉柳銷煙。陸機總謂多文藻，可復揮毫示彥先。

遺挂凝塵尚黯香，洞房深鎖夜何長。解愁莫漫頻傾酒，猶恐卿卿恨太常。

馮公嶺觀道傍花愛而賦之

馮嶺秋高鎖白雲，四山晴樹挂清氛。花開五色多奇品，不植名園便莫聞。

春江雪泛柬陳廣文

春日江頭雪作花，片帆乘雪下東嘉。雲深不辨袁安宅，獨擁寒衾到日斜。

芝田憶殷近夫

當年仙令下車時，燕坐鳴琴有所思。不知葉縣丹成後，尚見河陽花滿枝。

張銀臺避兵湖上三首

青海揚波白日低，玉山雲樹已全迷。少陵避亂花溪裏，却指湖東作瀼西。

黄巾夜逐馬鞍東，華屋朝隨一劫空〔一〕。但使有橋容博望，不將無宅笑張融。

婁關兵後市成墟，何似咸陽烽火餘。不見問奇門外客，啼鴉知是草玄居。

【校勘記】

〔一〕「劫」，原本作「刼」，據續皇甫百泉集改。

寇至雜詩四首長兄命予同作

將軍喪馬懊無顔，奮臂宵馳敵壘間。何似賈生行劫去，獨騎南部紫騮還。斯卒李阿旺

拔戟先驅獲必雙，日高腥血染婁江。齊師三百稱驍勇，氣奪吳兒欲樹降。義勇關壽

江邊結網爲求魚，誰道漁人亦獻俘。要取銀牌將换酒，凱聲乘醉入吳歈。漁人顧五

年少輕生不畏擒，笑談紿虜未輸心。朝來匹馬危城外，提首轅門索賜金。狼兵王五

將入滇折蘭贈吴二純叔

海上塵吹阻盍簪，宜遊曾共楚江潭。贈蘭何似攀楊柳，佩取芳心報日南。

題楓香驛亭子

秋入楓林霜葉零，勞勞吴楚此孤亭。階前湖水環雙碧，檻外廬山送遠青。

臨江驛中秋

驛路臨江接漢陰，洞庭秋氣轉蕭森。吴關一望三千里，爲借清光寄遠心。

華容

湘江西下見華容，路訪桃源尚幾重。巴水漲時迷蜀道，楚雲深處是巫峰。

馬鞍嶺

石磴千盤上馬鞍，始知鳥道未爲難。此身已作圖南翼，猶指雲霄向北看。

苕溪邑鐘鼓洞有伯安題石

石傍空山聲暗傳，雲和清響落鈞天。洞門一自題詩後，常見停車叩水邊。

沅江

霜落丹楓吹白蘋，沅湘十月暖於春。閑將棋子敲燈夜，可念江干待渡人。

寄憶

江東烽火已難知，亂後那堪更别離。縱有鄉書傳驛使，開緘不省是何時。

盤江詞三首

白碉流殘青嶂開，雞公嶺帶夕陽來。更聞江水盤千曲，何似愁腸日九迴。

攢烽夾岸若雲稠，下有飛泉一線流。春草深時多瘴癘，行人駐馬不堪愁。

松風萬壑引盤渦，聞唱公無此渡河。漢將西征遺壘在，至今啼血染滄波。

過定西嶺寄憶包侍御節

兄弟逢時早策勳，人言柱下有機雲。清宵爲問華亭鶴，瘴嶺驄還幾度聞。

仙羊山

廣通李令告予縣西有山，望其雲起，如驅群羊，山下有鑛，殆金銀氣也。

昔聞浮雲變蒼狗，茲傳靈氣成青羊。安得坐逢勾漏令，閒煮丹砂白日長。

捨資驛有楊太史垂柳篇書於壁因寄

垂柳年年陌上春，題詩不見倚樓人。萍踪恨殺巴江遠，望入峨眉翠轉顰。

安寧乃楊太史客居處樂人多按其詞被之管絃

曹植疑神賦奈何，徐陵新體麗情多。争如供奉清平調，翻入南中子夜歌。

發滇口占

嵇生慢與世相違，金馬關前欲拂衣。自笑此身猶社燕，一逢春色便南飛。

岳陽道中積雨

千樹松杉結曉陰，征夫前路畏泥深。慣是楚天能作雨，却憐吴客坐傷心〔一〕。

【校勘記】

〔一〕「坐」，續皇甫百泉集作「易」。

黄梅聞張令先已入省

仙鳧謁帝楚江歸，芳草洲連赤壁磯。遥對雙峰懷玉樹，琴聲寂寂落花稀。

潛山道中五日

客行仲夏逢佳節，地近東吴即故鄉。思欲避兵猶寇亂，蓬心那解醉蒲觴。

嘉靖己丑至丙辰二十八年作，見政學、浩歌、寓黄、安雅、副京、南署、禪棲、三州、南中集。

皇甫司勳集卷之三十三

七言絶句一百首

奉和子約夏日郊居五首〔一〕

炎日遥從瘴嶺還，新開幽徑竹林間。南中六月渾無暑，猶記衙齋對雪山。

用世無能恰似樗，坐驚啼鳥落花餘。邊生僻性惟耽卧，縱使臨池亦懶書。

坐倚桐陰岸角巾，誰堪裹服起迎賓。杜門却笑曹顔遠，何事因疏恨故人。

三畝芳園帶草堂，一行作吏久荒涼。烏衣樂事多清夜，莫向春池夢别長。

夢鹿初醒日上遲，戲禽偏愛午陰時。隱侯新製郊居賦，不遇王筠未解知。

【校勘記】

〔一〕皇甫百泉還山詩題作「和子約夏日郊居五首」。

新秋月讌三絶句

端居自愛小庭閒，皓月流光照酒間。試向南枝看宿鳥，莫將離思遶關山。

常年月向客中明，今夕人歸倍有情。底恨烽塵吹海戍，笙歌銷却館娃聲。

謝家華萼聚應難，月滿西園似舊看。昏夜尚思遊秉燭，誰教見月不爲歡。

十八夜兒楙治酒邀諸父待月始陰仍霽

清夜歡遊忽作陰，少時斜月復開林。倩教絲竹陶餘興，莫惜兒曹解此心。

送朱揮使提兵備禦

牙旗遥指海東雲，夜半潮隨刁斗聞。充國來邊多勝算，不教幕下久從軍。

夜過張子不值

偶隨明月過君家，幽徑無人自落花。書帙亂抛青玉案，尚餘螢火掛窗紗。

次子約答賓

閉户無營懶自宜，逃名漸覺少人知。相逢陌上休相問，二陸今非入洛時。

柬子約二首

古來齊物賤彭殤，余浪長悲十二郎。不奈春風如解恨，夜深飛雨助凄涼。

東吾達命愛都捐，最是憂心易損年。頭白逢春能幾許，且收雙淚向花前。

題扇

步從洛水凌波夜，偶向巫山行雨時。趙氏入宫争見忌，喬家傾國兩相宜。

題梅贈僧

説法臺前凝素暉，香霑貝葉冷侵衣。老僧面壁渾無語，落盡梅花當雪飛。

長兄齋中嘗畜白鸜鵒一隻亡後歸之於人哀賦一首

客到花間問主人，隔簾先聽語聲頻。今來却作烏衣燕，飛向東家别哢春。
塵生窗畔緑陰稀，不見籠中舞雪衣。何似義烏能戀主，寒枝棲盡尚來飛。

閏七夕病中作

花燭人間卜夜難，香車天上結重歡。嗟余抱病移單枕，非愛雙星欲卧看。

題扇

吴苑總爲嘉麗地，春風況是豔陽時。鶯花十里横塘路，載酒移舟到處宜。

黑將軍被放

漢將功成謗易生，藍田歸去不勝情。青天一片淮南月，猶照當時細柳營。

送朱生戍滇

行盡黔中萬疊山，昆明特秀五華間。漫過銅柱思鄉泣，會見金雞放赦還。

題燕

緑裊輕絲巷柳斜，朱顔依舊映桃花。雙雙慣向春風舞，愛得宫腰似趙家。

題蘭二首

月映湘潭弄蕊初，清香先自襲人裾。紛紛桃李争妍夜，一種幽情總不如。
小玉盈盈不事妝，青樓夜夜舞霓裳。欲君記取同心語，解佩臨風贈早芳。

北山

羨君棲隱出人群，獨向山齋卧白雲。自是松杉堪寄傲，不須猿鶴爲移文。

次韻送張允清遊武當二首

歸卧東山聊引年，始知傲吏已成仙。乘槎若遇浮丘子，定好相攜躡紫烟。

看君已過古稀年，猶欲名山訪列仙。可是向平婚嫁畢，不愁岐路有風煙。

課小侍習舞二首

小髻盤鴉二七年，新教垂手舞當筵。夜來何事羅裙皺，祇恐凌雲化作仙。

初着霓裳怯尚羞，纖腰婀娜不勝柔。鶯花容易催春老，莫道盧家忘却愁。

元夕燈下觀舞二首

華燈攜自日南來，火樹蘭枝夜夜開。氤氲翠袖燈前舉，一片輕雲落楚臺。

萬斛璣絲巧織成，銀花點點弄春晴。玉容翻向光中立，何似仙姝隔水晶。

戲東子約

燈市才收春漸饒，柳情梅態不勝嬌。相攜早辦東山屐，何用持經坐寂寥。

題沈周八景圖

瑶臺高起闔城西，下瞰胥濤烟草萋。歌舞盡隨麋鹿散，月明惟有夜烏啼。

右姑蘇臺

靈巖深鎖舊離宫，香井琴臺輦路通。池上花饒西子醉，屧聲時響畫廊東。

右靈巖山

萬笏山頭一逕分，半通祠宇半連墳。可憐僧舍成灰劫，落盡泉聲見白雲。

右天平山

太湖風浪晝冥冥，烟樹微茫接洞庭。船到中流徐蕩槳，湖中漾出兩山青。

右太湖

一開茂苑古城隅，百里鶯花入畫圖。爲問海陵何處是，寒鴉飛盡但平蕪。

右長洲苑

吴王宫遶百花洲，十里香隨脂水流。芳杜盡凋惟鳥雀，飛來飛去候龍舟。

右百花洲

章郎種樹似劉郎，片片開成錦水鄉。一自尋源迷去所，不知春色在河陽。

右桃花塢

橋横古渡帶平沙，楓落寒山日影斜。舟女莫言估客樂，鐘聲將夢到天涯。

右楓橋

爲僧題畫

誰道空門無世緣，畫圖猶自向人傳。詩成何限清秋興，恰似休公怨别年。

贈董少姬

年才二七美朱顔，家住青樓大道間。曾記少時行樂處，不堪清夢到巫山。

再贈董少姬

玉貌蘭心笑口嫣，未盈三五小嬋娟。雙成只合仙遊去，故向人間留可憐。

過董氏

不到青樓三紀年，章臺柳色半銷烟。今來非是江州夜，對却琵琶亦黯然。

朱將軍第夏讌二首

海上軍書久不通，閒拋鎖甲掛凋弓。誰知河朔追涼處，却在營門細柳中。

筵開西第午風輕，玉映冰山四座清。暑氣翻成秋氣肅，蓮歌按出凱歌聲。

題花圖贈王郡守徐少府二首

洛陽盡說花如錦，蜀郡曾聞錦作潭。一自分符來出守，年年春色在江南。

茂苑晴洲遶鹿臺，芳菲應待錦帆來。不須更置催花使，一奉仁風萬樹開。

二月二日子約席上翫雪同詠二首

今年逢潤訝春遲，積霰凝暉似臘時。楊柳何因飛早絮，梅花渾已拂殘枝。

飛花綴户總瑶芳，束素纖腰映舞行。最是多情何水部，故教羅綺唤春光。

春寒歌二首

摇落寧知三月時，未逢禁火亦寒炊。梅翻六出花成雪，柳濕千條雨作絲。
剪就春羅未試衣，花間無計覓芳菲。鳳樓絶似龍沙夜，征戍何須更憶歸。

雨過秦姪賞玉蘭

愛汝庭蘭萬玉開，年年一度看花來。莫愁風雨消輕粉，暗送幽香入酒杯。

題畫寄栗二宣甫

少年折取杏花枝，曾共元方走馬時。回首長安春色裏，因君一爲寄相思。

閏午

今年閏月兩端陽，共對榴花再舉觴。百歲幾迴能遇此，不妨頻繫五絲長。

勸舞詞

石家選舞按新聲，不惜黄金教始成。莫怪楚宫多瘦損，纖腰能得幾時輕。

捲燈詞

火市燈街久寂寥，幾家銀燭慶元宵。纔過三五收華焰，可信韶光疾似飆。

子浚庭中玉蘭盛開感賦

香銷玉樹更生春，不見當年種玉人。莫道有情非草木，半垂未展似傷神。

何内翰招讌獲聞聲伎之盛作三絶句

房中樂自舊京傳，促柱輕調慢拂弦。曲罷周郎那得顧，但聞餘響繞燈前。

紅妝喚出夜留歡，翠袖因霑細雨寒。爲謝喬家無惡客，不妨歌舞借人看。

二月鶯花樂事新，更憐羅綺坐生春。當杯入手休辭飲，祇恐夫君怒美人。

雨餘早起蘭花乍開幽亭可玩遂以一枝貽弟子約枉詩見投兼報此作

灌園爲憶閉關人，静裏無營動亦真。折取蘭枝當華萼，佩時須悟贈時因。

吴文部園中觀鞦韆四絶句

綵架朱絲盪碧空，翩翩雙蝶逐花叢。祇知神女能行雨，不道仙姬會御風。

乍起花間漸出墻，只愁人遠但聞香。嬌容願倩風爲力，故製湘裙特許長。

緊約雲鬟恐髻偏，雙鈎玉笋蹴金蓮。平明芳徑休輕掃，留取人來覓翠鈿。

女伴年齊二六餘，争先忌巧氣凌虚。箇中飛燕身能慣，百遍看來總不如。

贈别董少姬

花月長承座上歡，關山忽作曲中彈。楚雲一散陽臺冷，始悟佳人再得難。

虎丘餞別

解道禪機色是空，猶將別怨惱休公。當筵一掬傷心淚，灑向天花併作紅。

虎丘感別

分岐昔上説經臺，愁鎖寒雲鬱未開。祇樹翻同湘漢竹，淚痕留處不堪來。

送子仁弟遊茅山二首

天外三峰翳白雲，人間何處訪茅君。容江二月多春水，落盡桃花路始分。
洞口松衫蔽隱居，玉宸宮闕接清虚。相逢道士應須問，茂政年來好寄書。

宫詞

禁城柳色靄春暉，江上龍舟去若飛。典笥預開金鎖待，君王初進五時衣。

花朝歎

二月春深暖未迴，花時猶未見花開。宸遊唐后渾嫌晚，怪得傳教内使催。

玉疊梅子約館中新植

玲瓏萬玉琢成花，香掩群芳色倍華。可是天邊瓊樹種，乍移江左水郎家。

戲簡吴純叔

長夏園林寂更深，思君何事減春心。月明閑却秋千影，懊恨墻頭但緑陰。

題新紅

春色纔堪擁座中，小喬曾亦恨東風。臨妝若使羅郎見，定折桃花賦比紅。

重贈董少姬二首

玉人重喜醉花前，璧月流光夜可憐。何事花飛人别去，却因圓缺悟塵緣。

舊日啼紅尚漬衣，可禁沾袂淚重揮。江流亦恐愁難浣，願逐寒潮一度歸。

山中觀梅二首

四山祇樹總成梅，十里幽香護法臺。試向鄧林投杖去，何如給苑看花來。

乘興觀梅蕭寺間，揚州何用遠遊還。老僧花下聊趺坐，面壁渾疑對雪山。

花下贈妓

折取梅花贈麗人，壽陽更覺晚妝新。分明群玉山頭見，人面花枝一樣春。

寄贈趙姬二首

争言飛燕是前身，曾記昭陽第一人。祇恨塵緣猶未盡，却隨紅粉度芳春。

少小名推作狀頭，舞腰掌上不禁柔。年來通藉金閨者，未必才華勝女流。

除夕雪二首

歲暮江城春已過，寒雲猶作六花多。長安憶得朝元騎，幸借餘光送玉珂。

漏聲隨霰聽來稀，漸覺青陽斂素暉。何事東風渾未起，柳花無賴訝先飛。

題竹贈妓

分明弄影碧參差，學得江南舊製詞。敲斷玉釵聲似恨，粉痕留取未乾時。

送王公子之白下一首

爾抱青箱寓舊京，五陵結客總肥輕。鄉心却逐秦淮水，猶自東流向闔城。相門有子降王門，詎訝當年齊偶尊。憶得鳳凰臺上月，渭陽深處照黄昏。公子有姊歸于中山，因流寓云。

豫章詞四首送范于中之江藩

滿堂絲竹且停聲，試聽關山送客情。王勃舊傳滕閣賦，陸機新擬豫章行。

秋半湖隄柳未疏，鶯花稍減别來初。朱輪擁處頻教駐，會有門人託後車。

當時盛事數徐陳，千載餘風尚未湮。君到洪都須下榻，好於清夜遲幽人。

衙齋吏散晝長關，坐對薇花見鳥還。雨後捲簾來爽氣，幾多詩思在西山。

題桃源圖

試問桃花幾度新，武陵深處舊迷津。也知聖世非秦日，移向玄都别作春。

題陸氏貲隱田卷

賣卜城南今幾年，囊中猶自少餘錢。何如宋玉惟題賦，乞得君王雲夢田。

題張仲梅花時居母喪

萬玉參差點作花，渾疑雪色映衣麻。思君莫道詩全廢，聊倚東風詠白華。

二鸚䳇詩〔一〕

長兄得白鸚䳇一枚，鵶身鴿尾，有冠如纓而色黄，志曰鸚鵡也。客自南海歸者，持紅鸚䳇一枚，體差小而翅緑翠羽，並奇産焉。昔宋顔延之賦白，謝莊賦赤，恨未能兼也。余欲操筆侈辭，方抱禰生之誡，然終不能嘿嘿也。爲占二絶，付司鳥者歌之云爾。

慧性能言冰雪姿，玉階曾亦侍光儀。年來翠袖争承寵，詎是霓裳進舞時。

身向炎方萬里歸，衆賓誰不訝朱衣。漢廷白首爲郎者，猶未銜恩得借緋。

【校勘記】

〔一〕皇甫昆季集題作「詠白赤鸚鵡二首」。

還扇詞

惋矣汪生，悽哉吴媛。締蘭心於偕老，奄蕙質之先零。密友興哀，悼亡成賦。慷慨命管，託團扇之幽情；出入懷袖，攄卷衣之餘戚。暫捐班篋，幸獲楚弓。嗟乎！玉洞埋骨，非去珠之可還；香謝返魂，豈遺簪之故在？物則偶爾，人其奈何！

憶昔春華溘露時，曾將麗曲寫憂思。蛾眉不及齊紈素，一散人間無見期。

嘉靖丙辰、丁巳、戊午、己未、庚申、辛酉、壬戌、癸亥、甲子、乙丑、丙寅作，見還山集。

明人别集叢編

鄭利華 陳廣宏 錢振民 主編

皇甫汸集

【下册】

龔宗傑 點校

復旦大學出版社

皇甫司勳集卷之三十四

頌贊銘十首

清海奇功頌 有序

若稽古昔，重華纂曆，爰書猾夏之文；祇德握符，猶載敘戎之績。蠢兹倭夷，弄兵濡沫中，奚足爲聖朝蠹哉？當其竊發也，始逞貪殘，卒肆桀驁。乃至焚城剽邑，斬將虔吏，釁構累年，殆無寧歲。禍延四省，半爲丘墟。上廑宵旰之憂，大奮赫斯之怒，簡命元老，授以斧鉞，召募習流，置爲材官。仰藉寵靈，式遏寇虐，尋就剪滅，悉爲盪平。然民疲於征遣，師困於行間，財竭於轉餉，力殫於防守，得不償失，功僅準過，此其往事之大較也。

夫日本諸夷，僻處海島，洪濤巨浸，天之所以限華夏也。然浮艎駕艦，乘風溯浪，倏往倏來，千里一息，胡騎之蹶踶不捷於此也。跳梁盤舞，且戰且卻，邇則刃接，遠則火攻，匈奴之長伎不銛於此也。議者方軫北顧，而忽南圖。向非高帝神武，察見狡譎，謝款罷互，羅衛布堠，而嚴爲之防，鄞、漳之間，不胥而爲夷乎？迨今烽火稍戢，瘡痍甫定，而師處生棘，田卒汙萊。遷徙之民未盡歸農，蕩析之婦未盡還織，方且收骨四郊，想魂千里。乙丑仲夏，風汛忽作，閭閻震驚。蓋傷弓之鳥，羽落於虛丸，遇毒之夫，色變於談虎，無足怪也。

時則有巡按御史洛陽函野温公，霜稜所莅，風裁著稱。歲及瓜期，圖上剡草。方駐節義興，羽檄星馳，鷹揚電發。乃令總帥郭君爲先鋒，别駕劉君佐之，兵備憲使耿公將中軍，而躬率勇敢彈壓其後。玄甲耀日，朱旗絳天，申以旦誓，刻以宵征。有言三沙瀕海，賊勢巨測，不可輕蹈者，立斬以徇。由是三軍股慄，拔戟爭趨，耳慴於迅雷，目眩於流矢，桑蔭未徙而槁首傳矣。生擒三十六人，斬首數百級，其他沉屍汨羅、自相蹂躪而膏野者，又莫可勝記也。神哉，王師乎！奇哉，侍御之功乎！

或曰：倭昔崛起，民不知兵，乃斬木揭竿，烏合蟻聚，以此而戰，折北不支。

今訓練已久，器械益利。信臣精卒，非向之屠販亡賴也；長鎩勁弩，非向之鉏擾棘矜也。殊不知久安者弛，常勝者驕，以驕心而御弛衆，父兄緩帶，稚子咽哺。卒非不練，適以予敵；器非不堅，操以倒授；食非不足，齎爲盜糧。豈可謂今易而昔難哉？矧倭夷之深入我土也，不習地形，妄意室藏，阽不測之危，冒重關之險。昧利黷貨，幸而距脱者，徒以中國之姦爲之嚮導也。今則造舟除器，非一朝一夕矣。士效智謀，師有紀律，探知要害，覘得虛實。即所就擒者，咸髡頂睅目，闊足駢指，無不一當百者，非復雜以鄞、漳愞弱也，又豈昔難而今易哉？乃使戰無遺鏃，返無隻輪，而我民無乘障之勞，填塹之苦，婦女無縶鞍之辱，嬰兒無貫槊之慘，農不輟耕，商不易肆，靚妝袨服之遊如故，方響棹歌之聲不絕，而寇已亡矣。伊誰之賜哉！

獨不觀之療疾乎？已在膏肓，投之烏附而愈病者，德以爲良醫，而不知元氣耗矣。孰與切脈望色、攻于湊理者功上也？又不觀之救焚乎？將在煨燼，不避燋爛而赴者，主人引以爲上客，而不知玉石燬矣。曷與曲突徙薪、止燎於方揚者功最也？以此觀之，今日之功，豈減於癸、甲之時乎？嚴未遑戒而師已班，警未及聞而捷已奏焉。於是天子喜曰：「破敵神速。」不以賊遺君父，真御史哉！一二執政，皆吴産也，驩然釋其故鄉之思，君臣交慶於廟堂之上，罔不嘖嘖賢侍御者。而公則曰：「聖天子威德遠加，元輔訏謨素定，小臣何力之有哉？」

時巡撫大中丞會稽周公、巡江御史新安尹公，先以王事祇役於外，乃由大江來奔，會于海上，殄其餘黨，俱蒙白金綵幣之賚。郡邑諸屬，各亶乃心，衛尉而下，悉聽縱指，勤勞並可書矣。

稽昔裴晉公，亦由御史建勳，超拜將相。公歸，上毗天子，平玉衡，銷金鏑，張樂洞庭之濱，放畜長洲之苑。江左之民，非公大造而誰哉？司勳氏曰：玁狁于襄，吉甫興歌，淮、蔡既平，宗元製雅，不有藻辭，盍彰鴻烈？迺爲頌曰：

東南嘉麗，吴嬴越饒。爰及中葉，寇亂是遭。軍疲於戍，民瘁於徭。褐靡卒歲，藿不謀朝。十室九罄，千里蕭條。坐憤棲會，寢思報殽。我有黍稷，賫爲盜粮。我有金繒，胠爲盜裝。嗟我父子，驅之海疆。雕甍綺棟，爐于燎揚。帝命元老，威武肅將。廓清大憝，汔可小康。康休亡何，妖氛載煽。鯨浪飛飄，羽書遞箭。聞者褫魄，談者槁面。桓桓侍御，從容應變。戴星出師，蒙暑與戰。中令六軍，寇不可玩。

遵海而陣，遇于沙穴。甲未及擐，鼓不成列。渡沉其舟，逸亂其轍。集從天降，散隨飆瞥。一日之間，三獻其捷。不識不知，罔奪民業。赫赫膚功，實偉實奇。折衝于俎，制勝于帷。勢如破竹，算若發機。渠魁既殄，餘孽亦夷。民安以慶，士飽而嘻。舍爵高讌，攬轡徐馳。謙謙侍御，載拜稽首。帝德誕敷，臣力何有。賓服百蠻，天子萬壽。昭格上玄，靈貺是祐。司勳作歌，宣之凱奏。勒石海堧，永耀厥後。

匡靖翊隆頌 有序

嘗覽王子淵聖主得賢臣頌，而有感於君臣相與，豈不章哉！若夫雲龍風虎，會逢其適；鴻毛巨魚，勢乘其便。元首股肱之資，腹心賢腸之寄，備易而儲難，求勞而享逸。稽古盛帝顯王，曷嘗不用此術哉？我明若蒲州楊公博，弱冠解褐，負洛陽之才，腰章製錦，流東阿之譽。遂以循吏徵拜曹郎，僅踰二紀，超登三事，群望屬焉。

在昔世宗之朝，氛祲未寧，邊圉多警。以公爲夏官大司馬，以詰兵戎，以勵將士。龍旂飛藻，鼉鼓樹羽，爪牙之任，若堯命羲叔，周任祈父。由是威震殊俗，風偃遐裔，凡東夷、西戎、南蠻、北狄，罔不屈膝來廷，回面内嚮。匈奴憚其威德，酋長識其姓名。肅皇帝垂衣裳，銷鋒鏑，志牒之所未載，舟車之所未通，踰沙越漠，輸琛納賮者以億計，公之力也。

逮今上即位，海宇乂安，以公爲天官大冢宰，統百官，咨四岳，口代天言，手握王爵，樞斗是司，若左雄卓絶於前，山濤莫嗣於後。由是舉士歌牧之中，辟才琴釣之上，凡内而司、府、監、寺，外而藩、臬、郡、邑，罔不銓分涇渭，藻别朱紫。天下謂其公清，時人目以貞固。聖天子平玉衡，升泰階，凡奔走疏輔，先後禦侮，濟濟在朝，野無遺賢者，公之力也。

在昔嘉靖己丑，世宗御極之八載也，鋭精圖治，稽古禮文，延攬俊哲，寤寐幽人，設天網以該之，築黄金以招之。由是鴻羽漸階，振鷺充庭，海内去奥離渫，持梁齧肥，攀龍附翼，以赴功名之會者，上下驩然交欣，工用相得也。有若文華敷於藝苑，治行著於郡邑，忠藎攄於臺諫，徽猷宣於藩岳。得人之盛，首是科云。然位不閲於崇品、年不躋於中壽者多矣。滁陽奄忽未竟，齊安留滯周南，矧陟台秉鉉，非公一人而誰哉？垂聲竹帛，銘功鍾鼎，列爵殊稱，剖符錫壤，公曷以臻此哉？惟天縱公思啓行翼，咸可也而獨俞，咸否也而獨咈，策共揆也而獨當，力共奮也而獨克。高論廟堂之上，而千里若見；不越几席之間，而百世可知。

聖主待公以弘功熙績矣。且公西晉世家也，累葉簪纓，繼武科第，侍御作於前，祠部述於後，公奚憂焉？宜乎享黄髮，渥丹顔，天壽平格，爲國元老。

兹歲戊辰，甲子始周，夏五廿又四日，懸弧之辰也。天子令宗伯司儀，大官錫讌，上尊漬酒，宰夫胹饌，教坊陳樂，衛士騰舞，八座稱觴，百寮結駟，詞臣賡歌。迺有同榜逸史，竄跡虎丘，翹首龍門，載拜而獻頌曰：

崧高惟嶽，峻極于天。中條有岨，作鎮蒲川。惟嶽降神，申甫迺誕。條亦毓靈，楊公攸贊。姑射異人，綽約駐顔。公參其術，呼吸引年。皤首絳縣，甲子胡考。公介遐齡，永錫難老。文武爲憲，周美吉甫。桓桓楊公，實惟其伍。將相兼權，蜀稱武侯。奕奕楊公，爰與之儔。昔既匡靖，司馬受脤。蠻夷輯柔，如獸之馴。今迺翊隆，爲帝冢宰。以統百官，以均四海。迺武迺文，多男多壽。何福不臻，俾爾單厚。秉云不惑，震曰遺清。功德並劭，身名俱榮。

顧孺人頌給事存仁母

牒稱軻母，史頌鴻妻。赫赫武肅，垂範中闈。徵士尚德，淑媛與齊。始修挽鹿，終誠鳴雞。哲嗣駿發，職司諫議。争廷犯顔，排閽冒忌。謇諤不回，遐徙曷懟。屺岵增勞，社稷苟利。賢哉孺人，大義寔聞。爰迪厥子，爾獻於君。惡不可爲，隱焉用文。前史所載，異代同芬。黄門寧親，曹家逐子。一旦背捐，流悲徵仕。火欻帷堂，反風獲止。匪藉慈靈，孰昭懿美？

蜀國關侯像贊

矯矯關侯，史稱虎臣。乘時拔跡，奮不顧身。勇略蓋世，英武絶倫。生爲名將，死爲顯神。火德中微，妖氛構亂。慷慨辭曹，驅馳翊漢。國步斯頻，王鄭于扞。地厚天高，精誠可貴。寶刀淬鍔，鉄騎嘶鳴。笑談雲霧，叱咤風霆。萬夫莫敵，千里長征。正直而壹，凛凛猶生。雖有弘勳，身殁氣燼。孰若我侯，靈威不泯。貌肖美髯，心紓義悃。家祝户禋，世劫共盡。

張簿贊 爲少宰張公潮作

矯矯張公，被褐懷璧。曹侯試椽，蕭相發跡。小往奮庸，奚假推擇。智效一官，莫匪王役。權閹作威，奴使群吏。鼎貴脂韋，鮮不喪氣。辭俎遜言，投章抗議。螳蜋之怒，譬彼虎眥。諸司填委，貪敗蠹成。公在易州，砥節惟清。時會奇羨，歲出有經。誰謂簿寖，流其頌聲。公拜湖藩，遺榮遐引。知後必大，高門容軫。肅肅宰臣，閱崇籍甚。本固斯蕃，源深斯濬。易岷懷德，敞宇崇祠。載勒其績，載肖其儀。曾是要位，湮没罔知。苟業斯劭，胡秩云卑。杜陵庇令，按劍詆傳。爰延爲長，不聞郡縣。古人與稽，剛亦可見。世濟休光，天恒福善。

許中丞像贊

西京巨麗，闡於憑虚。華嶽降神，誕自奥區。時惟許公，奮庸在位。爰奉末光，式參下吏。歲月云邁，山川間之。願見顔色，邈若瓊枝。嗟吾匪故，繄公猶素。展圖端拜，恍若神晤。湛乎其思，晬乎其形。若昔待詔，摛藻天庭。目裂以眴，髪怒而指。若上封章，攬轡而起。春風以披，秋陽以晅。若進諸生，讎經辨難。司馭肅肅，鳴鑾噦噦。又若持版支頤，數馬而對。裘帶閒緩，羽檄孔棘。若在軍旅，坐嘯而策。慷慨登遊，從容燕語。若攜賓從，觴奕别墅。公髪雖改，乃葆其真。公齒雖宿，而思則新。既抗玄流，載弘雅致。威稜所憺，翹緬增氣。

陸義姑姊贊

姊事詳載其弟給事粲傳中。

烈士殉名，偉夫蹈義。豈伊女德，亦與之比。婉娩克斷，柔嘉能制。賢哉陸姊，在寡而貞。乃有哲弟，爲王諍臣。譏彈時相，抗疏於廷。批鱗逢怒，竄跡遐徼。妻疾彌留，家遭不造。哀哀二雛，影形相弔。祇役戒嚴，不遑内顧。匪我無家，爾家曷附。匪我無子，爾子曷怙。父兮萬里，母也九原。耄矣太姑，曷能爾存。往鞠往育，展誰之恩。魯婦存姪，齊師却兵。矯矯陸子，異代同情。險阻備嘗，憂戚用成。聶姊砥節，傷勇獲咎。第五譎善，内省寔疚。急難之刺，是圖是究。國曰直臣，家曰義姊。争光日月，流聲閭里。小子執彤，敢告司史。

王氏三貞贊

澶州侍御家也

皎皎常氏，弱嬪於王。曾未三稔，夫溘夭亡。遺孤是孕，冀延以昌。在襁幾殞，籲天乃康。精誠之假，懿行孔彰。清風激俗，澶水流芳。

肅肅侯姝，中丞之裔。偕老是期，中道奄棄。姑欲見奪，指天以誓。譬草棲塵，無後可恃。處情尤難，端操愈勵。嗣厥徽音，無忝常氏。

赫赫趙女，誕自鼎族。荆布是甘，乃厭繁縟。降而能珍，在饋惟穀。良人早殲，微胤是育。婉娩柔容，竟謝膏沐。伊常與侯，粲爾賢淑。

緬昔三仁，君子之貞。三良是殘，烈士徇名。何如三婦，慰彼九京。率禮蹈義，匪愛其生。內德既諒，外教實刑。刺臣作頌，敢告司旌。

讀朱中丞遺烈論贊

蓋聞皎皎者易汙，隆隆者易缺，豈不信哉？余觀朱中丞遺烈，未嘗不廢書而歎也。嗟乎！若中丞者，可謂强直自遂，有南陽之風者矣。自發科起家，承麾出守，稍遷郎署，載揚憲度，歷典藩條，所在以能稱。其治大較尚嚴察，操下束濕而發摘如神，惠逮於單微，威行於貴戚，以故德怨恒相半焉。至開府兩浙，坐鎮八閩，官由新置，法罔舊章，事聽便宜，權得專攝。其襄同安、雙嶼諸山寇，及翁漳、泉、甌、鄞諸海夷，前後數百餘戰，斬首千餘級。雖營平圖金城之略、定遠恢玉門之勳，曷過焉？少假歲月，聖朝將賓越裳而責楛矢矣。

奈之何豪右不利，飛文巧詆，黨虐構釁，遂使當宁回鑒於萬里，執政過聽於三人。褫爵服以屏居，顧妻子而歎息。念塌翼之莫奮，悼司鳴之無晨。乃仰藥杯中，溘死牖下，徒僵尸寓諫，抉目觀兵，不亦悲乎！卒之後曾不三載，而夷患孔熾，禍連吴、楚，毒流閩、粤，蔓延烽火，幾爲丘墟。貝錦之夫，始靦顔以噬臍，切齒於戎首，亦何及哉！追論是非，折衷功罪，當優以廟謚，爵其子孫。然不聞理伏波之冤，訟深源之枉者，豈漢德之少恩，抑天道之爽報也哉！贊曰：

肅肅中丞，才猷經世。既逢其時，亦履其位。致果用剛，道家所忌。渟海迴瀾，長城撤蔽。夕輝可收，朝露不待。所至蒙利，乃身受害。前虧厥成，後亦尋敗。三復覽餘，千載增慨。

五旅銘

五旅者，皇甫子旅於黄而其居有五也：堂曰「含暉」，室曰「枝」，亭曰「友鹿」，軒曰「清風」，臺曰「蘭芳」云。先是，黄令奉御史臺檄，業已爲治理官外館矣。有餘材焉，乃構堂三楹。扁曰「含暉」，取謝詩「山水含清暉」也。前臨大江，後枕赤壁，山川信美。余讞暇居之，未嘗不超然適也。暉曰含之，豈時當用晦，道尚守黑耶？世之抱仁而腴、懷義而華者，一切以才短之不識古，琟琢斧藻，曷所指哉？而彼堇堇弗語，象恭浚衷而逸行者，果皆得爲有道之士否耶？銘曰：

上德守黑，良賈深藏。其暉允吉，君子之光。

堂之後編室僅容膝〔一〕，曰「枝」，莊生所謂「鷦鷯巢林，不過一枝」者也。余退食，每端居，深念理以遣己，情以恕人，不知奧窔之在廣莫、湫隘之在昭曠也。昔蘇長公被放，多就安國、定惠間游息省過。而余經歲不再至束縛，又可知矣。銘曰：

爾心之寬，爾處而安。曲士小知，達人大觀。

堂之前除有支屋敧焉，堪輿家謂弗可也，乃構小亭翼蔽之。余燕坐，憑檻啓疏，二鹿輒麌麌然馴而不擾也。余出而有上下之交，必矜持伺察，稍慢易，弗中履度，輒獲罪。而余性又素夷也，豈若二鹿於我相忘哉？乃知茂林長薄，麋群鷗侶，有足投老者矣。銘曰：

委爾形，葆爾真，無役爾機心。

廠故有軒，曰「清風」云。清風軒者，大夫夏廷芝建也。毅皇帝時，大夫以御史被謫，稍遷同知府事，因建兹軒，修竹夾植而臺榭中峙也。余始開徑，自含暉通矣，江光嵐氣，藹然片牖，杜門謝吏，即野人之居，不似使君衙舍矣。昔長卿慕相如之風，延陵附子臧之節，士固有曠世相感者，謂非此類也耶？銘曰：

王者尊賢容衆，不失細微，則竹葦受之，爾堅爾節，于時懋之。

軒臨高臺，可以延眺，然荒蕪不治。皇甫子芟夷而新之，荆菉稍翦，叢蘭始被，故曰「蘭芳臺」云。或曰：「子之來黄寄耳，非久當棄此去，惡用新之？」余曰：「人生代間皆寄耳，奚直黄哉？彼赤墀青瑣而紫闥也，豈子息所耶？」

銘曰：

蘭生幽徑，不以無人而不芳。君子修道立德，不以困窮而易其常。紛吾有此内美兮，奚忝爾楚鄉。

【校勘記】

〔一〕「編」四庫本作「偏」。

皇甫司勳集卷之三十五

序集五首

三吴水利圖考序

昔禹抑洚水，疏九州，陂九澤，諸夏乂安，功施於三代。自是之後，滎陽下引，則宋、鄭、陳、蔡、曹、衛與汝、泗會于楚，西通漢川、雲夢之野，東通鴻溝、江淮之間。齊釃淄、濟，蜀穿一江於吴，則通三江、五湖，皆可行舟，餘用溉田，百姓饗其利，而水利之説興焉。子長著論於河渠，孟堅推廣於溝洫，而水利之書成焉。鄭國始開而秦以饒足，宣房未塞而漢遂不支，此其利害之大較矣。

吴本具區，涌川開瀆，呑江納漢，出乎大荒之中，行乎東極之外，浸莫大焉。若夫壤壚映埜，畛畷帶郭，灌注則堉瘠盈鍾，壅閼則腴衍枯粒。海陵之儲，天府之所仰給也。元嘉肇芓谿之功，大業興京口之役，蓋地勢西北高而東南下也，其要在於導之使趨，故曰「三江既入，震澤底定」是已。矧揚州之域，厥土塗泥，易於淤積，厥田下下，難於障流。加之淫雨告災，稽天示逆，牛馬莫辨，而民其魚乎？

甲辰之歲，侍御新昌沃洲呂公，際靈長之運，立寧晏之朝，奉輶軒而來巡，緬澄清以寄慨。甫肅吏軌，亟求民瘼。乃建議陳疏：條列五便，酌賈讓之令猷；殫及三慮，存郟生之往鑒。上當宸衷，下協群算。詔報曰可，言悉施行。民罔懟勞，職司惟恪。緣撫臣驟遷，雖功未克竣，而惠亦霑浹矣。間又考迹往牒，綜覈舊聞。蒐桑氏之經，詳周官之制。遠追韓牧，近昉謝琛。時則文太史氏，雅善輿圖，窮河源於筆端，收祇軸於指掌。草未殺青，而瓜代行矣。圖置郡齋，書存私篋。

越歲己未，太守陽曲王公承麾莅止，留心民務，周省阡陌，勸課農桑。每思白公之遺，歎召父之羡。因覽兹圖，爰購全帙，校而刻之，屬序於余。其爲編也，總圖一，郡圖四，州圖一，縣圖十有八，爲水二千二百九十有奇，爲岸一，爲堰十，壩二十有五，閘三十有一，各系以考説。凡奏疏二，工計一，以至諸賢論述、名臣奏記，並采而附焉。缺嘉與湖者，以非管轄之地，驄未遑駐也。

夏書載禹治水，而篇名「貢」者，重邦本也。逮公總憲西臺，督儲南甸，今日成賦之逸，咸昔底績之勞，若心計而預定焉者，經國其有徵乎？夫治水必躬歷山川，非妄意户牖可測而知也。以禹之神，而不免蹈毳即檋者，蓋地有卑高，土有沃鹵，湍有緩急，脈有淺深，勢有迂邇，非咨詢相度，力曷施哉？其次莫若智，智者亦故而已，謂循禹之舊也。

余嘗登姑蘇望五湖，求源於宣、歙，遡委於苕、荆。乃知水由五堰、百瀆，東匯於三江，載折而之海。白茆、七鴉，尤要害也。大都水渟則爲害，流則爲利，洩則不渟，蓄則不竭，濬則長流，而後浸溉適宜，漕輓稱便。弭謗者取喻於防川，衛生者致察於榮絡。合單子之書，殆思過半矣。我明若夏忠靖公已試之蹟，吴、李遵之，功特最焉。漢延年之言曰：「河須按圖書，觀地形，令水工準高下。」雖桑海或遷，而歸墟則一。是編也，實千載可率之典，功與言同不朽云。

守令懿範敘

記曰：「儒有今人與居，古人與稽。」泛言人當法古以爲行也。傳曰：「不習爲吏，視已成事。」專言吏當法古以爲治也。古人往矣，其良法美意，方册具載，典刑猶存，非事之已成者乎？自馬遷著循吏之篇，若叔敖、子産之徒，咸奉職循理，以道民禁姦。西京而下，海内烝烝嚮乂。若吴公、文翁，謹身率先，居以廉平，不嚴而化。乃獨稱仲舒、弘、寬三人爲儒者，以經術潤飾吏治，蜀、潁顧出其下耶？而又别立儒林，豈直守功令，誦説詩、書，文以禮樂，未達於政，遂使秦疑儒爲無益人國，而吏將爲法家流耳。舛哉！

吴郡守廣平蔡公，敦尚儒行，以聖賢之心，求帝王之治。其莅吴也，興舉學校，孝悌力田，勸課農桑，教養樹畜，通渠廣溉，銷兵戢盜，崇儉去奢，大都昉西京之遺軌。至明斷精識，本於信義篤誠，又推尊宋儒周、程、朱、陸，而允蹈焉。故其弭災捍患，格天感神，藴之爲仁心，施之爲仁政，醇乎儒治，殆毫末罔有假者。使我明遵漢法，徵所表二千石，拜爲三公，堯、舜其君，用此道矣。間取古守令政蹟彰彰可法者，自周末迄於宋季，總若干人，采掇其略，分爲儒牧、循牧二編，總曰守令懿範，思與當官者共之，此亦伯玉之心也。

夫循吏之政，無畔於道，謂之儒亦可也。儒者之政，非出於循，望其治不能也。然循吏若鄧攸贏糧以自給，介失其中；李離伏劍以申法，剛傷於矯。此亟功徇名者之過，而儒牧庶乎其免矣。夫漢反秦敝，與民休息，相國蕭、曹以寬厚清静爲天下帥。延至文、景，遂移風易俗，幾致刑厝。武帝外攘四夷，内多制作，民始凋瘵，國亦虚耗矣。孝宣興于閭閻，知民事之艱難，謂太守吏民之本，思與共之，于是良吏獨盛。今皇上居潛邸最久，知民務益深，嗣位世宗，猶宣之繼武也。首詔天下減服御，節財用，裁冗員，省工作，却貢獻，慎簡守令，惠養元元。相府並有蕭、曹之風焉，正右儒時也。

是書當如崔寔政論，置之几案，以爲楷範。稍加變通，師其意不泥其跡，斯善於治矣。由是捨筏忘筌，斯神於治矣。公嘗以示余，僭爲揚搉，妄有譏評，每虚心翕受，復命占述，并綴如此云。

鈐山堂詩選序

遊赤水之津，所見無非珠者，而夜光、明月獨耀於目；登荆山之麓，所見無非玉者，而苕華、垂棘獨駭於魂。越允之冶無鈍劍，而湛盧、盤郢五枚著其利；周穆之厩無凡馬，而奔霄、絕地八駿擅其雄。物誠有之，文亦宜然。故尼父删詩，悉翦蕪累；梁昭選藝，特采菁英。以故代不數人，人不數篇。如崔顥鶴樓之詠，太白睹而輟翰；王灣北固之作，燕公揭以表署。「微雲淡河漢，疏雨滴梧桐」，才聞兩語，已歎服於群公；「不見衹今汾水上，惟有年年秋雁飛」，曾不終篇，遽增悲於時主。由是觀之，美豈在多而傳，匪由愛者哉？

詩之爲教，沿自二京，靡於六朝，迄唐而詩之極則闡矣。宋、元降格，殆無取焉。明興，作者調宗正始，格祖開元。寖淫至於孝、武之朝，如崆峒李氏、大復何氏、昌穀徐氏，彬彬乎振藻詞林，而海内亦且嚮風矣。然識有譏評三集，未嘗不病何、李之繁，而取昌穀之精也。

師相介谿嚴公，誕秀綺歲，夙諳四始，博綜軒年，妙契六義。若夫避喧玉署，棲痾鈐山，窮研不倦，斯業益臻。朝綴家園，夕流京輦，至於從宦燕、吴，衹役郢、粤之作，真足以晞軌曹劉、軼駕沈宋矣。載陟禮曹，則儀章填委；允升政府，而幾務殷積。雖若思靡經心，占惟信口，然神來天縱，動合大雅。即展卷而誦仰山諸詩，設使置古名家集中，誰復能指目爲今人詩哉！

汸素遊門墻，叨承獎誘。辛亥之春，免慈喪，謁選部。時公寓無逸之直廬，招余參下，陳於禁籞，劇談彌日，懽賞忘年，因出全集，屬加詳覈。嗟乎！汸之謭瑣，安敢議割於屠肆，代斵於班門？乃撝謙虚於吐握，假視聽於聾瞶。公之甚盛德，蔑以加矣。嚴命莫違，竭才從事，佐刺之暇，三復華編。始則藻繢都盈，罔可筌棄。既而翫味稍久，心醉玄旨。乃因王司馬之言而繹之，於是乎取諸沖邃閒遠、明潤婉潔者十之八九。乃又因唐太宰之言而繹之，於是乎取諸達而和、淡而平者十之六七。乃又因劉司寇之言而繹之，於是乎取諸渢渢其聲、雍雍其度、煒煒其文者十之三四。凡得詩若干首，類而分之，勒爲幾卷。兹蓋連城徑寸，時共爲珍，太阿、天馬，世罕其寶者也。汸也才慚任昉，猥以筆札見知；識謝殷璠，妄以蠡管效德。負罪悚息，載拜而爲之序。

盛明百家詩序

錫山俞君岳率，輯我明之詩，上自洪武，下迄嘉靖，二百年内，自宗室、相府以至隱淪、閨淑、釋氏、羽流，凡一百五十四人，得詩若干首，勒爲四十九帙，題曰盛明百家詩。若高廷禮品彙、計敏夫紀事，特未標立正始、大家諸目，及載述作者之源耳。每集各爲小序，紀其籍履，非有甲乙如殷璠、仲武也。自起家以至謝秩還山，幾三十年而書始成，尚思購而續焉，其用心亦勞且密矣。余兄弟濫厠集中，嘗貽之詩曰：「愧非河岳藻，猶得累殷璠。」蓋竊比冉、曾云。

夫詩自三百篇而下，代有作者。漢、魏去古未遠，猶有詩人之遺風焉。晉、宋而下，齊、梁麗矣，陳、隋靡焉。唐以詩賦取士，其教盛行。然聲音之道既與政通，而文章之興又關氣運，政有窪隆，氣有醇駁，而詩係之矣。當時君上咸典學能文，楚襄詡宋玉之辭，漢武慕相如之作，曹家父子、蕭氏諸舅，由此其選也。運革六代，唐數三宗，上好而下從，亦風起之也。況宰相房、魏在前，燕、許在後，皆藝苑之英耶。

明初猶沿宋、元之習，詩無足采。新安程氏所編文衡，止及樂府，意亦微矣。逮高、楊、張、徐四傑倔起，浙東宋、王二學士倡之，椎輪於輅，增冰於水，貞觀、永徽，此殆萌芽。弘治、正德之間，何、李二儁力挽頹風，復還古雅。長沙李文正誘獎群乂，摛藻天庭。世宗嗣位之初，己丑而後，文運益昌，海内作者彬彬響臻，披華振秀，江右相君亦塵吐握，開元、天寶，庶乎在兹。庚戌而後，參軌於大曆，防漸於元和矣。嶺南類選、蜀郡詩鈔，繁簡雖殊，芟掇未當。是編備矣，其他秘在私篋、藏諸名山、未及流布者，猶倍屣於此，然要之不能復出集中所存也。

我明之詩，余所著新語與昌穀談藝、元美巵言，略示掎摭，互相詆訶，大都體格法乎漢、魏，聲調準乎三唐。所未盡合者，寄興之間，性靈異秉，才情頓乖耳。觀者由似而求其異，即盛而慮其衰，則思過半矣。自後賓館、丘墟至爲馬厩、婢室，惡聞詩、書，指爲雕蟲小伎。于是乎有以言承譴者，即使供奉流於夜郎，襄陽終於韋素，亦何憾焉。岳率君蒙謗左遷，竟爾棄置，迺不忘初好，可謂深於詩矣。夫釋氏嗜佛，雖罹八難，而一念恒在菩提；郢人抱璞，雖至刖足，猶三獻以明其爲寶。是編豈徒果於自信，而群玉將爲昭焉？足以鳴國家之盛，傳諸後世不朽矣，奚避哉！

文選雙字類要後序

易曰：「觀乎天文，以察時變；觀乎人文，以化成天下。」文之時義大矣哉！若代謝羲繩，書契攸造，時滋苞篇，載籍彌彰。至乃金玉三墳，笙簧五典，矧郁存姬監，斐妙尼裁，玄風寖揚，麗藻逾蔓。家稱成誦，人尚含章，莫不踵其事而增華，緣諸情而綺靡。嬴炎以來，於斯爲盛。乃有梁儲講藝，選輯群言，唐采博聞，廣釋厥旨。然渺泛滄流，罕識涯涘，雜陳鐘磬，莫辨宫商。至宋學士蘇公易簡，芟翦繁蕪，掇摘菁粹，門分彙别，璧合珠連，言成數千，都爲三卷，題曰文選雙字類要，紛乎具美哉！

夫比屬義意，則漢雋非工；弋釣篇章，則左奇爲劣。由是精義者，沿洪波以討源；綴辭者，茹蘭芬而吐秀。庶幾錯綜斯文，不徒鼓吹小説而已。或謂彫琢瓊瑶，遺恨抱璞，刻削杞梓，取譏不材。嗟乎！寸珪尺璧，咸足云寶；製錦裂績，奚病爲華？此固玩物者之致曲，而非忘筌者之通津也。得失大較，罪知蓋半矣。

杜史莆陽姚君虞，負俊逸之氣，擅宏衍之才，耀組二京，持戟三楚。驄馬所及，每御縹緗，簪筆之餘，不廢詞翰。惟時海内作者飆起，之子雲集，各思追述大雅，步驟前英，遒軫爰邈，濫觴在兹。乃擇循良，俾授梓匠，聊副選部，用翼騷經。固韶樂之元聲、法乘之正印也。引而伸之，存乎其人云爾。

皇甫司勳集卷之三十六

序集八首

陳約之集序

嘉靖庚子，余友陳子約之以憲職督學於梁，即捐館淇上，歸櫬越中。時太史唐子應德以上書失指免官，祠郎熊子叔抑以奉職忤意承譴。二子者不遠數千里，漬絮酒以入甬，望繐帳以出涕，撫藐孤於素室，搜遺草於名山，而後相與別去。余方倚廬，未果從邁，嘗移之詩而悲焉。亡何，唐子删定其述造若干卷，乃就荆令某登梓，而以序屬余。申之曰：「昔先士安假寵於太沖，子獨無意哉？」余不能辭，敘曰：

夫聖王耀德，志士殉名。是以神龍驤首，幽雲景蒸，寒蟬發聲，涼飆始冽。當其生利見之辰，適司鳴之會，履好文之朝，遇同時之主。凡含經之生、綴辭之士，孰非摛菁掞藻以緯國華者哉？歲在己丑，天子覃側席之慕，相君有開閤之風，乃緤組講藝，彯纓味道，契協塤篪，言郁蘭茝，彬彬乎號爲得人，而海内嚮風矣。枚、朔、丘、馬，迭晉於漢庭；陳、劉、應、徐，同升於魏室。坐論豈足多乎？是時也，侍讌登歌，則家追大雅；從游第頌，則户起新聲。一字之工，聞奇而傾耳；片言之巧，睹縟而躍心。紙價騰踴於都門，簫譜浸淫於禁掖。

若陳子者，方齡於終童，比才於賈生，雕章綺合，藻思羅開，顧英跱一時，尤藝苑之選也。然而好惡易更，盛衰頻復。不逮之隙構，見忌之釁成。斯長沙之役往，而金馬不容於陸沉矣。陳子於是稍戢鋒穎，卒就繩檢。猶且寄興於山川，發憤於歲月，周爰於馳驅，宣情於羈旅，述造益工，豈曰在外無奇哉？流盼之間，不十餘年，而向之契協塤篪者邈爲參商，言郁蘭茝者折爲萍梗。子竟長逝，化爲異物，良晤愴跡於南皮，零落傷心於北海，蓋謂此矣。

今考誦其遺編，早鑄四傑，晚鎔二張，遒軫於平原，晞駕於康樂，麗於游燕，充於入洛，雋永於浮湘，備於吴越、甌閩間，展可傳以不朽，異乎湮没無稱者矣。奈何湛思棼於吏牒，迅翮摧於嶮路，雄才頓於促景，榮名乖於中壽。使鳳池未褫，曜靈假年，究其所底，寧止是乎？此運命之奥，蕭、劉所以互論，而董、史所以同悲也。唐子諒余之言哉！因占爲序，并系詩於末簡。

殷給事集選序

魯國殷給事集二卷，李子植卿寄我於曲梁，一曰瀛洲，一曰芝田，皆其領邑時撰綴也。陳氏敘曰：殷子之作，奚啻倍是，而火於任城，兹殆其燼餘耳。余山居寡營，頗耽群藝，遂選其近古者彙分之，都爲一集，以竢好事者梓而傳焉。

昔人謂州縣之職，徒勞人耳，詎不然哉？蓋政務絲棼，法網荼密，兼之牒訴倥傯嬰其懷，塵容磬折違其好，抉擿苛觳，易啓其釁，關白請覆，不盡其才。而觀察以此優劣，銓衡因之上下，故馳競巧宦者蒙采拔，恬澹立遷者嘗坎壈矣。

殷子出處之概，略具自傳。七齡誦書，挺童烏之秀；弱冠登朝，懷賈誼之泣。移病東歸，有潘岳閒居之情；觀道泰岱，爲史公好奇之游；應召中起，有孟博清世之志。初莅靖江，日坐孤山以眺溟海；再拜青田，屢憩洞門以探靈秘。雅慕叔子峴首之風，喜談葛公勾漏之事矣。時群盜竊發，齊民愁苦。方且鳴絃以覃化，揮翰而清嘯。既而定交太初，投分密友，則又北海屣履於鄭玄，南州下榻於仲舉者也。殷子之致爲皆犯俗禁，而坦然不疑。興理學宫，緣飾儒術。所在稱治，去輒見思，可不謂文吏兼長耶？覽夢漁之説，而悟陽晝之喻；誦朱愷之獄，而感鵠亭之冤。是皆彰彰足傳者，豈徒言辭乎？惜乎年不踰於中壽，位不躋於千石，功不銘於盛時，業未見其所止。稍遷給事，遂乃遺世徇名，縱軀委化，此獻吉所以咨嗟於張子，公濟所以悼慟於常生也。造物忌才，諒哉同悲矣！

少華山人詩選序

司馬氏少華許公刻其集既成，馳一介之使，發咫尺之書，遠自秦中，授余吴下。申緘披帙，爛然滿目。雖河叟眩視於獲珠，魏文駭觀於捧玦，無以過也。重以周稱之辭，况以三都之事，屬余選輯而爲之序。

昔子建好人譏彈，士衡自謂不逮，公之撝謙，千載同揆。然brackets無與彩，假累其明，蒙實懼焉。辟之於山，自拳石介丘，以至崔嵬峻極，不可殫究者，山之全也。測之於海，自涓流疊而姬傳所載，若金闕玉臺、雲峰崖館、天台日觀，特摽其異。然而酈經所紀，若蓬瀛、渤澥、滄溟、碧空，以至洪濤迴洑，不可窮狀者，水之全也。

津、歸墟、尾閭、鯷壑、鮫室，特著其靈。是故至寶必希，用多爲拙。闡諸人文，誰曰不然？

今夫綴辭之士，必性識默成，才情天縱，斯臻其妙。公産西京，神皋奥區，寔鍾厥秀。猶申、甫誕祥，頌彼嵩嶽；淵、雲掞藻，歌此岷峨也。遂早踐玉堂之署，盡發石室之藏，冥搜墳索，泛閲局檢。時則升車寄慨，人爲避馬；造門問字，客羨登龍。辭鋒與之游談，武庫資其博物。至若緣情寄興，恒得於山川之助。公則踰淮探會，采菁華於言偃之里；浮湘懷郢，繹騷辯於屈、宋之邦。臨燕、趙以悲歌，望榆關而清嘯。故其爲文也，氣逸奔馬，思鬱凌雲，豔若霞綺，纖如霧縠，響合英、韶，意新葩粲。其爲集也，賦麗以則，詩俊而婉，短律凄清，長篇瓌壯，序記渾贍，碑銘典雅，贊頌彬蔚，牋啓朗鬯。他若抗疏條奏，讜言盈牘，别布傳焉。集前爲宦遊，後爲歸田，外爲陵下、遼海，凡若干卷，共若干首。體必兼善，調匪偏長，玩誦再三，莫可芟棄。乃掇其詩之極精者，名曰詩選，與全集並行。文略翦其應酬諸篇而已。

斯地也，先漢隆盛，群英臻附，以公尚論，參美在兹矣。吴趨值持斧之時，先君蒙傾蓋之日，余方典謁，獲奉光儀，試宰畿内，再厠下屬，感忘年於交知，思效德以末技。竊嘗怪夫任昉之序王編，但侈官猷；蕭統之題陶集，徒彰士節。不能述匠心之源，究作者之概。故余具論如左。至於秉憲以端軌，貞教以弘範，東山暫卧而望繫蒼生，北門再召而威懾驕虜，則有竹帛所書，秘在國史，靡得而私焉。公當訟牒填委，猶含毫沉思；羽檄交馳，而揮翰罔輟。蓋以年壽有盡，令名無窮，金石可銷，斯業不朽云爾。

夢澤集序

夢澤集者，齊安王君之作也。君名廷陳，字稚欽，號夢澤子，因以名集云。父南墩公濟，孝廟時登壬戌進士，爲吏部郎。生君，穎慧絶倫，髫齡即能綴文，殆由性靈，非假師授。黄童世謂無雙，倚相時稱能讀。咸楚産也，君實似之。吏部公愛之甚，常云：「王氏千里駒，復見此子矣。」

甫冠，舉於鄉，越丁丑，試春官，俱爲禮經第一。廷對擢高第，選爲庶吉士。與東浙汪子應軫、江子暉，關中馬子汝驥、許子宗魯，任丘鄺子灝，大梁林子時、曹子嘉，西蜀余子承勛，楚顔子木暨君，並摛藻掞天，敷華緯國。得人之盛，彬彬首是科矣。江子爲文，鈎玄獵秘，雜以古文奇字，指既閎眇，語復聱牙，令讀者謬根眩霓，至莫能句，隱口汗顔而罷。王君每有所造，輒大叫以眎人曰：「有能增損一字者，願以千金爲賭，恐呂覽金卒莫可得也。」又好爲譏評，由是人多陽服而陰憾之矣。歲餘解館，拜爲吏科給事中。值毅皇帝將南狩，在廷群臣咸諫止之，章奏日盈於公車，不獨言責也。汪子乃激衆詣闕下上書，宰相熊峰石公典司館教，危言沮之曰：「倘禍叵測，老夫力莫汝庇也。」且賦烏母謠，大署玉堂之壁，語侵石公，公爲大慚。其縱誕多此類。

先是，忌者以館中譏評語浸淫聞於政府，政府銜之，書上，果諷吏部，出補州郡吏，竟得裕州。夫脂韋磬折，不習其容，訟牒填委，又非所好。至則治尚嚴棘，不畏强禦，法行貴戚，有鷹擊之風。謁御史，不爲少貶，迺晞附權勢，文構釁稔，遂使鍾儀縶冠於楚囚，鄒陽按劍於梁獄。悲乎！今上嗣位，湛恩汪濊，虛納曲貸，諸子稍稍晉復，君獨詿網擯棄。顔子嬰禍尤烈，至使患同黨禁而榮異彙征，去均淵墜而進乖薪積，世共惜之。

自後一紀，而余忝己丑進士，識崑崙山人於都門。山人者，張詩也，雅善諸子，間與余道夢澤事，因聞其詳。余亦濫有時名，諸子引與締交，未嘗不延頸想見王君也。況負才使氣，亦與同病。尋以觸忤權貴，賴天子寬頌，謫爲黄州理官。是役也，不以左遷爲恨，而以得繼蘇長公爲榮；不以赤壁爲樂，而以得見夢澤子爲幸。

下車亡何，乃乘雪造其廬。時君足跡久不入公府，余置自外員，居由別館，君亦不惜造余。乍奉半面，驩若平生，接以杯酒，申以贈章，辭載集中。夫王氏業紹青箱，宮聯朱紱，爲楚世家。君又令其子暨弟若姪從余游。嗟乎！君胡白首於衆而傾蓋於余，余亦胡爲在衆欲殺而在君獨憐也？顔子雖清揚未覿，而芳訊亦數相聞矣。

君屏居幾二十載，釋戀於爵服，娱志於琴書，覃思古人，專精作者，屢勤剡薦，恥赴弓招。觀其上顧中丞、陳監察書，若嵇康之絶山宰，及寄余懋昭、舒國裳二劄，即楊惲之報會宗，其節概可想見矣。君方斂英戢鋭，撝謙履坦，不以才華傲物，而以道術誘人。使早年砥行能然，可優游以取卿相，然未能宣耿介，發孤憤，如晚歲所底也。固知書成於去趙，賦就於還邛，人爵榮名，豈有既乎？終不以彼易此矣。夫楚多材之邦而辭賦之藪也，屈原見詆於上官，宋玉蒙訴於登徒，禰衡被害於曹瞞。然其志則争光於日月，而其言則等敝於霄壤矣。君亦奚愧哉！

是集也，樂府古詩，潘、陸齊軌，下擬陰、何。五七言律，沈、杜比肩，參之盧、駱。文效左氏、國語，而兼騁班、馬；書類東京尺牘，而雄視崔、蔡。足以不朽矣。凡詩賦十一卷、文六卷，共十七卷，成一家言。舊刻於家塾，季弟廷瞻刻於淮陽，姪同道又刻於吳中，而吳板益精矣。

五岳黄山人集序

山人諱省曾，字勉之，黄氏季子也。苗裔汝南，葉繁江左，武德由提戈疏爵，奉議以射策發科，乃知易學起乎將軍，刑書隸於司法矣。倬彼先考，維我舅氏。緼積既饒，贏貽悉滿。山人幼在紈袴，雅尚墳典，每歎曰：「昔謂黄童無雙，今安知有二哉？」遂散金罄橐，購緗充架，覃精藝藻，鬱志儒林。糟粕城旦之書，寤寐竹帛之業，一經口誦，允爲心極。旁通柱下，流覽埤官，左、史尚其能讀，東方詎云足用，子政謝其博極，中郎慚乎該綜。於是文恪公鑒以偉器，新建伯期以千里，喬司馬申倒屣之接，霍少宰垂推轂之獎。漁石唐公造次晤語，即敦久要；空同李氏未奉半面，先投書謁。遞斯而下，鴻公鉅卿，咸以交知山人爲榮，否則爲憾。詳見自傳，事多不載。山人雖跡晦丘中，而聲馳海表矣。乃與仲氏晞軌二俊，並駕一時。師資友于，商榷公是，力追古則，盡滌時趨。忌者詆爲別立門户，而不悟失之徑庭矣。

既而仲氏以明易舉南畿第一。山人屢黜，乃棄去，更治詩，亦擢置第一。循例計偕，登臺展驗，都人欽遲，朝列虚左，噫歌累月，觀止而返。然薄氀軒冕，耽情山水，欲長遊名岳，託慕向生，因號「五岳山人」。歲在戊戌，謝南宫之招，締西湖之賞，與豫陽田子窮探歷覽，更唱迭和，賦詩成帙，增價藝苑。視攀龍鱗，税若蟬翼，士益以此賢之。

至夫使者行部，守令下車，莫不籍其人倫，訪以政事。雖名在諸生，而禮隆上客，舌妙談鋒，腹韞經笥，嚮如應叩，泄若縣河，聽者膝前，靡不心醉。自是問字之樽，日陳於座上；在浚之旄，雲爛於户外。山人肺病倦遊，玄思甘寂，繹我貴之旨，達名親之累。不爲家省，鬻書自給。深居却掃，專意述造，乃敘頌高士，以寄志焉。

迨夫晚歲，絶戀區中，結友方外，馬遷習道於黄子，許詢參梵於支林。故其詩往往娱康樂之清暉，屏淵明之喧壒，緬景純之仙遊，契摩詰之禪理，兼以苞蓄既富，探汲不竭。譬玄黄雜組而縟彩炫目，金石疊奏而英韶盈耳，璠璵並儷而世覯其寶，椒蘭俱爇而人挹其芳，思劇沉幽，語罕仍襲。凡象外難摹之景，必鑄以新範；雖目前塵瑣之態，亦緣以華辭。宿構非工，食時爲敏。今品味全集，賦頌準乎騷經，詩歌本之古選，興寄備乎開元，序説參之二京，碑誄酌之六代，語苑祖乎充、衡，連珠合於平原，客問擬於韓傳，玉略覈於河上，典録昉諸越裳。是故鏡理者取爲蓍龜，博物者資爲武庫，儲説者竄爲累繩，綴辭者采爲筌餌。又以才猷經世，數值違時，故鳴不以平，言由孤憤，年才半百，奄隕大命，詎不痛哉！

黄集總爲百卷，部以十千，手自銓勒，藏之篋中，厥嗣姬水，授玄肖諸童烏，屬草方於文考，捐彼負郭，壽此遺編。嗟乎！雕論足傳，知徐生之不巧；鳳毛早秀，慨荀令之猶存。余與山人有中表之戚，號爲相知，故序次不誣云爾。

徐迪功外集後序

徐氏迪功集六卷，爲君手自定正，空同李子刻於豫章。或曰：李子稍芟損之，其説出於少谷鄭子。自今觀之，徐集獨綜菁英，莫可瑕纇，非其佳穖自得，去取過嚴乎？家兄山居，搜逸稿於元子伯虬，乃歎曰：「丹以素掩華，蘭以薰奪氣，顧變態不窮，豈形質𡖊絶者哉？」遂選而刻之，題曰外集，勒爲二卷。

昔人謂：長門、上林，殆非一家之言；洛神、池雁，便成二體之作。若夫窺苦心於初構，究條理於終篇，推廣厥致，無害並存。矧操龍泉以議割，持夜光而論照，即千載端拜，曠若神對，孰謂後世無相知定吾文者耶？嘗考論弘、德之間，李、何諸子追述大雅，取裁風人，一時藝林，作者響臻，同好景附，咸足馳騁海内，而徐君亦獨步江左矣。然而意見枘鑿，造詣堂室，恥凌好勝，詆訶生焉。君兼尚玄虚，守寂寞，禄位不顯，聲稱亦微。毛嬙雖絶，不悦於凡鳥；陽春誠麗，寡和於巴人。李子「未化」之談、家兄「知難」之歎，可合而觀矣。今或未辨音節，罕閑興寄，剽綴靡辭，詭於風雅，俗方貴耳，群起吠聲，辟爝火之焰，其能争光於日月乎？此君山知玄經之必傳，中郎抱論衡而秘玩者也。詩之品藻，二序詳焉，余故不多評云。

何翰林集序

何君元朗嘗撰綴詩文累萬言，輯成，名曰何翰林集，繫之官也。學憲莫君序而傳之，間以眂司勳氏，余爲嗟賞久之。蓋君自綺歲從經師遊，即厭棄時義，耽嗜古文，博綜九流，研味四始。兼抱濟物，思效一官，試諸生間，輒拔異等，竟以數奇蹶於取第，惜哉！辛相察其才，强之起家，拜南京翰林孔目。地既清華，職復閒散，俾克覃志著作。賢哉相君，賈生不爲不遇矣。先是，吾鄉文徵仲氏，亦以推擇待詔金馬門。後十餘年，而蔡九逵氏繼爲南孔目，媢於文辭，日與上公鉅卿交，聲聞籍甚，世傳南館集云。後二十餘年，而何君繼之。二君德學頗相埒，蔡性迂立遻，風流醖藉，何殆過之。

夫陪都者，古所謂秣陵、建業也。表以鍾阜，環以大江，地稱壯麗，俗號繁華。君雅好山水，故樂居之，每自解曰：「令我守茂陵之園，索長安之米，亦足陸沉乎？」然非所好，卒上書自免。設勞以訟牒，屈以手版，當不俟六百滿而郱生行，三徑荒而陶令去矣。何君亦古之勇退者哉！

君雖謝秩，猶眷戀石城，將營別業。及桑梓盪於海波，柘林殘於烽火，遂懷避兵之圖，益堅卜居之志。杜甫草堂，開於潭水；羅含精舍，寄之江陵。加以談若懸河，識同藻鑒，或咨訪政治，或詮折名理。君爲揚搉古今，指陳堅白。車騎填門，履綦沓座。南國人倫，更逢有道；西京遺事，復見憑虚。其暇日也，狎梵侶以玄探，結勝流而觴咏。每一篇出，匪但藝苑翕推，而閭巷遞誦。鳳館詠昌齡之句，雞林售居易之篇，曷讓焉？君又妙解音律，晚畜聲伎，樽罍傾於北海，絲竹理於後堂，躬自倚歌，尤長顧曲，江左餘風，不在兹乎？昔相如不與公卿，託疾倦遊；陳思恥事翰墨，上疏求試。誦君館中言懷、乞休得請諸詩，可以概見。至與王左輔、趙中丞二書，使秉麾當局，勳烈亦豈少哉！

由是知寄興非遠而聲帨其辭，持論不洪而枝葉其説，以此言詩與文，失之千里矣。莫君深於藝者，謂君文法劉向、馬遷，詩本蘇、李，而近體出高、岑間，評覈良確矣。仲氏叔皮，由進士爲郎，聯纓南署，亦拙宦工文，方之求、點云。夫華亭自機、雲而下，往往有兄弟齊名者，二包長謝，兩范嗣興，靈淑誕祥，信不爽哉！

徐文敏公集序

昔余先子中憲公嘗謂汸曰：「我明制科，遇丑輒得文士。乙丑，吾鄉翰林徐公其選也。汝嘗從公遊，又爲公所取士，亦由己丑擢第，將弗圖紹厥美歟？汝其勖之。」夫文關氣運，詎虚語哉？契革羲繩，葛天已飛浩唱；音流嬀管，叢雲遂掞幽詞。監二代以郁周，參列國而芬楚，詞人間出，騷客嗣興。炎漢肇基，六十餘年，延至文、景，海内乂安，化臻刑厝。武帝方嚮儒術，招賢良，徵文學之士，以公孫弘爲宰相，擢嚴助爲中大夫。由是買臣、壽王、枚、朔、膠、終等，並列左右，睹子虚爲異時，見主父而嗟晚。開東觀延賢之閣，置金馬著作之庭。唐、虞邈矣，文不在茲乎！

明興，高皇帝薄唐、宋之緒，陋胡元之習，息馬論道，投戈講藝。百五十年，孝皇垂拱於前，毅帝祇台於後，治號時雍，比隆文、景。長沙李文正公，挺儒流之宗，秉人倫之鑒，獎誘後進，軼軌平津。時李員外、何舍人又抵掌而談秦、漢，奮力以挽風騷。乙丑策士，顧文康榜也，公與會稽董公玘、分宜嚴公嵩、鄞郡崔公銑、雲間陸公深、南海湛公若水，並在翰林，出入禁闥。郎署之間，則有給事殷雲霄、倉曹鄭善夫、迪功徐禎卿，咸逞雕篆之伎，締筆札之交。非秦、漢之書，屏目不視；非魏、晉之音，絶口不談。當是時，毅帝雖耀武而兼好文。六龍北狩，八駿南巡。「之回」之曲，度紫塞以遥聞；「横汾」之辭，望翠華而遞奏。雄材大略，殆亦漢武之匹也。公之婦翁爲文恪王公，參衡亞相，合璧長沙。乃接芳論於外庭，授詩法於甥館，所造益弘深焉。

若夫元光發憤以上書，建安摛藻于中論，東海綴玉臺之詠，瑕丘輯珠英之篇，遡其淵源，實由苗裔。公與李、何特相友善，朝夕揚搉，往復譏彈，每有撰述，輒爲嘉賞矣。世宗臨御，崇儒重道，稽古禮文，將柄用公，群望攸歸，帝心簡在。貳秩宗則寅清亮績，佐銓筦則允哲端揆。與會稽均職齊名，擬之董、賈焉。余覽唐子應德敘中峰集曰：弘治以前，未嘗言秦、漢而能盡其才，近守繩墨而不離乎法。蓋病乎世之決裂以爲體，餖飣以爲辭。公之文庶幾類此，而詩則方駕李、何，翼響迪功矣。或謂館閣之作，疏於昉古，而巧於徇今。不知視草宣麻，訓誥之體，典則攸宜，綸綍之音，潤温斯稱，差與外制判耳。

踰一紀，而爲丁丑舒芬榜也，時則江子暉、顏子木、王子廷陳、許子宗魯，彬彬盛矣。又一紀，而爲己丑，羅洪先榜也，時則唐子順之、陳子束、任子瀚、熊子過、李子開先，不能悉數。而余光誦先君之言，竊附諸子之末，幸矣！前之爲癸，後之爲辛，推之恒驗，否者，氣運消息盈虚也。夫士閲三榜，才僅若人，皆首華金，步鳴玉，負璽丹地，揮翰紫宸，宫唱商和，霞蔚雲敷。朝露溘先，晨星零落，所不朽者，託之斯言，悲哉！

凡古今詩合序記、碑銘、頌贊、傳説、雜著及經筵、講章，總若干首，勒爲幾卷，題曰徐文敏公集云。公卒踰三年，仲子玄成赴闕上書而祭葬錫，再上而贈典隆，謚蔭備。踰十五年，季子玄素請於監司，而祠字考。又踰年，搜採遺闕，刊校訛謬，彙次之，屬余爲序以梓，而文集成。嗟乎！龍門罷御，愧任昉之非才；鳳池有毛，慨公業之不死云爾。

皇甫司勳集卷之三十七

序集八首

沈太僕環谿集序

稽昔嘉靖八載，時膺昌曆，運際熙朝，帝方典學崇文，右賢左戚，拔我多士三百二十人。庭攬振鷺之儀，階肅漸鴻之羽，含章續藻，彬彬乎得人之盛，推是科云。當斯時，疇弗欲彈冠晞世，策足要津，紆朱懷金，出入禁闥，君臣相得，坐致卿相。然十罕其三者，奇於數也。又疇弗欲攀附鱗翼，炳績恢紘，俾皋、夔、衡、旦之業顯，枚、馬、淵、雲之辭修，勒勳彝鼎，垂聲竹帛。然十罕其二者，阨於時也。奉身林壑，委懷圖史，託諷詩歌，闡道慕訓，藏之名山，傳諸來裔，十罕其一者，拘於才也。

余解憲屏居，踰十稔矣。曾是在位，皤首晨星，徽猷煙燼，海内詡聞，著作録布，則羅達夫有念菴集，唐應德有荆川集，陳約之有后岡集，楊汝承有濟南集，任少海有吏部集，李伯華有閒居集，羅熙載有華原集，吴純叔有玉涵堂集。僅若而人，猶或守儒説而失則固，或慕仙遊而失則誕，或學綜博極而擇未精，或天不假年而造未竟，才難不其然乎！

環谿集者，雲間沈大夫鳳峰所撰也。君自束髮爲弟子員，即厭棄時義，研討古墳，非經緯之書不流於目，非漢、魏之作不畜於心。逮繼組而躋上蘭，剖符以領劇郡，尋端臬軌，復秉藩條，所在蒙化，去輒留思，然非其好也。雖訟諜叢積，而鉛槧間操；吏局塵棼，而占綴自適。觀其乞改南署、引疾東江諸疏，可以想見其概矣。

昔人謂閎眇之製，必湛思以宣；綺靡之辭，由緣情而得。兹茵鼎之貴，不能奪尊罏之思；熊軾之華，無以挽扁舟之興。不既深於詩乎？子游學擅精華，士衡才稱俊秀，皆吴産也。君今其人，若梁推文士，隱侯居先，唐品詩人，雲卿其選。然雲卿之詩，進於驩州以後，而隱侯之文，妙于郊居之餘。夫豫章、漢沔之流，廬嶽、衡山之鎮，風景又不特崇山瘴癘也。而環谿在九峰三泖間，詎減墜石磓星、懸冰縈雪之勝乎？蓋君之作實宗家範，無替世美矣。且卧高謝傅，尚繫望於蒼生；年迫趙昌，猶堪承乎清問。初服乍反，薦剡屢騰，終不以彼易此矣。

集凡詩賦四卷、諸文十卷，萬有千言，大都妙悟神解，俱造玄乘，並可永傳。而雜著、連珠，尤所最得意者。余才劣之問，敢竊譽於比肩；識乏王筠，愧要賞於撫掌。聊書簡末，爲同榜得人慶爾。

馮侍御芻蕘録序

侍御馮君子仁，以上書忤旨詔獄。所斥大臣方用事，迺窮按其罪，以殊死論，逮繫三年所。先帝察知其冤，減戍雷陽。又三年所，會赦還家。幾三十年，杜門却掃，惟以著述爲業，晏如也。今上即位，首召諸言事者，銓司舉君，拜爲大理丞，引年不就。尋進階朝列，被服金紫，前後所遭遇如此云。令子行可，取所收草，合詩與文，彙次成帙，將梓以傳，題曰芻蕘，志忠也。持届吴門，請序於余。顧余非士安，奚足爲太沖重哉！既而梓完，則徐、沈二君業已序其端矣。沈敘事稍詳，徐銓藝頗當，至論氣節則同。夫文以氣爲主，昔人蓋言之矣。

司勳氏曰：自孔門立文學之科，言游得精華之藴。大雅振於江左，二俊起於雲間。善乎！班氏作史，儒林、文苑析爲二塗，儒家者流著論以宗經，文章家流修辭以闡道，要之不可偏廢也。君嘗從陽明、涇野二先生遊，則固談道德而趨儒術矣。今覽集中，如奏議條陳星變，推驗天人，子政、仲舒之旨也。蓋深病乎驩兜、舜、禹雜處堯朝，管、蔡、姬旦并居周室。欲帝策免三公，刑于百辟，痛哭立談之間，冀回聽於逆耳，屏奸於脱距，豈可得乎？志雖壯而計則疏矣。然侍御猶爲之者，匪身謀也。其序記咸闓大暢朗，多裨世教，端風軌，退之、仲淹之概也。賦贍麗，書亮直。析理淵極，則藉爲南車；揚権時務，則較若左券。至於碑銘，將昭潛於蓋棺，非溢美於諛墓。以至詩歌發乎性情，止乎理義，竊比陶、韋，蓋不襲古調而頓超時格，每出新意而悉去陳言。故雖横逆屢加，而不爲寂寥澳㴑之辭；艱阻備嘗，而絶無牢愁怨誹之語。氣使之也。波百折而不回，光萬丈而愈厲，其所養可知矣。即於閒居之暇，展卷三覆，緬歲月於桑陰，追山川於萍跡，能不爲之撫膺興慨乎？

君素履忠孝，遂使抆涕叩閽，母氏矜乎孟博；刺血汙牘，令子甚於緹縈。言，心聲也。由是感天地，動鬼神，陰佑而默相之，乃至今日心卒不動，君子以爲難。讀是集者，可爲忠臣烈士勸，非以其辭而已。若雕藻逞伎，務華絶根，豈侍御之所尚哉？集凡二十卷，萬有餘言。

白洛原遺稿序

老子曰：「身與名孰親？」又曰：「生我名者殺我身。」名之爲累若此。烈士猶務徇之，湮没無稱，每以爲恥，亦其志然哉！若夫以文名世，尤造物所忌，而謗缺因滋，媢蛾誨淫於淫詠，雲韶輟響於靡曼。由是高才之士，位不閲於崇品，年不躋於中壽，今昔同慨矣。

我友洛原白君，晉陵人也。少挺英資，長鎔偉器。承軒皇於乙丙，踵居士於元和，太傅誕祥於先，中丞嗣美於後，射策發科者凡四世，冠冕佩玉者二十人。苗裔遠遡洛陽，鼎貴鬱居江左，因號洛原，不忘本也。君精研六典，泛涉九流，三謝蟬聯，獨秀靈運，諸劉紈袴，共推孝綽，擅雕龍之伎，際附鳳之期。嘉靖改元，歲在壬辰，上方右賢左戚，稽古禮文。君釋褐南宫，彯纓東省，始隸司徒之門，尋參秩宗之屬。時禮官前後以典章不習，相繼罷譴，厥職惟艱。君草郊廟之儀，條山陵之制，凡所創議，悉當上心。本曹賴以折衷，政府因之爲憲，而君名茂著於闕下矣。海内操觚秉槧之士，雲集京邸，君與之討論風雅，譏評甲乙，詩道益振焉。

歲在己亥，皇上圖省方之遊，允建儲之請，由是膺宫僚之選，簡輔道之任。忌者群起而交攻之，坐不扈駕，當外調，而北平之命下矣。量移南銓，僚友猶以私憾中傷之，坐徽改官，當外調，而河間之命下矣。劇郡兩遷，承明再入，稍署符臺，復僉江臬。坎壈違時，奄忽委化，悲哉！

在昔中丞昉石家以治園，霜晨霍靡；擬鄭莊而置驛，星旦繽紛。君復任俠樂施，趨人緩急，里中以翩翩公子稱之。凡舟抵京口，道出閶江，不遊白氏園者，以欠事負愧，不睹白公子者，以俗物興譏。君名聞於海内亦久矣。其奉使也，於秦則炎漢之故都也，周歷三原，極眺二華，尋霸、滻之源，踐鄠、杜之境。於梁則魏武之肇基也，兔園漸蕪，雀臺亦莽，鄒、枚之遊已邈，伊、洛之軌猶存。由是登太嶽以長謡，訪峴山而寄慨，乃遵樊郢，涉湘漢，則歎曰：「此無忘歌風沛上，修功代來時也。」既又問道於靈鷲，探奇於建陽，謁武夷之居，弔道陵之宅，山川信美，盡發之於詩。其所至，必先友名流，秦若王子九思、康子海，梁若崔子鋭、高子叔嗣，楚若王子廷陳、廖子道南，閩中若王子慎中，相與酬贈，咸共嘉賞焉。今覽集中，調暢朗而思沉，語婉麗而致遠，音和平而易感，旨雋永而難斁，文足闡道圖徽，所得於古人者多矣。

元子尚賓君早能纘父之官，晚能修父之業，與其兩弟克承先志，廣葺遺編。同年考功郎宗子相取而芟其繁，類彙其菁英。余見或異同，復加增損，乃得賦若干首，古詩、歌行、五七言律、排律、絶句若干首，序記、贊頌、碑銘、表狀、書啓、雜著共若干首，勒成幾卷，題曰洛原遺稿，雕木以傳。其題石欄華楝，童時作也。賓王載詠鵝之篇，張嚴存賦犬之句，殆性靈天授，妙悟夙成矣。夫造物之於人也，予之以富貴若恒，予之以才藝若慳。故人之生斯世也，求終身尊榮則易，求片言幾道則難。君有言，復有子，可以不朽矣。篋藏鴻寶，家炳鳳毛，使紓朱而草腐，垂白而馮生，奚足重哉！

余素託金蘭之契，復締絲蘿之好，兹序君集，深有愴焉。蓋余兄子安與君同擢進士，同拜禮官，改宫僚、謫郡倅又同也。同由南部再逐，冠並止於豸簪，綬不踰於銀艾，而聲名則相伯仲矣。子安年纔五十，君差過三齡。神劍兩埋，白璧雙碎，不重可惜乎！司馬餘風，緬江州之匪謝；虞人藻撰，知長慶之必傳。爲君幸者，將不在斯集乎！將不在斯集乎！

劉侍御集序

侍御劉子威以所編詩二帙眎余，一爲客建，一爲越覽云。夫劉子早歲以明經擢第，拜中書舍人，選爲侍御史，著聲南臺三輔，至今猶欽挹風裁。同官嫉其能，竟遭播遷，乃謫理興化，移倅吴興，有是作也。

諦覽閩中詩，凡所賦樂府盡合古調，及所擬名家咸類其人。雖鮑照代東武諸篇，宫商雜奏而並出雅音，江淹擬陳思諸作，丹素互施而悉呈黼繢，又曷過焉。非妙思通方，兼才具體，能臻是耶？載覽越中詩，麗則自成，沖襟超悟，盡去雕篆，都棄塵筌。如「境閒花稍落，林静鳥忘還」，「華滋紛易歇，芳願坐成乖」，「自是煙虹驚藻思，可煩花鳥入閒情」，足稱秀婉。又「江路愁能盡，鄉園夢懶尋。聊憑寄哀鬢，爲道未歸心」，哀而不傷，得風人之旨矣。矧靈巖仙鯉，地接武夷，天目苕、霅，溪通罨畫，足以展眺興懷。余弟子約與侍御同榜，亦由水曹出貳兹郡，凡有占綴，每相商榷。江山助藻於燕公，羊何附聲於靈運，實一時勝遇，非獨窮愁而已。若其明允折獄，庭寡諍詞，沉静當官，坐惟長嘯，乃克殫心於藝焉。

夫詩闡成周，漢、魏繼作，齊、梁稍靡，迄唐始盛。蓋唐以詩賦取士，故士之工詩，猶漢之經術，有專門焉。如從遊應制，必品其高下，學士兢掞於外，昭容評可於中。雖讌集賡唱，亦私爲甲乙，推其擅場，故詩益精焉。稽古柏梁而下，從臣第嘉於屬車，華林以前，副君課美於即席，蓋同揆矣。今輦轂之下，絶口不敢談藝，遷謫之人尤所深諱。乃使仰楹而纂言，杜門以覓句，侍御之作，有未及覯而賞之者。文本關運，道固因時，寧不重可慨哉！侍御業已遷臬，終太夫人喪，將赴闕補職。嗟乎！長卿輟吟於巴嶺，夢得申詠於玄都，其家範驗之此行矣。

錢侍御集序

余弱齡嗜詩，究心作者，間有占綴，不敢謂握靈蛇而得珠。至所譏評，實若操龍淵以議割，嘗著解頤新語以示梗概焉。以故宰相石公有熊峰集，介谿嚴公有鈐山堂集，許中丞有少華山人集，吴文部有玉涵堂集，皆屬余選次而題其端。若但請敘以傳者，陳后岡集、戴秋官集、龔温州集、王巖潭、黄五嶽諸集，殆二十家云。末學謭識，聞桀犬以吠聲，睹遼豕而駭色，奚足與言詩哉？

姑熟海山錢侍御者，童時誦詩，即能成咏，思若神來，語同夙搆。以大父命改授尚書，竟以此取高第，然詩固其所好也。擢第時，貴溪夏公方在政府，甚愛其才，有所作，每示君賡和之，輒加嗟賞。將引署玉堂，期儷金臒，業以資拜遂安令，公深惜之。在任三載，以最被徵，拜爲南臺監察御史。摛藻兩都，持憲三輔，所寓有詩。製錦之鄉，鳴琴而流咏；避驄之地，緩轡以成章。故潘岳河陽之什，頓掩前輝；堯藩江南之篇，殷堯藩爲侍御，有江南詩。無慚後躅。倦情亮組，托跡融舟，擇勝探遊，寄興恬曠。其爲詩也，語取暢心，不由雕刻；占惟信口，奚假深湛。遂能微款人情，妙臻物理，婦人女子皆通其義，兒童厮卒並習其辭。使羈客緘愁，非關見雁；征夫下泣，何待聞猿。萎華喻好於香風，芙蓉比妍於秋水，無意求工，自然追雅矣。尚論古人，若光義之真率，居易之沖淡，太白之敏捷，浪仙之縱放，才足兼之，人罕能及焉。

仲子宁以鴻臚典客，予告家居，侍彩之餘，殺青唯亟，乞余删次，併爲之序。總五七言古風、歌行、近體、絶句凡若干首，詩餘、雜著附焉，勒爲幾卷。昔大曆才子仲文錢起字仲文。獨秀，與劉長卿、郎士元齊名。今集中如「落霞暉寶刹，寶月映晴峰」，「月瀉湘江水，花明楚岫雲」，「湖聯疑跨海，山擁類環滁」，「獨憐遊客興，猶逐野雲飛」，「月寒暗度飛鴻影，山静遥聞落木聲」，「共嗟江水流難返，且喜山雲斷復連」，「思入蛾眉殘月皎，夢迴牛渚逝波寒」，「贈君惟有燕臺菊，願佩餘香到遠天」，「野寺苦空僧更少，莫教寒色上禪衣」，傳諸其人，奚忝厥祖者哉！

章憲副詩集序

憶昔先帝中葉，歲在辛亥，余免母夫人喪，赴闕下，謁銓宰，聽補職。時袁州相君雅好文，特工於詩，有長沙之風，數開閣延余談，未嘗不移日也。以故都人士多造余問詩律，户外沓屨也。章君道華時爲廷評，獨含章韞藻，若無好於詩者。至觀人之作，絶口不言，察其色，了了若辯雌黄在頷矣。逮後十年所，而君解憲歸，余亦自滇中免，俱爲吴逸人，杜門述造。始稍稍出其詩相詔际，余輒訝曰：「君詩驟進不當如是耶！」

今上嗣位，臺薦文騰。未及起家，奄忽捐館，悲哉！仲子士雅捧其遺草，請余芟定之。展卷三覆，其詩往往負逸氣，尚奇語，先體骨而後聲韻，多興寄而寡祖襲，可謂今之八元矣。且湛思邃討，鍊字綴句，音非朱弦，辭非黄絹，寧棄去不屑就也，其精如此。君之熱中消渴，促其天年，殆詩之罪哉！

評者謂詩不必徇名，此乃知稀我貴，道家者流，睽俗憤世，藏山之業，有若太玄覆瓿於前，論衡獲寶於後。詩則不然，朝成於己手，夕嗜於人口，紙貴都門，譜傳樂府，近自鳳掖，遠届雞林，庶乎可傳於世。奈何今之能詩者鮮，而知詩者尤鮮。群譁其是，無當於古人，未足以爲重；或詬其非，奚畔於作者，未足以爲輕。由斯而論，章君蓋深於詩矣。篇章雖少，靡瑕掩瑜，顆珠片玉皆珍也。

君宦蹟所至，每以文飾吏，抗節峻行，不躋通顯，歸益減産。大漸之日，衣不盈篋，錢不滿緡，惟圖書數卷而已，諸子至亡以自給，人共惜之。嗟乎！詞人不復作，徒存士潁之編；廉吏不可爲，莫振叔敖之嗣。聊申序於李華，終負慚於優孟。君幸不亡者，其在斯與！其在斯與！集自余選，諸體詩共得三百二十四首，勒爲六卷。同校輯者，文學魏學禮、張獻翼云。

日涉園稿序

嘉靖八載，運際平衡，時當射策，先帝勞於求賢，群工樂於嚮用，彬彬多文學士矣。由今觀之，若魯國李子伯華，西蜀任子少海，吉水羅子達夫，會稽楊子汝承、陳子約之，新安程子惟光，晉陵唐子應德，雲間沈子舜臣，吴郡吴子純叔，並擅風雅，特秀詞林，咸有集行於世，半屬余序。然陳子享年不永，程子篇章寂寥，羅子習於道論，唐子亟就事功，卒爲詩病。夫大曆掄才，曾不踰十，建安作者，僅若而人，詩可易言哉？又皆宦拙不達，嘗謂詩令人窮，才取天忌，不其諒哉！

練川張子誠之，與余同拜水曹，兼抱詩癖，以仲言、子美自任。亡何祇役南楚，秉憲東藩，讒口鑠金，强年解組，惜哉！乃杜門掃軌，罕營世務，恥問家業，日與琴、書爲耦，觴咏自娱。篇章既多，彙次成帙，題曰日涉園稿，志隱也。眷深江國之蓴，風減靈和之柳。其爲詩也，無取模擬，而間合雅音，奚必師古，而每出己意。微雲河漢，聊可庶幾，秋水芙蓉，盡去雕飾，本之性靈，得於天趣也。雖或稍爲怨誹，而終歸曠閒，託以諷諭，而不失温厚，是集可傳矣。凡五七言古選、樂府、近體、排律、絶句，總若干首，勒爲幾卷，亦略備云。嗟乎！燕公五字，居岳始工；平子四愁，歸田斯賦。豈惟家法，殆亦詩教矣乎。

皇甫司勳集卷之三十八

序集代作三首

祝氏集略序 代張中丞景賢作

自昔文蔚吴中，才臻江左。言偃業於孔氏，獨得精華。厥後嚴、朱並緯漢典，顧、陸競掞晉庭，方朔寓爲書師，伯喈隱兹談藝，彬彬盛矣。其爲俗也，民有輕心，士多師古，伎尚奇巧，物必精良。故覽左生之賦，而驗山川之巨麗；誦平原之詩，而測土風之清嘉；考持正之序，而睹氣狀之英淑。至乃翕輕清以爲性，結泠汰以爲質，喣鮮榮以爲辭，美稱竹箭，粲等春葩。且至德造自泰伯，峻節亮於延陵。故士之生也，往往玩睨爵服，跌宕琴史，雖軺轅未遇，而撰綴不輟。申孤憤於一朝，流芳聲於千載，此王孫之詡我公子者也。

余家食時，蓋聞祝枝山云。迨遊京師，每學士大夫持其片言寸翰，争相傳眎，咸加歎賞。惜乎未睹其全也。丙辰之秋，叨奉簡命，來撫兹邦。軍旅之暇，躬歷山川，周爰土風，延眺氣狀，其嘉麗英淑，固無爽於乘諜所載也。奇巧精良，物産工師猶昔也。握珠抱璧，文獻之彬彬具在也。間詢所謂枝山公者，則已物化三十載矣。而公之元子方伯續，謝秩屏居亦久矣。訪其廬，蓬逕蕭然也；索其籍，珍發篋中也。翰墨僅存其一，又蠹所殘缺也。蓋公少落魄，不事家業，而方伯克守其祖參知公清白之遺，力莫能梓。翰墨爲時所重，書竟，人皆持去，家無餘也。世德其賢矣哉！

公諱允明，字希哲，性靈夙授，機敏默成。五歲而手作徑寸之書，九齡而目兼數行之覽。稍長，益篤於學，夏無卷帷，冬有穿榻。遂綜貫百氏，銓析九流，窮鏡玄緇，覃研緗素。雖輶使未譯，爾雅闕載，靡不究而習其説焉。其爲文也，芳腴融於心極，雕繢暢於辭鋒，取無竭源，叩有餘響。分吏占牘，則十紙互通；對客揮毫，而千言立就。同時乃有楊儀曹之博極，都太僕之沖澹，徐迪功之俊婉，唐處士之縱誕，公將兼之。自謂取高第，反覆掌耳，乃僅舉於鄉。晚歲試宰興寧，超倅京兆，著有異績，皆非所好也，因自免歸。而四君者，仕罔通顯，業並終窶，謂非伯季之風節激之然邪？

諦閲公集，述道德則闡而弗畔，紀象緯則覈而有徵，論政治則可推而行，陳事情則委曲而款，談名理則標顯慧宗，志靈怪則不誣幽秘。至夫賦綺靡而有則，詩藻贍而寄深，辭託諷以感物，聲諧律以赴節。神搆匪襲，肺吐必新，體裁具備，意無不逮者矣。鴻匠如公，不獲振鷺羽於彤階，奏鳳音於清廟，亦命也。方王文恪掄材之初，徐春卿揚譽之日，豈真以鉛槧垂聲哉？思欲銘彝鼎而不偶者也。悲夫！悲夫！再閲大遊一篇，則又譾蒙叟之卮言，陋公孫之繩辯，逸騁雕龍，指深喻馬，探其襟抱，將扶摇宇内，豈區區搶揄所可控而笑哉！

昔魯肅披卷以臨麾，燕公視學於戎幕，予愧非其人，悼往哲之不作，而懼斯集之久湮也。又先大父與方伯公同登進士，忝兹世誼，圖爲鋟梓。時則蘇守雲中温君飾吏右文，樂任其事，用廣其傳云。集之分類凡十有二：曰騷賦，曰樂府，曰古調，曰歌行，曰近體，曰古體，曰論議，曰書牘，曰碑版，曰傳志，曰紀敘，曰外教。勒爲三十卷，總曰祝氏集略，皆公手自編定，富矣哉！其四君著作，都未閑於辭賦，唐則篇章寂寥，楊復簡帙散失，傳者徐集耳。公别有祝子通、祝子罪知、蘇材小纂、浮物、蠶衣、太中遺事、野記、興寧縣志、祝子微、祝子雜、語怪、慚鐸音、江海殲渠記，多未遑及。後有好事者，因予興起，庶搜輯群玉，不使韞韣名山也。是爲序。

楊忠愍公集序　代林中丞潤作

楊忠愍公集成，其子太學生應尾屬序於余。余讀之，輒爲掩卷興悼，不自知涕之霑臆也。嗟乎，余安能知文，又安忍爲公序哉！昔人有云，文以氣爲主，而才以昌之。王充著養氣之篇，劉勰廣程才之論，柳冕謂：「才多而養之，可以鼓天下之氣，天下之氣生，則君子之風盛。」斯又世道關焉，而文之時義大矣。

觀公所述年譜，蓋自綺歲，英敏夙挺，艱阻備嘗，混跡牧豕之群，研精掛牛之日，即以天下爲己任，學以談道德，務經術，而恥爲富貴紛華之習。既而發科登仕，繼組兩都，含香三署。每痛際運康熙，而不免壅蔽之患；遇君神武，而未屏操弄之姦。思回聽於逆耳，圖蔓於脱距。迺由車駕上疏，乞罷馬市，斥其謬者五、不可者十。書忤權倖，使仁人之言不蒙其利，而反搆釁稔。公死且不畏，奈何以播遷怵之耶？復由武選上疏〔一〕，乞誅賊臣，數其姦者五、大罪者十。語侵彼相，使忠臣之謀無益於國，而竟取滅亡。緣司刑者，承望風旨，文致其罪，惜乎冤哉！昔賈生不容於絳、灌，李邕受抑於林甫，古今同慨矣。至誦其言，猶凛凛足以鼓天下之正氣，而激天下之士風。雖被笞箠，關木索，暴體裂膚，受辱慘酷，而志不爲亂，氣不爲沮，非素養有定能然哉？

方其深念於燕居，未遑以暇逸。其所著作，多綴毫牢户之中，染烟胏石之上，此與演易受書曷異焉？故辭多宏麗，語罕怨誹。江河一瀉，乃徵其才，光焰萬丈，悉由於氣，豈假雕篆以逞伎，擒繪以求工哉？公在南司封，自謂肆力於詩文之學，信非誣矣。夫靈運藝苑，中散清流，猶能占藻俟時，鳴絃揆日，愴霜葉之餘生，歎廣陵之絶響。公詩欲還浩氣於太虚，矢忠魂於圖補，胡悲且壯哉！

余在南臺，罔識忌諱，因獻狂瞽，謂將從公以遊，幸蒙採納。卒之故相編氓，兇子棄市，少泄天下之共憤，慰公等之幽魂。且知向之遇害，非先帝意也。天道有知，人心不死，幸而聖君嗣極，追録諫官，擬公爲首，贈爵太常，謚以忠愍，建祠以享血食，蔭子以裕後昆，報亦隆矣。雖昧大雅之哲，終成烈士之徇，垂聲宇宙，爭耀日月，視仇嚴獨安在哉？

【校勘記】

〔一〕「上」，原本作「二」，據四庫本改。

遵巖先生文集後序

代郡守劉公溱作

遵巖集者，晉江王君所撰著也。君諱慎中，字道思，人稱爲遵巖先生云。大中丞芳洲洪公爲君同鄉，又同志也，因刻其集，并序諸首以傳，謂余小子，嘗董梓事，不可無言。嗟！予鄙，安能文，又惡能窺先生之藴而爲之闡揚哉！聞今之掉鞅於文囿者，咸推轂遵巖，凡卷册所傳詩歌，及錫山所刊家居集，間亦嘗覽其略，已心醉其言，延頸想見其人而不可得。兹獲誦其全，又厠名於簡末，顧不幸哉！

先生自束髮綴文，未冠登第，内踐吏禮華階，外秉文衡憲職，屬辭英敏，殆出天才。而不知沉思通玄，悉由學力，兼之負氣抗俗，不習塵容趨時，因出倅郡，稍遷參岳，竟爾謝秩，甫踰壯齡耳。由是杜門却掃，研精覃思，探討彌邃，著作益宏。四方馳書走幣争來乞言者，足跡交於道。仕于閩者，以不得其言爲憾。君以次應之，隨題命藻，略無難滯。得者寵於握珠懷璧歸矣。具載集中，罔可删棄。

夫其爲文也，長於持論，而不尚雕繪。原本六經，採摭七略，綜括九流。至下筆特創新意，罕襲陳言，追議古昔，較若目前，逆策來兹，信如左券，事有明徵，語無牽合，非博極能然哉！雲蒸霞鬱，變幻百端，河決川流，一瀉千里。循其言可以入道，行其説足以成務，人皆稱今之曾氏也。觀所撰南豐文粹序，則其所取法而自期負者，端在子固矣。其言曰：「極盛之世，學術明，風俗同，道德一，而文行於其間。三代而降，士之能文者，徒取之於外，以悦世之耳目，有能道其中之所欲言，而不免於蔽，若公孫弘、徐樂、枚乘、谷永、相如、董、賈、馬遷、劉向之屬，或駁而不醇，或曲而不該，皆無取焉。至宋南豐曾氏，傑然自名其家，庶幾有本於中，而非掠取於外，將折衷諸子之同異，會通於聖人之旨，而思出於道德，無不醇不該之弊。」此非其自況也耶？

至其爲詩，亦必緣情止義，由漢、魏、六朝以迄三唐，靡不融貫，亦以自名其家者，惟求合乎麗則，不詭於風人，而非在一字之巧、一句之工也。雖退處巖穴，而言多華郁暢朗，不爲窮愁怨誹之態，所養蓋深遠矣。

或有以先生位不閲於崇品，年不躋於中壽，不果舉其言以行於世致惜焉者，即使君登三事，總百揆，功業雖弘，著作未必底於成也。言既可以垂世不朽，又惡彭殤之足論其年哉！按閩之晉江，自唐歐陽詹始舉進士，與韓愈、李觀、崔群輩妙一時之選，史稱其文章回復明辨，爲愈所推。歷數千載，而先生出焉，殆亦氣運之相值歟！

皇甫司勳集卷之三十九

序集題辭五首

北岳編題辭

岳者何？掮也，掮考功德者也。若稽古帝舜，十有一月朔，巡守至于北岳，朝后覲牧，協正同修，僉如西禮，兹謂非功德也邪？北岳何謂？謂恒山也。風俗通云：「恒，常也，萬物伏北方有常也。」而白虎通亦云：「北岳有常山者何？陰終陽始，其道常久，故曰常山云。」易曰：「觀其所恒，而天地萬物之情可見矣。」此聖人法天圖治，久道化成者也，孰非功德可掮考者邪？秦、漢而下，登封錫號，代崇喬嶽，旅名視公之説，附會於鈎決比讖間矣。且侈心黷履，遐放秘祝，雖一禱三祠，神弗福焉。

肆我高皇帝膺符御極，奄有冀方，稽古率典，誕迺釐名秩祀，懷柔岳神。暨我文皇帝受命作京，宅兹天邑，俾胥夷之疆，奠爲輔鎮，神悳褫焉，功德不恢恢耀乎可考而知邪？逮列聖纘緒，燔柴加牲，引望靡替，無俟駐華警翠，泥金瘞玉而靈貺假矣。

夫今之兩畿若十有三省，歲以監察御史持節往按其境，顧將命于天子巡者也。時則有若施公山，省方展邑，眺岳侍祠，告文陳饋，禮也。越若許公宗魯，以中丞洛命來撫，猶古四岳之職，總領侯牧，以司岳祀者焉。公莅厥土，亟使登禋祈，殫民祐，亦禮也。然施之感於功德也無從，曰：嗟嗟盛美弗録，曷以永觀？台職其攸愆，用是編岳云。編成而公式歯歸。君子曰：巡，循也，其義大，其責艱。是編也，可以復天子矣。

迺有屬令皇甫汸者，爲之第其次，比爲題辭，編公志也。侯丞廷訓之請，成公志也。編首帝制者何？尊時也。詩首周頌，其義一也。曷以工言次之？工以颺言也。王者所至，陳詩以觀風。御史，采風者也。古碣盛矣，久將泐而湮焉弗志，後奚以稽？君子多見，則識而畜，是故以拾遺終焉。

題許員外安平十詠詩後

安平十詠成，許子以示余。余覽而歎曰：緬自渡淮攀鱗，遊燕晞駿，路首南徐，途指西楚。觀吕梁之險，望泗鼎之氣，峰摽浴日，臺起歌風，未嘗不弔故疆之遺蹟，興登岳之長謡，攬征駕以躇躕，溯歸艎而延佇者也。若張秋者，星分奎、婁之野，地控齊、魯之墟，固澤國之雄鎮，而漕河之要津也。弘治河決，孝皇震憂。沉馬下捷，殫役倍於宣房；導熊障瀾，課功媲於積石。是雖一旅之圻、百家之邑，板築既勤，禦衝斯固。由是車挂轊，衽連帷，檣艫紛爲廛閈，孳貨鬱爲都會矣。嘉名肇錫，是曰「安平」。焕龍章於璇榜，峻雉堞於金隄，洚流同之謦欬，玄貺終於告禹。唐哉休哉！休哉唐哉！

余嘗窺龍潭之浸而得順下之性，登戊巳之山而驗五德之運，誦武功之碑而知底定之艱，撫帶劍之枝而感季札之信，詢莅阿之治而慕子奇之化，訪辟穀之遊而訝黄石之事。然時無酈生，莫辨泉脉；世乏魏氏，疇記土風。將問千秋以烏丸，探九域於魚豢，詎可得哉！

信美地靈，誕生人傑。許子兹産也，才稱掞藻，識妙窮源。十詠區分，七言各賦，篇稽乾曜，什闡坤維。陳列隨刊，禹貢之旨也；原本山川，青兖之箴也；荒奄海岱，頌閟之辭也；奠厥禔福，歌瓠之響也。渢渢乎可以傳矣。許名用中，初仕水部，澤土是掌，載陟地曹，財賦攸司。擬裴秀之輿圖，資張華以武庫，皆經濟之心也，豈徒摹景物，括形勝，快少文之萬里，悵平子於四思而已哉！十詠者詳於自序，故不重述云。

題吴純叔堅白藏稿

吴光禄堅白藏稿六卷，共詩若干首，皆其從宦兩都，予告家居及遊楚越時作也。光禄幼挺獨秀，早臻博極，學修史走，業紹玄成。三百而下，靡不殫心；六代以還，並能經目。遂乃蓄藻於建安，騰聲於天寶，希躅於少陵，泛駕於長慶，兼綜潘、陸，妙契陶、韋。故其綴辭婉以麗，其御氣雄以健，其抒思優以雋，其援事典以則，其振響和以平，才情信美而興寄尤深矣。通篇如曉出左振、夜集玄寧、易水流操、淮陰展圖、卧疾叢桂園、送馬吉士歸江東，摽之今代，奚謝英靈，厠諸古人，何慚風雅？又「汝官漳水北，今得定州書」，工於發端，詎稱謝朓？「寒空一雁去，離思繞山河」，逸於終奏，無羨江淹矣。至「雲來山閣雨，風過石池秋」，「大隱非人外，微言乃道初」，「月映蒼松逕，雲生白石臺」，「玉虚香火清齋地，紫禁烟花悵望時」，「獨有馮唐頭已白，青袍郎署自年年」，並若神構，足稱警策。又「雖家北闕下，白雲常滿園」，棲情閒適，得句超曠，是以奪鳳池而不驚，解黽組而無愠者也。言可以知人，諒哉！余識非仲偉，賞乏元禮，妄意大都，取裁來哲云爾。

顧給舍二集題辭

東白顧給舍示余詩集二編，一曰使蜀，志役也，一曰居庸，志寓也。君登壬辰進士，拜餘姚令。以賢徵爲禮科給事中，拾遺補過，有古諫諍風。丙申之歲，蜀府與闔司各以其獄上，天子詔讞之，侍臣咸推君，遂簡往覈治，還報當上意，益嚴彈之，將大用。戊戌之歲，上書言事，忤上意，乃答之闕下，徙爲居庸民，有是編也。

夫顯晦異遭，皆發諸歌咏，其致概可想見矣。及展卷玩味，盡合風雅，得詩人忠厚之意。其使蜀也，藉寵靈，奉綸綍，走郡吏，以負弩降藩王而擁轡，風物啓其興，山川助其思。故其言多藻麗之辭，若馬卿移文以喻蜀，田叔毁案以存梁，職無忝焉。其在居庸也，狎犬羊，犯霜露，襲氈裘，甘湩酪，駭邊聲於鼓鼙，寄鄉愁於笳管，其操心也危，其慮患也深。故其言多悽婉之辭，若定遠生願入關，營平老猶留塞，又曷恨焉。

載觀蜀中之作，如發京之賦皇華，宜春之詠四牡，潼川之嗟伐木，郫縣之感采薇，皆小雅之音。至於塞上之作，保安即式微之悲中露，南關即匪風之懷好音，卜室即柏舟之歎覯閔，宣城即鴇羽之悲何怙，間出國風之辭，所謂哀而不傷、怨誹而不亂者也。君之作，大都昉於少陵，故杜甫草堂、子雲書院、武祠、昭墓，全似劍外、巴西、蜀郡、夔府諸篇。居庸雖地鄰邊塞，而境接畿輔，故昌平、八達、望陵、出塞，則似秦州諸篇矣。

計戊戌之去丙申，纔兩閱歲耳，較詩頓超上乘，豈「窮而後工」信非虛語耶？君於暇日，每談經以引諸生，或枕戈而激將士，圖實塞之議，籌當關之策，憤伊吾而北馳，望長安而西笑，有請纓之志焉。昔陳思不欲以翰墨垂聲，上表求自試，君豈徒以賦詩爲事哉？使恩覃在宥，罰示差級，將建勳竹帛，此特其緒餘耳。君尚勖而俟旃。

二詠編題辭

二詠編者，吴苑諸英眺飛雪於春朝，邀朗月於秋夜，有是作也。若夫竹寺禪探、芝館晤集，亦并附焉。古人凡遇讌會，必相賦詩，或命物以争妍，或占韻以逞捷。撫時對景，締歡賞於同心；唱予和汝，嗣徽音於合響。若蕭介美專即席，李端推爲擅場，皆一時之選也。況授簡擬梁園之勝，飛蓋昉鄴駕之遊，木微脱於洞庭，霰初零於灞岸，悲興志士，愁鬱詩人，豈徒祓禊蘭亭，逍遥韋谷，竹林酣飲，罔睹幽辭，峴首顧瞻，惟聞永歎者乎？

今覽編中，握珠抱璧，光奪圓暉，摛藻研思，瑩欺積素，並足驅馳，鮮能甲乙，江左風流，盡在是矣。因憶余兄弟舊有冬會之章、秋讌之什，傳諸二京，此則烏衣追謝，情洽諸昆，桃園餞李，誼敦群從。然俛仰易陳，觴咏難再，懼夫後之視今，亦猶今之視昔。展誦斯編，寧無薄三公，細萬物，棄銘勳，而思秉燭者乎？會凡十有四子，詩共六十五首，以次列名於右，鋟之梓者。文學史臣紀爲之序者，司勳氏皇甫汸云。

皇甫司勳集卷之四十

序家集四首

高士傳總序

在昔先公玄晏，丁辰末葉，抗志幽人，遡洪崖於上皇，緬巢、許之遐躅。乃采身名於玉潔，覈終始於蘭芳。歲歷二千，人纔九十，目爲高士，竊附同流。峻節靡諒，則孤竹不登；緇染稍經，則兩龔並外。將樹此風猷，激彼波蕩。仲尼致慨於作者，季札託慕於子臧，又曷故焉？世多蒙垢，書遂殘缺，醜女諱形，棄捐明鏡，殆其勢也。伯氏子浚，覃加援討，銓次成編。仲氏子安，復廣公意，自晉至宋，亦拔百人，勒爲十卷。嗣軌前書，良足光昭先烈，裨益淳化矣。

覽者謂公棲痾丘中，遺榮區外，一辭束帛之徵，再謝翹車之使，彼何爲也？二子者，方嬰情於珪組，晞功於竹帛，口異言朝，跡懸在野，是編寧免逮躬之恥乎？或出或處，道乖君子；非隱非吏，見詆通人。於是乎有河陽誠拙、柱下非工者矣。嗟夫！矯意殉名，則羹讓而色變；委情順物，則席争而心夷。若我伯氏，獻策違時，掃軌絶俗，耽綜群籍，無忝書淫，著論盈箱，問懈釋勸。迨我仲氏，效郭伋以辭憲，甘顔駟之潛郎，調滯十年，仕恬三黜。昔曼倩陸沉於金馬，子雲寂寞於天禄，豈必逃虚斯爲高尚乎？矧彼金德韜華，運終戢羽之期；而此璇符迴耀，世際攀鱗之代。詎非消息乘時，龍蛇互用者哉？季弟子約，合而梓之，傳諸其人，可謂濟美同好者矣。各有序説，故不重述云。皇明嘉靖庚戌日長至。

讀兵論序

弟汸曰：伯氏華陽君著兵論成，以眎客。或曰：「將之用兵，猶醫之用藥，必候證切脈，檢方處劑，乃可十全。儒者之談，端坐牖下，隃度行間，徒飾空言，罕臻實效。」余曰：「不然。兵家者流，貴乎觀天文，諳地利，通物情，審時變，斯樽俎之上可以折衝，帷幄之中足以籌決。故吕氏陰符，垂緡而輯；黄公秘記，脱履而就。孫子武經，止輜修列；任宏兵法，杜門論次。奚必躬冒矢石，足蹈鋒刃，始可與之料敵哉？」

華陽君自昔少時，好覽孫、吴之書，頗耽左丘之癖，每抗論軍容，高談劍術。甲寅之歲，海寇外連，島夷内纛，插羽傳警，枕戈綴言，慕子文以申威，懷士雅之慷慨，虜在目中，較若指掌。其論青齊之兵卒，至地非平原，騎射莫逞，臥而仰給，坐以要賞，白晝礫人於市，剽吏奪金，恬不爲怪，民間乃有「倭來猶可，兵來屠我」之謡，明驗一也。其論田州之兵卒，至長戟不支，亡矢無獲，縻費公家，疲頓遠道，謀及婦人，貽笑群醜，明驗二也。其論永保之兵卒，至紈袴驕豎，椎辮餘孽，黷貨無厭，擁姬高燕，繇是金鼓不揚，旌旗無色，舍兒干紀，取笠自恣，明驗三也。其論東吴之兵，義存土著，法準團保，苟能行之，則荀卿之節制、晁錯之服習，可練而精也，寧至棄民予敵之恨乎？奈何當事者稽古之謀不詢，通方之言無采，自恃輸金輦璧，足以浮功而掩罪也。一切姑息，寇玩師老，而國之大事去矣。

庚戌之秋，虜犯京師，君方書違上漢，裘敝辭秦，睹烽火以興嗟，聞鼓鼙而流涕。因著滅胡經一十六卷，藏諸私篋，蓋已氣憺幕南，志馳伊北矣。使售計於繞朝，回聽於廣武，則是論也，殆兵家之左券，豈儒生之卮言而已哉？戊午歲上巳日。

司直兄少玄集敘

兩儀奠位，二曜揚輝，經緯其間，書契攸作，文之時義遠矣哉！雖有懿德鴻勳，非假典謨，曷由宣闡。故壽不固於金石，而名可齊於霄壤者以此。世之談理學者，詆爲末藝，守吏局者，謂非適用。殆猶茹藜糗者，難與道蹯腴之美，蒙旃毳者，不足與語綺縠之華也。矧言本心聲，詩緣情靡，游心内運，應物外感，性機妙發，氣運天成。爰稽作者，良亦艱矣。匪作之艱，知之惟艱；匪知之艱，言之惟艱。此輪扁不能臚斲，而伯牙終於輟彈者也。犧、軒既邈，虞、夏寖湮，宣父釐正之後，卜氏泝其源，申、毛、貫、鄭沿其流，咸能詮風人之旨，窺作者之意，歷世近而習説真也。

倬彼我祖，敦詩明雅，皇考纘業，哲昆嗣響。迺誕仲氏，聿秀厥宗。七齡夙悟，即懋藏膏之志；九歲綴文，遂精雕篆之技。至乃研討六籍，旁覽百家，朝帷不卷，夜榻幾穿，室人讓麥而莫知，侍兒竊饌而無見，其篤如此。由是學臻博極，思覃深湛，緬豪士於西州，追玄風於東晉，家稱千里，國號無雙矣。兼以氣資爽邁，儀容儼肅，後進資其善誘，末學藉其人倫。而余分則友于，義同師授，雖士龍特眷於平原，惠連最鍾於康樂，蔑以踰也。每有述造，輒相詔晾，商榷砥獎，可得而言。

方其家食含章，與徐生、二黄定交，筆札之間，篤嗜工部。既而何、李篇出，病其谿徑，專意建安。嘗曰：「詩可無用少陵也。」至解巾登仕，與蔡、王二行人廣搜六代之詩，披味耽翫，稍回舊好，雅許昌穀，乃曰：「詩可無用近體也。」又與王文部、李司封，唐、陳二編修劇談開元、天寶之盛，而心醉焉，乃曰：「詩雖選體，亦無使盡闕唐風也。」至爲歌行，一本樂府，而參以太白，櫽括鐃吹之餘，猶曰：「七言易弱，恐降格錢、劉也。」故其詩特工五言，而七言近體薄不經想。

余與聯組二京，方珂三署，被竄則郡檄交移，承諱則倚廬同戚，雖伯季具邇，而敦賞獨深矣。試爲摽論：詩蓋錯綜魏、晉而託宿於唐英，賦則馳騁屈、宋而逸駕於散騎，文則陶鑄班、賈而呈範於中郎。其爲篇也，幽玄以通思，春容以御氣，婉麗以陳詞，和易以達理，憒濾以抒情，綿暢以該事，雋永以歸趣。其始構也，隻字不愜於心，片言無黷於目，躅壁窮思，擁衾寤索，曾不少休。是以吟苦則彌日不就，神來則下筆立成。今稿中或兩字未竄，或二語並存，致蓋密矣。若夫錦必有襲，巵非無當，苟慚博物，疇發斯藴，欲倣胡廣於官箴，擬劉逵於都賦，病未遑也。奈何睹姱容而決驟，過屠肆而垂涎，妄意吠聲，詎曰知味哉！

方其潛心經術，晞軌儒林，若易序、詩說、春秋考原、周官雜志，亦略概見。早謁陽明，洞析道體，亦其性静得之。若與東郭鄒氏、揚山方氏往復諸書，鋒辯莫之能抗。至其佐郡分臬，坐有餘嘯，案無留牘，魏懷慈父，越畏神君，固知戟臣歎辭賦非夫，蕃侯恥翰墨垂績，良有以也。然才高妨位，命達憎文，淪落一官，見嫉衆女，不令第嘉頌於屬車，備清問於宣室，是皇猷無潤於掞藻，而國典不寄於方聞也。嗟乎！當宁按圖，詎攬燕臺之駿；開閤倒屣，惟羅葉邑之龍。匪今爲然，振古同慨矣。

歲在丙午，丁辰荼酷，頗有憂生之累，貽余春日齋中讀丹經一篇，系曰：「夜來更加竄定，庶幾可觀，詩之難言如此。後世誰相知評定余文？此陳思所以興悲也。」亡何長逝，命矣夫！命矣夫！然年雖中促，而名則宏遠矣，胡云未究厥止哉！余知兄詩庶能言之，不特可比申、毛、貫、鄭，亦卜氏之亞也。昔孝常次補闕之編，王縉表右丞之集，顧余譾劣，曷克勝兹？幸而伯氏運斤，二孤命梓，芟采精覈，都無遺誤。猶謂摽譽騰聲，以俟宗匠，聊以習聞余兄之言，揮涕而告秦、樞，俾知先人制作之艱若此云爾。

子約弟水部集序

皇甫水部集者，季弟子約所撰也。吾家世擅藻藝，並妙聲詩，取友于塤箎，接翼於鳴雁。子約生而聰穎不凡，方臻童烏之齡，即占詠鶺之句，子安所敘基稿是已。其爲人也，釋戀域中，抗情物外，雖志薄三公，而不忘一第，遂帷研時義，案輟雅音。世廟甲辰，果擢南宫第二，猶以屈於一人爲恨，取忌銓曹，兩授水部，非其好也。乃玩弄爵服，厭棄簿書，覽衛生之經，求引年之術，朝謁屢違，省期不顧，賈傅承譴，馬卿倦遊，子約近之矣。至奉使楚甸，左宦梁園，稍遷郡佐，地接武夷，每探歷勝境，物色畸人，既輯客郢之篇，復積居閩之草。

歲在丙辰，沿牒入覲，投劾自免，臺檄交馳，堅辭不就。其山居也，誅葺三畝，披味雙玄，戒閽者勿妄通賓，惟高僧、大士時獲瞻晤。郡庭邑室，絶跡罕臻，歎曰：「余既長揖當路，遠謝交遊，煙霞成癖，豈更屬念纓緌？魚鳥相忘，抑何取榮車騎？」至其逝也，枯楊無帶劍之枝，蔓草無動輪之路，悲哉！

晚耽詩品，永托琴心，悉屏垢氛，洞析名理，故其爲詩，每出閒曠，彌覺沖逸。兼好緑華紫清之章，貝葉珠林之偈，景純振響於仙遊，摩詰攄懷於禪寂，興到斯成，曾無造次應酬之語。總得樂府五十一首，五言古詩一百七首，七言古詩三十四首，五言律四百六首，排律三十四首，七言律一百五首，五七言絶句一百六十首，雜文十三首，勒爲二十卷，傳諸詞苑。始自甲辰之後，附以癸卯之前，由仕始也，子約可以不死矣。

昔人謂「詩人例作水曹郎」，吾家世爲工官，而皆長於詩，豈其數歟？往歲選校華陽集，序次少玄集，兹又收子約遺草芟定之，捐賣賦之金用登梓事，幸睹華蕚之輝，良抱人琴之痛，曾未終篇，幾爲掩卷者哉！

皇甫司勳集卷之四十一

序自集七首

禪棲集序

嘗謂虞卿著論，誕自窮愁；屈子賦騷，由於放逐。故文王拘而演周易，宣父厄而作春秋，考諸聖哲，蓋同斯旨，詳之馬走，豈或云誣？矧詩本緣情，情悒鬱則其辭婉以柔；歌以言志，志憤懣則其音慷以激。是故嵇生揆景，猶怨繁弦；雍周撫膺，遂流哀響。詩可以興，可以怨，不在兹乎？

余綺歲明經，冠齡結綬，常厠下大夫之列，參多士之末光。然性惟遷俗，識罕通方，一改官，再承譴，一不拜職，徙者三而已。善乎潘生之言此，誠拙者之驗也。丙午之歲，承太夫人諱，儼然在苫塊中。而監察以陰憾，苛抵其罪，坐是免官。明年丁未，上書闕庭。敕下撫臺，移之京兆。余羈紲都亭，客居長干寺之精舍。夫鍾儀晝縶，自同楚囚；李廣夜行，見呵灞尉。時哉？勢乎？既而勘者兩造具研，聽者三覆未報。清流投濁，竟成孟博之冤；白首相新，莫鑒鄒陽之枉。乃使奔走道途，淹留歲月。昔蒙莊願處才不才間，則余亦可以罪非罪自遣矣。

斯地也，高帝由此肇都，文皇於茲建刹。浄域經始於赤烏，化塔更新於白馬，布金亟麗，多寶慚工。余乃銷跡緇塵，息心慧梵。客有許雷，時方同病，僧多林遠，可與晤言。若夫貫華寫葉之書，四韋三乘之典，無不流覽。染著宿障之根，因果冥報之業，靡不殫究。出煩惱於累劫，超忍辱於空筌。其暇日也，登高臺以延眺，訪故宫之遺蹟。運革於三分，鼎遷於六代。吕、周英烈，託壠樹以西靡；王、謝高風，隨江流而東逝。夫得喪異途，其虛無泡幻也既如彼；榮悴共域，其倏忽燼滅也又如此。則於蟬稅一官，懸解萬物，余復何有哉？

涒灘春謝，作噩秋殷。蒹葭落而淮水清，霞霏收而鍾山紫。頹光迅於駒隙，禪定辟之猿調。兼以哀深庾信，涕甚楊朱。抒情宣志，篇詠間作，占授行者書之。又若貸更生於薪旦，庶存禮樂，返中郎於鉗赭，尚寄典刑，此殆非余之心也。或曰：

西子以蛾眉取嫉，曷不爲之毁容；越人以神手殲生，胡不爲之輟伎？嗟乎！南山種豆，顧非引慝之辭；空梁燕泥，詎是招愆之牘。世設以此吹虀，則詩可以削草矣。去來三稔，在寺凡十又三月，前後得詩若干首，題曰禪棲，藏之舍部。

三州集序

三州集者，紀宦跡也。今上嘉靖改元，歲在戊戌，余爲司虞氏，閱視京畿。時武定郭侯勛憑寵作威，日益驕横，詔典大匠作，陰操部權，奪取賈人金以億記，歸於私橐。余爲發摘之。又嘗請毁張掖民居，名通山陵，實益己第。余曰：此殆欲直取武庫耶？持議不可。侯銜之，誣以慢旨，置爲理官，于是有黄州之役。歲在乙巳，余爲南省司勳氏。時當考吏，太宰張公潤耄無能爲，專任郎官，罔論賢不肖，黜其所素嫉，而留其所易與，以快己私。余起而力諍之，言官睎附，詆以侵職，謫爲州倅，于是有澶州之役。亡何，太宰爲甌寧李公廉才察滯，稍遷郡佐，于是有栝州之役。

嗟乎！坎軻屢遭，未嘗損其烈節；訟牒旁午，不少輟其篇章。黄蓋楚疆，屈、賈放逐之區也。諒而見疑，忠而被謗，憂心辟摽，故多怨誹之辭。澶蓋魏境，蒙莊寄傲之地也。虚憍疾視，猶有鬥心，故多忿激之辭。括蒼，越稱嘉麗，康樂娱遊之所經也。時余安常委順，若將終身焉，既和且平，故多暢達之辭。當是時，倦宦而并減文情，避人而間出累句，亦足以興慨矣。

緬自弱冠起家，解褐登仕，躬際聖明，孰不欲出入禁闥，優游以致卿貳？然才滋衆嫉，命與時違，退而立言，豈余素志乎？謝憲以來，偶檢制作，散逸過半。舊雕禪棲、寓楚、還山、江行、新語諸板，悉毁於謝兵之手。三稿篋中，幸爾無恙。兒輩請授梓人，以應好事者之求。嗟乎！余政乏何武之思，徒離沛郡；詩慚謝朓之詠，奚重宣城。若夫白雲赤壁，山色猶存；湘水淇流，江聲無改。一展卷之餘，而歲月徂征，風塵奔走，王事鞅掌，物情變幻，宛在目中，至今心悸。黄甫朞月，澶僅半載，括三改歲，其久速咸數也。昔人愴陳跡于俛仰，喻過客于光陰，聊以識吾適耳。詩云乎哉！長子枘嘗攜之黄州令校黄詩，次琳攜之澶州令校澶詩，季穀攜之栝州令校栝詩，勒爲四卷，題曰三州云。

南中集序

余既刻三州集成，季子穀出所藏南中稿，跽而請于余，曰：「甲寅之歲，大人垂五十之年，從萬里之役。時羽書傳警，驛路戒嚴，一旦捐墳墓，棄鄉閭間。由京口渡長江，發真州，越濳及濟，經齊安故郡，眺江夏，歷武昌，登岳陽，泛洞庭，遵武陵，訪桃源，遡沅湘，臻貴竹，走夜郎，始達滇中。其域也，星分參井，地界梁益，表以太華，滙以昆明。金馬碧雞爲之關，嵩雱笮箐爲之隘。東連八部，西控百蠻，羅甸稱雄，點蒼摽勝。雖迯土遐陬，而山川秀麗，風俗侈靡。稽漢班固西南夷傳，覽近代楊太史月節歌詞，有埒美於中原者。小子何幸，爲大人所將以遊，見夫爨僰異形，椎辮殊狀。至若孔雀、山雞、朱鸜、翠鳥，莫匪珍禽；山茶、木蓮、蟬花、龍草，悉皆瑶卉。大人憑軾以抒思，褰帷而摛藻，於焉述徂征之跡，宣羈旅之悰，寫憤懣之懷，申古昔之慨，鬱志於風雲，緬情於歲月。是編也，可無傳乎！」

小子徒踰童烏悟玄之齡，未叨伯魚聞詩之訓，今稍長矣。余聞之，憮然曰：「畏險猶驅，冒榮不止，此殆仰跕鳶、思款段時也。惡用存之？且余耄矣，軒冕長辭，無復四方之志；婚嫁甫畢，未遑五嶽之遊。汝能奮志嚮往，他日獲霑一命，再履茲境，若韋康纘服於荊南，周撫嗣聲於寧益，俾父老見之，扶杖嗟歎曰，是曩某使君之子也，不既寵倖乎？苟能修吾之業，如佺期追詠於巫峽，文考屬草於靈光，又不獨顯揚而已。」小子勖之，遂登梓事，并系蕪言。

漢儒經學編名序

皇甫子曰：六經之作也，彰於道矣。孔没徒喪，戰國從衡言者，紛然殽亂焉。至秦患之，乃肆燔滅，經投燼而道亡矣。漢興，改秦之敗，求遺收脱，諸儒輩出，專門並興。漢儒之於經也，各習其師，研精殫思，以之爲終身事業，故咸致實用，訖於宣元，其風篤焉。逮唐尚文辭，競功泛濫，馳聲華藻，乖離經義，而唐無儒哉！噫，漢爲經術，術已去道遠矣，獨其治專學切，心得身踐，契聖人窮經之説，苟以文辭而已，不其陋哉！今之治經者，傅會成文〔一〕，則既不能窮之，矧致用耶？予之感於漢儒也，無從類其經，以系之名，以論其世焉爾。

【校勘記】

〔一〕「傅」，原本作「傳」，據四庫本改。

六子説經序

皇甫子曰：道散於天地而載於書謂之文，文以載道謂之經。六經作，而天地之道闡矣，天下之文肇矣。六經之外非無書也，而曰諸子，諸子之説於道誣。宣聖之後非無文也，而曰百家，百家之説於道荒。天下始無文已，無文斯無道已。老、莊、荀、列、揚、王，世謂之六子，六子爲諸子冠，而其書具存。世之談文者，下六經，舍百家，則曰有六子云。六子者，惟其誕於道，故詭於文，而苛議以騰於經，陋宣聖於不足爲，何見於經，何測於道，而比比援以濟其議哉！迺始易之乾元，終春秋之獲麟，俱有説。不知其説果益於經，符於道否也，惡用集諸編爲説經。噫！

六子者，不知吾道而猶不能忘吾經，則其臆説雖鑿甚且叛焉，而其所以私附於聖人者，意亦微矣。揚與王尤其擬聖而習經者，然則諸子支離，鮮不援經自飾，奚矧百家編之，使綴文之士，知文之不可忘經，顧不可忘道，匪直其辭而已也。宋儒曰：「循其言皆可入道。」則或偶幾焉，未敢質此爲盡然也。

懷慰編題辭

司虞氏曰：戊戌之秋，余以觸忤權貴置爲黄州理官。夫絳、灌詆而賈生遷，許、史懟而子政免，自古有然矣。惟時相君憐其亡罪，僚友悵其遠行，或踟蹰祖謙，或慷慨興歌。夫黄，楚疆也。故辭多激楚之音，哀而不傷，怨誹而不亂，其達騷經之旨，而存小雅之風者乎。顔、季贈語，臨岐之誼也；蘇、李申章，去國之情也。發情止義，此言有重於金玉，而諷有篤於韋弦者矣。湘流造託，將承嘉而遠跡，清風如頌，聊永懷以慰心，兹役之謂也，編之題曰懷慰云。

擬古樂府小序

古樂府擬者多矣，如呰茄、礞室、孫魚、呼豨之類，皆未達其義而强附其辭，何異譯言於夷而釋字於梵耶？濟南李子謂如胡寬營新豐，士女老幼相攜路首，各知其家，犬羊雞鶩放於通塗，亦識其故，以爲善擬。余謂義苟未達，即蜾蠃速類，叔敖復生，終爲螟蛉、優孟耳。魏武帝使繆襲造鼓吹十二曲以象四時，改漢朱鷺爲楚之平，思悲翁爲滎陽，艾如張爲獲吕布，上之回爲克官渡，翁離爲舊邦，戰城南爲定武功，巫山高爲屠柳城，上陵爲平荆南，將進酒爲平關中，有所思爲應帝期，芳樹爲邕熙，上邪爲太和，師其意而不襲其辭，此善擬者也。吴韋昭亦造十二，始炎精缺，終玄化。晉傅玄所造，始靈之祥，終釣竿，則廣爲二十二。後若和鑾以詠朱鷺，翦刻以諷如張，悵雲雨於巫山，愴歲時於芳樹，但取本題，殊乖厥旨矣。詩固伊爾，文亦有然。如典引嗣軌於美新，解嘲濫觴乎釋誨，古人研思藻綴之妙也。

上方入繼大統，時值中興，制禮作樂，恢文耀武，德隆堯、舜，烈邁高、成。臣汸濫起制科，備員郎署，躬逢雍盛，目睹儀典，宜登歌什，宣述游揚，遂忘其譾劣，擬造十二曲。覽者勿哂邯鄲之步愈趨愈失也。

皇甫司勳集卷之四十二

序讌送六首

送家兄赴淛詩序

余兄仲氏，建節越鄉，越舟吴渚，慕山水之標奇，悵土風之非遠，浩然行矣。方曰：余兄弟同氣四人，咸以上次之資，睎英賢之烈，守中才之訓，恢世及之猷。其密山同徑，竹林共室，晨亡羊於挾筴，夜聚螢而披翰，孰不懷鴻鵠之舉，爲燕雀所哈哉！蓋具邇蓬蒿之間，而志馳雲霄之表矣。

迨夫兩兩振翼，各各司鳴。余與仲氏早承休顧，載忝嘉招，驂騑服於兩都，聯緌於三署，志何協也。至於釁啓權璫，讒張貝錦，竄瑕丘以竢罪，浮湘江而發憤，跡何均也。是得則攬暉霞矯，擬之於二龍；失則戢羽泥潛，方之於雙雁。遇則達适之疇，表周楨之隆；違則褒融之輩，流漢家之痛。殆相關焉。一旦稍稍敘遷，爲天子之憲臣，樹東南之偉績，羌又莫知余之所之矣。伯兮褐玉以賁園，季也奏金而登廟。一門之子，四方其人，求爲曩昔同徑之棲、共室之聚，可易得乎？

嗟夫！窮達者時也，屈信者命也，聚散者數也，忻戚者情也。情有所感，則命在所安；數有所值，則時在所委。復奚心哉？康樂耽遊，赴修畛而含楚；平原于邁，臨清觴以興言。念此仳離，鬱爾敦賞。若其敷政以拙，守才以愚，規諭之義，良友詳矣。聊賦短律，敬書末簡。

遊牛首山詩引

蓋聞鳳京之郊，牛山攸峙。奠朱方之嘉麗，表赤縣之仙靈。環以名巖之勝，帶以巨江之險。神皋邇接，梵宇弘開。梁朝於此布金，宋代因之薦璧。凡在官旅，靡不登尋，幽壑紛車馬之塗，淨域藹衣冠之地。

閼逢紀歲，太皡司辰。中山王孫，徐子禹量，言攜漢署之英，命締祇園之賞。入夏再申，淹旬未遂。六月三日，乘暇如盟。始經展眺，則烟霞暢來晚之情；卒踐窮探，則魚鳥盡忘歸之物。舉觴而凌曬景，操管而屬玄篇。王、謝名流，每棲禪於支遁；應、徐秀輩，亦騁藝於陳思。彼各有以也。乃炎暑都捐，清虚共適。設非尚書期省，侯吏呼關，則六塵絶常戀之牽，一丘有終焉之志，豈特披襟彌日，下榻信宿而已哉？

維時比部謝絃以抱痾辭節，侯子一元以訟牒妨駕，家兄子安先以擢憲入越。同游者，余與施子平叔、蔡子子木，東南賓主，三四其人。彈指而去來成果，淪跡而睽合爲因，則又倡予者之所以興懷，和汝者之所以寄慨也。詩若干首，書諸簡册，藏之經含。

春日談園讌賞牡丹詩序

昔有怡山談公，尚德賁園，逸情開徑，綺構結於雲外，清泉流於鏡中。伐緑竹於渭川，移丹花於洛汭。靈果參差，嘉樹蔥蒨，實隱居之特勝、别業之最雄也。方其樽俎錯陳，賓從駢集，酣歌累月，宴樂彌旬，草色交於茵帟，鸞聲間於絲管，一何驩也。迨其朝露忽先，夜川長往，繐帳既塵，履綦罷御，新畦靃靡不復芳，舊燕徊翔莫能去，又何悲也。

迺若館甥歎逝，座客懷春，尋故跡而命駕，引麗矚於初筵。曲池未平，高臺猶在。九原不作，聞笛起山陽之哀；萬歲何知，彈琴下雍門之泣。嗟乎！生死者，物之所必至也；盛衰者，事之所固有也；聚散者，勢之所恒然也；忻戚者，情之所易生也。自達人觀之，浮世等於逆旅，馳光同於過隙。少壯不樂，歲月幾何？乃知縱酒非荒，秉燭有以也。各賦五言，傳諸二子。

遊仙詩引

吴俗以四月十又四日，相傳爲神仙降辰。是日也，乃有玄都朗建，丹府弘開，金鑰啓望仙之宫，華燈焰禮神之館。九靈教闡，則葆樂齊鳴；雙童唱導，則芝香並引。吉士靚女，肅肅戾止；黥首稚齒，各各齋心。袨服照耀於池中，列騎繽紛於洞外。步虚肯來，謂是吹笙之侶；乘風不返，詎非駕鶴之群。遘髯客而將從，遇巨人而思即。嗟乎！白髮難變，懟瓊蕊之何徵；朱顔易頽，悵石髓之莫識。天下有可以引年者，無有哉！有可以治身者，無有哉！聊揚斯旨，用廣諸人。

送董侍御使竣還朝詩序

嘉靖四十有五載，肅皇帝恭默思道，壽考作人，甫周于甲，將倦于勤。惟時法令滋章，科網稍密，俗漸以敝，政寖以棘。惟是南服師旅之後，饑饉存災，凡厥職司，苛以無名之徵，擾以非時之役，民不堪命久矣。乃更慴以虎冠，憯以鷹擊，奈之何不胥而爲姦，訟獄繁而盜賊起也。

侍御史洛陽董公堯封，宿挺霜稜，籍聞風采，簡命南巡，照臨我土。其始下車也，捐無益之費，罷不急之徭，清詭受之田，警怙勢之族，嚴墨吏之刺，峻惰游之誅。勞來安集，與民休息，民若更生焉。越歲隆慶改元，嗣皇帝即位，際中興之運，履鋭治之朝，涣寬大之詔，崇節儉之風。公仰奉德音，導迎淑氣，銷兵裁餉，平賦在宥。農夫棲畝，紅女還機，室家寧止，囹圄遂空。盪邪剗蠹，與民更始，俗乃維新焉。識治者僉謂：向也若時之冬，陽氣潛藏，公行冬令，綏之而不蹙；今也若時之春，陽氣發洩，公行春令，煦之而不傷。蓋聞御史之職，專務端軌貞度，以肅百官，以厲萬民。公乃順天慘舒，與時消息，不獨憲紀是飭而調燮之寄，可司以佐聖天子化裁之治矣。賢哉！真御史哉！

吴氏謡曰：「前有温公，後有董公。並起河内，福我江東。」温公者，前侍御如璋，亦洛産也。按吴著清海之績，迄今倭夷不敢東窺於吴，温之力也。余從鄉大夫之後，嘗作頌以紀其事，勒石海壖，永慕不忘公之駐節也。蠢跡遐竄，鯨波不揚，先聲奪其氣而寢其謀也。民賴以安堵，厥德惟均，奚必俟其來而襄之，以斬獲爲功哉？

今上方以夷狄爲中國患，軫邊疆之憂，聽鼓鼙而砥鋒鍔。稽周宣薄伐之猷，奮漢文仁者之勇，引頗、牧於禁庭，咨制馭之長策。側席元老，止輦至言，所以垂綃衣，舞干戚，審黄石，存苞桑者，念亦深矣。公行將有訏謀秘計，入告我后于内。余等雖遯矣，東土之民，願聞其梗概，拭目以睹太平，尚亦有利哉！驪駒輟響，驄馬北轅，杞心徒遥，芻言莫禆。因賦臺端行一首，以申别緒云爾。

送大司寇漁石唐公予告還山詩序

下官不佞，墜跡昭憲，移禁司刑，猥聞公以母老上疏，聖天子特嘉閔焉，詔報曰可。迺頒傳瑞，撰吉啓行。道路咨嗟，搢紳歌頌，顧非明王之盛治、孝子之美談哉！歷觀載記，大臣之去政，類皆請老引年，乞骸歸骨。是故留侯哲矣，而母匪逮存；潘令懌矣，而仕或未顯。若夫身踐台階，手持法衡，乃望倚門而思邁敕，迴馭以言還，豈不光昭往牒，於休來乘者哉！舞章服於萊家，陳鍾釜於陶饌，以寧慈度，以介丕祉。風枝不驚，叢萱斯茂，公行其榮，已非直勇退於急流，冥飛於遐曠也。下官方爲戮幽户，抱痛圜扉，異廣漢之利見，悵祁奚之遄歸。聊賦五言，用申千里云爾。

皇甫司勳集卷之四十三

序贈送五首

送陳子克脩還吴序

天王九年秋七月，陳子自燕言歸。張伯子暨王仲子、皇甫叔子會于燕丘。維是陳子來飲餞，張伯子曰：「我自昔舉於鄉也，維我二三兄弟靡不惠好。既而嫁于燕也，亦靡不周旋以偕。在昔逸詩有之曰：『舟張辟雍，鶬鶬相從。』言攸攝也。今子歸矣，值兹悲候，於我心惄焉有蓬，吾子其何以處我？」觴一行。陳子避席曰：「予不佞淹兹天邑，載歷寒暑。枌梓緜邈，依依在望。夫窮者楚奏，顯者越吟，我思古人，異遇同心。我是以夢寐乎洞庭之野，胥水之陰，兹將歸也夫。」張伯子曰：「幽哉是言，吾子可謂不忘其鄉矣。」爲之賦衡門，觴載行。陳子避席曰：「予不佞淹兹天邑，載歷寒暑。瞻望父兮，天一方矣。曰予行役，不遑將矣。我聞一日之養，不以三公换。故皋魚隕涕，宣門群涣。我是以明發不寐，有懷二人，兹將歸矣夫。」王仲子曰：「孝哉斯言，吾子可謂不忘其親矣。」爲之賦陟岵之首章，觴三行。陳子避席曰：「予不佞淹兹天邑，載歷寒暑。賴我二三兄弟，朝夕是與，貽我懿矩。夫君子遊必擇士，居必擇鄉。故蘭以漸而芳，絲以染而蒼。逖爾令德，寔懼終焉，無以允臧。我是以抹馬脂車，執手踟躕，兹將歸也夫。」皇甫子曰：「貞哉斯言，吾子可謂不忘其友矣。」爲之賦伐木之二章。

夫安貞以輸忱，思孝以成仁，履幽以禔身，若陳子者，於天下行矣。陳子乃覆觴欲起，皇甫子止之曰：「毋，我其益子，我其益子，繄子之自燕歸於吴也。不越歲，又將自吴嫁于燕，進于春官，録于主司，賓于天子，服于王官。時維王事于邁，雖欲暱於友，私於親，久於鄉也，其可得哉？夫京，大也，師，衆也，君子觀大畜衆，可以居業矣。在昔先正有曰：人豈鹿豕也哉，而常群聚乎？欲吾子其不忘四方。」由是陳子怳然失，怡然悟，曰：「我行維斯言是繹。」

贈和順令霍氏歸田序

天王十又一禩春正月，越在外臣，僉考績于朝。霍子以和順最往獻，時惟良哉。居無何，歎曰：「功名富貴，我知其若是矣。歸休乎君，奚自苦爲也！」乃上疏謝病，太宰弗克泥，果命下，曰俞。閈人里士，聞且駭焉，遂齗齗議其後。夫霍子强可仕也，兹不待年，胡骸骨是乞，彼其弗良於和順已乎？

皇甫子曰：「我聞志意修則驕富貴，道義重則輕王公。今干禄縻爵，盱豫食嗟，脂韋蒙恥，遒軫不返，老死行邁，斯其蟬蜕囂塩，鴻漸雲逵者矣。霍子其賢哉！」佚子曰：「我聞女無美惡，入宫見妒；士無賢不肖，入朝見惡。今上官苛禮，僚友構讒，卞民咨懟，飾僞售巧。逐浮傾危，恬鈍倒用，斯其脱帽青門，投傅當路者矣。霍子其智哉！」孟子既吴子曰：「我聞君子得志則大行，不得志則龍蛇其身。故歸閑却掃，食鮮茹美，履幽葆貞，偃息明時，以養餘日，斯其徽纆軒服，桎梏纓緌者矣。霍子其樂哉！是故賢以稽政，張能弛也；智以存身，明且哲也；樂以達節，壽而康也。彼雖劇遷仍授，閎崇據要，不愧於霍先生者，幾何人哉！」乃相與賞之，酒而歌考槃之亂。于是閈人里士聞而譁之曰：「嗟嗟霍子，豈古之所謂遺榮者耶？匪公等言，吾儕小人不復知霍矣。請公識之。」遂書以歸霍子。

送僚友李君還蜀川序

蜀李子之倅楚黄也，政惠而化輯，黄人宜焉。然履坦而度夷，行圓而衷亮，弗習守谷突梯，是用弗媚於瓦合之伐、磬折之朝。攻巧者庭，李氏乃殿；周容者右，李子乃左。持憲者弗廉，乃數其細以上下之。宰司徵素弗覈，咨僉罔同，久未裁可。李子乃浩然謀歸，援者咸曰：「心苟不愆，何恤乎人之言？止哉李子！」或曰：「無據而去，曷少俟旃？」李子曰：「止哉！」李子曰：「謂瑜者瑕，被褐懷玉，胡求售焉？謂白者黑，賁於丘園，胡自咎焉？魚網之設，不能冥冥。鴻飛爲弋人所得，翕羽晚矣。」

皇甫子曰：「嗟嗟！古人所爲難進而易退，李子其哲且勇哉！若夫夸夫慕位，閱崇陟要，致身巇嶭，黯于阽危，自召淵墜。貪人縻爵，脂韋澳涊，褫華絶隆，曾不朝夕。幾不愿於李子者哉！」于是舉酒酹江，爲李子祖道。郭子賦遠遊，時俗迫阨，質薄無因，悲臣節也。聶子賦赤壁，山川信美，合并異跡，思友誼也。皇甫子賦蜀道難，人情翻覆，濤波非險，慨世變也。李子乃登舟擊楫，揚帆溯洄而去。詩云：「瞻望不及，伫立以泣。」黄人之謂也。

贈水部郎吴子知姚安序

蜀郡吴子以水部郎刺姚安，聞命而弗豫焉。曰：「逖矣兹土，迺古炎徼荒裔也。矧兹土之氓，胥靡莫之屬，夷獠之種類也。我是與處，其於政不有治絲而棼、噬腊而毒者乎？艱哉行也！」

皇甫子曰：「君侯行毋弗豫也，奚其艱？在昔君侯司士于華州，華州之教刑焉，此可以教姚安已。司賦于陪都，陪都之法新焉，此可以法姚安已。司漕于通惠，通惠之令平焉，此可以令姚安已。余天子之水官也，請與子言水，知水則幾於政矣。夫人性之善也，猶水之下也。予無搏之激之，而惟疏之濬之，決之導之，又從而隄防之，而水無有不治者矣。江、淮、河、漢，暨于海，皆然也。覆坳濫觴，泄閭歸壑，其幾神焉。天下之政，何有於小大，何有於遠近，何有於難易哉？若兹姚之域，越在滇之濱，楚、粤之墟，列帝耀德，群哲宣化，遹世漸仁，其賓服而輯綏者，蓋有年矣，不徒招攜羈縻之而已也。今子藉天子之寵靈，往爲之牧，將有獸馴而狙悦者，豈曰絲棼、腊毒之哉？夫水，元命苞曰：『五行之始，萬物之所由生，元氣之腠液也。』有理道焉。説題辭曰：『荷精分布，懷陰引度。』有順道焉。子能順而理之，遍與諸生普之以公，淖約潛達，燭之以明，流而不息，居之以勤，以此柔遠，遠人有弗治哉？水之於民，親而不尊，父母之謂也。愷悌君子，民之父母。吳侯以之，是故知水則幾於政矣。無私而蹈之，不知懸水之爲千仞也；無事而行之，不知姚安之爲萬里也。」

吳子迺始怡然豫，浩然不疑其行矣。祖宴既陳，僚友攸集，僉曰斯言也，可以贈吳子，請書之。皇甫子曰：「匪言之贈，惟言之鏡，庶可以從政。」

贈古黄姜判官擢守慶源敘

古黄姜大夫判天雄之幾年，有籍甚聲。乃移守慶源，大夫弗豫，曰：「郡也而州，兹命也，不亦左乎？」劉令進曰：「貳也而守，兹庸也，不亦寵乎？公奚弗豫哉！若稽古建官，昉於虞十有二州，惟兹州牧，以亂邦服。迨秦分天下爲三十六郡，始置郡守。隋尋廢郡，以州統縣，至唐復沿焉。自是州郡更相爲名，如魯史晉乘，侯牧一也，奚必左州而右郡？時王之制，凡府州縣，雖秩相崇卑，勢相臨制，其於專任而責成猶夫一也。宋設判官以佐郡守，雖曰元僚，語稱半刺焉耳。欲承流宣化，熙政庇民，理繁剷劇，又孰與守？」

大夫曰：「慶源即古趙郡，今爲圻内衝。余非薄守，顧患夫繁之弗克理，劇之弗勝剷也。矧兹承宣熙，庇民之攸暨，胡敢拜命之辱？」劉令曰：「大夫奚趙之有哉？台小人聽於民矣。天雄之民慮公之去也，其言悲以思，曰：『公其去我，誰獲我所？』慶源之民幸公之來也，其言懌以慕，曰：『民力已殫，公來毋晚。』夫思者實也，有其實者著；慕者聲也，有其聲者漸。漸則入，著則形。而公又能持之以廉，勵之以勤，普之以公，牖之以明，政是用成。知公不久淹於趙，而趙民又將悲以思矣。」某也忝厠末屬，公行無以爲情也，因道民之言，以占公之政，遂書以泄其思慕云爾。

皇甫司勳集卷之四十四

序贈送六首

送盧法曹梗考績序

少谷盧子木伯守南刑曹三年矣，報政於太宰，太宰考上上，御史臺覆如太宰考。行將獻於天子之廷，按彝典，推鞫得情，處斷平允，爲法官之最。盧子何以能善其職哉！夫刑匪推鞫之艱，而其弊有二焉。若夫豪右作慝，雄張京邑，踰軌奸憲，怙勢以逞，請寄漏脱，主者誰何？法斯撓矣。專事苛轢，巧文附會，窮抵横入，不能貸恩於無知，原情於株染，刑斯濫矣。盧子明威所繩，靡不摧勒；寬恤所濟，咸獲矜理。發摘以宣，雖巨猾必致；簡乎爲治，則赤子更生。不濫不撓，惟刑之中，盧子其庶幾乎？然蘊藉有素，施行不匱，固非倔起於刀筆，偶合於科條也。

方盧子解褐鴻漸，即上書鳳鳴，慨憤王章，指斥時宰，一時風動朝端，想聞海內。既而出知劇邑，將謂盧子不習爲吏，急弦棼絲，寢以壯敗。至則純務以德，蒸蒸保艾，流其頌聲，推盧子之致爲。蓋質兼文武，道協幾宜，荼綱施於茹柔，金矢得於噬腊。二弊之去，不有本哉？使盧子操議辟之權，履懲違之任，必能信三尺之法，殫畫象之化矣。輶車陳於周道，帳飲列於都門，凡少同里閈長厠官寮者，響然來臻，邈爾言别，僉曰：深哉子之知盧子乎！請書諸篇，以贈其行。

送繕部葉君擢守思州序

葉子以繕部大夫出守思州，居鞅鞅自謂左遷，殊不欲往。或曰：「兹域本西南夷徼，古昔叛服難常，羈縻不絶者也。至我明興，耀德於遠，始嚮化内屬，編氓置吏，郡縣其地，冠裳其民。然蠻獠雜處，號稱難理，急張爲輯，束濕待馴，非大夫所宜。矧大夫方上書謝病，反服遐引顧，跋涉於山川，倥傯於簿牒，衹自苦耳。請無行也。」

余曰：「不然。蓋聞志不避遠，事不辭難，臣之職也。是故奉點羌之役而晞功，聞朝歌之命而砥節，彼何人哉！嘗誦覽循吏傳，如河南守吴公、蜀守文翁之屬，皆謹身率先，居以廉平，不至於嚴而民從化。至江都相董仲舒，内史公孫弘、兒寬類皆儒者，通於世務，明習文法，以儒術緣飾吏事。大夫鼓篋海校，弟子彬彬，興於禮讓；鳴弦邵武，吏治蒸蒸，臻於保艾。即其已試之蹟，優爲之驗，非所謂儒術廉平者耶？何有於思州哉！苟謂鬼方殊俗，神理異用，椎結狡算，乏烹鮮之資，蒲鞭孚惠，匪格苗之器。斯儌外絶永思之碑，虜中無甘棠之樹矣。仕貴行道，不貴擇官，政在因民，不在易地。稽爾先公，剛正不撓，威愛兼著，倅楊牧滇，所在以治理聞。大夫能遹紹先志，光昭令猷，父子以明經起家，致位良守，典據印紱。使殫化兹土，流聲奕世，雖西京之頌兩蕭，東兖之歌二鄭，何以加諸？」大夫迺悦然心動，霍然病已，星言夙駕，而旌指牂牁矣。

送陳子年法曹擢守荆州序

秦時置郡，建國之意微矣；漢世更守，利民之任弘焉。故剖竹頒符，必簡在庭之彦；臨軒命蓋，恒咨列宿之英。使才謝撥煩，術乖飾治，殆不輕授也。矧荆州者，星分翼、軫，山表岷、巫。銅梁、石户爲之關，雲夢、熊湘爲之澤。釋曰：「荆，警也。有道後服，無道先强，常警備之也。」苞曰：「荆，强也。陽盛物堅，其氣急悍也。」由是言之：地有必争之險，匪烹鮮之所能綏；民無馴習之素，豈示韋之所能格？兼以羽毛齒革之貢，不乏王賦；楛柏箘簬之利，悉殫楚材。土寔塗泥，居鄰魚鼈，所以輸水衡供匠作者，緩之病國，急之疲民。思奏罷歲獻，坐致年豐，其道何由哉？

南省秋官大夫陳君子年，温儀玉潤，姱行蘭芬。始以宏詞發科，俄因淑問爲吏，疑獄片言而決，宿訟兩讓而歸。方山公藻鑒之辰、正王濬夢刀之日，爰就華司，拜爲荆牧。雙旌揚於冶渚，單車指乎郢門。過李息以興嗟，訪任棠而博喻。今夫增積而累成者，非章華之臺乎？異委而朝宗者，非江漢之流乎？興雨而霈澤者，非息壤之靈乎？宣暢而殊託者，非土囊之風乎？考基廣之由，溯歸墟之跡，審屯膏之不吝，驗吹萬之神。嗣芳躅於度侯，睎惠聲於羊叔。治可同道，政思過半矣。備預不虞，上無弛綱；憍悍難馭，下無佚轡。敦愷悌之化，樹循良之績，在此行也。使或蜀郡來暮，嬰以桑梓之情；楚國顯游，感於藜藿之事。則小雅無北山之役，閒居多拙者之政矣。竊爲大夫不取也。往哉勖哉！勖哉往哉！

送刑曹周大夫臣守臨洮序

夫雍州之域，古昔建都之地。周以龍興，秦以虎視，漢基肇於三成，唐業由之全盛。既稱天府，亦曰神皋。故開道列郡，隆本强幹，天下莫先焉。迨入我明，創置雄藩，以控邊陲。逖矣西土，稍背京輦，其阨塞防禦固在也。殊俗累譯，非減於曩時也。柔服有方，則回面請吏，同於獸馴；制馭失策，則負力憑凌，易於鶩黠。邊郡化理，得人惟艱，此文帝所以弘貸於雲中，世祖所以申情於河内者也。邇者虜數爲寇，犯我疆埸，羽檄夜馳，烽火晝焰。雖旬格無虞，而歲擾亦憊矣。於是天子覃念，謀臣獻畫。博采揚廷之薦，旁求在野之遺。凡撫率之臣、司守之吏，必簡之利器，寄以長城。

南刑曹大夫周君，爰有臨洮之命焉。君繕性沖和，兼資文武，刺州茂循良之績，持法炳明允之聲，通達國體，閑習邊務。雖足跡未陟於西傾，而志馳伊吾之北。即其素所蘊畜，於治理何有哉？且茲郡也，自彼氐羌，厥居隴右，表以崆峒之岨，帶以恒、渭之流，緜以金狄之衍，跨以枹榆之固。延瞰地脈，則痛蒙氏之勳；極眺皋蘭，則思嫖姚之戰；考跡屯田，則知充國之略；展祠新野，則永鄧生之慕；明信要結，則亮霍謂之衷。矧兹氓也，咸雍熙之産，非復羌羯之雜。保艾功半，治效倍臻，使白鳥之祥歌於塞上，甘棠之愛植於虜中，在此行也。是故剖竹之任，非劣於受脤；勒銘之勳，不華於高蓋矣。他日臨洮報政，晉諸臺閫，優之節鉞，耀之珪組。藉天子之寵靈，漸遠人以聲教。熟曉山川，周知兵食，運籌屢中，宣機如響，玉門扃弛，琛賂軨積，當宁寢北顧之憂，銓司受上賞之鑒，大夫其勖之哉！祖讌既陳，群公斯集，酌以旨酒，投之贈言。

送參知周君子籲入賀序

嘉靖三十有五載秋八月十日，維天誕聖之辰，内凡列職之司，外暨奉朔之國，叩明庭而獻萬壽者以億計。時參知大夫周君寔祇役焉。滇南去京師道里特遠，改歲發春，捧函夙駕，揚旌指途，賓僚張組以稱榮，大夫登車而色喜。

夫士由起家而立乎本朝，孰不欲際風雲之嘉會，依日月之末光哉？至攝官承乏，展寀錯事，中外靡得而均焉。稽古漢、唐，嘗簡廷臣，出補郡國守相，領州刺史。逮内員缺，選諸所表，以次用之，有歲中超遷至公卿者。今制稍稍懸隔，而重輕係之矣。是故子牟懷魏闕之思，長孺有禁闥之戀。張敞謂在外無奇，或藉子公之力，再入國門，始無憾焉，抑其勢也。季札來聘，觀樂詩而歎美，史公留滯，不與從事而寄慨，又其情也。

今夫朝于京師，大較有三：慶賀、入覲、考績而已。兹行也，天子坐明堂，開閶闔，受玄貺，介休祉，金石在縣，玉帛輸賫，葆羽旄頭，文衣繡尾，備物以昭之百官，視燎而入，句臚而升。斯時也，素商應節，涼飆滌氣。乃與德讓之賓、重譯之使，攀龍飛而利見，聯虎拜以悦穆。子孫繇慶，川嶽貢符。中外禔福，此亦禮文之偉觀而冠裳之茂典也。

珊瑚瑶瑠之琛，陳於内庭，肉角犀象之獸，馴於外囿，咸自滇往也。天子有懌，非子大夫奉職惟寅，宣威遐裔，曷克臻此哉！於是延訪政治之得失，周知民間之疾苦，臨軒咨岳，宸眷篤焉。侍臣僉曰：兹非疇昔掌虞衡、平水土者乎？奉金馬之使，擅子淵之藻者乎？非敷教於蜀，振文翁之化；詰兵于薊，上籌邊之略者乎？邇者底綏滇夷，銘赤崖之石，澄蒼洱之波者，又非其人乎？多所踐更，屢著勞績，秉銓者將議陟崇階。

大夫乃載拜隕越，承嘉式讌。于是乎采閟宫之詩，效華封之祝，而繼之以諷，颺言曰：夜郎修阻，疲於驛篚；工乏良巧，困於鼓鑄。戎菽易腐，無資於積貯；卉服流徙，不恒於土着。異物難得，非所以安遠；夷情忽慌，策在於善馭。願少加聖心焉。天子萬年，南徼永賴，亶其休哉！若夫烽火通於長洲之苑，麋鹿瞰於姑蘇之臺，豈不懷歸，畏此簡書，大夫之謂也。余與大夫兩世同舉於鄉者再，録於春官者一，相知最深。諸君乃曰：可以贈周大夫行者，其皇甫子之言乎！遂書無讓。

送憲使范君侍養東歸序

觀察使范君之箴肇拜兹命也，以滇徼特遠，不遑將母，意不欲行。檄禁切峻，太夫人趣之，迺强就道。按滇亡何，倭奴益横，海上傳警。吴、越之間，華屋銷於列焰，原田鞠爲茂草，冶容沉於汨羅，嬰兒爨於鋒鍔。農夫釋耒，紅女休織。暴骨之野，想魂而祭；遷徙之族，十室而九。此亦孽魄之巨祲，而含靈之劇痛也。於是三楚之堅甲、百粤之精卒、山東之亡命、淮泗之輕剽，聞調飆發，應募雲集。棲於會稽者，一旦成市，而我師屢衂，坐受罷困矣。

東南縉紳大夫游宦一方者，相顧憂愕。太夫人塊然在圍城中，使君鞅鞅歎息曰：「向者蒙犯瘴霧，逡巡牂牁之途，思迴征馭於峻阪，奉板輿以閒居，恨不早決。今方寸亂矣，負愧徐生。」迺上書陳情，其略曰：「臣自束髮，幸際聖明，賜之進士，服官行人，祇役遘閔，慈父見背，母氏獨存。迨執戟東曹，剖符兩郡，二十餘載，未嘗違親而仕。臣母口霑禄養，身披翟紱，恩寵踰分，正委身報德之秋也。但年迫西夕，不勝扶侍，仲季既壯，家貧出贅，並久離膝。有妻在幃，共視常膳，安能責以排難禦侮哉？身嬰衰疾，耳怵金鼓，倘先朝露，抱恨終天。乞將臣放歸，獲奉餘息，不勝銜結。頓首頓首！主臣主臣！謹緘題驛聞。」未及進御，而使君飄然行矣。

僚友曰：「未有報命，恐傷大義，且外臣例無予告，奈何投劾自免乎？」使君曰：「此固余之心也。」或曰：「太夫人雖在耄耋，起居無恙。聖天子萬壽之期，君應入賀。顧少須臾，以俟便道歸省，不兩得乎？」使君笑曰：「吾聞明王不奪倚廬之情，孝子不避矯車之罪。矧我履孝治之朝，遇仁覆之主乎？若執贄修慶，而篤言展親，不可爲孝。先私家之急，而後公朝之典，不可爲忠。失忠與孝，不可爲臣子。進退狼狽，恥不爲也。」范君可謂明於制義而勇於亮節者矣！

君少挺穎淑，妙簡異才，方軌終、賈，雅屬文藻，兼長飾吏。甫壯專城，盛著聲稱，内教檢迪良多也。君亦揣知其才足以適用，不終濩落，爲此舉者，殆畜晚績於熙漢，伸短景於報劉耳。夫士方晞翼雲衢，策足津路，若蕭、朱結綬，王、貢彈冠，以赴功名之會，亦曩昔汲引拔茹之驗也。至於季膺起蓴鱸之思，而顧榮爲之執手增慨；虞丘興風木之戚，而孔門弟子明發辭歸。人情不大相遠，此非異致而同感者哉！群公置酒昆明之池，折柳金馬之亭，賦陟岵，咏循陔，相與咨嗟别去。皇甫子曰：賢哉母夫人乎！有子益彰之矣。

皇甫司勳集卷之四十五

序贈送八首

贈郡守温公景葵擢憲山東序

自秦剖國爲郡，罷侯置守，而郡之務最繁，守之職始重矣。畫野履封，囿民出政。聘享、賓際、禬賑之具，於是乎備；慶賞、予奪、刑誅之權，咸得自操。居則九筵之堂，施黄以表觀。出則設熊建隼，朱其兩幡以辯威。符則握虎，佩則左魚，秩則二千石，以示寵異焉。漢每親見質問而後拜，唐必臨軒册授，錫衣物乃遣。苟非其人，豈所以惇吏民之本哉？

我明稽古，凡擢守必簡在庭之俊，通習吏事及佐郡嘗有成效者，諸省皆然，而畿内尤慎。蓋股肱之地，上無藩臬之統，其責益專。兩畿之間，吾蘇尤慎。蓋財賦充衍，征求日溢，訟獄叢興，株染莫竟，簿書殷積，吏緣爲奸，艎艘闐噎，疲於郊勞，號稱難理。銓曹久圖其人，雲中温公以御史持法有聲，因就闕下拜爲真定守，尋改莅蘇。

時倭夷内寇，烽火累年。闤闠之市，玉石爲燼；海陵之倉，粟匱不支。姑蘇之臺，麋鹿來遊；長洲之苑，荆棘延蔓。瘡痍凋瘵，艱倍疇昔。公甫下車，布寬大之政，誓精一之約，蠲法外之徭，省弗經之費，汰冗食之夫，與民休息，民若更生焉。寇亦憯怗威德，不復敢犯吾境。農業稍安，革心嚮化，流其頌聲。越歲再期，適考長吏。公以治行卓異，擢山東按察副使，備兵霸上。吴之人恨得公之晚，而胡奪公之速也。

敕命有嚴，軺車將戒，屬邑安令請余言爲贈。余之知公，此特其大較也。令語余曰：「夫郡以領縣，縣以隸郡，雖總攝專司之不同，然政理則有相通者。小子之治吴，始則惴惴焉紛若治絲，觀法於公，則裕若游刃。繼則倀倀焉難於噬腊，承式於公，則易若烹鮮。蓋宣示教令，皆邑之龜鑑也；誨迪掩覆，皆令之帡幪也。公不欲一邑之敝，貽全郡之愆，用意亦厚矣。兹行吾屬失其所庇，殆有甚於吏民之思者焉。」余聞而竊歎曰：三山公世所謂盛德長者，非其人乎？率其屬相與爲君子，不獨自成其良守而已。昔陳寵申考城之材，王彬亮武康之節，何以加諸？兹秉憲外臺，不過推其風紀之餘。公代産也，兵家之務，又其諳曉，建長策，勒鴻勳，反覆掌耳。余愧不文，聊述令之感以泄民之私云爾。

又贈温侯序

代郡三山温公之莅蘇也，歲三更始。適四方長吏入覲之期，蘇以防海奏止。太宰按牒綜覈，功最治行，罔有良於蘇者。乃以山東按察副使疏公名上請，報下曰可。公遷秩遂行。

吴邑學官姜君性、夏君汝壽，率其弟子員謁予言以贈。乃曰：「性聞筦子曰：『倉廩實而後知禮節，衣食足而後知榮辱。』吴雖文獻之邦、富饒之區，豪傑俊偉之士往往自振而起，無待而興。兹軍旅之後、烽火之餘，功或荒於蕩析，志將弛於淪胥。司鐸者乃執區區規條期會之常，佔畢訊言之末，望其率履而嚮化，亦難矣。我三山公之下車也，寇不窺境而咸安其居，農不釋耒而咸復其業，催科不擾而咸勤其事，徭役不濫而咸端其趨。生養既遂，禮節可循，咸知就榮以去辱。由是士蒙德教之休，而師享功倍之逸。然又戒紛華之習，勵廉静之風，黜浮豔之辭，惇孝悌之行，而吴彬彬多醇雅之士矣。且引接師儒，寬和有容，小有過差，未嘗加詆，而下皆樂共其職焉。」嗟乎！公誠所謂良守矣。余嘗延覽先漢之隆，文翁與龔遂、召信臣俱列於循吏，而脩起學宫，舉察博士，獨稱蜀郡。黄霸與張敞、趙廣漢同以治郡有聲，而力行教化，興於孝悌，獨稱潁川。今之移易東土，媲美西京，奚讓於二君哉？

夫嚴威峻法可以讋吏，而非所以崇儒；小惠曲恩可以要民，而不足以得士。由江、夏二子之言，考驗諸生之意，是豈私情所感哉？矧鄉校議政，之所其政乎，斯其言公也。公行矣，山東乃齊、魯之墟，弦歌之地。霸又密邇京輦，漸被聖化尤深，將坐鎮而敦詩、書，談笑以臨樽俎。天子思封疆之臣，授斧鉞之寄，不久召公矣。

奉贈王守擢憲開府常鎮序

昔賢每戀禁闥，因薄淮陽之行；稍厭承明，竟就會稽之位。若謂吏職徒勞，在外無奇，斯過矣。陽曲王公甫弱冠即拔起諸生間，擢進士上第，宜展粲郎署，侍從帝廷。特以通姻茂藩，例不得留京輦、備宿衛。一麾守鄧，民社是司，再命佐畿，股肱攸寄。由是剖符隴右而政尚循良，移檄吴中而才堪理劇。方是時，公年同散騎，腰佩左魚，人皆榮之。然所在治行，號稱長者，不獨精敏英斷而已。吾蘇當兵火之餘，凋敝不支，至則誡絲以棼，御轡以佚，一切平易，與民休息，民若更生焉。三載滿秩，四方入覲之期，公以水潦荐飢，留不果行。太宰考長吏最，按部牒覈臺章，無踰蘇者，遂拜爲觀察副使，列職楚臬，備禦京口。

自夫久任之法不可行，司銓者往往由近敘遷，使疆壤相接，其習俗易知，風聲所感，化理亦易孚也。公未及行，而晉陵、潤州之民，已驩然相慶曰：「曩聞興起學宫，誘獎儒流，甄雅藻藝，優於作人者，其公乎？今將親迪其教矣。曩聞循省阡陌，勸課農桑，平徭薄税，使民充給者，其公乎？今將親被其澤矣。又聞之減餽貽，杜請謁，捐出納之羨，絶奇巧之玩，其公乎？今將敦我醇樸矣。又嘗聞之發姦摘伏，挫迺摧黠，翦除兇剽，民賴寧戢，非公乎？今將回面嚮化而屏跡矣。彼二郡者：財賦歲計，不當乎海陵之一；舟車填集，不敵乎閶闔之半；諍詞獄案，不叢於荆棘之庭；市儈交貿，不侈於筒綺之肆。褰帷而莅，負努以驅，敕憲貞度，有餘刃焉。向身爲良二千石，兹以六條察吏，所屬二千石而下，取公所嘗試之法而恪遵之，不盡爲良吏乎？蓋守親而使尊，德刑慘舒之謂矣。」蘇之民號泣遮道，公車不得前。

余乃揖父老而喻之曰：「汝蓋慕公興水利乎？丹陽、荆溪之間，皆上游也，行將修復渠堰，灑洩以時，溉浸所及，猶足桑麻汝也。又德公能賑貸乎？永豐、新安之區，多沃腴之田，其鉅室素善積貯，行將發藏通糴，猶足粒食汝也。抑又念公能弭盜以保乂乎？江洋之濱，寇宄所由出没也，耀兵振武，憺讋威信，無敢東窺者，鎖鑰既嚴，枹鼓輟響，猶足扞蔽汝也。公身雖去此，而德則尚存，舊澤未斬，而新惠可蒞，奚必淹黄霸於累年，借寇恂以卒歲？汝等始快於心哉！」衆心稍解，公車遄發。余舉觴言曰：「金焦、北固之勝，争雄於大石、靈巖；玉潭、罨畫之源，匯秀於蠡湖、胥水。公於政暇，登高長嘯，臨流遐緬，能忘吾蘇乎？詩云：『升彼虚矣，以望楚矣。』又云：『有懷於衛，靡日不思。』此之謂也。」

贈憲使熊公桴擢雲南參政序

武昌熊公者，夙挺楚材，早耀荆璞。起庚戌制科，授太倉刺史。甫及下車，治行稱最，雖王祥康沂，龔遂襄渤，不能過也。亡何，倭夷内蟲，變生倏忽，勢漸猖獗。民不知兵，卒非服習，乏不虞之備，罕先事之圖。所犯州邑，有不望風而靡淪胥以亡者幾希。公乃履矢石之危，蹈波濤之險，宣力效勞，扞艱敵愾，寇始盪平，民稍休息，厥功懋焉。幕府奏記清廟，聖天子按軍書，覈臺劾，晉貳蘇郡。尋拜按察僉事，飭兵東土。亡何，又拜副使，在職如初。自任公去後，若取而代焉。公之居東，兵無折北，海上有二天之謡矣。官歷四遷，歲踰一紀，前此銓司超授，未有如公之速，而民之霑惠，亦未有如公之久者也。

壬戌之秋，晉參雲南藩政，衆咸以遠致惜，而公亦若弗豫然者。余乃進而喻之曰：「自古建官分職，無内外，無遐邇，惟其人。然重内而輕外，耽邇而憚遠，此則人之私情也。明王哲后，懸爵差禄，以待臣下者，豈徒循資守格，滿真敘遷而已哉？將冀其弘功廣業，以裨化理。惟才是簡，匪良不登，臣下遭遇盛時，亦豈徒閲崇品，據要津，晞寵徼利而已哉？將欲策勳樹績，以垂休聲。故忠不避遠，義不辭難者也。滇雖越在徼外，罙阻荒裔，而漸被聖化，憺奉威德，財賦贍於巴、蜀，文教臻於齊、魯，今之滇非昔之滇矣。王尊驅駕於邛坂，虞詡沿牒於朝歌，卒之南蠻歸附，西羌震讋，前史以爲美談。余滇之故吏也，嘗跋涉山箐，蒙犯瘴露。其土風習俗，蓋大較睹記之矣。使控馭有方，如馬之閑，羈縻不絶，如獸之馴，鑒覆轍於元江，軫厝薪於赤石。凡僰爨之種，當削衽解辮，回面革心，包匭庭充，賨毳軫積。司藩者足以上報天子，揚懷柔之化，闡即序之猷矣。由是考蹟故道，通博望之域；殷薦碧雞，秩子淵之祀；延眺銅柱，緬伏波之勳；周視營壘，思武侯之烈。昆明沉劫，侈漢武之雄圖；南詔遺墟，憫唐末之不競。雖萬里而邈，不快心於扶摇之遊哉！夫會有適逢，事有不可知者，方公初授太倉，孰不以爲近而易之，而變生不測，竟就功名之會。迨移滇藩，孰不以爲遠而難之，而望既素乎，坐享鎮定之逸。由是晉陟台司，入侍禁闥，輟北山獨賢之感，展虞廷歷試之餘，以佐聖天子垂拱之治，相得益彰，身名俱榮矣。」

公乃囅然笑曰：「今日何幸，獲聞滇事於吾子，曠若指南乎！」遂杖節登車而之南中。

奉賀開府胡公宗憲加宫保進位左司馬序

世聞宣聖之言於衛靈之對，遂以俎豆、軍旅岐爲二塗。縉紳之士，不習韜鈐，介胄之夫，罕閑禮器。然吉甫備文武之才，孔明兼將相之任，豈非通方適用者哉？今績溪胡公足以當之。公始以殿中侍御史，奉命東巡。既而受賑專征，開府兩浙，控馭三吴。亡何，島夷即序，海若底寧，東南之氓若更生焉。而當宁亦且紓顧於我土矣。屢奏膚功，頻膺嘉錫。庚申獻春，聖天子覽羽書，開麟閣，課功酬爵，采元老之咨，俞太宰之請，擢公爲左司馬、左中丞，加太子太保，其督撫並如故。不獨分閫之寄益隆，而台階之漸預兆矣。

蓋司馬者，夏官也，厥職出統六師，行九伐，耀武宣力以揚威德者也。太保者，宫官也，厥職坐而論道經邦，光弼寅亮以弘治化者也。列六曹以參軍謀，躋三公而贊幾務。一旦建牙樹纛，秉鉞持斧，繡衣霜簡，豸冠鶴飾，黄金懸肘，白玉横腰，此亦位極人臣而功蓋天下者矣。詔蔭厥子，澤及後人，報功之典，不既渥乎？五載之間，五遷其官，時共榮之。吴父老竊歎以爲難，而又訝以爲速。不知循資擬授，考績拜真，乃銓筦之常格，至超次閲級，出自簡在，懋官懋賞，以待非常之勳者，不可以例論也。

自古豪傑之士，藉其君之寵靈，奮於功名之會，得效其尺寸，以取卿相之位，在立談之間。明主弓矢之藏、鐘鼓之設，既自中心，亦將一朝以饗，下豈徼福而上豈濫恩者哉？數公之勳，若杭城克敵，桐鄉解圍，平湖受降，舟山納款，并仙居、乍浦、定海、龕山、皂林口、清風嶺諸捷。大戰六七，小戰數十，皆身先士卒，故士卒咸殊死戰，無不一當百者。詳載於世實録中，何勇也。夫蒙荆棘之危，蹈濤波之險，入不測之淵，履萬死之地，而公曾不以爲勞。質王酋之弟於帳下，數徐黨之罪於席間，稍或不逞，白刃傳其胸矣，而公曾不以爲慮。越距績溪近在數百里内，曾不得一過其門。夫人病且死，曾不得一臨尸而哭。斷懷土之思，割肌膚之愛，視其身輕如鴻毛，赴國家之急如水火，何忠也。此奚暇及爵服之翫爲寵利謀哉？璽書謂「忠勇可嘉」，聖上知公蓋深矣。昔裴晉公亦起自監察，歷節度，爲平章，與公所遭正相似，而江南之平無忝淮西。他日天子坐明堂，告清廟，錫之茅土，誓以山河，豈在晉公下哉？

長洲令柳子東伯召父老諭之曰：爾等忘昔倭夷之患耶？當其犯疆圉，攻城邑，焚爾田廬，奪爾金帛，繫爾子弟，刵爾妻孥，酷烈甚矣。姑蘇之臺，幾於填塹；長洲之苑，幾爲茂草。迨今民復其居，士安其業，耕不釋耒，行不弛擔。層軒飛陛不燼於炎灰，樓船畫舫不絶於觴泛，絃歌方響無輟於清夜，海陵紅粟轉輸於天府，筒綺縑賄充溢於廛市闤闠之間，士風嘉麗無減於疇昔，孰非公所賜耶？凡我下吏，荷末光之燭，獲免於罪愆，又非公所庇耶？然非聖天子英武獨斷，知人善任，使公亦莫能竟成也。爾百姓其毋忘胡公，尚毋忘皇上哉！柳子先令慈谿，有小過曲貸之。今移長洲，又數奬拂之。思頌休美，以余與公兩世同年，雅辱文藝之知，請余爲序。蓋差級於雲中，奮翼於澠上，是以德公如此，則凡幕下絶纓盜馬以圖報者，可類推云。

送郡守劉公溱擢憲淮揚序

我明稽古建官，上昉唐、虞，下采秦、漢，内而部院府寺，外而藩臬郡縣，以至諸司庶職，皆有定員。若夫未備而設，或以冗而裁，則各度地因時，靡可執而泥焉。自虜窺京輦，倭擾疆埸，凡衝圻孔道要害之處，阨塞難制者，僉謀既同，設官分布，重則撫臣，次則憲使，無慮數十員，而通、泰爲最。署籍于越，開府維揚，斯境也，東連淮海，西控長江，密邇陪京，接壤中都。高帝肇基，蓋郲鄘之地，而桑梓之墟也。湯沐攸隸，園陵在焉，厥責尤重，每難其人。若豐城李君、武進唐君，一以英偉經略，一以儒雅坐鎮。後稍寧謐，乃罷撫臣，特置憲使，權埒中丞矣。今歲丙寅之秋，憲使員缺，銓曹以吾蘇守劉公之良上請，報可。簡帝心，從民望也。

夫兩京十三省，列郡百五十餘，而吾蘇爲最。蓋吴之巨麗，民殷物阜，財賦甲於天下，素稱繁劇。自倭夷流毒，水旱荐災。老弱轉徙之民，未盡歸農；剽輕亡賴之徒，横行於市。風俗寖偷，姦宄竊發，株逮之獄蝟興，詆訐之訟叢積。脂茶愈酷，黥墨日報，束濕急張而去治益遠矣。銓曹患之，乃察治行素孚、化理有效者，斯爲簡授。若代郡温君拔自真定，陽曲王君拔自鳳翔，今劉君則自鳳陽來也。下車之始，專務德教，與民休息。朞月之間，政平訟理，吳有潁、蜀之風焉。南陽仁恕，雍丘禮讓，昭先令美，公世濟之。是以聞代之日，吳民罔不咨嗟慨歎，恨奪我仁君，失其慈母，一胡亟也。

司勳氏曰：汝等小人，知慕君侯之良，思欲借寇者，乃狥私恩而忘大義者也。朝廷用賢，爲天下計，豈一方得而專之？由楚豐沛，盡越會稽，皆揚域也。荆川有言：「浙、福兩臺，本非爲盜，而衹以禦夷；鄖、贛二閫，無與于夷，而專以弭盜。」通、泰兼之，狼、福並峙，海寇咽喉，徐、宿交會，鹽徒窟穴。公受韜鈐而司鎖鑰，耀兵詰戎，宣威徼寵，式遏於上游，鯨海盜息，而島夷不敢犯其鋒。聲聞雞犬，風及馬牛，潤州以南可高枕矣。公雖在揚而保障三吳，豈特河潤九里哉？是謂在齊而燕重矣。蓋公以洛陽之才，獻策發科，一命而爲大夫，著稱六安。茲維揚之選，由吾蘇績也；吾蘇之選，由鳳陽績也；鳳陽之選，由六安始也。足跡不離於股肱之地，而功名顯於畿輔之間。薦剡盈於公車，他日晉閱上卿，出入禁闥，佐天子，撫四夷，綏萬邦，將不由維揚之績舉而措之乎？

今觀吾蘇，烽火戢矣，雨暘時矣，教化行而頌聲作矣。吳山嘉勝，暇日登遊，間摛藻詠，雀啄空庭，香凝燕寢，樂天應物，風流更見。余以雕伎，謬垂華奬，茲行，鄉士大夫猥以贈言見屬。余方蒙垢於鑠金，公特掩瑕以存璧。雖祁奚不伐，無德於色，而谷永圖報，豈解於心，又曷敢辭？祖帳既陳，征軺遄邁。夫滄波江上，代酌水於一錢；明月橋邊，悵吹笳於千里。鄉士大夫不忘維揚，君侯亦豈能忘吾蘇哉！

贈郡侯蔡公國熙入覲序

隆慶戊辰，乃皇上改元紀曆之次，實履元朝會之始也。内而畿甸，外而藩臬郡邑，小大之吏，咸以職入覲。太宰綜核功敘，辨論官材，以上于天子。賢不肖既判，殿最有差，而黜陟行焉。是日也，衣冠玉帛之華，旍旄鐘鼓之設，臚傳雞唱之儀，解辮削衽之賓，歡呼拜舞於文陛赤墀者，濟濟蹌蹌，昉古特盛，亦臣子之所利見而幸遇者也。

時吾郡守蔡公業當行。公廣平人也，由户曹郎以賢稱，簡命出守，甫朞月，多異政，吴將移風而易俗焉。鄉之大夫士於公行也，思數而告於執政，以達於聖聰，惟恐美未克彰，而善或上壅也。颺言曰：吴自言偃以文學列於孔氏之科，發其精華之藴，後世遂多摛續掞藻之英。公啓以性命道德之談，而士端其趨矣。吴自揚州上錯，海陵流衍，賦號殷贍。師旅之後，田卒汙萊。公爲省耕勸課，濬渠興利，而農務其業矣。吴民素機巧，善雕鏤纂組，爲奇伎怪器。公屏玩好，捐無益之具，而工反其樸矣。吴閶闠通都，絫賄韜積，交貿射利。公爲稽市，戒吏無私取，而商操其贏矣〔一〕。吴自專諸擊刺，多魁岸任俠，六博使酒。公嚴遊閒之禁，而民變其習矣。吴自光僚骨肉相戕，後多鬩墻之獄。公爲閉閤謝過，而民有兩棄其田者矣。吴造樓船飛颿，棹歌方響，多山遊水嬉，無間冬夏。公嚴其禁，而民志無蕩矣。吴自館娃之餘，尚有招摇倚市者。公至，斂跡矣。吴好讕詞誣詆。公察其奸，而嚚訟不得售矣。燕饗品物有制，而革奢爲儉矣。危冠侈袂放逐之，而服衷矣。毁淫祠，徹妄祀，而左道息矣。公豈徒爲循吏？即古愷悌君子，寬大長者，曷加焉！

夫朝會之典，天子令陳詩考禮，罔非觀民風俗也，孰有出於吴郡者乎？昔漢宣中興，考覈吏治，常曰：「庶民所以安其田里而無歎息愁恨之聲者，政平訟理也，與我共此者，其惟良二千石乎！」皇上雖非起于側陋之比，而在潛邸特久，知民疾苦同，而求吏治之切均也。當時爲吏者，如文翁修起學宫，除孝弟力田，從學官諸生明經飭行者與俱。黄霸力行教化，而後誅罰，務在成就全安之，罔非爲民計也。孰有良於蔡侯者乎？課列郡之最，公爲第一守矣。我明自孝武以來，耳目之所睹記，如天水胡公，嘗飾以文治矣，然未及彰善也。吉水聶公，嘗惇以禮教矣，然未盡癉惡也。西蜀王公，嘗坐鎮雅俗矣，然未遑飭政也。公能兼之，稽吴守之良，公爲第一人矣。

舊凡守令入覲，先期數月，飭徒馭，戒資裝，擾於閭肆，民不堪命。公單車遄發，宿無舂糧，清哉侯矣！吴父老譁然歎曰：使子大夫之言，聞于執政，達于聖聰，天子乃曰：有臣如此，宜在公卿輔弼之列，出入禁闥，召對清燕，恐奪侯之速，而民失其望也。天子增秩賜爵如漢法。晉職參岳，借寇復留，如永康徐公故事。庶久道化成，政和俗美，吴其躋於至德之世，人人負達節之概乎！大夫士乃更起舉觴酌侯而祝之，父老遮道稽首，侯麾之乃得行。司勳氏退而書其言爲贈。

【校勘記】

〔一〕「羸」，原本作「羸」，據四庫本改。

贈郡尉吴君維京召爲南都比部郎序

安吉吴君由禮曹謫倅太倉，甫數月，擢爲蘇郡尉。又數月，召爲南比部郎，駸駸嚮用云。司勳氏曰：嘗讀太史公撰次世家，始尚門閥而侈世及。吴自泰伯肇基，延陵亮節，代多顯者。比部父、叔，聯登甲第，入則同躋禁闥，出則並典文衡，鳴珂都里，列戟鄉閭。越言世家，莫出吴右者。再傳而有中丞爲之兄，禮曹爲之弟，追匹濟美，愈熾而昌。然天道惡盈，物理憎盛，兼之娥眉以入宫見嫉，蠅口以立朝興讒，于是乎有承嘉竢罪者矣。

前古謫官，置之員外，署以散曹，若賈生之相淮王，長卿之守園令。唐、宋以降，貶地于江州、雷州，帶階以司馬、司户。又若團練齊安，提舉洞霄，縻以廩禄而不勞以簿書。俾蓄才養望，優游以需晉復，胡待之厚也？今時則不然，既奪京朝，必補州邑。束以吏局，親以民事，將歷試於先，大授於後。古今成材，是或一道也。君爲州郡吏，不以爲不屑，而優爲之。凡錢穀法比之繁、簿書期會之瑣，皆勵精從事。所在咸底績，治行爲天下第一，復見吴公矣。

我明建官，上稽周制，下昉唐典，六曹分職。春官掌邦禮以和邦國，秋官掌邦禁以邢邦國，各率其屬，爰有司存。蓋禮以防民，越則糾之以刑。取象四時，春生秋殺之義也。先帝臨御，稽古禮文，明禋秩祀，釐郊丘，考廟室，紛紛制作，晚年彌篤。時爲春官之屬，惟寅惟清，殫心夙夜，采儀叔孫，準圖公玉，斟酌損益，文質協中，允諧厥職焉。今上纘服，在宥好生，泣辜釋逮。時爲秋官之屬，惟明惟良，專用輕典，多所平反，三輔無文致之獄，聖朝有刑厝之風，亦諧厥職焉。

夫謫官蒙召，每由南署者，以事簡地閒，猶夫唐、宋意也。鍾山原廟，何異茂陵？崇臺蜚觀，洞霄宛在。回視州郡，清俗迴判，而勞逸適均矣。至則覽大江之麗，興詠於靈運；弔六代之跡，寄慨於周郎。探南朝諸刹，弘寂於范縝；訪西都遺事，掞藻於左思。才既充而望益起，由是陟司寇，簡宗伯，非歷試而大授之驗乎？

余與中丞公雅有文藝之好，兹役也，取道過家，翕髝一堂，幸以斯言質之。

皇甫司勳集卷之四十六

序壽八首

壽李司封先生二親序

李先生燕居，進門弟子而詔之曰：「我自昔遜于學，造于鄉，賓于天子。迺今服在王官，淹兹天邑。我母太夫人倏而届耆，司封家君亦且臻斯境矣。餘月六日，寔太夫人以降之辰，迺不遑一觴之將。我是以明發，有懷于閫之隈。詩云：『陟彼屺兮，瞻望母兮。』言不遑也，小子識之。」門弟子避席曰：「嘗聞冬爲玄英，一曰安寧，玄英之義，順而精矣。季冬之月，日在婺女，婺女之義，巽而貞矣。在玄爲羨，黄純坤矣。越載生明，幾漸盈矣。誕彌獻歲，寅贊成矣。太夫人之賢而壽也宜哉！」先生曰：「孅哉言乎！爾徵之天道已乎！」門弟子又曰：「嘗聞藐焉方輿，志秉陰矣。揚州之域，建歐寧矣。碧水丹山，竅厥靈矣。俟虛俟止，氣化凝矣。川后貢符，淑女生矣。太夫人之賢而壽也宜哉！」先生曰：「孅哉言乎！爾徵之地道已乎！」門弟子又曰：「嘗聞顓頊之裔，國氏曰曹。爰歸於李，亦帝之苗。太夫人嗣音于姑，于姑有光。勖爾君子，君子克昌。恃爾多男，靡不允臧。陰範于里，里尚乎中行。太夫人之賢而壽也宜哉！」先生曰：「孅哉言乎！爾徵之人道已乎！」

二三子出，汸也後。先生謂汸曰：「夫二三子之言何如？」汸曰：「徵天道者胚胚乎端之，諶乎地道其淵淵乎末之，潛乎人道則彰彰乎其幾矣。夫太夫人女順刑于家，母儀流于國，壽不于其賢哉！壽不于其賢哉！君子載儀，得此令妻，以莫不宜，眉壽與齊，可以觀德也夫！迺若先生，待詔摛藻，司封握爵，崇以顯榮。褒章殊典，渥焉來貺，扈以寵珍。夙夜匪懈，守官遹訓，昭以令名，可以觀孝也夫！于是爲封君壽及其太夫人何？妻不敢先夫，子不敢以母踰父之誼也。是故以言乎德，德惟懋矣；以言乎孝，孝惟則矣；以言乎三，才則備矣。」先生曰：「汸也之言，可以壽吾二人已乎！」小子識之，遂退而書爲序，賡爲詩歌者，凡十又一人。

寄壽少宰汝湖謝公七十序

會稽郡少宰汝湖謝公，壽屆七十，厥配毛夫人與之偕老。從弟某佐刺澶州，思以頌其兄。時僚友咸喜聞其事，而願爲之辭幕，乃曰：「倬彼安西，述德江左。晉肇高風，宋振休烈。迄明繩祖，嗣登三傳，遹美千禩。迺誕少宰，早發巋科。寅建禮，端揆副銓。奕葉簪組，蟬聯彪映。皇極錫福，惟德是備。俾昌而大，俾耇而艾。敬獻一觴之祝。」謝子曰：「昔賢恥居紈袴，不言門第，名遂身退，有遺榮者矣，非吾所願聞也。」尉乃曰：「公性亶聰哲，學臻博極，摛藻掞天，敷文緯國。講筵兼席，啓沃洪毗，貢舉掄才，得人斯盛。功言並懋，是爲不朽。敬獻一觴之祝。」謝子曰：「職在太史，金匱掌之，公猶曰名與身孰親也？」丞乃曰：「在昔東山之卧，埭墅流輝；烏衣之遊，華萼相飭。今留園嘉麗，不減東山；敦賞子姓，絶勝烏衣。酒肴雜陳，無惔百金。絲竹間奏，恒卜清夜。逍遥以適性，恬澹以引年，身其康强，子孫其逢吉。敬獻一觴之祝。」謝子曰：「美哉幾乎！然唐風之誡宴樂，枚發之侈遊盤，衛生者方以爲蹶機也。」

刺史曰：「稽山之陽，禹穴在焉，是史公觀道之所也；臨海之嶠，石門通焉，是康樂窮探之逕也；姚江之濱，鏡湖匯焉，是賀監避喧之地也。耶溪、天姥，往往畸人羽客，靈異出焉。公將有見於昭曠，與造物者遊，飡霞茹芝，輕舉高蹈。而淑媛相内，家省無憂，同躋壽域，邁其徽音。自是甲子，寧有既乎？某少業公門，如彼靈運，鍾情惠連，其詩曰：『親親子敦余，賢賢吾爾賞。』復見於今矣。敬獻一觴之祝。」謝子曰：「美哉言乎！蔑以加矣，余不復請矣。」敬爲刺史舉觴，丞乃授簡緘文，發使馳之會稽。

奉壽介谿嚴相公八十詩并序

蓋聞聖王膺曆，則皤首盈朝；哲后垂紳，斯宿齒在位。道論軒時，謨明堯日。此名世之烈，每際乎中興，平格之徵，無爽於保義者也。大師相介谿嚴公，産應星精，神由嶽降，早發藝苑，晚陟台司。今天子勵精飭治於上，而公篤棐承休於下，懋簡宸衷，贊成幾務，交孚匪偶，相得益彰。迨上聿修玄默，公爰守清静，遇有道之長，著不息之久。用是閲崇品，垂鴻勳，享榮名，躋上壽，自天申命，豈人可徼致哉？

嘉靖紀年三十有八載，公年八十，王正之吉，寔維誕辰。内外卿士大夫奔走驩慶。輸琛輂璧，奇巧纖縟，以將其儀，公却而不登；膾鮮臛肥，甘和芳越，以羞其組，公撤而不御。繆綏聯耀，履綦響臻，來獻其觴，斯受而酬之；凌雲鬱思，掞天藻，跽陳其辭，則樂而聽之。

頌者曰：「公在講幄，則帝心格，聖學純，是宜清燕以接；公掌成均，則德教敷，英才育，是宜延胄以資；公佐銓筦，則俊良升，茂異拔，是宜總攝以聽。公作秩宗，則朝章釐，祀事舉，謁款薦殷，郊廟用享，是宜百禄以遒。公入政垣，天子是毗，多歷年所。以公有調燮之功，而甘露降，慶雲興，雨罔愆期，雪必應候，是宜蟒服以庸。以公有密勿之功，而嘉禾屢生，兩岐之麥、三秀之草，歲馳驛匭，是宜賜第以居。以公有啓沃之功，而玄豹馴，白鹿孳，靈兔瑞雀，時奏坰牧，是宜銀章以綰，旌『忠勤敏達』焉。以公有經緯之功，而弘文丕變，大雅復作，是宜大官推食，侑以上尊焉。以公有運籌之功，而胡虜賓洽，倭夷即序，踰沙軼漠，納賮充庭，是宜錫公彤弓以威，彤矢副焉。以公有包容之量、撝謙之度，是宜錫公乘輿以朝，上殿優禮焉。以公上壽國脉，下殖民生，不獨自引其年而已，是宜授公師傅之任兼宰職，位特進焉。湛恩汪濊，隆古罕見，衆皆歌而頌之，史官書其事，盟府載其勳矣。」

予小子汸復奚辭之加，乃作而歎曰：美哉壽乎！聖天子減五登三，其數尚八。蓋八者，數之始也，天道以八節成歲功，地道以八方正疆域，帝道以八柄馭臣下，相道以八統詔庶民。音以從律，風以宣氣，法以出治，政以經邦，咸八也。伏羲作易，始畫八卦，重之爲六十四，演之爲四千九百六十。過此以往，巧歷不能得，而數寧有窮乎？若夫起尚父於渭濱，迎申公於魯邸，並以八十之年爲始進之日。矧公啬神葆真，身康力健，聰朗猶少，視履旋吉，子孫濟美，可以長生，可以事君。俾公耆艾而熾，若淑而昌，天實爲之，天道不息而帝克配焉，聖壽無疆而公克贊焉，數之適相值也。汸既麾之門墻，越在草莽，追惟疇昔，不忘國士之知，願厠邑人之祝。敬上詩一首，凡十有六句，倍八也，總百有十二字，符公算云：

位極名高壽更縣，古來能得幾人全。香山未許遺榮日，渭水纔逢兆夢年。六考久膺黄閣寄，兩朝常侍赤墀前。題封細字猶能草，應制新辭到處傳。三世絲綸親見掌，一門簪紱總稱賢。大官分膳充羔鼎，元夕留燈照綺筵。禁内賜輿師禮重，殿中扶拜帝恩偏。遥心欲獻南華頌，直擬春秋至八千。

奉壽存齋徐相公六十詩并序

雲間存齋徐公之入相也，歲幾一紀，年甫六旬。壬戌季秋既望五日，近台垣而開壽域，追佳節而秩初筵，信福履之永綏，古今所稀覯也。一時展慶者，軒騎縈其盈門，觴籌交於四座。小子汸乃從吴下賦詩以將。或曰：「相公之誕，朝中鴻筆鉅卿暨海内綴文之士，莫不轡鸞鳳以攄辭，效岡陵而製頌，山林外史奚足爲重，亦遥厠其末耶？」余曰：「不然。天保之詩曰『萬壽無疆』，斯天子之壽，群臣能頌之矣，而何取於華封之祝？閟宫之詩曰『千歲無有害』，斯諸侯之壽，群下能頌之矣，而何取於麥丘之辭？蓋人有隱而重，言有微而徵也。矧余與公忝鄉曲之誼，蒙筆札之知者哉！身已棄置，志無所干，言非溢美而貢諛，殆有足采者矣。」辭曰：

少年名冠曲江春，扈聖今爲第一人。共道歲星曾誕倩，由來崧嶽果生申。校書盡欲窺中秘，抗疏寧辭作外臣。宣室召歸資啓沃，平津特拜掌絲綸。掄才悉采東南美，典禮嘗懷夙夜寅。壽介六旬花始甲，期逢九月菊司辰。上尊賜出皆成露，御饌頒來併是珍。敕降紫泥承旨渥，句題紅藥見詩神。謝庭濟美堪稱鳳，漢閣酬勳待畫麟。已羨黑頭登極品，還將黄髮頌無垠。

代郡守壽文太史九十序

聞有天壽，有人壽，有家壽，有鄉壽，有國壽。若夫挺靈錫哲，爲世作模，此天申之壽，而年蓋不足加焉。立德纂言，垂名不朽，此人修之壽，而爵固不足多焉。

杖履以安，庋閣以奉，此子孫之隆孝養也。耆德宿望，表正一方，此鄉人之所以尚齒也。燕饗有禮，告存有秩，此先王之所以引年也。

若太史衡山先生者，秉倫鑒於三吴，寄典刑於一代，非古所謂達尊者耶？今上御極之初，端冕右文，側席求士。遂企弓旌之招，膺珪璋之薦。待詔金馬，給札蘭臺，亦一時之奇遇也。然非公所好。乃倦長卿之遊，高仲連之蹈，抗跡山棲，委懷丘索。書絶交於貴門，足不踐於令室，四十載矣。由是清節著於中朝，懿行重於鄉間，文章載於史館，聲名熚於海内。兼以妙解詩律，則少陵非工；並精翰墨，則内史爲劣。戲染六角，價踴市間，誤點尺幅，異域争購，皆其餘事，而公不以自詡也。

余昔家食時，即聞其名，想見其人，而不可得。幸而出守兹郡，間造其廬，接其光儀，承其謦咳，始大慰平生。而公躋九十之年，耳目聰明，步履輕捷，日通問字之賓，不輟揮毫之典。使淄川朝訪，猶可受伏生之經；魯邸夕延，尚堪備申公之顧。蓋公雖遊於群藝之苑，而不以雕篆傷氣；雖産於紛華之俗，而能以恬澹養心。宜享遐永之齡，綏康寧之福者也。其視歸科顯仕爲何如哉！

竊怪夫養禮廢缺，無復鳩玉之頒、燕饗之制、珍糜之從、蒲輪之遺。公誕之辰，聞其子姓昆弟，聚族羅拜，觴而祝焉。在詩曰：「爲此春酒，以介眉壽。」則家爲之壽矣。履綦響臻，軒車駢集，觴而頌焉。在詩曰：「酌以大斗，以祈黄耇。」則鄉爲之壽矣。燕饗之禮獨可廢乎？矧今之郡，古之國也；今之守，古之侯也。敬老尊賢，牧守之職也。陳蕃下榻於南州，謝眺餉秉於東海，前史紀之矣。乃與二三僚友圖爲公觴，昉鄉飲之期，惇大賓之享。乃敕酒正具醪，外饔司割，樂師登歌，擯紹贊儀。公其照臨庠舍，揖讓阼階。余等次第更起而獻壽焉。展乞言之思，惠周行之示。在詩曰：「如岡如陵，三壽作朋。」庶幾乎聖朝之憲章、國老之遺義歟！僉曰：善。是舉也，嘉禮既洽，衆賓有懌。余忝主者，宜書其事，俾吴人傳之爲美談云爾，敢曰文乎哉？

七叩壽林叟七袠

閩中林子大黼幼挺英資，長臻博極，冠齡駿發，篋遊京國。賈生浮湘而賦雄，史遷探會而道得。曾大父勿齊公爲姑蘇教授，化覃吴中。余先祖祠部公亦出其門。學正濟美，綽有父風。逮孫思所，將子徂東，雅多交知，籍甚聲稱。余兄弟因投分於潘岳，遂忘年於禰衡。

庚申孟秋十有二日，壽届古稀。林子圖展家慶，陟岵興思，乃謁大夫，問所以壽其親者。大夫曰：「余吴人也，而子又久處於吴。將筐洞庭之甘橘，匭茂苑之香稉。和蓴羹於鱸膾，泛蘭醑以縹清。食俾口爽，飲俾顔柔。子歸而享以爲壽，可乎？」林子曰：「膳有常珍，窮味非養也。」大夫曰：「閶闔之肆，筒綺華縟。弱以羅紈，纖以紗縠。符彩揚輝，侈袂炫服。被之夏涼，襲之冬燠。子歸而獻以爲壽，可乎？」林子曰：「裋褐敦素，致飾非衷也。」大夫曰：「越有狡童，亦有静姝。歌以麗曲，間以吴歈。靡曼子夜，激楚陽阿。子歸而奏以爲壽，可乎？」林子曰：「五聲病耳，荒樂非康也。」大夫曰：「豫章之材，湖賓之石，運以郢斤，驅以秦力。延般師於香山，構温房於清室，君子攸躋於以燕息。子歸而居以爲壽，可乎？」林子曰〔一〕：「賁園掃徑，崇高非制也。」大夫曰：「言游妙藝，粲若春敷，摛爲藻繢，咀爲道腴。將使機、雲綴辭，翰、融託諷。賡松柏之章，第南山之頌。子歸而稱以爲壽，可乎？」林子曰：「贈人以金，不若贈人以言。僕所願聞也，幸終教之。」大夫曰：「列鼎充飫，不若雞豚之逮存也；營燥置萬，不若結駟之及門也。思所公雅抱經世之才，不膺一命之寄。昭德繩武，惟爾是冀。子其乘嘉運，參彙征，踐文陛，彯華纓。父以子貴，封爵並榮。則向之飲食、服冕、聲樂、居處，奚求而不得哉？」林子曰：「爰思奮飛，聊以俟時。然僕聞善養，豈利禄之貽哉？」大夫曰：「孝莫大於顯親，顯莫大於令名。使子坐閲卿貳，策足要津，建鍾鼎之鴻業，垂竹帛之休聲，載在史諜，曰思所有子若此，爾祖清白所傳，相與不朽矣。」

林子於是緘大夫之辭，歸而揚之莆里。百拜稽首，洽我婦子。錫以純嘏，綏以福履。公爲舉觴，靡不懌喜。

【校勘記】

〔一〕「林子」，原本作「大夫」，據文義改。

原壽爲太僕史年兄七袠

嘉靖甲子八月初吉，玉陽史上卿年躋七十。擬香山而開社，置鄭驛以通賓。四方緘文馳幣、獻觴介壽者，冠蓋相望。

司勳氏自姑蘇往，道遇荆溪丈人，曰：「公奚往？得無爲玉陽君來乎？」余曰：「然。」丈人曰：「美哉壽矣！公知何脩而臻此乎？」司勳氏囅然而咍曰：「予先子中憲公，與其考光禄公暨仲氏司直君與太僕君，同登甲第。予又同舉於鄉，榮叨兩世，誼協通家，曷爲不知也？粤稽往諜，邈矣史氏。佚産周而濬源，丹弼漢以垂裔。

託肺腑於椒房，奉綸綍於楓陛。蟬聯累朝，本枝百世。家埒嬴訾，鄉稱鼎貴。蓋聞飲食爽口，被服華榮，安居移氣，廣樂娱情，皆所以養生也。聞之卿家，有若嘉肴腥臑，旨酒縹清。腆出牙調，芳由狄營。食之飽德，酌之飲醇。故庋閣畜之異膳，寢遊從以常珍，非享此而壽乎？」丈人曰：「薄滋味者不悦膏粱，嗜肥甘者命曰腐腸，上壽不爲也。」「又若綺縠纖眇，戌削允精。純綿麗密，在笥必盈。彯纓緤組，散耀垂文。故高年蒙疋帛之賜，禦寒有重裘之温，非緣此而壽乎？」丈人曰：「短褐苟完，聊以飾躬，服之取灾，或由不衷，上壽不爲也。」「若夫閑宫顯敞，洞房窔深。翬鳥殊制，錏楔異形。丹堊所不及施，寒暑所不能侵。于時燕處，君子攸寧，非居此而壽乎？」丈人曰：「吉祥止止，生於虛白，高明之愆，懼瞰其室，上壽不取也。」「若夫金石遞奏，絲竹駢羅。選舞燕趙，發曲陽阿。貼席銜簪，綽雪迴波。聽之忘倦，觀者宣和，非御此而壽乎？」丈人曰：「五色令人目盲，五聲令人耳聾。釋氏戒慾，哲人黜聰，上壽不爲也。」

司勳氏曰：「蓋聞心憂則形槁，志暢則體充。玉陽君早司文部，晚簡青宫。金紫濟美，寵光有融。胡求不得，胡欲不從，非以此而能壽乎？」丈人曰：「道家之言，貴於止足。玉陽君超然遺榮，反其初服，奪鳳池而不驚，解龜組而非辱，上壽不願也。」司勳氏曰：「蓋聞義興奧區，仙靈窟宅。洞壑摽奇，張善著跡。法可回金，藥能反白。玉陽君結侶方外，釋戀域中。朝延園客，夕訪壺公。雙玄觀妙，五蘊了空。非緣此而壽乎？」丈人曰：「似矣。然瓊蕊無徵，石髓難識。不若嗇精葆真，調心守寂，庶可引年而却疾也。」司勳氏曰：「蓋聞積善者蒙餘慶，陰德者獲顯報。匪自天申，實由人召。玉陽君慷慨好施，閔窮必賑。允恭之粟，散之如期；孟嘗之券，折而不問。所賴全活，奚止萬命。此非仁者宜壽乎？又若翁伯移權，蕭生平諍。攀樹免侵隴之仇，守劍改盜牛之行。容人之度既優，戢德之私難罄。又若倭夷肆衂，流劫鄉邑。召募勇敢，授之計畫。義聲彰聞，盜戒不入。民之安堵，伊誰之力？人皆好之而欲其生，天亦惡得而不聽之民哉？」丈人頷之曰：「旨矣！斯言得之矣。向所啓我，富貴紛華而屬厭，神仙迂誕而不經。善慶恩德，庶有憑哉！」

司勳氏曰：「天道難諶，望報抑豈玉陽君之心哉？聞之堂構在溧，別業棲荆。銅官嘉麗，玉女澄泓。珍果夏熟，瓊樹冬榮。招雍門之客，集蜀郡之英。摛藻詠，勒鴻銘，圖邛洛之勝，寫郊居之情。高堂不能傾，曲池何時平。衍後昆之裕，垂不朽之聲。所謂『百千萬年，眉壽無有害』者，豈特皤首黄髮間哉？斯地也，牓蜚觀，擬鈞天。檢秘祝，表祈年。歲八月，誕之先。祓齊室，備吉蠲。肅虎拜，望龍顔。

以仰答聖天子之寵綏，豈敢自幸其履旋而已哉？玉陽君之壽，信無涯矣。」丈人聞之，鼓柮而去，莫知所止。司勳氏乃屆上卿之廬，載拜而獻觴焉。玉陽君亦載拜而酬之。因告以丈人之語，相與歡喜。此殆麥丘之示德音，絳縣之占甲子。願代副墨，請書其事。

大司馬齊安劉公七十序

世之恒言曰：北吏尊而南兵重云。夫謂北吏尊者，非以太宰，秉銓握爵，綜核功敘，藻別材流，華階顯級。賢可越次而予之，否則不崇朝而奪之。天子勞求於上，惟宰臣是咨，第曰：「俞，往哉！汝諧耳。」南太宰視空篆，稽恒牒，不得操黜陟之權。即考覈臧否，亦止於畿輔之内，而不能行於天下。均爲太宰，而勢尊相萬也。夫謂南兵重者，非以大司馬，掌兵戎，守京邑，防扈陵寢，控制江介。疆域既廣，機務寔殷。北司馬近在輦轂，憑藉寵靈。外禦胡虜，分建督撫。各鎮要害，從中制之。均爲司馬，而任重亦相萬也。是二官缺，必簡才猷懋著、德望兼隆者，僉謀而特命之，不輕授焉。

若今齊安劉公，少懷楚璧，長挺周楨。蜚聲郎署，參秩藩臬。肅憲臺端，宣威齊、魯。所在底績，乃拜爲南司徒。地總財賦，職專錢穀，稱平準焉。曾不待年，聿反初服。棲遲江漢，偃仰林皋，幾十年矣。今上嗣極，覃側席之憂，搜在野之逸。詔使馳於南楚，旌車賁於東山。時己丑蒙召者凡五人，公爲之首，帝眷尤渥。不踰年而有天曹之移，纔數月而膺夏官之拜。公乃感恩思奮，精白承休，可謂卷舒隨時、龍蛇互用者矣。

兹地也，高帝定鼎以來，成祖留守之後，陋眡豐、鎬，劣觀關、洛。鍾山之陽，王氣磐欝，石城之勝，江流環繞，垂二百年矣。先帝時，乃以倭夷搆釁，繼之悍戍逞兇，烽火照於甘泉，戈戟交於都市。雖尋就翦滅，而長漸滋蔓。式遏永圖，罔可弛者。況艨衝巨艦，非驍騎之雄；鉏耰棘矜，非控弦之利。公至坐鎮而彈壓之，不越帷幄之中、樽俎之上，而潛銷妖氛、默褫鯨魄者多矣。以公平昔談道德而趨仁義，悦禮樂而敦詩、書。文武爲憲，吉甫是班。柔惠且直，申伯惟貳。公所謂社稷臣者，非耶？

隆慶己巳，年躋七十。仲夏望後，寔惟誕辰。凡陪都百寮、公侯卿士，咸來獻壽。浮以菖艾，羞以含桃。揿藻摛績、升歌播頌者，纓緌輝映，綦履響臻。余跧伏東海之濱，追緬曲江之誼。雖不能越山川，以厠於稱觴之儔，亦欲擬岡陵，而附於操觚之末。適太學余生祝者，歙人也，嘗遊公之門，乞言以贈。司勳氏曰：子行將壽大司馬乎？夫禹敷九土，排淮導河，注江達海，此其上游。公爲奠安，所以壽國脈也。濠、潁、舒、亳之間，此其要衝。公當一面，所以壯國威也。揚州之域、海陵之倉、苞篚之入、魚鹽之利，由茲以通，所以阜國財也。東連吴、越，西引荆、蜀，南跨閩、粤，此其都會。公保障之，所以固邦家之基于億萬年也。公豈獨際昌期，享黄髮，爲身壽而已哉？稽之彝典，由南司馬擢北太宰者，僅有其人。滁陽任淺，業亦不竟。嘉靖改元，若太原喬公，勳名炳曄。今猶想見，將俟之公矣。夫郲鄏之曆數過卜，絳縣之甲子靡算。公殆與國同久者哉！余子載拜，緘文以行。

少司馬新安汪公五袠序

萬曆二載，今司馬氏南明汪公五十之期。里人典客黄君汝會，問壽於司勳氏。蓋嘗從余遊，而其子太學生立孝等爲公姻末，用是效祝於司馬，徵言於司勳者也。

美哉壽乎！爲人臣，皆欲獻其君蹄縷之微，願爲天子壽也。爲人子，皆欲獻其親雞豚之養，樂其逮存也。朋友之交，亦先爲壽，酌以大斗，以祈黄耇者也。若罔所烜赫於時，稱述於後，彭殤等耳，惡在其不朽也。于是乎有垂帛之勳、藏山之業焉，將與日月争光、霄壤俱敝者也。

余不能詳司馬氏之行，而好讀司馬氏之書。若副墨所載，汪故潁川之苗裔也，後徙新安，少田賦，以賈代耕。大父客遊燕、代，遂用鹽鹽起，致饒裕。尋罷歸，折節爲巖穴處士之行。元子復修業而息之，然好行仁義。生司馬氏，受大夫封，蓋積德百年而興者。公方在紈綺，博綜緗緗。甫冠，射策發科，試縣令，遊郎署。出領劇郡，臻於文理，爲良二千石。肅憲七閩，聲名籍甚。張而能弛，屏居䢼中，慕金庭玉柱之勝，迺東遊吴會，浮五湖，探兩山。余遇於吴門，見其克腴粹盎，似有道者，謂宜壽。既而詔起，持斧鄖陽，憎其威稜。晉爲少司馬，按周禮夏官之職，恪修舉之，訓士卒，勵車徒，莅兵詰戎。佐天子中興之烈，每念封疆，禦夷狄。宣威於外，將繫單于之頸而笞其背；修德於内，審黄石而存苞桑。勳莫大焉。間治古文辭，取法太史，襲跡先秦。黄山、白嶽，闡其靈秀，衡、郢之室，咸瘞草焉，海内宗之。新安諸彦，自昔詹、程輩，爲之減價。功德並邵而言益彰，非與日月争而霄壤俱耶？

問其齒，纔蘧大夫耳。俾爾耆而艾，曷所底焉！于是典客南向再拜，緘司勳言。北向再拜，爲司馬壽。束帛加璧，馳之京師。

皇甫司勳集卷之四十七

碑版四首

平夷碑

蓋聞垂緌之代，爰有徂涿之師；舞干之朝，不廢伐苗之典。觀兵丹水，享士鈞臺。雖文德誕敷，偃彼若易；而五材並用，去此則難。矧夷狄之爲中國患也，自古紀之矣。漢、唐以來，道革汙隆，勢因叛服，靡有常焉。宋德不競，鼎祚潛移。胡元猾夏，僭亂斯極。天啓我明，時則高皇帝汛掃妖氛，肇爲戡定。文皇帝芟夷餘孽，弘致盪平。列聖相承，制馭一軌，賓譯四通。皇上嗣統，湛恩懷柔，舉種即序，琛賮軼漠，玉帛來庭，二百年而海内晏然矣。

蠢兹蠻服，日本最大。聖祖慮其險阻易憑，狡詐難格，絶其内款，禁其互市，瀕洋環島，羅衛布堠而嚴爲之防，智矣哉！自是濤波晝戢，關門夜開，亭障弛而不設，舳艫敝而不修。斯憂兆於忘危，釁生於翫寇者也。倭奴乃乘間竊發。始則歲旱荐飢，奮臂掠食，捄死扶傷而已。迨夫假託依附，嘯聚寔繁，桀驁孔熾，遂乃隳城刓邑，斬將殺吏，侵擾我疆埸，繫累我黔首。農夫釋耒，紅女寢機，飛棟成墟，餘皇爲燼。刺嬰兒以釁鋒，刳孕婦以染鍔。蓋鯨波之巨浸，而蠆毒之劇蠹也。階之爲梗，豪右乾没，貪其奇貨，爲之贏糧嚮道〔一〕。阨塞漸諳，虚實悉覘，視我稍輕，敢於深入也。

東南之區，財賦攸萃，俗號紛華，地稱嘉麗。一旦烽火照於錢塘之江，荆棘蔓於長洲之苑，蕭條千里，顧不痛哉！皇上震怒，集群議以廣思，回北顧於東眷。運神謀，下明詔。剖符秉鉞之臣，妙簡而任；專閫分麾之將，疇咨而遣。竭内帑之財，調六郡之卒，雲臻飆赴，棲於會稽。然戰輒不支，賊無亡矢遺鏃之患，而我師坐困矣。吴、越、甌、閩，兵連於四境；壬、癸、甲、乙，役疲於累年。意者天吴爲瘵，波臣干紀，不然胡酷至此也。

皇上思欲祀洪瀾，昭玄貺。乃有浙郡趙公文華，時在納言，日隆睿眷。晉秩司空，明禋宗委。公爰奉如絲，直履窮髪，指日月以誓辭，望山川而增厲，審利害於出疆，聽便宜以從事。既而開庾信之府，參竇憲之幕。留侯在幄，亞夫行營。詩、書素敦，禮、樂具在。乃倚爲長城，資之武庫矣。于是宣威敵愾，殲馘獻俘，以報于天子。聖心以懌，加公宮保以寵異焉。前此計眩於狐疑，機失於逗縮者，公數其罪。聖天子飭法以示懸槁之徇，差級而俟收榆之效，仁義兼覃矣。

越歲執徐，賊復猖獗，窺建業，犯淮揚。公暫違聽履，仍俾受服。方叔于征，令公再見。金陵盤石以爲固，漕舟塞江而無恙。一戰而挫鋒於吕城，再舉而摧戈於桃港。僵尸乍浦，褫魄梁庄。當六月之期，應七旬之候。組甲凝霜，旌旄耀日。公方按節徐行，緩帶談笑。惟時總督則少司馬績溪胡公宗憲，提督則大中丞桐城阮公鶚，西蜀張公景賢，澶州史公褒善，監察則侍御姚江周公如斗、邢臺趙公孔昭、滇南邵公惟中。僉謀既同，諸司百執事而下，共命惟恪。或者議欲輸幣以誘其降，堅壁以俟其老，緩追以縱其逸，假息以盈其貫。公持之曰：「余藉天子之寵靈，二三元老之中覆，兵速乃神，事需爲賊，勢在破竹，間不容穟矣。」乃令沛之亡命拔戟而登，齊之驍騎控弦而入，楚之椎髻挺刃而馳，吴之輕剽煦沫而泳，越之勇敢烈炬而焚。五道並進，長伎畢集，算無遺策，刻不踰晷。生擒百人，斬首千級，溺骸汨羅、焦骨炳焰以萬計。史書大捷，無是過焉。而贊成之者，則兵曹郭仁也。

于是飲恨者快心，含憤者吐氣，歛戚成歡，破涕爲笑。姑蘇之民曰：殄瑕滌穢惟司空。雲間之民曰：室家胥慶復我農。晉陵之民曰：分茅疏爵報宜崇。潤州之民曰：生子名趙恩無窮。四郡良守乃率僚佐，將采民謡，播鐃吹，勒鴻休，刊貞石。謂余與公誼聯榜末，屬操鉛槧。嗟夫！料敵制勝，哲也；信賞必罰，斷也；躬冒矢石，勇也；不以賊遺君父，忠也。以此衆戰，戰奚不克哉！若夫懲厝薪於往轍，存苞桑於來監。公奏凱之日，有副封焉。銘曰：

憲周劇秦，若稽炎漢。中葉惟宣，先零構患。充國請行，金城圖筭。矯矯虎臣，邦之屏翰。曠世濟美，司空乃誕。蠻夷于襄，寇不可玩。渟海既澄，幽谷盡竄。班師奏膚，獻囚在泮。天子萬年，神武英斷。才謝子雲，辭莫能贊。

【校勘記】

〔一〕「羸」，原本作「羸」，據四庫本改。

吴韓襄毅公祠碑 代吕中丞作

吴有襄毅公祠，自余始也。余創之，宜文之，迫於瓜代而去。厥後韓生巙數來請，沿牒方嚴，搦管輒罷。兹撫滇南，歸生復申前諾，可謂不忘述祖者，迺檢舊草綴次之。夫滇民亦反側思逞，余率止以戡，稍執其醜，始知成功之艱而益重公之才略云。

夫豪傑之士，功業建於當時，德澤施於後世。進退以禮，身名俱榮。乃崇爵以尊之，厚禄以享之。生有殊褒，殁有徽謚，録其子孫。人心猶以爲未盡，愈久而思慕之不忘。此廟寢之所攸肇，像飾之所攸興，俎豆之所攸設，而禋祀之所不忒也。

余自弱齡，凡忠貞節烈，所謂士之豪傑者，或史册所紀載，或父老所稱述，未嘗不延頸拊髀，想見其人，恨不得與之同時焉。逮忝進士，授御史，爲聖天子秉憲之臣，尤以激揚旌别爲己任。及奉命巡按江南，持斧肅軌，攬轡觀風，庶幾遇其人而酬其願焉。若都御史襄毅韓公雍者，蘇之長洲人也。余按兹土，三學弟子員以祠事來請，因覈厥履。

公志抱經綸，才綜文武。弱冠髟纓，釋褐被繡，即霜憎轂下，風動臺端。叢案決流，宿齒推服。諸道奏讞，咸公參定。尾有公署，多蒙報可。人畏洛陽年少矣。巡按江右，逆濠怙勢，包藏禍心，首削護衛，陰奪其氣而寢其謀，新建之勳，公基之矣。由是晉浙于藩，宣、大之屏，功多不載。既而五嶺倡亂，百粤不靖。憲皇帝疇咨簡命，公乃受脤專征。至則憑籍寵靈，布揚威信。凡攻守招納，調遣防禦，暗合荀卿之制，間出曲逆之奇。每遇敵輒身先士卒，士卒咸感激，無不一當百者。凡猺、獞、黎、獠、黄、蕭諸裔，素號難格，計日盪平之，斬首數百萬，捷以數千聞。思古方叔之翦荆蠻，晉公之克淮、蔡，充國圖筭於金城，伏波摽勳於銅柱，曷過焉？事具平蠻録及公家乘中，不暇一二談也。

至若浮槎刳木，流馬非神；驅羊負芻，火牛謝巧。設機用諜，則籌沙示糧，束槁得矢，智出其下矣。公殆天授，非人力所能庶幾也。又坦懷闊度，所駐壺觴高引，刁斗盡弛，或横槊賦詩，或登樓舒嘯，有羊、謝之風焉。功成身退，口不言昊〔一〕，可謂善處功名之間、無犯道家之忌者矣。而猶以中貴之詆，屏居江東，溘死牖下。不克釋韜鈐而秉鈞軸，舍遐徼而司禁闥，爵不及嗣，悲哉！

廣南之氓，追思德澤，家祀而户享之。朝廷報功之典尚缺焉。後俞都御史鄧公廷瓚之請，敕下立祠。梧州至今雨暘水旱、疾病災祥，禱公祠輒應焉。而桑梓之墟，安可無祠以棲神妥靈？在昔韓忠武、范文正皆吴産也，咸有專祠，課功較德。公實與參，廟享之舉，獨可使貳乎？因檄有司，卜地而經營之。按祭法，有功德於民，則祀之典。禮經有鄉先生死，祭於杜之文。故祠之在粤，尚功以敦報也；在吴，尚賢以示勸也。非徒家廟，歲時伏臘，以永孝思而已。

昔孟軻氏謂夷、惠奮乎百世之上，百世之下聞者莫不興起。諸士子雖不及接膝於廟堂，而希躅於里閈。他日功名所就，有等於公且踰之者，使業不顯著，澤不覃被，有不赧焉而愧於公者乎？吾等有事兹土者，謁公之祠，仰止而景行焉，亦將有興起者矣。祠在郡學東，先爲南禪寺趾，撤下宫之植而新之。無費於官，無取於民。迺闢而門，迺筵而堂，迺翼而序，迺邃而唐，迺級而陛，迺峻而墉，一準范、韓之規，而廣袤有差。正以簿器，酌以儀物，舉以春秋，可以常遵。後之繼者，聞多捐貲加葺，而愈光焉。此秉彝好德之心，敢要以爲作俑者之功哉！祠成於嘉靖乙巳之夏，文成於隆慶丁卯之秋云。系曰：

天挺襄毅，嶽降之英。濟商作楫，植周爲楨。文醉六籍，武閑五兵。弱冠肅憲，秉鉞專征。三苗餘孽，弗敘弗庭。公往于夷，辮解角崩。旂翻作氣，鼓譟先聲，燎蝟匪疾，脱兔奚神。軍中一韓，異世齊名。梧州報德，象飾猶生。桑梓故墟，懷賢夙興。蕉黄荔丹，惟粤之馨。橘甘蓴美，羞土之羹。斷籐刊烈，横石勒勳。南陽慕亮，東海表寧。竦踊稽首，式是典刑。

【校勘記】

〔一〕「吴」，四庫本作「兵」。

徐文敏公祠碑

徐文敏公祠者，祠明吏部左侍郎兼翰林學士徐公也。公諱縉，字子容，吴洞庭西山人也，故號崦西。建祠者，季子太學生玄素也。祠成，謂余少從公游，又爲南畿所取士，雅蒙公知，亦能知公也，屬撰記之。余往謁祠，展象貌如生，乃稽首載拜，涕泣而歎曰：君臣相與，功名之際，豈不艱哉！先太傅文恪王公起自東山，有子爲擇佳壻，得公良喜。孝廟末，登乙丑上第，改吉士，授編修。太傅方在政府而公居翰苑，聲稱籍甚。毅皇帝時，公在史館，多所紀録，間與北郡李子夢陽、大梁何子景明、長洲徐子禎卿、鄴郡崔子銑，定交筆札，揚榷文藝。獨以史職自任，相業自期矣。

夫唐、虞稽古建官，殷、周猶未云備。迪秦而漢，稍稍增置。西京所載，金馬著作之庭、天禄校書之閣、蘭臺給札之典、柏梁侍從之儀，上有右文之君，下多掞藻之士，遊參枚、朔，詞妙淵、雲。唐、宋始建翰林，置學士，西京啓之也。若弘文、集賢，地切清華；承旨、供奉，職鄰樞要。我明益重，非由此選，不克拜相，執政可輕授耶？

世宗嗣位，鋭情經術，優禮儒臣。公以宫詹主試，繩鏡之喻，拔必得俊。又以少宰攝選，銓衡所寄，掄無枉材。且啓心於講幄，喻道於經筵。凡治亂、興衰、邪正、得失，反覆辯析，未嘗陳端而令上自擇。兼之偉容儀，善宣吐，帝爲改聽焉。由是清燕晝接，寵賚日隆。相君嫌其偪己也，陰嗾憸黨，飛文巧詆。公遂撲被東歸，角巾長往，縱情丘壑，委懷琴史，若將終身焉。厥後操軸既移，張弧盡脱，數從常侍，顧問形求。不見賈生，何其久也。爲召蘇公，今安在乎？鳳舉之使，將駕安蒲；狐首之嗟，奄成宿草。帝爲悲悼焉。乃復爵任子，恩逮於存殁；錫葬褒謚，義備於終始。公亦不爲不遇矣。

余慨夫君臣之際，寵孰維之？怨孰戕之？勳業中隳，疇則問之；身名晚完，疇則使之？命也，何哉？乃竟不閲崇品，不躋上壽，海内共惜之。仲子詹事君玄成於城西建寢，叔子州倅君玄英於山中祔廟，並致孝享。季子狹小舊制，爰圖麗規。因構赤城隙地，奉以專祠。上請於巡按御史，先爲長樂陳公瑞，繼爲洛陽温公如璋，咸曰：我聞徐少宰者，先朝之良佐、兹邦之賢達也。觀風者不能舉以示勸，奈何溷其後人？檄下郡守太原徐公節，行縣經理，將助之金。季子謝無所受，惟聽幕掾，督察工匠而已。地名靈芝里，跨芙蓉橋，其廣幾畝，延袤若干丈。爲堂三楹，肖像其中，旁爲齊室，翼以廊廡。前乂亭樹，碑凡制誥、御祭諸文及題咏詩詞具勒焉。伉而爲門，繚而爲垣，濬而爲池，邃而爲道。庭植松柏梧竹，芳陰交覆；緣溪桃李荷芰，穠豔競敷。東接膠宫，西鄰梵宇，群峰映帶，四水環漪，赤城勝境也。太傅有祠，北望而近。昔高步於金馬玉堂之上，兹冥棲於花洲茂苑之間，靈其並妥矣。

工竣於嘉靖甲子之春，考於隆慶丁卯之冬。題其額者，按院洛陽董公堯封。懸以耀其門者，吴邑令福清魏公體明也。考之日，玄成等陳俎豆，潔牲牷，以告于祠。幼弟太學生玄佐、冢孫履貞咸與駿奔云。銘曰：

峻推崧嶽，吴表洞庭。降申挺秀，誕徐效靈。東矜太傅，西詡少宰。辟彼中流，玉柱雙在。早奉鴻私，末遭蠅點。心苟無愆，躬遑恤蹇。生居華屋，死起玄堂。茁彼芝里，似蔓而昌。條風獻節，灼灼桃李。儼在春官，門藹多士。花源通籞，湜湜其清。靈兹陟降，宛昔登瀛。槭木悲秋，洞庭葉去。客有延陵，帶劍在樹。子孫千祼，勿替引之。昭德揚休，請事銘辭。

重修至德橋碑

吴祀太伯，自漢永興始，太守麋豹建廟於閶闔門外。其徙於内，則自梁乾化間錢武肅始也，廟臨金閶之溪。宋乾道初，沈度領郡，乃建橋表坊，廟曰「至德」，橋因廟，坊因橋云。迄我大明，歷年兹多，橋漸崩圮。嘉靖癸亥，開士屈真定者募諸檀越，圖惟鼎新，人鮮樂施，事未易集也。監察御史閩中陳公，命下再借，三按吴中。駐總兹地，登瞰危梁，顧瞻頹寢，歎曰：「至德若此，後何以觀？乃不責諸爲民之上，而諉於遊方之外乎？」遂檄所司，捐贖刑之金，刊他山之石，盡易而更之。徂暑而呀呷興，仲冬而厲揭免。力不踰時，工不愆素。基雖因舊無改，而制則視昔有加矣。然引纜之堤，紛爲韜筒之肆；虹跨之堰，鬱爲鱗次之居。無復蒼檜翼門、緑楊夾岸也。由坊而祠，將以次修舉焉。二千石而下，思紀鴻烈，請勒豐碑，謬以文辭見屬。

余按祭法有五，若太伯者，由克讓以敦俗，民非假法而施，建至德以肇基，國可不勞而定。左思侈其巨麗，陸生美其協靈，非百世宜享者乎？若夫仲雍揚波於虞海，季札蹈節於延陵，貽厥後昆，追嗣前軌，苟不見德，惟法是聞。雖有脂茶之密，不能回斗粟之謡；籌距之神，罔以格鬩墻之訟。故興校易性，滎陽無並逮之獄；閉閣引慝，高陵有兩棄之田。乃知化理之本，在彼不在此也。高風既逖，末俗寖偷，禮讓之邦，嚚頑善詆，愿恪之民，輕剽好鬥。向也襲跡皮冠，今乃縱情綺靡，始也脱屣千乘，終焉變色一簞。公軫憂焉。故新是橋者，將新是民耳。俗猶梁也，克讓則置諸安，好争則置諸危；民猶水也，有德則易以濟，無德則易以溺。由是往來兹橋者，足將進而惕，仰首坊下者，潸焉而嗟，有躬未遑謁其祠而赧然趨者矣。是秉彝之在人心，未嘗死，而公激發之機，入深而感速也。

粤稽古昔巡狩之典，王者所至，必陳詩以觀風，納賈以觀俗。布德展義，修禮秩祀，皆所有事。而公代天子優爲之，豈曰輿梁，有司之職，非務其遠者大者乎？爲下爲民，是謂鴻烈；爲上爲德，是謂令猷。一舉而二善具，宜著之銘。公名瑞，字孔麟，登癸丑進士，由科第超拜御史者，相繼不乏，爲閩世家云。成化甲辰，巡按張公淮嘗新厥廟，太史陳公音爲之記，公同産也。先大父祠祭公信爲諸生時，書其碑，曠若有待，重感於斯。銘曰：

至德造吳，洪惟太伯。宣父有言，禮讓爲國。懷風永歎，禋薦靡忒。中葉道衰，民乃作辟。吾君之子，鄙王與侯。爵服非玩，虆潦是羞。仲揚其波，季濬其流。端委于越，比隆岐周。肅肅柱下，持節來巡。六條咸察，百墜俱新。納民於軌，返俗以醇。歸報我后，洽和神人。烈士徇名，太上不朽。聲聞於前，光垂於後。昭德塞違，功實云茂。竦踊兹梁，文石並久。

皇甫司勳集卷之四十八

書牘十九首

擬詣大司徒論止王氏書

王子維禎將領浙關之役，其友皇甫汸請爲止之，乃論於大司徒曰：僕聞姬公吐哺，以愛士興勞；魯國忘年，以獎才流譽。蓋卓躒不群，當蒙異常之顧；人倫品藻，必廣器使之途。矧中散間有不堪，長卿或非所好，豈可以小授概試，俾在外無奇哉？竊見本曹員外郎王廷幹，性繕淵穎，質鄰殆庶。與越郡蔡汝楠，並以弱齡漸翼鴻逵，雙曜麗采，馳聲藝苑。雖終、賈復作，嚴、路再生，蔑以加焉。使相府推轂，銓宰甄才，優以文史之職，厠諸華清之地，必能讚揚雍盛，贊述休烈，昭多士之以寧，表東南之有美。既乃蛾眉見嫉於衆女，鸓鵡貽戚於初筵，誰之過與？王子承嘉出守，閩州卧理，移佐良牧，赤城坐嘯，固知通方飾吏，非知效一官者矣。稍謝郡牒，晉復郎署，宜入掌書記，坐均邦賦。曾未浹月，遽聞遺以關譏之役，委以榷算之務。意者謂其心計默運，皎節可亮，將簡任而享成，去齊而燕重哉？恐違不堪之情，致無奇之慨，傷器使之義，累品藻之明，無以嗣哲姬公、方容魯國耳。

今夫崑山之玉、明月之珠，必爲之飾翡翠之笥，薰桂椒之櫝，不適治理之用而充左右之玩者，無害其爲寶也。騕褭駃騠，必畜之中厩，馴之路寢，不使駑駕於道邑、騁足於千里者，無害其爲駿也。願公不俟瓜代，亟還部檄，推寶賂之愛，察駿馬之志，以縻國士。是僕舉燭於明公，非爲王子束藴也。

與督學楊公宜論高氏書

僕聞之，世有不能已之情，而後有不得已之言。是故仁人之門，不拒乎浚恒之求、干命之請者，將以廣先容之路，達幽隱之情耳。僕自幼偕舍弟濂，師事郡學生高賢，開導啓迪，極其勸倍。生我者父，造我者高也。欲報之德，未逢其適，此僕日夕之私心也。矧此鄉之人從遊其門者，蔚然雲集，並爲時髦，不徒如僕兄弟而已。夫何數年以來，身困於終窶，業弛於殷憂，聰明不逮，華殖漸落，謂非命何？

昨者扶疾就試，頭眩心悸，不知綴辭。明鏡一照，莫能掩其形穢，果以劣等失廩，要亦懲創而激勵之。公之至教，賢之大幸也，夫復奚諉哉！然而爲賢悲者，白首窮經，積以數十年，下帷之苦，甫及充貢之期。一旦見奪，辟望秋之禾，加以憔悴，不燃之灰，益用撲滅，有稿死而已。向隅萬狀，行道心惻，在僕惡能已於情耶？輒敢以其幽隱迫切，鳴於公側。公其體虞廷在寬之旨，法孔門與進之意，限以日月，容其覆試，以圖後新。揚末光於頹暮，保故物於窮途，實曲成之大賚、再造之湛恩也。且俾爲弟子者，少有以報其師於萬一，顧不爲義舉哉！豈特高氏鐫感，而僕之所以銘德者，亦不淺矣。

報黄守任君輒書

日月易流，别來忽復經年。緬懷良晤，益用增勞，遠承記存。且推及先人，頒之奠饋。辭物並腆，感悳交集。銘鐫盛德，何時可忘？三覆惠諭，知聶子量移於畿內，郭丞反服於東山，季君被逐於讒言，張友愆役於匠作。回思張組黄泥之坂，泛舟赤壁之浦，人有去留，事成今昔，佳會不常，豈虚語乎？公念及此，我心憮然。所賴慈母在郡，良吏爲邦，才稱撥煩，治尚行簡。黄民嚮化，流兹頌聲。雖吴楚相望，江漢云遠，亦喜聞而樂道者也。來寵方隆，慎時自愛。

與王稚欽書

緬昔神交，終成良覿，幸甚！徂年若電，别日爲秋。滔滔江漢，我勞如何。不肖承先人之痛，抱痌苫寢，抆涕帷堂。無因奉咫尺之書，申綢繆之意，執事諒之而已。曩乞雄文爲先人壽，迺今已矣。一念及此，五内盡裂。夫喜與戚，異感而同情者也；弔與慶，殊方而合愛者也。僕之私心，欲煩改撰誄詞，以竟前請，以遂鄙旨。雖非稱千金於終宴，亦將銘九原而不朽也。裁書惝怳，不知所言。

答侯孟學書

春間承芳訊，足感記存。無何，乃聞有萋斐之戚，語云「皦皦者易汙」，豈不信哉！此在高明，固不足爲累，而亦不必深辯也。安以俟之，久將自定。蓋無愆何恤，詩人之雅談；先張後脱，易理之明諭也。敢露丹款，公謂何如？令子遠來，辱損教惠。感感。窺野鶴而知不群，睹龍駒而識千里，極爲故人忻慰也。但匆匆西發，不能延致彌日，徒抱悵耳。炎暑方隆，慎夏自愛。不宣。

與徐公子書

緬昔奉使南都，得接杯酒之歡，奉歌詠之教，幸甚！然雲雨既散，山川間之，自是蘭心遂成萍跡。謝公嘗謂「風流得意之事，邇來都盡」，因思待月移席之句，宛然在夢，契闊數年，此樂豈可復得哉？執事省同此情也。居憂抱痾，有懷莫致，頃承玉體康勝爲慰。雕撰盈㡣，不惜貽示萬萬。秋晨蕭瑟，西向無任馳戀。

答司馬張公時徹書

頃王子百穀還，辱損華緘藻集，端拜展誦，光彩炫室，不啻奇琛異寶，何自而降也。且謙沖假叩，奬誘過情，非所敢承。緬昔枉芳訊於清源，挹光塵於都下，彈指三紀餘矣。公方周歷臺省，而僕乃播遷州郡，飛伏乖跡，音驛罕通。然勳猷遠劭，猶或相聞。至篇翰流傳，間亦快睹。蓋公玄悟夙超，匠心獨契，正修辭者之所私淑，而談藝者之所折衷也。既而暫解本兵，聊反初服，娱情於山水，殫志於鉛槧，著作日富，造詣日工矣。郎君過吴，獲瞻玉樹，恍對瓊枝，惠及數帙，幸窺一班。茲蒙全示，因得廣覽，知文以班、馬爲準，而吞吐六代，成一家言；詩以李、杜爲宗，而綜括三唐，亦成一家言。是謂集大而非具體，兼美而非偏伎也。

夫文不難於鋪敘纍結，而難於波瀾光焰；詩不貴於旨綴綺靡，而貴於興寄才情。公如雲蒸霞鬱，變幻百端，河決川流，一瀉千里，波瀾涣而光焰長，興寄深而才情贍，斯旨焉無盡，而味之有餘也。諸家之評，亦略相似。歐與楊顧欲探之六經，及於濟世，無乃宋人？然以此銓藝，失之固矣。是耶非耶，公自得之。

僕免官還山，杜門却掃，亦思畢其小乘，附諸大方。而横遭兵子之變，累世所藏秘書，攘取一空，平生所撰稿本，散逸殆半。監司非但不能理其冤，又從而抵其釁，抱憤棲病，齒髮頓改，學植益荒，良用悒懊。近兒輩稍稍芟輯，無足爲高明獻也。夫吴、越相距匪遥，每思泛姚江，探禹穴，踰四明，以訪茂嶼諸勝。倘山靈有知，人願果遂，懷嵇公而命駕，御元禮以登龍，良晤有期，書不宣備。

與大司馬李公遂書

前歲横遭兵子之侮，奉書左右，冀念疇昔，因求振援。自後抱憤嬰疾，一切以身外置之，竟不能報殺雪會，興言痛惋。追憶辱公物色朝堂之上，晤言省署之間，氣奪夏給舍之門，談傾張山人之座，少年英發，可復得乎？當時道術之交、文藝之友，豈特零落殆盡，抑且化爲異物者過半矣。恭惟簡命方隆，垂聲籍甚，出參機務，入秉鈞軸，文武兼優，功言並立。誠二京所獨推，乃百僚之罕匹者也。倘假餘光之燭，庶慰未溺之灰，無任馳悚。

與董侍郎份書

緬昔公在詹署，適貴鄉范憲長補官之便，曾附尺牘以展候私。既又公在銓曹，適令壻徐子入試之便，曾賦鄙言以代芳訊。皆未蒙垂報，則棄如遺跡，敢復嗣音乎？山居數載，杜門寡營，專事述作，猶不免於負俗之累。長兄奄逝，季弟中徂，終鮮之嗟。孑焉靡恃，兵孑構釁，家遭破碎，慘毒何可言悉。今之監司，以此覃其威稜，著其風裁，示嚇於飢鳶，奮勇於死虎，恐蒙叟所竊笑，而卞生不爲也。世路榛蕪，人情丘壑，魋闇極矣。謂天高地厚，跼蹐莫容；即林密山深，棲止焉託？憂標疹積，齒弊髮凋。每寄慨於清流，申懷於諦觀者也。

公夙挺宏俊之才，茂閱華要之品。扈聖台衮，媲美阿衡，群望所屬。亦暫迴翔，與時俛仰，知闔闢異施，龍蛇互用，非淺衷狹度者所能庶幾也。謹因信使，聊布款誠。外新刻請教，此技無足資身，徒生業障，覽畢揮去之。蕭序戒寒，玉體加攝，以俟召命。幸甚！

與耿督學書

緬惟憲節臨吴，獲奉光儀，良慰欽仁。嗣蒙推廪以授之粲，頒曆以示之朔。遂使炊晨飽德，占歲知祥。徒戢于衷，未遑裁謝，以憲府禁嚴，尺牘罔通耳。追念承竊貴郡，少年不識忌諱，負才使氣，未免視上若發蒙，操下如束濕。以今思昔，更欲貫石没羽，難矣，水火豈可復蹈哉？此時乃不及接君爲恨，倘聞仁義之説，相忘道術之交，仰藉箴規，猥加砥礪，庶或立於無過之地，而今晚矣。君天粹夙成，人倫朗鑒，學宗宣聖，教闡諸儒。校藝燕閒，宏開别館，片言足以折衷，一動可以爲法。如僕衰年病體，偃息長林，莫叩門屏，自甘茅塞，寄之慨歎而已。

與唐子書

頃奉書，得報於白仲子所，發緘申誦，喜慨交集。蓋鳳毛驥足，乃知謝公不死，苟令猶存也。僕念昔與令先君舉則同年，趨則同志，以道術相砥，以文藝相推，是爲儷金臒而投膠漆者也。至榮遺北關而望繫東山，晚因幕府之薦，卒就弓旌之招。使猿鶴興悲，松蘿斂色。由是窺虜塞上，襄夷越中，謂可收桑榆而垂竹帛矣。何悟九原有牛山之嗟，一朝成翟門之歎，詎忍言哉！

承惠使集二册，前此曾一再睹矣，正擬與足下商榷之。然會晤無由，宣吐莫遂，中心藏之，又非筆札所能具達也。夫條陳諸疏，雖充國之策西羌，伏波之圖南徼，曷以過之？若夫倚鞍草奏，横槊賦詩，雖造次占屬，亦極嘉麗。間有一二如閑情之病淵明，池雁之累子建，即未芟棄，奚足掩瑜？其上宰相及司空書，竊有惑焉。宰相書如云：「臨行時奉尊教所傳言王總督者，已一一致之。」又云：「王總督相去已遠，容更託人轉達尊教。」司空書云：「向會思質，已道尊意矣。昨承教示，容更轉達也。」又云：「思質處，亦以尊意寄示之矣。」夫人臣義無私交，奉使出疆，便宜從事，自我專之。雖君命有所不受，何得以宰相之意致總督乎？況總督者，即令先君所勘失事人也。其是與非，當獨斷於心；其功與罪，可反覆於手。宰相豈應有意示之，而勘官又豈應唯唯奉之？

夫宰相當國，或有帷幄之籌、密勿之議，所言公，宜公言之。若以天子之怒激發總督，令其省愆改過，爲總督良善矣。如漏泄省中何？殆非忠也。至司空者，彼何人哉！不過挾君父之威恐嚇臣下，欲其重賂以逞己私耳。設使思質幸而免於大辟，天下將謂相府先有所要，乃曲庇之，令先君所與知也。既而思質不免於棄市，天下將謂相府不滿所求，遂中傷之，令先君所共釀也。是未死之前，將受傳言之殃；既死之後，懼貽追論之釁。使王氏藉此以爲口實，起而理其先人之冤，雖百口何以爲令先君白哉！亟宜削之可也。恃通家至誼，敢布衷悃，惟足下裁之。

與孫生書

頃聞意外之變，良以爲駭。即使果實，亦奚足累？雖愛莫能助，然戚本相關，未嘗不懸諸心耳。貴邑乃山水勝地，今爲爵服要區、望塵附焰者，必奔走之，似非幽人所宜置足也。坐是先公之窆罰未將，周君之墓草徒宿，並付之倚歎而已。

答子浚兄書

弟汸頓首，奉覆華陽兄前：頃者猥蒙官謗，再奪郎署。歸來却掃，獲奉友于。幸甚幸甚！然安仁雖甘心於宦拙，而敬通終不能釋憤於見詆也。省念累月，疾病淹旬。偃臥精廬，忽投華帙，伏枕展玩，往跡可想，幽悰具存，愴然悲生，霍然病已。蓋詩之爲教，緣情託興，其感人深遠，乃至是哉！

吾兄以宏大之才，充以博極之學。故其爲詩也，兼綜諸體之妙，而不能稱之以一長；盡臻名家之奥，而不能擬之以一子。此二陸辭藻，獨秀於平原，三謝聲華，莫先於康樂者也。美哉富哉！允乎可以傳矣。來命方嚴，有疑不諱。拘曲之見，豈曰誠然。如樂府雄深，可删者十罕其一。古選雅贍，歌行縱逸，可删者十罕其二，五言近體之典麗，絶句之清婉，可删者十罕其三。差弱者，其七言近體乎？至强年以後，則又進之矣。考之於前，知記室之早悟；驗之於後，覺少陵之益工者也。再觀强前之集，中多讌會游賞之篇；艾前之集，半爲贈别寄懷之什。日邁月征，歲其往矣；水流岳峙，跡其乖矣。吾輩池草之情，周郎隙駒之歎，掩卷三覆，涕下無從。

嗟乎！弟也少覃玄思，長耽群藝。雖有懷縣之詩、兩都之作、適越之吟、浮湘之詠，倥傯於訟牒，跋涉於山川，簡篇寂寥，辭旨蕪穢矣。才慚不逮，齒愧無聞。視吾伯氏，大有徑庭，不重感於斯耶？關西晚暮，未足爲恨。若夫聯璧之獎，非所敢承，侍御之責，亦烏能任之哉？僭爲治點，聊備採旃。秉燭有良晤，臨楮無多談。重陽日，某再拜。

非所與蔡子木

僕惟奉職無狀，至闒木索，被榜箠受辱。自貽伊戚，夫復何言！所恨負刓明訓，點污清流。執事者不爲遐棄，顧乃枉玉趾，款圜扉，綢繆永歎，勤宣慰唁。雖尼父之矜冶長，郭令之廉孟博，何以加諸？敢不仰藉末光，燭兹局影，浸淫餘澤，潤此涸鮮。苟義氣相激，淑問奚疑，是固鎩翼者之隱憂、變色者之過計也。邇承執事，祇役楚邦，發揚郢調，爛若藻績。藏之珍笥，願眎副本，俾三覆詩旨，庶幾書授。夫撫缶而聆白雪，豈異戴盆而睹青天者哉？待罪法曹，輒裁簡謁，曷勝惶恧。

答王青州

僕自滇中詔報免官，遐荒險阻，朱明遞節，觸炎蒙瘴，委頓還山，杜門棲痾，絶交當路。日覽衛生之經，談灌植之務。因念仕之進退，猶晝夜寒暑，勢有必至。自恒情視之，便咄咄以爲異事。達人觀之，若解懸釋負，曾何芥於胸中耶？遠損教貺，良感記存，往事無勞具陳矣。省諭亦未爲知僕之深，何者？老氏有云「生我名者殺我身」，而足下以修名見屬；又云「知我者希則我貴」，而足下以後世相期。豈僕之所收受哉？所示傳贊，占綴甚古，子長、子政流也，誦之歎服。新詩漫往，鮑照句累，江淹才謝，今日之謂矣。覽竟直須棄去，升沉夐隔，已矣元美，勉樹令猷，以愛景光。

與錢侍御

頃入郡城，竊聞亡友周以言仙蹟，令人悵惋彌日，繼之悲恨。固知周君平生，遺脱塵累，抗睨凡流，奄忽委化，終成靈異，良足紀矣。因各賦詩，願垂和章。且云期以樓居，要之圓月，幸就乩案，代致悃誠。儻惠然肯來，延佇倏駕，冀奉冥晤，髣髴儀容，皆文成之力耳。夫虞丘雖閟，魂氣則無不之也。況神遊揮斥，那剎九埏，奚憚百里内乎？

寄沈僉憲

兄以雄才雅望，秉憲西陲，輯綏遠人，當有解辮削衽蒙化者焉。若夫蒼梧形勝，巡遊展眺，勾漏丹砂，采鍊服食，斯亦足以發藻繢而固金石矣，豈必近地乃爲快哉？

與釋雲谷

一别幾逾十春，遥緒葛藤，何可解脱？僕免官東還，頗愜微尚。因憶法侣，棲跡名山，體中無恙。頃得大林，參承下席，朗、詮遐躅，復見今時，獨傷鄙夫，負愧明紹耳。夫昔遺民思肇，音寄徒壅；安石招遁，晤言興感。何當捐此塵累，相從泉壑，仰挹津瀾，庶不渝夙心也。敬賦短詩，書之素扇，無足溷懷袖間，少垂慧照。幸甚。

答張氏

僕山中之棄吏也，與足下交乏半面，誼感同心。忽枉千里之使，馳八行之書，示以名園嘉藻，命僕亦賦。因思季倫金谷之什，必屬和於潘仁；摩詰輞川之篇，亦嗣響於裴迪。古來盛事，復見於今。矧兹桂樹叢生，足占雅致，奚必蓬蒿蔓翳，始稱幽棲哉？雖未目擊其勝，而已神遊其境矣。隨題賦篇，對使占覆。

皇甫司勳集卷之四十九

記十首

浩歌亭記

浩歌亭者，曲梁令尹之所建也。曲邑鄙，凡官署咸俛焉卑。時制下禁淫祠，迺遂毁淫祠，徙其宫而庸之，迺堂宇廨舍，靡不焕然崇也。爰有羡材，相厥隙地，迺就廳事之右，方構兹亭焉。皇甫子曰：余曩蓋除嵊令云，引疾不拜，迺上疏乞改署，遂調國子博士。謝劇而履閑，葆貞而甘寂，非時好也。無何，仍出補吏職，恭承嘉惠，戾止兹土。昔潘安仁詩云：「器非廊廟姿，屢出固其宜。」余復何辭矣。越歲而亭成焉。每退公闃坐，以安體凝神，慮善思過，未始不浩然適也。因歌曰：「胡嵊則違，胡曲則之。天也奈何，矧伊人斯。」或彈琴命酌，酒酣耳熱，仰天長嘯，又未始不浩然歎也。則又歌曰：「往胡尼之，今胡使之。來且奈何，命也俟之。」遂名曰「浩歌亭」。

乃有友人張崑崙氏者，自太行訪余曲梁，相與坐諸亭而語之故，曰：「嗟乎！此殆江生所謂赤縣之東南乎？可以居子矣。」因書而扁之。又相與和歌而別也。亭惟一椽，四面皆交疏曲檻也。亭之隅有泉，引而爲池，翼而爲梁，名曰「武溪一曲」，志懷土也。北地斥鹵，不宜他木，惟秋英滿臺，名曰「愧陶」。幽徑叢棘，跱而坊也，名曰「棲鳳」，言即不能歸去，聊以托吾棲也。是爲記。亭成於壬辰夏五，文成于甲午中秋。

明慎堂記

嘉靖十又七年，小臣汸以水曹移署虞衡員外，視道京畿間。亡何，乃以奉職無狀，當路者數之，天子詔下吏，法司傳會其罪，竟坐降級外補，于是左遷黄州理官，事具圄語中。圄語者，皇甫子逮繫時所著也，友人李驗封收而藏之。

越明年春，余始間道自吴至黄。而余蓋員外置也，以故郡齋無舍，舍於兵廠云。

兵廠者，清軍大夫廳事也，往東南，去府數十武而近。然郡人業已指目爲理刑外府矣。居頃之，即訟牒填委，迺書「明慎」顏其堂。易曰：「君子以明慎用刑，而不留獄。」此之謂也。或問：「易，朱子曰：『慎刑如山，不留如火。』信乎？」皇甫子曰：「不然。旅之爲卦，合離與艮。離之象，火也，火剛而用明；艮之象，止也，山止而體慎。是故君子則之，不留云者，明慎中事耳。按春秋元命苞曰：『刑者，侀也。』說文曰：『刀守井也，飲之人入井，陷於川，刀守之，割其情也。』可無明慎乎？」

楚俗譎詭而好訟，動抵讕詞相報怨，其所株染以百數。經歲莫可竟案，麻城爲最，蘄黄次之，廣濟而下又次之。第使聽者能以虛受，以衡決，亡文致以讞，鮮不得金矢者。是故懸箭設距，不如谿谷之易避也；繁脂密茶，不如畫象之無犯也。明以燭奸，慎以止辟，獄曷留哉？獄曷留哉？然發擿任智，非明也；在宥寡斷，非慎也。書曰：「欽哉欽哉，惟刑之恤哉。」其明慎之謂乎？余蓋羈竄之臣也，故取諸旅云。

仙都草堂記

侍御樊君既卜仙都之原，從堪輿家言，襄其母夫人，乃結廬於右，以寧一所公。

而君得棲趾墓傍，題曰「仙都草堂」。間馳尺牘，請余爲記。其略曰：家君號一所主人，性質直慷慨，好遊善飲，多吟咏，與世事疏闊。少負才名，累試不遇，就教山東陵縣，後遷高密。母氏與偕，竟以疾卒於官舍。不肖自留臺來奔，家君翻然棄歸，謂曰：「汝母奄背，吾不望汝以旨甘獨養，但能居我於仙都，以終餘年足矣。」賢哉！翁之志行如此。

按仙都在栝之縉雲，去邑二十餘里，道書所謂第二十九洞天，軒后龍昇地也。唐天寶間，有彩雲起李溪源，覆繞獨峰之頂，廣樂殷殷，響震林樾。刺史苗奉倩上其事，遂名仙都，而縉雲義亦昉此。山有鼎湖，中産異蓮，瓣落東陽，因建金華之邑，表瑞驗云。湖之下爲好溪，其東爲步虚山，奇峰干霄，即梁陶隱居所稱「高峰入雲，清流見底」者也。其西爲亡歸洞，縣令李陽冰吏隱於此，愛而名之。稍轉爲仙人碓，碓之上石峰攢峙。翁築層臺，延瞰鼎湖，名曰「群玉」。南可百步許，爲暘谷洞，宋朱晦翁遺蹟在焉。下抱澄潭，與小蓬萊、赤壁、趙侯船諸景相聯絡。花鳥、冬春、烟霏、日夕，展可樂而忘世也。

蓋福庭神窟，往往異人居焉。如劉、阮、羊、許輩，茹芝委化，事匪盡幻矣。夫世之慕鍾鼎者必耽廊廟，薄珪組者必安丘陵，性各有尚也。昔仲公理歎曰：「若得背山，遊覽平原，此亦足矣，何爲區區於帝王之門哉！」而宗敬微亦曰：「性同鱗羽，愛止山壑，眷戀松筠，有若狂者，忽不知老之將至。」探翁之志，正合古人，非惑鴻苑之書，談玄牝之術，希沖舉而逃虚寂者。萊母畢願於蒙上，龐妻協好於鹿門，則夫人之靈亦妥於兹山矣。侍御君能承顯志而慰幽光，不爲篤孝哉！

志又云：少微星見，乃置高山峻谷，考槃爲業，類多隱君子。今一所翁謂非其人耶？或有乘時崛起，奮庸熙載，文成諸公，並弘功烈，幾之爲會，將在侍御矣。巢、許韜德於箕山，申、甫誕神於嵩嶽，不並可徵哉！翁在草堂，詩曰：「高峰峙堂前，相對成賓主。」每晨興獨往，吟曰：「登臺盼林麓，倚洞臨清流。」又：「徘徊一徑仄，繚繞諸山巔。」倦移小艇而歸，吟曰：「策杖撫朝景，蕩舟曳夕光。」客有訪者，或不知止，吟曰：「畏聞官長至，喜與野老親。」又：「探奇山谷中，悠然吾老矣。」其胸次豈塵壒間能懸翳耶！若翁者不獨務外遊，而内觀其深矣。故其詩沖澹蕭散，與陶徵君田居諸作興寄略相似，别有編輯，聊採牘中所載，記之以傳，俾與兹山兹堂同不朽云。

茭巘亭記

或出或處，君子之道；若得若喪，達人之情。夫一官未效而三徑自賁者，抗時之高蹈也；東都甫免而南山流懟者，憤世之激衷也。我友張仲則異於是。方其與伯氏二千石，早發歸科，並登顯仕，蜚聲赤縣，彪映蘭司。當是時，豈不欲閲致崇品，垂功太常，以展生平之藴乎？既而被讒謝秩，人咸弗豫，君曾不嬰念，視其官若解懸釋負而脱屣者。歸乃闢第治園，疏泉灌樹，據茭山之勝，結亭其上，名曰「茭巘」。錦峰攸接，白雲延望。近在几席而迴挹烟嵐，不出户庭而獨觀昭曠。無登頓之勞，而窮眺聽之賞，此其胸次所得，有超於塵壒之外者。所謂道可重，故物爲輕；心既遠，故地斯偏。豈爵服之玩能移之哉？

按爾雅：「藕緒如指，空中可啖，曰茭。」水物也，而託根於山，殆猶伐檀置於河干，瓠樽委於牖下。駒有食苗之嗟，鴻興漸木之歎，君宜在朝而擯之于野，意蓋深矣。又漢書溝洫志：「竹葦絚茭。」爲茭才焉往而不適哉？園凡八景，亭爲最勝。括曰自得，而君出處之節、得喪之較，有可見者。昔敬通蒙詆，杜門却掃，胡隘也？山簡好遊，習池倒載，胡豪也？余不敢自附襄陽之豪，而君不爲馮生之隘，請日陟君園，臨君池，坐亭中，搴長芰而誦君之詩。裴迪湛思，願和輞川之什；王筠抵掌，請鑒郊居之賦。君爲何如哉！乃驩然命余書之爲記。

范氏創建三公堂記

三公堂者，祀太師徐國公夢齡、唐國公贊時、周國公墉也。周爲文正公之考，而唐爲王考，徐爲皇考云。按祭法：「有虞氏禘黄帝而郊嚳，祖顓頊而宗堯。」夏逮殷、周，更立而不變，三公堂所由始也。粤若我世祖嗣位之初，尊師重道，稽古禮文，首敕天下建啓聖祠于學宫，上祀孔子父叔梁紇。大哉，聖人之制作，炳越千古矣！

夫爲子者，居以王者之庭，享以王者之祭，爲其父者，曾不得妥以專祠，薦以一牢，豈人情乎？禮曰：「天尊而不親。」然人思事之者，以其有生物之功也。況毓靈蒼際，誕生玄聖，與斯民立命者乎！范乘載三公者，或仕爲節度判官，或檢校少府，或掌管書記，皆著有勞績，以曾孫之貴，追膺封典。文正功德弘茂，獨盛當時，而宋室湛恩汪濊，報亦隆矣。范氏忠烈廟在吴邑德鄉讓原笏林之陽，墟墓在焉，而三公祔諸寢室，郡城義澤莊亦止及文正，而三公故缺也。

迨侍御史洛陽温公如璋持節按吴，周爰展視，仁率義起，令於祠後創建三公之堂，檄下郡丞茶陵龍君慶雲經理其事。亡何，以瓜代去。繼爲董公堯封，亦洛陽人也，至則亟覈祠工，更議坊制矣。邑司以時詘財殫，頗艱厥任。適鉅家徐姓者，誤扞憲網，恥受汙名，請以金贖，聽輸工所，官第籍記之。梓材既集，匠作斯興。驅運之勞，不擾於鄉；呀呷之聲，無驚於市。地素窪塹，愀而平者，甗坻數級，筵堂三楹。峻而垣墉，翼而廊序，巍而綽楔。飾以丹堊，圖以雲藻。蜿蟺飛革，煌煌奕奕。工若浩繁，再朞而畢。兩侍御之令，迅於風霆；丞一人之力，神於不日矣。三公者肖像於中，旁以將作監簿純佑、許國忠宣公純仁、恭獻公資政學士純禮、龍圖直學士純粹配焉。濟美五世，禋祀一堂。由是衣冠之賓，虔奔式路，來躋其堂。爲父祖者，詒謀是思；爲子孫者，繩武是愧。過其門者，雖或細流，釋負弛擔，徘徊顧瞻，咨嗟歎息乃去。憂樂之遺、忠貞之報，百世不斬。若此，范公可爲，而人顧不爲哉！此觀風者之績也。

司勳氏曰：余觀兹堂之成，而有感於大道之公、懿德之好矣。夫闡崇先賢，佑啓後人，激世範俗，非御史不能；仰承德意，恪供厥職，非有司不能。上或宣令，下或怠事，有舉之而中廢者矣。前人美意，後人惡其不出於己也，將有其始，而多不克終者矣。堂之成，亦幸而遇其人。雖文正公德之感人，協恭同好，而玄貺默啓，其三公在天之靈哉！范氏乃更立主堂右，以祀温、董及龍，不忘報德，亦禮也。爲是舉者，公六世孫太學以益，偕其兄主奉惟立，請於當路，移書太僕卿惟一、祠部郎惟丕，從外交贊云。

蘇衛重修記

天下之道二，文與武而已。故其設官，亦相準焉。易敘黄帝傳述以前，書載唐、虞咨岳之後。夏、殷罔聞，至周始備。歷漢、唐、宋，或因或革，尋置尋罷，靡定制焉。我明稽古，文武並用。文若三公論道，六卿分職，以至百執事，各有司存。武則公、侯、伯，以擬三公，五府以擬六曹，禁衛一十有二，留守四十有八，視諸司焉。外又建都司以衛藩省，設衛所以參郡邑，官寖衆而法寖密。仰見高帝神謨睿算，超越前古，成祖率由，無改乎舊，慮深遠矣。至其居也，必崇構廣宇，使之聽政，而出治莅官，以臨下瞻，視尊而聯束固焉。

蘇衛建自洪武初年，在郡治之東。兹域也，襟江帶河，曠藪巨浸，控淮揚而連甌越，一大都會也。素稱壯麗，歲月既久，風雨漸弊。自宣德、弘治、嘉靖以來，三經修葺，並出苟完，費莫厎寧，勞豈臻逸？

隆慶改元之三載，視衛篆者，爲都指揮何君萬鍾。幼讀父書，長述祖德。策試擢科，文華翊武。騎射劍術兼兹，詩書禮樂在是。曾未浹月，百廢具舉。乃以六事上陳，僉同報可，修署其一也。每歎曰：「方今胡虜爲釁於北，倭夷未殄於南，正志士立功之秋、將軍耀武之日也。建牙幕府，樹羽旌門，盾戟列侍于旁，介胄奔走于下。涣號申令，擊斗傳符。而頹垣圮砌，敝宇荒庭，何以肅寮威衆？居之而失其尊，望之而生乎玩矣。」遂諏吉經始，撤故易新。迺閎其門，迺峻其墉，迺粲其堂，迺邃其宇，迺闢其階庭。凡除器有帑，貯餉有庾，享纛有祠，稽籍有室，退食有齊，踐更有廡。棟楹撓腐，飭材維良；瓦石殘缺，陶埴孔固；丹雘漫漶，繪堊稍施。由是望之而畏心生，入之而引躬俯，升之而斂容恪。此何侯之績也。

世之當官者，恒以營造爲嫌，樂因循而憚改作，視其居如傳舍，聊以託宿，遲明棄去耳。此宋藝祖示殿選加選之條，於遷代考課之後，非無見也。矧世禄之家，桑梓之墟，盟帶礪長子孫者乎？侯乃捐俸以庀財，不爲妄取；稍廩以鳩工，不爲徒役。荒度於殷春，落成於徂夏，民不告勞，工罔愆素，亦神矣。時聖天子嗣位，更化飭治。吴郡堂亦被災創建，同時興事，除舊布新，文昭武憲，會逢其適。吴人以爲美談，不有歌周雅而賡魯頌者乎？他日君侯秉鉞閫徼，立功疆圉，膺干城而奠社稷，亦若此矣。是役也，請于上爲督撫大中丞莆田林公、巡按侍御鄖陽温公、飭兵憲使南皮湯公若同官協贊，委吏董成，例得備書如左云。

清舉樓記

侍御劉君相厥考園，是爲疇華，建樓其中，名曰「清舉」。於以處高明，攬昭曠，魏生賦之，謂「美堂構而永孝思」者也。其居也，迺在郡城之西、閶闔之南。斯地也，東引於越，北達長淮。方舟結駟，駢坒輻湊。開市廛於昧旦，横闤闠而流溢。聯袂塵昏，揮汗淖積。乘時射利之夫，袨服遊閒之子，競其區宇，矜其燕居。吹竹彈絲，調珍饌玉，目恒奪於紛華，耳習聞乎諠噎者也。

侍御幽襟獨秉，沖標夐邁，心竊隘之，歎曰：「匪先人之廬是懷，吾其鯤徙而鵬運矣。」緬莊叟以養恬，晞楊子之耽寂，若遺世絶俗者焉。其於人也，每立遌而難合，故其從宦也，亦屢拙而不工。至其爲文也，思若凌雲，氣若吐霓，通玄潛虚而變態不窮。其爲詩，則穿天心，出月脅，興寄宏深而不可爲象。皆寓之樓矣。其爲樓也，三江匯其左，群山控其右，前臨茂苑，後枕海虞。飛陛百尋，交疏四啓。仰眺則危峰送青，俯瞰則平疇環緑，遐屬則天籟忽鳴，近聽則松濤遞響，棟含朝旭，簷收夕霏。朗月初升，暢庾亮之悰； 清風徐來，發劉鯤之嘯。亦可以樂而自適矣。

余聞仙人好樓居，故秦侈阿房，漢崇嶢闕。子其一舉而眇九州，再舉而細萬物乎？將挹浮丘，拍洪崖，憑烟御風，出入乎莽蒼而莫知其所止乎？殆與天爲徒，與造物遊，視規規然馳志於江湖廊廟者，彼猶有桎梏，而此之謂懸解也，矧又射利遊閒齪齪者乎？望之蓋瞠乎其後，而囿斯下矣。侍御君聞斯言也，迺揖司勳氏登樓命酌，超然榮觀，驩然相得，因授之簡，請書爲記。

文起堂記

雲槎張季翁者，嘗治其居於城之東衢焉。層基累構，必宏以軒； 綴棟雕甍，必壯以麗。迺高其門，迺峻其墉，迺敞其堂，迺邃其宇，迺翥以樓閣。第宅之華、輪奐之美，甲於城中，鮮有能埒者。夫季翁修業以息，特布衣之俠而隱淪之流也。今欲其門可容蓋駟，列幡戟，堂可聯簪裾，沓履綦，此其志不在近小者矣。落成僅十年，而其子果發科並起。惜乎！翁奄逝不及見，而志則酬矣。仲子幼于爰處其中，請名其堂，以昭令美。

司勳氏曰：夫仲子亦猶行古之道也。古之人一舉步，不忘其親，矧於身之攸躋乎？季翁雅善訓子，察知三子必榮以顯，克稱其居，令後世莫可加。然特以富貴望其後耳，不知事有得喪，勢有盛衰。若其室瞰高明，孰與地甘湫隘？此雍周廣喻於田、嘗，劉生致慨於王、謝者也。今仲子修文以起堂之中，奉母以寧。季翁博古，多畜前代奇器玩好，悉陳於几，示能守焉。然黼繡間施，雜以縹緗，壺觴遞御，耦以鉛槧。日引掞藻之賓、問字之客，研討九流，譏評六藝，闡稷下之談，發郢中之調，即使金谷榛蕪，銅槃狼籍，而文可永垂，堂亦不朽矣。由是仲子告于母夫人，僉曰：「聞昔賢母，惟欲子以善養，或期子以令名。汝以文起，含章吐續，抱璧握珠，可擬孟陽昆弟，吾亦無愧范、尹二母，奚患不富貴乎？汝其無忘先人之廬，敬佩司勳氏之言。」仲子載拜唯唯，遂書以牓諸堂，而屬余述爲記。

董氏西齋藏書記

西齋者，董氏藏書所也。世居上海之沙岡，自御史公起家，繼大理公，咸嗜學修文，購古書籍至千餘卷。生子宜陽，幼聰慧不凡。兩世居家，號清白，乏籯金緡錢之遺。每指西齋謂曰：業在是矣。二公既卒，董子非獨能守其業，又能盡讀其書，搜奇括秘，所藏倍其先人。屏氛謝垢，日操鉛槧，簡帙溢於几案，晏如也。蓋已涉其流，探其源，採掇其華，而咀茹其膏矣。

嘉靖癸、甲之歲，寇起海上，廬毁於烈焰，書亡於餘燼。董子不避鋒刃，夜半身犯賊中，取其先世恩誥、遺像及書數篋馳出。賊壯而釋之。亂定，稍稍理其殘缺，每從友人處借而手録之，乃刊定舛誤，然較昔十僅得其二三耳。并新其齋，屬余爲記。

司勳氏曰：天下之物，或聚或散，有數存焉，矧書籍爲天地之精英乎？秦焚晉墜，往往遭阨，國且不能保，而況於家乎？張華縹乘，武庫奚存；李泌牙籤，鄴架安在。遂使公擇託諸廬嶽，穎士寄之箕山，不獨禹穴、汲冢間也。余家自玄晏所畜，晉武所假，奚啻萬卷。余考中憲公暨余兄弟復廣之，一旦爲謝兵攘掠殆盡，年齒向暮，心力並減，不復能購輯如董子，祇自懊歎而已。夫御史者，古之柱下主藏書者也，而董蓋世其官矣。傳稱仲舒下帷覃思，三年不窺家園，而董蓋世其業矣。由是子子孫孫勿替保之，又能自得之，誡以口肆，貯爲腹笥。是董子所深望也。使致喻玩物，取譏兼兩，如斲輪之説，書不幾於廢哉！中憲公與大理同登進士，有通家之誼，言非敢諛也。因書爲記。宜陽字子元，别號紫岡，爲太學生云。

新建憲濟橋記

憲濟橋者，采民謡以彰憲績者也。橋距婁關二十餘里，鄉曰吴宫，村曰蕭涇。戴墟豬其南，陽城匯其北，二水交瀉，岸易崩圮。又走一州三邑孔道也，往來相踵，咸不便之。先是架木爲梁，名曰縮裏，謂稍却以避湍激也。夫河廣彴欹，臨深履峻。負檐而涉，心悸於阽危；牽輓以趨，足逗於旋引。餘皇一經，輒隕數命，至風雪沉尸，昏黑遇害者，又莫可勝記也。典是疆者，非其痛切肌膚，而乃慢視肥瘠，民且誰何哉？

嘉靖四十載，歲以作噩，長樂陳公以殿中侍御史，簡命南巡。吴當兵燹之餘，未獲安堵，加以淫潦作沴，大浸流災。公懷恫恤，抗疏蠲賦，下令緩征。既又清傳以節支，銷兵以裁餉，省刑止訟，去羡滌苛，專務與民休息。又爲之設糜以療飢，施藥以起瘵。民賴全活者以萬數。又爲之穿渠以渥溉，積貯以裕賑。凡興利而除害者，罔不周焉。芳曆兩更，瓜期再借。俗有偃草之風，海無傳箭之警。霽威於秋霜，煦愛於冬日。由是甘露降於虞山，嘉禾産於惠晦，瑞雪鑒禋而集，靈雨應禱而濡。士民思頌功德者，十室而九矣。

歲在閹茂，公適東巡。攬轡於玉峰之塗，擊楫於金沙之渚。召父老以爰咨，望陽侯而興慨。歷睹兹艱，具聞斯患，憮然曰：「民命顧不足重，而乃金是惜乎？奈何以易朽之木，濟難捍之水，屢廢屢更，卒無寧歲。屢廢則行者病，屢更則作者勞。使拘於時詘不可以贏，民疲不當以苦，豈永圖長治之經哉？」遂檄長洲縣倅屠大亨，往相度之，俾驅石代木，敷土夷岸，隤沙障瀾。畚築於二湖之衝，寘楗於百川之沸。廣可一丈四尺，修凡二十丈有畸。算貲不踰五百，計力僅閲三時。天根見而經始，鶉尾會而落成。圓兔初升，長虹迴跨。鏡光練素，延眺於澄流；錦纜牙檣，騰歡於清泛。民歌曰：「爾厲爾揭，險莫可避。沉尸塞流，視之如棄。微我陳公，孰援以濟。」又歌曰：「昔母渡河，葬於汨羅。今也從橋，由衽席過。陳公來晚，濟我實多。」因題曰「憲濟橋」，肇錫嘉名，用彰偉績，從民願也。

夫橋梁者，王政所有事而民牧之職司也。國僑聽鄭以取譏，單襄使楚而致刺，自古紀之矣。公原讁於下繩，銳意於己任，非爲民能然哉！吴自倭夷犯境，小民往往鑿石斬木，毁其橋梁，以避一時之亂。今道路多有不通，而水患間有不可禦者，使感於公而以次修舉之，孰非公濟之哉？公還朝堂，秉柱石之資，膺舟楫之寄，其於濟天下也，亦若是矣。

邑令馬君會乂亭建碑，徵文于余。余弗克違，嘉其仰體公心、恪勤官守者也。因思宋生兆祥於渡蟻，孔氏介福於完龜，愛物且然，況民命乎？天之報公以慰我民，諒匪遠矣。元凱受富平之賞，季札美盛德之遺。宜鏤鴻休，以耀綿祀。聊采民謡，銓綴爲記。

皇甫司勳集卷之五十

雜著五首

毁舟對

束教公子問於通方先生曰：聖王制器尚象，舟楫興焉。吴郡巨麗，寔爲水區。弘舸連舳，巨檻接艫，蓋自昔紀之矣。識治者惡夫崇奢之病禮也，華飾之蕩志也，嬉遊之妨業也，業飲之釁鬥也，冶容之誨淫也，議將毁舟，示以甲令，裁以常模。是爲反本以敦其俗，矯弊以殫其化。吴自今其可觀乎？

先生曰：否，不然。此謂裂衣斷帶之禁，而非棄車止擊之神也；剖斗折衡之治，而非沐樹息陰之化也。僕聞之：善防者，循其性，不改其故；善牧者，通其志，不拂其情。是故障狂而壅之，不若疏源而決流者易也；御馬而佚之，不若牽牛而豫貫者順也。是故先王有因民之政而民宜之，有隨俗之化而俗安之。舟楫之利，其究亦博矣，非盡如子所云也。用之聚族逆女，以洽嘉禮；用之送死弔喪，以崇厚德；用之祖遠餞近，以暢離緒；用之登山臨水，以宣幽思。胡蠹於政而欲毁之哉！且疊樓島峙，不僭於瓊構之翬飛也；錦飄霞舉，不夸於雕墻之衣繡也。軒冕之照水，不多於緹帷之竟道也；終宴之所費，不浮於一饗之玉饌也；芳辰之綴賞，不曠於窮年之游手也；采蓮之靚女，不荒於倚市之明豔也；中流之簫鼓，不闐於閭巷之弦管也。何舍彼而亟此？蓋事有緩急，物有大小，治有先後，政有因革。

今瑶臺無恙而餘皇被災，狐鼠當道而鷁首蒙戮，里猾怙勢而榜人受禍，囂訟繁興而擢歌輟響，殆非所以召和氣、弭怨聲也。吴之侈靡，鼎貴比肩，操贏繼踵久矣。成周風在四方，先王不强而同。蜉蝣之刺，不能齊之以儉；沮洳之譏，不能挽之以奢。使蘭舟桂楫，不泛於朝夕之池；危冠袨服，不睹於長洲之苑；縑賄奇貨，不鬻於吴趨之肆；陳粟紅腐，不儲於海陵之倉；巨商良賈，不通於閶闔之塗；而上錯之賦，可不登於天府之國。庶一切盡廢之乎？

今夫舟之習於水，猶車馬之習於陸也。爲之飾以珠玉，錯以金貝，被以繢罽，藉以簞茀，鏤以鈎膺，文似輪轅，約以鞗革，和以鳴鸞，非不麗也。亦猶屏騎於周行，而脱駕於魯道也，未見其可也。宰民者，浸以湛恩，潤以鴻澤，惟患康衢無鼓腹之夫，南畝乏媚我之婦。顧戒其樂胥，坐而愁鬱，止其笑歌，起而呻吟，曷故焉？昔李子入晉，見今室惡而故室美，新墻痺而舊墻高，歎曰：民力竭矣。吴舟雖麗，亦故室舊墻也，民實不堪，漸自痺惡耳。若昔管仲沐枝，而塗無愆期之役；晏嬰棄車，而民罷擊轂之戲。致治有本，導民有機。故曰民可感而興也，二子之謂矣。哲侯良吏，敕躬閉心，端軌務實，達權挈要，在宥去甚，斯民將有率履從教，改行安節而嚮化者焉。毁舟何爲哉！

吴漁父

屈子撰漁父篇，余擬之，加「吴」，以别於楚也。

歲旃蒙亦奮若辜月，日長至。甫子不懌，遜于松陵，泛于鷺湖。漁父見而問曰：「子非司勳大夫與？何故至於斯？少負英氣，眇視一世，業振古風，獨步江東，何壯也。今乃憂心辟摽，形容枯槁，何憊也。」甫子曰：「昔嘗抗疏以忤郭武侯，舉朝爲之動色，而今挫於一兵子。又嘗持議以詆張太宰，三署爲之斂容，而今窘於一鞠吏。謂非命與？吾其已矣。」漁父曰：「蓋聞釁由人構，奚天之咎？禍自己求，伊誰之尤？且子生賚菉之鄉而佩薰紉芳，趨眩碚之塗而懷瑾握瑜，適椎朴之市而掞藻摛績，履突梯之徑而娉節砥行，叩吹竽之國而鳴絃挾瑟，是自犯不韙也。今時所重者，勢與財耳。使子位高，何網之遭，仕不善宦，喪其氣焰；使子金多，何法之加，産不及中，神罔爲通。是自失其所恃也。夫犯五不韙，失三可恃，子之不隕於仇讎之手者，亦幸矣。」

語畢，相與觀於湖上。漁父倚舷而笑，鼓枻而歌，曰：「流有清兮亦有濁，賢如屈兮葬於魚腹。遡有順兮亦有逆，忠如胥兮盛以鴟革。水有源兮亦有委，智如蠡兮從余遠逝。」遂去，不知所止。

鷦息解

建業域中有玄寂公子，棲趾長干，皈心浄土。得北山僧舍之一楹，大僅踰斗，高不過舫，惟慧塔影軒，梵鐘響座而已。因題曰「鷦息」，蓋寓言於蒙莊也。乃左圖右史，彈琴其中，逍遥乎不知榮觀燕處之爲帲幪也。

爾時寥廓，大夫過而哂之曰：「陋哉，子之居乎是，安足息子哉？且子誦法周、孔，晞績皋、夔，不爲鯤鵬之遊、鴻鵠之舉，而乃托志於鷦鷯，誚笑於鷃雀。僕竊惑焉。」公子曰：「吾知息吾躬焉而已，容膝之外，非吾所覬也。南榮戒多，老氏取足，又曷故哉！且吾以昭曠視之，不知一枝之爲小也；吾以蟣塵視之，不和六合之爲大也。雖有鄧林瑶圃，一旦飢鳶擾其上，亡猿警其下，將恐千仞失據，三匝無依，豈復有息所哉！」

大夫於是愕然自失曰：「公子幾於道乎！吾方坐此困也。」乃拜手讚歎，而説偈言：「占占雖小知，黠慧羨微禽。一枝安足戀，屬厭乃其心。庇苟非所據，胡貴茂與深。乘時假全樹，矯翼飛上林。弛張種種故，龍德良可欽。」公子聞之，乃大歡喜曰：「吾於用天下也，亦復如是。」公子，盛生時泰也。大夫者，汸也。

司寇獄書壁

有兔爰爰，犯虎之穴。虎怒欲噬之，驅之豺窟。兔懼甚，曰：「嗟嗟豺虎類也，安得不毒我？我知其食吾之肉而寢吾之皮無疑矣。」豺問故，知兔冤於虎也，釋之平原。兔喜曰：「兹平原乃吾門庭矣。」遇鷹及犬，鷹嘴圓，犬善顧，或擊之，或搏之，百計困兔，兔幾不免。嗚呼！天下之人，有同其類而異其心；天下之事，有倖脱於彼而不可料於此者。戒哉！慎哉！虎，武定也。豺，倪，翟二撫君也，圓、顧二比部郎也。悉隱其名云。

喻歙文

有盲於詩者，妄意删之，皇甫司勳、五嶽黄山人並遺，圖倩梓於歙。客奮起，不視而唾，欲毁其板。余爲止之。夫彼既盲於詩，則其所取未必是，而所去者未必非也。使詩不悦於凡耳，受嗤於拙目，余方以爲幸，而子乃以爲憾耶？夫毛嬙、西子，國色也，天下有目者所同美。然鳥見之高飛，獸見之蹶驟，禽獸豈可論於聲音之道哉？竊怪夫今之言者，謂吴之詩不及關、洛、齊、魯。然吴之黄口白丁，僅諳三體，未窺六義。載贄出疆，憑軾而遊於名都。學士大夫多延致之，與之談必虚左，與之唱酬每出其下，咸謂少陵不死，謫仙復生也。顧不可笑乎！夫騎卒逞謀，而謂良、平爲非智；材官奏捷，而謂衛、霍爲不神。然與？否與？是猶鄙堯誚舜而陋禹也，於妄人又奚難焉？

皇甫司勳集卷之五十一

傳三首

張季翁傳

張仲子者，年少而有才，人多樂與之游，余亦締交焉。仲子遇余良謹，一日造余，跽而請曰：「家君被褐隱市，然而有古俠行。年且六十矣，懼其漂没無聞也。願先生賜之一言，以圖不朽，此與酌大斗、稱千金爲壽者，孰久暫哉！」余曰：「敬諾。」乃作張季翁傳。

季翁名沖，字應和，中都鳳陽人也。勝國時，有仕平江路者，避僞周之亂，徙家金陵，留季子賜贅長洲徐一貴家，遂爲長洲編民，自賜始也。是爲高王父，生子彦達，彦達生杲，杲生準，季翁父也。並善治產積，而母氏李孺人又能持陰教相之，富埒吴中。

季翁綺歲即慷慨負氣，不爲崖撿。從師學，求知大義，不習文辭。事父母，處曅弟，以孝友聞。凡中外吉凶之禮，有疑皆質焉。所議務協於義，曰：「禮求其平易可行，令通乎人情耳，奚必拘學泥古哉？」甫壯，嘗歎曰：「丈夫處世，不能冠纓結綬，乘軒擁麾，以快其志，當遊俠四方，安能僵卧牖下，事一室乎？」乃齎槖中裝，去之京師，與長安少年爲鬥雞、走馬、蹴踘、樗蒲、博塞之戲。間與高陽之徒酣飲壚肆，擁姬促坐，哀箏順耳，食揮萬錢。即貴人過之，睥睨不爲動色也。都人士咸嚮慕之，莫不延頸願交焉。後語人曰：「偉哉，皇帝之居乎！賤臣何幸，仰睹宫闕之麗，基扃之固，衣冠玉帛之會，奇貨縑賄、輜軿輻凑之殷，與官儀之美乎！蔑以加已。請止矣。」遂歸省庭闈，叩首泣謝棄養之罪。親亦撫而爲之歡勞焉。及視家人產，力勤自約，與童僕同甘苦。至營堂室必華敞，所蓄器物玩好必精巧，雖鉅室未嘗有也。其衣裳戍削之製，輒爲增損。俗尚褒衣高幘，曲衿侈袂，故爲狹小以矯之。所簪帢帽，服襜袷，佩鞶囊，人皆效之，終莫能及也。對密親良友，詼談謔浪，一坐盡傾，而卒歸於正，類託諷焉。客有匱乏，好爲贍給，或窘迫來歸，能爲之拯護。族人忿争決訟，不取邑令之命，而信季翁之言。雖里中無賴，亦善遇之，而勸之改悟。由是人益多其義烈。貴人長者，轍跡日盈户外，而季翁益爲醇謹，毋敢驕詡。

所生三子，長曰鳳翼，仲曰獻翼，季曰燕翼，並聰穎能應對，有所占屬，如宿搆焉。廣延明師誨之，三子彬彬文雅矣。貴人長者，忘年與之交。先爲季翁起居，乃日設賓客，可供十人饌，旨腆充於圓方焉。長子、仲子俱爲太學生，分游兩都，季子選爲郡學弟子員，將鼎立以盡友海内藝苑之士矣。

中歲婚嫁稍畢，因好山水之遊。年躋六十，輕捷如少壯時。往來虎丘、石湖之間，或操小舟載酒肴以行，或與二三交知徒步徑造，令童子攜壺榼以隨。誡其子曰：「汝曹不得與吾此流。」飄飄然有乘槎上漢意，因號「雲槎叟」，示無繫礙云。此其細行也。若夫倒篋而慕孟公之風，折券而弘馮生之量，推産以敦愛讓，封肉而致孝感，庶幾篤行君子之概焉。三致千金而再散之，此與齪齪守財者安可同日道耶？

司勳氏曰：太史公謂戰國四豪，皆因王者親屬，藉卿相之富厚，招天下賢者，顯名諸侯，不可謂不賢矣，然其勢易也。至如閭巷之俠，修行砥名，聲施於天下，莫不稱賢，是爲難耳。矧聖朝法禁之嚴，不得捍網踰軌，惟信義節烈足以回風而激俗，使人率履向化，季翁近之矣。夫生也有涯，而名垂無疆，古稱三張，今濟其昌。遲今顯揚，善者之獲報彰彰哉！

王隱君傳

丙辰之歲，余解宦自南中還，聞周子以言捐館于虞山之陽，未嘗不悲且歎曰：吾蘇自是無醫矣，即被病緩急，誰可寄哉！居一年所，季氏子乘病，迎王君診眎之，余從旁察其語病狀及所得如響，竟不起，如其言，猶謂偶中，未甚奇也。又二年所，孟氏華陽公病，復往迎君診眎之，如語乘狀，亦竟不起。余始憮然曰：周子不可復作，乃今幸得王君哉！

君名來賓，字國光，别號玉田，吴邑雁宕村人也。高王父曁厥考並善堪輿家，至君獨小之，乃從師學儒，覃究經義。丁辰坎壈，被褐爲衣，含菽爲食，棲趾環堵中。惟憂用疹，因患耳，竟聵。乃歎曰：「小子志欲以儒業顯，今爲廢人，天乎？命矣夫！即不能自治，設以治人，有所效於世，其醫乎？」遂好古方書，隱於瀆川之上，訓童子自給。廣購素問、本草、脉經、難訣、五色奇咳、鴻寶諸書。晝則手抄，夜則口誦，每至忘寢，同舍人不堪其苦，而君獨安之。

時越人吴生世魁日與之遊，心竊異之。常謹遇生，而生亦知王君可教也，間與語曰：「我有簡要診脈運氣禁方，欲傳於子，子幸毋泄。」君乃敬諾，生果出諸囊中。君受而覽之，因頓悟史所載長桑君事，信非誣矣。由是醫術益精，診眎人悉知病狀，藥一再飲即愈，病者歲中多所全濟。事具醫案中，故不載。里中長老貴人益爲曹丘，而君名浸淫上聞。縣令而下賓待之，郡守而下士待之。又晉之臺司及開府、行部，迎君者檄使交於道矣。

前守林公版授散職，謂章服便於紹詔。或曰：「與其亟帶從步吏後，孰若褐見之爲貴哉？」君亦殊不樂御也。病家持金來，即散而築室城西之隅，頗耽幽寂，焚香端坐，委懷緗素，課子弦誦。暇則引流灌園，交植花竹。户外則結駟沓屨，争來迎君，惟恐溘朝露而填夜壑也。君聵於耳而聰於心，問者以手畫几，輒了悟。雖仲車面壁、周知四方，曷過焉。

君性温坦而有節概，重然諾，口不言利，而好施予。友人程禹謨欲以女字其子，未請而夭。君後揣知其意，悵然曰：「余負程君哉！」越三年，復生子，而程復誕女，卒踐舊約。程貧且死，臨其尸而聘之。又客有貧，欲火其親者，君力阻之，涕泣曉諭，百計營貸，乃獲地葬焉。其信義多此類。此豈獨伎足稱述，抗行懿烈，所謂賢而隱於醫者非耶？

今年五十矣，而色若女子，以恬澹養生，殆黜聰而神完、支離而德劭者也。嘗著醫案二卷，具載所診病者狀，所立何方，所處何藥，死生驗者，若而人及邑里姓氏。言悉本於血脈經絡、陰陽表裏與順逆之所由、寒熱之所宜，守數精明，世莫能窮也。又素問臆説一卷、雜言一卷，藏於私篋云。

司勳氏曰：生民之所大患，莫急於病。世之拙工，不習文理，徒執古方，妄意於厲鍼砥石、湯熨醴灑，以冀其生。一或不捄，輒諉諸司命，夭札可勝計哉！本朝醫院之設，崇以華秩，優以清班。然授非簡良，失罔蒙罰，甚則藥物且未諳睹，矧息至之徵、癥結之秘乎？使王君膺蒲璧之徵，參闥庭之侍，奏功何如哉！而巖穴之士，抱才湮没，名不出户者，王君幸爲遇矣。

錢居士傳

吴自泰伯讓王、季子辭爵，厥後甪里興歌於搴秀，披裘高盼於遺金，世多隱君子云。我明王賓氏而下，志不絶書，乃今見錢居士矣。居士名穀，字叔寶，武肅王苗裔也。世爲越之臨安人，後有壻夷亭張氏者，遂爲吴之長洲人。父早卒，事母有孝行。家無擔石儲，因號磬室以自況。夫原憲環居非病，馬卿壁立晏如，奚戚焉？性木彊敦厚，謝却紛華，恥蒙滋垢。嗜學耽藝，晝夜誦覽不輟，將修秘書永嘉之業，以繩其祖。尤攻繪事，既善山水，兼精人物。圖花卉則管下生枝，寫羽毛則屏間飛去，至題詠亦閒婉可玩。由是馳譽丹青，卿士大夫得其寸楮尺幅，愈於百鎰千縑。高車結駟，日枉其門。居士每長揖不爲屈，又不樂曳裾懷刺以通，曰：「吾食吾力足矣，何假縣令給肝，王公貸粟也。」其概如此。而母氏亦有介山偕隱之風焉。所交遊非文苑佳士，則俠客酒人。

隆慶改元，甲子一週，季冬除夕初度之辰，交遊悉載酒肴賦詩爲壽，而請余作傳以傳。先是，學院檄下郡邑，各舉博學茂文者，纘修世宗皇帝實録。居士亦在聘中，以多識前言往行可當世叔云。

司勳氏曰：昔人謂求士當於其所不取，及其所不爲，諒哉！若錢居士者，砥節勵行，以立名聲於天下，豈矯俗抗世者哉？亦率履適性而已。彼求富貴利達者，炫赫於生前，湮没於身後，不可勝紀，較居士孰輕重耶？使其脂韋磬折，少自貶損，於富貴利達何有？而獨安於貧賤，以肆其志，蓋皭然自拔於塵澤矣，尚何待青雲之附哉！

皇甫司勳集卷之五十二

誌銘五首

明湖廣按察司僉事丹山翁大夫墓誌銘

丹山翁大夫之寢瘵也，召其子謂曰：「即不諱，能志我，俾不湮滅者，其皇甫郡公乎？」亡何竟卒，孤遴具狀來乞銘，從治命也。余兄司直君與大夫蓋同榜，雅知素履，嘗竊聞之云。

按狀，公諱學淵，字道原，别號丹山，世爲栝州遂昌人。九世祖行秀者，丁元末造，隱居岱原中。五世祖文一避寇，復家城南胡巷，岱原地寢爲里豪所并。祖守寧，尚德不仕。父奎，即奉政公，早篤學，以日者言棄去，獨抱詩書，付公曰：「成吾志者子也。」母潘氏卒，繼黄氏，有閫德。生子三人，長道淵，次德淵，公其季也。德淵早卒。公少穎脱，處伯仲間，擅聲白眉，弱冠補弟子員。正德某歲，承奉政公諱，倚廬窮經，益臻邃討。事父兄以孝友聞。己卯，黄氏亦卒，居喪惇禮，合葬於岱原，悽然有單露之感，歎曰：「昔人營塚，令傍可置萬家者，何心也！」

嘉靖辛卯舉於鄉，壬辰登進士，授南京刑部江西司主事。畿内鉅猾怙勢干紀，悉繩以法，細民誣染，一切從貸。大司寇白川周公嘗曰：「每獄成，見署尾有翁某名，輒不復覽，而廷尉參覆，亦莫有異旨者。」同舍郎有疑獄，多質公爲平反。由是以明允稱。癸巳，恭遇皇上建儲，敕贈父如其官，而潘氏、黄氏俱爲安人云。尋以考績，取道展墓，稍稍復其故業。後署本部廣東司員外、江西司郎中。又遇皇嗣誕生，覃恩得拜真，贈父復如其官，母氏皆爲安人。因建祠以棲靈妥享，輪奂特美，綽楔並麗。過者望而咨嗟，里中爲之語曰：「生子當如翁季矣。」事具涇野吕公記中。

辛丑，擢貴州布政司左參議。或以地方介荒裔，非大賢之路，乃以盤錯自砥，略不動色。至則苗夷弗靖，中丞治齋范公將陳撫勦便宜，取決於公。示以恩信，蠻獠皆回心嚮化焉。時廟建方興，潘中丞公以大木艱得爲恐，推以任公，公無少避，而材果畢集。秋當試士，監察檄公入典院事。録成晉御，以語類託諷，上怒，左遷真定判，隸守倒馬關。關人賴以爲鎖鑰。甫肆閱月，移貳郡武。常山之氓號泣，恨奪公之速。郡武治迹尤多，又恨得公晚也。甲辰入覲，乃就闕下拜本臬僉事，備兵建寧，八閩爲之欽遲。戊申，海寇竊發，始建巡視，行部詰兵，謂公言少戇，坐失事抵罪以聞，詔下吏部，謂弗讎也。乃請改任，以釋巡視意。己酉遷湖臬，備兵下江防，駐節蘄、黄間，風偃湘漢。庚戌，蠢苗復叛，三省震讋。臺司以公昔在貴陽，知地利，諳夷情，署覈功罪，陰爲折衝，浹月獲凱，皆其指示之力也。

癸丑歲，當黜陟，臺諫例得彈劾，有以惠文銜私者中傷之。命下，奪公官。飄然起曰：「余昔在貴陽，聞伯氏奄忽，即思反服。居楚求艾，宦情益減，每移書與遴，治義田，掃荒逕，以待余久矣。悔不引決，竟落謗者之口。」歸隱別業，飲酒高會，日與故舊爲平生歡，撫兄子踰於己生也。或惜其位不滿德，業不充志，乃曰：「余以一介儒生，幸際聖明，射策發科，歲中超致大夫，横金衣綉，垂二十年，分亦足矣。願以遺榮裕後昆耳。」時多賢智公者。

余始莅栝州，覽其山川，層巒疊嶂，崎嶔崒嵂，延亘摽峙，太史公謂佐命五嶽，顧不然哉！且溪流迅澓，瀨湱瀄汩，聲聞百里，故其人多慷慨激直之風。明興，攀鱗堀起，若劉文成而下，章、葉數君子，並以豐功偉烈彪映史册。翁大夫者，亦曠世之選也。然以煩劇之才，功烈未弘，立遻不容於時，潘生所謂「拙者之效」，非耶？

閒居數月疾作，遴輩多方延治，不藥而卒，七月十日也。是月也，應中丞亦捐館於廣南，開府運數適相值矣。距生弘治甲寅六月二十八日，花甲一週。娶葉坦劉氏，累封宜人。男子四，長遴，次選，俱邑庠生；次遷，次遂。女二，淑廉適鄭工，淑貴適黄九章，亦俱庠生。孫男子四，曰元鳳、元鶴、元鸞、元鵬。孫女三，曰元姬、寧姬、慶姬，並未婚媾。是歲十二月二十有五日，襄事于妙高山之新阡考宅，徵吉也。銘曰：

高原膴膴岱之陽，丁辰中圮業已荒。後有作者卜世昌，肅肅憲臣奮以揚。彯纓耀組貢明堂，威夷澤閩乂楚疆。抗跡鍛羽迴且翔，濬源既深流波長。妙高開阡魄永藏，末路云促餘休光。

明忠州儒學司訓劉公墓誌銘

劉子亮以楚材舉於鄉，累試不第，拜雲和令，敷文飾政，樹循吏之風。余左遷貳栝，喜得佳屬云。既而持其先人司訓公狀來乞銘，以余昔在水曹忤權，承譴員外，置爲黄州理官，黄人嘗謬頌之，且雅知公也。

按狀，公諱大倫，字某，黄州黄岡人也。曾祖政，歷知貴州鎮遠府，進階亞中大夫。祖瑛，父澄，並韜隱不仕。母李氏，系出望族，嗣徽弘閫。公生而沉毅，寡言笑，即家人未嘗見其喜愠之色。少長業儒，有大志，流覽群籍，博物洽聞，足稱武庫。雖夏月盛暑，獨坐弦誦，輟扇不揮，人或異之，曰：「心静體涼，當自得之，非道家玄引、釋氏禪定也。」其砥節若此。制事必由於禮，燕私罔或惰行。爲弟子員時，從弟子陷於法，乃以百口請於郡守胡公，公爲感動，立貸之，不復推理，人益以此重公。祖之將殯也，陰陽家者謂支干弗利，諸子不宜登墓。公方弱冠，叱拒其説，褰諸父之衣，泣曰：「安有父棺即窆而子不臨穴者哉？有忌，願身當之。」諸父竟悟，後皆無恙。及父之殯也，道從河，河無梁，天且沍寒，水復深濬，衆止之。公竟徒涉，染足疾，每陰雨良苦。悲泣曰：「吾以水故悼其親，非智不如葵也。」

以歲貢起家，嘉靖某年春，授四川重慶府忠州儒學司訓，教鐸頗振，士子樂師。歲時餽獻，一無所受，窮乏者捐俸周之。癸巳春，遷涪州彭水縣學教諭，距忠州甫三日，堅不欲就，遂自免歸，曰：「本非吾志，安得戀戀久溷升斗哉！」上官多賢智公者。反服家園十有三載，杜門掃軌，以開卷自娱。或勸之遊，曰：「動静由性，向懷五岳，許耽一丘，各從所適也。」

一日，忽檢曆書，謂：「小雪後，吾當就寢。」時疾尚未革，至期果奄逝，異哉！凡殯殮之具，一皆手自裁定。子敬如其言，遵治命也。昔矯仲彦預知死期，陳太丘遺葬卒所，皆平生鎮定，故委作不亂，公蓋同之矣。公生於成化丙申之八月二十有五日，卒於嘉靖丙午十月二十有四日，享年若干歲。卜某年月日葬於某丘之先塋。公娶同邑封君王公文奎之女，吏部驗封郎濟之女弟也。子一，即亮。女三，長適袁尚相。次適陶珽，以歲貢授河南裕州别駕。季適張業，縣令公濟之女也。孫一，長統，由縣學充國子例貢生。曾孫二，如龍、如鱗，俱稚。

劉之先，係江西饒州鄱陽縣青塘村人，句容公後也。有從宦襄陽者，因僞漢陳友諒據湖作亹，避地黄岡，遂卜家云。司勳大夫曰：余嘗誦漢詔令，徵廉察孝，悉多奇節士，若劉公非古所謂孝廉者哉！余居黄，每過漢陰，望鹿門，未嘗不想見尚德息機之風也。至慕達者穢跡於比鄰，摛藻者乏譽於鄉曲，豈名教所與哉？公之大父，天順時值歲凶，出粟五百石，全活千餘人。欒後必大于門，可高善慶，獲報雲和，當超致崇顯，亦會逢其數矣。是宜銘。銘曰：

少惇吾行，不敢以儒自病。晚效吾官，不敢以禄自安。免而歸，吾息吾機。賢哉知止，獲考其死。所未究者，俟厥子。

明中憲大夫廣東提刑按察司副使洞陽顧公墓誌銘

洞陽顧公卒之明年，季子啓東暨冢孫道洪，持其外姻秦子滂狀來乞銘。余國之棄臣也，雖嫺於文辭，烏足以鐫金石、揚芬燿哉？先是，其兄惠崖公之墓，屬余表之，獲詳世裔，兹覽狀典而有徵，因述其言，聊爲緣飾之。

按狀，公諱可久，字與新，别號洞陽。昔越王勾踐封其庶子於顧，因以爲氏。其在錫者，則自晉參軍凱之始也。明興，有福五者，卜居邑之膠山鄉，公之高王父也。寘力田畜藏，家累千金。時鉅猾俞寘逞暴作姦，福五率其子壽山，召義旅遏之。寘懼，乃潛奔京師，飛文誣詆，父子並逮繫。久之，寘乃服辜，始蒙矜釋，歸則盡喪其貲矣。壽山子諱信，尚在齠齡，賴友人錢氏爲魯朱家，得不死。長從賈人往來吴門，稍稍復其家業，是爲誠軒公。後以兄榮僖公貴，贈柱國、太保、禮部尚書。公之王父也。生三子，季諱榮章，號筠軒，以公貴贈中憲大夫、泉州知府。娶季氏，而生公。中憲父嘗與芹軒伯氏、草堂仲氏，各訓誨其子，每曰：「吾家本江東人望，纓緌蟬聯，安可不思光昭先德，而守田舍翁哉？」由是諸子克遵義方。伯氏子可學，即榮僖公，仲氏子可立，是爲參議公，相繼登進士，筠軒頗鞅鞅不豫。公曰：「富貴要各有時，大人第少安毋躁，焉知後羽一舉不淩前翼沖霄耶？」歲在癸、甲，果連第，拜行人。

時毅皇帝將南狩，偕同官江右熊軾、山西孟陽、泉南張岳、洛中熊榮輩上書請留，略曰：「陛下輕萬乘，棄九重，忽垂堂之誡，而甘馳駿之遊，縱不自惜，如宗廟、太后何？」上怒，詔獄，廷杖之。左遷國子學正，尋以父憂去位。值今上入繼大統，首録諫臣，擢居瑣闥，而公尚在苫塊，未承恩命，亦數矣。癸未免喪，起家銓曹，將擬前授。而錫尹暢子素不悦公，亦應召在京，陰譖沮之，竟拜户部員外郎。時追崇獻皇議起，群下聚訟，未有折衷。公從同官後上疏，與張、桂二公殊不相協，復詔獄，杖之闕下。幸不奪官，乃有徽藩册封之役。昔在行人，有榮善王弔祭之役，兩奉展親而君命不辱，兩遭笞點而臣節不渝，君子以爲難。

丙戌，出知閩之泉州，以母老乞養，疏上不報。歎曰：「古人迴馭，獨何心哉？」强承郡檄。而泉俗素好嚚訟，且怙勢相傾，至則作六條以與民約。旬月，多回心嚮化者。公之折獄也，務在得情，而發摘不以爲神，故民無冤者。公之恤灾也，賑貸有方，而矯制不以爲嫌，故民多全活者。至於興崇學校，獎拔士類，尤多意焉。庠生王以寧兄弟就僧舍讀書，蒼頭與行者忿争，輒撲殺之，株連兩生。公一訊出之，止坐毆者。以寧是秋舉於鄉，故士多感激奮發。由戊子舉者，凡二十有八人，上應列宿，皆公造也。若余同年莊用賓、蔡克廉，並以高第顯名，僉曰：「泉守知人哉！」三載考績，上方留意元元，求所謂良二千石者入爲公卿，銓曹察吏治無出泉州者，將以太常卿召之。客有止公行者，曰：「吾母耄矣，忍使不沾寵命而徒爲身計乎？」乃就考，得上最，母封太恭人，帔霞簪翟，亦榮矣。亡何，母卒，歎曰：「向使從客言，不抱終天之恨乎！」

甲午免喪，起家補贛州，當閩、廣、荆、楚孔道，商醝往來，例榷其税，以充督府軍需，墨吏并農販征之。公至，白罷之，贛民稱便。甫三月，擢爲廣東按察副使，民泣曰：「天不佑贛，遇公之晚，奈何不能借公如寇恂也。」瀕行，主藏吏邀公視其醝羡，將以德公。乃斥之曰：「昔屬令有餽吾幣於途者，謝而遣之，汝不聞耶？三年無染於泉，三月欲污於贛，棄其前操，戾之甚矣！」贛民至今以爲美談。

公自念兩守劇郡，年資特久，僅膺常調。復領遐陬，兼之備兵瓊海，颶風瘴霧，意不欲行。少宰霍文敏公，廣人也，移書趣之。不得已，褰帷露冕，往莅其境。飭法振紀，宣布威德，黎民惴惴，罔敢犯者。間乃按行諸郡，咨詢黎倭出没之處，相其阨塞險阻，而爲之備禦，繪爲圖説。松林石坂，不假躬登，絶島中盤，宛在心目。雖充國之畫金城，文淵之籌函谷，不是過焉。未幾，羅活峒黎出劫爲盜，按圖循跡，遂窮治之。儋厓諸黎五十二部落，聞風款附，境内帖然，前此未有也。

以公之才，晉陟卿貳，如漢故事，奚所不可？竟以讒免，惜哉！萋斐成貝錦之嗟，薏苡起懷珠之謗，皎行易污，流言難察，類如此矣。昔泉有丘侍御者，縱其家奴搏人於監司之門，公按以法。雙江聶公持節按閩，猶不能奪。使憲臣如公，則王者三尺法，有不信於天下者哉？觀其齎空囊而度大庾之嶺，題數語而謁曲江之祠，此與投犀沉水、取石迮舟者奚異？

其免官還家也，杜門却掃，絶交當世，屏跡公府，慶弔之外，雖讌會亦不多預。時汎舟梁谿之上，振策惠山之陽，以取適而已。性好讀書，至老不倦。尤好染翰，作鍾、王書，盡得其髓。文必根理，不襲陳言。尤工於詩，解褐即與薛考功蕙、鄭户曹善夫談，初耽李、杜，乃撰體略，晚醉右丞，爰輯詩説。唐太史評公詩有幽深之思，多自得之趣，當矣。所著有在署、讀禮、温陵、虔州、珠崖、在澗諸集，并賦、贊、誌、銘、序、記若干卷，藏于家。瓊管所纂山海圖説，迄今用之輒效，傳爲軍中指南云。

丁巳偶感風痺，尋差，謂長子起孝曰：「汝才宜繩吾武，累試不第，亦命矣。曷就選，令吾見汝衣冠也。」至京，授鴻臚署丞，暴卒京邸。公得訃，悼曰：「使吾子不克殮形牖下，吾過矣！吾過矣！」因慟疾發，不捄而卒。情具哭子詩中。邑人聞而悲之。歲癸亥正月某日，堪輿、叢辰家並曰吉，圖舉公柩葬於小嶺灣之新阡，啓楊、王二恭人兆合焉，禮也。公生成化乙巳十月廿日，享年七十有七。配陽山楊氏，贈恭人。繼武進王氏，封恭人。子男三人，長即起孝，鴻臚署丞。次啓予，國子生。次啓東，縣學生。孫男十一人，曾孫男八人云。

系曰：今士之仕也，孰不欲優游以取卿相哉？然有至不至者，命也。與其脂韋睎寵於世，孰若玉碎而垂身後名哉！如洞陽公能蒙垢遺榮，殆無憾矣。是宜銘：

矯矯憲臣，際風振翼。抗疏繩違，越俎秉直。分陜樹聲，爲邦流澤。口可鑠金，心匪轉石。我有忠信，孚于蠻貊。亦有子孫，遺之清白。惜哉棄捐，胡然奄忽。經始嶺灣，卜云既吉。爰啓新阡，迺安幽宅。考德懷勳，請視鴻刻。

明朝列大夫山東都運同知山泉王公墓誌銘

長洲分教王君振鐸之暇謁余，載拜涕泣而請曰：「常聞孝子之於其親，生不能養，死不能葬，爲終身之憾。使葬不能銘，懿美湮没，無聞於後，其憾殆有甚焉。皋也幸而叨一命之寄，爲多士先，且遊吳文苑之邦，接公大方之家，不靳一言以爲先人光，是孤之罪也！是孤之罪也！」余矜其辭，發其狀覽誦之，歎曰：「朝列公之行宜銘已，君僚友歐陽司教所述也，典麗足徵，又曷辭焉？」

據狀，公諱景明，字時新，號山泉，保定清苑人也。高祖諱明善，曾祖諱子成，祖諱源，並隱不仕。父諱郁，贈奉政大夫、府同知，如子官。母劉氏，贈宜人云。公生英敏夙悟，知非凡兒，奉政公令就外傅。少長，從定興李先生遊，遂精易學。補邑庠弟子員，時督學侍御爲儀封浚川王公按試，拔公居首，屬以遠器。正德癸酉，果登順天鄉舉。四上春官不第，時嘉靖癸未，歎曰：「今聖天子龍飛于上，士咸思攀鱗，以赴功名之會。丈夫苟膺一命之寄，皆足以行道濟時，奚必一第哉！」

乃拜鞏昌府推官，地接羌戎，民多質悍，可以理剖而難以法繩。公至，持以矜恕，多所平反。時總兵李隆，甘肅奸首也，坐法當刑。諸司懼有外變，欲悶禁中，勒令自裁。公力陳曰：「李所犯非暴諸市曹，何以昭國法示與衆哉？」由是，隴西之民罔不憺公德威者矣。丙戌，遷本省太僕寺丞，奉敕提調三邊茶馬，頻歲交易，蕃部往往匿其名馬，數不盈額。公厚加餽賚，誘其來厩。適中秋入賀聖誕，閲所獻多神駒逸驃，聖心嘉悦，恩寵特優矣。庚寅，遷開封府同知，專司河道。先是，通塞弗常，漕舟愆期，糧餉告乏。公方憂之，乃稽程限，覈募價，不得僞增侵削，而宣瓠之頌興焉。然勢或不便於臺司，公身任其事，而業已構其讒矣。會考察之期，太宰誠齋汪公惑於臺司語，將不利於公。浚川公掌院事，力争之曰：「倅郡如王某者，剛直自遂，不阿取容，使以此蒙黜，則選耎弗勝任者進矣。」竟獲免，乃調貳鞏昌。士民喜其復來，扶老攜幼，郊迎道左，曰：「何幸西土，再睹末光。」丁酉鄉比，奉憲檄執事鎖闈，所薦多名士。己亥，駕幸承天，簡命亞相石門翟公秉鉞，西巡至鞏，見公與語，陳説邊事，較若指掌，載之隨行。迨還朝，上疏獨薦之。尋遷山東都運少使。齊、魯凋瘁，盜緣爲奸，公視醝浹月，一振而更新之，始無廢墜。

夫刑罰、馬政、水利、鹽法，皆國家大經也，凡所歷試，克稱厥職。以公之才，何施而不裕，而位僅至此，衆共惜之。然向非王中丞知人，抑豈能超致金紫？公知止足，竟投劾去，臺司苦援不可得，此又豈徇禄縻爵之世所多見乎？

自癸卯閒居，灌園開逕，日與二三同好詩酒爲娱。課誨子孫，俾知務學。足跡不入城府。兄弟五人，公爲其仲，性敦孝友。伯氏早逝，恩撫遺孤。宦橐罕積，而仗義樂施，亦風之倜儻然也。履旋喪神，奄忽委化，悲哉！

初娶李氏，同邑濱州博士守宗女也。隨至鞏昌，公治獄明允，諷道實多。嘉靖甲申九月九日，先公卒於官舍，年四十有一。卒之日，郡人懷慈母之嗟，若喪妣之痛焉。後以公貴贈宜人。繼娶張氏，山東平原縣會寧教諭環之女，封宜人。距生成化十七年七月十八日，歿嘉靖三十三年正月十八日，享年七十有四。子五，長希皋，即分教君，次道立、道興、道顯、道成。女五，孫男七。公之子孫亦既多云。先是疾革，欲還塋所，塋在郡城南六十里王磐墅，遠祖元翰林學士故基也。今避其諱，因名王村云。塋先在墅西北，至國初，明善公稍遷于南。後以地隘冢繁，各自經始，公則卜吉於塋之東南二里許。嘉靖三十四年十二月十二日，希皋輩奉公柩合李宜人葬焉。

倬彼王裔，肇自太原，世躋華顯，貢禹彈冠之日，吕虔贈刀之時，前史蓋紀之矣。明興，中丞公德明者持憲撫三晉，茂著勳猷，公從兄也。自是科第駿發，簪紱蟬聯，鬱爲望族，莫之與京。傅文毅公所譔傳記，載在家乘。公爲理官，所全活民命，無慮千餘。嘗高門容駟，曰：「後世子孫當有顯者，不愧東海于公矣。」銘曰：

於維王宗，既遥且洪。迨兹朝列，乘時奮庸。漢尚陰德，紹厥餘風。隴西之民，大造是蒙。河流底定，别駕之功。榷茶市馬，天閑已充。督醝經國，自西徂東。爾才則裕，胡施未隆。金馬故阡，新鬣而封。温温宜人，宅並考終。慶流後嗣，奚必爾躬。我銘貞石，垂示無窮。

明誥封奉政大夫户部廣西清吏司郎中青山王公墓誌銘

王子維禎，童時以奇聞，年未及冠，登進士第，與余兄司直君爲同榜友。余從闕下，獲締交焉，並媚文藝，爲海内所推，迄今三十餘載矣。丙辰之歲，王子自南安辭守，而余亦由滇中解憲，各歸山中，爲灌園吏者幾十載。雖音驛相聞，而光塵難即，每懷良覯，寤歎未嘗不在陵陽間也。乙丑春正既望，王子衰絰，不遠千里，蒙犯風雪，匍匐造余，稽顙再拜，泣而語故。始知青山公已背養，日月有期，手自勒狀，請銘于余。余閔其柴毁，相對而泣。少焉，把臂相慰勞。嗟乎！先人有懿美而不能闡揚，是有負於知己之託。使辭溢而近諛，事乖而匪覈，亦豈深相知者哉？

按氏族所載，王姓最大，其散處太原、瑯琊間者，最稱繁衍。若漢諫議大夫而下，晉太保、司徒之屬，最多顯者。青山公諱汝猷，字宗皋，周靈王六十四世孫。先自江左徙新安，實茂弘之苗裔。傳至唐尚書大獻公璧，厥後寖衰。宋紹興間，再徙宣城之涇川，遂爲涇縣人。曾祖考子榮，封户部員外郎。祖考達，字德孚，由成化丙戌進士，官拜武昌守。孝廟時，考郡吏，以天下第一稱。有子六人，次鏴，字鎮之，倜儻有大志。娶邑中左知州輔女，實生公。公生而隱厚，不爲凡兒嬉戲。武昌公甚器之，乃延良師，教以詩、書。夜誦不輟，燃膏達旦，就几上假寐，巾爏不自覺也，其篤如此。左公精於易學，嘗著周易輔説行於世。公從而問難，恍然有悟，端坐一室，研味道腴。師曰：「性静可與爲學，非子其誰？」

正德乙亥，御史張君鰲山來督學，覽其文，選充縣學弟子員。值家門搆釁，族人多亡匿，公挺身赴理，抗言庭折，無卑疵纖趨，上官爲之改容。向非平昔志節能服人，鮮不株染蔓逮者。既而痛父以急原抱憤溘故，苫塊思報，執喪三年，不事酒肉。停柩在堂，一夕火起，伏棺號泣，天爲反風，得無恙。尋殯宣陽都青山之原，每穿土，虎豹悲鳴。廬墓踰年，芝產冢上。公心以爲異，竟秘而不言，因號青山公，示無忘其親云。時趙宜人亦能食糲衣浣，相夫於義，有鹿門之風焉。御史盧焕、劉隅相繼督學，移郡邑，俾勸駕入試，數奇輒不耦。

余胤緒時爲南京户部主事，監兑浦口，先與左公有姻婭戚，公因爲道誼交，攜二子從之遊。尋轉吏部考功郎中，北上，乃攜二子師事湛公。公方倡道東南，由大司成遷南少宰。公居新泉精舍，探討益邃，四方學者如武陵蔣信、廣東周衡、永豐吕懷、婺源洪源、滁州孟津，述業響臻，相與友善。關中吕柟、安福鄒守益，亦稱公爲江南篤行君子矣。二子雖稚年，旁侍竊聽，若了悟焉者，客皆異之。己丑，督學章袞按郡，公攜子歸涇。辛卯，與長子入試，廷幹中禮經第一，即維禎也。越歲壬辰，登進士第，授行人司行人，奉例歸娶。踰年，奉詔江南開讀。又踰年，奉敕德府。每祇役寧省，迪以令猷，期樹鴻績，敬諾以行。甲午，督學聞人君銓獎其孝慈，復趣應試，亦竟不第。而仲子廷傑嗣爲縣學生，如京師，恭遇太廟覃恩，應授封典。公曰：「余豈不能叨一命之寄，以展濟物之志？徒以子貴冒榮，非夙心也。」同榜德清蔡汝楠勸之，始克拜命，兩奉制詞。若異質舊於儒林，鍾祥及於哲嗣，多美辭云。

公恨生不遭時，以顯父母，而身爲大夫，慘然不豫。受封三十年，非歲時慶享，不以衣冠自炫。棲趾青山，構草堂數楹，弦歌其中，非公事不入城府，飄飄然有塵外之想。妙契顏齋，洞啓呥籥，嗇精頤神，雖躋耆年，色猶少壯，蓋恬澹足以養生之驗也。子既入官爲良二千石，未嘗視家貲稍高于門，罕置疏産，此其概矣。撫弟汝璉，敦友于之愛而存故尤篤，且撝謙不欲上人，以故里中號爲長者。歲鄉飲，邑令恒以大賓迎致之。宣守羅公汝芳闡道宣化，四方環聽者履常滿千，悉爲館穀無虚日，亦雅重公，數相問貽。

公素無疾，甲子八月，展墓青山，凡少時經行之地遍爲探訪，欷歔眷戀久之。至北亭庄，左手偶感風委，頃而返。二十四日，忽泄下。越四宿，呼沐浴更衣者三。

翌日，果卒。距生弘治庚戌十二月十一日，享年七十有五。二子哭之慟。知公者興斯文喪祝之歎焉。配趙宜人，先公卒。子男三人：長廷幹，官至南安守，娶左氏，先封孺人，加封宜人；次廷傑，國子生，娶朱鶚女；季廷盛，聘趙女。女三人。孫男六人：文炯，邑廩生；次文熚，增廣生；文美，附學生；文爟、文耿、文灼。曾孫男一。卒之年，廷幹卜以十二月十六日，舉公柩權厝于青山祖塋之次，俟吉乃葬，圖新兆域云。

夫青山公之學，專務體認，不尚緣飾，故其爲文，亦若厭時格，卒不獲一第，非才之罪也。然有醖藉，能藻鑒。至論風俗得失、生民利病，較若指掌。用其言足以圖治，使脱射策而就旌招，其功烈蓋弘遠矣。夫仲弓懿範，乃誕元方，叔師博綜，特秀文考。以廷幹爲之子，公其不死哉！是宜銘。銘曰：

於休先生，砥節礪行。誦説羲文，高談孔孟。爲世解紛，仗忠與信。不有長者，俗焉表正。苫寢帷堂，快讎未果。至誠格穹，反風滅火。鬱鬱青山，幽靈茲妥。既産祥芝，亦馴鬬虎。往諜所載，孝感斯徵。今人與居，先民是程。淮水之溢，實流於涇。偶昌而熾，遹世其興。匪位而貴，匪爵而尊。仁義允蹈，師友淵源。芳塵永謝，潛德猶存。所未究者，爰俟後昆。

皇甫司勳集卷之五十三

誌銘二首

明中順大夫思南府知府王公墓誌銘

王大夫既卒之三年，將圖襄事，諸孤來乞銘。余以不文讓，孤泣而固請，曰：「是先人之遺命也，願微一言之辱，以慰九原之靈。」展狀，季翁中舍君所撰云。大夫諱延素，字子儀，别號雲屋，姓王氏。光禄大夫、柱國、少傅兼太子太傅、户部尚書、武英殿大學士、贈太傅、謚文恪公鏊仲子也。其先汴人，宋室南遷，從而渡江，居吴之洞庭東山，遂爲吴人。大父諱朝用，仕光化縣令，以良稱。自曾至高，並以太傅貴，贈如其官，榮躋三公，恩逮四世。乃知佩刀之授有徵，列戟之施無爽，克紹烈祖者矣。

大夫生而厚重，偉丰姿，有器識。甫冠，以太傅三載考績蔭入太學，恥居紈袴被服，樂與諸生遊。太傅方在樞密，乃杜門，絶不通賓，以謝請謁者曰：「毋以累家大人爲也。」其虔慎如此。時當中葉，縠皇倦勤，閹瑾竊弄，朝政日非，流毒縉紳，赭衣闒木暴於轂下者以百數。太傅秉正嫉邪，事每與忤，瑾心銜之，以相公望重，終莫敢侮，稍爲斂容褫氣，人咸爲公危之。尋上疏避賢者路，竟遂祈奚之請，不失大雅之哲，歸卧東山，海内歎其爲完人云。

時長子中舍君窮治宫室苑囿，凡輿馬服食，靡不華腆，粉黛聲伎，充於後庭，玉帛玩好，實於外庫，將以娱其親。公悉屏而不御焉。仲獨沉静寡欲，折節讀父書，翩翩然佳公子也。相公亦喜，謂成吾清德者，此兒矣。亡何，謁選銓曹，太宰爲長洲陸公，執其卷曰：「非王太傅子耶？真可謂得青箱之學者。即取父第何有？但朝廷盛典不可虚稽。昔司空導、右軍羲之皆由門第起家，著勳簡册，偉然成大丈夫，是君家故物也。仕貴及時，尚奚待焉？」適有左軍督府之缺，擬銓授，乃以親老求南，冀便省問，衆益賢之。因拜南京中府都事，履任即恪守職司。值畿内諸衛所類進表箋詣府，多冗費，一切裁革，人稱便焉。正陽諸門官軍領鎖鑰，恒夜候風雪中行視，憫焉，捐俸葺廡以庇之，此何異陛楯郎得休居自旃始哉！在南都三載，多所裨益。甲申，丁太傅艱，服除補中府，尋陞經歷。嘗有中使夜呼，索阜城門鑰，將出爲章聖召醫。叱曰：「禁門一鑰，安敢擅啓？」然事關太后，奈何詰使者言頗驗，迺飭踐更卒嚴禦，躬導出入。旦日上疏，言醫官召用無時，不宜處城外，以備緩急，時嘉其奏焉。舊制都司及各衛所武臣，兩月詣京一比試，第其能否，懲勸有差。邇來監臨者，徒以虛文姑息視之，法漸廢弛，率爲釐正，不少假借，士卒皆嚴憚參軍矣。嘗奉詔淮揚，有司餽遺，一無所受。

丁酉六載考績，妣胡氏由太孺人進封太宜人，兩承褒寵，實異數云。是歲，遷宗人府經歷，秩高而事簡。銓曹廉其有治材，不宜寘散地，乃就闕下，拜爲思南守。歎曰：「余豈不能奉天子之威德，漸被遠人，爲良二千石乎？母老且病，惡忍忘垂堂之戒，驅峻坂之馭耶？」遂投劾歸。太宜人不久背養，獲奉終事，孝思無憾矣。既除服，或勸之仕，曰：「吾有先人之廬足以託處，具區之田足以自給，桑蔴橘柚之饒足以比户封，而鄴架之書可以委懷，湖山之勝可以展眺。人生行樂，豈在一麾五馬間哉？吾弟壯且謝秩韜隱，從事著作，縱不能附子臧之節，獨不愧少游之言乎？吾其已矣。」士論高之。

性縝密，寡言笑，事必熟思而後行。雖造次，未嘗失色於人，弘度有容，犯或不校，亦無脂韋晞世之態。少喜臨書，字畫遒勁，得太傅筆法。間占屬短律，亦清逸不失家風。涉獵聞見，隨手籍記，他日人有忘之者，悉爲陳説，較若指掌，殆今之崔林也。居無虧攝，强飲食。壬戌四月朔，偶嬰寒疾，越七日，卒。距生弘治某年月日，享年七十有一，悲哉！配陳氏，初封孺人，進封宜人，乃先公卒。子男四，並秀發能文：長有輔，國子生；次有夔，次有龍，邑庠生；次有玘。孫男女八人，可謂蕃衍矣。輔等卜以乙丑十二月初九日，奉公柩厝于洞庭王塢之新阡。越丙寅正月初四日，合陳氏宜人兆葬焉。銘曰：

倬彼王裔，起自太原。居吳震澤，由汴來奔。天挺太傅，身任斯文。扈聖熙載，炳耀台垣。兩朝毗化，四葉蒙恩。邦侯纘業，亦貴而尊。懷金剖竹，皂蓋朱旛。踐榮知止，膏施自屯。誕生哲嗣，雖死猶存。阡開幽隧，儼對湖濆。赫赫中順，題墓之門。刊石頌烈，永詔後昆。

明文林郎浙江台州府推官張公墓誌銘

吳四著姓，而張爲一。若今天台公者，其先濠梁人也。勝國時，有仕平江路者，避僞周之亂，徙金陵，再徙吴，爲長洲編氓，自五世祖賜始也。賜生彦達，彦達生杲，杲生準，世服賈以貨殖聞。生子四人，並好遊，北走燕，南走越，結客少年，游閒公子，日馳逐於章臺狹邪間。歸而務然諾，輕財好施，能趨人之急，則又以俠聞。仲子滂，字應霖，母李氏所鍾愛也。

始折節讀書，其在燕也，鼓篋入雍，盡棄其裘馬之習，從博士掌故講同異，多所發明，爲大司成所知。積分考行，升諸上舍。世廟戊子，以尚書古文舉于順天。疇昔五陵諸少年咸指目而訝曰：「張仲豈久人下者哉！向以鴻鵠困于燕雀中耳。」自是十上春官，竟不遇。乃卷志長林，躬理家事，稍治第宅，葺園囿，地僅一區，而池館島嶼之勝備，其中花木禽鳥亦相稱。自號青陽居士，杜門掃軌以謝貴人，惟二三密友時爲開徑。食不重味，酒纔三行，輒罷去，乃出所藏書籍、圖畫、彝鼎、樽罍、劍匕、錞鎛，咸千百年物賞鑒之。暇則延師訓課其子而已。內而諸從，外而子婿，各以別舍折券畀之。或婚喪不克舉者，咸爲周之，有敦睦之風焉。

踰三紀，歲甲子，季沖子鳳翼、燕翼並舉于應天，里中謂古有三戟張家，將復見於今，則又駸駸乎以顯聞矣。乙丑春，忽戒其紀綱曰：「爲我趣裝，將謁選于天官氏。」人莫知者。先是，嚴相公爲司成時，嘗拔太學俊異者，得馬氏一龍、從謙輩十有一人，隆禮以優之，仲蓋與焉。後登上第者九人。嚴既柄用，凡受知者趨之，多得巍科膴仕。仲獨謝去，曰：「吾寧不仕，豈可以權貴致身哉！」相國敗，始有此行。或以其事寖淫聞於秉銓，乃拜台州理官，遂自號「天台仙吏」，而人稱曰「天台公」云。

時侍御龐公尚鵬按浙之命甫下，持憲良峻大署其門，屬吏毋得上謁。天台公徑造其門，閽人止之，乃排闥而入。御史驚而進之，庭參未已，遽升其堂曰：「未嘗爲吏，不識吏局。然下僚謁長官承問治道，亦禮也，胡深絶焉？」御史斂容而謝。京師傳以爲美談，視脂韋磬折，足帖帖、面赤汗背者何如哉？不疑之諭暴公子，天台近之矣。將之官，過里中，猶攜諸從獻翼輩爲竹林之遊，忘其簡書可畏也。移檄促之，單車入郡。偶觀察使者委以訟牒，而名犯其諱，入而作色曰：「理官與囚名伍，豈有意辱之耶？」觀察引咎謝之，其不爲屈志媚上多此類。朞月之間，疑獄多所平反，弭大盜之逋，捐弊田之罰，卻鹽賈之賄。俸禄之餘，盡散以飾學宫，廣浮梁，士獲藏脩，民歌利涉。又建正氣樓，以祀方正學。倉吏耗米，將鬻女以償，出槖中金代贖之，人心咸爲感動。台郡爲之語曰：「張君爲政，樂不可支。麥穗自昔，蔓草在兹。以庭虚罕訟，獄蕪寡逮，擬堪也。」然同官嫌於伴食，郡守甘之坐嘯，忌才害能，譽之所在，謗亦隨之，矯矯者汙，不信然哉！

遂以年免，聞報之日，歎曰：「吾豈不知耄無能爲耶？聊效一官以見志耳。」矧兹地也，稱仙都福庭，傍郡去龍湫、雁蕩密邇間，得馮霞御風，躡石梁，探海嶠，吾生足矣。昔稚川求丹砂於勾漏，靈運娱清暉於永嘉，某雖不敏，請附二子矣。」或占綴詩篇，閒婉可咏也。角巾東歸，士民遮道，車不得行。尋建祠肖像，爲享祀焉。抵家發裝，圖書之外，惟鶡、蕉、蘭、蕙數種而已。閒居兼屏紛雜，闢園濬池，崇臺綺閣，覽衛生之經，談緩齡之術。仲長眷懷於山水，馮亮廣適於栖遊，殆未涯也。忽膺痺疾，陟旬而卒，隆慶己巳正月晦日也。生弘治丙辰十一月二十八日，春秋七十有四。配沙氏，相夫以才淑，克昌厥家，没齒敬慎不衰。男女各二，長鳳岐，娶陸氏，次鳳儀，娶徐氏，皆太學生。孫男二。

天台公病方革，無他言，惟曰：「我即不諱，魂魄猶思越鄉，昔人託葬南陽，台人豈不能血食我耶？」卒之後，果有屬吏素車白馬、千里臨哭者，悲哉！彌留之夕，召獻翼曰：「汝吾家千里駒也，爲撰述平生，乞銘於司勳氏。彼雅善文，又汝忘年交也。」獻翼泣曰：「唯唯。」是歲鳳岐輩卜以十一月十又幾日，即遠于伏龍山祖塋之傍，遵治命，具狀來請。夫張子藝苑名流，得馬遷敘事法，且所聞於家庭，罔溢而徵，余奚加焉。聊删次而系之。銘曰：

張仲務學，克振儒風。肇由俊舉，恥以貲雄。避權謝仕，韜光固窮。晚效一官，烹鮮愈治。爵服匪榮，聊展吾志。民號神君，自稱仙吏。不習塵容，引年解紱。樹碑留思，建廟享食。官豈在崇，民懷惟德。伏龍嘉麗，卜宅妥靈。赤城遥緬，騎箕鞭霆。餐霞吸瀣，安知委形。

皇甫司勳集卷之五十四

誌銘二首

徐隱君墓誌銘

隱君姓徐，名京，字禹量，中山武寧王七世孫也。余嘗誦高皇帝御製碑，爲鳳陽府鳳陽縣人。家世農業，王蓋羸糧徒步，仗劍倔起，晞竹帛以垂勳，誓河山而疏爵者也。自是紈袴子孫，憑藉寵禄，炫奕陪京，無踰魏國家者。延至中葉，始知悦禮、樂，敦詩、書，彬彬乎多儒雅士矣。君尤砥節勵行，嗜學綴文，乃知太沖起於公族，靈運誕自侯門也。祖某，號蘭谷，父某，號慕蘭，並任俠樂施，降而能矜。母梁氏，萬户安之女也，雅有閫儀，載在家傳。

君生而聰悟，甫七齡，能爲五七言對，信口占答。慕蘭公奇之，使就外傅。年二六，能屬文，習經義，志期以文通武。正德丙子，應天鄉比，就試京兆尹，居首選，後累科不第，輒棄去，曰：「此殆非不朽業，奚足困壯夫哉！」遂擬古文詞，特閑詩賦，不窺家園者十年矣。亡何，慕蘭公背養，居喪毁瘠，事梁夫人，撫弟立襄，以孝友聞。締婚授室，推産讓僕，自處湫隘。梁夫人慈景無恙，由子翕孺也。遭辰終鮮，兩弟相繼奄逝，殯葬之具，身獨經理。謀諸細君，而鄒氏賢婉，脱簪解珥，略無難色，成君懿親之美。而君方齊物於蒙莊，寄情於潘岳，曠瀁恬澹，不爲貲省。雖世濟蟬聯而衣惟緼縩，家崇鼎食而甑或生塵，晏如也。因號「居雲子」，以見志焉。

嘉靖丁亥，慕吴越山水之勝，爲子長好奇之遊，訪友明哲，商榷藝藻。時蔡子羽，王子寵，黄子魯曾、省曾皆與定交吴趨之市，而余兄弟亦傾蓋焉。以倚閭之故，不遑留滯，亟歸寧慶。因杜門掃軌，覃精邃討，力追古人。於是東橋顧公璘暨弟横涇公瑮、石亭陳公沂，倒屣紆引，更倡迭和，而君獨雄轢其間，聲稱籍甚於江東矣。浚川王公廷相以大司馬參贊南都機務，非公事不濫通賓，君以詩投謁，即歎賞不置。司馬業上疏切論時政，語侵守國，君坐是避之，不復往來，以故臺省鉅卿愈重趪君。時海内被褐之士以詩名家者，太初流寓於吴會，子言棲趾於燕京，而君且度外，兩子若未暇參論也。將軍西第，履綦響臻；公子南池，軒騎填集。而君門轍跡，間有長者，不以蓬蒿見謝也。梁夫人尋亦捐背，毁瘠踰於前喪，謂生不能崇養三釜，産子皆夭，死無以衍一綫之胤，居嘗鞅鞅弗豫矣。

甲辰歲，余在司勳，仲氏涍、蔡子汝楠、施子峻在比部，王子廷幹在户曹，與君數相讌會，歡若平生。君爲牛首地主，邀致群彦，探幽攬勝，登頓彌日，賦詩盈帙，藏之山中，一時傳寫，長安爲之紙貴。越乙巳，諸子稍稍遷去，而君疾間作，自以志不展於丁年，才不效於小施，苒苒聿暮，頗有憂生之嗟。然苦吟耗心，縱飲傷肺，客爲勸止之。而君猶覓句驚人，頌酒詆婦，悲哉！明年丙午，君於兄弟之子擇其沖秀，養爲己子，曰：「俾奉先人祀不乏足矣。」越丁未，忽病風，左體委弊，不勝動履。鄒孺人卧不安寢，食不甘味。晝則延訪名醫，手調藥餌，夜則焚修秘祝，願以身代。君瀕危得復起者，鄒之誠感所致也。

又明年戊申，君積痾少瘳，而余羈紲都亭，相見輒欷歔流涕。察其容貌改前，鬢髮非故，心竊憂之。至把臂晤言，了如平日，幾其猶可强息也。君且悼故友之零落，緬陳跡於俛仰，命酒慰勞，盡出其稿曰：「以此累公。」余因參定蔡中郎、謝司直所芟取者銓次之，而爲之序。君手漸能書翰，期我以中秋之會。不數日，食鮮疾作。余時在長干寺，報書云：「仙子樓居，維摩禪坐，明月一室，何曾兩鄉。」十六日漏未盡而卒，嗚呼痛哉！臨殁，猶令友人誦其序文，頷之曰：「吾目瞑矣。」小祥之月，鄒孺人令其孤來乞銘曰：「知圀典者，莫若蔡邕，公無辭焉。」

據狀，公生於某年月日，春秋有幾。男二，守硯早夭，次守筆。女一，適溧陽翰林院庶吉士馬一龍，亦先君故。守筆擇某年月日，襄事于雙橋門之新阡，以鍾山賜地，罕可祔云。君多懿行，不瑣述，外雖和光，而中懸人倫之鑒。臨財非義，即千金不爲眄睞。睹時俗事，輒慷慨不平。至談經世之務，抵掌奮袂，欲爲陳思自試。著隱一書，頗懷韓非之憤。已矣居雲，余忍銘余友哉！嗟乎！世謂相知之難，而相遇尤難也。設有二三當路，知余如君，則將職文墨之司，無泣玉之冤。知君如余，則必蒙弓旌之招，備記室之任。豈若是轗軻終其身哉？命也已夫！君所造有居雲集，吳行、澥行二稿并著隱，總十餘卷，成一家言。銘曰：

有德而文，無禄與勳。逸情埃表，棲迹孤雲。生不滿百，千載揚芬。一逢吳季，二古徐君。

夫神駿伏櫪而駑駘驂乘，娥眉棄捐而勃屑進御，瑜瑾韞韣而瓴甋騰價，龍劍湫室而鉛刀發硎。士亦有然者，天乎？人耶？求士若此，望世又安得乎？吴人于是乎搤腕爲黄生矣。

黄先生墓誌銘

按狀，黄君諱魯曾，字得之，人稱爲中南先生云。其先河南汝寧人也。宋、元兵興間，高安公徙家袁州。生斌，少習孫、吴書，學擊劍、騎射，察觀英雄屬焉。值徐壽輝破袁州，以斌爲萬户，尋自僞漢亡歸高皇帝。從徇南昌，授昭信校尉，調禦蘇州，遂家于吴，君六世祖也。生信，信生景暉，爲武略將軍。景暉生暐，始棄武攻文，以進士起家，任比部郎，決獄三輔，以爲神明。生異，號葵菴公，君其仲子也。生而穎慧過人，葵菴善操其息，立致萬金産，析子各千餘。君與弟省曾，即五岳山人也，盡以購書讀之。父爲譙讓，對曰：「昔人謂黄金滿籯〔一〕，不如一經，矧五車乎？與其饒於貲，孰若饒於學乎？」比部公聞而賢之。弱冠並充弟子員，竊鄙時義，博綜群籍，探古文辭，好奇縱譎，爲文閎衍，莫能加焉。長則方面巨耳，脩髯炯目，昂軀山立，偉然丈夫也。

丙子試南畿，主司爲李公廷相，覽其卷深加歎賞，置易第一，録其論以獻，不竄一字，俾爲後學式云。屢上春官不第，同年崔公桐，時爲少宗伯，諷曰：「子日暮矣，時不可失，禮曹司務員缺，姑屈效一官可乎？」君笑而拒之，出曰：「咄嗟崔生，安知余之心哉！」方今專重進士，即才如董、賈，學擅班、揚，位躋卿貳，勳垂竹帛，問之非由進士，終赧顔憾心矣。是時抱志不屑謁選者，余長公沖、海鹽王生文禄耳。嚴相聞之，亦願見此三人。三人不肯行，天下想聞其風焉。

葵菴晚年任俠務博，有大度，苟不得盧，千金捐於一擲無恨也，以故家易凋落。又廣置妾媵，多生庶子，卒無長物。君事母王太孺人，竭盡孝養。讓其先人之廬以與諸弟，而身自僦居委巷，晏如也。長兄太學生孝曾早卒，撫幼妹，長爲治裝，嫁之錢生用商，示以時義，獲舉於鄉，今爲肥鄉令是也。性狷介，遻俗離群，寡所交遊。弟省曾外，惟王守、王寵耳。余兄弟以中表尤密，八子齊名。吴趨爲之語曰：「黄家二龍，王氏雙璧。皇甫四傑，鳳毛鸞翼。」同學莫敢仰視矣。包山徐縉以藝交，始終稱莫逆焉。後遇太學張獻翼，即投分，歎曰：「恨得子之晚也。」兼以峻直，不能容物。邑令張舜元苛法於其僕，斃於杖下，君爲發喪，令蒲伏引慝。里兒以催科逞侮，君上書李節推士允，略曰：「一介不取，僕之志也；倚馬萬言，僕之才也。」李覽之爲斂容，卒當侮者罪。居父喪，郡守胡公纘宗唁其廬，就幕次，稽顙曰：「衰絰不敢詣公庭以謝。」守辭而韙之，其梗概皆此類，亦以見當時守令賢於今遠矣。

己未之春，年踰七十，猶擔簦躡屩，自潞河徒步入京師，其篤如此。所著多憤世刺時之篇，若令語、士役議、枕戈雜言序。使服官政，必多忠猷毅烈，乃竟已矣。閒居弗豫，時過其姪姬水城南精舍，茂林脩竹，觴咏移日。姬水者，五岳子也，嘗奉安石以遊，承阿咸之賞者也。是歲，業將北上，趣治裝，把臂謂曰：「人各有志，余豈智不逮而父耶？」蓋五岳由辛卯舉于鄉，亦置詩第一。壬辰，走京師觀樂而返，後不更往，世盡高之。亡何，君卒。方其彌留，猶不忘一第。悲哉！是爲嘉靖辛酉六月晦，生當弘治丁未三月朔，享年七十有五云。娶徐氏，都御史徐公源之孫。繼蔣氏，側室趙氏。男三：長道美，郡學生，先卒；次道貴，次河水，俱郡學生。孫男三：道貴生嘉瑞，郡學生，嘉德；河水生嘉穀，尚幼。道貴等卜隆慶某年月日，奉公柩厝于靈巖西麓之新阡，踰十年所，而後克葬。傷哉！貧也。

狀即姬水手勒，粲然華矣，然詳於論文而略於紀事。余稍增益所聞。至云文喜左氏、莊、騷、太史，得其曠婉；詩喜曹、謝、岑、李、王、孟，得其健逸。皆實録也，余復何贅焉。而妄人詆其不嫺於藝，何哉？白首牖下，誦覽不輟，鉛槧日操，多所校輯，若孔氏家語、兩漢博聞、漢唐晉四傳、唐詩二選、仙家四書、大咍、小咍録、詩説諸集行於世，及隱居、北遊、閒居、客中諸集，散逸頗多。蓋襄陽綴不逮意，茂陵稿輒屬人也。河水挺濟美之才，負紹述之志，旁搜博采，題曰天中集。徐君序而傳之，所謂愛奇凌誕、率任天衷、藴藻沉思、獨持氣骨，要亦知己之言哉！二孤請銘。銘曰：

矯矯黄君，希世奇寶。鸞鷟匪群，竽瑟違好。莫爲之先，蟠木登廟。伊誰之愆，荆璧委輝。原居屢貧，孔行卒老。夸死馮生，均湮腐草。氣吐虹霓，塞於蒼昊。卜宅靈巖，别開京兆。辭乏中郎，曷彰有道。往矣餘名，來斯允詔。

【校勘記】

〔一〕「籯」，原本作「羸」，據四庫本改。

皇甫司勳集卷之五十五

誌銘四首

徐文敏公繼室淑人郁氏墓誌銘

徐文敏公亞配卒，是爲誥封淑人郁氏也。日月有期，遺命孫履貞治襄事。諸孤爲乞銘，狀即公從弟繗所撰述也。系曰：淑人彌留時，呼玄英、玄素泣且訣曰：「吾疾殆不起，即不起，慰我於地下，其在墓銘乎？銘在文，不在官爵。文工則傳，傳則死且不朽。官爵以眩盲俗耳，奚能益地下人哉？」夫淑人之言誠善矣。愧余小子何敢當，乃一再讓。玄素堅請之。嗟乎！余少從文敏公遊，又爲公所舉士也。晚通婚媾，嘗於門下，竊聞淑人之賢，分安敢辭？稽昔任彦昇以記室而表婦順於劉碑，舒元輿以左司而闡母懿於陶版，文果在官爵否乎？迴環展誦，華而美，典而徵，尚何以加焉？謹掇拾爲之銘。

按郁氏之先有諱貢者，當周末時嘗相魯。傳至青州刺史泰玄，始見郡乘。徙江左，著籍於吳，遂爲吳人。居吳趨孔道，西接金閶，甲第鱗次，高閌駢坒，郁特雄埒其間。國初嚴鈔法，與時轉化，因致饒裕。父鼐挾貲遊維揚間，任俠樂交，諸少年遊揚其名，至今江淮言郁長公若四豪云。

淑人生而幽閑莊恪。里中好靚妝奇服，輕袿侈袂，翔龍墮馬，淑人屏不欲御，恥與衆女伍也。父母察其相後必貴，爲擇佳壻。踰笄未字易，謂徯期之志，非有待於君子乎？時文敏公適喪元配王氏，遍召諸媒媪以詢，僉曰：「無踰郁氏者。」公詰之曰：「汝不聞王淑人乎？大傅文恪公長女，婉嫕才淑，閫德無雙，殆難以爲匹。」諸媪哂曰：「公何得以相門輒少白屋女也。」由是委禽授幣，如初婚儀。迨吉于歸，公喜曰：「向老媪言展不誣矣。」

時文敏由史館進秩學士，主試南畿，淑人相之如京。當今上登極之初，鋭情經術，延訪儒流，日御文華，緝熙聖學。公儀矩端偉，音吐洪亮，每陳説古帝王治道，天子改容聽焉。淑人警雞鳴於昧旦，誡燕暱於小星，曰：「慎毋以閨房怠朝省也。」

亡何，公陟少宰，攝選事，進退百官，天下想聞其風采。未及三載，以聖眷覃恩，褒封逮室，淑人始膺褕翟之寵，拜泥鸞之錫矣。公題其堂曰「介福」，令門人袁袠等賦詩以頌盛美焉。時皇后方開坤寧，聽陰教，詔諸命婦修朝謁之儀。既又建蠶室，列璽館，率諸命婦就郊躬桑。淑人例得珠纓霞帔，旅班行與從事。曳文履於椒塗，陪雕輦於蘭錡，實成周之異數而先漢之稀覯也。乍舉竟寢，談者至今以爲榮。

及公以簡命日隆，漸閲台衮，執政嫌於逼己，陰諷憸人，就闕下上書，媒孽公釁，將中傷之。禍發叵測，公憤懣不知計之所出。淑人曉之曰：「公第以正自持，即勘者召問，具以情對。天子聖哲，必不惑於讒説。」已而詔下，果得貸，僅免公官。雖伯宗聽戒於妻，許允受對於婦，曷過焉？及歸鄉里，公鞅鞅弗豫，思行樂適志。淑人勸曰：「公才望爲上所知，今執政且去位，聞從左右常侍數數問公，安知無使者即家召公，令舍人趨治行，奈何效楊子幼自放乎？」里中莫不賢智其言。

先是，作嬪于室，二姑在堂，奉事以禮，二姑相慶曰：「孝哉新婦，何減王家女耶？」撫諸子一如己生，諸子歎曰：「慈哉母氏，即王妣在，無以加此矣。」御僕媵每有恩，凡蒼頭婢子皆曰：「賢哉主母，王夫人殆未嘗死也。」若夫承廟祀，執姑喪，佐夫君，畢婚媾，潔酒漿，享賓客，勤勞二十餘年，福備履綏。願違偕老，文敏奄忽，益弘内範，兼綜外政。諸子小有缺失，召於庭下切責之：「汝不能光昭徐卿令德，獨不恐點王太傅家聲乎？」其嚴憚若此。歲時降誕，子婦捧觴遞起上壽，以未亡之故爲悽然，覆觴而罷，自是子婦罔敢言家慶者。

平生善自調頤，强食無恙。乙丑之春，偶疾作，綿歷至冬，竟不救藥而卒。是爲嘉靖四十四年十有二月二日也，生弘治某年月日，甲子一週復六矣，亦中壽匪促也。子五人：長玄度，太學生，娶吴氏，先文敏卒；次玄成，廕詹事府主簿，俱王淑人出；次玄英，判臨清州事；次玄素、玄佐，俱太學生。女一人，先卒。孫男九人：履貞者，玄成子也，出後玄度，屬當承重，因董襄事云；允元、允德、允恭、敬中、允治、玉柱、允若，並幼。孫女九人，一適太學生皇甫縠者，余季子也。

宫詹君從都下聞訃，驚惋殞地，痛哭曰：「曩余本不欲行，母命强之，竟令抱恨終天矣。」不遠數千里徒步來奔，槁容柴脊，室人不識也。當王淑人卒時，尚在孩提，淑人爲撫之。令德感人若此，宜其爲文苑名臣之配，屢叨恩渥。上樽禁臠，日給於中廚，黄金彩繒，歲頒於内帑，身共享之。子孫振振，昌大厥後，富貴殊未艾也。天之報施淑人亦單厚哉！玄成等卜以丙寅某月日，遷柩於靈巖山之賜塋，合文敏公兆葬焉，哀榮亦備矣。是宜銘。

周姜翊祚，趙媛昌宗。覽古遺絢，炳訓于彤。肅肅文敏，刑家自躬。王謝郁升，如璧獲雙。淑人來嬪，徽音克嗣。靖恭職思，周旋從事。諭夫于道，迪子以義。壼譽夙欽，曰惟賢智。雖有茵鼎，莫永慈年。匪無膏沐，豈駐嫠顔。叢薚萎露，拱木萋烟。爰昭世美，佑啓宫詹。鬱鬱靈巖，帝錫之冢。生既蒙恩，死亦銜寵。昉彼湘君，蒼梧是從。潛德休光，刊銘示頌。

明重慶守陳公孫安人墓誌銘

嘉靖癸亥之夏，重慶守陳公諫卒，安人孫氏一慟幾隕，然猶强息以育諸孤。遂構疾，至隆慶戊辰春亦卒，蓋生固非安人志也。日月有時，孤琦、璟等將圖襄事，而從兄瓚時爲太常卿，移書往徵其狀，來乞銘。展誦其言，蓋歎河睢絶響，晨牝貽詬，徽音莫嗣，惟妒是聞，至胤不遑恤而宗弗克紹者，悲哉！于是乎有感于安人之賢也。太常於世廟時爲給事，上書指斥時政，著蹇諤風，其言多憤世之辭，類如此。

按狀，安人姓孫氏，父鶴亭公某，母湯氏，海虞鉅族也。安人生而婉嫕，稱閨房之秀。重慶公自幼穎脱，爲鄉校之英。考比部公復廉知孫氏女，而鶴亭公亦雅聞陳氏子，申之以媒妁，遂締婚焉。比部公時佐嶺南，歸與妣徐安人爲子授室，廟見禮成，喜曰：「所謂佳兒佳婦，此奚忝耶？」翁姑繼卒，相夫執喪紀，務協於禮。敬事吕恭人，隆娣姒之儀。吕恭人者，瓚母也。二姑並幼，撫之及笄，爲治裝以歸，二姑德安人猶母矣。

初，安人因公未産子，蚤夜遑遑，爲置側室，乃生女。安人亦自娠女，則又求宜子者納之，乃告于公。癸卯，果生二子，安人子之，不啻己出。公心始懌，奮於功名，遂以甲午舉于鄉。丙午遊南雍，安人從之金陵。庚戌舉進士，拜比部，安人從之京師。三載奏績，安人膺封，典奉敕命，有樛木下逮之辭，匪諛也。丙辰，領恤刑于閩，便道攜安人歸，冠翟帔霞，流珠綴珩，宗黨榮之。未及行，乃有重慶之命，則又從之蜀中。公聽外政，安人持内範甚嚴，固扃鑰，絶餽獻，凡蜀産之珍屏去，一無所好。公治理以循良稱，安人相之也。乃以憸人構釁，再朞而罷，事具公誌。迨反初服，橐無嬴金，安人脱簪珥以佐饘酏，享賓客，爲公卜夜之娱。察其鞅鞅弗豫，則又諭以南榮之誡，廣以北叟之言。敬通解宦，左顧孺人，樊姬進賢，實昌楚胤，忻戚蓋同之也。

庚申，季子生，安人則大喜曰：「無官有子，曷輕重哉！」然公竟以失意隕身，功名之會，有不能忘情者矣。安人日夕持季子泣，而苦卧柩側，素病癖，至是益痼。

忽一夕，聞舍中火起，驚走而蹶，無俟反風，實由神護。竟弗救藥，悲哉！隆慶戊辰正月十六日也。生爲正德己巳十一月二日，享年五十有九，後夫死甫五易朔耳。子三人：長琦，邑庠生；仲璟，太學生；季珤。女六人，適馮者，安人出也，終安人不廢寧省，無匱母遺如子道云。由是子孫振振，玉樹之産虞，猶德星之聚穎也。安人能知大計矣。琦等卜以己巳十一月十五日，遷柩於虞山邵家灣祖塋，啓重慶公兆合葬焉，禮也。昔子厚誌叔妣陸夫人，具列柔儀，罔諱爵齒。太常倣之，無遺絢，無溢辭，述而銘之允宜。

稽昔稗官著妒記，馮荀之家幾覆嗣。惟孫休休有令美，先君之思勖任只。鳳毛翩翩河東擬，攬暉發潛鳴陽起。孰謂安人而無子，虞山之灣兆重啓。從夫于邁妥幽里，千秋萬歲應不死。

沈太安人墓誌銘

憲使沈君應魁，居母氏程太安人憂，日月有時，乃衰絰徒跣，屆司勳氏之廬，蒲伏稽顙，悲號涕泣，持狀請銘其墓。余亦爲欷歔久之，發緘申紙，狀即太安人從弟鄉進士大廉辭也。事覈而言徵，情攄而懿闡，有足采者。

按狀，安人姓程氏，雲樓公鉞之仲子也。母王氏，裔出伊、洛兩夫子後。宋德不競，于越是遷，始占籍姑熟。數傳至高王父兵曹可菴公式，正統間以死勤國，家無長物，而清白是貽。雲樓公昭先令德，率迪尤謹。教子姓世其業，大經舉鄉薦，授昌樂縣令。大廉相繼穎脱駿發，他日昌程者此子已。

仲子幼秉淑姿，夙閑女誡，授以孝經列傳，了悟大義，稱閨秀焉。及笄，重慶守葵軒沈公海季子似葵公虞喪其配張安人，召媒媪圖嗣張者，媪嘖嘖賢程氏云：「非此莫能追媲張者，以張孝謹有徽音也。」因委貺焉。雲樓公曰：「重慶之女先已拜吾宗廟，今以吾女往奉公祀，非潘、楊世睦乎？由是仲子歸於我。」至則相夫以恪，撫遺孤以恩，綜理家政惟密，御僮僕婢媵惟嚴，歲時薦享惟禋，羞賓客饌饋惟腆。似葵公遂亡内顧憂，專擇外傅以訓諸子，彬彬爲文苑士云。晚謁選曹，授南京司城指揮。三載考績，得貤封其先大夫以歸，而二子並舉於鄉。因解組屏居，葺園開徑，與昆仲遊，式敦友于。奄忽捐館，安人亦自舉二子矣，視之如一，凡篋笥所遺、庾帑所畜，諸子均析，罔有所私。斗粟尺帛之謡，曷由興耶？諸子又皆申申訢訢，有翕孺之樂，母氏令善之化也。

世廟庚戌，應魁舉進士，授南京儀部主事，將母以行，安人享禄養者三年，尋進封太安人。嘗割己田贍季弟，力爲解紛排難，以慰母心。無何，擢憲廣臬，而長子亦拜陳州守，尋改趙州，争相迎養。安人以路遥兼遘痰疾，並却弗就。二子餽獻省問，相望於道。安人以路遥兼遘痰疾，並却弗就。二子餽獻省問，相望於道。穎羹陶鮓雖美，非吾所甘也。安人叱曰：「汝居官守，惟修乃職，以報於君，尚安念母乎？穎羹陶鮓雖美，非吾所甘也。」憲使以文學飭吏事，赫有令譽，竟以直免，衆爲惜之。安人慰之曰：「汝年尚壯而才器通達，召復雲中，收功澠上，未晚也，奚鞅鞅爲哉？」趙州亦不習脂韋，棄去，相與賦閑居於板輿，詠循陔於蘭膳，爲百年壽。奈何昊天不弔，朝露溘零，悲哉！三子哀慟，踰於張安人，亦慈孝所感也。時隆慶戊辰六月四日遡，其生弘治癸亥十一月十三日，年六十有六矣。

越歲己巳，趙州君等卜以明年正月廿八日，遷於寶巖灣之西北，合司城之兆而葬焉。趙州忽茹哀抱疢而卒，憲君身獨膺之，數也。安人雖不躋上壽，而享茵鼎之隆，被褕翟之華，生既榮矣。凡五子：長應元，即趙州守，次應魁，即廣西僉憲，次應麟，太學生，皆出於張而長於程者也；次應賓、應龍，太學生，俱程出，皆先安人卒。孫男十一，孫女九，婚嫁皆望族。曾孫男女四，殆熾而昌矣。嗟乎！安人撫前子最周，而所生子並夭，此又夭之難諶者也。憲君薄宦減産，斂葬之具，鬻貸以充，可謂孝廉矣。

司勳氏曰：余歷觀古史所載繼母之賢，莫踰翟母、穆姜者，程實以之。若事繼母能孝，則王祥、薛包二子耳，沈奚讓焉？是宜銘。銘曰：

婦順匪易，母善其難。愛克致佑，妒乃搆患。惟程秉淑，紹張殫義。勖爾諸孤，不我延嗣。天道胡爽，人寵則榮。洵美二室，從遊九京。竇隧重開，金鼉共閟。德音孔昭，芳儀潛翳。

吴母顧宜人墓誌銘

在昔嘉靖癸亥秋七月，楚參吴大夫諱子孝，一旦捐館，其孤朴乞余表其墓。不以余之不文，謂余與大夫交莫逆，能詳其素履也。迨今隆慶庚午春二月，大夫配顧夫人奄亦捐閣，朴復乞余爲之銘，謂余從大夫所竊聞其聲也。嗟乎！曾不踰十年，而夫人從遊地下。朴慟而懟曰：「胡天奪母氏之速！」夫人瞑焉，猶自恨其徇夫之遲也。孝哉！賢哉！按狀，即朴泣血辭也，與余所聞恒八九，所未聞纔二三耳。

夫人顧氏，爲吴著姓。曾大父巽，大父暀，諸父餘慶，並以辰年擢第起家，吴中稱三辰進士者是也。父餘祥，少爲郡學弟子員，學行茂著，後生稱魯齊先生云。配俞氏，少保公裔也。居近閶闔之皋橋，夫妻相敬，有伯通德耀之風，豈居之移人耶？魯齊壯未有子，生女温粹淑哲，圖爲擇佳壻。文端公未第時，嘗與同席硯，而大夫甫五齡即能占對，魯齊見而奇之，曰：「此兒長爲大器，尚惡用他擇乎？」遂以女許之。少長，閑習女紅，兼誦孝經、内則，及通諸史大義。魯齊抗行雅遊，頗有山水之癖，不務家省。夫人能相其母治生，得不匱於給。事具魯齊遺書中。

及歸吴，姑薛夫人持陰教嚴肅，上能曲盡婦道，得其歡心，下則善諷其夫，克勤於業。大夫嘗賦詩美之，辭多不載。當是時，夫人尚未有子，念舅姑又止大夫一人，每爲宗祀之憂，因請於薛夫人廣求妾媵，遂獲多男之慶，視恒情妒娼何如哉！延陵人氏，罔不賢夫人者。又爲魯齊公置妾，亦舉二子。武陵人氏，又罔不德夫人者。大夫舉進士，拜台州理官。時文端公解南太宰歸，夫人請留侍養，不赴郡舍。其事舅暨劉庶姑尤加謹焉。間課諸子，講解嚴於父師，訓諸女諳婦儀。大夫由廣平擢南選部，夫人貽書，諷以虞丘之事，報曰：「此吾夙心，屈於家大人未許耳。」卒上疏乞歸，與偕隱凡十餘年，始承舅諱，執喪如禮。

大夫復起儀部，稍遷光禄少卿。夫人亦不赴京邸，代綜家政，爲子女畢婚姻，視適庶並如己出云。光禄尋擢湖廣參議，階朝列大夫，提督太和。夫人亦不與之楚，臨别第曰：「仕至横金於腰，結紫爲綬，亦足矣。妾聞雝相懷私，驕子黷賄，豈容君等毅直進用乎？」大夫卒感悟，曾未踰稔，乃投劾去。

吴故世家，夫人雖無餉畦視饋之勞，而縞素恬澹。昔王凝之妻謂有林下風者，夫人近之矣。昊天不弔，殲我良人，自是居嘗戚戚弗豫。遇元旦長至及生朝令辰，子女率孫及甥羅拜稱慶，輒謝弗受，可謂永思矣。丙寅歲，朴以文端公蔭，改授南京後府都事，圖便養也。值世宗晏駕，奉表入覲，上疏陳情乞歸，守朝列家法。殆孝義濟美者矣。夫人先以夫貴，敕封安人。今上登極覃恩，都事君奉例欲上疏請贈典，而夫人止之曰：「汝甫授官，未有尺寸之報，乃遽徼寵澤乎？」竟寢。亡何背養，惜哉！彌留之日，召都事君暨諸子，謂曰：「汝先子自少負掞藻之才，晚抱經世之志。其擢第也，選入翰苑，大學士桂公以其氣俠外補。其理郡也，屢膺臺薦，宜居諫垣，太宰汪公以其雄視左遷。海門之寇，談笑而弭；廣平之變，鞅掌而戢。辛卯從事浙闈，所取士幾二十人，咸拔其尤。若黄中以飭憲稱，沈鍊以極諫死，一切不言。小子識之。」朴等泣曰：「唯唯。」乃今知大夫怨不爲讎，德不望報，量益弘矣。向非夫人，曷從紀哉？其他推財好施，賑族恤里，婦人恒事，夫人踈節，並略而不書，書其大者遠者。

夫人卒於隆慶四年七月三日，生于弘治八年四月八日，壽七十有六。男子五人：尚朴，即都事君；尚儉，郡學生；尚默、尚遜、尚潔，俱太學生。所娶皆宦家子。遜、潔先卒。女子七人，皆適鼎族，一嘗刲股起母疾者也。孫男十人，皆郡學生。曾孫男二。尚儉而下非夫人出，爲夫人撫若己子，故不析其母氏云。朴等卜以是歲冬某月日，奉棺某山之原，啓大夫之兆而合葬焉。司勳氏曰：若顧夫人者，在文端公爲佳婦，在少參公爲令妻，在都事君爲賢母。三者有一焉，世以爲難，矧能兼之。是宜銘。銘曰：

婦于文端觀孝始，妻於朝列昌厥裔。母於都君迪之義，敦善亮節匹烈士。闔儀瑣範惡足擬，鸞章象服榮宅里。從夫委蜕名不死，發潛闡懿詔千禩。

明敕封太孺人劉母吴氏墓表

侍御劉君鳳卜宅撰辰，奉母太孺人柩，合其考文林公以葬。瞿太史氏志而銘之，附青雲，昭彤管，孺人可以不死矣。侍御猶以懿行弘淑，宜有表顯於世，乃輟哀收涕，采絢述衷，以請于余。余家司直兄嘗娶於劉，爲侍御諸姊，而水曹弟又同年也。竊聞太孺人壼德久矣，及覽述辭，覈而匪溢，乃稽古昔，若陶母摽塋於蠡上，虞妃示冢於湘濱，奚必稱夫哉！

太孺人姓吴氏，世以武功爵衛尉，徙蘇。父宏，夙齡嬰瘵，未及拜官而卒。母管太君，二十而寡，凛有貞操。孺人甫朞，鞠之孔瘁。稍長，教以女紅，誦習内則、女誡諸書。性穎慧，聽輒了悟。由是益觀古今事，前史皆歷歷能道之，至論成敗，較若指掌，丈夫莫踰也。

年二九，作嬪于劉。劉爲郡著姓，中丞而下，繩武科第。素菴敷者，學行稱於鄉，門下從遊之士以百數，多躋顯官，事具郡志。子鏜，爲怡晚公。鏜子湘，爲廛隱公。並善營積，家用以饒。生子梅，即文林公也。元配俞卒，廛隱公每以單弱恤胤。迨吴來歸，喜謂潘夫人曰：「新婦賢而貌具福相，且占曰『三五而光，子孫其昌』，天將繁我祚乎？」俾攝家事，綜理周密，就養惟恪，姑享其逸，而夫亦得以覃精於藝矣。猥遭潘夫人喪，哀毁永慕。及廛隱公奄背，泣盡流血，目幾失明。厥後文林公攜之京師。庚午舉于順天，丁丑生侍御於京邸。時孺人歸劉且一紀矣，嘗恨廛隱公不及見曰：「嗟嗟！胡昔占者之言驗之晚也。」以産子之艱，愛之特甚。

丙午，文林公拜汀州推官，以仁恕明允流其頌聲，咸孺人勸諭之功。及調潯州，越在嶺外，蒙犯瘴癘，公賴無恙，又孺人擁護之力也。亡何，文林公解官還，減仲之産，居嘗鞅鞅。孺人爲指侍御曰：「此子在，何患終窶乎？」盡取篋中簪珥，毁以充贍，略無愠色。而子果登甲辰進士，拜中書舍人，恭膺錫命，人共榮之。乃以管太君貞惠未宣，旌典尚革，獨不豫焉。舍人尋拜南監察御史，兩奉祗役，衣繡晝行吴市中，觀者嗟賞。圖展禄養，而文林公居忽屬疾。孺人食不甘味，卧不安寢，願以身代，竟至委化。及竣襄事，遂屏華謝飾，撤甘持淡，翻閲梵典，研究宗因，染著悉遣，障礙都捐矣。以故侍御謫推興化，移貳湖州，曾無忻戚，第勉以砥行固志，省刑愛民而已。雖陶母之却餽獻，雋媪之問平反，曷過焉？

戊午之冬，侍御擢廣東僉事，方以道遠，不遑將母，欲爲投效計，而太孺人難之。先侍御在閩中，嘗一過汀，父老詢知爲故推子也。扶杖擁車，陳説功德，盡皆泣下，侍御爲之霑巾焉。偶與太孺人燕語及之，悲戚致疾。又以齋久傷脾，飲藥不救而逝，己未二月甲子也。嗚呼悲哉！向使其子身自之官，寧不抱恨終天，即奉母氏偕往，卒於塗，視闈閤爲何如？顧不幸哉！或謂孝思開先，佛理默相，非耶？距生弘治丙午十二月己亥，享年七十有四。男一，即侍御君，娶顧氏。孫男，思濟。女二，孫女三，皆締婚名閥，詳於志中。其懿行固有彰彰足表者矣。

嗚呼！學之於人，大矣哉！世之恒女，惟習紃組，議酒漿，差不失婦順而已。若吴之性資婉嫕，才哲炳暢，動協于禮。夫善事親，而虔奉以愉，乃成其孝；夫素友愛，而雍輯無競，乃成其讓。雖無于外政，而從容詆諷。夫爲循吏，慈矜嚴迪，勖子令名，凡此節概，皆自詩、書中來也。其達權應變，輕財好施，慷慨有丈夫之風。至若祀先睦族，卹鄰逮媵，閑家儀軌，瑣秘不載，載其顯者大者云爾。系曰：

漆室貞媛，婦範未臻。肅肅鐖畦，母訓罔聞。斷機還里，徽乏初嬪。兼有三善，惟吴孺人。孰謂男子，可不學云。虎丘之陽，下從夫君。業詮慧鏡，報感慈輪。爰綴彤藻，永播清芬。

皇甫司勳集卷之五十六

碑表五首

明資政大夫南京工部尚書贈太子少保何公墓碑

會稽之墟，實維於越。禹陵降神，克生英哲。迺誕何公，爰振休烈。身没名彰，宜表豐碣。公諱詔，字廷綸，號石湖，越郡山陰人也。少秉淵懿之資，長負穎拔之概。嗜學綴文，藻德砥行，爲諸生冠。遂以明經起家，解褐登仕。通籍三朝，耀組二京。歷試郡藩，載綏畿甸，所在以能稱。自分工署迄拜司空，翊世平成，典邦水土，終始懋焉。蓋秦、漢以來，司空與太尉、司徒參爲三事，並超九列。赤符舉梁，素絲崇衮，公無忝已。若夫江艘海舸，不愆以綜；陵工廟役，勿亟而集。示儉昭朴，昉橋山之制；疏會通漕，奏宣房之績。乃增秩賜金，錫譙褒璽，近代司空，未之或有。

若初出知永平，地鄰京輦，中官撓法，舊莫誰何。至則卹災零雨，廉枉章雹，民悦慈母，囚畏神君。嗣莅于楚，郴、桂告警。議發窖積，用給軍需，民既稱便，賊亦就殄。廣漢之摘姦，孺文之持法，宋均之徙蝗，龔遂之弭盗，殆兼之矣。由是參知西遐，則風行百粤；稍遷右轄，則化偃八閩。群獠内款，罔不即序，可謂祇服忘勞，盤錯别利者也。雖漢史之采循吏，唐典之咨岳牧，又奚讓焉。

至陟中丞，持憲三輔，整肅戎務，繁殖黎元，糾按鉅豪，裁罷冗費。闢夫敵愾，虜人褫魄，北門鎖鑰，倚公爲重。亡何，徑踐卿佐矣。于時識治者謂公宜居樞筦，隱憂者謂公宜任韜鈐，剡書交薦，柄用可期。而公知足乞骸，遺榮反服。暫允歸田之請，未寢當宁之眷。昊天不弔，奪我刑獻，海内惜之，今上悼焉。然星精雖隕，而鳳毛不死矣。方其立傾否之朝，丁履尾之日，遏劉襄苗，克壯其猷，突瑾讐宏，卒免於禍，大雅保身有如彼。既而際亨嘉之會，遇攀鱗之代，龍蛇互用，身名俱優又如此。設天假公洪毗金鉉，協贊玉衡，盛德大業，詎可量哉？

至若孝友繕性，雝睦成風。衒哀毁瘠，展親翕孺。教篤韋經，宦減仲産。守萬石之醇謹，幾慧度之纖密。疏公罕贏餘之儲，行父無衣帛之妾。考旋月旦，籍甚鄉評。凡兹大節以及世美，具載亞相陽峰張公之誌、司成涇野吕公之碑。彪炳雲焕，垂光霄寓。而仲子大中丞鰲，以余中憲先君與公誼爲聯榜，分則通家，屬余甄次遺絢，闡發幽潛。稽昔執中，爲宋名相，公侯子孫，必復其始，其在中丞公乎？

公之夫人唐氏，先公卒，卜兆於容山，尋改卜於西余之陽而合窆焉。帝給營葬，秩贈宫保，湛恩汪濊，寵靈攸妥。堪輿家流謂得善地，亮哉徵哉！辭愧不腆，而事覈則傳矣。系曰：

漢何武，居無赫。去見思，流遺德。明司空，承先則。良哉稱，二千石。曰于藩，維方伯。暨中丞，揚憲職。夙夜寅，在公直。胡憖遺，嗟奄忽。經西余，筮從吉。山蜿蜒，水抱一。竄玄廬，返真宅。鏤鴻勳，樹道側。居永哀，行者泣。於萬年，長靡極。

明鴻臚通事顧公墓碑

嘗讀太史公世家諸篇，乃知尚貴尊賢，禮之大經也。勾吴著姓有四，而顧爲稱首。今太保惠巖顧公可學，紹肅侯之家聲，挺彦先之人望。早歲擢科，列郎署，參外藩，遺榮恬處幾十餘載。值皇上求舊搜隱，馳安車之徵，賜清燕之接，言每當聖意，由是寵眷日隆。數歲中超拜禮部尚書，晉秩宫保，自父率祖及曾，咸贈光禄大夫如其官。世禄之家，鮮有踰於錫山顧氏者。

公有弟，爲鴻臚通事，諱可文，字與明，别號惠崖，同母馬夫人産也。粤自宋季不競，民多南奔，占籍錫之芙蓉山。高祖福五，生壽山，善治生，富埒吴中。明興，法網漸密，豪猾易梗，有俞慎者聚而搆亂，邑遭株染。父子逮繫，雖獲矜釋，而門户傾圮矣。時大父信尚在齠年，匪友人錢氏存下泣之仁，念把臂之誼，幾不能全。至芹軒公某修業而息之，稍復其始。與其弟比部泉州公各訓誨其子，誦法詩、書，繼武科第。五世之後，莫之與京，謂非天道與善之報耶？

通事君生而容貌魁梧，性姿倜儻。馬夫人知非凡兒，愛之特甚，而芹軒公聽其任俠，亦未嘗苦爲繩檢。乃棄弟子員，授興邸舍人，竟投檄不屑就。居嘗敬事長公，相與翕孺，推衣讓果，有李、孔之風。太保公從宦遠違，曰：「以二親累君，生能奉養獨勞，殁則哀毁共茹。」輒歎曰：「有子如弟，吾愧多矣。」東山既起，移書召弟，促之如京。至得改授鴻臚，攜入直廬，縱觀禁籞之麗，日所頒大官醪饌，退而燕私，都人榮之。乃告其兄曰：「昔吴季札之賢，以來聘獲觀周樂爲幸。漢蘇卿垂希世之節，而位不過典屬國。余所叨誠已踰分，尚安覬乎？」懇辭以歸，都人賢之。太保笑曰：「君殆諷余思少游耳。」公卿大夫聞而賡爲詩以贈，并爲之壽，今彙爲集云。

雅嗜山水之游，兼有花癖。嘗築別業於城東，結亭葺榭，疊石穿池，疏篁夾軒，叢菊被徑。日邀賓朋觴咏其中，夜或寢處花下，不知露之霑茵也。又構凝雲書院，繚垣飛陛，飾以丹漆，置蒲滿砌，葱蒨逼人，因號爲蒲仙。性落魄，不事家業，嘗曰：「人非無財之難立，而無令名之爲患。大丈夫不能策足要津，以弘功烈，胡與賈人壤壤逐利，争尺寸於市肆間哉？」家無長物，而好千金之施；義所不平，而專趨人之急。敦睦洽比，無小大親疏，多蒙其惠者。

嘉靖己未，歲旱爲虐，忽病熱。流火之月，愈煩躁，家兒汲山中第二泉，置几榻間，滌之始蘇，竭則如故，而體益憊矣。因歎曰：「周詩云：『我心憚暑，憂心如薰。』安得清風靈雨，俾延餘息哉！」既望四日而卒。卒之日，無問知與不知皆爲悲慟，聲震里中。方在彌留，言不及家務，曰：「以余被華食甘，乘肥御豔，七十餘年，志亦足矣。子孫並能文，不墜先業，更何身後之戀哉！」第令移蒲菊數本，設水檻以娱魂魄。此與魏武上脯糒陳妓樂者，清濁殊致矣。

先配陳孺人，繼郁孺人，並先君逝。長子起經，出爲太保公嗣。次子起綸，爲從弟可觀嗣。俱官嶺外，祗役歸覲，躬視考終，二子奚憾哉！乃各命一孫斬服行三年喪，禮以義起，制由情生，君子謂能達權矣。太保公敦鞠子之哀，流終鮮之痛，手自勒狀，不遠數千里請銘於甘泉湛公。葬卜十二月某日，懼道阻愆期，請余爲文以表其墓。嗚呼！世如通事君者，亦翩翩然佳公子矣。嘗擬樂府作調曲，又倣唐音爲律詩，集行於藝苑。雖乏顯位，而有令名，宜歌以表之。辭曰：

惟孝與弟行於家，太保之言微而匪誇。惟信與義著於鄉，無間昆言欲蓋彌彰。芳聲籍甚聞於朝，彼都人士式歌且謡。積善餘慶垂於後，宜爾子孫克昌以茂。恩錫幽隧惠之陽，别開宅兆祔以藏。表兹潛德，百世永光。

明朝列大夫湖廣布政使司右參議吴公墓表

鬱鬱蒼蒼，有山曰陽。玄廬帝錫，永祔寵光。此延陵吴仲子之墓也，曷表之？公諱子孝，字純叔，别號海峰，晚更龍峰。自延陵而降，世爲長洲山塘里人。生而穎悟絶倫，考文端公愛之甚。五歲占對，七齡賦詩，敏出過庭，美由即席。且機辨響捷，長於典謁，遂使字父謝愆，呼友起敬云。李文正、程篁墩並爲學士，一代偉人。文端公時爲編修，攜以往見，咸深器之。至弱冠，博覽得於兼行，玄思成於宿構，將濟世匡時，乃著説守以見志焉。隨任留都，喬司馬座客常滿，至則盡傾，王新建門不妄通，見輒嗟晚，名益振於諸生間矣。

壬午舉應天，越己丑，皇上臨御之八年也，天下士舉於南宫者三百二十人，吾蘇十有六人，公爲之首。及賜第，選爲翰林庶吉士。上方稽古禮文，鋭情經術，延攬俊乂，殷潤皇猷，有若吉水羅達夫，會稽楊汝成、陳約之，西蜀任少海、熊叔抑，東魯李伯華，上黨栗仁甫，江左唐應德。公與余十數子者，敷緯國之華，摛掞天之藻。雖枚、馬之輩相得而快甘泉之遊，然絳、灌之屬交嫉而興洛陽之譖矣。厥後曹給事數相於闕庭，王中郎忤宰於省闥，曾、楊二侍御批龍鱗而抗萬言，視鴻毛而輕一死。其餘歇歷中外，蜚英聲騰茂實者，莫可勝算。我明得人，於斯爲盛矣。然不克久奉清班，超踐崇品，命之所遭，亦略相似也。

先是，文端公喜業紹於池毛，懼途迫於鍾漏。由南吏部尚書乞骸東歸，避賢者路，哲哉！公初授台州推官，便道過吴，獲展家慶，圖欲陳情，奪於父命而生。居台三載，擢廣平通判。夫以藝苑之英出爲理官，以臺諫之器置爲郡尉，大乖常格，人共駭惜，恬不爲意，恪供職司。折獄平反，越號神君；典牧蕃息，趙稱良吏。豈恥視刑案，不對馬曹，徒守文墨而不閑吏局者哉？文端公聞之，移書嘉勞。亡何，以廣平最拜爲南文選主事。至則堅請侍養，竟蒙予告，酬其初願，孝哉！歸乃竭力娛親，大搆別業，昉平泉以治園，擬東山而營墅。臺榭亭館之華，林竹花石之盛，甲於吴中，罔有踰者。鄭莊開驛，賓客響臻。鄴架儲書，子孫絃誦。他若賜金樂施，懸車許借，雖文端雅量，能成其志者，公也。里人慕其風，曰：生男當如吴仲子矣。今三賢堂所集後學，彬彬嚮化，皆公造焉。壬寅，文端公八十有三薨，執喪毀瘠，恤典加隆，備其哀榮，從公請也。

乙巳起家，補禮部精膳主事，尋陞光禄寺丞。去羡裁冗，著爲甲令，所減大官之費，歲以億計。自是寖有列卿常伯之望。以性剛毅介直，好面折人過，兼之持論峻激，不爲脂韋澳涊，忌者媒孽其短。政府銜之，銓司希旨，出爲湖藩右參議，分守下荆南道，提督太和山。公歎曰：「天台、武當，世謂福庭靈窟，何幸兩爲仙吏。他日溘死牖下，魂魄當遊二岳間也。」褰帷行部，齋服謁祠。暇則延眺於鹿門，致慨於峴首，曰：「龐公叔子，獨何人耶？」太和歲例出納，悉委所司，乃稽其贏籍記之。權璫斂手，錙銖莫敢私者，陰畜憾焉。庚戌察吏，坐讒免官，廉吏可爲而不可爲，信哉！

由是浮湘江，遵鄂渚，下赤壁，遡采石而還。如弔屈原、懷賈傅諸作，辭多不載。閉關却掃，葺其先人之廬，觴咏其間。家鄰虎丘，每花辰月夕，或杖策攀躋，或操舟沿汎，狎魚鳥以留連，從林遠而忘返。辛、壬、癸、甲之歲，師旅方殷，飢饉相踵。凡備倭輯盜，禦早防潦，臺省造門，咨訪規略，多出公議，較若指掌，賴以輯綏，終不自言。

家居數載，余亦自滇免歸，把臂甚驩，命酒慰勞，相信益深。凡有述造，示余商榷評定之。玉涵集余所選次，并明珠集皆爲之序。昔左沖假寵於士安，沈約邀賞於元禮，其概一也。追昔彈冠京輦，策馬交馳，聞雞蹴起。當是時，入思論道於東觀，出思銘勳於西域。乃今徒以雕篆爲伎，鉛槧垂聲，即使不朽，豈余二人之志哉？所期共保玉體，俱享黄髮。癸亥之春，忽染痰疾，步履稍艱，言語遺誤，竊爲憂之。七月八日，避暑虎丘，再宿疾作，返舍危坐，揮藥不御，申旦長逝矣。距生弘治丙辰正月十一日，春秋六十有九。天胡不稍假俾臻古稀也，悲哉！

公配顧氏，封安人，所生五子。長曰尚朴，以文端廕應拜京職。次尚儉，郡學生。又次尚默、尚潔、尚遜，俱太學生。潔先公卒。孫男八人，亦皆駿發，所締婚媾俱鼎族云。公善誨諸子逮孫，並爲儒流，一洗紈習。雖竹室別開，銅盤異饌，將以勵之，而龍翔桂挺，方之荀、竇，友于觀摩之力也。小有過差，不爲譙讓，潛自改省，無傷和氣焉。

公豐頤便腹，朗目脩眉，聲如洪鐘。每酒酣耳熱，引目微盼，掀髯宣吐，謔浪唾咳，文采焕發，聽者咸避其鋒。歲時伏臘，薦享虔肅。至敦睦宗姻，蒙舉火之惠；矜卹孤寡，殫分宅之仁。人有緩急，力能解紛；事有不平，慷慨爲理。獎拔善類，揜護瑕疵，皆人所莫能及也。所著有説守、問馬集、仁恕堂日録、玉涵堂集、明珠集、平胡論及序記、碑銘若干卷行於世。重修宋史，殺青未就，以俟後人。字學虞、歐，稍變戈法。詞宗晁、晏，尤長小令。下筆輒成，倚馬可待，得之者列開府之屏，題蕺山之箑，照乘揜輝，徑尺非寶也。

卒之時，朴承諱自京數千里徒步來奔，蒙犯霜露，不浹月而抵帷堂，一慟幾絶，孝行若此。公其有子哉！越明年甲子閏二月十日，偕弟儉等奉公柩權厝於陽山文端公賜塋之側，俟吉乃葬。彭徵君狀其事，王岳伯著爲銘，互闡幽光，都無遺絢矣。謂余與公最爲相知，司直兄子復嬪於儉，兼有世睦之好，屬余表之。夫萬石孝謹，公儷其醇；太丘長者，公駿其風；顔氏義方，公迪其訓；河陽拙宦，公戒其多；子長史才，公纂其緒；少陵詩律，公嗣其響。從公游者，易名於蓋棺，稽法於史氏。

謚曰貞毅，不亦宜哉！系曰：

延陵亮節，千載以還。德徽匪墜，季仲之間。鴻筆色絲，刊石永堅。余表其大，揭之名山。

明吏部文選清吏司員外郎王君墓表

吏部文選員外郎王君卒，其門生陸尚賓師道狀其行，友人王參議庭爲之銘，足以闡懿生平，垂休來葉矣。諸孤謂余與君乙酉同舉于鄉，己丑同升于朝，交最篤而知更深也，請表其顯且大者，聊補誌狀所未備云。

君諱穀祥，字祿之。惟辛酉君以降，而上世嘗頌西室者，適符其生，因題其居而自稱西室云。系出大原，晉末徙閩之福清。唐水部粲爲世譜，載其先大雅慎微，皆以闡懿起進士，傳至八世祖仲舉，贈奉議郎，始還吳之長洲。生蘋，仕宋，爲著作郎，終中大夫。生敏，精于醫。生觀，能世其業，即君之父也。子孫守其方書，往往全活人。吳中稱醫家者流，必首王氏云。

君生而器雅，童烏之齡即能屬文，樂安之歲選充縣學弟子員。文恪王公一見奇之，曰：「吾宗千里駒，殆此子矣。」時文待詔、蔡孔目尚在諸生中，引爲忘年交。二王、諸袁，以才齊名，即舉進士，改翰林庶吉士。先帝疑政府私樹桃李，詔悉罷之。乃授工部屯田司主事。少宰徐文敏公、乙酉座主也，薦調考功，尋署文選員外。遇正郎缺，朞月不拜，謂君明慎。銓藻咸當其人，力足攝也。時太宰爲婺源汪公鋐，專伺政府，賢不肖一切倒置，選法幾壞。君每與忤，將中傷君。君稍覺，乃以母老不便北土乞歸侍養，而忘其有兄，不得輒引是例。命下予告，仍敕按察覈之，遂出貶真定尉，棄不拜。兄穀禎尚官嶺南郡幕，先有傳其物故者，妄也。嗟乎！爲母承譴，無忝人子矣。

時鄺子汴、王子慎中、任子瀚、唐子順之並以才居吏部，不利爲伍，君行而諸子亦相繼謝去。鄱陽人朝見嫉之言，固不驗耶？後周恭肅公，故吏部少宰也，再召入京，謂汪曰：「公不足王子者，奚故？」汪曰：「本部左遷，非止一人，彼獨薄尉者，獨非矯耶？」周笑曰：「公謬矣。員外初以母不便於北土，真定去京師纔數百里，獨能安耶？既以母老乞歸，今可捨之而身自之官耶？是猶欲其出而閉之門也。江、浙間寧無散郡可迎養者乎？」公頷之，意終不釋，而君亦矢心不復仕矣。亡何，太安人背養，居喪敦禮，以父事兄，以母奉寡姊，友睦蓋天性也。杜門却掃，委懷圖史，絕戀紛華，既無塵網之嬰，亦無山水之好。有田在東郭外，課農自給，殷春閱耕，迨冬納稼。間一往與田父老談笑移日，不知爲吏部郎也。胡安人亦時往饁之，君曰：「昔介子與母偕隱，龐公將婦以遊，向恨失之綿上，今幸得之鹿門矣。」撫按諸司交相推薦，疏累上未報。厥後太宰爲甌寧李公默，己丑房考也。素重君，諷御史特疏舉君，又移書所司爲趣駕，終不赴。

時倭夷構亂，兵火戒嚴，人皆以墳墓妻子爲念，奚暇計爵位哉？安人痛姑之亡，鬱鬱喪明。君素不畜妾媵，躬視家事，雖洒削、胃脯、酒漿之瑣，悉理周密。或以此少之，而君恬不恤也。君既不出，而李公竟坐讒死，世益賢智君矣。今上嗣位，簡用先帝舊臣。君業已補尉大名，至是超拜南京文選主事，地近而易，即僉謂由此可立致崇顯，而君稱疾堅不就，衆爲惜之。而陸君由南儀曹起，僅遷尚寶，君殆有見也。郡守永年蔡公甫下車，首書清德表其里，枉駕造其廬，坐床第間相勞苦。君口不能語，咄咄書空，稽首作謝狀。里中嗟歎，謂賢哉蔡侯也。隆慶改元丁卯春二月十二日，安人胡氏卒。君震悼幾殞，五内俱傷。又力疾爲治喪事，痺遂劇，非藥石刀圭可緩息也。越明年戊辰九月九日卒，七十稀年，未躋二稔耳，悲哉！

先是，文待詔方負重名，吴人士多因之起譽。君尤所親愛，其所否者，余安定與黄江夏耳。君爲詩沖澹而不尚綺靡，文亦典雅有則。書倣晉人，不墜右軍、大令之風。寄興丹青，追工摩詰之技。篆籀八體，並臻妙品。晚抱書癖，手自抄録，無間寒暑。讎校魯豕，略無脱誤，雖大亮之百卷繕寫，子孺之三篋刊亡，曷過焉？今張燕公、陸放翁、曾南豐三集，南唐書、野客叢書手澤猶存。所纂郡學志并著詩文若干卷行于世。君性整潔，不爲苟簡。室中器物，置必有恒所，衣服巾履，雖敝無點膩可澣。足跡未嘗入公府。有以事干請者，挹其風概，不復敢言。客有詆人短者，以他語亂之，慚色而去。自唐、宋以降，數百年遺像、封誥、璽書之類，必加寶護，此外無長物也。子男三：長仲友，國子生；次仲恭，郡學生；季仲序。孫男四，婚娶皆名族。詳具誌中，兹不載。君亦可以不死矣。是歲十二月二十八日，卜吉祖塋旁，仲友等奉二棺合葬云。

司勳氏曰：若王員外者，表署于鄭鄉，稽評于月旦，勒有道之碑，展季子之墓，易名斷謚，其在陶、趙間乎？夫嗇君者年，完君者天。夷清而聖，臧節而賢。嗚呼！先生之清節，足以起懦激廉矣。靈巖之境，横山之巔。白楊蕭蕭，爰起新阡。灼灼桃隖，夫人從焉。奮猷樹烈，後其考旃。

明奉訓大夫知夷陵州蔣君墓表

夷陵刺史蔣君卒，其友人徐隱君繗狀其事，同年林太史公樹聲爲之銘，亦足考裔於往牒，流輝於來葉矣。元子太學生宇志猶欲表其墓，乃請於司勳氏，將以昭潛德而永孝思，志誠可嘉矣。

夫包山之陽、消夏之灣，堂而封者，大夫之阡歟。君諱球玉，字國華，别號平丘生。其先自成周時，封旦子伯齡于蔣，以國爲氏。傳至漢山亭卿澄、宋戈陽之奇，皆以通侯顯。子孫散處河洛間。高宗時，司樂瑎扈蹕南渡，始居毗陵，載徙包山，遂爲吴人云。曾祖渾、祖旻、父軫，皆褐玉韜光，因山修業，有桑麻橘柚之饒，比素封焉。伯父詔，武廟時登辛巳進士，超拜御史，稍復其始。

君生而英敏絶倫，八歲誦詩、書，二七善文辭。嘗攜之母家，外曾王父翰林蔡公一見器之，曰：「繼侍御者，此兒矣。」弱冠博極群書，咸通大義。補鄉校弟子員，試輒居諸生右，里中鉅室争遣子弟從之遊。今上改元，庚子歲當比，領薦南畿，後屢試春官不第，歎曰：「吾自謂下筆言妙天下，取青紫若俛拾地芥。然阨於數奇，非文之罪也。裘敝金殫，鬢凋顔改，不復能與少年馳逐矣。且古人或以推擇垂勳，或由辟舉熙績，奚必區區一第乎？」

甲子謁選銓曹，先是夷陵缺守，荆楚方有戎事，地當巴蜀孔道，素稱繁劇難理。天官氏廉得君才，乃就闕下，拜爲夷陵刺史。一命而爲大夫，朱幡皂蓋，握銅符而綰銀艾，亦足爲榮矣。捧檄歎曰：「『豈不懷歸，畏此簡書』，我之謂矣。暫圖將母而後之官，未晚也。」乃戴星叱馭，扶疾遄征，渡江愈革，竟卒於舟中，去家僅百里，乃不克死於牖下，天乎？命哉！年纔五十有六耳。宇志嘗遊太學，司成而下若博士、掌故咸敬禮之，曰：「是平丘子耶？蔣氏代不乏人矣。」諸孫並森森秀發，君其不死哉！詳具志中。

或曰：「大夫未嘗莅官臨民，展采錯事，曷用表之？」司勳氏曰：「昔仲弓以懿行表鄉，萬石以醇謹範族。故刑于之化，可以御邦；孝友之善，是同爲政。詩、書所稱，曷戾焉？」君處昆弟間，推財讓産，取老甘脊，家賴舉火，户蒙燔券者多矣。又好爲然諾，專務趨人之急。包山去城府頗遠，湖卒風濤，險莫可涉。人有忿争，一不聽於邑令，而折於君之一言。倭夷犯山中，君出數千緡召募義勇，授以奇策，一境獲安。山有津曰鎮下，水潦泥壅，舟觸輒覆。乃捐橐中百餘金脩治之，民免於患。以此數端，往試一州，則其興鄭國之渠，弭渤海之盗，空太丘之獄，棄高陵之田，何有哉？而今已矣，天不助楚，殲爾父母，悲乎！夷陵之民聞訃，輟舂罷市，曰：「祀子産於東里，葬朱邑於桐鄉，吾儕小人敢忘兹義？」乃想魂流涕而爲招曰：「坎坎伐鼓，傞傞屢舞。我歌惟些，俟侯沱浦。侯之來兮，完襦與袴。侯之不來兮，捨斯及斧。生不蒙其澤兮，死願受其祜。」余既表其事，并采其言，書于墓石。

皇甫司勳集卷之五十七

家誌一首狀略三首 壙銘一首

水部君墓誌銘

皇甫水部君者，名濂，字子約，一字道隆，中憲公第四子也。母黄氏，恭人，方娠時，夢疇昔老人授以玉戒指一枚，上負以鼎，翌日語於中憲公。公曰：「鼎，男象，而玉至寶也，指者止也。汝殆産子必貴，自此將不復舉矣。」後卒如驗云。

吾家子姓，裔出微仲，至宋，公子充石字王父，始以字爲氏。宋亡，徙安定朝那，漢、唐而下最盛，勳業若規嵩，隱德若玄晏，文藻若湜與冉、曾，詳載諸史。宋室南遷，扈從來蘇，居長洲孔聖里，遂爲吴人。大其族者，一善公高王父也，諱通。生信，贈禮部郎，王大父也。生録，即中憲公云。官儀曹時，子約生於宦邸，沉穎莊恪，不爲嬉戲玩弄，夐異凡兒。中憲公出守果州，纔四齡，鄉人有賈蜀者，延余兄弟，中憲公諾之。其寓湫隘，室中僅容三人，子約置前席，乃稱腹痛辭去，歸愬於黄恭人曰：「兒雖幼，獨非果州侯子耶？何得慢我？」鄉人聞之，匍匐請謝，執不復見，其毅如此。

若夫臨果不取，俟其自得，聞伎獨止，習誦如初，泰瞻幼操，子約有焉。公既謝守歸，課兒曹日嚴，余兄弟互相摩砥。子約外無華炫而中深湛，學尤專精焉，且有大志。戊子，試于邑郡院，皆首選，充郡學增廣生。甲午，舉于鄉。時中憲公四子並起科第，吴中以爲榮。先聘廉憲顧公棠女，而顧無子，業許出贅，子約往婚畢，乃謝曰：「大丈夫豈賴婦翁産哉？況二親在堂，安可缺侍乎？」遂攜其妻歸。後十餘年，顧亦産子，人多賢而韙之。

庚子，承中憲公諱，與伯氏沖、仲氏涍暨余居帷中讀禮，暇輒揚榷藝文，譏評詩法，子約業益進。甲辰，試南宫第二，賜進士，拜繕部主事，非其好也。越歲，居黄恭人憂。時仲氏卒，余構讒爲御史所窘，子約與伯氏急難之所，爲賦三鳥也，詩載集中。戊申，起家太宰，聞公淵知其賢，將授本曹，同鄉忌之，仍拜水部，鞅鞅弗豫。

俾典薪廠，賈人每僞增其數以罔國利，子約杖而按其罪，不知其女司空文公明妾也。令妾泣譖公所，翌日莅部，召子約切責之。子約抗言曰：「公掌國政，乃嬖於寵而聽賈人冒侵國財，不爲發姦摘伏，顧欲奪屬下守法吏乎？即無司空城旦書，如君上何？」公斂容以謝，而心銜之，于是乎有荆州之役矣。至則算無羡緡，商人便之。先視榷者，爲同鄉顧子，聞喪不奔，多收賈人税以充私橐。子約發其賍以千計，乃誣子約不畏簡書，眷戀桑梓，慾彼瓜期。歲當察吏，考功郎又嘗所忌者，議欲黜之。少宰建寧李公默譁於衆曰：「吾知水部清介士也。世擅才名，安得枉措以壞銓體！」僅調河南藩司理官。子約聞之，即日就道，遵故郢，眺章華，浮沅湘，泛洞庭，爲文以弔屈、賈，遡黄州，登赤壁，踟蹰賦詩興慨焉，以余舊竄地也。

其莅河南也，諸司疑獄，賴以平反。兹地也，何、李餘風在焉，故多談藝之士，樂與之遊，藩王好事，擁轊置醴以招延之。即枚叟遊梁，陸生入洛，聲籍甚焉。居亡何，稍遷興化倅。監司交獎，輸以金幣，並却不受，緘投司中。上官病其矯，而性有莫可奪者。當是時，施寇起於洛中，倭夷熾於江左，頗懸故國之憂。其莅閩也，攝郡篆，嚴戢豪右，謝絶請託，庭若無人。同鄉劉君鳳，以侍御謫推，又同年也，日與探歷山川，寄情觴咏，造仙遊以流連，望武夷而倚歎，雖簿書填委，特坐嘯可辦耳。壬子、乙卯，兩典二省場屋試，文半出其手，所拔皆才俊，人服其藻鑒云。丙辰，代守入覲，歸即投劾不赴，郡監司督之，堅辭以謝。開府胡公宗憲擬以治軍薦，督醝鄢公懋卿擬以遺賢舉，皆移書謝之，何異嵇康之絶山公耶？越歲，子乘卒。又二歲，顧安人亦卒。安人有令德，乘幼最孝，嘗刲股以療母疾者也。並有傳别載。夫以子安、子約之文，不得爲第一，父子並起工官，兄弟皆承譴不顯，豈文章憎達，殆運命司之矣。

丁辰荼酷，居嘗鞅鞅弗豫，頗有憂生之嗟。素沉静寡欲，所至脱略勢利，自稱方外，物色異人。好覽鴻寶玉笈之書，求回金服食之法。足跡不入城府，戒閽者勿妄通賓，貴人亦罕至者，署門掃軌，不以爲慊，曰：「昔人友麋鹿而侣魚鳥，衲子羽流，可與晤言，奚取斯輩，污我門徑哉！」臺司餽遺，並却不受，持衛生之誡，不欲勞心苦思，遂少撰述。惟詩篇每興到占屬，不爲應酬。日臨晉人帖，間圖花竹水石，並臻佳絶。少學琴於雲間張氏，盡得其法，而晚更精悟，追契襄牙，每鼓一二行，蕭然自適曰：「此足玩世遺榮矣。」辛酉，子采生，日弄以娱，始得舒其眉宇耳。

嘉靖甲子秋，忽患痢，不治而卒，九月廿九日也。生正德戊辰十月初八日，年五十有七。悲哉！病未革，召子安中子樞託以理家。卒之後，乙丑秋，采患疹。余多方迎醫，百計營救之，竟夭。俾子約無嗣，天道有知無知耶？余召樞至再三而堅不就，乃立子浚季子棻爲之子。余與樞負子約於幽冥中矣。工曹視榷者往往操羸致裕，鮮一二清白者，吴人以此疑子約，而不知死之後，殯殮暨喪葬之具贍自余也。妻顧氏，敕封安人。子二，長乘，吴縣學生，皆先卒。娶陶氏，吴江貢士陶鋭女。次采，幼未聘，亦卒。女三，長適王侍御孫奎宿，次適劉汀州守孫位，皆充諸生，玉窘而劉夭，咸數也。一幼，側袁出，字張憲副意孫嘉壽云。所著有道德經解、校輯玄晏高士傳、中憲藩府政令，以昭先業，余收其遺草，選爲水部集二十卷，行于世。此謂不朽，視彼不肖子，焉有焉亡哉？銘曰：

郁原恬禄，而仕則邅。鄧攸邁德，而嗣弗延。蒙莊繕性，胡不緩年。屈生憤世，乃叩昊天。詵樂浄域，璞亦疑仙。喻斯燭滅，若彼薪傳。五龍夾水，一蛇啓阡。於兹委蜕，神安之焉。徒收茂草，永絶嵇弦。

華陽長公行狀

余兄華陽公之既卒也，兄子槃率其諸弟來言襄事，乃泣而拜，且屬余狀其行，將乞銘於文苑，乃再拜，相對而泣。蓋余兄弟四人，仲先公卒，季後余生，謂余知公稍詳也。嗟嗟！余忍狀余兄哉！援筆每撫膺流涕，輒復罷棄者數月矣。然懼夫疏者匪溢而乖實，或缺而弗彰，是誰之咎哉？是誰之咎哉？

公諱沖，字子浚，中憲公之元子也。曾大父諱通，爲一善公。大父諱信，贈奉直大夫禮部員外郎，是爲韋菴公。父諱録，仕終順慶守，進階中憲大夫，是爲近峰公。母黄氏，封恭人。皇甫出宋戴公子充石之後，以字爲氏。歷漢、隋、唐間，通侯本枝，著稱安定，丞相苗裔，徙自茂陵。宋室不競，提刑從遷，遂爲吴人。累葉避元，隱于酒庫，今城東孔聖里，余故家也。一善公積德砥行，昌裕後之猷。韋菴公敦詩弘文，振昭先之業。然發科起家，則自中憲始也。

恭人來嬪三載，嘗夢老人負鼎貽之而有娠，果生沖。厥後每誕子，咸夢是翁授之鼎，而鼎各殊制，卒爲讖云。誕之辰，有白鶴旋舞於庭，及生，挺姿秀朗，秉性淵哲，知非凡兒。中憲公登丙辰進士，居京師。公甫七齡，奉母夫人攝家事，殊有條至，應對賓客，裁答書問，諳若成人。母夫人將之外家特久，以故多渭陽之情。束髮就傅，稍習句讀，即了大義，殆天縱匪由師得也。隨遊輦下，觀宫闕之麗，思踐其階，見軒冕之華，謂可代而致也。年一十七，御史視學南畿，召試，大奇之，取入郡學充弟子員，參多士，比于鄉。先君讓之曰：「玉未琢而示之璞，胡躁也？」

少長，發悲歌於燕市，慕遺風於魯墟，懷英烈於荆楚，探勝蹟於巴蜀，爰記三峽，以闡山川之秘焉。始謂仲宣爲宿構，疑子建於倩人矣。兼之甚口好劇談，宿學爲折角莫能難，又好騎射，校輒多中，出武兒右。凡挾丸擊毬、音樂博奕之戲，罔不精通焉。先君在郡校，諸生雜置其中，公占五經題，悉成文，先君驚嘆曰：「余幾爲山公，汝業臻此，可失時耶？」乃令攜弟司直公歸就比。亡何，先君以讒免，憤然嘆曰：「漢緹縈一弱女耳，猶能鳴父之冤，矧男子乎？」乃草疏凡千言，其略曰：「臣父爲良二千石，多治行，方藍、鄢盗起，破郡邑如破竹，所過民無噍類，果州獨全。設使果陷，陛下安所望蜀耶？乃不蒙增秩越級之賞，而聽受金縱盗之誣，何以勸雲中守哉？」先君聞之，移書使人邀諸途，曰：「余恥爲折腰吏，久欲投劾去，矧在危城中，獲生還幸矣，特恨不早，乃爲孺子所詆，尚奚言哉？」然疏業已上。陸太宰衎之，寢不報。事載近峰年譜。

先君閒居，公開逕葺園，奉之以娱，而代爲家省。慶展俱存，情耽既翕。日與諸弟商榷易義於世業堂，由是海内知有皇甫易矣。先達王文恪公、吴文端公大器之。與仲氏謁喬司馬於白下，一時名公如燕泉何司空、東橋顧司寇，引爲忘年交，不啻二陸入洛，江東士爲減價也。途經茅山，登皇甫谷，飄飄然有塵外之想，乃號華陽山人。屢試於鄉不效，而余乙酉先舉，先君嘆曰：「汝才豈在季下，奈何以家事溷汝？汝第謝去，余雖耄，猶堪自理也。」戊子，果與仲氏並膺薦，而聲稱籍甚。屢試春官不第。二親先後背養，諸弟或羈宦，有恨不及見者。其襝不踰制，喪不違禮，祭不失時，皆公身獨任之。余輩同其哀毁而已。生子如公，安用多男爲哉？

公平生慷慨持大節，能周人之急，友人陳與言卒，邺其子螽，收所遺金，操而爲之，出息以贍，至長，倍還之，螽賴以資。外姻有湯翁者，病既革，而子在襁褓中，召公囑曰：「以此累君，君不負陳生，忍負余哉！」從兄源貧無依，請於母夫人，處之别第，割墓田給之。使公而遇，則占郈成之宅，舉晏嬰之火者，豈其少乎？舉族無少長，凡紛争構厲，藉公片言而解，其信義服人多此類。雖仲弓家範，彦方鄉行，曷過焉。公處昆弟其雝穆，而訓子姪頗嚴峻，故余兄弟，終父母身不求離析，諸姪憚公踰於所生父也。

渭崖霍公、龍湖張公，每放春榜，訝曰：「何無皇甫生？」間題長安主人壁，廖學士、程編修見之，嘆曰：「主司良失人。」甲辰再試春官，時主考爲西蜀張公潮，取優卷十餘，公在其中，而張卒於鎖院，竟遺不録。其家兒持之出以示人，公歎曰：「此謂非命耶？」庚戌歸，悔其再誤，因號不菴叟，而揭銘座右，杜門著書，湛思味道，若將終身焉。先是，移書諸弟曰：「予髫侍先大夫官京師，獲聞李、何、邊、徐之論，後與孫、方二山人傾蓋吴門，發機破昧，何必同人哉？」乃遡風雅之源，究作者之意，删輯所爲詞賦、詩歌四十卷，序記、傳志、雜文二十卷，總曰華陽集，而編目先行。武宗即位，政法凌遲，撰緒言及申法。車駕南征，撰己庚小志。睹靖難録，撰壬午刑賞志。思廣左氏摘奇，撰纂言。今上繼統，崇尚文德，撰周易大傳疏。余領曲周，恐不習爲吏，撰政準。大同之變，撰幾策。幼好談兵，撰兵統。輯經子要語、諸史法行，撰左測、右測。晚年聞見日益，撰因子、因記。胡虜犯闕，京邑騷動，撰滅胡經。海寇突起，當事無策，撰枕戈雜言。世系攸邈，閔其凋紊，撰家譜。凡七十餘卷，數十萬言。而北遊、遊虞、還山、倦遊諸集，别行於世云。大較窮愁孤憤，摭騷擬玄，詞麗指眇，使人不能加也。

公授室最早，年二八，范氏已嬪，生男輒不育，僅存一女。年踰四旬，昔在壬辰，將北試，范曰：「妾聞燕趙多宜男者，君往，盍圖之。」及落第，娶嚴、周二家子以歸，並皆産子。向非丘嫂有容，幾乏兄嗣。由是德范而愛其女甚於子也。長槃，娶陳氏，嚴出。次梁，娶王氏，周出。俱吴縣學生。又次菜，聘魏氏，同槃出。檠聘唐氏，則同梁出也。嫡女適太學生馬元芳。孫夢麟，梁子也，亦竟夭，悲哉！槃、梁各生女一人。

公自庚戌之後，不欲更試。丙辰，或勸之曰：「先大夫肇跡之年也，天運其將復始乎？」乃强一行，再蹶而歸，鞅鞅弗豫。適余解臬歸自南中，而子約弟亦棄郡牒不赴，相與慰勞，陳説平生，緬良會於冬宵，追歡悰於秋燕。丁巳，忽寢瘵，賴刀圭延息。而公嘗學星數於姜憲副，多推驗，曰：「古稱七十者稀，余殆不能躋耶？」越明年春杪，偶灌園，覺腹痛，如厠，足委頓不支，疾作竟卒。卒之日，嫂問家事，第曰：「汝好爲之。」諸子泣而問者，公以手指所枕書示之曰：「無忘此業足矣。」公有書癖，雖囊無餘金，而架滿萬軸也。余與季弟泣不能視，公乃舉手作别，即合眼下生矣。時嘉靖戊午三月丁丑也，距生弘治庚戌正月乙丑，年六十有九，竟如公言。嗚呼痛哉！

猗歟皇甫，世炳於文，非獨以功名顯。明興，奉直抱藝，藻始萌芽，中憲含章，起而緯國。然繼志述德，若子長之弘先業，其在公矣。博綜群籍，覃涉百家，上自墳索韜鈐，下逮圖讖璣歷，方輿所載，稗官所紀，靡不研討。訪古田之折衷，知今足以應叩，早嫺詞賦，今篇中或更生不能該、子雲未之識者。其爲書也，守韋菴之法而運筆超妙，兼晉、宋之體而意到逼真。然十上春官，不獲一第，亦命矣夫！而婭娖冠玉者，乃紆朱横金，烹鮮策肥，詡于里中，朝蓋棺夕腐蛆矣。公以翰墨垂聲，世有之重公，隆於卿相之位，豈以彼易此哉？稽昔徵仲遜跡於殷，士安高蹈於晉，世有逸人之風焉。即仕者亦往往拓落，不求華顯云。公尤恬於勢利，未嘗修刺候門，曳裾令室，所居户絶履綦，庭滋帶草，晏如也。諸弟休汝屏騎以謁公，固不爲意，其所養蓋閎深矣。瑣才不文，至哀無飾，聊述其概如此。所冀妙辭攄之黄絹，懿行勒於鴻碑，不既幸乎？

贈安人沈氏行略

沈氏仲子者，余妻也。父炤，爲吴嘉定人。炤之先有刺江都者，遂起自江都郡。及徙吴，迺富埒吴中，家於東江，以故俗謂半江沈云。在昔周文王子曰聃季封於沈，因氏焉，此殆其苗裔與？純皇帝時，有若鞠軒公、瞿夫人者，並以孝聞。所司上其事，詔下旌之，江之東遂表爲雙孝里，俗亦謂雙孝沈，不復半江云。自是彬彬爲禮讓族矣。鞠軒有子曰友松，友松故多男子而炤最長。毅皇帝時，以進士起家，拜行人，選爲刑科給事中。余父順慶公方在儀曹，數相往來交驩。闔太君者，仲子母也，給舍差池外宦，終不克膺封典云。與余母黄夫人通問，遺聚燕好也。仲子生而婉嫕，母氏見輒目之，意有所詣，而闔太君亦每奇余，謂非凡兒，即在齠齔，乃竟許婚矣。

居亡何，給舍以奉使忤閹瑾，矯詔繫獄，將死之罪弗讎，當以減論，得免官歸。方是時，勘官悉先關白，有不承旨苛法即首領不保，免官幸耳。蓋瑾廉知給舍素饒於財蓄，珍寶玩器累千，求之不滿其意，忿構厥獄也。亡何，余父出守順慶，給舍亦復得稍稍敘遷爲郴州刺史。道之相去數千餘里，展親告虔之禮契闊不修，亦竟數年也。既而余父謝政家居，給舍擢憲廣臬，單騎之官，令太君將其子還江東男女。時己父召媒妁往請婚，太君允之，禮應逆女，顧安所得舟？侍御關西許宗魯刷卷按蘇，過存余父，乃見余而語之故，侍御笑曰：「汝能效吕氏爲莊公議耶？」余曰：「唯唯。」因命二題，夜中屬草，旦日獻之。侍御喜曰：「此過秦類也，去宋文遠矣。」即以所乘巨艦給傳命官往護婚，事亦異典云。由是仲子歸于我，正德辛巳首夏也。

時里閈譁以爲仲子百輛之將、盈篋之貲，至則簪珥不再雙，羅綺不重襲，豈力不能辦？非仲子好也。廟見告成，黄夫人懼宦家子習於驕恣，不閑婦儀，故爲抑之。仲子能降能眕，事姑愈恭，黄夫人始喜謂三郎果得嘉婦，即諸姑伯姊姻戚皆賢之如母氏云也。仲子性温而介，能以禮自防，往來闈閫間，非女侍先後之弗行也。逮下肅而有嚴，至細過輒容納之，不甚譙讓。群下且畏且感，則又輒謂阿母賢也。余蓋不能無喜矣。被服縞素，不炫麗盡飾，有荊布風。其事余甚恪，每與言，輒侃侃若詔余者。自是雖燕暱，亦交相敬，罔敢褻呼爲益友，即古人餉饁舉案，乃今不誣也。性好讀書，知大義，夜每佐余親筆研，有疑輒質之，與之辨説輒解悟也。余或倦學，輒以紃組相砥。余自是非夜分不寢，而仲子亦略能文辭矣。匠心獨巧，非由師授，而裁花剪鳥，若天産機生，靡不肖焉。時余學琴於金叟，從屏後屬耳，即手按之，悉成音，其穎慧多此類。余褊心，觸事忿發，如火莫遏，喻以少安毋躁，恐傷和氣，殆余之韋弦也。

嘉靖壬午，太君卒，仲子聞訃，以姑在，哭之不敢出聲，然五内盡裂矣。是歲，余試學院選，充郡校弟子員，不獲就比。仲子若弗豫然，夢其母謂曰：「郎君行當富貴，懼汝不及見，奈何爲彼戚戚也。」驚寤。越歲，其父亦解憲歸。太君朞而祥矣，爲舉襄事。弟灼亦由進士爲侍御史，群從十有二人，婚媾俱世家紈袴子弟，咸來會葬，互矜門閥。余獨儒服，爲揖讓容。給舍試論經義，條答如響，莫能難。晨且遷柩，例有告文，詢諸壻，默無敢應者。余援筆立就，侍御君不能加點，諸少年咸有愧色。仲子曰：「妾母知君展能擇壻也。」

太君既葬，而其長女亦卒，仲子夢輒見二靈岑岑然，若將招之偕也，遂心悸，察其色赭而愕，若弗寧處也。一日，嘔血忽數升下，下即目眩不瞋，體寒，股交戰，脉欲殊也。已而蘇，即心愈悸。周詩謂病在骨髓，名曰㑊瘵，得之憂鬱氣衰而血不足也。即遇鴻術，探禁方，投以萬金良藥，僅可强息再朞耳，矧庸庸醫者，刀圭之末，幾其一飲即愈，不亦難乎？事在乙酉夏五也。

是秋，余舉于鄉，殫歲將計偕北征，仲子亡恙也。明年落第歸，仲子病稍侵，已居益鞅鞅弗豫。余母慰之曰：「而郎少，幸先兩兄舉，即不第，何望之深也。」仲子曰：「嗟嗟！君姑，郎君方篤學勵行，爲海内文人，何有於一第？顧時耳，時至即反覆掌矣。妾所懼者，先期委溝壑，不與同富貴也。」言畢，横涕承睫下沾膺也。余母亦爲欷吁久之，叱曰：「汝真病瘝，胡言之亟也！」又明年丁亥五月廿一日，仲子果病革死矣。生於弘治壬戌五月二十七日，死之年纔二十有六。其妻余則甫七稔也，竟先夭死。乃後，余果登進士，富貴未可知，胡竟不同享也？謂非命哉！謂非命哉！

死之日，猶了了不瞶，問所安，尚折而知也，諸所蓄及所貸與人咸籍記之，曰：「毋溷後人。」即殯殮瘗藏之具，咸眎之，意如其意，即頷之曰：「足矣，毋俾踰禮爲也。」乃又招諸姑伯姊姻戚與訣，人每數言，言盡衷也。辟適千里者，贏糧飭徒，車馬在門，張組把袂，踟蹰不行，情等耳，此固長往不歸，不尤痛甚哉！以故無大小疏戚，泣之盡哀。目且瞑，又嗔而視之曰：「幸毋死我於男子之手。」合掌誦佛，良久氣絶，泣者聲愈悲。賢哉仲子，生有懿行，死蓋徵之矣。遂殯殮一如仲子指云。

翌日，蘇守胡公纘宗贈之舍，躬弔于室，君子以爲禮。死幾十年而後葬，可謂愆期矣。余蓋宦遊不克歸也。丙申之秋，奉使南還，始請于順慶公、黄夫人議襄事，問于五行家曰可，堪輿家曰吉。乃以十二月十有六日，葬于上方山之陽。至是始即遠也，上方山者，去城西南十餘里，群峰襟抱，湖水環繞，白楊蕭蕭，玄廬攸竄，咸謂得嘉兆也。而先曾考之靈棲焉。先是，皇嗣誕生，京朝官咸叨錫命之寵。仲子蓋贈安人矣，遂以安人禮葬，聊以慰幽魂也，無出談安人。二子應巳、應賜，並齠齔，裹以衰絰，蒲伏帷堂中，悲哉！

皇甫子曰：余讀古詩歌至悼亡篇，未嘗不廢書而嘆也，曰：嗟乎！文固生於情哉。夫婦，人之大倫也。方其縞綦來歸，琴瑟在御，孰不願相偕老矣？迺或中道潛翳，窈窕足哀，匪色是私，蒙莊放情，非經也。余葬余妻，余顧安得不悲以思？譔行略以竢顯者銘焉。

談安人行略

今上改元之六年丁亥夏五，余妻沈氏仲子卒，考中憲公暨妣黄恭人，日夕憂勞，思得淑女，堪以繼沈者。乃遍召諸媒媪與圖，多言談氏孟子德容者。父長公名祥，字惟善，世居雙林里，紵縞爲業，四方賓賈輻輳其門，吴中機杼無慮數百家，而文之奇巧、色之蒨麗，罕踰談者。凡韜筒裂幅出自長公者，不更檢閲而輸金售之。長公亦以信義交人，初無貳價，遂操嬴倍息矣。由是子弟多服紈饌玉而連騎者，長公獨悃愊爲醇謹，訥於言而敦於事矣。語具文待詔誌中。生三男子、二女子，相者獨指孟子法當貴，餘或夭或貧，而長公業亦將中替，後卒驗云。

孟子者生而幽閒貞静，有段媪者，熟走其家爲請婚焉。王子禄之，余乙酉同年也，居與長公前後相比，雅識長公，爲獎成焉。故孟子字於我。明年己丑，余第進士，除嵊令，不拜，改授國子博士。辛酉，中憲公備簪珥衣幣，郡邑爲具舟楫，監司假給符傳，長公導之如京師。余逆於國門之外，卜吉受室焉。一日謂余曰：「妾幸爲君配，嘗見君之客矣，多位尊而齒宿者，每忘年隆禮於君，即聽君談，皆唯唯頷之。君雖無意上人，而同輩觀之，必生忌謗，釁將作矣，曷自貶損，卑之無甚高論也？」尋果奉詔調外職，乃拜曲周令。將之莅官，中道與長公别而還吴。曲周固畿內小邑也，余往視，若不足理，日恒閒暇，每夜誦而晏起，孟子示雞鳴之警，余哂曰：「古人以卧治爲賢，星起宵勞，何如彈琴鎖印也？」

癸巳，長子楙生越。甲午，余以三載秩滿，拜爲水曹郎。將之東歸，展覲舅姑，始修廟見之儀。母恭人慮其不習爲婦，而先爲主母，身且貴或驕也，故爲摧抑之，而孟子執婦道益恭。當此時，仲兄涍在儀曹，伯兄沖將季弟濂計偕北上，中憲公忽病痺，余獨爲延醫視療，賴周生萬金良藥得少差，而余衣不解帶，食不甘味者三越月。孟子於秘室虔禱，侍者寖淫，聞於母恭人，歎曰：「詎意新婦能如故婦，使沈氏更生，無以加此矣。」乙未，將之京師。越丙申，次子琳生，余奉使將之還吴。是歲也，以皇子生，覃恩得與沈氏並封安人云。丁酉春，始圖沈襄事。或曰：「葬死安人，獨不爲生安人諱乎？請少避之。」曰：「余繼沈後，余之子即沈之孤也，惡用避諸？」乃就服舍，爲楙、琳製衰絰，教以哭泣僻踊之節，中憲公益賢而韙之。是歲，仍將之京師。

越戊戌，余遷虞部員外郎，巡視畿道，執法忤武定侯郭勛，詔獄聽都官。侯令弟郭勛具酒肴甚豐腆，悉置銀器中，饋之客舍。安人曰：「夫君奉職無狀，獲譴于大將軍。妾代請主臣，敢辱賜餉于囚，倘賴寵靈，不即填牢户，叩首謝門下有日也。煩使者收器，幸無遺誤，以重妾罪也。」亡何，余得貸，左遷出獄，乃謝郭勸，而竟不一造侯第，益憤恨云。是歲，將之便道歸省，拜堂下，謝不能保身以爲父母僇，乃將之黄州，置自員外，居於别署。楚俗好誣，多嚚訟，諸司疑獄，悉以屬余。暴于庭下者，日以百數，片言質成而罷。安人謂余曰：「君之聽訟，妾嘗從壁後察之，似稱明允，然神深發摘，喜溢哀矜，殆非尚德化道也。」余自後多平反者矣。

越庚子，稍遷南京比部郎，將之歸，而中憲公卒，佐余在疚，罔愆於儀焉。癸卯，季子穀生。是歲，余免喪赴闕，補南水部，仲氏補南比部，將之陪都。越甲辰，仲擢浙憲，余調司勳郎，季以會試第二登進士，伯氏張讌爲母夫人上壽，吴中以爲榮。乙巳，兩京考吏，薛氏忌才，指仲要改宫僚，例應補外，余鞅鞅弗豫。安人曰：「君湛憂深念，非爲兄故乎？對子字父，古猶恥之，友其弟而去其兄，此非不足君所乎？宜力諍之。力不能當，引去，毋使並罹其網也。」余起而發其私於太宰張公，言官竟以侵職論劾，仍左遷，而薛氏亦敗矣。

是歲，女順生，而黄恭人尋背養。余抱病倚廬，安人哀毁踰於前喪。時御史王言以私憾掇細人之諜，窘余甚亟，或曰：「少避其鋒。」安人曰：「王侍御雖酷號蒼鷹，豈能以殺人罪妄抵曾參耶？召君不過欲庭辱之耳。身在苫塊，即避安有無母之國。倘捕逮昺弟，他日何面目見宗族鄉黨乎？」余乃就縛，事果得解。母既葬，誓不復出，而安人勸之曰：「向隱忍將赴功名之會，一雪此言也，君其趣治行，奚疑哉！」余乃如京師。時尚寶白君悦病卒，馳使者緘書諭安人，亟爲納婦，安人身任之，婚禮不勞而成云。余倅開州，甫六月，稍遷處州丞，將之莅官，孫熾生，安人得報大喜。余奉憲檄供事棘闈，臨别，安人曰：「聞昔己酉，郡守亦入場屋，而門下士無一舉者。君名雅重諸司，行當多植桃李，爲茲邦美談也。」是秋舉者四人，而他邑拔者凡九人云。

余自省還，郡守方君業當入覲，而余攝篆事。安人方患病，庭中榴樹無風而摧，廨外狐忽鳴，壁間火恒焰，溝中水沸而有聲也。延醫診治靡效，誤投何生藥，血潰而卒。悲哉！是爲嘉靖壬子十二月十有六日也，生正德甲戌五月十有一日，年纔四十耳，胡促也！既含且斂，遷柩於城東天寧寺。楙來奔，攜弟琳扶之歸吴，治帷堂以延弔客，禮也。余始之郡，首入縉雲，宿于公署。安人夢一婦曰：「久待爾，胡來之遲也？」目恍睹其形，心竊惡之。及卒，治木者曰：「疇昔王公倅者亦蘇人，而夫人死於此，亦小人治其木也。」始悟向所見者，王君妻耳。鬼神之事，信乎非誣矣。而壽夭殆亦有數，莫可假哉！

子男三，長即楙，娶白氏，尚寶君悅之女，太保尚書公孫也。次琳，娶沈氏，吏目君知剛女，中丞公孫也。次穀，娶徐氏，詹事君元成女，少宰文敏公孫也，亦卒，繼李氏，太學君元紹女，宗伯文安公孫也。一女順，適宋生延昊。孫男五：熾、瑩、燮俱楙生；兆登，琳生；兆畿，穀生。琳女京字幼未，惜乎安人不及見云。時倭夷之變，墳墓慮有發掘之患，俗多停棺俟寧者。余解憲還，壬戌十二月十六日，始卜吉於寶積山之陽，開穴通隧，并沈安人並葬云。

李夢陽曰：「妻亡而後知吾妻也。」諒哉！若談安人者，可謂益友矣。安人物化而吾生不辰，屢搆釁稔，寧復有能爲余籌畫屢中者哉！余故識其大者。若性資柔婉而操則堅持，恩貸妾媵，然罔敢犯其威者。己無長物，而一芥不妄取於人，大事爲争執之，細事曲爲承順，終身無反目之辭。心厭繁縟，被服輕素，性好潔，雖故衣敝履，瀚之無垢也。訓子嚴厲，使少假之年，三子豈皆以貲成名哉？余愧吾妻矣。先是，束帛修謁，徵銘於姊婿方伯顧君夢圭，未及屬草而先卒。闡幽發潛，以俟束皙，悲夫！

女月壙銘

殤女月者，余妻談氏子也。生於嘉靖庚寅八月十有四日，是夕也，皓月漸盈，素暉鑒牖，迺誕生焉，故字月也。時余方宰曲梁，即育諸曲梁，歲再週也。明年，余南還，隨之南，迺克見汝祖也。又明年，余北走，則又隨之北云。丙申夏五，余奉使再南也。隆暑方熾，舟行執熱，遂病在腸胃。至江都，身首發腫，察之悸，即戒舟遄發，歸將就醫。七月二日，余抵吴門，得拜家慶，而女病顧業不治矣。越七日竟死，嗚呼痛哉！死纔五齡耳，不謂夭耶？然汝不死於途，魂反于鄉，魄歸于故丘，嗚呼幸哉！月慧而善話，言余即怒或勞苦或鞅鞅弗得志也，輒持酒相勸慰，以故余即怒乃釋，勞苦乃安，鞅鞅乃平且豫也。余出，必問所之；歸，每問所自。雖少長諳事者，或弗逮也。乃今已矣，余思之，輒爲欷吁烏悒，涕泣沾膺也。是歲十二月十有六日，余治上方山之陽，葬其前母沈氏并葬女焉，去穴僅數步耳。銘曰：

嗟汝余辭，汝無談思。惟沈是依，迺安厥棲哉！

皇甫司勳集卷之五十八

哀誄六首

恭擬世宗肅皇帝哀文

惟嘉靖四十五年歲次丙寅十二月丁亥朔十四日庚子，大行皇帝崩于萬壽宮，旋殯于白虎殿。越歲丁卯三月十七日壬申，將遷座于永陵，禮也。雕轀移輴，畫攢撤帟，風咽酸笳，霜凝悽紼。嗣皇帝心隨去劍，目送遺弓。昊天高而悵罔極，泉路渺而悲奚窮。小臣汸念昔己丑賜策彤庭，分符赤縣，猥授華銓，載司清憲，罪荷曲矜，恩蒙微譴。敬昉册命，恭述哀辭，少報君臣之義，仰宣父子之私。其辭曰：

惟明應運，盪胡妖氛。還資華曆，誕挺聖君。高帝倔起，恢烈鑠勳。么麽驅除，曷足以云。列聖纘服，克邁徽猷。七葉中否，八駿荒遊。閹瑾搆釁，藩濠逞謀。治乖端冕，殆鄰委裘。懿問惟興，光昭伊昔。善埒東平，仁歸西伯。姒母樂推，啓賢師錫。嘉靖殷邦，修功代邑。祗命允協，格來其勤。踵堯蹈舜，稽古禮文。創建九廟，懷柔百神。享祀咸秩，燔瘞攸分。爰覃孝思，並弘德教。敬一垂箴，農桑屢詔。宣后崇儒，軒皇問道。精意執中，玄心觀妙。雪由款集，雨以祈零。甘露嘉醴，卿雲景星。秬麥六穗，芝草五莖。恬鱗牣沼，肉角儀庭。皓質緇章，黄耀赭異。胡瑞不臻，胡休不畀。化浹中區，聲漸遐裔。象德象功，盡倫盡制。軼漠航琛，踰沙匭賮。百蠻解辮，四夷削衽。禮樂可興，干戈底定。秦漢以還，唐虞斯盛。登必元愷，簡必俊髦。穆穆布列，濟濟盈朝。于淵網致，在藪旌招。内寧外輯，陽長陰消。方祇表靈，高禖恤胤。始正中闈，旁充燕寢。粉黛蘭郁，褘褕翬映。魚貫承私，麟祥衍慶。既咨四岳，亦闢四門。躬閲封事，洞察邇言。威以克愛，義以割恩。剛斷惟獨，權攬則尊。匪窮土木，麗軌宏圖。匪慕蓬瀛，嗇神葆軀。璇題瑶榜，綺綴椒塗。飛廉望氣，阿陛凌虚。嗟金藥之未就，懟瓊蕊之無徵。巨跡空履，仙掌徒擎。宫車晏出，扆几宵憑。屠諸急節，霜露頹齡。

嗚呼哀哉！小臣汸昔也通園陵以馳道，今望履綦而苔没。向也扈清蹕於屬車，兹奉衣冠而月出。採松柏於江南，樹成拱而風瑟。引霸滻以爲池，遡逝川而流泣。嗚呼哀哉！探大隧之寂寂兮，預鴻筭於睿營。瞻豐丘之冥冥兮，協龜筮以考貞。攀龍髯兮百工辟踊，封馬鬣兮萬姓悲鳴。嗚呼哀哉！若帝者父作於前，子述於後。日照月臨，天高地厚。刊德難名，垂聲不朽。從七聖以皆迷，慰一人於在疚。嗚呼哀哉！

弔淮守張君文 并序

淮守張君守約，少以楚材，挺爲周楨，漸翼鴻逵，早膺龜組。單車入境，仁風被於初莅；家糧自運，苦節堅於素履。使東海卧治，假以歲月，則南陽坐嘯，殆其庶幾。亡何，蒼頭構厲，白刃傳胸。奄以循良之身，隕於臧獲之手。嗚呼痛哉！夫習在難養，患生易忽。如得其情，則異類之感，可通於肉骨；苟失其道，則萬乘之尊，不畜於臣妾。是故奸宄發於床笫，而羌胡生於衽席。詎獨子密不義，彭公昧於幾先；中書寡恩，顔氏載以誡後而已。此古人所以守黑於淵魚，智士所以納汙於蜂蠆也。詩稱「肅肅」，在宫之容異焉；易繫「嘻嘻」，閑家之節隳焉。寬猛相濟，威愛厥克，範斯存矣。極而論之，當伯廣州之役，非同申池之怒，便奴貰酒之忿，異乎鵲亭之貪，何發之暴且慘也。夫弑逆行於二千之吏，禍變起於股肱之郡。是曰人妖，匪由天作之孽；曾是在位，罔恤震鄰之咎。哀哉！

先是，客曰守居嘗鞅鞅，如不欲生，蓋亡徵焉。朱季强直以自遂，杜陵慷慨而請椽，守不能然則恥之。武夫憑寵而作威，少年據津而黷賄，守不能禁則恥之。闟吏囁嚅，則終童棄繻；亭尉沉湎，則故將止宿。乃使利賓之士懷懟而越之。關吏囁嚅，則終童棄繻，載馳之夫望風而迴轂，守不能振則恥之。志乖政閡，氣沮神靡，然後隙開釁作，至悲震外户，血濺同官。方且指掌嗚心，瞋目示意，亦晚矣。室乏窈窕之御，囊無金玉之藏，末命陳於死友，愛子未遑託人，寧不痛哉！余與守也，交非平生，罕叔向芋衣之酬，如此邂逅，有徐君寶劍之盼。兹於返國，望嶧山而興嗟，遡淮流而出涕，遂獻弔云爾。

慨斯人之委化兮，吉凶昧於所研。傷中道之夭閼兮，匪獲考於天年。春叢摧於秋荼兮，鳳鳥縶於鷹鸇。胡君侯之不競兮，身既没而名湮。負明哲之雅訓兮，禍自召其奚愆。登昭丘而想魂兮，望洞庭而抽思。表素旌於千里兮，告巫陽爲我招之。謂江蘋其可薦兮，悵皋蘭之焉貽。苟桐鄉之足葬兮，又何必遠從乎湘纍。

弔葉秋官文

歲在丙午，余承母夫人諱，毁瘠棲廬，屏棼掃軌，不通御史之顧。御史銜之，迺構細人訟牒，文致其罪。越明年丁未，上書闕廷，詔下撫臺，移之京兆，余業將有白下之役。方是時，鄉人士皆心知其冤，而莫敢議，曰「此御史讎也」。浙省參知廖君叔愚持節過吴，詢得其狀，悵然曰：「吾輩責也。」即移書勘官，援筆數十言，陳其梗概。逮余聽理京兆，都人士亦皆心知其冤，而莫敢議，曰「此御史案也」。比部大夫葉君體仁廉得其實，扼腕不平，悵然曰：「吾輩恥也。」起而力辯，以百口明其必無。夫排難釋紛，造次而懷仲連之風；憐才彰義，慷慨而存文舉之烈。二君於余，良可謂知己者矣。

又明年戊申，聞廖君一旦捐館，亡何而葉君奄亦辭代矣。嗚呼痛哉！語謂：「愛之欲生，惡之欲死。」乃人情之大惑。至爲善獲夭，爲惡蒙壽，又胡天道之無徵耶？二君者，生而聰明，死必正直，幽冥之中，必有以考見余之心跡者。苟當得其情，必將幸其事之未竟，而悔昔纓冠者之誤也；使罪浮其實，必將痛恨其憤之未雪，而陰欲推刃於其人也。嗟乎！余不過獲罪於一御史耳，脱或身墜昭憲，怒于明主，則糜爛齏粉，殆不旋踵。是公車無覆讞之條，肺石罕更生之惠，虞典何以宥疑於惟輕，漢法何以差級於使過哉！德修而謗興，寧免負俗之累；行非而心是，詎徇通國之情。二君知余亦深且篤矣。

余自昔好覽莊、列之篇，凡齊物、巵寓累數千言，而頗達其寵辱得喪之故。兹息浄土，披味釋氏之書，凡阿含、上乘復累數千言，而尤殫其因果徵報之驗。一時矜炫名勢、侮弄威權者，視之若燕雀蚉蝱相過乎前，坐見其漚消燼滅落迦於後也。二君雖位不充其才，齒不滿其德，而流慶於苗裔，受福於輪劫者，可際量哉！是故以彼而生，安知非嬰網桎梏，彼云障礙者也；以此而死，安知非超度涅槃，此云縣解者也。葉君之病亟也，猶瞋目而語人曰：「惜乎余友之白其冤，余不及見也。」當事者頷之而已。斯言余忍聞哉？嗟乎！壯夫快怨而途窮，國士酬恩而日晚，悠悠蒼天，負此良友，撫膺增悼，泣盡何言。因束芻酹酒，東向載拜，就位而哭葉君，并西向載拜，望風而哭廖君，二靈其鑒之哉！葉，太倉人。廖，茶陵人。

諫議沈公誄 并序

諫議沈公者，吴嘉定人也。毅皇帝時，以射策發科爲行人，選充給事，彈劾不避，權璫仄目。時閹瑾方用事，知公家贍於財，有求不遂，輒欲中傷之。乃遣往雜治邊獄，歸報謂所當不讎，矯詔逮繫，將坐以危法。尋得減論，謫近戍。瑾敗，起家署桐廬簿，稍遷廣東僉事，歲餘免官。公夫人亡，繼而元嗣思道夭死，妻子自經以殉。所司上聞，有詔旌其閭。公宦不通顯，家復多罹，居嘗鞅鞅，疽背而逝。嗚呼哀哉！公之仲子，余故妻也。愧乏河陽之才，爰述荆州之德，聊託素旒以誄鴻績。其辭曰：

天道無親，恒與善人。江都來宅，累葉方振。丁辰之缺，坎壈終身。嗚呼哀哉！公生俊發，期於奮庸。恥徒以貲，埒於吴中。折節敦書，鬱爲儒風。公有偉烈，揚于帝廷。彈劾不避，諫職允稱。承嘉一靨，位遂不登。權閹作釁，致公于理。呰召多財，情乖寡悔。匪天照微，公其溘死。嗚呼哀哉！公有至性，友于兄弟。奉母閑居，孝亦不匱。拙類安仁，忍幾公藝。公有賢妃，嗣先之徽。既諒闔德，復贊庭規。一旦潛翳，家道以隳。嗚呼哀哉！公有元子，誕淑才質。弱冠遘閔，秀而不實。烈媛自殘，隕茲雙璧。嗚呼哀哉！家君分省，舅爲瑣臣。顧余國士，眷余嘉姻。每懷芳問，屢奉光塵。杜門却掃，拊缶興歌。霜露委幹，風日損河。彌留不起，痛也奈何。嗚呼哀哉！余方祇役，薄遊上京。承諱酸鼻，感舊凄情。既嗟東武，復悼射聲。嗚呼哀哉！視履若此，獲報若彼。謂天蓋高，人道孔邇。欒後必大，懋哉小子。靈將即遠，乃弗克會。拉涕江干，想魂天外。綴茲誄辭，聊以寄愾。嗚呼哀哉！

明徵君吴公誄 并序

維嘉靖二十五年正月二十二日，明徵君迎曦吴先生卒。嗚呼哀哉！厥配李孺人先奪一載，季子國倫痛慈儀之奄背，悼乾覆之俄殲，茹荼銜諱，勉襄協禮。除服起家，擢省試第一。越明年庚戌，登進士第，昭嗣遹德，闡茲令名，公亦可謂不死矣。然猶感鼎養之匪逮，虞潛懿之或湮，乞余作誄，以累芳行。古稱大夫之才，臨喪能誄，是故序悲婉切，遠劣潘生，綴藻纏緜，上慚陸史。嗚呼！風摧寧樹，歲閱陳根，榮始哀終，亮爾情素。爰采遺絢，辭惟永慕。詞曰：

邈矣延陵，猗歟祖烈。奕世毓靈，迺誕英哲。繕性毖躬，抗跡砥節。幽履金貞，清標玉徹。曾是古心，先民有逸。抱甕灌園，帶經力穡。蹈道遺榮，陋茲乾没。緬彼漢陰，機將永息。傅稱萊婦，箴頌鴻妻。化刑偕隱，式敬賓儀。閑家褌壼，福胤有基。鄉閭表正，籍甚音徽。具邇懿親，推財克贍。疇大吾宗，寵弟曰憲。敦賞斯勖，遂膺嘉薦。無忝郭君，人倫洞鑒。慨昔披裘，捐遺不拾。管但揮鋤，視金如礫。公介與齊，楊生感泣。義薄高雲，心光皎日。亦有平子，託死巨卿。堪也抱臂，申訣友生。嗟嗟曾氏，彌留在煢。躬視醫殮，善匪近名。娱情墳典，委懷琴尊。屏騎而徒，栖遲衡門。餘慶垂裕，子孫寔繁。天恒與善，人亦有言。衛生有經，致柔甘寂。可以引年，胡然奄忽。梁傾外庭，蘭偃中室。冥理難諶，扃臺易即。嗚呼哀哉！苟令猶存，謝公不死。鳳羽攬暉，駿發季子。文蔚楚材，屈宋方軌。溯源會稽，東箭之美。些魂允慰，茂行孔彰。振振欒後，俾熾而昌。椒非林實，竇異池隍。贈級賁壤，國著彝章。嗚呼哀哉！卉秀珍舒，孝思不匱。優游考終，自同蟬稅。光塵雖戢，芳猷靡墜。述德徽辭，庶幾黔惠。嗚呼哀哉！

徐東皋誄 并序

重光紀歲，維暮之春，予解南省司勳，赴闕聽補職。時長興徐子中行甫擢第，拜都官，乃從闕下締交焉。竊聞東皋公之風，未嘗不延頸想見其人。迨余免歸吴門，徐子出守汀洲，歲且九易矣。吴距苕霅才踰百里，知公固無恙也。一旦走白馬之使，惠素書之音，聞公於二月二十日先已捐館，徐子居苫塊，期而祥矣。神魂震越，申緘嗟惋，覽莫能竟，至斂悲收涕。載繹來旨，欲予爲誄，昭宣盛德。兼示王子世貞所爲序傳，謂公爲隱淪任俠；宗子臣所撰志銘，稱公爲有德仁人。二子交汀州最爲莫逆，知公特詳，又皆秉倫鑒，善屬文，言固信而徵矣。愧予才不閑於述哀，因掇二子言，庶乎受成於廣意，比次於岳辭。若公者，生有下榻之慕，死有報劍之知。附青雲以永託，沉白日以遐思，昧平生於傾蓋，聊髣髴乎音徽，竄玄廬以啓路，表鴻烈於旒旂。嗚呼哀哉！其辭曰：

哲人砥行，烈士徇名。挺時介立，不爲眥營。矯矯徐公，籍甚英聲。處垢斯概，在濁能清。溯彼濠梁，寔其苗裔。徙兹苕霅，逸情莊惠。居惟堵宫，門多結駟。片言解紛，千里誦義。操嬴惟許，積而罔捐。多財搆釁，窘於少年。公數其罪，蒲伏謝愆。散金高會，椎牛擊鮮。庇我舅氏，實情所鍾。遼賈方阸，里豪逞兇。既脱其網，亦挫其鋒。朱家往誼，魏客遺風。謂公任俠，是耶非與。中歲拆節，從事詩、書。縱横談世，慷慨興渠。謂公仁者，言出利俱。負兹才哲，惜未效用。位匪眄睞，世若玩弄。彈琴自娱，耽酒揮頌。稽弦輒響，阮杯興動。嗚呼哀哉！公邁陰德，賢子克生。錫爾郎秩，賁爾簪纓。屏華弗御，舍車徒行。志意苟修，爵服所輕。汀州乞養，曰予康强。諭以清白，誡以循良。人貌榮名，孰短孰長。履終獲考，裕後克昌。昔漢叔持，爰著英烈。班生製誄，載諸史諜。采公潛懿，視彼猶劣。小子斯文，流芬不滅。嗚呼哀哉！

皇甫司勳集卷之五十九

祭告文十六首

祭費文憲宏文

嗚呼！元老一旦捐館，隕其台星，天子震悼，國人涕零。迺輟金縣，迺給秘器，羽儀送哀，王官臨視，禮也。迺有元子司馬，即遠東都。工僚設奠，酹酒上餔。嗚呼哀哉！凡台小子，緬在夙齡，操觚弄翰，綴文繹索，將游上蘭，即知有公。以弱冠擢第，明經起家，珪璋其器，斧藻其華。顧見公者，辟彼高山，思仰其巔，辟彼滄海，思泳其涯矣。私淑懷賢，窺觀談政。誰其優爲，公也籍甚。迺玄髮聯樞，赤心司衮。典胄青宮，秩宗扃禁。尚父周昌，阿衡殷靖。光輔四君，逮踰五紀。日贊謀謨，風行化理。北門屢遷，東山載起。鳳彎標英，狼跋遺美。時則願見公者，辟登諸龍，辟附諸驥矣。既而濫翼雲漢，睎跡天階。疏廣未去，文潞復來。或揮麈承顔，或珥筆受知。契券猶温，典刑未隳。木壞而人將安放，鑑亡而帝實勞思。嗚呼哀哉！胡幸識公，胡遽哭公。昊天不弔，小子有恫。若公者，司勳載之洪烈，典册備乎徽章，銘德垂於彝鼎，世美纘其冠裳。我思古人，惟杜惟房。史稱藏用，不顯其光。卒莫能揚，惟以永傷。

祭盛中丞應期文

天乎痛哉！哲人萎矣。緊公之降，寔東南之美矣。射策發科，弱冠登仕。籍甚水曹，踔絶雲署。郡績憲猷，臬揆藩最。燕京粵服，楚邦雍市，所戾罔弗乂焉。迺志度淵宏，悻直方潔。不畏强禦，毖躬就列。清揚濁撓，堅磨白涅。夷獠德綏，權寵威懾。歷試諸艱，利器攸别。望夙閱崇，行馴覃化。雖絳、灌嫉賈，而蒼生繫謝。故何武留思，寇公願借。緬公善在鄉邦，則範在鄉邦；身在朝廷，則功在朝廷；足跡在天下，則政在天下。凡履台之老、薦紳之士、司剡之官、秉鈞之貳，僉稽首以讓，百口以譽。而聖天子方軫求舊之思、遺遐之悔。胡然奄忽，殲我明懿。匪人莫容，抑天見忌也耶？！嗚呼痛哉！

公之生也，天下之人執鞭而企慕焉，謂吳之濱如崧之神。矧台小子，公同産也，又曷勝其登龍之驩、附驥之情哉！公之殁也，天下之人輟舂而於邑焉，謂吳之隈若泰之摧。矧台小子，公同産也，又曷勝其承睫之涕、衝襟之哀哉！嗟乎！玄廬既竄，素旌載靡。長夜無由旦，而帝卿不可期。已迺指呂梁而興悼，擬長沙而抒辭。慨宣房之未就，悵彝鼎之已隳。東芻于甒，升蘭于巵。道遠莫致，我心之悲。溯風延佇，曷來騎箕？

祭何司空詔文

嗚呼！瞻彼天姥，惟嶽降神；匯兹若耶，惟川濬靈。德門慶族，毓秀甄淳。篤生俊乂，誕發奇英。通方奉義，漸階賓廷。登夏之箭，爲周之楨。爰厠華省，聿劭其猷。綴辭嬿遜，繹經擬休。一麾出守，氓曰循侯。載移之藩，澤洽化流。敭歷孔艱，公爲寋傻。漢刑靡謝，唐軫非遒。帝嘉爾勳，迺眷北顧。俾居憲臺，往撫畿輔。載剖之符，載持之斧。恒關鎻鑰，滹河砥柱。桓桓司空，赫赫令譽。邁跡古人，文武吉甫。公懋厥德，克昌後胤。有子雄飛，聲名籍甚。紆朱鐶金，嗣閲崇品。懷梓南圖，遺榮東引。芳風彌焕，危星遽隕。迺反斯丘，迺安斯寢。哲人云逝，哀訃遥傳。王之藎臣，天胡奪焉？棠由政芾，碑以淚鐫。同升在位，協恭有年。老成是失，悼憤莫宣。陳詞奠饋，神其吐旃。

祭張司馬邦奇文

玄造宰物，吹萬不齊。恒予難諶，孰隆厥施。故淵雲揔藻，而飾治或匱；弘舒儒雅，而宣力則虧。遂乃褫鳳池而興懟，違京輦而喪奇。皆才謝經世，道罕通時也。公弱冠登仕，解褐禁垣。出入華清而嘉猷懋著，敷揚德教而令聞四馳。陶鑄三省，銓筦兩畿。贊戎授律，齒胄得師。文武爲憲，天子是毗。耀威尊俎，晞功鼎彝。奄忽委化，胡不憖遺？中台夕隕，梁木晨摧。鴻烈不朽，榮名在兹乎！或者悼公齡不躋於大耋，位不晉於衮司。殲明懿於未究，先慈景而背之。則殆非達觀之論而淺之，爲公悲矣。某等服官南署，獲奉光儀。今將安放，凄其永思。

祭周中丞采父文

嗚呼先生，奄其亡耶？其弗亡耶。元子中丞公譽逮承休爰，自岳牧秉憲之章。

遵彼蜀道，臻於滇陽。入里展覲，既豫且康。黔黎跂轂以炳曜，炎徼睹旌而凜霜。矧我下吏，咸荷末光。憑威徼寵，俾西土用乂，南夷于襄。胡然捐背，馳諱震惶。公抱荼疚，幾于隕僵。嗚呼哀哉！先生楚産也，降神于衡，誘秀于湘。斧藻其德，金玉其相。發潛昭隱，緬山高而水長。若夫試邑從政，民曰循良。過庭敦教，貽謀式臧。每振窮以排難，不茹柔而吐剛。其篤行也，如彼太丘，表正一方。其知止也，如彼彭澤，三逕徜徉。手解十惑，成一家言，此其不朽者，久而彌彰。

嗚呼先生，曷乎云亡？莊生達命，荀卿非相，先生兼之，死生之際亦大矣。曾奚足以介其心，乃委順而安常。楚俗志怪而尚巫，屏紛史與秘祝，惟禱以清夜之香。匪求吉宅，亦遇佳城，靈其攸妥而魄永藏。中丞簡帝，晉陟廟廊。履綏錫胤，厥後克昌。冥報弗爽，積善致祥。嗚呼先生，可爲不亡。昔我仲氏，爲禮曹郎。厠中丞之榜末，忝通家而莫忘。夙懷令問，未奉清揚。晨趨開府，夕拜帷堂。維慶以弔，斂笑爲傷。蒼梧白雲，瞻楚之鄉。陳詞歌些，敬酹茲觴。

祭座主李公默文

人生代間，動嬰時網。一切身外，咸足爲障。等彭於殤，齊得於喪。名苟不完，忠亦胡諒。早晞雲陛，晚總天曹。赫赫李公，未爲不遭。蘭以薰焚，金以毁銷。刑不可近，義無所逃。莊云委順，釋示忍辱。軒冕雖華，繫若桎梏。哲乏大雅，進退惟谷。顧訟殷冤，習流孔哭。魂返甌里，道假吴城。門牆之誼，嗟予小生。旲天不弔，冥理焉徵。陳辭薦酌，飲恨吞聲。

祭顧方伯夢圭文

嗚呼！天道無親，恒與善人。有不然者，天其難諶。若我姊壻，温温恂恂。占稱善士，謂非其倫。束髪擢科，甫冠躋仕。緤組陪京，彯纓銓署。既總臬司，亦領藩貳。敭歷多方，所在稱治。嗣先之軌，秉文之衡。談經覺後，河洛諸英。閩粤偃化，齊魯捐刑。德功並立，學宦兩成。歸不待年，超然止足。抗跡幽棲，恬心寡欲。宜享遐齡，胡奪之促？追想平生，可爲痛哭。上既用酬，下亦奚負。計君所遭，未爲不遇。齊物彭殤，則各有數。情忝渭陽，實惟親故。君有令子，出自吾家。所不死者，其在兹耶？酒匪曰旨，羞匪曰嘉。靈其來鑒，聊以永嗟。

祭林中丞潤文

玉紀方流，珠徵圓折。崧既誕祥，閩亦挺傑。洵美林公，夙懷英烈。穎脱黌宫，駿登天闕。剖符宰邑，操割臨川。仁風遐偃，惠化弘宣。躬率禦寇，鄰境獲全。像寢爰飾，豐碑用鐫。茂簡臺端，南巡畿甸。抗志澄清，封章屢獻。武遏江防，文鼇閳彦。輪擬埋綱，驄思避典。權相竊弄，納子於邪。彰賂干紀，寔繁爪牙。側目瞋視，重足怨嗟。朝揚于庭，夕覆厥家。迺有强藩，憑寵怙勢。如火燎原，弗戢將熾。疏入回天，詔出震地。宗社永寧，剪兹二戾。亟超司馭，驟閲中丞。妖氛潛殄，鯨波不興。十郡元元，咸乂蒸蒸。農棲于畝，士飽馬騰。國有藎臣，民食其福。甫踰强仕，胡奪之促。慶閭弔門，奄忽倚伏。罷市輟相，百身可贖。欽承令譽，幸挹光儀。樞筦位謝，竹帛勳垂。撫膺展饋，裂肝陳詞。丘首云邈，箕魂假斯。

祭友人周詩文

我友周君，抱淵朗之賢，懷跅弛之節。抗跡垢氛，比景英哲。甘遻俗流，不省家業。言或非義，絶不置口；心所不平，輒形於色。道乖非千金可回，造次能振人之急。任俠樂施，略無長物。詩極研思而未滿其致，負恨孟生；醫擅神授而不展其良，寓情韓伯。睥睨一世，遨遊二京，鄉士大夫浸淫聞其聲矣。然但知君爲山人，而不知其有國士之風也。余家與君三世締交，踰三十年，君亦自謂知己，而吴之人孰不爲然。今既撰述懿行，芟輯遺篇，可永傳矣。嗚呼！生主於我，死殯他室。前接盃酒之歡，聯衾榻之好。死後乃不克會葬松丘，望塗引紼。忍愧束芻之賓，騰譏動輪之客。哀哉！已矣周君，代奄辭矣。生妻去帷，魂靡依矣。悠悠琴川，心傷悲矣。幽冥路隔，見無期矣。虞山匪邈，悵焉違矣。酸衷不文，揮涕馳奠。靈而有知，庶其來鑒。

祭王吏部穀祥文

幼挺淵姿，夙成偉器。既發歸科，亦遊中秘。簡陟銓曹，日鄰禁陛。懷恃陳情，遻權蒙戾。遂奪省郎，恥爲郡吏。爵服遺榮，丘園高賁。翰墨馳聲，丹青餘事。三紀于兹，曾無愠悔。山公舉知，屢召不起。文翁欽賢，清德題里。悉屏垢棼，宜躋遐祉。霜露忽零，日月云逝。未就蒲迎，遽隨蘭委。令問靡湮，芳儀潛翳。同榜弟兄，通家猶子。瞻格帷堂，敬陳奠饋。夜壑流悲，晨星引涕。天乎邈斯，神其昭只。

祭沈僉憲熙載文

學以文藝爲戲，而竟取高第；仕以爵服爲玩，而聊以睎世。不顧尚書之期，復何簡書之畏。寧知御史之尊，抑何驄馬之避。脱屣滇徼，反服丘園。絶赤牘於當路，摽緑尊以命軒。客偶乏而强飲，婦奚知而苦言。家無長物，杖有餘錢。左挹卓袖，右拍伶肩。自謝疏傅之産，誰請叔敖之田。願爲步兵，不樂憲職。我有子孫，遺之清白。大閑靡踰，突梯胡益。交錯觥籌，繽紛履舄。擊缶歌烏，處褌誚虱。悲哉斯人，奄隕斯疾。設醴中山，相魂采石。萬物如萍，千載一息。

祭李邦直母文

懿彼靈修，誕兹洪胄。彤管嗣徽，璇閨挺秀。惠問方昭，淑德允懋。猗歟相攸，唐哉王後。迺眷南越，爰自西平。之子于歸，厥胤惟楨。式弘閫範，益劭家聲。宜有顯者，莫之與京。軒昂褐玉，時潛未曜。蟬税華榮，鵾齊玄造。鉛妝罷御，冰壺砥操。煢瑜在疚，鞠育用悼。溘我良殲，爾孤緊存。義方靡迪，柔訓斯温。漸鴻要路，容駟高門。潘令殫化，陶母貽言。福履既綏，泥章載錫。弗遑痛薪，胡遽艱棘。

承睫無從，叩心罔極。翠葆悽雲，素旌慘日。聊子司馭，發跡水曹。先哲是景，同官曰僚。流風匪謝，謂天蓋高。延佇慈魄，來假香醪。

祭倫以訓母文

奕奕倫氏，耀德南陬。高山景峻，洪源衍流。既申玄貺，復協神休。世及爲禮，述作恢猷。豈伊外刑，實惟内贊。任以興周，詩人咏歎。孟陶啓哲，列史炳焕。誰謂克昌，匪由聖善。良配肇合，鉅卿奮庸。翩翩五鳳，矯矯群龍。敷文緯典，掞藻亮工。三朝籍甚，四海罕雙。玉署清班，蘭臺妙選。里表鳴珂，司移銓筦。輝映二京，母遺云遠。眷戀堂闈，予告迭返。象服鸞章，何福不茂。鶴髮鯢齒，實躋遐壽。竇樹偃芳，常眉謝秀。天錫慈慶，亦孔之厚。蒼梧欲從，板輿遂傾。賢哉母氏，曰余友生。朝承凶諱，夕戒遄征。遡矣用饗，悽其爲情。

祭孫陞母楊夫人文

名閨誕媛，蘭芳玉潔。卜諧鳳占，縭承鸞結。肅肅中丞，惟邦之傑。靖忠徇身，竟寢藩孽。伊誰相之，申以大節。夫人知微，荼艱茹血。天眷藎臣，篤生俊哲。耀武掞文，熙紘纂業。鼎甲歸登，旂常换揭。銓宰崇班，符卿清列。繩武者孫，華組嗣繼。萃茲一門，孝義貞烈。家慶斯臻，國恥允雪。福履優游，宜享耄耋。霜奄萱萎，星俄婺滅。從宦僑京，孟鄰雅接。母儀式欽，傳訃哽咽。靈輀南遷，備員東臯。束帛瓣香，以告以爇。潛德幽光，千載靡歇。

祭徐母王夫人文

赫赫東海，時惟徐公。尚德秉哲，纘稺之風。太原有子，淑慎其容。以相以勖，興我徐宗。既奉女教，亦閑婦則。行不越閫，言不踰閾。孝敬有儀，喜愠無色。化染湖濱，嬀汭斯匹。雖殲鳳德，實産麟姿。彯纓雲陛，紲組天墀。國史允賴，邦衡是持。帝曰介爾，福履來綏。顯顯徐母，承休受祉。肅肅宰臣，敷文佐理。彼搆之言，豈渝令美？思樂閒居，駢列孫子。優游偕隱，俾壽而昌。胡不滿百，九十方將。朝捐鏡閣，夕啓帷堂。慈景潛翳，徽音弗忘。諸生在門，孰聞聖善。敢告執彤，爰采遺絢。載酹之觴，載陳之奠。延佇柔靈，歔欷永鑒。

亡妻談氏遷柩文

自爾作嬪，迄於委化，凡二十有二年，中間升沉榮辱，得失忻戚，余所備嘗，爾與周旋。蒙犯霜露，跋涉山川。相期偕老，中忽棄捐。奪我内理，孰嗣爾賢。蓋棺郡舍，歸櫬寢筵。宦遊兵阻，日月其遷。兹始卜吉，于彼上方，爰啓新阡。靈輀往即，永閟幽泉。爾子若婦，爾女若孫，下逮妾御，靡不悲號涕泣，懷德銜恩。聚族中外，亦皆咨嗟歎息，追慕芳魂。奠饋既設，樽酒若存。以此思哀，哀其可言。衷惟神鑒，辭莫能宣。

皇甫司勳集卷之六十

跋語文疏十一首

書少宰霍公西漢書後

門人皇甫汸曰：昔者薛收問於文中子曰：「續書之始於漢，何也？」曰：「六國之弊，亡秦之酷，吾不忍聞也，又焉取皇綱乎？漢之統天下也，其除殘穢，與民更始，而興其視聽乎？」此渭涯夫子西漢書之所由作也。其言綜史傳，系皇綱，述炎曆之大經大法，黜嬴紹姬，可以監興亡，覈治忽，辯是非，究成敗，書之教也。或當書而不書，不當録而録，予奪之法嚴，褒貶之義備，春秋之旨也。教準書傳而不泥，旨範春秋而不誣，典矣，淵矣，可以觀矣。昔有作者，博文寡要，雜記委瑣，宗本誕章，殆弗及也，其與荀悦紀倫乎？聖君賢相，書紳置座，繹思而允蹈焉。謂亡裨於政，吾不信矣，吾不信矣。

題周山人留别西湖詩後

詩之淵妙，近體難工而鮮戾，選體易似而實離。世之擬跡於江篇、行剽於沈集者，辭語匪不豔績，而姿神興態絕無可玩。辟則倩衣於毛嬙，借飾於西子，然腰慚玉束，眉謝蛾顰，始勞髣髴，始露本來。作者既非匠心，覽者又皆庸目，乃曰甲幾魏、晉，乙庶齊、梁，是何古人之多也，豈不誣哉！周山人雅精於詩，兩游越中，得詩數十首，咸足稱美。近體如弔岳墓、登天竺諸篇，特爲藝林所賞。至留别西湖兼簡田憲使童侍御劉山人一篇，尤爲選體之冠，婉麗以會景，俊逸以宣情，春容以達氣，縱筆二百言，無一字谿徑，真得古人之髓，不徒索之形骸矣。蓋西湖佳地也，三君英流也。在昔謝監舊園之篇，寄懷於顔、范，臨海之作，屬意於羊、何，殆有以也。詞旨並妍，古今同調矣。田子近輯西湖覽勝集，搜採群玉，此其瑶圃之一枝云。

書吴氏醫説後

蓋聞方技者，皆生生之具、王官之一守也。藝文志載醫經昉於素問，經方原於本草，七略分爲二家。自後立説寖廣，去病寖微，未嘗不苦其蔓且泥也。善乎許嗣宗曰：「醫特意耳。脉之候幽而難明，吾意所解，口不能宣也。虚著方劑，終無益於世，遂不著論。」然越人之遇長桑，授以禁方。漢詔太倉長所能治病，有其書無有，皆安受學。華佗之死，焚其書，竟罔傳者。則五色所書，鴻寶所録，又可盡廢耶？

栝州吴氏球，世業醫，積學五十餘年，博極奇秘，察脉最精，處劑惟當，診療輒多驗者。又爲人廉潔醇良，固可信而託也。因著疏義、辯疑諸篇，凡九種，共二十卷，刻之以附甲乙之部。覽其書，咸足發明血脉經絡表裏，及虚實之分、順逆之節、氣感之應、寒温之性、水火之别，如探黑白焉，亦專心矣。夫自六塵伐性，七竇移情，衛生虧攝，機速靨痿，求緩齡於金液，假息於銀丸。方匪對症，藥或誤人，此醫之全，十無三四也。養生、食療二篇，濟物尤弘矣。年踰七旬，官知無恙，步履輕捷，是豈空言者哉！余攜内之栝，甫八閲月，忽遘疾不治，奄忽郡舍。始恨得吴之晚，掩卷流涕，識諸簡末。

題竹堂寺僧保遺卷 先君記文也

在昔敝廬結於槐里，鄰寺摽兹竹堂。王父就釋弘之招，情緣奄謝；先君題鎮公之卷，手澤猶存。迨後業染俗流，傳非慧照。一彈指頃，瑶篭將雙樹俱凋；幾過門牆，寶塔與千花共燼。嗟夫！教本示寂，焉取於遺。法既淪空，無貴乎保。此余之展玩憎慨，牽率綴言，以授宗衍者也。

批點唐詩正聲跋

蘇子若川問詩於余，余睎以解頤新語。間又持唐詩正聲乞余批點，因其傾素，遂爾操朱。蓋詩有秀句，有幽句，有麗句，有妙句，有奇句，皆爲加點，至神句則爲圈之。夫景會則秀，興遠則幽，才充則麗，情來則妙，思苦則奇，而超逸則神矣。此作詩以覓句爲難、鍊字爲工也。能熟玩味之，而參以新語，其於風人之旨殆庶幾乎。

張氏墨蹟跋

雲間張子持其先大夫龍山公墨蹟二卷眎余，以余先子中憲公與龍山同登進士，蓋世講也。展卷諦觀，點畫精妙，勢若飛動。由其先大父東海公以字學著稱先朝，過庭之餘，自得戈法，若芝、旭之遥華，而羲、獻之濟美也。詩亦每有真趣，間合雅音，玩之足爲心印，況手澤存焉。斯張氏之遺寶，亦翰苑所共珍者哉！

楚藩建承運殿兩院三司賀文

楚藩以承運殿上請，天子詔可，乃敕所司輸財於公帑，用民於農隙，對揚絲綸之命，肇土木之工。月應黄鍾，星臨營室。兹蓋賢藩夾輔之義懋著，故聖朝親睦之典特隆者也。泒演文昭，封分楚望。禮樂能述，爲善迴邁於東平；江漢上游，覽勝實誇乎南紀。崇基因舊，大厦更新。一水晴懸，粲烟霞於鸎鵡；兩峰高峙，擁嵐霧於龜蛇。櫨構環縈，桁梧綺錯。雲來釦座，影摇鴻烈之經；日映金鋪，光射虺文之璽。輪奂成隆棟之吉，本支奠磐石之宗。修竹夾植而檀欒，叢桂紛披而馥郁。規模弘麗，層臺不數乎章華；制度森嚴，邃宇恍同乎景福。四墉既列，百堵皆興，于焉攸躋以攸寧，信哉移氣而移體。大國觀風，並叨持斧之使；小山侍讌，每隨飛蓋之遊。願景運之丕承，常歌魯、衛；綴鄙辭於善頌，愧擬鄒、枚。

吴郡創建大中大夫劉公祠移文

蓋聞宫鳴徵應，響韻相趨；桂馥蘭芬，氣味斯合。風存往哲，好出秉彝。故經海隅者，每興感於魯連；過延陵者，亦佇想於吴季。悉由異代，矧乃同鄉。若太中大夫劉公昌者，性資天挺，問學夙成，敏可射碑，强能覆奕。葉文莊見之心醉，耿清惠契以神交。擢巍科於先朝，馳休譽於英廟。大梁督學，造士殆及萬人；秘閣纂修，著書將踰千卷。鄉稱師範，企偉烈於西河；國尚儒流，擬高縱于北海。稽之於禮，既合祭社之文；秩之以祀，亦協置祠之義。生不視産，死罔遺財。子奄隕年，孫遭終窶。家湫隘而僅餘容主之奥，墳單露而奚有建廟之基。廉吏可爲不可爲，斯文幾喪幸未喪。比蒙郡邑循吏，覃舉廢之仁；臺司憲職，隆邮幽之典。卜地而授以經始，給貲而相其落成。然工役浩繁，土木重大。求致美於輪奂，必取盈於緡錢。凡我縉紳先生，縫掖後進，景行芳躅，追慕緇衣。徇義則金在必捐，樂施則劍亦思棄。堂構既備，靈爽攸棲。漢章剱絜，不奠於桓譚之家；晉安蘊藻，奚告於梁鴻之墓哉！

重修陳太保祠疏

古稱孝行，通乎神明；誰謂仙機，涉於玄渺。陳氏買羔奉母，何言鐺底之焦；吕師施藥療人，即顯壺中之秘。開以既盲之視，延斯垂絶之年。王虚牀若有人，董永門忽無見。徵諸往牒，信此精誠。東吴傳爲美談，先朝錫以旌典。爰飾廟貌，用激輿情。久因兵燹屢遭，遂使風雨不蔽。舉莫可廢，貫亦宜仍。將俾户産感雉之兒，家生召鱗之子。人非望報，天自降祥者也。

吴郡天平山重建雲泉寺疏

人世恒理，有廢有興；佛家業緣，不生不滅。睹崇基於肯構，辨浩劫於沉灰。奚謂山靈，徒俾城化。若夫天平山者，在郡西南之陽，距城二十餘里。巒稱卓立，峰號飛來。鼂龍之石勢殊形，而雲壑之泉聲互響。梵宫壯麗，環日月於重廊；法像莊嚴，焕烟霞於秘殿。經營殫智，本僧遠之道場；奏請蒙恩，爲相公之祠宇。松楸攸寓，香火斯存。自宋迄元，虜塵貽戚。我明逮武，崑燎爲灾。祇樹與雁塔俱平，洹沙將猴池共盡。雙林鞠爲茂草，初地失其布金。大界輪迴，兆雲泉於白馬；鬼神呵護，存忠烈於靈光。

范之子孫，無慮千數，誰其恢復，有緬二卿。太僕惟一、光禄惟丕。物色乎異人，先容以展謁。迺有某者，摽秀慧宗，研精戒律。寓燕京而等什，遊吴苑以同支。瞻眺興嗟，徘徊寄慨。痛銀繩於已絶，閔璇剎之將傾。遂發菩提心，爰資弘覺力。告諸宰官善士，念兹鄉國先賢。望墓田於西陵，雀臺遺令；啓津梁於東渡，鷲嶺遐蹤。羞澀空囊，蕭條餘鉢。將使周官授矩以揆日，郢客運斤而成風。梓匠勇趨，檀越喜捨。緡錢斗粟，罔非夙世之因；片瓦尺椽，並是他生之果。花重開於四照，法再演於三乘。美哉輪奂之新，宛矣山川之舊。普霑玄貺，廣被洪庥。釋氏以功德濟衆生，欲報之德；相公以憂樂關天下，樂觀厥成。

重修東山東湖寺募緣疏

蓋聞人間之世猶患陸沉，釋家者流每淪灰劫。光宅將資佛力，呵禁罔驗山靈。梵剎阨於平陂，禪宫歎其銷歇。吴郡洞庭東山名東湖寺者，創建於蕭梁天建，載葺於趙宋純熙。雙樹垂陰，半是翻經之葉；兩池環碧，無非繞杖之泉。東西表以二山，儼鷲峰之排闥；前後焕乎三殿，因鹿苑以開基。像飾莊嚴，形摽嘉麗。緬歷年之既久，遂一旦以成墟。俄爾臺傾，居然城化。雕梁泯其銑鋈，畫壁毁於丹青。有僧涵虚者，挺秀緇輪，融輝慧鏡。迺謂左勤肯構，豈專美於前？支遁買山，聊取法乎上。志存恢復，力欲圖新。然甃石無鞭石之神，布金乏回金之術。匪藉檀越，曷考弘規。浮杯渡湖，乞鉢入市。願緡錢斗粟，共締善緣；片瓦尺椽，並爲功德。寶龕既奠，珠履響臻。縹緲諸天，七十二峰自在；毗邪浄界，百千萬劫如斯。

皇甫司勳慶曆稿

皇甫司勳慶曆稿卷之一

賦五首

介石亭賦 有序

沖玄沈子結亭丹泉之上，自謂數奇坎壈，介焉寡合，將有遯世之志。夜夢山神謂曰：「子曼倩後身也，行當大隱金馬，然際時通顯，願持子之介以永貞吉。」寤而感其言，醒而名其亭，迺語博極大夫，請賦其事。余按説文：介，畫也；辨，別也。采孝若之贊詞，繹楊雄之致論，則東方生亦惡足以盡子哉！

賦曰：

我友沈仲，家虞之陽。搆巖穴以棲趾，賁丘園以葆光。乃考孤亭，介焉中託。前臨清泉，後帶華薄。左蜿蜒以紆阡，右窈窕而鄰壑。仲長雅慕於背山，應璩嬰情於面洛。昉東里於僑仁，擬西河而商索。在昔隱侯，卜郊是居。將昭美於祖德，聊軫眷於吾廬。毀閈弋釣，亦綜琴書。疲玄思以屬草，掞藻賦於凌虛。

乃有命駕之賓，披帷之侶。或問字而響臻，或談經而景附。攀桂樹以淹留，采蘭芳以容與。許度寓而名巖，謝安遊而表墅。乃甘宵寐，實感山靈。謂前身爲曼倩，誕夙祥於歲星。炳休聲於姑孰，振逸軌於樂陵。遭逢飛龍之代，調笑金馬之庭。緊探鐶而果驗，諒贈刀之可徵。甲之以耿介，重之以修能。康樂再生於邊氏，中郎惟肖於張平。敢徼福於玄貺，爰肇錫以嘉名。羌晨興而測筮兮，孚于石之吉占。信一臣之有容兮，詎三公其易焉。秉先哲之遺風兮，孑不群而介立。何孤行之寡合兮，恒遻俗而抗跡。衆方拙夷之揚清兮，寧工聃之守黑。蓀獨好廉而持狷兮，砥峻節而不惑。厠嘉招於盛世兮，晞受汲於明君。指年少而登賈兮，曰文似以薦雲。陳詠詞以正諫兮，思樹烈而流芬。寧陸沉以穢跡兮，豈冒險而隳勳。義苟辨而戰勝兮，胡紛華之足云。

大夫歌曰：矯矯執戟漢之英，栩栩夢覺通幽明，永終履素期平生。紐金章兮綰墨綬，服吾初兮反扃岫。猿無驚兮鶴無笑，身名俱兮德攸劭，勒貞石兮酬神告。沈子載拜，佩而誦旃。余所否者，有如此川。

少泉賦

海虞徐文明氏，曩遊太學，號味泉子。祝京兆爲之賦，侈麗宏衍，西京訝其藻績，藝苑目爲色絲。叔子佳爲鴻臚典客，因號少泉，一寓物而不忘其親也。徵文於司勳氏。夫光昭先君之令德，惟子是圖；追軼京兆之美辭，則吾豈敢。造請至再，乃援筆而掇之。其辭曰：

緊流水之爲物也，出自山下，行由地中。無遠弗届，奚險不通。既泱瀼而來注，亦瀠瀷而必東。噏川漱壑，蕩飀奔溜以爲狀；埤下倨拘，納汙含垢以爲容。其色也，滉涓滃渟，蒸雲霮霧以薈蔚；其聲也，瀨湱瀵潧，懸崖瀉竇以琤淈。當夫煦沫駭觀於宣父，淖約斂緡於荀卿。上善致歎於老氏，拘虛廣喻於莊生。郭璞頌江以窮委，木華賦海而測盈。闡鴻襄於馬走，繹嫣浸於桑經。

玆爲泉也，毖彼東海，遡斯南州。太學濬其源，典客承其流。揚焆濳演，激滵溢浮。濫觴於一勺，馳騁乎至柔。又若潤以畜德，冽以砥節，涣以緯文，鑒以秉哲，君子所取也。興寶藏，置圜府，殖貨財，操嬴賈，君子所去也。至若逃榮洗潁，望洋飢泌，隱淪之介也。煮丹葛井，鍊石焦淵，仙游之概也。孰與夫凌天潢，躋太液，濯龍津，池鳳翼，沐恩波，沛膏澤，博施用汲者乎？

當是時，絳幘鳴兮庭燎光，朱芾椒兮珮聲鏘。序九賓於殿陛，肅百職於班行。昔人綦味嚅嚼道腴，僅越蹞步之澮，而守覆坳之餘耳，豈子所需哉！矧泉之爲用，香俾顔駐，温使疢蠲。甘者名醴，潔者表廉，飲而知味者蓋鮮矣。不物於物者，亦何假齒牙唇吻，品涇渭、別淄澠也。洵美哉，典客乎！誕言偃之閒，徙戴顒之宅。圓折媚以沉珠，方流輝而藴璧。將涯涘之莫辨，豈瀾汋之可挹？締清流於澮交，宛中央而難即；起平原於泉塗，聞左都而自失。

孝感泉賦

嗟伊人之淵懿兮，亶至性於天倫。既竭情以隆養，復刲股而全親。豈義門之孝子，實聖代之逸民。恨朝露之不逮，痛夜壑之已遷。風摧大椿兮，霜萎叢蘐。鏤蘭思於像飾，羞藻獻於靈筵。徒因山而卜兆，顧何自而得泉。若呼空而告語，恍神對以啓先。膓與水其九逝，泉將涕而雙漣。淲淲泉流，湜湜其沚。爰出山椒，不遠數里。昔號樹而烏翔，緊叩水而鱗起。炳題華於庾賢，迂徵蒲於姜子。

若夫盧阜之陽，湧沫繞杖，遠公精行，諸佛默相。又若貳師刺山，都尉拜井，靈覫並昭，旌厥忠藎。至夫神武軍威，洪崖仙蹟，或塞或通，以灌以汲。曷若斯泉，名曰孝感，常静而清，匪溢而滿。孝子孰謂，邵氏正寧。廬茲南麓，裔彼東陵。明發不寐，夙夜以興。克昌胤於十世，永錫類於千齡。

玄亭賦

亭爲豫章王孫竹隱所建，更號沖玄。令子斯皇氏葺而新之，自謂少玄子，不忘本也。千里移書，屬司勳氏爲之賦。

若夫枝繁帝胄，草緑王孫。肇分珪以介寵，遂握爵以蒙恩。超然觀處，賁于丘園。隱同白屋，降珍朱門。迺營別館，披味至玄。亭乎其中，巍然獨存。父作於前，子成於後。玄之又玄，肯堂肯構。銀榜懸題，丹書灑籀。被以叢蘭，環以菀柳。修竹夾池，芙蓉映牖。

若夫飛蓋辭西，引轅向北。于時攸躋，于是偃息。居處儼思，聲容恍即。車馬無喧，禽魚共寂。良友響臻，懿昆儒翕。緗帙盈几，素琴在壁。既安雅以敦詩，亦研幾而討易。終夜忘疲，聊以永日。其近尋也，迺有滕王綺閣，韋氏穹碑。左通釣臺之徑，右鄰徐榻之墟。遺風未泯，芳躅在兹。其遐眺也，迺有廬山飛瀑，龍水流沙。玉枕積雪，寶障摽霞。潛兮韜跡，勃也才華。遥心翊帝，抽志通親。望美人兮胡爲乎怊惙，思公子兮未敢以具陳。嗟歲月之不與，懼修名之徒湮。于是馳牘鄒生，授簡枚叟，爲我賦之，余曰唯唯。嗟君先子，不可作已，專氣致柔。將從聃之玄兮，道德五千，是圖是究。子將密爾斯文，從事雄之玄兮，膠葛九閎，探奇振秀。身也，名也，亭也，相爲不朽哉！主人聞之，冁然而笑，載拜稽首。

弔干將賦

干將者，吴之劍匠也。王使作劍，三月不成，其妻莫耶曰：「神物之化，須人而成。」於是斷髮剪爪，投於爐中，使童男女三百人鼓橐裝炭，金鐵乃濡，成劍二枚，陽曰干將，陰曰莫耶。干將匿其陽，出其陰而獻之闔閭。事具吴越春秋。干將被殺，謂其妻曰：「劍藏南山松石上，生男，以告之。」事具列仙傳。其子果得劍，思報王，行歌悲哭。客謂將子頭與劍來。即自刎，捧頭及劍。客見王曰：「此勇士頭也，當付湯鑊，請自臨觀之。」客以劍擬王頭，墮鑊中，客自擬頭亦墮，不可別識，并湯肉葬汝南。事具法苑珠林。或云晉王，或云楚王，罔可考矣。吴舊有干將、澹臺二坊，今皆傾圮。賦以慨弔云爾。

嗟神物之難成兮，誶靈氣之遽化。方闔閭之侈心兮，逞雄圖以僭霸。習騎射於燭傭，求劍師如歐冶。招曼胡以盈庭，髮衝冠而叱咤。飭五材以效用，捐三鄉以酬價。既采六合之英，復翕二氣之精。甘投軀於烈焰，眇一羽之何輕。羌夫焚而妻爐，倏雄躍而雌鳴。兵凶器其不祥兮，儼麻絰而臨舍。緬故國之遺烈兮，光千載其匪謝。鼂文没而不揚兮，犀角斷而誰假。崇暈甍於卧龍兮，帶虹梁之飲馬。睇短礎之猶存兮，絶覆椽之甃瓦。馬蜷局而不前兮，烏踟躕而屢下。别有澹臺，孔門高弟。設取予以名施諸侯，薄公卿而見必有事。摽綽楔於周行兮，倚于將而並峙。豈始創而終輟兮，胡昔舉而今廢。争致美於官署兮，美惘懷於古之建置。嗟乎！世塗黮黯，危以阽兮。哲士爲惷，貪夫廉兮。莫耶爲鈍，鉛刀銛兮。賢正倒植，心憒濍而安從卜詹兮。卧龍，街名。飲馬，橋名。

皇甫司勳慶曆稿卷之二

五言古詩十一首 四言一首附

日蝕篇

隆慶庚午正旦也。按魏志，建安中太史上言：「正旦當日蝕。」劉邵在尚書令荀彧所，坐者數十人，或云當廢朝，或云當却會。邵曰：「梓慎、裨竈，古之良史，猶占水火，錯失天時。聖人垂訓，不爲變豫廢朝禮者，或災消異伏，或推衍謬誤也。」彧善其言，敕朝會如舊。日亦不蝕。

日蝕紀元正，天心示仁愛。玄默茂省躬，將以儆在位。玉帛紛來臻，衣冠肅鑾嚱。推步苟或愆，安得廢朝會。哲哉劉孔才，抗言折群昧。當日竟無徵，稽首贊時泰。孔才，邵字。

寄題芙蓉園

忘憂楊柳館，逍遥芙蓉園。粲粲朱華冒，田田緑葉繁。日涉宛成趣，朅來殊避喧。心將隱淪逸，跡謝帝子尊。瑶琴既以御，緗帙亦閒翻。采賦等梁孝，敦詩從楚元。美人隔千里，幽芳誰爲搴。輕舟越江渚，欲往執孤鴛。無媒焉所託，有懷何由宣。申章聊代訊，寤歌在弗諼。

賦得春江花月夜送徐儀曹北上

春風一夕迴，江干新水漲。粲粲花正殷，團團月初上。之子駕輕舠，乘流擊蘭槳。平生懷事三，中興值明兩。東曹邇宸居，西清摽露掌。曾是夙夜勞，晞工在寅亮。行矣慎所欽，贈言非外獎。他時遡流光，搴芳寄遐想。

隆慶庚午作

劉侍御宅賞垂絲海棠

衆卉競春妍，茲花特摽絢。萬縷散成霞，千枝綴如線。自矜受色濃，誰恨含香淺。杜下闢名園，堂中秩高燕。映酒顔並酡，拂袖緋齊展。何必攜豔姝，對之嗟婉孌。金奏遞雅歌，瑶章儷詞彦。搴芳屬劉郎，豈獨桃堪眷。

已上辛未作

始遊白嶽

曲士紛近尋，達人鶩遐討。訪赤事遊仙，隨黄因習道。曰余謝承明，胡爲守奥窔。夙心戒軌途，滅跡凌環嶠。睇嶽踐巖嶔，緣溪遵窈窕。暮春百卉芳，采掇盡靈草。揮玉且餐和，變金庶回稿。濡沫暢蒙觀，振木發登嘯。行當排冥筌，歸應契鴻寶。

嶽麓書懷

性久愜山棲，興復尋山去。白嶽峻何高，青谿深幾許。矯舄代驂騑，攜笻屏徒御。宿舂乏糗糧，晨炊但芝芋。時時天語聞，往往靈跡遇。投足屢阽危，恬目互成趣〔一〕。松風穆相招，蘿月澹延佇。書報鳳樓人，身將劉門住〔二〕。

已上壬申作

【校勘記】

〔一〕「互」，嶽遊漫稿作「並」。

〔二〕「劉」，嶽遊漫稿作「鹿」。

公讌張明府於王舍人第同劉侍御各賦得良字

於皇崇乂理，佐枚簡惟良。張君始爲政，樂只斯民康。自公多暇日，高會相國堂。旨酒錯豐膳，雅琴間笙簧。鳳毛響藻蔚，驄馬相翱翔。仰視繁星爛，夜飲殊未央。職思匪荒宴，飾吏在文章。人生豈騑服，攜手安可常。獻歲飭徒御，軌路何輝光。一聞四牡詠，延首雙魚將。

已上甲戌作

神鼎閣詩事載王元美恭述

寶鼎徵漢日，神物起明時。將城古鄍國，因展昔汾祠。瑶光粲北指，金景耀西垂。龍潛躍斯起，兔逝止非灘。函露敲風爐，鼎見祥雲披。中丞命卜構，少牧乃營庀。五丁效力士，三足象惟師。大烹秩禋祀，膏食崇孝思。疇能紀靈異，謂匪王褒誰。辭雄凌劍閣，器美等敦彝。興都鬱王氣，郊鄏此裁基。傾耳談楚事，稽首陳班詩。

藩臬二使君招讌衛堂賦謝

四郊屏氛翳，萬物熙春陽。島醜既就殄，海若亦潛藏。使君崇文教，讌客宣武堂。魚麗恬在藻，駭鳥避穿楊。雅歌參凱奏，輟檄流羽觴。旗鼓偃戎列，巾拂陳舞行。藩侯軫邦賦，視漕邁徐疆。歡飲悵未俱，飽德安可忘。借箸乏奇畫，臨俎奉末光。夙心贊皇化，矯首詠惟康。

已上丙子作

韓刺史袁太常過集擬得今日良讌會

獻歲陶淑景，凝陰結未開。況踰三五夕，不睹芳菲迴。椒盤秩高燕，火樹照行盃。密親渭陽屬，良友荆州才。雅歌一再奏，清漏莫須催。遇酒匪爲樂，榮名安貴哉。

贈劉通府

繞溪匯靈淑，環嶺表英奇。爰誕珪璋器，允爲廊廟姿。射策文石陛，列爵白雲司。刑書毁城旦，奉使越京畿。三章戒脂密，五聽垂矜慈。佐郡政兼理，攝邑化兩綏。一朝膺召起，清夜承帝咨。桑榆揚末光，竹帛功可晞。

已上丁丑作

四言古詩一首 附

斷機圖扇訓

白太君以扇貽女，俾訓其子，即余冢婦也。因題數語，令諸孫勉之，他日嚮晉，不獨彰婦之賢，繩武宅相俱足慰云。

古昔令母，詔子義方。遷里擇處，斷機示荒。子其服膺，習久若性。業就醇儒，名垂淑聖。機斷絲芬，帛安成匹。學怠志移，造焉底極。以纂以組，斧藻其儀。經之綸之，衮職是司。祖愧貽謀，毋能迪哲。樂羊賢媛，異代合轍。紈扇在手，丹青在衷。惜陰白日，展誦清風。

皇甫司勳慶曆稿卷之三

樂府十一首

長歌行

朝槿不及夕，春華亦先秋。人生一世間，胡爲懷古憂。但令飲美酒，驅駿被輕裘。杖劍別妻子，結客狹邪遊。君王方射獵，軼漢更隆周。爲奏甘泉賦，榮名千載流。

短歌行

高堂華楹，燕坐攸寧。我有旨酒，酌彼兕觵。我有廣樂，間以簫笙。我日斯邁，而月斯征。對酒不樂，齪齪胡營。朝露弗待，俟河其清。我歌蟋蟀，君子試聽。

前溪聲歌

方朔沉金馬，王喬賀彩鳧。調笑排朱門，吹笙遊清都。丹砂駐令顔，白雪凝爲膚。先民稱大隱，哲哉子房徒。書授黄石師，功成赤松俱。榮名匪滑骨，華纓焉耀軀。辭爵探靈秘，總轡訪蓬壺。

明君辭 宣人逞伎，炫觀命藻。

和親乏上策，耀武豈佳兵。一朝辭鳳掖，千里邁龍庭。黄鵠歌中怨，琵琶馬上聲。奪我容華職，加我閼氏名。潼酪豈充膳，毳幕安足榮。臨風五内裂，見月雙涕盈。將軍亦没虜，非妾獨貪生。埋骨陰山側，長隨漢草青。

廣苦寒行 昔在弱齡，計偕北征。

少年禀弱質，況復産南方。南方風氣柔，炙日銷嚴霜。輕紈自適體，安能被狐裳。一朝蒙嘉運，攀鱗起賓王。朔風何凜冽，白日塵沙黄。高臺矯何峻，軌路阻且長。晝馳膚盡裂，夕卧手足僵。紅雲帝都近，披霧奉太陽。陽和煦萬物，趨漏頌時康。嗟爾遊宦子，胡爲懷故鄉。

廣苦熱行 中歲持憲，祗役滇南。

方輿紀熱國，云自西南陲。滇雲亦炎陬，浪泊熾赫威。跕鳶鐃霧氣，吹蠱流星輝。蒼雪越歲積，菵露待晨晞。不辨丹蛇數，安測玄蜂圍。販夫無晝裸，織婦有宵幃，瘴由禽鳥射，毒因草木滋。伏波乏濃賞，薏苡見猜疑。傷心愧余季，攜手不同歸。

悲哉行

勝帶辭密親，彈冠厠多士。踐華排九閽，投荒越萬里。首路春條榮，末途秋草萎。榮既幸時遭，萎亦悟物理。羅帳候禽鳴，錦瑟勞歌起。金藥懟無徵，玉顔豈長美。攜手伫踟躕，古來共如此。

行路難

誰謂高山設陷穽，何似人情笑談頃。誰謂滄海起波瀾，何似人情翻覆間。若昔敬通方見抵，左對孺人右穉子。又若明遠輸上林，官爲呵擊吏見侵。乘軒貲非昔，伏櫪慨自今。寧爲人所賤，勿爲人所鄰。嗟嗟死灰不復然。寧爲江間鳬，勿爲轅下駒。低眉俛首何爲乎？行路難，歸去來，矢盡道窮命矣哉。

其二

石家金谷多粉黛，近視釵行遠聆珮。韓娥妙口吐新聲，趙燕纖腰呈舞態。祇知爲樂不爲憂，寧道成歡亦成慨。一朝使者前見收，美人玉質委高樓。行路難，腸欲絶，雍門援琴淚承睫。

白苧詞

臨綺疏，倚瓊牖。細腰旋舞小垂手。輕撥秦筝擊楚缶，蛾眉向前爲君壽。秉燭苦夜長，離居歎時久。勿徇身後千載名，快意生前一杯酒。

賦得岸花臨水發

灼灼夾岸花，盈盈照溪發。零落一叢風，隱映兩重月。沙寒擊絮時，波畏侵羅襪。洛浦陳王嗟，江皋鄭生咄。春心可自持，容易流芳歇。

皇甫司勳慶曆稿卷之四

歌行十四首

有客行送王百穀之京

有客叩門行欲辭，橫吐義氣揚雙眉。身騎玉騮驕蹀躞，腰懸寶劍光陸離。曾聞士爲知己死，豫讓不忘酬國士。燕昭駿骨安在哉，翟尉雀羅嗟已矣。重尋東閣斷履綦，再入西州徒涕泗。同時幸遇聖明君，坐鼓薰風歌卿雲。願上治安賈傅策，恥談封禪馬卿文。朝攀廣陵橋畔柳，夜醉淮陰市中酒。君不見少年昔日輕王孫，漂母能留一飯恩。擁麾立取封侯貴，佩印争看拜將尊。男兒有才豈不遇，中郎倒屣相迎處，仲宣且賦登樓去。

題黄吉甫閨中早春篇後

繁華盡説揚州好，妾本家居廣陵道。嫁得江夏無雙人，却愛江南春色早。懷衛冰開欲寄魚，當窗夢醒先啼鳥。羅襦乍剪手倦縫，妝鏡初臨眉未掃。兒童争唤似賣花，女伴相邀疑鬥草。吹簫遥指鳳凰樓，明月橋西新水流。曾記郎君夜來語，吴鄉原是古揚州。

送范鴻臚除服還朝

范叔功名能自致，少年結綬趨丹陛。鄞海波濤尚未平，故園風木猶堪繫。思家戀國兩疑間，鼎湖龍去已難攀。嗣主臨朝儀更肅，臚傳仙仗候天顔。

徐娥橋行

薌溪之水由章來，洪濤巨浸迅洄迴。隤沙斷岸不得渡，跨椅飛梁安在哉。鳩材驅石匹婦力，脱簪解珥千金直。底用投錢甘飲河，却笑乘輿勞聽國。寘薪下竹争歡呼，行道之人坐歎息。家本南州隱君裔，逢時赤縣爲循吏。有子明經好遠遊，伶丁阿母誰報劉。巽女生年纔十二，容莊性慧資婉柔。奉祖閑家夜操鑰，代母庋閣晨視羞。緩急趨承咸當意，諸姑伯姊焉足謀。遂令叱馭快子適，寧復倚門貽母憂。天胡不仁才者夭，蘭芳先萎後枯草。詎可含悲爲嫁殤，尤勝鍾情愴懷抱。少小洵美洽之陽，大禮初締登筐筐。紅羅青絲間緑碧，玳瑁釵横明月璫。一朝人死物何有，傾囊倒篋不復藏。釋氏冥施果何益，濟人功德誠無量。奚必元愷建斯舉，母也賢智傳四方。弋陽東望逝湯湯，女齡胡促流胡長。君不見虞江之湍汩以澌，朝觀懸沫儼抱屍。又不見蓋山之泉清且洌，夜聽哀嗚如赴節。古來二女世盡聞，左挽曹袂右舒裙。徐娥參駕雲中君，誰爲作歌惟司勳。碑待色絲刊永石，歌留彤管播遥芬。

滇南行送徐大參栻

昔聞滇南路，既駕且停驂。五丁不數太行險，三峽誰云蜀道難。今聞滇南路，叱馭爲馳鑣。關嶺風煙非更惡，盤江瘴厲已全消。徐君昔秉南臺憲，慷慨聲名動畿甸。受簡梁園賦獨雄，鑄人楚國文應變。奉詔移藩奈遠何，爲君陳説舊經過。太華山高冬亦煖，昆明池浄夜無波。武侯遺却雲中業，太史留傳月節歌。但看鳶跕愁心積，況聽猿啼客淚多。聖王繼禹初臨御，海外賓堯盡臣庶。蒼洱流思擊汰時，紫薇花記行春處。牂牁遥指百蠻西，箐壑深懸萬仞梯。祇宜桓典乘驄馬，何事王褒訪碧雞。到日遠人争解辮，好將威德諭雕題。

臺端行送董侍御還朝

隆慶丁卯作

自昔臺端重憲臣，繡衣持斧分道巡。畿内曾聞解印綬，轂下更見埋車輪。膽落舊稱温御史，誰其繼者仲舒裔。同時雙璧産洛陽，早歲才華況相似。奉使乘驄出帝京，觀者屏息行者避。比年烽火照吴門，十室嗟無九室存。額外徵輸不堪擾，非時調遣一何繁。舉首九重天萬里，衆口徒勞呼至尊。發姦匪仗使君力，何自能霑明主恩。君今瓜代欲還朝，爲採吴民歌且謡。帆懸去影隨萍水，酒瀝離心贈柳條。聖主中興容直諫，先朝劇政一朝變。北使榆關有勒銘，東令瀚海無傳箭。好看風采動三臺，到憶霜威猶百鍊。袖中定草治安書，願得君王賜清燕。

憶昔行寄李于麟

憶昔起爲州半刺，未奉除書卧京邸。可堪叩首一囊錢，恥受折腰五斗米。滿朝故舊多貴人，委巷繽紛枉車騎。書投山宰詎見原，詩署燕公翻取忌。白也才高稱國手，大雅知君是其後。與弟曾分漢省香，要我同傾燕市酒。談經推作濟南生，化理拜爲畿内守。瘴癘余嗟行路難，兵戈阻絶音塵久。承符憲使道何尊，得御諸生盡在門。天比迢遥重回首，日南歸去黯銷魂。倦游亦謝秦關客，流寓家鄰魯恭宅。汶陽春水灌向畦，雪後樓居光映隙。但令書著藏名山，安用功成垂竹帛。嗣主龍飛簡命新，每從騶食訪幽人。張敞預知來使節，謝安寧免趣征輪。越鄉自古稱嘉麗，詢俗觀風慨遺事。下車幾見望舒圓，揮毫已遍湖山寺。愧余方處材不材，羨爾能兼吏非吏。可記吴趨夜過時，伯通橋畔一茆茨。爲報陸雲成宿草，誰提寶劍覓殘枝。

讀張諫議詩草歌

君不見陳思掞藻妙詞瀾，猶因敬禮好譏彈。勿云鴛組傳針易，非是龍泉議割難。又不見沈約賦就郊居上，不遇王筠孰嘉賞。懸冰縈雪本自奇，墜石磓星豈虛獎。張子解褐遊中秘，間題紅藥遭時忌。向夕鶯花散掖垣，遲明諫草已都燔。那知承譴浮湘久，可道才華屈賈後。慷慨空思江國蓴，風流尚憶靈和柳。謝秩歸田十載餘，祇聞閉户綜琴書。抱甕朝從蒙叟灌，垂竿夜傍楚人漁。苦吟白首耽詩癖，雕鏤文心已盈册。忽驚豔麗等開元，更訝清新凌大曆。愧我原非敬禮才，相要詎忝王筠識。但願常探赤水珠，何由爲辨荆山璧。入手玩之不忍釋，坐令几案生顔色。

平思行贈張幼于遊白下

平子愁思將遠遊，側身西望阻淮流。三山映帶分京口，六代雄圖控石頭。周郎死後空陳跡，宋玉悲來況屬秋。行從園令謁高帝，却向都賓訪遺事。傾蓋總是高陽徒，解鞍邀入黄公肆。縱飲判教十日留，道故寧辭五斗止。雙樹林中駐法乘，雨花臺上試傳燈。亦知有客稱玄度，詎謂無僧似慧能。别有娼樓對歌館，倚瑟調笙嫌漏短。瓊花落盡朝更新，璧月看憐夜常滿。君不見昔日賓王最少年，揮毫曾賦帝京篇。周值中興方好武，漢資群策爲開邊。安用下帷守章句，且須伏軾去幽燕。

寄王元美

詔命及門凡幾月，眷戀循陔未忍發。右軍作誓言豈誣，中散題書交欲絶。傳聞越使渡淮流，汝寧大守亦辭丘。暫解山中徐孺榻，共隨江上李膺舟。可堪西坐懷親恨，非復東征逐子遊。勿懸鄉國蓴鱸思，且事邊關戎馬秋。

已上戊辰作

明珠篇贈黎職方

南海産明珠，徑寸出丹水。擬價重三鄉，揚光照千里。憶昔藴藻媚璇源，握靈吐澤雙璵璠。令弟在銓曹。先朝珥筆趨螭陛，再命承麾司馬門。遥傳旌節海崖來，弔古夜泊姑蘇臺。荒徑久因羅雀斷，蓬門却爲引騶回。君不見周宣中興方好武，漢將窮年事防虜。直教亭障截盧龍，更遣淮徐驚召虎。行提尺組繫單于，歸奏函書報明主。男兒慷慨志策勳，區區翰墨胡足云。解我腰間劍，贈君結慇懃。莫學楊雄疲執戟，且隨王粲賦從軍。

赴洛行贈人

君不見枚乘昔遊梁，曾將辭賦干孝王。陸機入洛後，頓令價重三張右。爾今聚糧何所適，秣馬揚鞭指洛域。可堪岐路多險巇，況復秋風正蕭索。蘇州刺史數韋公，已向臺端秉憲雄。東京御史稱孟博，攬轡霜威宛如昨。一朝命駕輕千里，欲叩閽人懷敝刺。可知落羽爲傷弓，詎謂憐才能倒屣。古來盡解説鄒枚，近更誰應繼何李。故人相逢青眼留，若箇如新歎白頭。春時莫作看花滯，歲莫聊爲賦雪遊。

虎丘行

憶昔蔡侯初莅吴，志令頹俗躋唐虞。漢吏威名惟殫化，宋儒談道詎爲迂。一朝强梗遂屏息，期月繁華咸變革。白簡分途觀者驚，朱衣叩閽居者辟。餘艎盡毁下車時，娃館苔荒斷履綦。錦纜不聞牽夾岸，靚妝那復照江湄。僧齊白晝掩空門，香梵黄昏鳥雀喧。莊嚴却禮維摩寂，號令方知刺史尊。揭來抱痾不得意，投劾臺中行避位。數字題碑石尚存，禁網未疏法先敝。吴兒慣自好游閒，綺羅依舊滿青山。博徒乘月呼盧去，惡少趨風獵犬還。一泒恒河成濮上，千林祇樹作桑間。遮寇思與君王借，挽鄧誰當卧轍下。即今佐郡皆豪賢，敷政豈乏蔡之亞。民兮民兮可奈何，治日常少亂日多。願教召杜相先後，重聽蕭曹畫一歌。

俞總憲相逢行

去歲訪君梁溪口，颯風疏雨重陽候。惡用龍山百天臺，且覆平原十日酒。今歲君爲茂苑遊，淡雲華月殷中秋。山間久斷謝安屐，湖上初逢范蠡舟。君不見漢主勵精始圖治，在庭卿相皆更置。祇應和德臻百祥，猶道天心示災異。夜聞款塞馳羽書，朝見公車奏封事。閹宦攘臂攖豸冠，諫臣濺血汙龍陛。使者按部多蒼鷹，瀼網茶酷兼脂凝。下民吞聲苦莫控，志士脅息嗟無能。與君投劾謝塵鞅，歸卧烟霞悦林莽。誰將籌畫問袁絲，自許文章擅任昉。人生易失非壯時，功就難封爲數奇。古來秉燭須行樂，爛醉花前且勿辭。

已上己巳作

皇甫司勳慶曆稿卷之五

歌行十五首

山西男子化爲女人歌

李氏之子氣食牛，佩刀持弩事俠游。朝尋酒伴黄公肆，夜宿娼家紅粉樓。詎知百鍊剛，化爲千媚柔。關輪懸粟不復見，青娥皓齒明雙眸。平生石友既投分，今日寧辭爲好逑。自古生男不如女，征調年年苦防虜。乘塞何如倚市門，控弦豈若教歌舞。孔方胡感亦懷娠，李善哺孤忽湩乳。石鏡千秋埋武都，東平一曲歌嗟吁，雌雄變幻何代無。

按廣記：武都有丈夫化爲女子，美而豔。蜀王納爲妃，不習水土，求去。

王留之，爲東平之歌以樂之。無幾，物故，王哀之，遣五丁往武都治冢，高七尺，上有石鏡云。

齊安行壽劉司馬

齊安之山峻且艱，長松古柏不可攀。玄鶴白鹿擾其下，紫芝丹蕚繁其間。更有危峰特秀懸萬仞，倒瞰沱潛湘漢流潺湲。羅胸自可眇雲夢，躡足迴欲凌天關。山中人兮戢鴻羽，乘時挾策干明主。桓桓司馬居者誰，肅肅睢雄往惟汝。高帝弘基控石城，秉麾坐鎮臨江左。祇知子政解談經，却羨劉琨能禦侮。楚邦自昔號多材，崧嶽由來誕申甫。七十年華躋上壽，兩朝恩寵冠臣右。蓬海頻添東海籌，鍾山遥獻南山酒。祁公請老書屢陳，疏傳辭榮歸未偶。君不見皓首商山起輔儲，耄齒璜溪載副車。直看麟閣圖功後，始挹浮丘訪道餘。

送項繼祖

隆慶庚午作

君不見項童昔日服孔師，至今後裔多英奇。綺歲翩翩窺道術，髫齡各各擅文辭。金陵遥指舊京路，璧水横經謁掌故。升堂半是游夏徒，射策將晞董賈遇。爾祖結綬蒙嘉招，余亦彈冠厠聖朝。嗣君求賢每側席，博士高論争圜橋。此去江山增氣象，會須述德伫光昭。

題溪山深秀圖贈王元美

靈運遊京華，心不廢丘壑。會稽厭承明，跡豈甘林薄。小大類鷃鵬，屈信等龍蠖。古人一出乘風雲，遂令千載垂鴻勳。誦詩屬文推賈誼，奏對博辨稱終軍。我友年少惟王君，才名籍甚二子群。邇來慕幽曠，志欲凌垢氛。佳山勝水何處無，錢郎爲寫谿山圖。層巒疊嶂勢如削，懸崖注谷流争趨。白晝恍聞蒼兕嘯，昏夜似有玄猿呼。窮探豈畏絶壁險，忘歸爲戀清暉娱。君不見向生五嶽未能往，平子四思徒倚悵。何如少文但卧遊，澄懷觀道神愈爽。煙霞秀色靄户間，金石泉聲喧枕上。錢郎筆底窺端倪，素練一掃成丹梯。始疑臨海嶠，更道若耶溪。我欲與君同攀躋，春深源水桃花迷。可是輞川君故物，相邀裴迪爲留題。

段姝行

憶昔陳姬初遇時，冰雪淖約温柔姿。名余曰英字曰玉，新聲特妙江南詞。寧知一别昧五載，尺書錦鯉長相思。段姝乍見心忽動，疑是陳生幻入夢。年幾二七尚含羞，半倚瑶箏懶調鳳。問字亦云名少英，緑珠絳樹兩伯仲。由來白璧本自雙，校容辨語凝銀釭。自古佳人難再得，莫遺後人復成昔。

贈段娼

憶昔勝冠時，走馬長安道。芳菲桂子秋，攀折幸及早。青樓多麗人，文君年獨少。欲往締同心，花枝柔不禁。一朝散雲雨，四紀曠商參。胡然相見金昌里，猶託琵琶訴前事。老至空令紅粉凋，淚來却使青衫漬。誰云春樹不堪過，曹娘風情猶自多，歸指秦淮奈若何。

已上辛未作

題安石東山圖寄陳中丞

安石東山暫卧時，高名猶繫蒼生思。一朝再起解雙屐，襲組登台大功立。古今誰謂不相逮，千載風流畫圖在。中丞秉鉞臨三吴，坐清海上烽煙無。曾見公車詣張敞，更聞持節召魏尚。温陵道傍膏北轅，趣裝早赴東都門，天子念舊垂新恩。

顧參軍席上房中樂歌

雅樂房中久絶絃，乍聞疑是内家傳。舊名未許更安世，新聲半道出延年。小髻盤鴉纔二六，短釵刻鳳顔如玉。緋衫垂手多蹁躚，繡帶圍腰巧裝束。千迴唤出嬌不勝，百遍呈來觀未足。爲照纓冠燭尚殘，因遮雲母顧猶難。入破更作蓮花旋，移腔塵落雕梁燕。祇應天上逐行雲，莫謂人間易得聞。滿堂盡覺生春色，五斗寧辭醉夜分。自愧才非岑刺史，詎可吟貽田使君。

醴泉歌　隆慶壬申五月七日，吴有井，化爲酒。

嘗聞地愛酒，山中出醴泉。地脉匪相通，麯蘖何由傳。朝可滿五斗，夜可擲千錢。吴城有井號龍目，洌若餐冰嗽寒玉。抱甕街從烏鵲東，汲綆橋迴飲馬曲。浮鹽沃粉信有神，泛艾傾蒲盡醽醁。月支置郡南無庭，容成揮杯吸如澠。泉爲幻兮醉爲瑞，大夫奚爲抱獨醒。

西湖行

宋室南遷計已非，東京那復翠華歸。志士俱忘會稽耻，謀臣誰解白登圍。從此君王日遊戲，景聚西湖號嘉麗。朱甍映帶百萬家，碧浪周迴三十里。風雨猶聞簫鼓舟，煙月偏臨羅綺地。可憐宫闕遂成墟，朝逢遊鹿夜啼烏。荒草久應非魏寢，餘灰何處是秦都。我明於此置雄藩，自昔繁華今尚存。柳葉洲前多梵刹，桃花隄上總迷源。共道承平外無警，寧知姦宄内作梗。烽火燎起錢塘門，兵戈血濺吴山嶺。受賑秉鉞有胡公，親駕樓船海島中。一戰曾令賊膽破，三軍直擣虜巢空。不聞功高蒙上賜，翻見讒興詔下吏。無人爲理伏波冤，有客能談武林事。君不見白楊蕭蕭山靄夕，鄂王開阡埋劍舄。崖同峴首淚作碑，江似夔陽陣爲石。諺嗟兔烏善喻言，追誦龍蛇長太息。

岱峰歌贈鄒生

泰岱群峰高插天，直從霄漢挹雲煙。觀風齊魯遊司馬，眺日滄溟訝謫仙。七閩有客古同調，千里飛舄凌丹嶠。草就方州盡擬玄，毫揮篆榴皆臻妙。平津開閣遲幽人，當宁頻求席上珍。傾蓋吴門暫分手，還看吹律遍陽春。

羅浮行題贈會稽守岑用賓隱蒲谷

侯之先人方伯公，昔與儀曹兄同官。余以水部締交，迄今三紀矣。侯由南給舍領會稽，稱良二千石。屬下儒吏顧子大典索詩爲贈，因綴贈篇。

南越由來古荒服，我明漸被成華俗。層臺控海七十二，列嶂環溪三十六。岑家結宇傍巖谷，起佐虞廷咨岳牧。猿鶴空山招未歸，蒲草年年爲誰緑。羅浮降祥亦降神，崧嶽生甫更生申。蒙恩夕拜趨青鎖，奉詔南來出紫宸。舊京總是禁中居，尚記鶯花共直廬。紅烛夜燃焚諫草，皂囊朝遺秦公車。補衮批鱗歲云久，剖竹承麾印懸肘。司馬曾耽禹穴遊，買臣豈薄會稽守。爲報循良政已成，還將經術引諸生。幸從門下逢元禮，何似江東識顧榮。

樓居篇贈卞子

仙人好樓居，迢迢淩太虛。身從五馬後，裔出六龍餘。令公衛晉志匡扶，晚自濟陰來江都。既參藩侯幕，復綰刺史符。斗粟折腰胡爲乎？秋風跨鶴思江鱸。絳縣忽逢週甲子，壽域晴開綏福祉。高攀叢桂招隱淪，言采幽蘭泛清酏。淮南服食遊海東，羡君黄髮顔如童。且耽燕樂輕三仕，爲待丹成訪八公。

題吴氏詩畫卷後

吾不識季重，而乃善王生。黄山邈何處，山經載其名。錢郎丹青妙髣髴，徽猷辭翰争縱横。主人裘馬客瑶京，山中猿鶴夜相叫，江邊花木春含情。文君胡爲戀長卿？歸來倦遊掩柴荆。

錦山歌爲昌大夫應時題墓石

巍乎佳哉！錦亭之山高插天，背與壺公絶巘相勾連。右瞰鶺鴒雙翼飛儼向，左睇葫蘆百丈猶倒懸。圜者如屏擁其後，平者若几横其前。纍纍堪卜大夫塚，鬱鬱宜開京兆阡。因丘作封埒馬鬣，相地指點同牛眠。勢既崒嵂狀蜿蜒，昌公於此託葬焉。我聞郭璞妙厥理，經擅青囊圖玉髓。吉人自合考休貞，何必堪輿徒巧詆。千年白日表滕城，十城清湍誓淮水。莆陽山本鳳凰來，海潮涬瀥鯨鯢迴。棲靈要使魂魄妥，豈但形勝稱雄哉？君不見福善由人匪由地，林家之塋亦鱗次。至今富貴綿無替，昌公子孫昌而熾。一望松楸遥灑涕，願作鳳兮鳳兮長瑞世。

已上壬申作

皇甫司勳慶曆稿卷之六

歌行九首

拜新月 爲李施作

嘗覽樂府詞，見有拜新月。一拜願長圓，再拜願無闕。月下相逢如玉人，花間笑語併生春。共知嬿婉宜旁侍，更道嬋娟是後身。未須窺鏡滿，乍可引弦新。拜時暗自語，拜罷向誰陳？月轉香銷整衣立，羅襪輕霑露華濕。清輝照影亦照心，與君一諾千黄金。

讀劉子威齊雲遊稿

昨歲余探白嶽山，雲氣俛躡星倒攀。壚峰插天峙崒屼，珠泉迸雨流潺湲。業欲湛思莫能狀，但令滅跡摧心顏。燕王已迷瘗璧處，象罔何自得珠還。今歲君向兹山遊，言攜二客羊與求。始也含章爲燥吻，少焉叩寂入冥搜。瑯琊石刻宛仍在，天台金聲安足侔。愧我同遊匪同調，五千本由柱下造。衆庶馮生那得知，使我聞之亦大笑。秦王築館事神仙，肅亭崇祠禮上玄。采木盡窮荆氏麗，徵財半竭水衡錢。都將寫成書一帙，玉岌瓊簽價千鎰。電影嵐光几案間，夔呼魈鬫愁虚室。擨葛騰閟良苦心，懸縚帶坻稀賞音。詰屈聱牙不可句，隱文奇字鈎愈深。神遊豈必山中去，看山何如讀君賦。

壯哉行送張幼于南畿應比

我明取士謝辭賦，徒使拘儒守章句。戹言剿説入彀中，振秀懷奇每不遇。燕昭買駿骨未登，葉公好龍目先誤。張仲才本洛陽儔，著作之裔步兵流。袖書不蒙漢庭薦，待詔詎得公車收。楊雄四十頭早白，天禄閣中拜執戟。謝傅始有濟世心，行爲蒼生解雙屐。歡然捧檄辭北堂，壯哉拔劍歌慨慷。金陵高帝肇都地，魂魄千載遊冠裳。湯孫天縱神武資，改元曆數際昌期。握符法祖勤宵旰，側席求賢賚夢思。寧知建業看花日，却勝靈和睹柳時。

席上聞琵琶各賦短歌

萬曆癸酉作

我昔江州承譴時，潯陽一夜秋風吹。誰抱琵琶訴且泣，楚雲湘水皆愁思。今來聞自吴王宫，朱絃翠袖迴春風。歡悰愁思兩何及，松月初弦花霧濕。小喬要得周郎顧，换徵移商曲善誤。莫恨紅顔非少年，爲語新人不如故。

題顧祖漢友玉齊真賞卷

友玉齊中聚群玉，瓊翰瑶章粲盈目。披帙常懸五色籤，插架幾藏萬餘軸。渴如承露賜金莖，響似鈞天奏絲竹。嗟君博物好冥搜，何時攜我蕭齊遊，豈徒三絶稱虎頭。

賦得琵琶行贈查八十

絃鼗本自出秦聲，浸淫流入漢西京。萬騎擁妝馳玉塞，千官供帳餞金城。司馬易傾江上淚，綿駒那悉曲中情。近代名聞有鍾二，家住濠梁慕莊惠。查生弱冠從之遊，一彈直欲窮其藝。遂令弟子賢於師，翻遣才高取人忌。襄也晚始推鄭文，昌乎何由恨飛衛。歲月頻經吴楚間，每於岐路悵關山。能使征夫成皓首，更教思婦改朱顔。去年訪我花月時，叩商坐召春風吹。今來過我風雨夕，激徵窗聞鬼神泣。君不見武功學士康海。焚魚早，雅好琵琶常在抱。客至何曾作禮容，緩指調心爲君掃。又不見廷評常倫。朝罷過俠邪，就於燕市理琵琶。此日聚親若環堵，明朝承譴往長沙。樂稱笛管及笙簫，妙解音律須賢豪。嗟今盡將付俗手，屬以凡耳徒嘈嘈。康常二子不可再，行矣願君慎自愛。人間至寶識者稀，我有奇文見輒辞。眼前落落誰賞音，焚草絶弦兩增慨。

已上甲戌作

丹石歌贈張平叔

我聞丹山之外爲丹丘，下有赤水潺潺流。飛來峭石不可狀，雹合霞摽光萬丈。四明狂客今張生，白晝眠雲枕其上。胸中磊磊抱玄思，俠遊到處能探奇。僧繇神手龍走壁，伯英草聖鵝臨池。清秋會面吴趨市，對月悲歌若輕世。謝屐朝躋白嶽峰，陶尊夜醉黄山寺。眼窮嘉勝收筆端，歸來掃作畫圖看。我亦前春採真去，便欲凌風生羽翰。

已上乙亥作

沈氏存石堂

他山之石何巖巖，移就君家亦磊磊。東峙還如泰嶽峰，西摽堪作中流砥。憶昔與君膺嘉薦，向夕蒙恩拜司諫。抗疏寧防蠅口憎，批鱗不畏龍顔變。從此沉淪作外臣，陳情不報在風塵。禁闥戀君非長孺，閒居將母似安仁。屢召堅持不入藩，十年落落賦郊原。父善作兮子能繼，人其已矣石猶存。職思補衮如補天，寧道時違事不然。授帙恍疑圯水上，焚香端拜月明前。莫羨華林迎溉宅，詎言醒酒勝平泉。

已上丙子作

朱生

君不見古人曾以口舌浪得官，修容緩頰趨長安。嗇夫不蒙廷尉拜，辯士胡敢窺朝端。淮南説客有朱氏，顧榮門下方延致。款款爲陳悲歡情，歷歷能數興亡事。我初聞之心激裂，少焉酒酣雙耳熱。累瓦結繩安可窮，嗟乎何如口乞稱楊雄。

已上丁丑作

皇甫司勳慶曆稿卷之七

五言律詩五十五首

夜宿虎丘

禪林本來寂，況復夜深時。香氣將燈遠，經聲出漏遲。坐忘因了悟，觀止更何思。獨有幽窗月，松間覺漸移。

訪吴氏石亭山居旁即學憲公墓

青山託葬後，石徑但蒼煙。客散空池館，魂遊尚墓田。流觴非舊日，掛劍是何年。欲祓桃花水，翻令歎逝川。

欲遊善權不果

小邑餘風在，名山舊跡存。三千開佛略，二九接仙源。草隔舟邊路，花深洞口村。逢人問幽勝，祇恐不能言。

過唐應德陳渡山莊

問渡陳橋外，沿溪荆水長。花藏楊子宅，樹識鄭公鄉。海上餘威在，林間舊業荒。從來故人淚，不獨是山陽。

寄俞觀察輯明諸家詩余兄弟與焉

今代斯文歎，知君大雅存。握珠紛自見，搜玉彙群言。筆札常侵案，鶯花共閉門。愧非河岳藻，猶得累殷璠。河岳英靈有冉曾詩。

與蔡守過大雲菴

緹駕行春暇，緇林選勝遊。慈雲摽浄界，定水匯清流。籥理從中契，卮言匪外求。寧知謝韋守，重得遇賢侯。

答徐紹卿 時寓張子赤門館

湖山暫相謝，招隱故人情。不厭蓬蒿翳，猶堪解榻迎。林披秋氣早，窗受午風清。何似天台客，看霞對赤城。

寄陳司諫

感激新承詔，艱危舊上書。花重趨瑣闥，草復抗公車。風動千官右，身存萬死餘。玉階叩首處，濺血可曾除。

送從叔之燕

聚糧輕遠適，改服受京塵。瞻漢儀猶舊，從周化已新。花迎萍水客，酒散竹林人。到日逢南雁，題書慰所親。

黄士尚侍御召起

昔抱澄清志，曾懷慷慨風。拂衣辭柱下，高枕卧墻東。屏覽求遺直，旌招出至公。都人行且避，早晚待乘驄。

張給事舜舉徵授納言

忤主一封入，辭官三紀餘。寧知逢聖詔，重欲枉安車。星拜非吾願，雲棲得自如。新恩大夫列，喜見綰銀魚。

贈醫僧義公

爲僧從什遠，兼欲事軒岐。咒草成黏散，飛泉作上池。虎丘銷跡久，鴻苑得方奇。未達無生理，將生問藥師。

挽西閒釋奎

昔爲童子戲，來謁智公禪。彈指三生幻，傷心萬事捐。燈銷惟化塔，錫在已枯泉。長夜西歸駕，彌天更不還。

仲春二十四日造張幼于南館

隆慶丁卯作

不知春過半，爲爾一相尋。楊柳村村隱，桃花樹樹深。未教欺鬒質，聊自逗芳心。千古思張緒，風流更在今。

送汪元蠡遊三山 三山者，北固、金、焦也。

勝蹟江流逝，高情歲復攀。好奇非五嶽，競秀是三山。地控寒城外，帆分夕浦間。燕公將表署，佳句待王灣。

訪周太僕留酌園亭

不睹名園勝，安知傲吏尊。地嫌金谷麗，人對玉山温。晝静花侵榻，春深草護門。南中辭宦後，但醉復何言。

莫生移家武林

獨行時難合，高才誰爲憐。新詩湖上藻，舊事越中篇。縣令能遺粟，山靈不受錢。猶聞將婦去，宛似鹿門賢。

袁比部偕汪中丞虞山觀拂水

並是蕭朱侶，聊從禽向群。入山尋窈窕，出谷戀氤氳。石勢疑中折，泉聲若倒聞。塵纓殊未濯，芳草欲留君。

送黄清甫失意遊洞庭兼寄徐徵君

投珠嗟未遇，懷璧亦何愆。且自入山去，將從蹈海言。吴宫堪避暑，毛社可辭喧。道故誰相慰，嵇公客尚存。

寄范太僕

别我秋江夜，遲君春草時。江猶望修阻，草似寄相思。越嶠雄文在，章流惠政遺。聖朝容散吏，歌咏是恩私。

悼項生思堯二首

太學生項思堯者，永嘉人，余同年甌東氏之元子也。少負才名，因遭謗缺，久之獲理，事具所著驚鴻集中。隆慶改元丁卯之冬，客遊吴門，謁余道故，把酒甚驩。越歲戊辰之春，别余東歸，期早夏復至。歸甫浹月，奄隨朝露，惜哉！時妾尚寓吴，竟爲主人所占。秋杪仲子奉治命來迎，藝苑諸友相對興嗟，各賦挽詞，共申悲悼云。

相送歸臨水，寧知弔在門。贈言成薤曲，絮酒是離尊。易下齊山淚，難招楚澤魂。項思遺草在，猶自對人言。

其二

尚記春城别，俄驚夜壑藏。泛舟非剡雪，聽笛是山陽。桃葉題情促，楊花寄恨長。猶聞遺令在，忍泣爲分香。

石湖贈張別駕

橫塘水西路，吴國舊郊臺。往蹟空麋鹿，行春但草萊。塔懸雙樹杪，帆落五湖迴。弔古逢張載，揮毫劍閣才。

雨宿虎丘拱翠精舍

青山期月往，何事雨相催。雲氣全侵石，松影半濕臺。燈留彌佛照，房乞贊公開。夜静生禪悟，秋聲入坐來。

送項二仲融還永嘉即思堯子

愧余大父行，嗟爾孝廉生。野鶴九霄羽，家駒千里名。臨川成逝水，望嶺是佳城。感泣詩將廢，何由款別情。

芸閣校書爲顧太學汝脩題

芸閣綴初成，江東數顧榮。縹囊連棟積，帶草繞階生。入室聞香氣，端居寡俗情。君才堪侍從，珥筆是延英。

李國賓以悼内陳情之京惠訊奉答

山川歲云暮，之子未歸來。鳳逐簫聲遠，魚將尺素開。滕王春罷閣，秦女夜爲臺。定有沉珠歎，何須更乞哀。

宿滸墅追憶亡弟子約故友張聚之

扁舟逗煙渚，摵木背江城。小適猶羈旅，追思況死生。漁寒帶微火，雁析落疏聲。兹夕臨川意，翻多歎逝情。

已上戊辰作

黄清甫阻凍上海守歲顧中舍宅

海縣逢除夕，冰河路詎賒。寧知徐孺榻，猶解顧榮家。竹葉春浮酒，椒盤夜頌花。鄉心纔一水，兩地惜年華。

寄徐紹卿

欲知爲别久，忽復歲華新。白首誰同伴，青山自逸人。許詢禪是寄，袁淑隱惟真。袁淑撰真隱傳。何處聞啼鳥，相思瑶草春。

穀日集河内翰館

穀日開春讌，花天媚客居。甕非鄰舍酒，膾是故鄉魚。新月登筵皎，寒雲落檻虚。折梅詢記室，詩興定何如。

送黄清甫讀書包山

春來湖水漫，鼓枻去何之。域内非常戀，山中有所期。翻經依樹下，聞梵正花時。誰道支關掩，玄心即董帷。

題杜太學桐井軒芥舟軒

人日春猶淺，賓筵夜忽遒。寧知芳歲改，尚覺故陰留。隱跡桐疏井，遐心芥踰舟。西京聞子夏，曾記小冠遊。

雨簡幼于

火市張燈罷，雲窗聽雨賖。入宵疑妒月，拂曙似催花。憂樂關人意，陰情總物華。城南斷來騎，極目送歸鴉。

戴比部塞北慮囚

堯心聞在宥，虞典奉惟輕。别酒傾燕市，行麾抗冀城。縱囚聊示信，繫虜詎要名。五餌并三尺，歸來報聖明。

下弦日張幼于館燈讌各賦

總是千金夜，何須三五期。再逢珠吐焰，重見玉生枝。麗彩堪成曲，春情併入思。歸疑餘照在，不恨月來遲。玉枝，燈名。

東章憲使

室邇思猶遠，心勞見豈頻。漸看容鬢改，共惜歲華新。剖竹將分陜，迷花尚避秦。西山微雨後，行藥當行春。

雪簡黄淳父

朔方春每雪，南國見應稀。翻後梅花落，争先柳絮飛。濡毫將命藻，散帙乍承輝。奈可袁安卧，寧知案騎歸。

訪沈子於真隱山房

勝託郊居日，榮遺羨隱君。涸泉重注水，靈檜尚棲雲。鴿化年應久，猿調夜每分。著書嘗自秘，誰啓石函文。

三月二日别孫子於華陽洞

雲山猶往日，源水忘來時。花落津重問，松深徑稍披。開林新梵宇，覆井舊丹祠。明發蘭亭飲，歸心寄所思。

徐方伯園亭舟泛

佐岳遺榮早，爲園選勝開。幽偏鄰第宅，清曠有樓臺。好鳥皆春語，奇花盡遠來。臨流無限思，醉倚棹歌迴。

郭光禄園亭

西蕩知名久，東林惜未逢。園池踰十畝，花石隱千重。煙際漁梁火，風前鷲嶺鍾。醉來巾稍折，詎是學林宗。

送王水部

已輟帷堂慕，還看戀國門。詩名傳舊省，侍從簡新恩。柳色催征騎，桃花惜別樽。王尊思報主，驅馭更何言。

贈方元慶

被褐山中士，還丹海上思。蓬萊金作闕，蘋藻玉爲祠。履石將何見，乘風任所之。仙游誰是伴，挹袖得安期。

已上己巳作

王奉常宅燈宴和張給舍

槐府集嘉賓，櫻材厠下陳。爲園非別墅，開閣儼平津。光吐華枝豔，歌翻白雲新。莫須上元節，無夜不生春。

沈生偕其師劉子來吴見訪

放棹辭苕霅，揚帆過洞庭。相逢今是雨，乍聚夜爲星。煙市燈交豔，河橋柳報春。憐君廢莪日，劉向尚傳經。

寄答宗藩

自愧非知白，君猶問草玄。雁傳千里札，人在五湖船。對月思飛蓋，何時接醴筵。梁園題賦後，已是倦遊年。

贈黄一之

江夏本黄童，俄成白髮翁。緣情詩律上，寄興酒盃中。負俠西京似，甘貧南阮同。稱觴聊躡履，仍挹外家風。

展沈憲使母墓

慈儀初掩壑，送客已回轅。藉草陳雞絮，披松展墓門。版看題尚濕，杯念澤猶存。祇恐聞雷夜，悲來欲斷魂。

寄談思重

具將百粵事，爲奏九重知。非敢陳功伐，還因念孝思。苦居猶讀禮，莪廢詎聞詩。葬地蒙恩賜，何須乞敝帷。

寄馬比部

官崇天上宿，職重法家流。藻賦閒中就，刑書意外求。鄉遥芳草歲，司冷白雲秋。聖代推賢佐，誰應似馬周。

送吴運使之江都舊光禄也

轉運辭勳署，官清荷寵優。淮王開國處，董相有祠留。言采江蘋薦，行攀桂樹遊。無須攜鶴往，仙吏自揚州。

仲都姪生朝

百歲汝今半，吾衰從可知。喜開池上酌，來赴竹間期。髮始垂班日，囊非佩紫時。風流咸得預，行樂晚相宜。

送黄邑博應楚聘

思皇登俊日，多士利賓秋。嘉命膺纁聘，弘文待網求。行看荆玉獻，會見楚材收。麗藻凌江漢，閒情詠鶴樓。

贈答安紹芳

羅雀門常偃，雙魚信忽來。瑶篇將雪綴，錦字映霞開。阿士方收譽，中郎本愛才。寧知求泛駕，猶恨不登臺。

已上庚午作

皇甫司勳慶曆稿卷之八

五言律詩五十六首

元日同劉侍御訪黄徵君不遇

元日幽棲者，蕭然常日同。雲寒門共掩，草合徑難通。到豈應題鳳，行非爲避驄。斯人不可見，惆悵倚春風。

早春同歸憲使造劉侍御樓讌

已謝朝元客，猶多獻歲情。椒盤辛始薦，梅頟點初成。閣攬春光遍，筵開樂事并。聞鶯何太早，不道出歌聲。

陸山人館遲二客不至

爲訪幽人宅，春城得趣多。池疏無半畝，庭盻有喬柯。阮饌惟雞黍，嵇林恰薜蘿。獨憐蔣詡徑，二仲不來過。

題曇花菴贈顧汝和中舍

温樹初辭直，曇花遂結廬。地非三署近，枝是萬年餘。乍可翻金藏，何須典石渠。蓮燈代藜火，猶似照讎書。

悼姜玄仲

名向生前識，交因死後知。榻穿無故簟，囊敝有遺詩。下婦能裁誄，中郎善屬碑。璜溪成逝早，不待後車時。

十六日微雨讌集因寄徐山人分得橋字

遇賞即元宵，猶言樂事饒。散絲方月減，綴彩畏風飄。火樹城中市，鶯花洞口橋。春潮待徐孺，解榻欲相招。

十七日夜雨後諸子讌集分得來字

佳節踰三五，初筵命屢開。非辭金谷酒，各擅桂林才。鳥弄春山起，花滋宿雨催。驪光餘照在，不假兔輝來。

王百穀瘞殤女於劍池賦悼

藏舟因鷲壑，埋劍本龍池。玉碎金光護，香銷蓮影隨。忍離親抱痛，得度佛留慈。豈獨層峰驛，能題韓女詩。昌黎貶潮州，時幼女道亡，瘞於層峰驛下，題詩梁間。

廿六日紹卿諸君見過小集分得堂字

伐木空山裏，春心會不忘。非尋陶亮徑，似滿孔融堂。榻以留歡解，杯因道故長。無嗟燈月減，占聚有星光。

廿七日徐氏兄弟招集文敏公祠探得尋字

秘宇肅春陰，春池帶雨深。城煙俯南郭，塔火接東林。疏竹纔千箇，寒松漸十尋。卿家言二子，長此抱齋心。

美人教梳頭和黄生

寶鏡髮從窺，金篦幸得師。盤鴉渾未慣，墮馬詎相宜。管幼常科日，嵇生懶沐時。慇懃謝纖手，心亂只如絲。

送朱鴻臚還朝

官猶典屬國，職奉理朝班。趨省花間署，辭家江上山。情輕千里别，恩戀五雲還。聞道邊塵息，憑君候喜顔。

張氏曲水草堂瞻禮唐李供奉像探得松字

禁掖非今沼，宫衣是故容。才華成異代，江漢邈遺蹤。醉遻昭陽草，悲留夜壑松。如逢好文主，吾欲執鞭從。

詠春江花月夜得攀字

春來江上望，花月總相關。光泛重雲裏，香分兩岸間。委波疑可拾，映水悵難攀。别有高樓夜，含情殊未還。

花朝前一日雪

芳月知春半，花辰尚臘看。片紅無葉底，積素有林端。銀燭空凝照，羅衣詎耐寒。落梅與飛絮，欲賦擬猶難。

花朝雪後讌孫將軍第

夜雪侵花晝，春風度柳營。清時偃武略，高讌集儒英。舞合孫符節，歌翻郢曲聲。莫因虹劍氣，却有玉關情。孫皓製白符舞。

詠碗戲

僧自少林至者，以六碗次第置掌中，隨身旋轉，略無輕脱，任意縱横，足稱神異云。

碗向掌中擎，旋身觀者驚。危過累棋技，巧奪弄丸名。六出寧愁難，去聲。千迴不畏傾。禪機何自喻，學幻得無生。

贈黄參軍

世業韋成似，才名鮑照齊。散曹稀請謁，勝地劇攀躋。山靄侵衣色，江聲帶馬嘶。時平無草檄，日有幙中題。

送周才甫游南都

廣武隱爲名，雲臺恥受榮。雁山鍾氣紫，象水契流清。帝邑探遊壯，侯門任俠輕。青樓先寄語，莫誤管弦聲。

暮春怡曠軒花下遲新月分先字

名園重締賞，春色總堪憐。紅豔初消片，清輝乍引弦。情猶曲水後，興似小山前。開謝將圓缺，相看易度年。

暮春集王舍人園

綠館槐常覆，芳林草漸滋。停杯因顧曲，倚扇託含辭。向暝懷雞樹，臨風憶鳳池。更看花五色，何似奉綸絲。

寄安茂卿於茅山問道

春山攜藻思，霄館謁茅君。芳草晴原合，桃花澗水分。仙壇盤日月，帝里接風雲。倘就三峰隱，將移十賚文。

懷黄清甫於海上校書

碧海遊情迴，清宵積夢長。主人逢顧愷，才子得黄香。辨蠹非延閣，聞鶯是故鄉。觀濤應有發，詎可事綈緗。

張幼于南館賞牡丹

自是繁華種，非貪富貴生。香應嫌俗染，花亦戀幽情。泫露妝猶薄，酣霞酒更傾。試將才擬色，俱擅洛陽名。

送吴醫官

悵此南城宴，翻同南浦開。對花如怨别，聽鳥似啼哀。白首微官寄，紅塵遠道催。乍來吴季重，猶附鄴中才。

四月四日春歸

南陌草初歇，西園花稍稀。桑陰無駐景，燕候有馳暉。興減游人騎，愁深思婦幃。餘春争欲賦，併是惜芳菲。

題沈二園亭

故趾開新逕，幽亭亦敝廬。喚春來鳥雀，寄興偶琴書。竹色侵衣上，花香入坐餘。隱侯原有賦，嗣美欲何如。

贈淮守陳文燭

劇郡當三輔，專城寄一方。政聲新渤海，辭賦舊沅湘。諍簡空庭雀，花繁燕寢香。漢廷將有召，豈久卧淮陽。

送沈子之淮陽訪方氏

雲將何所適，東去訪鴻蒙。望氣疑關外，忘言若宋中。楚邦辭賦在，政府姓名通。吾亦思招隱，相攀桂樹叢。

淮陽訪黄子

沈約郊居日，黄香流寓時。浮江承麗藻，故苑接瓊枝。交自爲郎久，官猶典客卑。因君問門下，徒有道南思。

寄元美敬美二首

因聲訊祥覽，憂抱近何如。腸斷聞雷後，形銷廢肉餘。有文成誓墓，無賦擬閒居。更道逢明主，中山遂寢書。

其二

昔感虞丘恨，今懷東海隅。叩冰非望鯉，啼樹只同烏。坐給吹簫客，門辭請博徒。嵇康猶自懶，誰爲致生芻。

顧太學邀遊虎丘作

名山不改舊，一覽一回新。循跡俱成往，探遊豈厭頻。金河初入夏，珠樹尚含春。逸氣長康在，歡情縱飲醇。

孫宅賞玫瑰

愛爾將軍第，蕭然處士家。閒營無細柳，幽徑有繁花。品貴堪名玉，顔嬌似暈霞。時清偃戈戟，觴咏度年華。

送蔣比部之南都

玄武開芳甸，秋曹帶古隄。湖光一水北，山色萬家西。夕景殘鴉背，閒吟緩馬蹄。聖朝刑已厝，攬勝劇攀躋。

題太湖送張令

萬頃太湖波，今看潤九河。恩將流共遠，惠比澤應多。客有桃花興，民傳麥穗歌。攀留那可借，佇立獨如何。

題虎丘再送

海邑摽龍藏，山城帶虎丘。彈琴多暇日，飛舄一來遊。祇月雙林夜，稌雲千頃秋。何時神劍合，持此問張侯。

寄俞觀察

惠山高自卧，梁水此經行。蟬報秋聲早，荷銷露氣清。欲尋開徑處，無那倚舟情。返魯年應久，删詩定已成。

七夕逢安二茂卿

客路清秋節，停舟緑水涯。寧知渡河夜，却是聚星時。機素將窺巧，才華總擅奇。朝來易分手，人世共相思。

寄張憲使

因君懷往日，同是返南荒。拙宦風霜苦，歸心道路長。聽猿知楚國，見雁識吳鄉。欲訪文淵病，曾無薏苡將。

寄秦侍御

西臺避駿後，南省暫淹留。中散原輕仕，相如始倦游。海潮頻入夜，江月易登秋。別有吹簫興，懷君重倚樓。

七夕立秋

一葉先榆下，雙星並火移。寧知彌歲隔，猶得及秋期。光湛銀河水，涼飄玉樹飔。漫將牛女詠，併入宋生辭。

張觀察養疾承天寺同好攜酒相訪余病不赴示得春字

南徼初歸客，東林暫借人。瘴煙知是染，淨土悟爲因。星聚虚良夜，花飛悵隔春。君從藥師問，余亦病中身。

九月一日范太僕招遊石湖晚登上方各賦得花字

風物九秋爽，煙波萬頃賒。霜前初見雁，雨後未逢花。暝寺聞空梵，孤亭坐落霞。功成浮棹去，湖上舊君家。

送徐紹卿還西山得違字

棲巖聊自逸，抗世每多違。到日花争發，歸時雁共飛。吟餘春社藻，興落故山薇。白首名何益，惟應知者希。

送陸給事册封還朝

言展周親典，因爲漢使臣。夕郎辭左掖，夙駕指東平。玉册臨軒授，朱門擁篲迎。才華推陸賈，緘疏報承明。

幼于以南館桂花盛開貽詩見懷時將之白下賦此奉酬兼以贈别

招隱歌叢桂，將離贈折枝。暫辭南郭卧，詎笑北山移。蕭序迎寒早，江程遡浪遲。芳菲舊京路，忘却看花期。

張給事過白氏烏龍莊舊館有感之作

江上張融舸，林間白傅園。向來聊鳳隱，今過各鵬騫。榻已綃帷捲，庭猶帶草繁。昔人思舊賦，豈得獨亡言。

雲泉菴與段姬別

暫就東林憇，翻多南浦情。花飛迷夜誦，雲散罷朝行。魚浪流空恨，驪歌起梵聲。壁間堪幻想，天女畫初成。

寄龍沙藩侯

忽奉西園札，題來東海濱。賦游恒在夜，壽酒尚餘春。招隱花叢發，忘憂柳漸新。徒令懷帝子，章水限迷津。

緑牡丹

乍訝花如結，還疑葉未分。名應同蕚女，態似謁霞君。尊縹争春豔，窗紗共夕曛。因聲讓姚魏，何得不相聞。

贈毛子文焕

海内多文藻，争爲一代雄。蛇珠産吴下，燕石笑關中。寡識因高調，玄思遡古風。寧知千載後，更見小毛公。

杜仲圭

白首家猶爾，青衫歲晏如。經從盲夏後，詩自少陵餘。静裏觀昭曠，愁中著子虚。回思少年日，芳樹接鄰居。

張幼于歸自白下

歲暮乍言别，胡爲久滯淫。月留皆舞席，花盍縱朋簪。價益都人紙，囊銷客子金。祇因將母念，猶自折歸心。

題顧氏玄言山館二首

賜乎迷息所，瑗也避瑕丘。地美非龍角，人賢即虎頭。喬岡森競秀，文水匯雙流。解道生如寄，相看總夢遊。

其二

姚傳曾開藏，盧郎亦自塋。非關預凶事，肇可錫嘉名。緑竹林間逕，青松郭外城。倪塘燕坐處，千古若平生。柳世隆善數學，於倪塘會敘賓客，五往十往，坐必有恒，果於其處得穴云。

隆慶辛未作

皇甫司勳慶曆稿卷之九

五言律詩三十二首

寄談三尚醫

林壑久閒居，都門懶寄書。官方一命始，别已十年餘。藥裹趨中禁，花天散直廬。明時戀恩寵，鄉思獨何如。

上春十八日燈宴送徐太學之南都得歸字

感時春早及，何事遠相違。柳弱行難折，花輕去易飛。酒淹殘夜月，鐙駐上元輝。莫遣芳菲盡，翻憐後燕歸。

春日弔安茂卿祖母聞尚客京因寄

憐君負俗累，因作帝京遊。别淚成長夜，離心是隔秋。雪深穿漢履，塵滿敝秦裘。爲有陳情疏，何能更報劉。

送叔之閩

客路指閩中，千山越嶠東。暫違蘐草色，猶憶竹林風。去水初凝碧，歸花半落紅。平生武夷興，夢想詎能通。

釋西巖

刹迴雲全俯，峰陰日半銜。年深忘樹臘，坐久閲風帆。説法持宗鏡，翻經出秘函。東林古來勝，今却在西巖。

題黄生樓窗中望隔城山色

巒暉來瑣隙，雉靄入危樓。不往山遥接，無聲水暗流。圖疑片楮盡，賦或小言收。借問娱人處，臨窗勝卧幽。

周將軍

搜粟曾聞昔，樓船更在今。銘功由細柳，校獵得長林。轉漕籌邊策，提戈出塞心。封侯原有地，千古憶淮陰。

送徐太史還朝

暫謝承明直，聊爲晝錦行。登臺知國駿，題柱識橋名。向日恩方渥，凌雲賦每成。東朝簡良輔，虚席待桓榮。

送金生遊梁

冰泮漳河水，春遊路不迷。寒雲菟苑外，斜日雀臺西。去已桃花落，歸應芳草萋。夷門煩借問，誰復抱關棲。

同蔡使君過開元寺

憲府籌兵暇，禪林叩法來。青猶傳帝石，緑尚覆經臺。寶月春遊吐，靈花夜誦開。從兹遠公社，旌節繞溪迴。

南潯訪董宗伯不遇

焚魚君卧處，羅雀客能來。未快清揚覿，徒傳芳訊回。竹林深自掩，花徑掃誰開。祇恐曹參駕〔一〕，猶聞漢使催。

【校勘記】

〔一〕「參」，嶽遊漫稿作「侯」。

吴興贈昌少府

余昔佐栝，君理四明，共事場中，别且二十年矣。攜酒郊勞〔一〕，因出厥考葬録，屬余序之。

棘闈俱校士，苕水更逢君。歲月官猶滯，兵戈路豈聞。酒中情易析〔二〕，燈下夢難分。無限松楸恨，空餘有道文。

【校勘記】

〔一〕獄遊漫稿此句下多「存故戀戀」一句。

〔二〕「析」，獄遊漫稿作「款」。

寄王惟禎

青山歸去日，芳草幾迴春。却掃惟塵榻，探遊豈濫巾〔一〕。陵陽何處路，涇水尚迷津。共惜王章少，翻爲解綬人。

【校勘記】

〔一〕「探」，獄遊漫稿作「耽」。

望宣城

聞道宣州路，西來與嶽通。千山迴塵嶺，一水瀉長洪。勝攬黃圖上，靈探紫氣中。可令懷謝眺，詩思獨言工。〔一〕

【校勘記】

〔一〕嶽遊漫稿詩末注：「塵嶺、長洪，並關名。」

休寧柬張令

非因賢地主，何自謁山靈。訟簡花常發，春遲柳尚青。琴閒鳴暗水，舄起戴晨星。祇愧逢關令，相留欲著經。

黄典客登山不及遇於緑溪郵舍

屐已山行易，輿猶地險難。門人遠相勞，津吏訝争看。歲月蓬鬢改，雲霞荆坐寒。花間如借問，道爾是秦官。〔一〕

【校勘記】

〔一〕嶽遊漫稿詩末注：「康樂詩：『邦君難地險，野客易山行。』」

陸與繩造余之天池因寄

桓伊將慧遠，玄度挹支公。誰謂殊千載，斯人不可同。朅來探五浄，之子嗣高風。遥夜松齋月，清輝攝想中。

由溪道中

辭嶽雲同出，乘舟日漸西。千盤無斷嶺，百折有迴溪。鳥屋林棲杪，虹梁磵飲低。灘流疾於箭，泊處已鳴雞〔一〕。

【校勘記】

〔一〕「鳴」，嶽遊漫稿作「聞」。

松月亭

路入松筠亂，行妨猿鶴驚。岳將雲共白，水與石交清。柱史纔留姓，園公不署名。孤亭俄覺暝，月起問長生。

卓光禄園亭 先姓宋，蜀人。

園摽越鄉勝，家自蜀都來。官擬江淹署，人稱宋玉才。亭多緣水建，閣盡倚山開。魚鳥相忘處，將無傲吏猜。

嘉禾遇范觀察戚符卿〔一〕

辨疆知越境，占俗亦吴風〔二〕。枉駕春郊駐，攜尊夜席同。棲遲忘北上〔三〕，夢想共南中〔四〕。易作經年别〔五〕，無言一水通〔六〕。

【校勘記】

〔一〕嶽遊漫稿詩題下注：「范昔同宦滇。」

〔二〕「占」，嶽遊漫稿作「覯」。

〔三〕「棲遲」，嶽遊漫稿作「逸情」。

〔四〕「夢想」，嶽遊漫稿作「積夢」。

〔五〕「易」，嶽遊漫稿作「慣」。

〔六〕此句嶽遊漫稿作「無輕路易通」。

過仲衡姪新齋

隙地緣居葺，幽齋引徑深。樹猶陶令宅，竹是阮家林。月鑒帷中帙，風鳴榻上琴。坐餘今昔感，非止愛芳陰。

黄吉甫見訪

岱嶽登遊壯，江門寄興遥。鄉心聞雁日，客淚落花朝。倚瑟青樓月，傳書采石潮。别來渾鄙吝，重得遇君消。

范方伯招飲義澤園時喪弟

開尊賓作主，掃徑寓爲家。宋室徵年表，吴門歷歲華。江藩存往蹟，池草寄長嗟。更喜登高近，西山就菊花。

督撫張公巡海而東屆于南都三首

江上平無警，臺中豫有巡。建墉思設險，閱水懼爲湮。静夜魚龍卧，高秋虎豹馴。莫愁霜氣肅，臨照即成春。時議復清浦、濬白茆云。

其二

西蜀才華盛，東吴節制尊。中流懷祖逖，乘月嘯劉琨。刁斗傳沙墅，旌旗耀海門。宣威及遐裔，稽首奉新恩。

其三

甲士揚旌旆，材官聽鼓笳。先聲憺海表，後乘弭京華。牛嶺雙林樹，龍山九日花。何如張博望，奉使只星槎。

劉松將謝蓁書來謁亟歸

學劍并書成，翩翩俠氣生。將師數行札，訪友百年情。花月酣吴市，霜天夢鄴城。曹王方愛客，高讌遲劉楨。

伊禮部還京

桂殿求賢佐，薇曹重禮卿。江魚供母饌，驛柳趣王程。會接衣冠盛，恩陳車馬榮。山公能念故，虛席引嵇生。

寄李功甫

下馬不相值，雙魚何處來。題應朱夏變，緘向素秋開。白也驚人句，端乎對客才。賦成將屬序，操管詎能裁。

陳二守入賀登極

膺曆承丕緒，垂綃履至尊。千官同虎拜，萬國荷鴻恩。珮引趨楓陛，香移散掖門。潁川方佐郡，帝簡惠元元。

贈顧子

有客本同聲，尋余晝款荆。少陵窮律細，常侍晚詩成。閲水知柔性，棲雲見逸情。無須嗟白首，垂藻是榮名。

隆慶壬申作

皇甫司勳慶曆稿卷之十

五言律詩四十七首

癸酉元日

歲轉三陽泰，元開萬曆春。頌椒因獻壽，拂柳早迎新。疲漢非榮宦，逃堯是逸民。從知渭水上，白首有垂綸。

穀日喜雪各賦得天字

萬曆開正月，三農望有年。條風將滿雪，穀日灑堯天。阮籍惟輸税，張衡久賦田。一聞黄竹詠，同愧白駒篇。

聞雲夢山人孫斯億寓天王寺因訊

宦日趨滇役，春時及華容。桃源花是路，橦浦雁爲峰。南楚逢莘老，東林得次宗。應門望來刺，清嘯隔雲鐘。

昌少府移官見訪

北闕承天寵，南邦簡地曹。爲郎何自晚，佐郡且辭勞。攬勝鐘山騎，留思苕水舠。相過因念昔，春色駐林皋。

送孫山人南遊

雁日探吴苑，花時離楚天。詎韜高隱跡，聊賦遠遊篇。數卷惟攜草，空囊不貯錢。鄉心耽賞謝，客處易經年。

張生文介見訪余往白嶽不值兹省兄南都歸復過存

不遇因探嶽，重來爲賦京。棣華官舍詠，萍梗客鄉情。草遍吴宫緑，江連穀水清。投詩比明月，何以報張衡。

戚尚賓喪母奉唁二首

乞歸因養母，予告暫辭君。一旦帷堂掩，千秋隧路分。樹成連理瑞，烏擾後棲群。爲問閑居賦，悲來可重聞。

其二

薤曲悽風起，蔆叢溘露摧。上書曾叩闕，輟咏罷循陔。問枕非晨寢，藏燈是夜臺。憂心春更劇，祇恐坐聞雷。

嚴母吕太夫人挽詩二首

中國能垂訓，曹家善授文。奄隨朝露盡，永作夜臺分。拱木多連理，巢烏總義群。先朝恩賜地，千載從夫君。

其二

噎寢生芻一，臨原送騎千。錦車當晚出，繐座已朝遷。旐引行猶却，笳喧咽不前。貞山非遠道，魂魄想虞川。

寄盛仲友

剡水溪邊路，吴昌郭外門。經過何造次，倚歎隔思存。未解花間榻，空餘竹下尊。三都聞賦就，輟草愧平原。

送李司馭之淮因簡陳守

北闕違朝謁，南軒事旅遊。念離經數載，相見復中秋。林卧余堪老，萍蹤爾尚浮。陳遵方好客，定折桂叢留。

江藩來爽臺

高臺一何峻，延眺有餘清。爽挹西山氣，江通南浦聲。忘憂楊柳色，招隱桂叢情。欲獻鄒枚賦，慚非受簡成。

送吴郡遊天目

越標天目勝，雙闕亘東西。海氣通秦望，雲陰匝會稽。源深花是路，徑仄石爲梯。祇愧牽塵鞅，仙都不共躋。

悼張給事二首

憶昔居青瑣，終朝侍赤墀。避人焚草後，奉使擁麾時。藉寵遊三晉，宣威到百夷。今來臨穴處，猶道是昆池。

其二

俄聞摧木歎，詎作訪松遊。溘露成長夜，零霜不待秋。奠芻非醴席，埋玉即星舟。獨有遺編在，沉吟起四愁。

訪清甫聞之虎丘

無雙聞自昔，有二更斯今。六代餘雕藻，三都愜賞音。居聊附南郭，興忽寄東林。何似山陰夜，回舟悵已深。

挽何元朗二首

何遜揚州興，花時已罷吟。散金因畫癖，兼兩爲書淫。送騎歌晞露，馳駒載隙陰。向來登座客，兹夕痛人琴。

其二

夜壑從兹掩，晨星漸覺疏。魂銷花落後，信斷雁來初。江月空聞鶴，秋風不羨魚。名山何處覓，太史舊藏書。

黄徵君養疾探得霞字

結客爲歡地，懷君室一涯。緑窗移夕景，青鏡挹朝霞。伏枕增啼鳥，調心數落花。停杯爲招飲，來此悟弓蛇。

曲水草堂詠白公石同用臺字

白傅耽幽石，名題自郡臺。松疏陰易覆，雲抱濕難開。是否他山得，將無鞭海來。風流誰可嗣，宛遡曲池迴。

招黄清甫於上海同用攀字

聞君蹈海去，瓊樹迴難攀。流水蹤無定，停雲意自閒。梅如望音驛，月似悵關山。莫漫耽遊賞，風塵易損顔。

萬曆癸酉作

南樓遲同好不至用飄字

所期殊未至，坐客悵無聊。詎覓桃花往，將歌桂樹招。月疑臨席待，雲似逐帆影。信宿非留滯，心旌徒自摇。

卓氏别業落成

光禄宏新第，榮觀得勝幽。吴山横作障，越水繞爲洲。賀燕先賓至，啼鶯共客求。臨堂伏檻處，時見下輕舟。

送醫僧還山東

説法同鳩釋，安禪禮鴿王。乘杯遊越國，飛錫返齊疆。坐對曇花發，行聞藥草香。囊中留妙偈，半是衛生方。

春正廿二日詠燈雪

燈夜偏宜月，弦宵奈雪看。九華翻素積，六出覺花寒。銀燭燒争豔，珠絲綴向闌。撒鹽誰復擬，詎可勝瑶餐。

大石望顧給事別業

名巒留巨石，望處抱孤雲。幽壑從中坼，危梁此上分。寧知東郭卧，奚待北山文。清夜聞猿鶴，松齊共憶君。

哭黄淳甫

燈几晨猶黯，帷堂夏亦淒。黔名賢媛易，圂誌故人題。郭外無遺業，林間是隱棲。向來貧士傳，今幸有名齊。

過姪樞舊居將圖新構

何事頻違俗，因之再徙居。草荒開徑後，花減灌園餘。傳舍多新主，乾坤總敝廬。經過共啼鳥，一爲伫踟躕。

安二茂卿招遊王光禄九峰别業

名園掩山勝，猶是借清暉。華館連朱綴，晴窗入翠微。雲同拂石坐，月共倚船歸。祇爲耽林賞，攀巖客漸稀。

辛未之秋茂卿邀遊山中俞觀察與偕而今亡矣園館亦非其有賦詩追慨

共泛梁溪棹，重尋惠嶺遊。感時仍七夕，委化即千秋。締賞非林宴，興悲是壑舟。平泉屬新主，遺草獨誰收。

贈安二

爲問遊燕日，何如入洛時。才華詞客讓，心事酒人知。雁後歸猶早，花間見未遲。明珠應自愛，三索豈終遺。

迎仙舫詩

事載徐太學辰、戌二年自述中。夫吕仙力可回生，窮千萬人而偶試其一；徐子霍然病已，歷千百歲而復見于今。欲報德以形求，願承風乎遺則。輕哉蘭舫，怊惝恍而永懷；邈矣蓬壺，邈洄從而難即。不有妙辭，曷彰異苑？衆方奮藻，余乃執殳二首。

造舟安所適，言往覓仙蹤。招楚雲中見，浮湘月下逢。佩疑搴杜若，劍似託芙蓉。極目三山路，遥心一葦從。

其二

孺子棲塵外，回翁玩世間。呂每自稱回翁。因兹感夢寐，寧憚越山川。詎入羊群喚，聊隨鶴馭攀。看君有靈氣，定自得珠還。

徐紹卿自洞庭入郡棲疾定光寺奉簡二首

白髮交餘幾，青山出漸稀。客帆秋始落，僧榻病堪依。月伴禪心寂，雲將藻思飛。可因聞蟋蟀，歲暮欲言歸。

其二

回首故山處，秋來湖水平。乍棲俱慧境，少渡即鄉程。燈梵和香靄，天花散雨聲。徵君方養疾，遥夜若爲情。

徐太素新舟成邀遊石湖叔氏在焉同賦二首

雀舫乍乘流，龍山正及秋。扳幽經竹院，沿藻出花洲。峻刹瞻靈鷲，迴湍狎暝鷗。因偕二阮後，得厠七賢遊。

其二

西郭帶橫塘，東林即上方。天花承寶席，霜雁引牙檣。目睇煙巒迴，心涵雲水長。不知浮海日，何處示津梁。

集王中舍芙蓉池作

鳳鳥靈池羽，芙蓉禁苑花。舍人招燕賞，坐客競詞華。露泠疑宫樹，霜棲似直鴉。太原絲竹選，未減季倫家。

送梅邑倅擢襄府 余門人也。

梅福稱仙吏，從余得楚材。鳳嗟猶佐邑，駿惜未登臺。故國帆千里，離亭酒一杯。昭王方擁彗，詎笑曳裾來。

贈曹太史

白嶽遊初返，蒼江歲已殫。衣霑香霧濕，舄帶洞雲寒。桃水迷源客，金門避世官。何如逢子建，仙唄繞雲端。

菊下宴客

解宦棲荒徑，依然菊尚存。相過客滿座，幸有酒盈尊。術愧非晞世，情甘學灌園。餘芳自可適，遲暮獨何言。

張幼于樓集

張仲幽棲處，門前草自生。開尊淹促坐，聽曲戀新聲。待月纔幾望，看花半落英。高樓非燕子，寒夜亦春情。

朱鎮國竹隱君挽詩二首

奄忽捐賓客，朱堂遂不開。徒聞車騎出，詎見履綦回。旐引悲仍却，笳喧痛欲摧。已辭飛蓋賞，誰復曳裾來。

其二

寵荷彝章備，愁看像設陳。遺言猶樂善，輟表罷通親。睢館臺成夜，梁園樹不春。觀山白馬路，何處望車塵。

顧太卿招觀春偶攜幼南鄰不赴奉謝兼示同好二首

臘閏過纔半，年華覺已新。生逢太平日，會是樂遊人。羅綺千花綴，魚龍百戲陳。雖違一堂讌，望處却同春。

其二

南陌晴芳早，東郊勝事聞。臘從望日滿，春向隔宵分。九劍争馳電，笙歌併遏雲。遥知揮麗藻，即席愧諸君。

已上甲戌作

皇甫司勳慶曆稿卷之十一

五言律詩三十一首

雨中陪范太僕過張幼于樓讌

高樓良讌會，細雨亦來過。拂樹縈成霧，迴塘濺作波。鶯花春事減，雞黎故情多。卜夜寧辭醉，能教待月何。

范太僕招遊虎丘飲梅花樓晚晴作

客鄉翻作主，選寺集群賢。梅倚何郎閣，萍飄范蠡船。散花成法雨，折柳尚寒煙。向暝逢開霽，春遊藉佛緣。

東湖僧徐紹卿寓其精舍

山中訪西土，湖上即東林。貝葉文成偈，蓮花梵作音。閒雲堪寄跡，定水却明心。解榻迎徐孺，相過晤夜深。

新得紅牡丹於江陰試賞

産英由洛下，移卉自江南。逞豔霞全覆，啼妝雨半含。倦來宜夜睡，暈起似朝酣。祇爲紅顔誤，懷春思不堪。

張幼于石湖别業

買山錢幾許，得地絶清芬。好時非無主，平泉若待君。觀心同住水，託跡似孤雲。何必舟爲宅，張融始離群。

茂卿遊南都歸值立秋日

爾自金陵返，秋方玉露滋。因聲聊欲賦，爲氣已堪悲。古寺皆初地，高臺尚往時。停杯一再問，何處不相思。

寄東莫方伯子良

望望停雲外，蕭蕭落木餘。易逢芳歲晏，轉覺故人疏。白髮憐同病，黄花笑索居。鱸魚争似鯉，信美不傳書。

送陸生遊楚

柳色拂行舟，花時作遠遊。白雲迷故國，芳草戀晴洲。望美章臺路，懷賢湘水流。可因吾土異，心折洞庭秋。

二陸生寄徐紹卿書兼惠嘉橘

爲捧徵君札，言投陶令家。橘疑懷後果，蘭似佩時花。耳枕湖濱水，心棲洞口霞。何緣逢二陸，傾坐愧張華。

寄龍太平

姑孰姑蘇外，纔看一水分。愛猶遺樹在，政已隔江聞。地密當三輔，心遥戀五雲。青山明月共，何處不思君。

寄徐紹卿

一夕歸心促，三春客思懸。花辭禪舍榻，月渡太湖船。傲即嵇林下，吟同楚澤邊。愁懷書未就，白首更窮年。

寄卓光禄

爾是王孫後，常隨芳草遊。相思三改歲，爲别兩經秋。檻外吴山入，門前越水流。定知飛雪夜，猶遲剡溪舟。

朱揮使北上

暫解臨戎印，仍承督餉符。軍中號搜粟，塞上待飛芻。戍角吹雲斷，鄉心挂月孤。如聞話邊事，壯志欲平胡。

冬夜集王舍人新齋同用書字

東山饒别業，西第更新居。黄閣原司衮，青箱舊著書。徑煙籠竹細，池月映槐疏。何似含香夜，微吟散真餘。

哭兒穀二首

學纔趨鯉日，愚亦夭回年。已滅夜星聚，奄隨朝露先。蘭鶩片枝折，鳳惜一雛捐。老眼明餘幾，那禁淚泫然。

其二

之官天北路，將汝日南涯。隕泣初亡母，嬉遊未就師。咸惟縱荒飲，焕幸有佳兒。篋内無桓札，何由得緩悲。

萬曆乙亥作

二月廿三日張幼于邀同諸彦集大雲菴遲王中舍不至探韻各賦得晨字

一雨乍侵夜，疏星方向晨。東林吐初旭，南陌眺晴春。水觀生禪悟，雲棲得浄因。未須愁屬和，猶待鳳池人。

三月七日訪幼于石湖稽范新齋二首

昔數湖山勝，今稱結構雄。迴軒皆水曲，繞閣悉雲中。舉酒邀初月，歸舟信晚風。郊居誰與晤，寺近得支公。

其二

湖上營新構，林間恰隱棲。徑深披霧入，樓迴藉雲躋。客座更春鳥，僧齋報午雞。他年傳盛事，名喜范張齊。

送歸憲使之關中

重寄初分陝，雄名始入秦。崤函原據險，霸滻是通津。秘殿煙霞古，離宫花草春。坐聞清嘯發，誰見有胡塵。

擬遊荆溪不果移詩善權

祇作宗生卧，還馳平子思。側身非道阻，極目似天涯。源水桃花盡，洞門芳草滋。山靈留石待，掞藻欲題碑。

五日柬徐紹卿寺居

端午猶羈客，芳辰最憶君。閉關藉忍草，解榻卧慈雲。艾向齋時供，香從静夜焚。一尊誰與晤，心共五絲紛。

王大夫及左夫人挽詩二首

一旦青山郭，千秋白日開。情懸芳訊達，夢忽訃音來。鄰遠那聞笛，壚經罷舉杯。徒令好文主，遺恨洛陽才。

其二

隧惜金蠶掩，星憐寶婺稀。青箱貽内訓，彤管嗣前徽。入室瞻遺挂，登牀問卷衣。誓隨鹿門隱，先作鳳臺飛。

贈人竹堂講解

三乘翻貝葉，四律吐靈花。暫謝郎官省，因探帝釋家。赤烏淪劫遠，白馬渡江賒。苦行將何事，迷心轉法華。

寶林寺釋葦挽章

素業餘三藏，哀歌起四門。人生聊是寄，物化復何言。香氣牀難蔑，神光户尚存。袈裟持弟子，不必賦招魂。

盂蘭會

彌天標上界，佛日紀中元。香供千花綴，盤羞百果繁。懺餘流廣樂，定裏悟風幡。不睹洹沙劫，寧知解脱恩。

送邵格之還歙

吴越幾經遊，雲山歸及秋。對花淹客思，聞雁引鄉愁。金散稱廉賈，詩成屬隱流。到家芳歲改，春草爲悠悠。

偶述

翟門聊謝客，孔坐每通賓。斷掃蓬蒿滿，張羅鳥雀馴。不堪簪服嬾，何事駐車頻。莫作楊雄宅，多慚問字人。

柬范于中

業與諸君訂中秋之賞，亟歸。

援君不肯住，明發戒歸航。雞黍要應久，蓴鱸興更長。西河秋索處，北海夜同觴。遥想圓時月，清暉無兩鄉。

張水曹之越 舊長洲令

宦跡風塵久，交情歲月深。使君重會面，慈母未忘心。星下乘鶱舸，花間訪宓琴。湖山嘉麗地，政暇一登臨。

過曲水園

小友曾投分，三張始識名。臺荒花半委，徑斷草叢生。翔擾禽猶戀，悲嘶馬不行。向來觴咏處，流恨曲池平。

已上丙子作

皇甫司勳慶曆稿卷之十二

五言律詩三十四首

再集叔貽別業三徑就荒白公石無恙愴然賦詩

稍覺兹園改，因知少客尋。署門猶有字，登座已無琴。池蔓春前草，林寒雪後陰。惟存一片石，可以喻交心。

送姚司成北上

林卧九重思，江行二月時。談經憑道術，應詔擅文辭。璧水冰初泮，橋門雨乍滋。桓卿稽古力，晚受聖明知。

送謝尉還天台

佐邑淹黄綬，還家邇赤城。欲投仙隱處，因減宦遊情。越水春帆迅，吴關别酒傾。衹餘窗岫在，謝朓有題名。

悼義公

非由滅度日，忽是下生時。浄院營松塔，禪堂落繐帷。馴牀一虎伏，繞座衆禽悲。不驗金光草，猶言禮藥師。

寄徐給事　謫太平幕

芳訊風猶及，相思室不遐。江山餘勝地，耕鑿即同家。夕拜焚封草，春明過落花。君恩方有召，詎是薄長沙。

寄龍太平 貺以酒杯兼附徐諫議書

江上冰初泮，天邊信忽聞。持杯銜寵澤，開札挹蘭芬。北海能爲政，南州善屬文。郡齋頻下榻，知爾得徐君。

幼于樓集

不引高樓眺，何由攬物華。春光遍桃柳，霽色劇烟霞。林密堪棲鶴，池荒漸産蛙。將誰得佳語，應抱惠連嗟。靈運對惠連，輒得佳語。

寄蔡守

吴邦徵化理，漢室簡循良。爲别歲月久，相思道路長。去琴成絶調，留寢尚凝香。若遇邯鄲使，傳書愛景光。

魏丞擢荆府紀善

佐政辭吴苑，蒙恩拜楚官。夜承飛蓋賞，朝受醴筵餐。翠色臨池竹，幽香被坂蘭。

簫然衙舍裏，猶是故園看。

與沈一乞竹

陶令荒松徑，王猷愛竹居。雨來青案濕，月起緑窗虚。拂檻枝猶弱，臨池影似疏。

渭川千畝富，願借數竿餘。

贈袁尹應楨入覲還黄巖

天台摽勝久，巖邑拜官初。鳧影乘仙舄，龍顔覲帝居。最先銓部考，名次御屏書。

歸卧看霞起，河陽花不如。

寄張幼于西湖并謝惠訊二首

到處劇攀遊，無須歎滯留。憩幽經竹塢，迷豔入花丘。每解燈前榻，忘歸月下舟。寄言何水部，常侍總詩流。以陰、何況二張。

其二

春杪湖山路，晨裝不宿儲。五遊懷尚嶽，一月謝潘居。攬勝凌天目，窮源遍水墟。祇愁勞應接，猶自漫題書。

柬王百穀

聞道相如病，非因消渴成。楊花應有恨，桃葉得無情。故篋香難散，新妝淚易傾。朝來畫眉處，愁見月初生。

題程子十竹齋

幽齋標十竹，渭水薄千竿。雨過臨池碧，風來拂座寒。音宜龍作吹，實可鳳爲餐。自愧非嵇阮，林深徑造難。

張幼于石湖別業會讌王元美分韻各賦得家字

地即湖山勝，人應今古誇。參差綴樓榭，縹緲出烟霞。速客多文苑，徵才總大家。東歸何日起，西笑是京華。

王中舍宅遇四明戴仲德分韻各賦得貧字

雅度希安道，詩名擬叔倫。有才翻是累，無病却爲貧。探會囊中草，遊燕衣上塵。乍逢歌舞席，同醉鳳池春。

豫章胡文父下第過訪各賦得流字

吴苑送歸舟，秦關一敝裘。蛟龍未得雨，蟋蟀待鳴秋。目引廬山色，心隨章水流。王孫如借問，飛蓋憶西遊。

杜子攜酌小園分得山字

蔣生開逕處，陶令未須開。好事尊能至，淹留桂可攀。雨餘朝槿落，雲合暮禽還。漸欲輕辭賦，年來愧子山。

戴仲德將之郢中倚舟索詩走筆占贈

四明狂客後，千里遠遊思。久已懷荆璧，行將著楚辭。浮湘屈子廟，觀嶽禹王碑。便欲尋君去，何能待雪時。

寄程無過

夏枉林中駕，秋開江上書。如蘭誰入室，愛竹自爲廬。招隱聊棲鳳，加餐欲報魚。蟬聲起高樹，歲晚獨何如。蘭、竹，皆其齋名。

早秋徐祠七子燕集探得宫字

東海崇祠後，南城駐景中。步趨懷絳帳，侍從憶青宫。竹下方賢似，花間競藻同。向來河朔飲，今古接高風。

七月八日王舍人池亭觀蓮作

開君池上酌，暑氣坐間微。星乍隨河没，風猶帶雨飛。芙蓉鮑照燭，荷芰楚臣衣。賈至揮毫處，歸來屬和稀。

會燕范太僕於張幼于浮黛樓各賦得天字

西郭地幽偏，群山引眺前。夕陽殘古寺，秋水合長天。黛色侵書幌，荷香入酒筵。君將凌萬頃，猶似泛湖年。

施子邀遊管山二首 余幼隨先君至，五紀餘矣。

浄宇憑虚建，離宫選勝開。攀幽經窈窕，眺險歷崔巍。翠色攢峰積，澄流繞壑迴。仙游杳難御，尚記鶴飛來。

其二

異代餐霞客，兹山著姓題。昔貪童子戲，今愧大夫躋。黄嶺三芝秀，青塘萬竹迷。非君賢地主，何自訪天倪。

閏月十二日自壽

兩獻南山頌，仍賡峻嶽篇。斧斨逢載取，弧矢見重懸。越月原同日，更生似隔年。望舒殊有意，留照及賓筵。

錫山訪俞汝成故居

良友半凋謝，名山徒夢思。放舟秋水上，聞笛夕陽時。門閉迴車轍，林荒斷履綦。嗟無鍾記室，誰復爲銓詩。蓁。

戴仲德自楚入洛九越月而始歸再過吴門訪余具言客鄉勞苦萬狀賦此解之

五月浮湘去，三秋赴洛行。黄金隨客盡，白髮伴愁生。楚國雲迷嶠，梁園雪滿城。高陽非縱飲，留滯爲詩名。

四明張司馬挽詩二首

秦制推司馬，周官列夏卿。人間成異物，海内泣蒼生。典備先朝寵，恩加後嗣榮。空聞四愁在，猶爲擬張衡。

其二

吕夢徵壇令，王微感嶽神。草間因溘露，松下已爲塵。輟杵嗟遺老，停棺遲故人。風流張緒盡，柳色亦凋春。

哭徐紹卿三首

昔寓仍初地，重來爲哭君。止知去住異，奄作死生分。有恨先朝露，無依若片雲。中郎惟弱女，可解誦遺文。

其二

別後傳書少，魂先入夢知。宅同分邸日，榻異解陳時。湖隔舟藏遠，山深馬去遲。賢哉郭有道，誰爲一題碑？

其三

寶劍看猶在，徐君痛不存。才雄文苑秀，命薄漢廷恩。竹堰林中徑，椒寒座上尊。太湖通漢水，千載共招魂。

萬曆丁丑作

皇甫司勳慶曆稿卷之十三

五言排十九首

歲暮酬劉侍御張太學

急景催年暮，長筵卜夜同。高談置坐密，芳膳出廚豐。至後寒猶斂，春先氣稍融。勞薪知爨下，異鮓發罌中。絲竹寧須奏，樽罍幸不空。醒狂輕魏相，宴樂得車公。賦犬才何疾，雕龍技益工。慚余馬齒長，對爾獵心雄。劍閣題方濕，玄都樹幾紅。却憐還楚日，惟是詠唐風。

隆慶戊辰作

董宗伯六十

早見登三事，今逢問六身。具區苕水匯，崧嶽峴山鄰。曾是鍾靈異，居然誕甫申。恩蒙依日月，詔許奏天人。剡藻辭兼諷，司銓啓屢陳。書探金匱秘，才冠玉堂賓。暫卧棲叢桂，長生詠大椿。年華週始甲，夙夜佇惟寅。北斗瞻韓久，東山召謝頻。曹參知入相，好爲趣征輪。

寄劉應谷豫章

自昔中丞貴，曾稱獨坐尊。清裁持白簡，絳騎引華軒。廬嶽晴看瀑，章江夜聽猿。玄都花幾謝，幽谷草猶繁。閣上留辭賦，臺端荷寵恩。何如劉越石，清嘯靖中原。

已上己巳作

寄題亦山園贈楊兵侍巍

何必山招隱，城隅亦可棲。園開賭棋墅，池引釣璜溪。乘興聊輝藻，登遊或杖藜。蒼生繫人望，玄草發天倪。志豈忘廊廟，心猶念鼓鼙。晚來名位起，不獨在關西。

已上庚午作

春日范冏卿凌方伯劉侍御張太學集余草堂聞歌

獻歲陶芳月，初筵饗貴賓。徵歌當子夜，度曲總陽春。逞豔全勝李，含悽半掩秦。似鶯流樹杪，非燕落梁塵。欲顧原無誤，徐聽更識真。未須金石奏，奚假管絃陳。不醉因聞雅，忘疲爲飲醇。但留餘響在，嗣賞詎言頻。

讌孫都帥第

西第新開府，南城舊禁垣。營垂千柳細，洲繞百花繁。座有嘉賓饗，門無衛士喧。時清忘騎射，春永識禽言。雅曲參鐃吹，雄心寄酒尊。輜經承祖烈，匣劍戀君自屏藍田卧，渾迷桃水源。對人猶善飯，伏櫪思騰騫。恩。

贈梁廷評

余初不識廷評，友人張幼于間嘗數道君賢。兹慮因奉使江左，以刑厝報天子，以平反慰母氏，張子申章，命余嗣響。

言捧漢廷書，行將殷網除。好生逢帝舜，尚德昉温舒。延頸看持節，槌心望下車。情矜緣法峻，恩逮覺刑疏。凍樹迴枯後，寒灰復焰餘。叩天應罷旱，畫地已成虚。雋母能垂訓，于公定廣閭。陳詩聊訪俗，作賦擬閒居。山水供嘉藻，乾坤播令譽。故人張仲在，吉甫思何如。

張邑侯以誌事招燕王相國第作

夙駕拂銅章，初筵借玉堂。自公稀案牒，多士集緹緗。授簡争趨席，操觚特擅場。槐陰移禁禦，花色儼河陽。文藻紛鸞轡，光儀肅鷺行。寵緣褒一字，才忝屬三長。曠典今時舉，名山異日藏。非因逢茂宰，盛美詎能彰。

送張令擢比部之京

化偃丹陽日，恩移茂苑時。皇畿原密邇，民社總相宜。吏懾君侯察，人稱父母慈。久虚青瑣闥，聊簡白雲司。舄共雙凫舉，琴將一鶴隨。蕩陰張令後，别見有遺碑。

已上辛未作

寄題成國緑蔭亭

大樹論功日，長楊從獵時。貞餘千尺幹，榮借萬年枝。第是銜恩賜，槐應手澤遺。不矜朱邸貴，翻愛緑陰滋。非感風雲會，安霑雨露私。午窗紗宛映，春水縠漣漪。鎗卧苔荒久，尊浮縹飲遲。影將荷並偃，涼傍竹偏宜。勝薄家園賞，憂深社稷思。文兹兼保傅，武昔仗王師。余少晞鴻漸，君同集鳳池。南陽美華萼，西府奉光儀。一自投簪紱，何由厠履綦。徒懷金谷詠，莫嗣敬亭詩。

白嶽有感二首〔一〕

名山尊白嶽，麗構敞玄都。桂樹攀巖迥，桃花問水紆。豁崖疑鬼鑿，墜石儼神扶。郇胤昭靈貺，祈年表睿圖。六龍猶望幸，八駿已長驅。未果從軒舉，徒令泣鼎湖。

【校勘記】

〔一〕「有」，嶽遊漫稿作「述」。

其二

兹地由神闢，先朝敕使營。緇餘官賜出，工疾子來成。睿牓懸金碧，宸居拱玉清。煙霞薄香氣，絲竹讓泉聲。五石逢湌液，三芝遇采精。何須遺徐市〔一〕，别去訪蓬瀛。

【校勘記】

〔一〕「徐市」，嶽遊漫稿作「方士」。

西亭詩賦贈趙府王孫

西亭標勝處，風景即西園。建國由敦睦，先朝荷寵恩。珪茅隆帝子，玉葉衍王孫。鄴下才華盛，河間禮樂存。忘憂開別館，崇孝賜題門。楊柳春煙裊，芙蓉秋水繁。流光逐飛蓋，積素照行尊。説易寧推獻，閑詩詎數元。彈棋間六博，搦管綜群言。願厠應徐輩，承歡託後軒。

寄題高相公詩二首

鸞捧宸章焕，翬瞻秘閣崇。褒辭三世寵，錫命兩朝隆。述德揚先烈，陳情感睿衷。宅從湫隘徙，居與大寧通。果召知曹相，重來得潞公。勝標金谷上，身在玉堂中。窗接長安日，梯凌閬苑風。梓材程匠作，鏤牓出司空。雲棟縹囊碧，霞軒錦軸紅。傳家非别寶，奕世戴無窮。

右寶綸樓。

其二

綺構銜恩敞，璇題灑翰新。嘉名天肇錫，優禮古無倫。頌洛原鍾秀，歌崧本降神。入參萬幾暇，出典六曹均。品藻資銓宰，調梅杖鼎臣。白封朝盡去，啓事夕猶陳。鄴第朱甍埒，裴堂緑野鄰。右區營隙地，内帑賜餘緡。瑞世儀庭鳳，逢時縱壑鱗。寸心蒙聖鑒，稽首奉王綸。

右鑒忠堂

已上壬申作

題王兵憲晚香堂

魏公遺舊趾，賢守此新除。擾雀空庭下，離蕡掃徑餘。戀香非愛晚，擬節欲堅初。曠世原相感，徵時迴不如。餐英顔可駐，寓物興能舒。飾吏多文藻，當官簡簿書。江光渾對練，山色似環滁。千載勳名共，乾坤一敝廬。

萬曆甲戌作

趙公江陰生祠

漢昔標欒社，唐猶展狄祠。幸兹千載下，宛似二公遺。瘴海乘驄日，霜天擊隼時。疏逢丞相怒，詔感聖君知。像飾原生貌，碑題總去思。南臺方秉憲，餘澤潤江湄。

已上乙亥作

題吏部劉守泰述德卷

昔理齊安郡，談經集楚材。鳳毛堪奕世，駿足早登臺。草似茂陵得，緘從蘭省開。金聲猶擲地，墨跡未塵埃。淚共千行寫，言同四始裁。持銓先百揆，啓事上三台。有美還思述，無嗟但永哀。漢廷擅文藻，歆向實雄哉。

已上丙子作

賓讌

茂典由隆古，恩筵自聖君。笙鏞陳雅樂，俎豆薦蘭薰。束髮參多士，揮毫此擅文。因踰犬馬齒，得厠鳳鸞群。拾級辭三讓，躋堂禮益殷。引年耆舊集，辨位主賓分。霽拂膠宫樹，春迴泮水芹。鹿鳴少時曲，翻愧老仍聞。

已上丁丑作

皇甫司勳慶曆稿卷之十四

七言律詩三十四首

顧給舍於陽山構别業以詩期余入社而召命適至賦此奉贈

買山爲卜草堂新，風景遥將大石鄰。即擬輞川開勝事，忽聞空谷起幽人。已收諫草焚青瑣，再整朝衣拜紫宸。祇恐移文招未得，相思閒却薜蘿春。

趙侍御元朴應召北上見訪山居

新裁豸服起朝天，心赤行看髮尚玄。萬里歸因承相怒，一朝恩取嗣君憐。書陳可記批鱗日，詔下重逢附翼年。曾是嵇公故人子，林間相對爲悽然。

覽黄清甫放歌行戲贈

燕趙佳人舊有名，洛陽年少更多情。未將白璧酬知去，却取黄金買笑傾。争唱麗詞傳樂府，獨彈長鋏別都城。繐帷井幹秋風起，祇恐閒居感慨生。

陪張明府集張氏園亭

博望談兵瀚海空，閒尋三鳳訪河東。旌車委巷何辭駐，尊俎名園幸偶同。鳥避棋聲窺户外，花將雨氣落筵中。酒酣忽漫乘槎去，銀漢長驅萬里風。

九日錫山訪談守教不遇

異縣秋風陡作寒，扁舟信宿客行難。避榮莫漫同嵇散，乘興何須見戴安。可訝雀羅無客過，將題鳳字與誰看？知君自愛東山賞，留取餘歡卜夜闌。

至日袁憲使見訪因贈

共知持憲勞賢久，喜見移藩簡命新。吴苑再經雲物改，楚江遥望歲華頻。紫薇別署疑仙吏，青瑣先朝念直臣。花發故鄉休戀住，河陽諸縣待行春。

訪淳父覽其父遺編

病起城東訪隱居，窗舍雲日似春初。漫嗟負郭曾無業，且喜遺金盡是書。身後已占荀有鳳，目中能辨魯非魚。憐君收取相如草，會侍西來漢使車。

簡張幼于城南精舍郡膠左

地選幽偏遠市埃，樓居斜抱赤城隈。人同仲蔚門長掩，客有求羊徑始開。經插五千河上秘，詩題百一鄴中才。花間坐愛溪流勝，一曲遥分泮水來。

歲暮簡何元朗

柘林東望水雲涯，猶戀吳趨風土嘉。深巷雨餘稀過馬，空庭木落乍啼鴉。琴樽坐處同陶令，書畫攜來似米家。何用揚州寄高興，西山亦自有梅花。

隆慶丁卯作

寄贈朱鴻臚

文采翩翩一客卿，十年裘馬滯西京。入朝遍引彈冠侶，同舍知爲結韈生。任俠朱家名本重，典司屬國宦猶輕。憐君千里投書意，始悟神交勝識荆。

答王百穀

白壁酬知事已虚，黄金買駿復何如。欲尊廷尉臺前韈，可得中郎座上書。雲路尚乖嗟一鶚，河冰初泮惠雙魚。齋懸半偈禪心在，笑爾塵緣未了除。

答崑邑令　先弟水部子約左遷河藩，有一日之雅，末因及之。

梁園辭賦推何李，大雅餘音復在今。暫借安仁懷縣卧，得聞摩詰輞川吟。官宜禁闥將飛舄，吏散空庭只鼓琴。莫問陸雲成宿草，回思入洛一傷心。

題潘中丞留餘堂

苕溪深處儼桃源，小結茆堂此避喧。已訝貢君稱獨坐，詎同翟尉漫題門。平泉不減惟花石，北海常盈但酒尊。曾是南榮應有戒，貽謀他日總餘恩。

龍少府擢守龍安

龍州遥隔馬盤東，開府新看置守雄。劍閣帷褰梁地外，巴江帆掛楚雲中。恩由簡命行難借，才喜爲邦到處同。莫謂羌人非漢類，須知化蜀有文翁。

李國賓守道吴人時寓居半塘寺

李郎年少玉爲姿，帝子通姻荷寵宜。滕閣春風題賦手，吴門秋水望鄉思。薰香尚記花迎夜，傅粉猶憐汗拭時。鷲嶺梵鐘遥月上，鳳樓何處隔參差。

徐子與見訪贈别

避喧終日掩吾廬，散帙貪眠徑不除。導吏忽傳迎繡豸，使君曾是佩金魚。物情歲逐流芳轉，客路秋看落木初。何事漢廷頻奏異，行知徐樂有封書。

送人之南雍

高帝開基首建雍，當時養士待夔龍。四門總爲談經設，六館俱應鼓篋從。泮水春來流弱藻，橋山歲晚見蒼松。雞鳴古寺原相接，夜誦猶聞閣道鐘。

恩加朝列識喜

一官淪落愧樗才，十載遺榮卧草萊。紫綬被衣非地拾，黄金横帶自天來。圍時轉覺吟腰減，拜處頻看舞袖迴。爵服亦知無足玩，寄言魚鳥莫相猜。

簡阮使君

功成心欲慕逃虚，跡似藍田暫屏居。赤驥馬閒嘶櫪上，緑沉鎗冷卧苔餘。閉門自著將軍易，出塞誰云武子書。尚有金貂堪换酒，貧非南阮醉何如。

已上戊辰作

贈高給事

吴門攀贈柳初黄，淮水新添客路長。闕下宣麻蒙夕拜，殿中簪筆候明光。鶯花左掖供詩草，戎馬西陲啓諫章。可遣皂囊常侍見，直將災異喻君王。

三月朔海虞孫氏墓弔周山人沈憲使賦詩用韻奉次二首

春尋虞嶺去應賒，不是牛山亦易嗟。宿草半蕪經雨露，白楊成拱惜年華。游魂幸附要離冢，交契如逢郈氏家。酹酒未乾詩已就，爲君將淚灑桃花。

其二

北郭纍纍但見墳，空山何處覓徐君。馬來舊路迷荒草，劍化殘枝掛夕曛。落魄一生無長物，浮名千載有遺文。祠鄰玄武多簫鼓，恐作山陽笛裏聞。

贈錢侍御

一尊相對醉何求，況復乘春作伴遊。薛邑池臺俱是恨，石家歌舞不勝愁。且判身向山中老，安用名從柱下留。世事願君齊喪馬，褊心消盡任虚舟。

題趙姬燕壘

乳燕看營小壘新，江南社日早知春。銜來幕上泥成粉，語向梁間杏染塵。窺户雙雙如有意，倚樓脉脉總傷神。莫須更問昭陽院，嬌豔分明是後身。

重遊王相公園

園開怡老闔城偏，結客同遊已十年。别架山樓攀蜿蟺，新添水檻頫清漣。槐陰儼對黄扉右，草色全勝緑野前。何事當杯渾未醉，也知醒酒是平泉。

寄歐楨伯司訓

欲叩談經爲解顔，相思只隔暮潮間。春横絳帳齊非冷，午散青衿坐稍閒。南海明珠應自握，小山叢桂與誰攀。漢廷知有江都相，可使風從道誼還。

寄黄汝會嘗從余遊

典客新蒙聖主恩，朝儀猶假叔孫尊。廿年踪跡何須問，千頃風流定尚存。羅雀翻同翟尉舍，登龍非復李膺門。由來瓊樹思顔色，爲采芳菲代贈言。

寄顧太僕

廿年高卧一丘閒，中歲蒙遷九棘班。司馭寧辭參豹尾，上書曾記拂龍顏。翠華欲幸筬輿下，銅式將來置殿間。更是王猷多雅致，朝聞柱笏對西山。

郴兒北上

一杯臨别老懷慵，水長淮流客棹通。紈扇祇應承燕寢，彩衣何事隔春風。帝京道路遥天末，郎署年華若夢中。愧爾凡姿非野鶴，可教人見憶嵇公。

送卓誠父北上

先朝遺事久傳聞，今上追思紀帝勳。著作漢庭方舉士，才華蜀郡共推君。淮南秋色萋叢桂，冀北輕寒近五雲。給札定知承寵後，燃藜無惜到宵分。

訪俞觀察

因君再作昔年遊，又值芙蓉露下秋。臺近重陽堪戲馬，溪非夜雪漫迴舟。已知河嶽詩兼采，莫遺蘭亭記未收。聞道輞川新咏就，相邀裴迪愧難酬。

吳參軍宅菊讌

滿堂秋興訝花枝，公子年來頗好奇。五色傍筵霞彩綴，千叢拂檻露華滋。金尊香浥餐英後，銀燭寒生照睡時。却笑陶家荒逕裏，蕭疏亦自醉東籬。

詠白雁篇

蘆花深處影猶疏，不與秋江鸛鶴居。月下可禁聲斷後，霜前曾是陣來初。幸承妃子新婚贄，傳得蘇卿在虜書。一自雪衣承寵罷，玉階寧惜稻粱餘。

寄張參岳 每承頒曆之惠，兼聞入賀之行。

山中歲月老何知，又是官家授曆時。展玩春光先入手，經營農事已留思。書成金鏡行將獻，報乏明珠欲寄誰。舊識鵷班三殿裏，遥瞻虎拜萬年期。

已上己巳作

皇甫司勳慶曆稿卷之十五

七言律詩二十九首

寄題灌息軒

遥聞結宇鄰滕閣，便欲因聲賦小山。終歲荷鋤經樹下，有時抱甕坐花間。通親雅志應難試，愛客餘風尚可攀。莫羨漢陰機事少，朱門長見桔槔閒。

海虞訪嚴相公

槐堂今隱桂花叢，津閣宏開琴水東。高卧幾人同謝傅，逍遥亦自有韋公。相迎座上書難受，斷掃門前刺欲通。一謝黄扉頭尚黑，豈應宰相在山中。

宿虞山報國院玄武祠乃嚴相國所建前臨拂水最勝

虞峰高處渺塵寰，玄帝行宫衡漢間。海氣雲蒸凌浩漭，泉聲風激噴潺湲。清都本爲祈年設，絳節時逢禮斗還。曾是郎官表湖水，此方應署相公山。

崑山王令遷貳常州仍視縣事

聞君新綰大夫章，猶爲藩親限省郎。題賦才華原洛下，鳴琴佳政羡河陽。郡嗟五馬來何暮，邑借雙鳧戀不忘。莫向明時嫌作倅，古來别駕重王祥。

送王甥之京

供奉先朝技早聞，外家將汝謁明君。衣從禁直宵曾賜，饌出天廚晝每分。花月春江仍作客，風塵遠道惜離群。西京故舊如相問，白首耽玄只子雲。

紀從事入賀還廣南

君從幕下寄微官，緩帶臺中奉法寬。獻壽遥將金作鏡，晝遊争羨豸爲冠。誰云群策銷兵易，尚見明珠入貢難。才似陳琳堪草檄，時聞揮翰倚雕鞍。

荆溪寄史恭甫

閉關聞爾欲求仙，家近煙霞即洞天。小草異名安用出，大椿難老不知年。雲山静對皆成悟，魚鳥相忘併是緣。聊寄離心與溪水，遡回東去倍悠然。

寄華學士

舊京宦跡夢俱忘，故國離居歲月長。解佩焚魚閒自適，尺書雙鯉恨難將。已知消渴因辭賦，爲語加餐愛景光。更是謝家能濟美，銜恩新拜水曹郎。

寄陳秋官

湖聲遥帶馬蹄頻，山色常於几案親。追憶帝京渾似夢，别來客舍幾迴春。已知爲吏身兼隱，更道無刑俗漸醇。炎日秋曹風氣肅，非關猶有叩霜人。

送張觀察之滇中

使君爲問南中事，太史曾留月節歌。客路遥經回雁處，鄉心誰奈聽猿何。金河設險窮關嶺，銅柱銘勳擬伏波。自愧王褒徒遣祀，年來惟有著書多。

隆慶庚午作

張氏林館觀落梅各詠分得人字

芳菲何樹不含春，坐對寒枝獨愴神。曉起隨風將弱絮，夜來微雨點香塵。曲中寫怨聞羌笛，額上殘妝印舞茵。誰寄謝家池草句，長安别有看花人。

張太學宅會讌奉壽徐徵君八十

誰云塵世未逢仙，家住金庭即洞天。客舍到來爲壽域，朋尊開處是賓筵。已多藻撰藏山業，安用蒲輪入載年。把酒共賡黄髪詠，主人先賦紫芝篇。

劉侍御席上奉贈董相公先弟子約與侍御俱爲相公所取士兹承讌晤重有所感云

苕霅溪前春水分，鶯花三月此逢君。星辰舊識尚書履，山嶽今藏太史文。點額幾承桃李眷，傷心非復棣華芬。清談更接張公座，門外何由見陸雲。

遊白氏園

閒居應見百年情，誰道秋風一夕驚。看竹此來須問主，束芻何得不言名。白華盡改叢萱色，烏鳥猶同繞樹聲。總是名園無限景，幾時重御板輿行。

答用晦君侯

聞道朱門無一事，每於青案理新詩。欲題楊柳承清燕，言采芙蓉惠遠思。季重虛蒙曹植顧，太沖寧假士安辭。流光願借西園月，却照東江歲暮時。

送王儀部藩親蒙例遷京職

新承恩寵謁明光，自昔才名起洛陽。丹鳳林中初振羽，紫薇花下待含香。通親有詔逢何幸，稽古誰言讓不遑。聞道典章咨汝伯，行看夙夜事君王。

答戚符卿

題來紈扇總瑶章，欲報臨緘愧七襄。造次鶯花吴苑客，從容符璽漢廷郎。未須官好思玄保，自是才高屬子長。兩地相看纔一水，美人何事隔清揚。

歲暮遠懷

遭逢盛世有群公，更羡東朝侍從同。消渴長卿徒善病，苦吟摩詰未言工。曹分禁署名猶在，路遠長安夢詎通。摇落梅花無驛使，尺書誰遣到山中。

己上辛未作

鐙宵伎燕

筵開燈火重娱賓，坐對鶯花易作春。爲雨爲雲楚臺女，傾城傾國漢宫人。香飄茵上微垂手，塵動梁間乍啓唇。嗜好平生都遣盡，祇應歌舞伴閒身。

赴嶽招友不至將子侍行

辭官只合卧雲林，更作塵驅愧此心。恐遇低枝猶掃轂〔一〕，幸從叢桂一披襟。尋源恨不劉將阮，探嶽還憐向失禽。文考雖攜郇解章，祇餘玄想發長吟〔二〕。

【校勘記】

〔一〕「恐遇」，嶽遊漫稿作「莫遣」。

〔二〕「餘」，嶽遊漫稿作「憑」。

寄答許奉常同年

君言七十明年是，余亦方知老至辰。班接夔龍曾揖讓，歸惟魚鳥得相親。士安後却慚凡吏，玄度今猶羨逸民。社結香山思命駕，壽觴同醉帝城春。

送梁廷評

詔持三尺下江東，纔妒從來恨入宫。已布好生虞舜德，更看刑措漢文風。閒居賦就聊爲養，去趙書成豈是窮。肯向伯通流寓否，霸陵重見起梁鴻。

贈唐進士玄卿

逢時獻策蓬萊殿，引疾聊棲桂樹叢。羅雀晝過三徑裏，群鷗秋避五湖東。已誇駿烈揚先美，更喜才華有父風。野鶴昂藏塵外羽，可堪相對憶嵇公。

答淮守陳玉汝

木落淮南雁始飛，書傳聊得奉音徽。含香散直由郎署，剖竹爲邦亦帝畿。卧使政聲同長孺，吟將詩思擬玄暉。七襄欲報勞終日，信是陽春屬和稀。

答謝山人

少陵老去耽詩苦，留滯猶聞在鄴城。東海拂衣歸未得，西園飛蓋賞難并。書烹魚腹勞題字，客自龍門遠寄聲。賦就三都誰屬序，士安操筆見平生。

讀比部陳思貞北行稿因贈

仙舫乘流此暫停，離筵折贈柳初青。江山得句留詩草，霄漢垂章仰法星。已向虞廷行奏績，更從周室報無刑。君王何事捐賓客，回首攀髯涕泗零。

答宗藩

昔年奉使謁朱門，虛左餘風宛尚存。月夜從車遊鄴邸，雪時授簡在梁園。何由忽枉金聲麗，恨不親承玉度温。爲報春來芳草緑，擬憑高閣憶王孫。

贈吴守膺賓

宣房建節因平水，出塞承麾爲餉邊。先帝太常書帛日，今皇内帑賜金年。吴趨父老争看喜，漢制公卿不次遷。治行吴公原第一，今人寧讓古人賢。

貽匡南王孫

老至寧知甲子還，别來何處奉清閒。垂楊館下人争賦，脩竹池邊客幾攀。遥對匡山歌峻極，方增章水詠潺湲。陳思不朽因垂藻，肯向淮南學駐顔。

已上壬申作

皇甫司勳慶曆稿卷之十六

七言律三十二首

贈徐子與之閩

帝京同謁九重天，客舍論交二十年。才憶建安惟半在，官淹中歲始三遷。署分閩海披炎霧，路出滇池絶瘴烟。老卧空山煩念昔，駐車春借蓽門前。

悼項光禄壬申春杪會于真殊寺奄忽委化賦詩悼之

白首耽詩易損神，微官書旐豈榮身。阡開北郭成長夜，譙罷東林是隔春。范式那爲驅馬客，嵇康懶作奠芻人。獨攜寶劍心相許，欲挂高枝樹已陳。

次韻顧太僕

謝秩歸來只舊居，喜看荒徑擬新除。高題青瑣心懸闕，並署銀臺色借璵。但使廳前堪旋馬，不知門外可容車。避人何事先焚草，太史猶存諫獵書。

徐公子招宴南館同諸文彦賦

城南初夏麗堪攀，坐覺餘春尚未還。芳草有情承翠帶，榴花何意妒朱顔。才華總謂推江左，明豔争看絶代間。謝傅祠堂容客醉，美人遊處是東山。

客調新月面如桃花者應口答之

美人顔色如桃花，疑向武陵遥寄家。晨起尚含巫峽雨，晚來渾挹赤城霞。風前半掩羞紈扇，酒後微酡倚絳紗。浪説黄金應有價，何如璚玉更無瑕。璚，紅玉也。

馬大年使魯藩

曾聞虞典先敦族，更道周家重展親。玉盌已成千古夜，金函猶賁九原春。遥瞻像設充哀使，暫謝鵷班遣侍臣。别訪靈光題賦去，祇應傳誦滿朝紳。

送王元美之楚

漢使觀風幾部分，楚邦持憲特垂勳。晴洲坐對搴芳草，高閣行吟弄白雲。爲報平反由尚德，須知緣飾貴能文。異時屈宋江山在，千古才華更見君。

過張幼于南星館同李國賓遲徐太學不至

南城不到忽經年，夏日相過一惘然。得御李君門乍掃，未逢徐孺榻空懸。登樓爽氣來窗右，開逕餘花落酒前。聞道攜書帝京去，可禁歡賞是離筵。

寄壽許奉常同年七十

與君同介古稀年，少小含香騎省聯。射策名題多士上，秉銓班領百官先。長卿慢世因辭秩，太史藏山早就編。曾記殷秋生校晚，已聞初夏醉華筵。

寄陳蔣二比部

太平隄畔白雲司，芳樹行吟出每遲。蔣琬應爲公輔器，陳遵猶顧尚書期。淳風定自知刑厝，文學還將飾吏宜。誰是建安揮藻客，林居却恨不同時。

寄林尹

吴門一别十經年，除目看來宦屢遷。已道尚方曾賜履，更於單父聽鳴絃。江山壯麗遊仍覽，畿輔威名到始宣。爲憶高堂稱壽考，枚乘七發草猶傳。

送淩中丞之江右

洪都風景最堪稱，地控廬山紫翠層。自幸生逢今聖主，共言官拜古中丞。趨途不畏星流火，聞命何辭夕飲冰。報國心懸廊廟計，每從滕閣一閒憑。

寄果州王都憲

昔守吾郡，别且三紀餘矣。每念生年，叨同甲子，並届古稀。蜀道云難，岷山在望，敬賦鄙詩，附令子春卿將去，聊展頌私。

地分吴蜀路難通，嶽降曾聞申甫同。書不待年辭闕下，詔先加秩到山中。愛遺郡舍攀棠樹，威肅臺端仰柏叢。畫省仙郎時遺訊，稱詩遥祝願因風。

送吴尚醫北上臨安劉令與偕

裘馬翩翩意氣奢，雲山何處是京華。遥心愁掛吴關月，滿目寒飛燕地沙。詩草行吟淹客舍，藥囊供奉近官家。仙鳧更附劉郎便，重問玄都觀裏花。

太僕沈舜臣同年挽詞

早從薇省拂衣還，尚記看花接筍班。一曲環溪嗟逝水，九峰峻處泣頹山。卿階超授恩加秩，朝請無煩詔賜閒。欲訪郊居空斷掃，祇留辭賦在人間。

王中舍席上聞箏各賦探得杯字

秦女箏攜玉柱來，舍人池上綺筵開。梅花向臘頻移調，椒氣先春暗入杯。即席寧言蕭介美，擅場應數李端才。老年逸興元非減，纓絶猶忘唤燭催。

上張太宰二首

憶昔澶州承讉時，每於趨府奉光儀。圖書理案多文藻，鳥雀空庭寡諍詞。白璧難酬國士遇，青雲遥繫故人思。在公夙夜求良佐，定有夔龍備舜咨。

其二

茂先才豈試司空，帝簡銓曹望特隆。暫假宣威臨海徼，曾多遺愛在天雄。朝廷啓事須山宰，窗岫題詩屬謝公。莫學嵇康徒自絶，知無名溷薦書中。

城南遊眺遇王子世廉京行同用雲字

赤城冬暖靄氤氲，木落風疏雁不聞。歲晏祇堪成讌賞，天涯何事有離群。林探茂苑過三徑，路指燕臺近五雲。記取長安春色裏，杏花開處重思君。

懷徐徵君於洞庭同用波字

太湖西望渺烟波，白首垂竿思若何。三逕杜門延客少，雙林爲舍傍僧多。可無素業餘桑柘，會有高情託薜蘿。獨夜陳蕃獨解榻，經年徐孺不相過。

小詩代柬奉寄王總漕

少年風采動留司，曾記王褒奉使時。飾吏文披青玉案，鑄人經滿絳紗帷。廬山西對滕王閣，淮海東連漂母祠。欲贈雙魚愁未達，可攀叢桂報相思。

萬曆癸酉作。

送蔣僉憲之岳陽

憲使承麾入楚年，坐令江漢靖烽烟。觀兵非復黄池上，釃酒應過赤壁前。樓閣尚餘風景在，洞庭疑與故鄉連。老來愧不閑辭賦，詎乞君侯雲夢田。

送王太僕

周室曾聞命冋辭，漢庭執皁亦卿司。人間棣萼争難得，天育驊騮那可覊。給札蘭臺如有待，校書芸閣特相宜。王猷問馬何嘗對，遥憶西山拄笏時。

張郡尉偕龍節推餞王元美於虎丘群彦畢集余亦叨焉入夜雪作各賦

爲邦愛客祖筵張，並駕尋山興更長。散落天花迴舞席，折來烟柳勸離觴。占星已報賢人聚，賦雪翻從選佛場。去向朝中傳盛事，吴多文學與循良。

送魏季朗入京

相府於今最好文，古來開閣未須云。淵雲總藉吹噓力，枚朔俱叨侍從群。起草還應彌日獻，然藜寧惜至宵分。逢人若問河東賦，頭白還家盡欲焚。

贈王司馬

平戎王晙早知名，天子臨軒命夏卿。納款争趨丹鳳闕，受降新築白狼城。未須餌表單于繫，已見壺漿父老迎。旋凱龍庭蒙上賞，圖形麟閣羡功成。

挹芬亭爲王兵憲賦

孤亭高結徑初分，種竹栽蓮學隱君。摩詰題詩驚鳥换，右軍染翰對鵝群。蕭疏秋色饒黄菊，點檢晴窗半白雲。一自魏公香爐後，客來何幸挹餘芬。

題徐太素迎仙舫

太湖新見駕樓船，山色晴開鷁首前。載月輕於三翼駛，遡風堪趁一帆懸。凌波照影紛搴芷，隔岸聞歌盡採蓮。徐市不須浮海去，但邀李郭即同仙。

華學士挽詞

玄廬初卜掩松門，朱夏寒生白日昏。靃靡未凋金谷勝，清華猶戀玉堂恩。空餘辭賦傳中禁，無復遺書訪茂園。舊賜銀魚焚却久，葬時惟有碧山存。

答徐紹卿

太湖冰泮有遊鱗，傳得詩篇及故人。老去不愁才欲謝，興來翻覺意彌新。名藏梅市非仙吏，身卧毛壇是隱淪。日日溪頭勞悵望，桃花落盡尚迷津。

七十自嘲

人生百歲纔中壽，七十云稀强自寬。秋引涼颸清几席，夜懸明月照杯盤。賈生亦幸逢明主，玄保何曾得好官。但願持螯同客醉，猶勝索米在長安。

贈朱司空

司空佐舜帝京遊，太保新銜荷寵優。瓠子河成心獨苦，茂陵園在涕堪流。重雲驛樹看乘傳，秋水章江好放舟。此去蒼生頻繫望，東山泉石莫淹留。

皇甫司勳慶曆稿卷之十七

七言律廿六首

葑溪荷泛

葑水東流信幾深，花開徂夏日堪臨。涼追河朔調冰宴，翠奪汾陽綴澗陰。菱唱弄舟喧麗曲，荷香紉佩結芳心。美人慣向江南見，却笑陳思洛浦尋。

王中舍招賞蓮花

舍人開宴坐臨池，猶似天泉寓直時。水上霞披朱盡冒，林間雨過緑全滋。未禁蓮豔欺妝臉，更遣荷香入口脂。少日無媒今棄置，采芳慵聽涉江詞。

白光禄遊武當

太和山擅楚邦雄，玄帝祠由聖世崇。東望登封齊泰岱，西遊問道擬崆峒。松杉夾陛宵瞻斗，鸞鶴迴軒晝御風。白傅舊司香案吏，紫宵重作采芝翁。

答徐紹卿歲晏寺棲言懷

商叟知非市隱年，暫於蕭寺寄幽偏。枕探藥草維摩病，杖引溪流慧遠禪。月院寒凋雙樹影，雨窗吟對一燈燃。從來妙法皆由悟，可訝新詩盡入玄。

大中丞宋公移鎮句曲

新承詔命卜神區，憲府重開翊帝都。曉對金陵瞻紫氣，晝移玉斧攬黄圖。仙源水繞三峰接，周道門臨十郡趨。父母尚懷孔邇願，春風旌節佇來蘇。

已上甲戌作

贈項子之京

傾蓋吴趨惜未遲，鶯花猶及暮春時。先朝勳烈何其盛，奕世風流更在兹。烟閣題詩遥對酒，晴窗揮翰故臨池。不須到處逢人説，已見才名屬項斯。

朱正初過訪

時來曾亦奉明恩，日典常珍侍至尊。撲被便須辭帝闕，曳裾安用倚王門。相過竹下因開徑，且向花間學灌園。不見漢庭憐賈誼，長沙一出復何言。

石湖張幼于别業

横塘西接范家園，曾是先朝荷寵恩。翰灑宸章遺石在，閣沉天鏡故基存。黄金界浄遥瞻塔，蒼壁臺空對掩門。此地屬君如有待，湖山勝事可重言。

寄申詹事

名自臚傳金殿初，官移玉署帝親除。彭纓鳳掖司供奉，珥筆螭頭注起居。紅藥翻堦朝覓句，青藜然閣夜紬書。貴人尺素年來少，芳訊何由濫及余。

已上乙亥作

穀日徐太素期王中舍劉侍御周茂修黄清甫訪張幼于石湖風雪不果過瑞光寺夜集僧舍

穀日相期湖上臺，春橋爲訪草堂開。剡溪何事空迴棹，竹院聊堪共舉杯。雨拂千絲疑着柳，雪飄五出訝成梅。禪心始悟因無住，却共浮雲乍去來。

送劉太史還朝

春江新水報潮平，柳色纔青贈遠行。唐館辭華推夢得，漢廷經術重更生。暫違金馬懷鄉思，早佩銀魚戀闕情。聖主英年方好學，可因稽古奏承明。

偶述

逢時盛飾侍先王，枚朔同參鵷鷺行。秋興沉吟散騎省，春來遊戲鬥雞場。承嘉西竄聊江郡，得罪南遷是瘴鄉。謝秩久從初服返，懷人寧有尺書將。

徐祠燕集探韻各賦得開字

結客尋春春欲回，風景尚駐城南隈。柳條和烟柔更裊，桃花帶雨濕還開。東海攜尊幾暢飲，西鄰吹笛那堪哀。及時且須行樂去，落日不見姑蘇臺。

余近得黄牡丹一本花久未放諸君訂賞賦詩促之聊以解嘲

千金不惜購姚家，移向江南見始誇。寧讓落英爲正色，詎言叢桂是奇葩。自矜嬌態羞常斂，纔吐芳姿怯復遮。遲暮美人無限思，何須使者夜催花。

太學單一龍越遊還白下因訊許仲貽邢伯羽

花飛何處是都亭，遥指西湖柳尚青。裘馬五陵遊結客，章縫六館坐談經。因探禪寂多推許，欲訪才華半屬邢。舊日酒家今在否，别來吏部恨常醒。

黄牡丹半開各賦奉答

偶植名花傍竹林，敢勞佳客日相尋。不隨春色争紅豔，猶倩芳枝護緑陰。邂逅何緣纔半面，遲迴却恨未輸心。當杯且莫歌金縷，含意聊爲中婦吟。

高司教之栝蒼

昔就而翁初授經，喜逢鯉也正趨庭。師嚴隔坐猶懸絳，官冷攜氈只舊青。臺省上公優禮數，郡齋多士仰儀刑。白雲父老如相訊，玄草無成鬢已星。

送張幼于之姑孰訪龍別駕

牛渚龍山邇帝畿，爲邦音驛別來稀。才高北海人爭謁，望重荆州客乍依。采石乘秋遊太白，澄江終日對玄暉。寄言刑措留遺愛，滿地棠陰烏雀飛。

白燕

白燕詩，袁叟已爲擅場，後人紛紛和之，皆蛙蟬耳。余追悟供奉黄鶴之事，棄而不爲，語載解頤集中。邵子持扇索書，愧無以應，援筆戲成，兼寓此意云。

郢曲初傳屬和稀，瑶華何事晚爭揮。情隨漢渚棲沙羽，寵謝唐宫號雪衣。柳絮春明梁並語，梨花香淺幕堪歸。玉顔寂寞長門裏，不作寒鴉借日飛。

贈楊司空

玄圭晉秩古司空，玉斧宣威素望崇。共道張華稱博物，更如鄭衮嗣清風。水趨平土千年事，賦入中邦四海同。遥向章江憑檻眺，廬山穹石已銘功。

寄李功甫

到門駐馬未相逢，勞憶題書定幾封。獨引柴車芳草路，誰攀桂樹白雲峰。秋來易感情隨雁，老至難馴性若龍。更欲乘舟訪君去，涉江一爲采芙蓉。

贈蜀王生明錫

生父名雍，字睦之。余先君領郡時，延之衙齋，與伯仲遊。後以貢未仕而卒，生亦由貢之太學，慕吴、越山水之勝，取道東覽，志可尚矣。賦詩贈其西歸，因思子安洪都，曾經父任，雲卿巫峽，追憶少時，才愧不逮，跡偶相符，竊比二子云。

童時隨父蜀川過，三峽猿聲奈聽何。信宿别來年屢换，氤氲入想夢應多。一經已奉先人訓，五袴猶傳太守歌。把酒對君談往事，題詩煩爲勒巖阿。

黄在衮在裘昆仲北試

行令冀北遂空群，南海明珠始見君。才似鄴中推溉洽，名同洛下識機雲。花開上苑何由寄，雁過淮河從此分。聖主求賢方側席，好乘嘉運共垂勳。

劉郡丞調官

佐郡還資理劇才，風塵何事久邅迴。荆山獻玉逢難識，南海投珠盼易猜。赤仄一錢臨祖道，青蒲三尺棄荒苔。吴宫亦有玄都觀，會見劉郎去復來。

寄蔣僉憲

聞君開徑欲相求，節使逢時及壯遊。始見二毛因悼内，新裁九辯爲悲秋。萋萋芳草窗中色，滚滚湘江枕上流。吴楚東南風景異，可堪懷土倦登樓。

卧病瑞昌王孫來乞誌兼惠詩箑

歲寒雙鯉下江湄，正值徵君養疾時。絶勝解頤聞妙説，可能除痛是新詩。開緘覽狀嗟彤管，伏枕題碑愧色絲。賓客劇家多會葬，寸心遥與白雲馳。

已上丙子作

皇甫司勳慶曆稿卷之十八

七言律詩十五首

擬上

太師張相公

崧高誕甫閒儲精，楚岳徵材特産英。禮絶百僚交讓美，威憺四海盡知名。圖陳稽古踰金鏡，運際升階仰玉衡。自昔蒙恩稱仲父，何如承旨署先生。

大慶朝賀識喜

春曹恭草大婚儀，册府鴻稱紀聖慈。四海争傳千億頌，兩宫齊獻萬年巵。成周自昔隆親典，虞舜猶能展孝思。朝請已無慚在野，衹將歌舞答明時。

寄任少海滇南王使君將去

昔參多士起彈冠，曾侍先朝握省蘭。走馬曲江年並少，聞猿蜀道路應難。迢迢歲月嗟頻改，落落晨星覺漸殫。見説王褒西奉使，將書一爲報任安。

送王參政之滇

南中風物尚堪陳，余昔分麾厠憲臣。雪滿點蒼曾隔歲，花開太華詎凋春。言從瘴海看鳶孄，化使蠻夷若獸馴。漢室王褒能奉使，銜恩遥祀碧雞神。

答徐紹卿問疾

扁舟歲晏返長林，伏枕懷人悵此心。已覺青陽容易改，應憐白首結交深。杯中顧影蛇爲患，湖上傳書鯉是音。欲起沉痾須妙説，枚乘何日特相尋。

過嚴相公錦山書院 時有夫人之戚

錦山高傍碧山隈，勝奪平泉亦麗哉。有客竹間能自造，主人花徑未教開。已嗟春暮鶯啼過，猶道朝聞雉雊來。信是蒙莊齊物久，詎同潘令悼亡哀。

將訪王元美先寄

咫尺題詩東海濱，敝衣曾共洛陽塵。青箱已就藏山業，白首仍逢故國春。結襪豈緣張尉重，署門非謂翟公貧。辟疆盡道名園勝，竹下將無徑造人。

貽徐徵君

春來冰泮有書傳，歸去雲棲是隔年。新體玉臺多藻詠，舊時木榻只高懸。采山味飽楊梅後，臨水芳搴杜若前。估客相逢應借問，風波猶阻太湖船。

贈翁司馬還會稽

陪京坐鎮望攸尊，延眺長江氣欲吞。三輔宣威司筦轄，萬年孝享扈陵園。吴中節鉞先開府，洛下章縫舊在門。歸去東山知暫卧，謝安重起是吾恩。

閏中秋

中秋逢閏露華涼，兩見南樓明月光。棄後倦開班女篋，老來争入少年場。愧言持斧觀風使，差可銜杯吏部郎。且倚桂叢招隱士，慢教黄菊報重陽。

九日寄陳思貞于湖上 兄大參亦致仕

萬里銜恩綰郡符，一朝長揖謝當途。德星向夜占還聚，明月清秋興不孤。鳶海何曾將薏苡，龍山重見佩茱萸。東都餞飲當年事，異代重逢二大夫。

送項叔定之南都

自昔童年早擅奇，今看累葉盡英姿。好遊遠道贏糧日，相對重陽采菊時。雁宕東來猶故里，鳳臺西去是京師。聲名到處皆爭識，不待逢人説項斯。

謝比部慮囚還朝

金鑾射策起明經，玉樹從來重謝庭。吴國觀風朝駐節，楚江乘浪夜揚舲。叩霜無復飛燕地，披霧猶知仰漢星。當宁好生同帝舜，入朝稽首報無刑。

悼鄭謝二山人

一時鄭謝皆捐館，幾處王門罷曳裾。雪滿梁園辭賦少，雲連楚岫夢魂疏。何由夜燕追飛蓋，尚就朝歌望報書。不見平津開閣後，西京賓客總成虚。

贈錢隱君

共知聖世有遺民，更道王孫後裔人。門駐高車猶自隱，室雖懸罄未爲貧。杯中竹葉堪稱壽，盤内椒花預頌春。安用金丹斯却老，但將圖史樂吾真。

萬曆丁丑作

皇甫司勳慶曆稿卷之十九

七言律詩

鄉人有自京師還者傳言皇上以英年典學睿質崇文興禮樂敦詩書宸翰屢揮畫品間御誠大有爲之君而不世出之主也臣汸**聞之無任雀躍虎拜謹賦鄙詩一首恭紀盛事云爾**

官家近事喜傳聞，林卧迢迢望五雲。新體柏梁卑漢武，驟觀戈法勝唐文。編年汗簡披圖見，謂元輔張相公所上帝鑑圖説也。甲夜蘭膏對籍薰。謂上夜猶覽書史不輟也。昔署工曹叨侍從，老來重祝聖明君。

山中奉獻内閣申相公

山棲何處挹瑶芬，嘉事清朝幸數聞。名自臚傳垂日月，身從拜相慶風雲。講筵奏悉唐虞典，實録編俱史漢文。絶勝開元三相國，盛時同得輔明君。謂張宋源。

已上己卯作

皇甫司勳慶曆稿卷之二十

七言絶四十二首

送陸尚寶使關中還朝

輶軒西下展名藩，杖節歸來報至尊。賦得秦州歌滿袖，争令紙價重都門。

其二

漢家宫闕惜榛蕪，韋杜風煙興不孤。莫以倦遊將謝客，叩門乞看輞川圖。

題項氏曲水草堂五絶句用韻

草堂斜結斗城偏，一曲池開江水連。勝事蘭亭陳跡久，還將觴咏繼先賢。

其二

永嘉曾記宦遊辰，爲訪名園曲水濱。最是謝家兄弟好，夢迴芳草不勝春。

其三

池流半染墨華芬，終日揮毫學右軍。知是故人中散後，不令野鶴混雞群。

其四

夜涼菌閣倚雲開，華蓋峰頭片月來。解道清暉娱謝守，棹歌傳却二郎回。

其五

六曲欄隨六曲流，甌江亦自有芳洲。美人別後傷遲暮，悵望蒹葭渺素秋。

題卓氏三絶句月波書屋

璧月隨波散作金，庾家樓上夜深沉。憑高爲遲雲霄客，千里流光鑒此心。

芳杜洲别業

杜若洲邊一草堂，伊人宛在水中央。越江歲暮何由贈，錯擬湘流爲采芳。

夢遊桃源

武陵遥隔楚仙源，家住塘棲越水村。何事桃花能入夢，覺來芳草憶王孫。

爲姪槃題扇文待詔寫桂祝京兆題辭

隆慶丁卯作

太史丹青京兆辭，廿年何事秘空笥。天香折取高枝日，紈扇承恩自有時。

送兒琳齊雲瞻禮

名山福地數齊雲，探歷無緣只浪聞。欲乞長生須秘祝，持香好爲謁玄君。

題顧上舍宜男室

萱從佩作宜男草，榴訝房中多子花。可是玉人堪種玉，芳菲併入彦先家。

已上戊辰作

朱鴻臚悼妾 廣陵名家子也

隔帷姗珮燼爐温，遺挂香沾脂粉存。二十四橋何處是，空隨明月賦招魂。

其二

常侍題詩爲遺情，晉陵翻自恨傾城。由來豔質瓊花似，一化芳塵可再生。

寄邵生

揚州寄跡豈繁華，回首鄉心隔水涯。争席總爲同舍客，不須重問魯朱家。

寄陳氏二首

安石年來久倦遊，山中花鳥盡含愁。彩雲最是無情物，却逐秦淮碧水流。

其二

巧轉纖喉半俺脣，千金一曲可憐春。今來總是清平調，恨殺當時豔麗人。

送僧還長干 弘恩

雨花臺畔訪東林，落盡蒹葭秋水深。杯渡隔江回首望，青山兩岸一禪心。

横厓小隱

近浦懸厓幕作亭，卷舒如意跡如萍。還山謝却雙鳧舄，絶勝當年起戴星。

掃雪烹茶卷贈趙姬

雪煮雲芽沸乳勻，陶家風味漢宮春。司空慣有相如渴，願捧金莖對玉人。

已上己巳作

走筆贈姚生之義興

水分二九一溪横，帆掛中流五兩輕。楊柳初齊桑葉小，送君聊作採茶行。

題湘蘭

結襪凌波不染塵，弄珠亦在楚江濱。采蘭爲贈湘君曲，誤遺陳思當洛神。

送孫使君轉漕曲四首

中流簫鼓塞江聞，夾岸旌旗映日分。捩柁何須巴峽老，輓舟半是水犀軍。

其二

九州征税遠輸邊，南國銷兵爲力田。都尉曾膺搜粟任，將軍原自號樓船。

其三

道傍緑樹午陰稀，暫就清風解鉄衣。戲引鞆弓雙羽落，野禽誰敢近船飛。

其四

湛璧投薪爲塞河，課功今比漢時多。軍中何得聞横吹，瓠子將來入櫂歌。

寄陳氏二首

錦字裁書付八行，長門何處覓陳娘。中秋總是當時月，一片清光遡兩鄉。

其二

久棄朱絃倚舌柔，漫將吴語囀齊喉。新詩莫寄韓娥唱，恐惹秦淮萬户愁。

已上庚午作

虎丘採茶曲二首

靈山深處長春芽，浥露穿雲曉徑斜。仙掌由來人未識，恐攀衹樹誤曇花。

其二

采未盈筐倦倚松，金莖半是白雲封。佛前數葉香先供，誰覓花間鹿女蹤。

題閩中人畫

管落清香並兩枝，窗前微月特相宜。朝來滿地輕霑屐，誤作長安踏雪時。

其二

半行玉樹筆端裁，一夕瑶花紙上開。歸去劍州如問訊，尺書何似隴頭來。

送徐子之南都張子偕行

閶闔門前秋氣賒，秣陵城外舊京華。送君暫掛南州榻，與客同乘博望槎。

悼李于鱗二首

當代誰能追大雅，謫仙羽化已難憑。向來却笑龍門客，今日何由御李膺。

其二

白雪樓中望玉京，帝鄉空有白雲情。虚傳長吉耽詩死，何似談經老伏生。

已上辛未作

過歙弔汪子沛

遊俠經年不記還，故園桑柘有誰攀。魂隨湘水招難返，淚灑梁溪惠嶺間。

山中贈邵一坤

巖雲洞雨不飛塵，一宿山中勝十春。莫向青門種瓜去，玄都且作看花人。

珠簾洞

石壁晴看雨不收，洞門長見有雲浮。玄珠試問何年喪[一]，飛入澄潭作水流。

【校勘記】

〔一〕「喪」，嶽遊漫稿作「棄」。

香爐峰

危峰中峙號爐薰，上有香煙火自焚。百和人間奚足貴，夜深禮斗望氤氳。

五老峰

五老西來高插天，參差一望白雲連。廬峰爲問誰爭長，總向山中不記年。

三姑峰

化石當年得道齊，凌霄粲立彩雲低。神人亦自聞姑射，天姥何須夢會稽。

皇甫司勳慶曆稿卷之二十一

七言絶四十三首

如公禪院覽子約遺翰

春日尋僧始入山，落花寂寂掩松關。却逢小謝題詩處，猶伴禪燈照壁間。

寄傅少巖中丞

太平隄上柏臺崇，斷掃愁君路未通。若問同時中散輩，音書久已謝山公。

送王養德兼寄謝榛

魚腹傳書汴水涯，馬蹄猶帶鄴城沙。茂林欲問王猷宅，芳樹門鄰謝監家。

萬曆癸酉作

聞簫

舊有陳氏，善吹簫，能和歌，隨之抑揚，如出一口。

洞簫昔日善陳生，引入纖喉兩鳳鳴。今但雙吹無合響，坐令秦女重含情。

弔孫將軍

西第重過草自青，輜中誰復訪遺經。悲來爲誦招魂句，歸去毋教近灞亭。

寄岳東伯二首

爲園堪喜近青山，何事柴扉晝亦關。乘興子猷將徑造，主人先掃白雲間。

其二

春日芳林翠色攢，雨餘新見長琊玕。詩歌清酒肴惟筍，可爲韓侯薦玉盤。

贈林一崍二首

武夷遥指速歸航，暫泊吴門秋水長。召對應逢明主識，誰云父任始爲郎。

其二

白楊何處訪鴒原，寶劍提來爲感恩。曾記玄暉從政日，郡齋坐嘯有詩存。子約曾倅郡。

海上鐃歌十首紀乙亥夏五殲夷之捷也

已上甲戌作

圖經海外序倭奴，七道分州亦大都。内屬一朝更日本，跳梁頻歲扞天吴。唐咸亨年始稱日本。

其二

將士宣威藉寵靈，先皇神武悉來庭。陣開魚麗雲猶黯，血染鯨波水尚腥。

其三

二十餘年海水清，始知中國聖人生。干羽舞階金革偃，衣冠高會玉衡平。

其四

頸繫拘韓與末盧，文身髡首盡擒俘。青油障日中丞坐，白簡飛霜列校趨。紀督撫。

其五

驄馬觀兵歷海門，牙旗高指望風奔。澄清不見黄塵起，殺氣能令白晝昏。紀按院。

其六

師行未發餉須先，士飽歡歌鋭自堅。不記漢家功第一，酇侯給食在軍前。紀糧道。

其七

誰云五月渡瀘寒，不似三沙犯熱湍。夜據上遊能出險，朝從衽席過師安。紀兵憲。

其八

司馬狼烟昔掃清，癸丑胡開府也。乘驄再見武功成，乙丑温侍御也。久知青海無傳箭，却笑潢池亦弄兵。

其九

君王端拱坐雲臺，報道江南獻捷來。殿上侍臣傳向説，扆前親見睿顔開。

其十

二丑馳勳紀太常，詔令盟府按彝章。鐃歌製曲流横吹，金帛頒恩出上方。

寄安二

江南十日暖於春，何事都門作客頻。莫爲著書愁未減，盧家新已得佳人。

寄李仁夫二絶

點蒼山下默遊園，傲吏曾於此避喧。一片南雲心萬里，何時重謁李膺門。

其二

點蒼山下默遊園，手指林間樹獨存。爲問別來周柱史，可能更著五千言。

已上乙亥作

送王少參之江右

送君聊賦豫章行，子夜吴趨暫寢聲。若見南洲徐孺子，不妨解榻一相迎。

其二

洪都自是古名邦，暮雨朝雲對倚窗。共道君才王勃似，更從滕閣賦章江。

贈馬公子三首

漢作宣防爲治河，司徒心計濟時多。身經浪泊功奚似，可使林間老伏波。

其二

綺紈公子洛陽才，裘馬翩翩謁帝來。聞説懸金求駿足，行看噴玉向燕臺。

其三

劍佩延平光陸離，吴趨市上結交時。相逢誰不留青眼，信是君家有白眉。

題陸子傅畫扇

玉露殷秋暑氣濃，齊紈懷袖未緘封。臨風乍展丹青在，轉使人間憶士龍。

傑峰僧

齋關寂寂秘雲蹤，面壁時時對鷲峰。一鉢西來無長物，但餘玄鶴與青松。

已上丙子作

同年孫程生士元二首

看君俠氣負翩翩，結客長安總少年。擊筑夜酣燕市酒，揮毫朝賦帝京篇。

其二

看花同輩半云亡，述德逢君慨以傷。風采想聞驄馬使，詩名猶記水曹郎。

挽張道南

一朝埋骨點蒼山，七十從戎竟不還。何處夢尋白馬路，祇令腸斷碧雞關。

玄石

巉巉一片他山石，秀色蒼蒼映碧空。燕坐每從雲抱處，夜深遥拜月明中。

兒穀故居芰荷頗茂感賦

風穿綗牖展遺經，艸暗蕭齋晝亦扃。總有蓮花隨偈散，却餘荷蓋爲誰青。

寄周氏於揚州

靈巖花月夜偏宜，曾是周郎顧曲時。一别那堪踰十載，隔江瑶艸寄相思。

送琳兒之南都

一别長干二十春，冶城芳樹幾迴新。若探西竺逢初地，莫問南冠舊繫人。

送黄一之遊齊雲兼弔黄汝會母氏二首

白嶽遥瞻干白雲，玄都曾一禮神君。秋來落盡桃花水，招隱惟餘桂樹芬。

其二

白馬趨風向歙城，莫同徐孺不言名。弔喪慣是嵇生嬾，一掬煩傳涕淚情。

莊筠雪大士挽詞

蓬翠浮筠晚亦凋。緱山積雪忽風飄。雲中爲報驅雞去，海上猶聞駕鶴招。

送王兵憲四絶

三吴戎務指揮間，朝理軍書暮損顔。懈道長江風浪險，暫從高枕卧東山。

其二

王猷舊宅甲東嘉，萬竹林開一徑斜。帶郭近當華蓋嶺，晴窗遥指赤城霞。

其三

雁蕩山深古木齊，仙巖中豁斗城西。春來遍是梅花水，絶似桃源路慣迷。

其四

鴻水經年疏屢聞，彗星一夕布妖氛。臨岐爲贈雙龍劍，安撫東南尚待君。

已上丁丑作

百泉子緒論

百泉子緒論

原墨

貪墨之吏，未有甚於此時者也。輿金輦璧，京邸爲場；鬻爵賣官，朝堂爲市。持衡者若操籌焉，謁選者若登斷焉。蓋朝通百鎰，則夕蒙百鎰之酬；夜納千金，則旦受千金之驗。取之者若探之囊，而予之者若出諸袖。由是契券交於豪門，質貸遍於鉅室。郡邑小吏足跡未陟其庭，而收責者已先至其境矣。不取諸民，將運之鬼乎？

夫中人之性，未有不貪得者也。爲宮室之美、妻妾之奉、服御之華、翫好之飾有限也，廣置豐積以長子孫有涯也。徼寵干利，其用無窮；捄愆謝過，其費莫算矣。夫取諸人以益己情也，割所有以與人，豈其情乎？是謂亡於秦而取償於齊，雖黥墨日報而貪污不止者，勢也。矧今之大臣，蕭、曹爲秦、晉，丙、魏爲潘、楊，班寮締爲世睦，椒戚引爲譚私。歲時餽遺，動以億計，吉凶慶弔，百兩是將。一切奢僭，豈特衣履諸緣，賈生痛其爲舛，塗屏錯跗，賢良斥其爲蠹而已哉！雖殷責苞苴之行，漢矜簠簋之飾，而患由官邪，焉紓民困乎？

別有聚徒講學，取徑於終南；招友酣歌，納賄於長夜。官惟擇美，寸簡信於斜封；地或求良，東閣高於西邸。致太宰不能得人，主上亦欲除吏。惜哉！未聞按蜀郡之輸貨，不避曹騰，發永昌之鑄金，直侵梁冀者也。由是探宸衷於閹竪，排禁闥以錢神。此明王哲后貴乎威福獨攬，嚬笑自愛。絶請託之私，杜婚媾之隙，申籍没之典，嚴漏泄之誅。草不宣於掖庭，樹無談於温室，源遏上流而風庶乎其少息與？

罪言

天子設臺諫之官，重言責之寄，蓋以刺百寮、察萬民也。匪徒利害得失攸係，而人之賢不肖關焉。唐、虞敷奏，上可達聰；漢、魏疏陳，下將清憲。今則給事科分，御史道置，權備糾繩，職司彈劾者也。明哲之庭，若屈軼之指佞夫，鷹鸇之擊無禮。在物且然，矧伊人乎？飾鷺彰其發隱，冠豸示以觸邪。使簪筆立朝，貴戚斂手以避；持斧按部，貪墨解綬而亡。輦轂憺其威稜，臺閣欽其風采，庶幾鮑薛之概焉。

自昔孔光之奏董賢，發其奸回；任昉之按劉整，數其釁稔。亦可以脅息動色矣。近觀章奏，跡涉風聞，事同毛舉。若盜嫂撻翁，無而爲有也；鄰鈇市虎，疑而爲信也；殺青兼兩，薏苡懷珠，似而爲真也。展季覆寒，目以爲挑；子瑕奔疾，坐以爲矯。此泥其跡而不亮其心也。

或希指於權赫，若路粹之誣文舉；或乘隙於寵衰，若子虔之責商君。或逞忿於己私，若到洽之詆孝綽；或媒孽乎善類，若宇脩之排元禮。既乏劉隗切正之義，復罕傅盛勁直之辭。謔浪鄙言，每污尺牘；帷闥穢行，亦濫惠文。明主塈讒，當加欺謾之誅；詩人交亂，宜申投畀之罰。乃敢鼠忌憑附，不肖網疏，蠅點單微，群賢株逮。雖衆口易鑠，而百足不僵。致綴旒有蒙蔽之嗟，負材興倒置之嘆，此非進言者之罪乎！

非俗

客有問余賢聖會者，吴俗於歲五月迎神而祀之，謂可敺疫除癘也。夫事不經見，秩罔文稽，禮同社賽，義昉鄉儺，徒修八齊，奚關六祝。舉者先期斂貲聚糧，飭工購玩。錫鑾和鈴，擬於法駕；芝幢葆羽，備乎官儀。伐鼓撞鐘，喧闐市上；靚妝袨服，熠燿城中。魚龍角觝之戲悉陳，闤鞠丸索之伎畢集。翠鈿遺陌，遊女盛於桑春；丹製塞塗，窺夫多於燈夜。

方是時，洪水久堙，沴氣交染。饑者望賑，設糜粥而不充；病者彌留，投藥石而鮮效。家有菜色，户聞哭聲。何忍飾歡於非情，委財於無益。使昭明視郡，將付獄裴昭明，齊人。襲玄以妖術惑衆，自稱聖人，按郡付獄。以徇；西門爲令，必沉河以謝。却迺捐金布施，署籍民間，列戟縱觀，漫同兒戲。恐憲體有乖，淫祀無福。且積習之漸，始於五斗；疇昔之變，足爲前車。此不申法，何以諭民？顧聽勢豪以逞威，助貪鄙以規利。自爲盜招，坐啓鬥釁，政安在乎？既稱聖賢，宜監下民，不聞龔生仇怨於裴公，河伯爲崇於鄴邑也。矧諦觀釋典，就論佛教，本以澹泊爲心，必不饗兹腥臊，以空寂爲業，安肯御此紛華？昔魏境荐災，路邕盡給家粟，以濟貧窘，因賴全活。岷俗惡死，辛君與置廳事，辛公義，隋人。躬視醫療，遂革澆風。設或索鬼可以救荒，厭魅足以起疾，則作善無降祥之徵，而尚德非化理之具矣。

詭士

明王御世，每側席於幽人；哲后臨朝，亦虚襟於寒士。故安車蒲輪之使，歲馳於巖藪；束帛加璧之禮，日賁於丘園。將以弘高尚之節，彰來思之化者也。漢、魏而下，若諸州刺史、列郡良牧，往往仰承德意，不替風猷。若公孫度之延管邴，安成之優韓庾。張崇贄雁於吴逵，謝朓餉粟於諸葛璩。文舉北輜，既聞盛事；長孫任延字。東組，亦播美談。前史所載，可考見矣。

逮我高帝拔興，首詔銓筦，搜采山林。既而科目廣開，貢舉兼録。海内豪傑之士悉該天綱，並騁王塗，濟濟在庭，穆穆布列，遭際鱗翼之運，非復駒苗之時矣。乃有秉憲之臣、督學之吏，緬思遒軫，竊慕遺躅，名未覈實，論不協公。有司晞旨，一切妄舉，涼德獎以非稱，中材躋之異等。謂跅弛爲行修，指剽綴爲操藝。倫慚褐玉，品愧懷珍。乃幣交其室，扁署其門。事匪奏聞，恩由己出。既無版授之權，安取弓招之典乎？向使高逸見之，必投其牓於洗耳之流，棄其纁於焚林之焰矣。彼其之子，方且安受而矜詡之，貽誚鄉閭，取譏月旦。將以弭貪，益長干謁之隙；謂可激躁，適開奔競之源。是爲詭士，惡足欺世也哉！

刺飲

或問鄉飲之禮昉於古乎？大夫曰：先王之制具備而可考也，今代之典益隆而可遵也。高皇帝御極之初，即詔天下府州縣，於歲正月之望、十月之朔兩舉行焉。文載大誥，律示明條。然其禮不過鄉大夫飲國中賢者而已，至於州長習射、黨正蜡祭之義，則並闕焉。是舉也，正其位，昭其象，陳其器，異其數，辨其等，威致其敬讓。今之禮，由古之禮也。

擇賓而選价，將以尊齒而崇德，其次則尚爵。尊齒所以養老也，崇德所以享賢也，尚爵所以貴貴也。享於學宮，所以觀教也。賢者升而不肖者勸，爲善者安而爲惡者懼焉，所以敦化也。末俗寖倫，有司漫弛，遂使籧篨之輩延於上坐，么麼之子厠於初筵。駔儈賤品，以子貴而躋；厮役穢流，以兄指孔方。力而舉。鹿鳴雅歌，悦庸夫之耳；牢醴腥潔，厭小人之腹。揖讓於一堂者，蒙相鼠之譏；周旋於兩階者，乏羔羊之節。視禮義之地爲飲食之場矣。是以君子辭焉，爲其不成享也。若使文翁、彦光梁彦光，隋人。爲之主，二疏、萬石爲之賓，叔孫司儀，澹臺讀法，曲逆宰牲，杜蕢揚觶，招商皓以引年，簡太丘以表俗，豈不濟濟乎、彬彬乎，爲盛世之懿典、一鄉之美談乎？今不其然，未聞叔夜雅致以得此爲榮，相如藻心以失此爲恨也。

慨禮

今鄉先生遇邦大夫止車而揖者，禮乎？曰：禮也。邦大夫欲鄉先生引車而避者，制乎？曰：非制也。此不獨吴中爲然，藩省郡邑，各從其俗久矣。出警入蹕，惟天子得以行之。故京輦之下，雖上公貴戚而匹夫匹婦不爲之避者，蓋禮不下於庶人，交無施於賤類也。凡避者，必分之相臨與勢之相屬者耳。若謂邦大夫，列戟於前，擁麾於後，不當觸之而行，獨不可分路而讓乎？且衣冠同而車蓋等也，抗庭之禮豈損於道塗，揖遜之容奚愆於造次？

夫尊君卑臣，猶爲劇秦之弊，而非隆古之典。故王者式黄髮，下卿位，矧邦大夫乎？若以尊賢而論，袁紹車徒不陳於子將之里，文侯軒駕尚式乎干木之閭，安可安矜於子陽，徒逞於公雅桓典字。哉！且其在仕版者爲同朝官也，致爲臣者是先達輩也，下車而揖，乃所爲敬抑，何所屈乎？此既以其止爲不足榮，則必以其去爲不足辱。彼將以下者爲非敬，亦必以避者爲非簡矣。

然則，何以折衷而義起哉？禮，時爲大，少貶以從時而求其稱焉。鄉先生遇邦大夫，有委巷則引車而趨，無則停其車，就民舍避之。邦大夫良者詢其人，下車出之而揖讓以登，庶乎協禮而致情矣。否則，宓子之驅，疑以不屑，藺生之匿，涉於相嫌，胥失之耳。德光以能牧己，政平乃可辟人，乘輿已非制，又何暇較於制之外哉？他日吴史載記者，幸毋曰：鄉先生屏道傍之輿，自某人始也；邦大夫廢途見之禮，自某官始也。

詒戚

東吴之民，風氣所染，素稱柔弱。然志謂剽輕好鬥，非盡選愞也。故孫子嚴三五以北威，項氏挈八千而西渡，制勝鴻水，争長黄池，遂以雄聞。逮今世臻乂安，俗尚侈靡，鮮衣袨服，高讌浮食，雖號惰游，未扞法網。自倭夷之變，閭閻之間，稍稍弛負擔而荷戈殳，釋鉏耒而挾弓矢，乃有超距之材、扛鼎之力出焉。恃勇驕人，逞兇抗吏，家匿亡賴，户結博徒。宿娼館而礫人，入屠肆而使酒。少年延頸，黨與寔繁。雖行若穿窬，而懷節概之風；居乏畜藏，而務趨人之急。希聲劇孟，昉跡專諸，笑談成忿，睚眦必報。此謂奸民，聖王所必誅也。當官者，既罕尹賞籍記之神，又無秦彭化道之惠。彼且以義氣自負，則宜以義氣感之；彼且以膂力自矜，則宜以膂力用之。奈何目以打行之名，坐以不宥之罪，辟由立滋，亂因疾甚，遂使蒼頭賈孽，赤子弄兵。一旦斬囹圄以縱囚，焚宮室而殺吏，關將遽爾嬰鋒，憲臣幾於齒劍。符竹璽書，悉投於燼末；脱妝改服，暫竄於民間。幸即翦除，頗傷體統，自詒之戚，又誰咎哉！

却乃寇退而爲之備，患寢而爲之防，巷悉造閎，衢皆置柵。效西京以列坊，擬東華而題里。朱幡皁蓋，每委而不張；隻轂單輿，必擊而始越。昏期納婦，費或盈鏹；疾革迎醫，賂方請鑰。上有木妖之驗，下興爲穽之謡。以此禦寇，何異漆城？以此防民，實同兒戲。古人務去四患，致誠三游，豈無見乎？詩云：「誰生厲階，至今爲梗。」此之謂也。

知難

辛臣熙載，效能舉之公；烈士徇名，垂不朽之業。姬公屢吐握以相成，仲父廣推引以匡白。南國秉人倫之鑒，西京宏開閣之風。凡挾一才一藝，而上不能知者，相君之恥也。苟有才有藝，而不爲時所知者，亦士之恥也。故朱門起彈鋏之歌，白首多按劍之歎。不度上之意，而概謂樹黨，過矣；不諒下之心，而盡謂奔競，苛矣。

嘗聞昔人曰：「女無美惡，入宫見妒；士無賢不肖，入朝見嫉。」又曰：「士爲知己者死，女爲悦己者容。」蓋悲時之黮黯，而痛相知之難也。夫姣如施子，豔若毛嫱，使與無鹽、嫫母，雜處椒房，並貯金屋，其美醜安所不能别而用其妒哉！獨嗤夫傴僂侍傍，勃屑進御，恩移團扇，愁溷蛾眉，爲君惜耳。至若士抱顔、閔之行，負董、賈之才，鬱淵、雲之思，摛屈、宋之藻，其視朝貴，猶鸞鷟之於醯雞，駃騠之於駑駟，賢不肖何所不能判而用其嫉哉！

所恨紫色淫聲，眩視淆聽，爲道悲耳。佩蘭服茝，而世多逐臭之夫；懷瑾握瑜，而時乏辨璧之吏。此匠氏廢斤於郢人，牙生輟弦於鍾子，夷吾興慨於鮑叔，惠子致賞於蒙莊者也。今有江東獨步，視猶中行，海内無雙，伍於噲等。夫翠虯絳螭，思聳蒼梧，檝膠葛，肯與露蟬泥蚓並談乎？故寧韞韣而罕耀，不欲偃蹇而共芳。徒悼知己之難，奚悟知希之爲貴哉！

皇甫汸集補遺

皇甫汸集補遺

詩

五言古詩

謁韓刺史祠舊以李翱皇甫湜盧肇鄭谷配 湜爲汸遠祖

韓公秉忠義，抗節元和時。疏陳鳳翔詆，封奏龍鱗披。西來匪本教，南投寧足辭。瘴嶺迴聖眷，宜川始量移。入疆慶雲現，行縣甘雨隨。政除傭隸苛，化被仁君慈。祖生亦循吏，異代企前規。懷賢乃飾像，報德聿崇祠。肅肅我先公，侑享並在斯。淵源振餘藻，山斗儼師資。周爰展遺寢，髣髴睹光儀。拜手登嘉薦，夙心慰遐思。

簡陳司教

族人方有爭隴之訟，余未及理而奉浙西之役，詩以代鞫。

物寄各有歸，人無金石固。即遠在棲靈，匪以生者故。速朽遺令言，篤終啓玄悟。託體荒山阿，開阡免單露。末俗但徼福，同氣立紛遻。管指莫可詮，郭經亦多誤。太丘秉高義，明哲雅所慕。虞質諒已成，韓思庶寡過。

送謝比部考績入京舊北司法也

逢時共攀鱗，牽世俱嬰網。虞績三載成，漢法兩都掌。送子滄江干，謁帝彤庭上。緒風傳曙鐘，晴霞拂僊仗。班行罕故人，能無重懷往。

同年程松溪祭酒陳竹莊户曹謝雲門比部於雞鳴山閣讌别周在山使君之臨洮分得閣字

五馬發金門，雙旌抗珠閣。夕雨帶江流，晴霏斂山郭。蘭心夙所欽，萍跡良有託。願崇關内猷，慰此尊前酌。

以上續皇甫百泉集　明嘉靖至萬曆刻盛明百家詩本

樂府

烹葵歌

中林緑髮翁，緬爾與世絶。披襟憩長松，荷鋤適岩穴。莽蒼江湖十載塵，沉冥甘作灌園人。相知百里音書隔，芳草空階幾度春。春風靄靄吾廬幽，故人何處來孤舟。林原微雨夜初過，園蔬剪却青還稠。山家留客情元朴，牀頭且開舊醽醁。不作尋常雞黍期，因邀上客烹葵藪。葵能向日便傾心，況復經露猶衛足。秉燭論心夜久忘，家童猶唱江皋曲。倏忽鬢成絲，徒爲老大悲。白雲常在目，明月不須期。貴飲啄於膏粱，賤形骸於土木。甘垂老以守㯭，恥需榮以甘禄。勸君飲，對君吟。采芝燁燁黄綺心。緣知張翰思蓴興，千載高風稱至今。

茹草編卷二　明萬曆二十五年刻夷門廣牘本

五言律詩

長兄招讌觀蘭

叢蘭被幽徑，何似謝庭時。色以經秋媚，香因帶雨滋。同心餘佩贈，高調有琴知。一自傷摇落，搴芳欲語誰？

答黄子一之

伊誰惠芳訊，叔度本雄才。白雪新秋詠，蒼山遠道回。烽煙迷越嶠，月露冷胥臺。花逕猶堪掃，何爲仲不來。

以上皇甫百泉還山詩　明刻本

吊黄士雅赤城雙松

委化坐空林，聊齊物外心。婆娑殷樹嘆，憔悴楚蘭吟。共盡悲能遣，先零悟已深。緑窗前度月，兹夕減清陰。

訪是堂廉訪不遇

闌暑雨餘清，梁溪秋水生。思君成契闊，何事厭逢迎。閉户驚花落，回車戀鳥聲。莫言歸興盡，臨發重含情。

丹陽謁宋陳秘閣祠前侍御葉忠建

宋家聞養士，許國見陳公。名在諸生後，身輕九死中。書方訟馬似，淚與哭秦同。慷慨乘驄使，崇祠欲樹風。

贈朱子還岳州

客路逢朱季，還家指洞庭。人言楚多士，獨作漢明經。澧水天連闊，君山歲晚青。時來掞藻處，得意詠湘靈。

重陽前一日分宜戴令邀登鈐岡山令乃楚人也

昔有飛鳧宰，曾迴戲馬鑣。今來花縣裏，因就碧山招。旅跡江萍轉，鄉心楚雁遥。及時堪眺賞，何必待明朝。

以上皇甫昆季集卷下　明嘉靖至萬曆刻盛明百家詩本

秋日江上寄故園兄弟

别去無多日，憂來復此時。所嗟吴地遠，詎惜楚江遲。客淚因猿墮，鄉心有雁知。每逢花與月，翻遣助相思。

端午集明遠樓

鎖院逢佳節，高樓似早秋。棘圍懸艾入，桂檻雜蘭浮。更有争舟戲，遥聞飛蓋遊。此時憐楚俗，含思在湘流。

秋日過四祖寺宿

山寺覺秋深，停舟爲遠尋。到門銷暑氣，入室見禪心。寶露融階濕，金雲覆殿陰。更憐江上月，流照向東林。

寄周陸二友

周郎本英器，陸賈更雄辭。遇曲何勞顧，逢裝可善持。山川久離別，歲月長相思。無由見顔色，聊以嗣音徽。

梁進士見訪

爲郎何自晚，拙宦祇如今。名愧逢人識，年空覺鬢侵。黄雲出塞日，芳草望鄉心。愁裏噫歌發，梁鴻寄興深。

清明日簡沈二進士

雲卿驚物候，餳館憶吹簫。上苑青春樹，平津緑水橋。王孫遊洛夢，公子涉江謡。爲自牽離緒，誰能睹柳條。

應謝方三兵曹攜具見過同謝山人分得青字

遷客久飄零，朋來忽聚星。酒肴憐好事，書籍愧玄經。佐刺方承檄，平戎早勒銘。東都贈行處，猶及柳條青。

贈袁給事 舊爲中舍

郄桂羨芳菲，銜恩入瑣闈。早朝池上詠，夕拜禁中歸。秉燭看焚草，薰香戀賜衣。漢廷有邊事，未許諫書稀。

七夕孫魏縣招遊李氏園亭同諸君作

天上逢佳夕，林間結勝遊。主稱四美具，賓獻七襄酬。張組紛車騎，開尊望女牛。坐深河鵲返，弦月下淇流。

曉發淄川寄孫華國

莫惜封侯晚，聊隨牧豕群。室遐心自邇，書到語相聞。馬渡淄中雪，人棲谷口雲。東征果何事，祇愧不知君。

留别李守

君奉燕京役，余爲越郡遊。雲中過雁宕，天上拜龍樓。恩賜含香日，情憐倚玉秋。相思何處是，澶水共悠悠。

春日柬張秋官

張平棲隱處，閉户只翛然。心遠雲林外，春歸花鳥先。草間寒積雪，竹下暗鳴泉。欲訪辛夷塢，題詩報輞川。

贈王平陽侍御謫官

始悟言爲罪，俱憐竄是恩。漢廷新涕淚，楚國舊招魂。兵火殘城邑，風濤接海門。平生擊楫意，知爾欲飛翻。

柬張比部

愧我風塵役，多君雲壑情。高眠銷暑氣，燕坐詠秋聲。馴鹿能調性，幽花盡識名。可容車馬客，乘月訪柴荆。

訪王中白不遇

北闕因投刻，東江但掩扉。心忘秦歲月，名在漢京畿。羅雀朝相訪，呼鷗夜不飛。猶聞入山去，豆熟未言歸。

初至南都訪蔡比部二首

璞玉明時棄，樗材散地宜。吴宫新宴喜，燕市舊離思。幸免呼關早，何妨入省遲。無須更繞樹，爲可憩南枝。

東土風流地，西京故事存。重聯畫省騎，來醉斗城尊。歲逐滄江盡，心將落葉繁。未能辭世網，猶傍舊青門。

送吴之山入京

憐君掛瓢日，猶有聚糧情。燕至辭吴苑，花飛過楚城。漢廷游陸賈，侯府待樓卿。豈向公車下，徒然履雪行。

武備廳邀諸君奉餞少玄家兄詠物贈别初得弓再得甲二首（其二）

改服發江□，儒生解論兵。當關金鎖待，開府鐵衣明。失路身將棄，蒙恩意每輕。會稽棲士處，懷古一興情。

送唐文父落第後由金陵還越

把手一相送，壯心寧復悲。淹留才子賦，遲暮美人思。别向春明路，歸逢秋水時。賢良倘有對，漢主自能知。

正月念日徐居雲見訪燈尚未撤留讌各賦

離索居非遠，相逢歲已新。東陵惟好隱，南阮不辭貧。山鳥鳴春意，江花笑此身。無言燈夕過，留照待情人。

蔡白石將有北征之期

夢裏東京道，聞君載入時。風塵俱往跡，歲月幾愁思。淮渚冰流早，燕關雁度遲。白門楊柳色，忍爲贈離枝。

梁進士以疾不至詩并問之

玉樹期之子，金尊奉晤言。那知蛇弩夜，獨卧鳳城垣。行藥腰圍減，看書肺病繁。因聲寄南海，明月在西園。

九峰寺訪釋慈雲講解

飛陛緣崖迴，危軒架壑層。雲中探九頂，象外駐三乘。西指恒沙界，東來廬嶽僧。誰能更設難，了自爲傳燈。

以上續皇甫百泉集　明嘉靖至萬曆刻盛明百家詩本

遇邵格之汪元蠡一首

獨愧吴公子，俱稱漢逸民。傍巖徒寄跡，避世却無因。鍊藥當清晝，飛花已暮春。崖肩與丘袖，從此別風塵。

王子招泛西湖一首

久謝塵中鞅，重經湖上行。山靈銷戰氣，民恨入潮聲。岳負招禽興，門憐御李情。佩刀還欲贈，晚路起王生。

戚符卿招遊真殊寺覽古槐同項光禄一首

揭來雙樹下，諦向一槐看。色相知年久，慈陰覺夏寒。虬龍刻不似，霜霰委猶殘。台路霑榮易，空門悟法難。

以上嶽遊漫稿　明刻本

病中奉簡柘湖先生一首

春夜叨良燕，芳情眷至今。非因抱憂疾，詎使曠徽音。數息憎啼鳥，勞生學戲禽。相看室自邇，何得有遐心。

何翰林集卷四　明嘉靖四十四年何氏香嚴精舍刻本

五言排律

寄壽張應和

俠氣負翩翩，多稱張季賢。趣裝聊適越，擊筑遂遊燕。置坐忘長夜，當場結少年。半生開壽域，重九過花天。六博呼盧得，千金買笑捐。徐卿美雙嗣，鄭客儼群仙。駐屐由巖際，乘槎自斗邊。吴鄉白雲間，遥贈紫芝篇。

題趙大理震洋書屋

德水同歸壑，僊源此結廬。煙霞分户牖，島嶼藹庭除。石室乘春早，銀宫眺日初。游心空向若，窮髪會凌虚。囊裏周王傳，帷中博物書。任公垂釣後，枚叔聽濤餘。舟楫今堪濟，田園舊不如。興言託鵬□，何得戀鷗居。

以上續皇甫百泉集　明嘉靖至萬曆刻盛明百家詩本

七言律詩

韓司徒再訪寺居

皈心蕭寺已年餘，想望荆州未識初。袖裏自慚懷敝刺，門前忽枉駐高車。光生慧樹堪留帶，雪映殘編且廢書。聞道梁園多按劍，先容何事及山樗。

皇甫昆季集卷下　明嘉靖至萬曆刻盛明百家詩本

感賦

少年袨服且高冠，結客平明遊上蘭。自謂龍津槎上易，誰云鳥道路行難。一朝入楚風塵改，萬里浮湘歲月闌。爲向囊中彈寶鋏，何如鼎裏鑄金丹。

客淮何中丞示雪詩奉答

雪暗冰河路未通，曉排霜署謁明公。臺寒積霰難融日，樹肅飛花不待風。挾纊每思行郵士，輕裘時聽坐談戎。瑶章信是人稀和，傳向淮陰似郢中。

送馮兵曹出守廣南

含香早已致青雲，剖竹爲邦更不群。利器寧辭浮瘴海，仁風端擬净炎氛。刺桐花傍甘棠發，神雀聲兼翠鳥聞。南越此時歌德化，西京誰獨數馮君。

贈王東華憲使引疾還東甌

君從南海戒征車，欲向東山訪敝廬。路出白雲鄉已近，夢迴青瑣意何如。身堪采藥因投劾，心許籌邊數上書。傾蓋正逢啼鳥後，一尊聊此佇躊躇。

蔡少府招宴大佛寺乘夜湖泛

明府邀賓出郭西，梵宫張組面湖隄。兩峰日暝嵐才合，雙樹雲寒鳥半棲。信是中郎迎倒屣，不堪吏部醉如泥。古來秉燭堪行樂，況復舟回月滿溪。

送大司寇東橋顧公獻績北上二首（其一）

君王玉殿曉垂衣，聽是尚書曳履非。到日縉紳皆動色，行邊山水盡含暉。漢廷禮樂今爲盛，江左才華代不微。莫怪傾城争餞别，知公未遺遂東歸。

贈比部張春江參知貴藩

含香何自晚爲郎，奉詔新看拜遠方。幕府坐開多暇日，旌麾行擁盡飛霜。花邊路遶牂牁郡，柳外雲連瘴癘鄉。無事立功通道去，但將威德諭夷王。

曹水部相招待月竟爲風雨所蔽悵然賦詩

本期乘月過芳林，獨掩清輝思不□。竹下臨池惟雨氣，松間掃石但雲陰。身經世變多明晦，跡喜年來任陸沉。行樂懸知堪秉燭，一尊留醉更何心。

上顧司寇

達人遺世獨如何，聞説名園樂事多。杖起親於花下灌，酒酣時向豆間歌。蕣榮自合齊蒙叟，薏苡非能累伏波。更識此心無競處，翟家門客不相過。

張秋渠侍御奉使山東歸贈

春風駐馬抹陵城，衣繡朝看故里行。蓬海自言多勝事，蘭臺誰不羨知名。登還岱岳碑猶識，眺罷靈光賦已成。才子臨戎聞屢暇，持經曾致濟南生。

奉答侯筆山僉憲

河陽花下識君初，別向雲天十載餘。抗跡已辭元亮綬，因風猶報會宗書。傷心道路行多險，委志琴尊樂自如。見説永嘉山水郡，避喧新結隱人廬。

遣興

春城柳色近清明，坐對流光見物情。信是勢交難可恃，由來文士易相傾。西京方朔聊稱隱，東市韓康不賣名。休沐願從塵外侶，雨花臺上説無生。

張中丞讌贈 吴鄉人也

輕裘開府鎮夷方，槃木宣威到夜郎。典選昔曾聞啓事，籌邊今每見封章。高談坐上留賓久，清嘯樓中寄興長。莫問鱸魚動秋思，不堪烽火滿江鄉。

題沃洲圖贈吕侍御

沃洲佳勝最知名，王謝風流支許情。祖德百年懷鳳隱，牙期一壑結鷗盟。溪前雪水來東剡，窗外霞標見赤城。寄語西臺驄馬客，且將勳業慰蒼生。

寄張中丞

自憐失路海之涯，倏刺門前日未斜。幕下人稀閒羽戟，鑾中業改事桑麻。春心似燕歸知社，旅跡隨萍到即家。龍劍别來那再合，寸心惟有戀張華。

經齊安驛題壁

得罪曾蒙薄譴加，齊安猶喜近長沙。秋風幾過衡陽雁，春雨頻看定惠花。坐展刑盡求吏治，行留木榻在官衙。萍踪一共江流轉，更逐飛鳶向海涯。

同年李僉憲邀登岳陽樓

岳陽危閣俯長空，極目江山思不窮。沉鐵尚存潮落後，吹蘆曾渡月明中。煙波渺渺兼雲夢，木葉蕭蕭下晚風。莫以登高歎遲暮，古來淪跡二張同。

寄張后湖憲使

一官如屣脱何輕，萬里驅車問楚程。省吏别來機事少，簿書抛却夢魂清。自非巧宦堪希世，惟取玄言學衛生。西望滇雲時倚歎，愧無明月報張衡。

次答萬參岳

自昔憐才嗟獨少，人生安用結交多。芙蓉采處思公子，薏苡由來恨伏波。青瑣豈忘焚草後，玄都無奈種桃何。袖中團扇勞題贈，坐展瑶華代寤歌。以上續皇甫百泉集　明嘉靖至萬曆刻盛明百家詩本

登嶽瞻禮一首

玄帝祠開與楚鄰，先皇恩降此更新。千盤香裊爐峰頂，百道珠懸澗水濱。風引珮環逢玉女，星分劍履謁金神。石楠花下朝真路，他日重尋洞口春。玉女，亦峰名。嶽遊漫稿　明刻本

五言絶句

休邑弔蘇生若川一首

輕世詩千首，藏山帙一函。不知遼海鶴，何處覓蘇耽。

抵山雨一首

入山逢雨至，雲樹轉微茫。疑是欒巴噀，花間酒氣香。

以上嶽遊漫稿　明刻本

七言絶句

章祠部新葺官舍

遷客南來興自偏，茅齋遥寄治城邊。勿云官舍空如傳，亦有孤亭稱草玄。

皇甫昆季集卷下　明嘉靖至萬曆刻盛明百家詩本

古意

春篝長門二十年，慵施脂粉取人憐。聊開秋扇閒題罷，挍是春心薄似前。

續皇甫百泉集　明嘉靖至萬曆刻盛明百家詩本

三訪李功甫不遇因寄一首

青蓮擬向山中見，芳草頻經户外虛。覓句莫教逢郎使，逃名何自引柴車。

嶽遊漫稿　明刻本

句餘八景百雉雙環

萬雉環虹架石梁，中流樹色影蒼蒼。垂竿試問璜溪水，非復平泉醒酒莊。

句餘八景龍山中鎮

大唐昔頌濯龍川，於越龍今吐異泉。終日出雲臨禹穴，有時飛雨灑堯天。

句餘八景鳳與東迴

鳳去山空尚有名，翩翩五色曉霞生。遥瞻玉帝祠前火，散作人間不夜城。

以上紹興府志卷二　明萬曆刻本

遊越溪

三江横貫兩城中，同是潛鱗色不同。更道芳州多蕙草，幾叢花發倚春風。

紹興府志卷十一　明萬曆刻本

文

序

嶽遊漫稿序

昔靈運有云：「衣食，生之所資；山水，性之所適。」夫治生染於塵累，繕性超於清曠，余寧去彼而取此已。新都之域，有白嶽焉，籙擅嘉名，圖披麗矚。余仰止興思者久矣。然周道倭遲，徒步跋涉，此張衡以脩阻倚歎，王琇以地險爲難者也。隆慶己巳，大中丞莆田林公假我以符傳，偶染微疢，初夏畏暄，俶裝復解，膏駕屢停，林公且化爲異物，悲哉！余恨不力疾行也。越壬申，大中丞同安陳公詢言及此，余語之故，且告之悔。公曰：「吾獨不能爲林中丞乎？」遂於毗陵移以憲符，三月初吉，遡嘉禾，踰苕霅，爰登軌路，取揵宣州，望青山，臻白嶽。若其巖巒峻秀，元玄之所棲靈也；宫闕弘敞，先帝之所覃恩也。探奇討勝，飄飄然有遺世之志焉。乃濫驂騑，溷廚傳，豈山人之分耶？使託宿村廬，寄食廛肆，貽誚問津，取譏避竈，抑奚愧哉？

若夫建節於斯，秉麾戾止，負弩以驅，改館而饗，職有司存，山人終匪宜矣。所賴縣令通賓，邦君好客，或導之徒，或授之粲，有即次之安，免途窮之慟。嗟乎！馬遷九疑，曾不聚糧；向平五嶽，何嘗乘傳。懼逢迎穢逍遥之懷，造請非莽蒼之適矣。曷不屏跡牖食以守袁棲，澄懷觀道乃甘宗卧哉？昔宰曲梁，御史施君按中山，展謁恒嶽，余不預從事，爲輯北嶽編三卷以傳。迨謫齊安，移南部，恭詣純德山，辭顯陵，司空顧公謂曰：「兹去武當甚近，曷往遊焉？」余以親病亟歸，爲撰太嶽移文謝之。晚佐澶州，侍御陶君檄余閲馬齊魯，獲登泰岱，賦詩勒石其巔。兹遊非陳公幾中輟矣，山川要亦有緣與數哉！舟回再泛西湖，抵家爲月之晦，凡二十八日云。

吴郡百泉山人皇甫汸子循撰。

少玄外集序

少玄外集者，兄仲子樞所選次也。兄自童時耽詩，占對輒成聲律。既冠，益宏茲業，上自二漢，下迄三唐諸名家詩，咸手書一過，太白、王、孟一再，少陵至數四焉。其勤若此。由是羅衆美於胷中，摛群華於言下，故其作有似漢、魏者，似晋、宋、齊、梁者，有似盧、駱、沈、宋者，似王、孟者，似太白者，而似少陵者較半云。晚臻彼岸，遂號大家。至其編輯，求之太嚴，失之稍簡。夫百川學海而至於海，後之觀海者，見其汪洋浩渺，波濤廻洑，謂水盡於斯矣，不知中央爲洲，夾山爲澗，注川爲溪，通谷爲壑，遏而爲防，疏而爲澤，廣澤爲衍，障瀾爲陂，皆水所嘗經故道也。上善具體，孰非可觀者乎？

兄弱齡駿發，盛有英氣，斯鑄辭綺靡，窮時憤懣，獨抱玄思。故鎔調沉欝，雅篇秀句，往往間出，集多不載，惜哉！又若意所未滿，人亟稱賞，取享帚之譏；己所獨得，世或罕知，致輟絃之慨。乃悟作者苦心，誰復相定，此陳思所以興悲也。客曰：昔人以閑情賦採，竟爲靖節之瑕。余曰：獨不聞蘭亭記逸，因責昭明之誤。故吐珠於澤，誰能不含，棄金於塗，未必非寶也。孝子之於親，雖遺簪敝藁，猶不忍墜，矧其心聲手澤乎？樞曰：唯唯，敬從叔父之言。乃檢閲殘編，散漫盈篋，悉加研品，遂得樂府、古選、歌行一百二十一首，五、七言近體一百六十二首，排律、絶句三十八首，賦三首，雜文十六首，勒爲十卷，題曰外集。嗟乎！考魯史於師春，（春秋外傳名。）誦蒙經與駢拇，（莊子外篇名。）詎可少之乎？樞與兄秦，嘗承獨立之談，克紹博依之業，少玄其不死矣夫！

皇明嘉靖丙寅季夏朔日，百泉山人皇甫汸子循撰。

皇甫涍皇甫少玄集卷首　明嘉靖刻本

海鹽文獻志序

昔尼父自謂能言夏、殷之禮，而杞、宋無以取徵，迺致憾焉。又謂欲觀夏、殷之道，僅得夏時乾坤而已。然則，文獻固不足重耶？海鹽爲嘉禾屬邑，在揚州之域，檇李之境，世家、越絶，自古紀之矣。舊志詳於邑，略於郡，通於省，統於一代。王子世廉，猶以文獻不足爲懼，而亟圖之，盍亦自任矣乎？田氏子藝，志同而才埒，因贊成之。

夫志，猶史也。軒轅之世，蒼頡典文職，文其在兹乎？文、武之政，賢者識其大，不賢者識其小，獻其在兹乎？秦、漢而下，遷、固備矣。傳之所列，皆獻也；八書，十志，皆文也。然而辭賦、詔令、書疏、論表，散見於記傳者，亦文也。古所謂不朽者，立言，文也，德、功，獻也，容可少耶？

以王子之才弘矣，其學博矣，其識精矣，其心術正矣，而又能身任之，不請梓於臺司，不假財於郡邑，不怵於勢燄，不淆於群議，若尼父在下位而操南面予奪之權，以我魯而準列國褒貶之義，故曰舍魯何適矣。王子將以海鹽爲魯乎？

觀其所載之文，皆緯國經世之辭，二陸、三顧而下，由此其選也。所載之獻，語忠義則發憤於壽春，捍艱於滬瀆，有古烈士之風焉；語孝友則璧代兄求坐，永負母自僵，文舉、懷明，不啻過矣。甑中之錢，郭金、劉粟也。若方伯郤金以示介，邑丞毁舶以伸法。攬權天變之疏，敢於逆鱗；劾邪禳福之言，勇於崇正。雅逸則跡謝榮華，獨行則志屏氛壒。理學之推陸、董，才望之屬郭、丁，經略江南，葉、朱爲雄矣。高、彭武功，咸茂勳爵；詹、戈吏治，並著循良。幼敏以詡始，齎志以哀終，姑舉一二，以例其餘。雖昉程氏新安，而傳目儒碩、才望、善言、苦學之類，倍他史矣。若母範之懿、女德之賢，尤足挽頹風而激澆俗，聞之者靦顔泚顙而汗背，王子之功也。

斯地也，海嶽之秀、魚鹽之饒，禹轍秦蹕，故蹟猶存。人之含靈秉哲者，王子其最也。非但討論於世叔，脩飾於行人，二子蓋竊比於孔、左矣。端簡公嘗撰吾學編，以國史自任，又其爲遷、固者，我明典禮，將在是邑乎？

萬曆三年歲在乙亥上春日，前進士天官大夫敕僉雲南憲使吴郡皇甫汸子循撰。

海鹽文獻志卷首　涉園張氏鈔本

跋

茹草編跋

山谷題畫菜有云：「可使士大夫知此味，不使吾民有此色。」而晦菴亦曰：「喫菜根，百事可作。」美哉！草木之滋與禁臠競腴也。在位君子能知其味，則閭閻之下，菜色其鮮矣。世之貪饕污濁，攘民而剥其脂髓，皇皇墦間之乞隳厥名行者，必持粱嚙肥、擊鮮而饌玉者也。其志芳行潔、難進易退，使人景企無窮者，必飯蔬飲水、甘澹泊無他嗜羨者也。周君是編，厥草凡百種，深山人野，隨地有之。然則可以療飢者，寧獨燁燁之芝哉！吾其問諸黄綺。

萬曆壬午冬日吴門百泉皇甫汸。

茹草編卷四　明萬曆二十五年刻夷門廣牘本

附録

附録一　傳記

皇甫汸像讚

王世貞

雲南按察僉事皇甫先生汸，字子循，百泉其别號也。父曰重慶守録。先生兄弟四人，皆有文彩。沖不得志于公車以死。涍、濂與先生雖得第，然其官不大顯。而先生自工部郎外補，不能其職，改國子博士，旋起爲南京吏部，謫同知某州。爲御史王言所捕，亡命得解，補開州，超同知處州，尋遷雲南按察僉事。大計中白簡，歸處鄉，復爲陳御史所窘，家幾破。先生性和易，不設城府，爲詩文沾沾自喜。好聲色，工狎游，而不能通知户外事，以故數困。然信心而行，以文自娱。于諸兄弟中獨壽考，年八十乃卒。其詩五言律最工，七言次之，有錢、劉風調。文慕稱六朝，然時時失步。

贊曰：宦拙而窮，貌短而佻。其志囂囂，其樂陶陶。脩辭之士，而年最高者，將無外爲之鑒而中不勞者耶？

弇州山人續稿卷一百四十九　明刻本

皇甫僉事汸

錢謙益

汸，字子循，順慶之第三子。嘉靖己丑進士，歷工部虞衡司郎中，謫黄州推官，召入爲南京吏部稽勳郎中，又謫開州同知，量移處州府同知，升雲南按察司僉事，以大計免官。年八十乃卒。子循七歲能詩，順慶課之，輒得奇句。舉進士，名動公卿，分宜、南海諸公，皆引與酬和，冠蓋歙集，其門成市。子循頗沾沾自喜，竟用是左官。丁憂里居，御史王言按吴，頗專横，民間爲之謡，疑其出子循也，捕繫欲殺之，亡命得解。罷官後，復爲陳御史所窘，破其家。其爲人和易，不修邊幅，近聲色，好狎遊，而不能通知户外事，以故數困。然信心而行，不爲深中多數，以文章游讌自娱，行游湖山之間，擷芳采和，以老壽終其天年，近代文士所罕見也。

子循少與伯仲氏及中表二黄稱詩，掉鞅詞苑五十餘年。其在燕中，則有高叔嗣、王慎中、唐順之、陳束。在留署，則有蔡汝楠、許穀、王廷幹、施峻、侯一元、中山徐京。再赴闕下，則有謝榛、李攀龍、王世貞。而謫楚，則交王廷陳。遷滇，則交楊慎。咸相與上下其議論，疏通其聲律。其自敘以爲本之二京，參之列國，江左、關洛、燕、齊、楚、蜀之音，無所不備，變亦盡矣，心良苦矣。司直、司勳甫氏競爽，學問源流，約略相似，始而宗師少陵，懲拆洗之弊，則思追溯魏、晉；既而含咀六朝，苦綢繢之窮，則又旁搜李唐。當弘、正之後，暢迪功之流風，矯北地之結習，二甫之於吾吴，可謂傑然者矣。司直早世，司勳窮老，皆不能與弇州争名。子循自評其詩，以謂吾與我周旋，久自成一家，尚不肯學步少陵，而不能不假靈于王、李。元美之評子循，謂其今體風調，頗似錢、劉，文學六朝，時時失步。子循著解頤新語，於時賢都無評隲，未知其評元美何如也。

列朝詩集丁集卷四　清光緒九年毛氏汲古閣刻本

皇甫汸傳

朱彝尊

皇甫汸，字子循，嘉靖己丑進士，歷工部郎中，謫黄州推官，召爲南京吏部郎中，又謫開州同知，量移處州府同知，陞雲南按察僉事，有司勳集。

百泉清音藻思，五言整於小謝，五律儁於中唐，惟七言葸弱，兄弟攸均。集六十卷，自言始爲關、洛之音，變而爲楚，再變而爲江左，三變而爲燕、趙，四變而爲蜀。既返初服，取篋中稾檢閱，凡興寄未深、格調不古、語非絶俗、句非神采者，删之。且曰：「有志慕古而力不逮，心恥時尚而薄不爲。」又言關中之詩悀，燕、趙之詩厲，齊、魯之詩侈，河内之詩矯，楚之詩蕩，蜀之詩澀，晉之詩鄙，江西之詩質，浙之詩嘽，吴下之詩靡。有高視一世之概焉。要其五言清真郎潤，妙絶時人，匪徒火攻伯仁而已。奉答子安兄云：「江郭改故陰，家園藹新霽。柔條始發林，芳草漸紆砌。潘居信爲閒，楊亭況重閉。曰予忝明時，與子承嘉惠。分省各有慭，佐郡慚所涖。暫就北山招，轉愜東田税。情忘桃李言，跡豈匏瓜繫。感遇興長謡，來章緬幽契。」寄懷王道思云：「本乏希世姿，翻爲逢時誤。良友豈不懷，遄征詎遑顧。日暮勞所思，凌風未成晤。將從夢寐求，緬邈山川路。」答徐紹卿見懷云：「停雲遥引望，良晤近何疎。以我邱中想，開君湖上書。花飛人别後，木落雁來初。秖爲懷徐孺，長令夜榻虚。」

静志居詩話卷十三　清嘉慶扶荔山房刻本

顧詒禄

皇甫汸傳

皇甫汸，字子循，號百泉。七歲能詩，四子中最著者也。弱冠，御史許宗魯按吴，奇其才。適當汸逆婦東江，以所乘巨舫給傳迎婚，官吏護從至三百人，時人豔焉。嘉靖八年成進士，授國子博士，擢虞部郎。嚴嵩、夏言諸人皆與酬和，冠帶相索，時多忌者。適勍武定侯郭勛奪賈人金事，勛誣以慢旨，下詔獄。尋釋，遷黄州司李，已遷工曹，擢司勳。時大計有中傷兄涍者，汸與争辯，爲言官所糾，被謫家居。有直指㚟詬無行，無名子作謡刺之，直指疑出於汸，借他事捕繫。久之，得白。移開州别駕，同知處州，遷雲南按察僉事。中白簡，遂落職。

汸歸，詩酒自娱，時偕名流宴遊湖山，幾三十年，至八十乃卒。天之厚汸者，不在禄位，在壽考也。著有司勳集。汸自言其詩，於燕京交王愼中、高叔嗣、唐順之、陳束諸人，爲關、洛之音；於楚交王廷陳、廖道南、馮世雍三人，爲楚音；於留都交王廷幹、蔡汝楠諸人，爲江左之音；再八都交王世貞、李攀龍、謝榛，爲燕、趙之音；最後居滇，交楊愼、張含光，爲蜀音。既乃脱棄門户，從吾所好，吾與我周旋，自成一家之言也。文原本六朝，能謹尺度。

長洲縣志卷二十四　清乾隆十八年刻本

明史本傳

汸，字子循，七歲能詩。官工部主事，名動公卿，沾沾自喜，用是貶秩爲黄州推官。屢遷南京稽勳郎中，再貶開州同知，量移處州府同知。擢雲南僉事，以計典論黜。汸和易，近聲色，好狎游。於兄弟中最老壽，年八十乃卒。

明史卷一百七十五　清乾隆武英殿刻本

附録二　序跋提要

皇甫司勳集序

顧存仁

皇甫司勳集成，一日攜之謁予，屬存仁題詞篇端。余耄且病，未有以應也。久之，又出集原視予，讀既，不覺爽然自失曰：是編也，司勳苦心已五十餘稔。自昔振藻兩都，周遊宦轍，所至鴻卿鉅儒，靡不推轂定交，乞言品藻，綜握藝林，幾遍天下，咸載兹集，今且删其十半矣。予何能贊一詞哉？已讀其詩卒業焉，曰美哉洋洋乎，辟如樂奏廣庭，咸、韶溢耳而八音諧和，吾何能名其爲聲？又讀其文，益驚嘆曰廣哉熙熙乎，辟如風行大海，丹碧耀空而萬象森若，吾何能名其爲容？

或者乃曰：人生異秉，尺短寸長。李、杜詩聖，而文格未光；韓、歐文匠，而詩篇未粹。兼之者，北地惟獻吉，江左惟司勳。詩祖冉、曾而不泥少陵，爲中唐上乘；文綜六代而不專西京，其獨步江表乎？予竊以爲不然。夫詩文盛衰，寔關國運，而萬物之情，各有至極。春蕙秋蓉，生色各足，奚必品量時代，强襲性靈，如優人之學叔敖哉？炎漢近古，御宇關中，士生其間，孕靈百二，一時詩文多尚風骨，渾雄瓌瑋，蔚爲西京。東晉而降，偏安江左，氣象萎薾，士習綺麗，浸淫宋、元，卑靡極矣。天啓皇明，平定中夏，一時翊運元功，潤色鴻謨，咸南産也。渡江而後，奕聖重熙泰和，文運特隆。弘、德之間，於是李氏獻吉、徐氏昌穀崛起南北，各成宗匠。咸謂倥侗今之遷、甫，秦、漢以來，寡見其儔，而昌穀力瘁苦吟，南國精華，頗推獨擅，或疑未化，遽還造物，不其惜乎！

恭遇世廟中興，弘新制作，海内嚮風，比隆姬代。三吴作者如皇甫伯仲，黄、王、袁、陸諸君，競爽儒林，星聚方域。而司直、勉之尤蓄盛藻，雄視江東。予亦忝竊附驥。辛、壬，方願執鞭，而二君修文，奄溘地下，一時諸賢俱未究厥止矣。乃三吴詞苑，猶且争拾唾咳，若握靈珠，童習操觚，即眩飾姬漢，轉相標榜，倒屣公卿，或索本來，視宋、唐何如也？惟司勳禀受獨全，枕籍墳典。弱冠名家，吐發真趣。寰區歷試，閎博風猷。最後歸掩玄亭，益精素業。方輿問字之賓，郡邑榮哀之典，每有鉅撰，誰其舍諸，而司勳輒且濡筆神來，絶無蹊徑。壬、癸而後，愈玄愈化，即謂司勳氏之詩文可也。是故馬、楊、蘇、李，盛漢之選也；韓、柳、李、杜，盛唐之選也。暨宋歐、蘇而下，代不乏人，即謂盛宋爲開、寶，盛唐爲西京，亦可也。何必論運代之今古、人材之南北，而謂獻吉文雄太史而命令百代，詩最少陵而包括諸家，謂司勳詩聖中唐而無庸開、寶，文神六代而不必西京乎？吁！是可以論司勳之集矣。

又況集中所載，咸足觀象古人，貽則來葉。禱雪南郊諸賦，何謝上林、子虚。古泉、上善諸篇，何慚汝墳、廣漢。從軍、寓京諸篇，少陵前、後出塞也。清海、平夷諸記，韓愈淮西碑頌也。兵論、議獄，武成、吕刑遺法也。水利圖考，禹貢、河渠諸書也。至若匡靖翊隆之頌壽，兩朝之掌故，炳若周官。王、蔡郡侯之贈行，三吴之利病，昭如殷鑒。恭擬世廟哀文，黄山烏號之嚮也。法駕十二樂府，漢庭郊廟之章也。三州、禪棲諸集，五旅、漁父諸詞，即姬旦東山、屈平楚澤諸篇也。他如誌狀、集序，而紀讚二黄、哀述伯仲者，咸亦情文並茂，足垂典刑。回擬李集所載介壽姜翁、贈言鮑客、紀獄廣信、勒銘蒲商諸撰，千載而後，寧無辨定其編者哉？

予與司勳少遊郡膠，壯宦京轂，歸老諮益又二十年，故特論其天壽平格，獨秉時衡，有關國運者，大都如此。若夫獻策絳、灌之朝，閉閤表章之代，當必有知楊、賈者，兹不論。

賜進士第大中大夫、太僕寺卿、乞恩致仕前禮科給事中、欽奉世宗遺詔起任南京通政司參議、順天府府丞、大理寺少卿，郡人顧存仁題於文學書院，歲在萬曆乙亥六月望日。

皇甫司勳集序

范惟一

人之言曰：北方之學淵綜廣博，南方之學清通簡要。余始謂然，乃今覽觀皇甫司勳集中所爲撰著甚盛，豈非兼總鴻筆而統會風軌者哉？皇甫系出安定，本北地著姓，而今盛於吴。司勳昆弟四人，並以詞筆顯名江左，列作者之林，而司勳尤盛。方之二陸、三楊、僧彌、法護，益有光烈哉！

司勳文故是名家，而尤覃精於詩，故詩尤爲海内所宗。余請敘其詩。夫文與詩，總之言出於心者也。昔人稱文爲天之至器，言出匹夫而功加帝王，楮盈尺寸而廣收四海，矧詩又文之精者哉！夫詩觸感成聲，隨方合節，洋洋纚纚，摛華掞藻，引物連類，洞幽達玄，推其至可以動天地，感鬼神，綜萬物之微賾，極人心之幻眇，而其格力出自天者獨勝。余嘗聞吴中人傳司勳七歲而能詩，厥考果州公或時對客課之，詩輒有奇，是乃所謂神解内穎，天所鍾也。已益博窺載籍，兼采百家衆流之言，而掇其菁藻，與伯仲及中表黄魯曾、省曾競爲詩，詩益進。迨舉進士，宦遊兩都。時兩都諸尚雅道者，與司勳談藝定交，固皆海内賢豪，自四方而至。每遇休沐過從，分題倡和，諸賢豪中，即雅負名高、不下人者，誦司勳作，必少遜云。名聞諸曹卿，若濮陽、分宜、南海、儀封諸公，咸折行與司勳交，數進而與之談詩，恒卜夜。由是司勳名益起，然亦竟遭忌，出之楚，已復移之澶，移之栝，晚遷滇臬，迴翔外僚者十餘年。司勳所至，輒有題詠，遇道合者，爲傾蓋焉。司勳自言：初在北都，所與論詩多關、洛人，于時爲關、洛之音。在楚爲楚音，在南都爲江左之音，最後與濟南、瑯琊數輩聚闕下，又爲燕、趙之音。夫司勳之於詩，可謂集成衆音而融通八方之氣，是以其盛若是。

既罷憲歸，並不求田問舍以自豐殖，日惟紬繹舊業，著述爲程。遇佳辰靈節，風日暢美，與客行遊湖山之間，擷芳采和以陶咏婾快。觀者指爲神仙中人。頃復與徐山人鳞、劉侍御鳳、黄徽君姬水、張太學獻翼結社觴詠。而余自還山，每歲春秋二仲，必過蘇陪祀先文正祠，因獲就権藝事，遊諸君間。每見司勳詞辯鋒起，文采葩流，如懸河瀉水，注而不竭，令人神超形越，誠今之士深、彦淵也。即該博如約、昉，猶諮問焉。蓋司勳才情秀逸，學總儒玄，浸漬宏淵，縱横俊發，所謂胸吞雲夢而筆湧若溪者非耶？

余又聞司勳向在兩都，上自公卿以至諸曹郎，遷轉、贈餞、榮哀之章，以必得司勳言爲重，比之唐錢起、郎士元尤盛。今歸而老於吴，四方名卿大夫道吴者，以不獲覯司勳、登虎丘爲闕事。風流文雅，炳耀當代，弘昭曠之業，垂無窮之聲，盛矣，盛矣！雖然，余雅知司勳初出而應世，志不在是，殆欲以緒餘及之云爾。觀其自序三州集曰：「才滋衆嫉，命與時違，退而立言，豈余素志？」噫嘻！悲夫，司勳之言哉！

萬曆三年歲次乙亥季夏朔日，賜進士出身大中大夫、南京太僕寺卿、前江西布政使司左布政使致仕，郡人范惟一撰。

以上皇甫司勳集卷首　明萬曆三年刻本

皇甫司勳集序

王文禄

皇甫百泉先生者，博雅正直賢也。前司勳天曹，以故名集，梓成命序，予豈敢？況時輕文重爵，予竊輕爵重生，守中晦養，焉用文？已而，寄文獻志序，又促曰：「鄙集不蒙批教獎飾，豈在五嶽下耶？」予曰：「否。五嶽予素交，序文，先生中表，序行，各舉知也詳矣。」子淳甫隨時再索，紊序次，五嶽豈待爵顯耶？因懲不復敢序也。先生既序志，予烏可不序集？遂勉爲序。

序曰：撰集者眩五癖，序集者纇四疵，皆偏也。何謂五瘧？創今而踰閑者，謂之蕩；模古而循轍者，謂之拘；拗辭而澁讀者，謂之駃；難字而訛諧者，謂之險；冗句而腐厭者，謂之庸。何謂四疵？借寓而含譏者，謂之刻；侈褒而失實者，謂之諛；黨昵而誇高者，謂之誕；昧別而渾許者，謂之矇。蕩則離，拘則襲，駃則夷，險則怪，庸則凡，刻則薄，諛則佞，誕則誣，矇則眊，二心罔中，九偏倚之也。與其蕩也，執也，險也，寧拘與庸；與其刻也，矇也，寧諛與誕。直心者無九偏云。

初，先生丞栝郡，未幾，倭寇陷乍城，當路委勘，經海鹽過訪，適居鄉柬詢，予答曰：燹灰萬室，血刃千人，請直達當路。當路咈之，掩覆不上聞，後卒以事見法。先生將大耋，著述甚富，天之報施曷爽耶？集寄予者，南中、三州、禪棲、緒論、解頤新語；予未見者，來皀、北征、南置、客京、安雅、政學、浩歌、還山、山居。新語弘詩品，緒論匹論衡，宜曰富哉著述也。著述也者，聖賢不遇，故藝也。使遇，則精光外形，而運凝於政績。不遇，則精光内歛，而端露於篇章。遇矣，不達焉。政績、篇章咸富，惟先生乎！

締玩是集也，雲霞絢采，金玉宣音，震澤汪陂，虎阜雄勁。源洙泗而脉崑崙，蔚嵐濟而奔瀛渤。快大觀於燕冀，歷遐陟於滇荒。藴含秀靈，發揮纖穎。不特詩史也，詩宗也；不特文藪也，文淵也。本心術之正也，正則直，直心而行之謂德。以故抗武定，諍吏銓，三黜不撓，直氣峻極於天，直躬不躋於地。直者，中也。魯論殿堯執中，中寔孔門的傳，故子思未發爲中。中者，天下大本，自後舍中談道，非的傳也。

予仰先生率直心乎，斷金蘭臭，罔肱五癖也，予豈敢纇四疵耶？陳白沙曰：精光射來世。射必直也，直如射之中的，的中也；射不直，不中的。先生中的之文乎！原墨首緒綸，戒貪也。白沙又曰：貪甚於盜，不除，良法孰行？奈時談道論官，鮮克惡貪。惟先生之直如矢也。予夙序伯兄華陽集曰：世系出持正，持正得真訣於昌黎，文有傳也。祖韋菴，考近峰，兄少玄，弟理山，七集並行，燁然照耀宇間，亦罕矣。遇不遇，達不達，何足重輕，請自慶可也。徒稱匹秦敵漢，駕魏凌唐，凡序集者之套語，姑不贅。

皇甫司勳集卷首　日本内閣文庫藏明萬曆三年刻本

皇甫司勳集序

劉　鳳

夫文之於爲國也，世雖弗庸隨所賦，實惇燿宣導之，豈其壅閼不遂可使廢哉？故傳云：「能文則得天地。」國之有獻賢，衆庶所依，載之典圖，以弘厥勩，曷不於文是徵？而統楫輯同。元化，緯經人象，天其有意焉。畀之使立俗施事，緣飾端成，不必位之顯通貴遇，惟所置即不爽於度，以疏越章聞，豐物厚功。於是焉取之，利用於上下，莫非軌儀，以克厭永世，天亦惟胙之。第藉紬於一時，康懌其衷，命之有延，不惟其身是榮，肆湛漬於澤能老焉。惟令聞無窮被之，方有無不則效，誦而納之，其美盛矣。孚垂之休，千百世未之有改，豈當吾有所揚扢，不遵信於後哉？

我明以文命者，代有其人，而吴爲盛，至皇甫司勳大夫其極矣。夫蓋厥考中憲公實始濬發之，其所述揚，書具在，可爲憲。當時大夫昆弟四人，漸浥乎訓道，其順辭以相切劘，故咸以著記纂就其緒，蔚有顯稱，門内之教，無非詩書禮樂以紹明世，存一代之文所爲作也。而仲季皆蚤世，獨大夫敦備之懃，錫我嘉問，晚而熙綜統業，删潤厥文，勒成一家言，整齊其傳，以俟之後。俾予得縱觀焉，則煌煌乎，煒煒乎，其蔑以加乎。

夫文自漢以降陵夷，至於宋極矣。我明肇開，則北地首之，而吴三數君子先後翼興，則黄氏二昆與大夫爲伯舅兄弟，皆有力焉。大夫舞象之歲，即以詩聞，已而以易造於鄉，論於司徒，列於位。則與何、徐、邊、熊、薛諸君相麗益。於時方嚮文，海内士雲集，諸公卿及我一二老，皆折行交大夫，日與遊息，無言不讎。迄以讒替出官楚，楚故多才，其所游則又盡楚之良也。又逮居恤起家，遨於二都，則都人士競相推，以爲弗及。後值濟南、瑯琊輩方盛，大夫與相和。又出之滇，與故太史楊慎及蜀士之雋游。故大夫於詩輒隨而遷者，音氣之異乎？亦時者殊尚，則因以操其音，非善於變，不匱於用，能及此乎？今退而老於吴，四方之謁請者、後進之喜名者，爭願及門。屨不遑曳，牘不暇削，因所謁題目之，人自謂得當大夫，故俗益休，動之咸矜勵，雖始誦學，必强摛綴希一顧，風之流被，無不自憙，非有所慕效然乎？

夫今之不逮古已遠，古之善爲辭令者，國不能一人。故若公孫僑之博辨，諸侯賴之。韓獻子之魯，始得三易學之。今文詠以行之，動而四徹，彧乎咸秩。遠哉！大夫之功乎？蓋大夫才誠贍同。足，而利敏於運，得之性生，蔑視彼佔畢若淵濆川涌，猋駭雲汎。故一時譔辭者方制於法，動聲者方程於器，構體者比於近，繁節者害於短，用氣者傷於促，主理者病於穢。大夫一削壞亂，決蕩怗懘，俛黜孅趨，陵轢沉散，暢融粗厲，稽核流慢，迪造於衆變交勝之日，而取衷於舒疾、豐殺、華實。文成踰數十萬，其指要則會百家所長，究極六藝，掩該篇籍，藻朗光靈，舄奕今古，贊翊治理，參育萬類，天人之事彰矣，顯幽之故允悉。故以論於制作，彼自以所得爲極，未及博通乎？流略道術，與其閫奧藐微，音聲象數，況神乎無方，若有以爲而無以爲，遂欲雄視一代。陋夫，何以窺才士之用心，而以侈浮其志眩於誕誣哉！余每見大夫有所發憤者，竹簡逸遺之策，襲春秋之舊，六願未之能從。國家隆命，將興典禮，而不得附絶光餘炎，措儀畫制，莅執辭命，以盟貳勳昭紀功伐，徒垂之空文，顧已謝免，未及有所設施，烏以盡大夫哉！然時風具存，盛烈不泯，欲有采焉，可徵信也。

賜進士第、河南按察司僉事、前監察御史徐州劉鳳撰。

萬曆乙亥春仲。

皇甫司勳集卷首　美國哈佛大學燕京圖書館藏明萬曆三年刻本

皇甫百泉三州集序

王世貞

在昔唐、宋時，朝士大夫稱得辠去者，往往屈爲荒遠郡佐員外署置，其禄雖有之，僅自給妻子耳。爲之上者，不以責其吏能；爲之下者，亦不謂其能吏我。以故鮮錢穀法比、簿書期會之煩，其餘日足以爲之地，而竭其工於詩。雖其詩之工，然不過以之發其羈孤無聊、磊落不平之思而已。其山川之奇麗，則辱之而爲險惡；風日之駘蕩，則辱之而爲憯悽。以至物候之稍偏，而民俗之稍異，則辱之而爲瘴爲癘，爲魑魅魍魎，若不可一朝居者。如沈、宋、元、白、劉、柳諸君子之言固具在，其探幽造微，窮變盡態，固不可以余説而廢其工。然要之有出於歎老嗟窮、憂讒畏譏之外者乎？有能如風人之所謂可以興、可以群且怨者乎？

明世則不然。士大夫坐謫者，僅少鐫其秩級，而不限以地之遠近。爲之上者，少優以禮而不廢其事；爲之下者，以敘遷之吏待之而忘其端。其外既有所縻於職，而内又無所大概於念，宜其人之工事而拙言也。夫明之詩誠不足以擬唐之工，然於臣子之節亦既脩矣。而余乃復交致其不滿者，何也？之唐而使風人之義渝也，之明是使天下無風人也。

吾郡以詩名天下，至嘉靖間最。嘉靖中諸名能詩者，獨皇甫氏最。皇甫氏昆季四人，獨子循先生最。先生綺歲通朝籍，三事公卿，皆折行而與之禮。岳牧上事，皇華、采菽，享會哀榮之典，以不得先生一言爲愧。先生既負才有重名，然秉執勁節，多所牴牾，以故從虞部郎始謫佐黄州，稍遷南司勳部郎。輒又謫佐開州，量移婺州，最後遷滇憲以罷。

黄故楚饒郡，又鄰天子湯沐之邑。開屬魏，爲三輔地。婺屬越，越又天下首藩。當事者雖不能盡知先生，其所以處先生雅亦已勝唐，而先生亦不以謫故，遂厭薄其吏道，其爲史亦竟不肯緣飾時好而詘其詩，其詩之工不待言。然要之，志有所微動，則必引分以通其狹；氣有所微阻，則必廣譬以宏其尚。其山川風日、物候民俗，偶得其境以接吾意，而不爲意於其境。蓋先生之詩之工，取工於窮者也，非用其工於窮者也。吾不知其後先於風人，第於所謂興與群與怨者，蓋三復而略得之矣。先生庀材於江左，得格於大曆。其爲虞部，有虞部集；爲司勳，有司勳集；中歲依白下釋氏居，有禪棲集；憲滇，有南中集；歸，有還山集。其所用得皐爲三州，故詳自敘中，兹不贅。

弇州山人四部稿卷六十五　明萬曆刻本

皇甫司勳慶曆詩集序

王世貞

百泉先生自弱冠而詩道成，凡四十餘年，而皆盡於世廟之日，則已有梓行者矣。其自隆慶改元而爲萬曆，先生業已六十餘，其名愈益重，海内之欲得先生言者愈益迫。贄幣之刺，旦暮溢於門，一伺其出游，捧觚翰而擬其後者，踵相接於道。先生徐憑几，或酒所應之，皆各得意去。凡先生之徵事寄指，雖蠭出不可勝窮，然靡不精切而雅當。諸困先生以題若韻者，雖麕至不可指數，然不能得其一瑕語。所爲體，五七言古近不一，而皆不墮於開元、大曆之後塵。於是諸乞言之士復時時欲窺先生全，而先生度無以應之，始謀諸剞劂，既成而授書於余，俾爲穮秕之導。

余嘗謂古之刻精於言者，當其少也。强吾有涯之精神，以求躋於未易造之地，或借外遘之境，而鑿吾不受琢之天，以故往往不盡其本壽。幸而得老矣，智窮而無從取思，氣耗而不能充吾志。故其才又往往不待壽而盡。自東、西京而建安六季，僅楊中散子雲、顔光禄延之得過七十而已。然子雲逃而息於玄，延之逃而息於酒，彼不悟其智之窮而氣之耗，姑以雕蟲之技，壯夫之所不爲而枝人亦晚矣。若文通之才竭、孝貞之恩盡，乃又其下者。

以先生視之，獨不然。當先生之伯仲季氏四起，而以文章名東南，其前逝者且三十年，近亦十餘年，而先生獨巋然若魯靈光，則其精神固專萃未涯也。是六十年之中，非有大故憂患，未嘗一日廢書。其入也若輪，其出也若傾，又烏能窮先生之智而耗其氣哉！先生之所托於慶曆者，謂二聖號也。今萬曆永永無疆，而先生之詩方日升川盈而不已，其卷秩當不可勝數。余姑序而俟之。

嘉議大夫、都察院右副都御史、東京大理太僕寺卿琅琊王世貞撰。

皇甫司勳慶曆稿卷首　明萬曆刻本

百泉子緒論跋

皇甫枌

家君素稱博極，雅擅文辭，平生嗜學，故帙滿士安之架，字重持正之縑。解宦還山，杜門却掃，齒已向耆，手不釋卷。棘懼苦思損精，耽玩耗氣，與弟琳、穀每乘間勸其稍輟。蒙訓曰：今家居者，多求田問舍，操嬴視息。其耽思尤甚，清濁不差愈乎？余性自娛，無足溷也。今秋忽遭兵子之變，累世所藏書籍盡亡，數十年所著編稿半逸，烈於秦火，厄於晉墜。乃抱恨五車，負慚四壁。豈文爲菁英，造物忌之而然耶？辛、壬二載，譔緒論八篇，棘手書一册，爲友人借去得無恙。茲取歸登梓以傳，兼風海内有收所作，不遠見惠，俾成全集。何異趙璧復完，楚弓更返，有不感戢慶幸者哉！

嘉靖癸亥仲冬日長至。

百泉子緒論卷末　明嘉靖刻本

懷慰編序

薛應旂

百泉皇甫子循曩官工曹，以抗直忤郭氏，謫楚黃理官，置諸員外。維時公卿大夫暨百執事以及友朋昆弟，咸贈之言，編曰懷慰云。既子循起調南司勳，諗諸寮友薛子，薛子曰：余讀懷慰編而知今之人情之不甚遠於古也。申伯封謝，崧高斯作；山甫城齊，烝民迨興。仲尼述詩，垂之周雅，謂無繫哉！夫固昭好德之彝也。苟衹陳説平生，流連光景，亦何取焉？子循少居吴中，蘊思含精，窮探逖聽，即有殊造。及應制策，歷官中外，所至士人罔不謂文駕六朝，詩軼初唐。皇甫季子才矣，然未觀其深也。彼陸才、沈炯、李嶠、崔融之屬，其在承聖、武德間，並標緗素，競冠詞林，豈不煒然文章才美之士哉！然俯仰僧辯，附麗易之，竟致流袁貶滁，奔吴播越，當時君子，固亦憐才，而惡比匪人，卒莫之與。嗚呼！兹不可以觀邪？迺今斯編，高浮湘之節，追蹈海之風，纚纚洋洋，咸出於中心之好，固風雅之遺也。季子得此，匪直緣才，物則民彛，將逾自信。矧陽德光亨，陰霾蕩滌，權豎伏辜，遷客旋召，自是采樂陳詩，以述我明一代之雅，又安知不與崧高、烝民並傳耶？然哉其懷慰矣。

方山先生文録卷九　明嘉靖三十三年東吴書林刻本

書皇甫子循集後

張　燮

皇甫子循兄弟四人並起，長公舉孝廉不仕，次三人成進士而官皆不甚顯，又皆以名文章見稱述，可謂一門奇事。子玄、子安齎志早没，獨子循挂冠終老，藻苑自娱。彼身曳北地之後塵，與毗陵分隊，其在瑯琊爲先聲，身際文壇之三變，而能獨行一意，無所因附，可謂一世奇人。子循文原本六朝，而又以己體出之。六朝織散文爲儷語者也，故綺組成其經緯；子循就儷語作散文者也，故流奕濟其峻峭。獨其間用長聯及三疊法，是其英雄欺人，不必多效耳。大抵子循之爲六朝，譬之九方甄略其玄黄，取其駿逸。世人種種如王之學華，在形骸之外，去之更遠矣。子循詩殆如何平叔舉步顧影，粉帛不去手，亦足以傳。

霏雲居集卷五十三　明萬曆刻本

題皇甫昆季集

俞憲

吾吴科第文詞之盛，萃于一門者，近代稱長洲皇甫氏兄弟。孟名沖，字子浚，號華陽，中嘉靖戊子南畿鄉舉。仲名涍，字子安，號少玄，以壬辰第進士。叔名汸，字子循，號百泉，以己丑第。季名濂，字子約，號理山，以甲辰第。皆負才藻，能文章。予每得其詩篇，輒愛之。今乃彙輯登梓，名曰皇甫昆季集。昔我潤州皇甫冉曾有聯璧集，華陽諸君固倍之矣。諸君之先公録，以弘治丙辰進士官順慶太守，豈淵源固有自與？

鄰郡是堂俞憲識。

皇甫昆季集卷首　明嘉靖至萬曆刻盛明百家詩本

題續皇甫百泉集

俞憲

吾吴有皇甫昆季，猶昔稱雲間二陸，而數則倍之者也。然四子之中，百泉爲最。予既刻昆季集，而百泉以三州稿見遺，既又得范方伯所寄司勳集，乃遂采輯成卷，名曰續皇甫百泉集。

嘉靖丙寅夏俞憲再識。

續皇甫百泉集卷首　明嘉靖至萬曆刻盛明百家詩本

皇甫司勳詩小序

黄昌衢

明詩之盛，盛於一門者，四皇甫氏爲最。唐有李尚直兄弟三人，自名其集曰花蕚集，若詡詡焉以競盛一代者。然以較之四皇甫，殆有弗如。四皇甫爲一父之子，子循其叔氏也。伯兄沖，字子浚；仲兄涍，字子安；季弟濂，字子約。子浚登鄉薦，後困于公車者二十年，全集六十卷，不傳於世。子安詩才足與子循媲美，卒後子循爲序，稱五言長於七言，知兄無若弟，豈其誣哉！子約水部集亦頗清幽，尤獨長於造景。當時乃惟子循與子安名更騰上。子安頹頓一官，少折於何、李，不幸早殁。而子循以任情自娱，數困於世，既不樂與元美争壇坫，其詩則貫穿六代、三唐，自成一家。余因爲定其集，並述其兄弟之盛如此。

婺江黄昌衢識。

皇甫司勳詩卷首　清康熙二十八年刻蔾照樓明二十四家詩定本

四庫全書總目·皇甫司動集

皇甫司勳集六十卷，内府藏本。明皇甫汸撰。汸有百泉子緒論，已著録。其詩文有政學、還山、奉使、寓黄、家居、南都、禪栖、澶州、栝州、南中、山居、副京、來皃、司勳、北征、南署、赴京、浩歌亭、安雅齋諸集。晚年手自删削，定爲賦一卷，詩三十二卷，雜文二十七卷，冠以集原一篇。其諸集之名仍分註各卷之末。朱彝尊静志居詩話稱汸集六十卷，即此本也。集原自述其詩始爲關、洛之音，一變爲楚音，又一變爲江左之音，又一變爲燕、趙之音，又一變爲蜀音。縷舉其師友淵源甚詳。今統觀所作，古體源出三謝，近體源出中唐，雖乏深湛之思，而雅飭雍容，風標自異，在明中葉不失爲第二流人。馮時可雨航雜録云：「皇甫百泉與王弇州名相埒，時人謂百泉如齊、魯，變可至道；弇州如秦、楚，强遂稱王。」王士禎香祖筆記以時可所評爲確論云。

四庫全書總目卷一百七十二　清乾隆武英殿本

四庫全書總目·百泉子緒論

百泉子緒論一卷，浙江范懋柱家天一閣藏本。明皇甫汸撰。汸字子循，長洲人。嘉靖己丑進士，官至雲南按察司僉事。明史文苑傳附見其兄涍傳中。此書凡八篇：一曰原墨，二曰罪言，三曰非俗，四曰詭士，五曰刺飲，六曰慨禮，七曰詒戚，八曰知難，皆爲時弊而發，譏切甚至。世傳汸解官後嘗爲御史王言捕繫，復爲陳御史所窘，因破其家。觀此書極論臺諫惡習，至謂其遑忿己私，媒櫱善類，衆口易鑠，百足不僵，俱抗論無所避，當時必惡其詆己而摭拾之，可謂不肯隨時俯仰者。然其文多駢偶，往往以辭累氣，此又王世貞所謂「學六朝而時時失步」者也。

四庫全書總目卷一百二十四　清乾隆武英殿本

附録三　還山贈答諸詩

華陽沖

子悔來天北，君悲在日南。相思萬里外，何處問征驂？世久同飄瓦，身今得弛擔。但須儲美酒，山水共沉酣。

理山濂

舉世傷塵事，誰能早見機？滇南初解紱，江永暮言歸。日靄摇清幌，山花映白衣。可堪梅福市，相對掩柴扉。

陸梓

執友星槎萬里還，擁麾三載日南天。鴒原喜睹連枝妙，鱸饌真思秋味鮮。邛棘卧車張祖地，吴閶多壘掛冠年。巢居今有長生訣，欲敘知音字五千。

黄貫曾

妙歲趨丹陛，中季即衣荷。賈才因詆挫，黯直故蹉跎。河上裘方理，林間趣已多。徜徉開蔣徑，匪仲自難過。

張敬渠

小園慚庾詵，陋室愧包延。因避塵囂裏，聊依薜荔前。竹深書可讀，花静榻宜眠。誰笑貧爲病，秋榆落夜錢。

莫叔明

門口舊山色，依依似期君。千村轉飛鳥，一樹生斜曛。直北馬歸到，何人意慇懃。新秋海天霽，玄宴索離群。

黄姬水

一自滇池去，思君萬里長。日南花易發，天末雁南翔。使牡迎巴筰，王共奉越裳。如何秋風裏，羈宦忽懷鄉。

投紱歸來日，遥徙瘴嶺馳。舟輕應載后，囊富爲緘詩。薄俗芳蘭忌，長途倦馬悲。無嗟霄漢遠，自有白雲期。

史臣紀

明時任顯晦，直道孰憐才。三載滇南路，孤臣萬里回。清齊惟屬草，貧篋久無媒。高並山中月，閒同湖上杯。煙嵐俱入望，苔壁有題催。自昔皆難偶，流傳異代推。

吴子孝

萬里昆明路，歸來信未傳。野花添客淚，山月映孤眠。驛舍鵑聲急，村槁雁〔一〕

皇甫百泉還山詩附　明刻本

【校勘記】

〔一〕以下原缺。

附録四　嶽遊稿附

贈言

顧存仁

吴越東南第一峰，曾從五老覓神功。奚囊濕翠疑天上，雲閣飛泉落鏡中。春水暮帆看月起，石林煙雨漫花叢。勝遊憶爾題詩處，嚴瀨孤山興未窮。

齊雲名岩，往予振屐其巔，五老諸峰，嘗一拜之，頗有餐石延年之想。至於往來登歷，有和靖孤山、子陵釣瀨，獨爲徘徊久之，不能去焉。乃今春水方深，落花滿徑。百泉行矣，能無神來長句一弔高賢乎？予聞之，心目不覺飛越，幸爲我酹酒山靈。仁即耄矣，日且招隱北山，尚能鼓栧行吟，蹜踵而至云。

張勉學

欲識齊雲路，杭州過歙州。亂山迎憲節，萬壑隱仙樓。玉殿淩霄迥，珠泉滴洞幽。地靈珍木秀，石潤錦雲流。采藥芝爲草，探奇壑是舟。煙霞天外别，景物畫中求。愧我投塵跡，輪君足勝遊。因聲寄空谷，還許白駒留。

王延陵

春芳再仲月，客有采真游。雲引軺車遠，花藏洞壑幽。清暉時可挹，塵境豈堪留。信美真崑閬，無庸更遠求。

靈鳥出塵氛，奇探獨羨君。巖花含露泫，林瀑散珠芬。觀闕瞻層漢，蓬萊映五雲。紀游多藻翰，瑞氣繞氤氲。

劉鳳

煙路朝來發，青山春際尋。澗流生日氣，嶺色蕩風陰。宿處依星頓，飱時飯鵠林。君能駕白日，待我碧雲深。

傳聞絶嶔嶺，天空出靈巒。古殿威神閟，祠官劍佩寒。封泥雄讓岳，瘞檢舊名壇。知爾探玄籙，先從蕊笈看。

黄姬水

眷言訪靈嶽，飛思遠霞催。曉瀨千盤雨，春梯百丈苔。青泥繕梁糗，白石是樓臺。巖壑應增色，題詩謝客來。

黃河水

白嶽深仙宅，青陽速旅程。曾多看花興，別有采芝情。門峽形全似，鑪峰勢自成。獨聞將子去，不復待禽生。

王穉登

謝客耽山水，梅仙厭市塵。桃花重紀路，桂樹踵成篇。境異曾摽嶽，宮新爲事玄。行將逢鍊骨，奚慮乞骸年。

周時復

茂苑乍啼鶯，尋真父子行。自天成峽勢，將岳擬山名。雲霧爲仙宅，桃花是客程。聞詩多暇日，兼可扣長生。

黃貫曾

曾是通仙籍，靈區更采真。山明芝殿曉，花引洞門春。節爲煙霞駐，囊緣藻翰新。不須占紫氣，前路隔飛塵。

抗跡早投簪，冥搜愜素心。黃山因訪道，白嶽遠攜琴。艦自盤紆瀨，輿將入杪岑。得探金笈後，延賞遍留吟。

杜　瓚

久作青門隱，今爲白嶽遊。齋心謁玄帝，道氣逼丹丘。猿鶴聲相引，松蘿色並留。知君有高調，好向此山酬。

毛文焕

肅舲長川汜，揮袂曾城闉。落英滿郊甸，垂楊暗河津。芳樹響鶗鴂，通波萃游鱗。冉冉春服改，戚戚離緒新。飄飄遠遊客，迢迢浙水濱。遵渚鶩洄沿，隨山聳嶙峋。枉帆七里瀨，停策五老雲。猿啼苦竹裂，虹挂蘿澗氛。陰巘嵐氣濕，陽崖朝日暾。瀑布灑飛棟，星緯曜□□。溟漲横倒景，香爐瞰紫煙。冥搜□□□，矯舉皆靈仙。達人挺逸趣，夙□□璵璠。崇盛謝朝闕，虚寂耽丘樊。睇目祛幽藴，盪胸滌囂煩。鸞翮誰能□，龍性焉可馴。顧已企高蹤，窘步披□榛。留滯牽蓄軫，夢想阻光塵。儻憩□□灘，神期洽隱淪。

周天球

□□□着遠游冠，片席遥凌四百灘。□□□披山殿曉，采真雲叩石門寒。興公定擬金聲賦，文考相從玉樹看。聞道天都行已近，軒皇鼎藥遇非難。

嶽遊漫稿附　明刻本

圖書在版編目(CIP)數據

皇甫汸集/龔宗傑點校. —上海：復旦大學出版社，2024.10
(明人别集叢編/鄭利華,陳廣宏,錢振民主編)
ISBN 978-7-309-17488-5

Ⅰ.①皇… Ⅱ.①龔… Ⅲ.①皇甫汸(1504-1583)-文集 Ⅳ.①I214.82

中國國家版本館 CIP 數據核字(2024)第 111047 號

皇甫汸集
鄭利華　陳廣宏　錢振民　主編
龔宗傑　點校
責任編輯/杜怡順
裝幀設計/路　静

復旦大學出版社有限公司出版發行
上海市國權路 579 號　郵編：200433
網址：fupnet@fudanpress.com　http://www.fudanpress.com
門市零售：86-21-65102580　團體訂購：86-21-65104505
出版部電話：86-21-65642845
江陰市機關印刷服務有限公司

開本 890 毫米×1240 毫米　1/32　印張 39.375　字數 662 千字
2024 年 10 月第 1 版
2024 年 10 月第 1 版第 1 次印刷

ISBN 978-7-309-17488-5/I・1406
定價：198.00 元
